Magnar Johnsgaard
Schwarzer Regen

Magnar Johnsgaard

Schwarzer Regen

Roman

Aus dem Norwegischen von
Günther Frauenlob

Piper
München Zürich

Die Originalausgabe erschien 1995 unter dem Titel
»Svart Regn« im J. W. Cappelens Forlag a.s., Oslo.
Die Übersetzung wurde von NORLA Norwegian Literature Abroad, Oslo, gefördert.

ISBN 3-492-03902-2

Gesetzt aus der Bauer Bodoni
Gesamtherstellung: Friedrich Pustet, Regensburg
Printed in Germany

Für all jene, die die Drecksarbeit machten
und sie immer noch tun.

Was sie waren, bedeutete nichts,
was sie werden konnten, bedeutete alles.

Erster Teil

Erstes Kapitel

Tipperary

Sjur Willy Vaage hatte keine Ahnung von Ölförderung, als er als Roustabout auf der Bohrplattform Ocean Star anfing. Ebenso wenig Ahnung hatte er von Helikoptern. Ohrenschmalz klebte an seinen Fingerspitzen, als die rotweiße Sikorsky landete. Er hatte vor dem Abflug vergessen, sich Ohrenstöpsel zu besorgen. Er würde es nicht noch einmal vergessen. Seine Ohren schmerzten, und er nahm den scharfen Geruch von Flugzeugbenzin wahr, als die Gepäckluke zu seiner Rechten aufglitt und einer der Piloten nach hinten kam und die Ausstiegstür von innen aufklappte. Wie eine Treppe hing sie unter der Passagierkabine. Die Menschen in den klobigen Survivaloveralls begannen sich zu bewegen und auf den engen Ausgang zuzuströmen. Sjur Willy wartete, bis alle hinausgegangen waren, bevor er von seinem Sitz aufstand. Er spürte, daß die Stufen ein wenig nachgaben, bevor er auf dem schwankenden Helikopterdeck stand. Die Rotorblätter schwirrten wie riesige Rasiermesser über seinem Kopf, und er sah sich um. Er ging Richtung Heckrotor, als die Helikopterwache auf ihn zugestürmt kam und ihn an der Schulter packte.

»Wo zum Teufel willst du denn hin?«

»Hä?«

»Willst du dir den Kopf abhauen lassen?«

»Hä?«

Sjur Willy verstand in dem ohrenbetäubenden Lärm nicht

ein einziges Wort. Mit rotem Kopf ging er auf die Ladeluke zu. Die Helikopterwache verzog vielsagend das Gesicht, als er über die dicken Netzmaschen stolperte, die über das Deck gespannt waren. Sjur Willy war nicht der erste, der darüber stolperte. Und er würde auch nicht der letzte sein. Schon von weitem erkannte man ihn als Neuling, als er sich endlich mit seiner Tasche, seinem Arbeitszeug und den Toilettensachen ganz hinten in die Reihe zum Einchecken stellte. Er hatte seinen Survivaloverall abgelegt, als er seine Bordkarte abgab. Der Funkoffizier musterte ihn neugierig.

»Was hast du denn gemacht? Fliegen zerquetscht? Scheiße, das ist ja Ohrenschmalz!«

Sjur Willy zog den Hals ein. Als er seine Erklärungen abgab, ähnelte er einem Konfirmanden, der seine Psalmen vergessen hat. Das unrasierte Gesicht des Funkoffiziers verzog sich zu einem breiten, verständnisvollen Grinsen, als ihm klar wurde, daß Sjur Willy fast den ganzen Flug über die Finger in den Ohren gehabt haben mußte. Er schüttelte den Kopf, bevor er das Original von der Bordkarte abtrennte und die Kopie in das Gestell an der Wand steckte.

»Das nächste Mal wäschst du dir die Ohren, bevor du hier raus kommst.«

»Das nächste Mal denke ich an die Ohrenstopfen«, erwiderte Sjur Willy.

Er hatte den Funkraum schon fast verlassen, als ihn der Offizier mit einer Ausgabe des »Playboy« wieder hereinwinkte und sich vorstellte. Er heiße Birger Strai und sammle starke Limericks.

»Kennst du den?

There was a young plumber from Lee,
Who was plumbing a girl by the sea.
Said the lady, ›Stop plumbing,

There's somebody coming!‹
Said the plumber still plumbing: ›It's me!‹

Starke Szene, was?«

Birger Strai lachte, daß sein ganzer Körper zitterte.

»Brauchst du Lesestoff? Mußt es bloß sagen!«

Sjur Willy sah nicht so aus, als brauche er sofort etwas zum Lesen, als ihn der Funkoffizier aufforderte, seine Tasche in die Garderobe zu stellen und mit in die Messe zu kommen.

»Wenn du noch was essen willst, solltest du dich besser beeilen. Der Teufel himself hat dir und den zwei anderen Neuen draußen auf dem Pipedeck vor der Schweißerbude in einer halben Stunde was zu sagen.«

Sjur Willy schaute ihn verwirrt an.

»Wer ist der Teufel himself?«

»Das erfährst du noch früh genug. Er ist Toolpusher, und er wartet nicht gerne. Ganz besonders nicht auf Leute, die noch nie hier waren. Es ist besser, du bist rechtzeitig da.«

»Wie sieht er aus?«

»Überhaupt nicht«, sagte der Funkoffizier. »Wenn du Zweifel hast, halte nach einem Metallhelm mit schwarzem Drachenkopf Ausschau.«

Der amerikanische Schichtführer brauchte auf Sjur Willy nicht zu warten. Es rauschte noch immer in dessen Ohren, als er sich seinen Overall anzog. Es rauschte überall, als er einige Minuten später auf dem Pipedeck stand, zusammen mit Aksel Bruin von der norwegischen Eisenbahn und Anders Tengs, der Sand die Küste entlang geschippert hatte. Keiner von ihnen hatte je auf einer Bohrinsel gearbeitet. Sjur Willy war der einzige, der ein wenig Erfahrung in der Ölbranche besaß. Er hatte ein Jahr lang an einer Shell-Tankstelle gearbeitet. Aber das nützte ihm jetzt auch nicht viel. Er begriff genauso wenig wie die beiden anderen, was auf der schweren Bohrplattform vor sich ging. Das würde sich wohl ändern, wenn der Toolpusher kam und sie einwies. Sie schauderten im kalten Nordwestwind, und schließlich hatte Bruin genug.

»Wo zum Teufel bleibt der Kerl?«

Bruin hatte in den letzten Jahren einen Großteil seiner Arbeitszeit in einer geheizten Baracke der Nordlandbahn verbracht und war es nicht gewohnt, auf Chefs zu warten. Da, wo er herkam, mußten die Chefs warten.

»Genausogut könnten wir in der Cafeteria sitzen, statt hier rumzufrieren!«

Sjur Willy blieb stehen.

»Das soll nicht gerade ein umgänglicher Mensch sein.«

Bruin verzog die Augenbrauen.

»Hast du Schiß vor dem Typ?«

Sjur Willy wurde es heiß. Er hatte vor niemandem Angst. Es war etwas anderes, ängstlich zu sein oder einfach nur dumm. Wenn Bruin Ärger mit dem Teufel himself wollte, dann sollte er sich doch in die Cafeteria setzen.

Sie hielten jeder einen Kaffeebecher in der Hand, als der amerikanische Toolpusher endlich auftauchte. Er hatte Bohrschlamm am Helm und Schmierfett an der Wange und wirkte alles andere als begeistert über den Anblick der drei Neuankömmlinge. Jedenfalls verschwendete er keine Zeit damit, zu betonen, wie froh er war, sie an Bord zu haben. Wie ein bissiger Hund starrte er sie an, als er sich vorstellte.

»Wißt ihr, wer ich bin? Ich bin Harrison Peck, und ich bin hier auf dieser Scheißplattform der Toolpusher. Wißt ihr, was ich sein könnte?«

Sie schüttelten die Köpfe.

»General«, sagte Peck.

Für Tengs und Sjur Willy sah der knurrige Amerikaner, so wie er jetzt dastand und sich mit dem Schraubenschlüssel gegen die Handfläche schlug, eher wie ein Sergeant aus. Sie hatten damit gerechnet, daß er sie auf der Plattform herumführen und sie in die wichtigsten Sachen einführen würde. Statt dessen begann er vom Koreakrieg. Ob sie wüßten, wie viele Kommunisten Peck in Korea gekillt hätte? Sie hatten keine Ahnung. Der amerikanische Toolpusher wußte es nicht einmal selbst genau. Das war eine Tragödie.

»Wißt ihr, was das Tragische am Koreakrieg war?«

Sjur Willy schüttelte den Kopf.

»Er war viel zu früh zu Ende«, erwiderte Peck. »Ich konnte nur einen Bruchteil der Kommunisten zur Strecke bringen, bevor Schluß war. Wäre da nicht plötzlich Schluß gewesen, hätte ich sie alle erschossen und wäre zum General ernannt worden!«

Er zeigte mit dem Schraubenschlüssel auf sie.

»Kapiert ihr, warum ich euch hier vom Koreakrieg erzähle?«

Sie ahnten nicht einmal, daß Peck es tat, um herauszufinden, ob er unerwünschte Elemente an Bord hatte. Ihnen ging erst ein Licht auf, als er sie offen fragte, ob sie Kommunisten seien. Niemand meldete sich. Der Teufel himself war alles andere als überzeugt und musterte sie einen nach dem anderen.

»Wißt ihr, was ich von Kommunisten halte?«

Es gab keinen Zweifel, was Peck von Kommunisten hielt.

»Das sind widerwärtige Arschlöcher, die denen, die hier in der Welt etwas bewirken wollen, mit dem nackten Arsch ins Gesicht springen! Das einzige, was ich genausowenig abkann, sind Roustabouts, die ihren Schwanz in den Arsch ihrer Kollegen schieben!«

Der Teufel himself schwang bedrohlich den Schraubenschlüssel.

»Gibt es vielleicht jemanden unter euch, der nicht weiß, wo er mit seinem Brummkreisel hin soll?«

Anscheinend wußten alle drei, wofür ihr Brummkreisel bestimmt war. Tengs und Sjur Willy grinsten. Kein Problem! Peck könne ihnen vertrauen!

»Ich traue keinem Arsch, bevor ich nicht selber weiß, daß ich ihm trauen kann«, kam es eiskalt von Peck zurück. »Bis das Gegenteil klar ist, sind aus Prinzip alle Menschen für mich Betrüger, und ich lasse mich nicht von Schweinehunden verarschen, die grinsen, bevor es was zu grinsen gibt. Wißt ihr, was ihr seid?«

»Wir sind Roustabouts«, sagte Tengs.

»Ihr seid Dummköpfe«, sagte Peck.

Jetzt reichte es Bruin. Er hatte das »Kapital« gelesen und für die Nordlandbahn Schwellen gewechselt. Er war doch kein Dummkopf!

»Dummköpfe, die sich beschweren, daß sie Dummköpfe sind, sind die größten Dummköpfe von allen«, sagte Peck. »Es geht nicht darum, ob ihr Dummköpfe seid oder nicht! Die Frage ist, ob ihr welche bleiben wollt!«

Er gab ihnen vierzehn Tage. Wenn sie dann noch immer wie Idioten herumirrten, sollten sie zum Teufel gehen. Dann könne er sie nicht gebrauchen. Und wohl sonst auch niemand, aber das sei nicht sein Problem. Wenn sich jemand mit Menschen umgeben wolle, die sich bis an ihr Ende wie Dummköpfe aufführten, solle ihm das recht sein, Hauptsache er brauche sie nicht an Bord der Ocean Star zu sehen.

»Habe ich mich klar genug ausgedrückt?«

Tengs und Sjur Willy waren der Ansicht, der amerikanische Toolpusher habe sich ungewöhnlich klar ausgedrückt. Bruin war sich nicht ganz sicher, ob er richtig gehört hatte.

»Drohen Sie uns mit Kündigung?«

Peck schüttelte beruhigend den Kopf. Er drohe niemals mit Kündigung, er werde sie einfach an Land setzen.

»Wißt ihr, was passieren muß, damit ich jemanden an Land setze? Nichts!«

Für den Teufel himself war es mehr als genug, wenn ihm die Visage von jemandem nicht gefiel. Und Aksel Bruin gefiel ihm ganz und gar nicht. Von den Gesichtern von Tengs und Sjur Willy war er zwar auch nicht gerade angetan, aber bis auf weiteres wollte er seine Zweifel für sie sprechen lassen. Wenn es hart auf hart kam, war es ja vielleicht nicht ihre Schuld, daß sie so aussahen, wie sie aussahen.

»Wißt ihr, warum ihr hier seid?«

»Wir sind hier, um Öl zu finden«, sagte Sjur Willy.

»Ihr seid hier, um euch den Arsch aufzureißen!« sagte Peck.

Die drei Neuankömmlinge waren nicht besonders traurig, als der Teufel himself ging und sie einem arbeitsfreien Roughneck überließ, der den Helm falsch herum auf dem Kopf trug. Er hieß Lydersen, kam aus Mandal und sah sie fragend an. Ob sie wissen wollten, warum er den Helm falsch herum trug?

»Dieser Helm da sitzt, wie er muß!« sagte er.

Das hatten sie noch nicht begriffen, daß Lydersen wohl auch Augen im Nacken besaß? Aber das sollten sie sich merken: Wer auf so was wie der Ocean Star überleben wolle, müsse mindestens drei Glotzer haben, zwei vorne und einen im Nacken. Wollten sie Roughnecks werden, bräuchten sie vier. Wenn sie sonst noch etwas wissen wollten, dann sollten sie fragen. Lydersen aus Mandal wüßte auf das meiste eine Antwort.

»Glaubst du, wir finden was?« fragte Sjur Willy.

»Was denn?«

»Öl!«

Lydersen verdrehte die Augen. Was war das denn für eine Frage? Daran war doch nicht einen Augenblick zu zweifeln! Die Geldsäcke von Phoenix Oil hätten doch nicht eine Rigg quer über den Atlantik geschleppt und hier in der Nordsee verankert, wenn es nichts zu holen gäbe. O nein, diese Kerle wußten, wo es Öl gab. Die konnten das riechen. Die wateten im Geld und hätten wohl kaum vor, es für trockene Löcher im norwegischen Sockel auszugeben. Nein, die hätten den Riecher und wüßten, wo sie ihr Ding reinsteckten. Es sei nur eine Frage der Zeit, bis sie auf Öl stießen.

»Kriegen wir es dann auch hoch?«

Lydersen aus Mandal wäre fast über das Geländer gefallen. So einen Schwachsinn hatte er ja noch nie gehört. Das Problem mit dem Öl war doch nicht, es hochzubekommen. Das Problem war, es in Schach zu halten, damit es nicht allen in die Fresse ging! Sjur Willy begriff, daß er in die Scheiße getappt war. Er schnitt Grimassen, während er nach etwas suchte, das ihm wieder Boden unter den Füßen verschaffte. Er hatte sich schwarze, unterirdische Seen vorgestellt, die in riesigen Hohlräumen lagen. Er hatte angenommen, daß man es hochpumpen müßte. Er hatte keine Ahnung davon, daß es in winzigkleinen Poren im Gestein zusammengepreßt war und daß es sich wie ein endloses Hammerwerk durch das Rotationsdeck sprengen würde. Er wußte nicht, daß es mit teuflischer Kraft durch den Bohrturm schießen und wie ein schwarzer Geysir am Himmel stehen würde. Er hatte keine Ahnung, daß das Bohrdeck lebensgefährlich war. Lydersen aus Mandal verstand ihn gut. Er klopfte ihm sogar auf die Schulter. Es geschah nicht jeden Tag, daß er Roustabouts so freundlich behandelte. Aber es war etwas anderes, wenn sie rot wurden und einsahen, was für einen Scheiß sie im Kopf hatten. Solche Roustabouts machten Lydersen immer gute Laune. Es gab nichts Gefügigeres als errötende Frischlinge, die nicht begriffen, in was sie geraten waren. Je weniger sie verstanden, desto diensteifriger waren sie. Je weniger sie wußten, desto einfacher war es, ihnen zu imponieren. Lydersen aus Mandal verstand es nicht, daß manche Leute nichts mit Holzköpfen zu tun haben wollten. Solange sie gefügig waren, war es ein Vergnügen, von Holzköpfen umgeben zu sein. Er hütete sich davor, sie in wichtige Berufsgeheimnisse einzuweihen, während er die drei herumführte. Statt dessen warf er mit Bohrjargon und Fachwörtern um sich, die sie noch nie zuvor gehört hatten. Er erzählte von knochenharten Trips und das Dopen von Joints. Dopten sie ihre Joints nicht, wenn sie die Drillpipe anschlössen, hätten sie keine Chance, wie fest sie die Zangen auch anpacken mochten. Und es wäre die Hölle los, wenn der Anschluß nicht paßte. Aber damit hätten sie ja nichts zu tun. Sie wären ja nur Roustabouts und wüßten wahrscheinlich nicht einmal, wo der Riser sei. Er würde ihnen auch das Derrick und das Monkeydeck zeigen, aber da hochgehen würde er mit ihnen nicht. Wollten sie aufs Monkeydeck, müßten sie da, zum Teufel noch mal, selbst raufklettern. Er würde ihnen unten auf der Bohrebene alles zeigen, das Doghouse, die Drawwork, den Rotationstisch und die Tugger. Er würde ihnen das Mauseloch zeigen, in dem sie das Singel versorgten und das Rattenloch, wo sie die Kelly parkten. Er würde ihnen das Piperack zeigen, das sie brauchten, wenn sie den Bohrstrang unterbrachen, um die Bohrkrone zu wechseln. Sie könnten auch noch beim Shaleshaker und den Mudpits vorbeischauen, aber sie sollten sich bloß nicht einbilden, sie wüßten dann alles. Es würde noch lange dauern, bis sie auf das Bohrdeck kämen. Zuerst müßten sie zeigen, was sie taugten und daß sie was abkönnten. Vielleicht kämen sie trotzdem nie dorthin. Es gehörte einiges dazu, auf dem Bohrdeck anzufangen! Lydersen aus Mandal ruderte mit den Armen. Der Unterschied zwischen ihm und dem Driller wurde mit jedem

Satz, den er sagte, kleiner. Er dröhnte wie der Bohrchef persönlich, als sie am Catwalk anhielten. Sie sollten bloß nicht glauben, der hieße Catwalk, weil sie Katzen an Bord hätten. Der hieß Catwalk, weil es auf ihm so glatt war, daß sich dort nur Katzen auf den Beinen halten konnten. Lydersen aus Mandal verabscheute Katzen, und für Roustabouts mit gezückten Krallen hatte er erst recht nichts übrig, es sei denn, sie benutzten sie, um sich auf dem Catwalk festzukrallen, damit das Bohrteam an seine Drillpipes kam. Das sei natürlich in Ordnung.

Sie versuchten, ihm um alle Ecken herum zu folgen, während Lydersen über die unübersichtliche Plattform stürmte. Das war nicht einfach. Alles war neu. Alles war ungewohnt. Die Sprache, die Geräusche, die Gerüche, die ständige Bewegung der Bohrinsel. Alles schwankte und vibrierte unter ihnen, während Lydersen mal ging, mal plötzlich anhielt und mit den Armen ruderte. Die Decksplatten, die Geländer, die unübersichtlichen Wege, die Stapel mit Bohrgestänge auf dem Bohrdeck, die Lagertanks mit Diesel und Wasser, die Materialcontainer, die Gestelle mit Filtern und Packungen, Ventilen und Reserveteilen, die enormen Ankerwinden, die Rettungsboote und die Kästen mit den Notfallsachen, die Dieselmotoren im Maschinenraum, die Sicherungsschränke, die Notgeneratoren, die Schlammtanks im Pumpenraum, die Werkbänke, die klebrigen Tischplatten mit Kaffeebechern und Colabüchsen, die Schränke mit Werkzeug und Pornoheften, die Bilder nackter Frauen an den Wänden, alles schwankte, stieg und sank, sank und hob sich wieder. Nichts kam zur Ruhe. Pumpen und Kompressoren starteten und verstummten, Wasser, Luft, Treibstoff und Bohrschlamm zirkulierten, Gebläse und Generatoren liefen ohne Unterbrechung. Die fünfbeinige Bohrinsel war wie ein lebendes Wesen. Die Maschinen stoppten niemals. Fiel etwas aus, wurde es repariert. Ließ sich etwas nicht reparieren, wurde es ausgewechselt. Lydersen aus Mandal ließ keine Zweifel. Bewährten sie sich nicht, dann würden auch sie ausgewechselt. Hätte er schlechte Laune gehabt, hätte er stärker aufgetragen. Aber seine Laune war blendend. Lydersen hatte schon lange nicht mehr eine so aufmerksame Zuhörerschaft gehabt. Sie sollten es nicht zu schwer nehmen, wenn sie etwas nicht verstanden hätten. Das sei ihm am ersten Tag auch nicht viel anders gegangen. Das Wissen wachse mit der Zeit. Außerdem sei es gar nicht das Wissen, auf das es ankomme. Auf die Einstellung komme es an. Sei die in Ordnung, würden sie hier klarkommen. Wurden sie aufmüpfig oder riskierten sie eine große Klappe, dann würde es ihnen richtig schlecht gehen.

»Wißt ihr, was Murphy immer sagt?«

Sie wußten nicht einmal, wer Murphy war.

»Die Klappe ist nicht zum Reden da«, sagte Lydersen. »Sie ist zum Kauen. Und der Arsch nicht zum Sitzen, sondern zum Scheißen. Wenn ihr euch daran haltet, wird es euch richtig gut gehen.«

Als die Einführung zu Ende war, hatten sie nicht allzu viel begriffen. Sie schüttelten nur die Köpfe, als Lydersen sie fragte, ob sie sonst noch etwas wissen wollten. Ihre Verwirrung war so groß, daß sie nicht einmal wußten, was sie fragen sollten. Das einzige, was alle drei gleichermaßen beeindruckt hatte, war, wie unglaublich schmutzig es überall war. Und das nächste, das sie begriffen, war, daß sie selbst es waren, die dafür sorgen sollten, daß dieser Schmutz verschwand. Lydersen aus Mandal zeigte ihnen die Berge von Fettlösungsmitteln. Er zeigte ihnen, wo die Schlauchrollen lagen und wo die Startknöpfe für die Wasserpumpe waren. Es galt lediglich, anzufangen. Alles mußte sauber werden. Nichts wurde sauber. Sie legten los mit Wasser und Fettlösungsmittel. Sie spülten und scheuerten. Es wurde fast sauber. Als sie die Schläuche wieder einrollten, meinten Tengs und Sjur Willy, sie hätten brauchbare Arbeit geleistet. Das Wasser, das die Füße der Bohrinsel umspülte, glich verdünnter Milch, als sie die Pumpe abstellten. Wohin Bruin verschwunden war, wußten sie nicht. Sie entdeckten ihn in der Cafeteria.

»Wo bist du denn abgeblieben?«

»Ich mußte aufs Klo.«

»Eine halbe Stunde lang?«

Es dampfte aus den Kaffeetassen. Es dampfte aus den Arbeitsoveralls. Der Zigarettenrauch lag wie ein seliger Nebel über ihren Köpfen, als der Teufel himself hereingeplatzt kam und wissen wollte, was zum Teufel sie in der Cafeteria trieben.

»Wir rauchen eine«, antwortete Tengs.

»Wir sind gerade mit dem Waschen fertiggeworden«, sagte Sjur Willy.

Der Toolpusher befahl ihnen, die Zigaretten auszumachen und den Kaffee auf der Stelle hinunterzukippen. Sie seien nicht einmal halb fertig. Das Deck darunter müsse noch gemacht werden. Ein Versorgungsboot werde erwartet, das gelöscht werden müsse. Ein Diesel- und ein Wassertank seien zu bunkern. Das Bohrteam brauche weitere Bohrröhren. Das Auffangbecken im Maschinenraum sei voller Schmieröl. Die Abflüsse seien verstopft und müßten durchstochen werden. Geländer und rostige Rohrleitungen müßten gestrichen werden. Sie sollten, verdammt noch mal, nicht da herumhocken und glauben, sie seien mit irgend etwas fertig. Sie seien nicht eher fertig, bis ihre Schicht zu Ende sei! Ja, nicht einmal dann!

Der Nordwestwind blies ihnen direkt ins Gesicht, als sie damit begannen, die Geländer zu streichen. Bruin meinte, es wäre besser, auf der anderen Seite der Rigg anzufangen, die läge im Windschatten.

»Er hat gesagt, wir sollen das hier machen.«

Tengs und Sjur Willy machten weiter.

»Man wird doch wohl noch den Kopf gebrauchen dürfen!«

Tengs und Sjur Willy waren sich da nicht so sicher. Sie waren blaugefroren und hatten eine Hand in der Hosentasche in Sicherheit gebracht, als der Teufel himself auftauchte und wissen wollte, ob sie frören. Sjur Willy nickte. Es sei nicht gerade warm. Tengs schlug vor, in die Kantine zu gehen, um die Finger aufzutauen. Ebensogut hätte er eine Reise nach Hawaii vorschlagen können.

»Wenn wir hier stehen sollen, brauchen wir wärmere Sachen!« sagte Bruin.

Etwas Jämmerlicheres hatte der Toolpusher noch nie gehört. Eine einzige Sache sei gut gegen Kälte, harte Arbeit!

»Und wenn das auch nicht hilft?«

»Dann arbeitest du noch nicht hart genug«, sagte Peck.

»Und wenn es wirklich nicht hilft?«

»Dann erfrierst du hoffentlich«, sagte Peck.

Es gelang ihnen, nicht zu erfrieren. Der fliegende Holländer brauchte sie im Pumpenraum. Er hieß Frank Oesterling und mußte acht Paletten mit Chemikalien und Bohrmineralien vor dem Regen in Sicherheit bringen. Sie hatten keine Ahnung, was sich in den unterschiedlichen Säcken befand. Darum bräuchten sie sich nicht zu kümmern. Das einzige, was sie wissen müßten, sei, wohin die Säcke sollten. Oesterling wies auf ein paar Bretter, die neben einem Förderband lagen. Sie nahmen jeder einen Sack und schwankten davon. Tengs schulterte den ersten Sack. Sjur Willy trug seinen ersten vor dem Bauch. Das ließ er bleiben, nachdem er beim zweiten Mal über einen Rohrstutzen stolperte und der Sack unter ihm auf einem Ventilkranz landete. Die Säcke waren schon zu Beginn schwer, und sie wurden mit der Zeit nicht leichter. Tengs und Sjur Willy fluchten, als Bruin wieder aufs Klo mußte und nach der ersten Palette verschwand. Langsam waren sie seine Darmbeschwerden leid. Er war schon eine kleine Ewigkeit weg, als Oesterling sich nach ihm erkundigte. Bruin kam mit hochrotem Kopf zurück. Der Turmmann hatte ihn in voller Montur, mit einer Zigarette im Schnabel, einer Dose Cola in den Händen und der Rogaländer Zeitung auf den Knien im Klo überrascht. Er hatte ihn aus der Toilette gezerrt und an die Wand gestoßen. Bruin war entsetzt über diese Arbeitsbedingungen. Etwas Derartiges hätte er bei der Nordlandbahn niemals erlebt. Am meisten war er über Tengs und Sjur Willy entsetzt. Sie seien keine Kameraden.

»Ihr hättet ja wohl nicht sagen müssen, daß ich aufs Klo gegangen bin!«

Tengs und Sjur Willy rieten ihm, die Schnauze zu halten. Sie seien es mehr als leid, Entschuldigungen für ihn zu erfinden.

»Ich werd' ja wohl noch mal scheißen dürfen!«

»Wenn du so voller Scheiße steckst, daß du jede Stunde einmal aufs Klo mußt, solltest du deinen Tag mit einem Klistier beginnen«, sagte Tengs.

»Oder mach dir in die Hose«, empfahl Sjur Willy.

»Sie lassen uns ja nicht einmal Pausen machen!«

»Aber du mußt dich deshalb doch nicht wie das letzte Arschloch aufführen, oder?«

Sie schleppten weiter ihre Säcke. Eine Palette stand noch aus, als Oesterling Tengs und Sjur Willy zum Essen schickte. Bruin protestierte, als er begriff, daß er die letzte Palette alleine versorgen sollte.

»Darf ich etwa nichts essen?«

Oesterling zuckte mit den Schultern. Das sei nicht seine Sache. Wenn er fertig würde, bevor der Steward die Messe abschloß, könne er essen, so viel er wolle. Wenn er nicht fertig würde, könne er ja am Ende seiner Schicht essen.

»Soll ich hier etwa sechs Stunden ohne Essen auskommen?«

»Menschen, die so viel scheißen wie du, sollten überhaupt nichts mehr essen«, erwiderte Oesterling.

Tengs und Sjur Willy schauten von ihren Dessertschalen hoch, als Bruin angehinkt kam. Es gelang ihm gerade noch, sich den Teller vollzuladen, als damit begonnen wurde, die Tische abzuräumen. Er aß noch, als Tengs und Sjur Willy bereits wieder im Schlammraum auftauchten. Der Turmmann hatte ein Ohr an eine der Schlammpumpen gelegt und winkte sie zu sich herüber.

»Hört ihr etwas?«

»Was denn?«

»Das Klopfen.«

Tengs und Sjur Willy machten eine Runde um die große Pumpe. Sie hatte die Größe eines Campingwagens. Sie waren sich nicht sicher, was das für Geräusche waren, die sie hörten. So vieles klopfte hier.

»Ich glaube, die gibt gleich den Geist auf.«

Sie sahen den Turmmann erstaunt an, als er ihnen erklärte, wie schnell das ging. Ein paar Sandkörner im Bohrschlamm seien schon genug.

»Sandkörner?«

»Können ein paar Sandkörner dieser Riesenpumpe etwas anhaben?«

Der Turmmann nickte ernst. Es war wichtig, rechtzeitig den Mechaniker zu holen. Oesterling brauchte jeweils nur eine Pumpe, aber er mußte immer eine Backup haben. Tengs und Sjur Willy nickten und ließen das Wort auf sich wirken. Backup! Das hörte sich gut an. Nicht übel! Frank Oesterling war nicht irgendjemand. Der wußte, wovon er sprach. Der wußte, wie er mit störrischen Pumpen umzugehen hatte und mit Roustabouts, die sich vor der Arbeit drückten. Tengs und Sjur Willy begriffen nur nicht, was der Turmmann im Pumpenraum zu suchen hatte. Sollte ein fliegender Holländer nicht oben auf dem Bohrturm hocken?

»Nur wenn wir uns aus dem Loch zurückziehen oder wieder mit einer neuen Bohrkrone herunterfahren«, sagte er. »Während des Bohrens bin ich hier.«

Er sah sie an, während er eine andere Pumpe in Gang setzte.

»Wißt ihr was von Druck?«

Davon wußten sie wenig. Sie hatten keine Ahnung davon, daß der Druck der Schlammpumpen auf mehr als dreihundert Bar gesteigert werden konnte. Und das sagte ihnen auch nicht viel. Sie dachten, Oesterling mache einen schweinischen Witz, als er von einer Frau begann, die dreihundert Kilo wiegt und mit hochhackigen Schuhen herumläuft.

»Und wenn das feiste Luder anhält und auf der einen Hacke stehenbleibt, dann wißt ihr, was dreihundert Bar sind.«

Sjur Willy hatte Schwierigkeiten, sich vorzustellen, daß eine dreihundert Kilo schwere Frau auf einer Hacke stehen konnte. Sie hatte wahrscheinlich schon genug damit zu tun, sich überhaupt auf den Beinen zu halten. Aber er hatte die Botschaft verstanden. Von einem Strahl mit dreihundert Bar Druck getroffen zu werden – das war wie eine Gewehrkugel. Der würde glatt durch ihn hindurch gehen.

»Soll ich euch ein bißchen erklären, was hier so läuft?«

Sie nickten begeistert, als sich Oesterling erhob. Der Turmmann war in Ordnung. Mit dem ließ sich ein vernünftiges Wort reden. Sie folgten ihm willig, als er auf den Shaleshakerraum zuging.

Der Shaleshaker zitterte und dröhnte wie ein mittleres Erdbeben. Bohrschlamm schwappte in Strömen durch die offenen

Gerinne, während in der Mitte, auf dem Rost, Klumpen aus Lehm und pulverisierten Steinen zuckten.

»Hier kommt das alles wieder hin«, rief Oesterling.

»Was?«

»Der Bohrschlamm, fühlt mal, der ist warm!«

Sie hielten ihre Finger in den Schlammstrom. Das wäre nicht nötig gewesen. Es war leicht zu sehen, daß der zurücklaufende Schlamm warm war. Es dampfte aus den grauen Fluten.

»Und hier im Shaker findet die erste Trennung statt! Hier werden die gröbsten Partikel abgespalten und ins Meer geleitet, bevor der Bohrschlamm zurück in die Tanks läuft, um dann wiederverwendet zu werden.«

»Der wird wiederverwendet?«

»Ja klar!«

Oesterling verdrehte die Augen. Natürlich wurde der Bohrschlamm immer wiederverwendet! Das war schließlich das A und O des Ganzen. Wenn der Bohrschlamm aufhörte zu zirkulieren, konnten Murphy und das ganze Bohrteam nur noch einpacken. Der dampfende Matsch sei für den Bohrprozeß ebenso wichtig wie für Tengs und Sjur Willy der Blutkreislauf. Die graue Suppe wurde aus den Schlammtanks durch das Bohrgestänge gepumpt, preßte sich durch die Düsen der Bohrkrone und reinigte das Bohrloch, um danach zusammen mit Lehm, splittigem Schiefer und zermahlenem Gestein durch den Ringraum, der das rotierende Bohrgestänge umgab, zurück zur Plattform zu fließen. Der Bohrschlamm war praktisch das Schmier- und das Kühlmittel. Und sein Gewicht eine Barriere gegen Blow-outs, für den Fall, daß sie auf Öl stießen. Ohne diese Säule aus Schlamm hätten die Jungs dort draußen nicht mehr viel zu melden, wenn die Krone in ein Reservoir treffe. Sie würden die ganze Chose direkt in die Fresse kriegen. Und nicht nur das Bohrteam sähe dann schlecht aus. Sie alle sähen dann schlecht aus. Und zwar ziemlich endgültig. Die Achtung vor Frank Oesterling stieg mit jedem Satz, den er sagte. Es reiche aber nicht aus, ständig beide Schlammpumpen in Ordnung zu halten und in den Lagertanks genug Schlamm zu haben, es komme auch auf das Eigengewicht des Bohrschlamms an, damit er gegen den Druck von unten standhielt. Er mußte Zähigkeit besitzen, damit er den Bohrgrus mit nach oben nahm. Gleichzeitig mußte er dünn genug sein, um richtig zirkulieren zu können. Die Mischung dieses Schlamms sei nicht einfach ein Job, das sei eine Wissenschaft! War der Schlamm zu dünn, mußte mehr Bentonit beigemischt werden. Wurde er zu leicht, brauchte man schwere Mineralien wie Baryt. War er nicht zäh genug, brauchte man Ätznatron. Begann er zu dick oder zu schwer zu werden, mußte man ihn mit Seewasser vermischen, sonst würde der ganze Brunnen zum Teufel gehen.

»Und wie schaffst du das alles?«

»Ich weiß die Bohrtiefe und ziehe Proben«, antwortete Oesterling.

Jede Viertelstunde überprüfte er die Eigenschaften des Bohrschlamms, indem er ihn durch ein offenes Gerinne laufen ließ. Ein Liter brauchte eine ganz bestimmte Zeit. Wurde sie überschritten, war der Schlamm zu zäh. Ging es schneller, war er zu dünn. Befanden sich Gasblasen im rückläufigen Schlamm, war Gefahr im Verzug. Dann war der Schlamm so leicht, daß sie Gefahr liefen, die Kontrolle über den Brunnen zu verlieren.

»Ihr begreift jetzt wohl, daß das kein Job für Anfänger ist!«

Tengs und Sjur Willy nickten. Das hatten sie begriffen. Sie standen in einer grauen Staubwolke am Mischpult, als Bruin zurückkam. Er blieb in sicherem Abstand stehen.

»Seid ihr verrückt? Arbeitet ihr ohne Masken!«

Sie verzogen ihre Gesichter. Was sollten sie mit Masken? Sie trugen doch schon welche! Sie sahen aus, als seien sie gerade zwei Mehlsäcken entstiegen. Dichte Staubwolken umgaben sie, während sie Bentonitsäcke öffneten und in den Schlammschacht leerten.

»Hier muß eine Absauganlage hin«, sagte Bruin.

»Das ist nur getrockneter Lehm«, brummte Tengs.

»Was wißt ihr denn davon? Wir haben doch keine Ahnung, was in diesen Säcken ist!«

»Wir haben mit Oesterling gesprochen«, sagte Sjur Willy.

Das war doch eine Kleinigkeit. Gut, das Zeug legte sich auf die Lippen und schmeckte nicht gerade wie Puderzucker. Es brannte etwas in den Augen und juckte in der Nase. Aber deswegen machte man doch keine Schwierigkeiten. Wenn sich etwas Gefährliches in den Säcken befände, wäre wohl schon längst ein Abzug installiert. Außerdem seien sie ja bald fertig.

»Es sind nicht mehr viele Säcke.«

»Ihr hättet wenigstens Schutzbrillen aufsetzen sollen, wegen der Augen.«

»Dann würden wir nichts mehr sehen«, sagte Sjur Willy.

Er schüttelte den Kopf, als Bruin davonstürmte, um dem Turmmann die Meinung zu sagen. Oesterling nutzte die Gelegenheit und nahm einen tiefen Schluck Mineralwasser, als Bruin sich vor ihm aufbaute und verlangte, da sei ein Entlüftungskanal mit Absauganlage über dem Mischpult zu installieren.

»Was, zum Teufel, willst du denn damit?«

»Der Staub muß weg!«

»Der verschwindet von selbst«, sagte Oesterling.

»Wir atmen den ein«, beharrte Bruin.

»Ja, und?«

Oesterling hatte seit Jahren Staub eingeatmet. Auch er hatte am Mischpult gestanden und Tonnen von Bohrmineralien in den Schacht geschüttet. Auch er hatte die Schnauze und die Nase randvoll mit Staub gehabt, auch er, und hatte ihm das geschadet?

»Wir können davon krank werden!« sagte Bruin.

Oesterling kippte den Rest Mineralwasser hinunter, bevor er etwas sagte. Sehe er krank aus? Sehe einer der anderen krank aus?

»Wer von dem Staub krank wird, war vorher schon krank!«

Ein bißchen gelöschter Kalk werde wohl auch Bruins Kehle nicht schaden. Man verrecke nicht an getrocknetem Lehm. Lauge sei gut gegen Erkältung, und bei Ätznatron würden die Polypen das Zeitliche segnen. Wenn Bruin seine Polypen behalten wolle, könne er ja statt dessen aufräumen gehen. Hier gebe es schließlich genug Schrott. Pappkisten und leere Plastikkanister, Eisenkram und ölgetränkte Lappen, leere Säcke und alte Paletten, überall liege etwas rum.

»Und wo soll ich das hintun?«

»Schmeiß den Scheiß über Bord«, sagte Oesterling, »einfach ins Meer damit.«

»Das geht doch nicht«, sagte Bruin, »das treibt an Land, und dann hängt es bei den Fischern in den Netzen!«

Der Holländer sah über die Brüstung. Er sehe keine Fischer. Er sehe keine Netze. Nur das Meer, soweit das Auge reiche, und einen arbeitsscheuen Querulanten, der behaupte, keinen Staub zu vertragen. Auch bei Tengs und Sjur Willy stieß Bruin auf wenig Verständnis. Sie seien Roustabouts und hätten zu tun, was von ihnen verlangt werde. Die leeren Säcke gingen zusammen mit den Plastikkanistern und den Holzresten über Bord. Es sah übel aus, als sie fertig waren.

»Das nächste Mal machen wir das nachts«, sagte Sjur Willy, »dann brauchen wir es uns wenigstens nicht anzuschauen.«

Besser war es mit den Sachen, die versanken. Alte Winkeleisen und durchgerostete Kabelrollen, Rohrabschnitte und ausrangierte Ventile verschwanden ebenso schnell, wie Tengs und Sjur Willy sie über die Reling warfen. Bruin war auch das zuwider.

»Die Fischer haben das dann in ihren Netzen«, meinte er.

»Die sollen hier wegbleiben«, sagte Tengs.

»Die werden wohl wissen, wieviel Schrott hier liegt.«

»Das finden die schnell heraus.«

»Und was nützt das, wenn die Netze erst kaputt sind?«

»Wir arbeiten nicht für den norwegischen Fischereiverband«, sagte Sjur Willy. »Wir arbeiten für eine amerikanische Ölgesellschaft!«

Sie standen in der Halterung des noch nicht montierten Brenners, als sie fertig waren. Die Flämmanlage wurde erst hochgezogen, wenn ein neuer Fund getestet werden mußte. Vorläufig hatte die Ocean Star aber noch nichts gefunden. Sie waren auf nichts anderes als Grundwasser gestoßen. Vielleicht würde das auch so bleiben. Nicht alle waren so optimistisch wie Lydersen aus Mandal. Die drei Roustabouts spieen ins Meer und sahen dem auf der unruhigen Oberfläche davondümpelnden Schrott nach. Sie schauten zu den über ihnen kreisenden Möwen hoch. Sie hatten dort nicht lange gestanden, als der Bohrchef auftauchte.

»Jungs, was treibt ihr da?«

»Wir gucken uns den Schrott an«, sagte Bruin.

»Und die Möwen«, sagte Tengs.

»Wir sind gerade mit dem Aufräumen fertig«, antwortete Sjur Willy.

Der untersetzte Bohrchef schielte sie mit einem Zigarrenstummel im Mundwinkel an. Er war nicht daran interessiert, mit was sie fertig waren, sondern daran, was sie jetzt tun würden.

»Wir warten auf das Supplyboot«, sagte Sjur Willy.

Das war nicht gerade das Schlaueste, was er sagen konnte. Das Versorgungsschiff kam nicht schneller, wenn er da rumstand und faulenzte. Bruin protestierte, als der Bohrchef sie anwies, das Pipedeck zu spülen.

»Aber wir haben das doch erst vor ein paar Stunden gemacht!«

Die Antwort kam kurz und trocken.

»Auf einer Plattform kann man nicht oft genug saubermachen!«

Es gab vieles, was sie nicht wußten. Vieles, was sie lernen mußten. Eine der ersten Sachen, die sie lernten, war, es eilig zu haben, selbst wenn sie genügend Zeit hatten. Das hatte Dallas ihnen beigebracht. Er hatte sie mit Pupillen angeschaut, die hinter den dicken Brillengläsern groß wie Haselnüsse waren, und er hatte derart gestottert, daß die Worte den Hals herab Schlange standen, als er ihnen erklärte, weshalb sie sich schuldig gemacht hatten. Sie hatten gegen das erste Gebot verstoßen.

»Und was heißt das?«

»Eeein Rororoustabout mumumuß es immer eeeilig haben, bbbesonders wewewenn jemand zzzuschaut.«

Die Amerikaner seien zu allem fähig. Sie konnten Männer auf den Mond schicken, aber mit einer Sache kämen sie einfach nicht klar.

»Was denn?«

»Rrroustabouts zzzu sehen, ddddie nichts zu tttun hahahaben!«

Es sei im Grunde genommen egal, was sie täten, Hauptsache es sah so aus, als seien sie mit irgend etwas beschäftigt. Dallas hatte sich darauf eingestellt. Er setzte sich nie in die Nähe eines Amerikaners, wenn er nicht darum gebeten wurde. Und selbst dann setzte er sich nicht immer hin. Nichts mache größeren Eindruck auf die Amerikaner, als ein norwegischer Roustabout, der sagt, er habe keine Zeit, sich hinzusetzen. So etwas vergäßen die niemals, jedenfalls nicht in der ersten Woche. Aksel Bruin starrte auf den stotternden Roustabout.

»Biederst du dich denen an?«

Dallas schüttelte den Kopf. Was er tat, das hatte nichts mit Anbiederei zu tun, das hatte mit Charles Darwin zu tun.

»Sssurvvvival of the fffittest!«

Er riet Bruin, es mit Charles Darwin zu halten. Dann könne er das Gröbste vermeiden. Gelänge es ihm, den Teufel himself davon zu überzeugen, daß er ein Pfundskerl sei, könne er es die nächsten Tage ruhig angehen lassen. Im übrigen müsse er es natürlich machen wie Dallas und sich hier und da ein paar sichere Rückzugsräume schaffen. Das sei kein Problem. Auf der Rigg gebe es genug Verstecke, aber natürlich dürfe man sich auch da nicht einfach hinhocken.

»Dddu mmmußt nnnatttürlich immer eine Eeerkkklärung parat haben, für den Fall, dddaß man dich dort entddeckt! Und dddu darfst natürlich nniemals zu lange an einem Ooort bbbleibbben.«

Dallas hatte herausgefunden, daß eine Viertelstunde gerade noch ging. Dann machte er eine neue Runde. Es sei wichtig, sich in bestimmten Zeitabständen zu zeigen. Wurde man dabei angesprochen, mußte man natürlich tun, was verlangt wurde, aber es gebe viele Möglichkeiten, solche Aufträge zu umgehen.

»Welche denn?«

»Dddas wwwichtttigste ist, dddaß dddu immer etwas mmmit dddir herumträgst, und das zwwweitwichtigste, dddaß dddu immer in Bewegung bbbist. Machst dddu bbbeidddes, solltest dddu eigentlich aaauf der sssicheren Seite sssein.«

Dallas schleppte immer etwas mit sich herum, eine Brechstange oder eine Rohrzange, einen Schraubenschlüssel oder ein Winkeleisen, eine Dose Rostlösungsmittel oder ein Tau, einen Eimer Farbe oder eine Fettpresse. So viel brauchte es gar nicht. Ein Putzlappen in der Gesäßtasche war zu wenig, es sei aber gut, einen zur Reserve mitzunehmen. Wurde Dallas gefragt, was er gerade tat, war er immer im Streß. Entweder war er gerade auf dem Weg, einen Job zu erledigen, oder er war gerade damit beschäftigt, ein bestimmtes Werkzeug zu suchen, um eben diese Arbeit abzuschließen. Es machte den Eindruck, als habe Bruin die Sache mit der taktischen Geschäftigkeit verstanden, als Dallas sich wieder auf seine ruhelosen Wanderungen begab. Jedenfalls konnte er sich bei Dallas bedanken, daß er um den größten Teil der Reinigungsarbeiten herumkam.

Tengs und Sjur Willy schauten auf die Decksladung hinunter, als das Versorgungsschiff anlegte. Die Matrosen standen an der Seitenreling und hielten sich fest, als der Steuermann die seitlichen Schrauben zu Hilfe nahm, um das Schiff in Position zu manövrieren. Er hatte nicht viel Spielraum. Trieb er ab, reichte der Kranführer mit dem Ausleger nicht weit genug. Kam er zu nah, konnte das Boot mit einem der Plattformbeine oder dem Gestänge kollidieren. Es gab keinen Zweifel daran, was schlimmer war. Das niedrige, flache Achterdeck stieg, als sich der Bug in einem Wellental vergrub. Einen Augenblick später klatschte es wie eine riesige Bratpfanne aufs Meer, so daß das Wasser über die verblichenen Planken schoß. Die Matrosen sahen hoch, während der Kranführer den ersten der Bunkerschläuche herabließ. Sie ließen das Wasser abfließen, dann lösten sie sich von der Reling und nahmen den Schlauch in Empfang. Sie hatten mehr als genug damit zu tun, sich auf der glatten, schwankenden Unterlage auf den Beinen zu halten, während sie versuchten, den Verschluß zu öffnen. Sie standen wie in einem Fluß und klammerten sich an den Schlauch, als das Wasser erneut über das Deck flutete. Einen Augenblick verharrten sie, das Wasser bis zu den Knöcheln, und warteten, daß es den Weg zu den Speigatten fand, bevor sie den steifen Schlauch zwischen sich nahmen und sich zu dem Rohrstutzen vorkämpften, mit dem er verbunden werden mußte.

»Ich beneide die armen Teufel dort unten nicht«, sagte Sjur Willy.

Tengs dachte genauso. Das war etwas anderes, als Sand die Küste entlangzuschippern. Verloren sie in ihren unförmigen Survivaloveralls die Balance, konnten sie zwischen die Decksladung gespült werden und sich ein paar verdammt häßliche Quetschungen holen.

»Daran sind die wohl gewöhnt.«

So war es wohl. Tengs und Sjur Willy glaubten, das meiste sei überstanden, als die Bunkerschlangen auf den Rohrstutzen saßen und der Kranführer die erste Ladung hochhievte. Sie hatten zwei Versorgungscontainer in Empfang genommen und zwei zurückgeschickt, als Peck angerannt kam. Was, zum Teufel, sie sich dächten? Ob sie denn nichts als Stroh im Kopf hätten? Ob sie wirklich glaubten, mit geschlossenen Ventilen bunkern zu können? Sie schauten sich fragend an. Sie wußten nichts von geschlossenen Ventilen.

»Wir dachten, die seien offen.«

Genausogut hätten sie Benzin ins Feuer gießen oder in eine Pfanne mit kochendem Bratfett pinkeln können. Als hätten sie einen wildgewordenen Hengst um Kaffee und Kuchen gebeten. Hätte Peck eine Waffe gehabt, er hätte sie auf der Stelle ins Jenseits befördert. Hätte er in einem Gericht gearbeitet, er hätte sie, ohne mit der Wimper zu zucken, wegen Schludrigkeit zum Tode verurteilt. Diese eingeborenen Holzköpfe wußten ja rein gar nichts! Das einzige, was sie konnten, war, so zu tun, als könnten sie etwas. Wußten sie denn nicht, daß man zuerst die Position der Ventile checken muß, bevor man eine Rohrleitung in Betrieb nimmt? Peck warf sich auf das Ventil der Frischwasserleitung und zerrte an dem Ventilkranz. Würde er je Roustabouts bekommen mit mehr als insgesamt drei Gehirnzellen? Würde er endlich einmal Leute bekommen, die etwas anderes als Bohrschlamm im Kopf hatten? Gab er ihnen den Befehl, einen Luftkompressor zu starten, setzten sie die Meerwasserpumpen in Gang. Schickte er sie los, um Gewindedichtungen und eine Rohrzange zu holen, kamen sie mit Klebeband und einem Schraubenschlüssel zurück. Hieß er sie, im Maschinenraum anzutreten, fand er sie im Kesselraum wieder. Hieß er sie, sich in das eine oder andere System zu vertiefen, hockten sie in der Kantine, und schickte er sie zum Teufel, dachten sie ebenfalls nur an Kaffee, selbst dann! Tengs und Sjur Willy waren anfänglich der Ansicht, sie selbst seien das Ziel von Pecks wütenden Beschimpfungen. Sie begannen durchzuatmen, als ihnen klar wurde, daß Peck auf alle Arten von Idioten schimpfte, von Feuerland bis Alaska, vom Steinzeitalter bis heute. Peck schimpfte über all die schwachsinnigen Affen, die er je getroffen hatte, und auch über die, die er niemals treffen würde. Ob er sie getroffen hatte oder nicht, spielte keine Rolle für den Teufel himself. Er wußte, daß es sie irgendwo auf der Welt gab und daß sie alle nur eins im Kopf hatten: nämlich ihm, Harrison Peck, das Leben so schwer wie möglich zu machen! Tengs und Sjur Willy sahen ihm nach, als er im Pumpenraum verschwand.

»Das muß ein großer Tag für die Koreaner gewesen sein, als der Krieg zu Ende war und Peck in der Ölbranche angefangen hat«, meinte Sjur Willy.

Tengs nickte.

»Ein großer Tag für die, und ein schwarzer Tag für uns.«

Sie glaubten, sie wüßten über den wütenden Toolpusher Bescheid, doch dann erzählte Dallas ihnen, daß Peck niemals in Korea gewesen war.

»Nie?«

»Woher weißt du das?«

»Dddas wiwiwissen alle«, sagte Dallas. »Jedenfafafalls nicht iiim Kokokoreakrieg. Er wwwar erst vivivierzehn, als dder Kkkrieg begggann.«

»Woher weißt du das alles?«

»Dddas steht aaauf seiner Bbbordkarte«, sagte Dallas. »Er iiist sesesechsundddreißig geboren.«

»Warum tut er dann so?«

Dallas zuckte mit den Schultern.

»Eeer hatte wwwohl eeeinen Bruder dort.«

»Und wie ist es dem ergangen?«

»Nnnicht bebebesonders.«

»Wurde er getötet?«

»Wwwahrscheinlich.«

Tengs und Sjur Willy wußten nicht recht, was sie glauben sollten, als Dallas ihnen versicherte, Peck sei eigentlich ganz in Ordnung, man müsse ihn nur richtig kennen. Das Eigentümliche war, daß er sich, solange er an Bord war, wie ein Kotzbrocken aufführte. Ging er an Land, beruhigte er sich und war wie andere Menschen. Nach einer der ersten Schichten war er sogar mit Dallas in einen Pub gegangen.

»Wwwir hhhaben üüüber aaalles mögliche geredet und dabei eimerweise Bier gggetttrunken, und aaals eees bebebegggann hell zzzu wwwerddden, hhhat eeer dddie ggganze Rechnung bbbezzzahlt!«

Sie sollten es nicht persönlich nehmen, wenn Peck ausraste. Er sei wie ein Vulkan. Dallas wußte nicht, warum, vielleicht war es die Verantwortung für all das, was hier abging, vielleicht sein Nervenkostüm, ebensogut könnte es aber auch die Verdauung sein. Peck könne manchmal tagelang nicht scheißen. Da sei es ja eigentlich gar nicht so schwer zu verstehen, daß es an anderen Stellen herausplatze. Wenn bei ihnen die Verdauung nicht normal laufen würde, würden sie ja vielleicht auch ihr Maul als Auspuff benötigen.

»Iihr mmmüßt nnnur immmer aaan eine Sssache ddden-ken«, sagte Dallas.

»Was denn?«

»Wwwenn iiihr eeetwas Wichtiges mmmit Pppeck zu besppprechen habt, sssolltet iiihr vorher checken, ooob eeer auf dem Kkklo war!«

Es wurde dunkel, und es wurde wieder hell. Das meiste hatte sich beruhigt. Die erste Schicht war bald geschafft und der Teufel himself hatte sich zur Büroarbeit und zum Berichteschreiben zurückgezogen. Die Roughnecks und der Driller waren auf dem Deck beschäftigt. Die Roustabouts hatten die ganze Kantine für sich und sich entsprechend eingerichtet. Tengs und Sjur Willy hockten jeder in einer Ecke, die Köpfe an die Wand gelehnt, die Füße auf den Nachbarstühlen, während sie auf die Ablösung warteten. Bruin hatte eine Packung Kekse auf dem Schoß und las in einem Wochenblatt Sexgeschichten, aus dem Leben gegriffen. Gleichzeitig beobachtete er aus den Augenwinkeln Dallas. Ihm war aufgefallen, daß es Dallas scheißegal war, aus wessen Zigarettenpackung oder Coladose er sich bediente, Hauptsache, es war genug drin. Dallas saß an einem Tisch und blätterte, Bohrschlamm auf den Brillengläsern, durch eine Zeitung und fragte sich, was in den Köpfen der Journalisten vorging.

»Schschschaut hhhier!«

Er wies auf eine Überschrift: FÜNF TOTE BEI BUSUNGLÜCK. Bruin begriff nicht, warum er sich so aufregte. Daß

Journalisten auf Sensationen aus waren, war doch ganz normal.

»Sssensssationen!«

Dallas hätte sich beinahe verschluckt.

Die Sensation war doch wohl nicht, daß jemand den Löffel abgegeben hatte! Das Sensationelle war, daß fast alle überlebt hatten! Der Bus hatte sich die Böschung hinunter mehrfach überschlagen und war kopfüber in einem Fluß gelandet. Daß jemand mit dem Leben davongekommen war, glich einem Wunder, und da widmeten sie die ganze Titelseite denen, die dabei draufgegangen waren! Das war doch völlig daneben! Diese Journalisten sahen ja den Wald vor lauter Bäumen nicht! Die sahen nicht einmal die Bäume! Die sahen nur die, die starben! Bruin kam Dallas zuvor, der wieder nach seiner Coladose griff.

»Nimm deine Brille ab, dann siehst du vielleicht den Unterschied zwischen meiner und deiner!«

»Wenn ich die abnehme, kann ich nicht mal Männlein von Weiblein unterscheiden«, sagte Dallas.

Aber das schien ihn nicht zu stören. Er sah, was er sehen mußte. Er hörte, was er hören mußte, und war meistens zufrieden. Es gelang ihm, Bruin dazu zu bringen, von seinen Sexgeschichten hochzuschauen, indem er behauptete, er sei einer der glücklichsten Menschen der Welt.

»Hast du im Lotto gewonnen?«

Dallas schüttelte den Kopf, er rede nicht von irgend einem Spielerglück. Jeder konnte schließlich ein paar Tausender im Lotto gewinnen.

»Wovon denn dann?«

Tengs und Sjur Willy musterten ihn. Sie konnten nichts an ihm sehen, das an Glück erinnerte. Auch hören nicht.

»Du stotterst doch, daß sich die Balken biegen«, sagte Tengs.

»Iiich kkkönnte aaauch ssstumm sein«, sagte Dallas.

»Du bist so kurzsichtig wie ein Mikroskop!« sagte Sjur Willy.

»Ich kkkönnte bbblind sein«, sagte Dallas.

Bruin betrachtete Dallas' Zeigefinger, dessen vorderes Glied fehlte.

»Hattest du da auch Glück, als du den verloren hast?«

»Ddda hatte iiich eeein Schschschweineggglück«, sagte Dallas, »iiich häääte um eeein Hahahaar die ggganze Hand verloren!«

Alle Einwände prallten ab wie Hagel von einem Blechdach. Dallas wußte nicht wieso, aber er hatte immer ein abenteuerliches Glück gehabt. Er hatte auf Schiffen angeheuert und die Abfahrt verpaßt. Aber immer waren neue Schiffe aufgetaucht. Von einem Stückgutfrachter war er im Stillen Ozean über Bord gegangen und von Thunfischerbooten aufgeklaubt worden. Er war von einem Schiffsmast gefallen und hatte überlebt. Andere wären geradewegs aufs Deck geklatscht und anschließend in schwarze Plastiksäcke zusammengekehrt worden. Dallas war auf einer Rolle Gummischläuche gelandet und mit einem Beinbruch davongekommen. Allerdings hatten die Ärzte sein Bein so schief zusammengesetzt, daß sie es schließlich noch einmal hatten brechen müssen. Aber selbst das war ein Vorteil gewesen, letztlich. Hätte Dallas das Krankenhaus sofort verlassen können, hätte er niemals Grynet Godal getroffen, die als Krankenschwester auf der chirurgischen Abteilung abends mit den Waschlappen unterwegs war. Wäre sie nicht an einem Abend extra spät gekommen, wäre er das Jahr drauf im Atlantik mit einem Gastanker untergegangen wie ein Stein. Es war ein Wunder. Wäre Dallas an diesem Abend nicht seiner Eingebung gefolgt und hätte ihr ein wenig die Möse massiert, wäre es aus mit ihm gewesen. Er hatte keine Ahnung, daß Grynet Godal das machte, um ihm das Leben zu retten, als sie den Waschlappen ins Becken warf und ihre weiße Krankenschwesterntracht über die Hüften hochschob. Ganz im Gegenteil. Er dachte, sein letztes Stündchen hätte geschlagen, als sie ins Bett stieg und sich auf ihm niederließ. Dallas hatte längst vergessen, daß er das Zimmer mit einem pensionierten, gerade an einem Oberschenkelhalsbruch operierten Gerichtsschreiber teilte, als sie begann, mit ihrem Untergestell zu rotieren. Er hatte einfach gelegen und alles über sich ergehen lassen, als ihre Möpse aus der Krankenschwesterntracht quollen. Niemals zuvor hatte er so was erlebt. Immer hatte er in all den Puffs bezahlen müssen, und jetzt ging alles über die Krankenkasse! Er hatte dagelegen und an einer harten Brustwarze geknabbert, als der Gerichtsschreiber auf einmal wissen wollte, was sie dort trieben. Dallas hatte dazu nichts gesagt. Wenn ihm nach vierzig Jahren Gerichtswesen unbekannt war, womit sich Grynet Godal und er gerade beschäftigten, dann war es vollkommen in Ordnung, wenn er seine Unwissenheit mit ins Grab nahm. Sie hüpfte auf und nieder, als säße sie auf einem Trampolin, bevor sie platzte und über ihm zusammensank. Als sie dann kam und ihm erzählte, sie sei schwanger, hatte er erst gedacht, das sei ein dummer Scherz. Hatten Krankenschwestern, die auf eingegipsten Beinbruchpatienten herumhüpften, nicht wenigstens die Spirale drin? Als er begriff, daß es ernst war, bat er sie abzutreiben. In seiner Verwandtschaft gebe es so viele defekte Erbanlagen, daß sie das Risiko einging, Mutter eines Kindes mit zwei Köpfen zu werden, vorausgesetzt, es hatte überhaupt einen Kopf. Es half nichts. Grynet Godal war einverstanden, mit der Hochzeit so lange zu warten, bis er keine Krücken mehr brauchte, aber keinen Tag länger. Dallas hatte sich vorgenommen, sie zu benutzen, bis er fünfzig war, als er bemerkte, daß sie verschwunden waren. Sie hatte sie ihm weggenommen! Der Gerichtsschreiber, der sich wegen des

Bettgequietsches und der Atemgeräusche aufgeregt hatte, war in der Nacht, bevor sie zum Standesamt mußten, entschlafen. Dallas hatte versucht, sich damit abzufinden, daß das Glück ihn verlassen hatte, als er einige Wochen später auf einem Gastanker in Rotterdam anheuerte. Und er mußte einsehen, daß alle Hoffnung vergebens war, als er sich ein Jahr später in einen Jumbojet setzte, um zur Kindstaufe zu fliegen. Er flog achttausend Meter hoch über den Atlantik und wußte, daß er Grynet Godal niemals mit dem Waschlappen an sich hätte heranlassen dürfen. Er hätte sie bitten sollen, sich um den Gerichtsschreiber zu kümmern. Vielleicht würde der dann noch leben? Auf jeden Fall hätte er einen wesentlich festlicheren Tod gehabt. Dallas war genau ein Jahr verheiratet, als ihm aufging, was für ein Glück er hatte. Der Kinderwagen war draußen vor einem Pub geparkt, und Dallas saß mit seinem Sprößling auf dem Schoß, als er es plötzlich in der Zeitung las. Während er Windeln gewechselt hatte und Grynet Godal nach und nach ein wenig besser kennengelernt hatte, war sein Gastanker explodiert und wie ein Stein vor der Küste von Neufundland gesunken. Und das sei nicht der letzte Glücksfall gewesen. Grynet Godal hatte mit ihrem Waschlappen nicht nur sein Leben gerettet, sondern auch seine Finanzen! Dallas konnte mit Geld nicht umgehen. Deshalb hatte er auch nichts dagegen, daß Grynet Godal im Krankenhaus aufhörte, um sich um sein Geld zu kümmern. Das hätte so richtig in die Hose gehen können. Keiner der beiden hatte damit gerechnet, daß sich die norwegischen Schiffsreeder so für unterbezahlte Ausländer begeistern könnten, daß es schier unmöglich wurde, eine Heuer zu bekommen. Mehr als zwei Monate lang saß Grynet Godal ohne eine Öre da, um die sie sich hätte kümmern können. Aber selbst das ging gut. Als Dallas mit einem kurzsichtigen Jungen auf dem Schoß und mit einer Frau im Haus, die mit jedem Tag mißmutiger wurde, sein überzogenes Bankkonto studierte, kam die Global Drilling Company mit der Ocean Star im Schlepptau und befreite ihn aus seiner Not.

Wenn das kein Glück war, was dann? Das war mehr als Glück, das war ein Wunder Gottes! Es hatte solch einen starken Eindruck auf Dallas gemacht, daß er sogar fast einmal in die Kirche gegangen wäre, um sich für die Aufmerksamkeit zu bedanken. Er hatte sich aber noch besonnen und war statt dessen ins Wirtshaus gegangen. Wenn es hart auf hart kam, war es ja vielleicht so, daß Gott die Hand über ihn hielt, weil er eben so war, wie er war? Wenn er jetzt so tat, als sei er ein Verwandter von Franz von Assisi, wäre Gott wohl der erste, der ihn durchschaute, und dann hätte er es sich wohlmöglich verdorben?

»Du glaubst also an Gott?«

Dallas nickte.

»Dddas mmmuß iiich wwwohl.«

Im Gegensatz zu Tengs und Bruin war sich Sjur Willy nicht sicher, was er über das Glück von Dallas denken sollte. Die anderen hatten keine Zweifel.

»Du bist doch von vorn bis hinten verarscht worden«, meinte Tengs.

Dallas protestierte nicht. Es war ihm klar, daß Grynet Godal ihn verarscht hatte. Aber das war okay. Und was blieb den anderen, nachdem sie verarscht worden waren? Nichts.

»Was hast du denn noch?«

»Dddas Gggluck«, sagte Dallas. »Wäwäwäre ich nnnicht vvveraaarscht wwworden, llläge ich jjjetzt in einem Schiffswwwrack an ddder Kükküküste vvvon Neufundland!«

Sie standen in der Garderobe und zogen sich die Overalls aus, als Sjur Willy einfiel, daß Peck sie gebeten hatte, bevor sie von der Schicht gingen, noch zu ihm ins Büro zu kommen.

»Scheiß doch drauf«, meinte Bruin. »Wir sind abgelöst

worden. Wenn er etwas von uns will, soll er das morgen sagen.«

»Es ist wohl besser, wenn er heute die Gelegenheit dazu bekommt«, meinte Tengs.

Er wollte nicht viel. Er wollte lediglich wissen, ob sie sich im Laufe des Tages verletzt hatten.

»Was bitte?«

Bruin sah aus, als hätte er soeben den Befehl bekommen, sein eigenes Todesurteil zu unterzeichnen, als der Toolpusher das Formular über den Tisch schob und ihnen zeigte, wo sie zu unterschreiben hätten. Er weigerte sich. Und das war ihm nicht genug. Er versuchte Tengs und Sjur Willy zurückzuhalten, als sie zum Tisch traten.

»Kapiert ihr denn nicht, daß man solche Listen später gegen uns verwenden kann?«

Tengs und Sjur Willy verstanden das wohl nicht. Sie schoben Bruin zur Seite und unterschrieben, ohne mit der Wimper zu zucken. Der Teufel himself klopfte auf die Tischplatte, während er Bruin musterte.

»So, und was wird jetzt?«

»Sie können mich nicht zwingen«, sagte Bruin.

»Wenn du da nicht unterschrieben hast, bevor ich den Dienst übergebe, kannst du zusammenpacken und an Land gehen«, sagte Peck.

Bruin war stinkwütend, als er zu ihnen in die Messe kam.

»Wir können nicht zulassen, daß der so weitermacht«, schnaufte er. »Wenn wir uns weigern, zu unterschreiben, kann er sich mit diesen Papieren nur noch den Arsch abwischen!«

Sie bezweifelten, daß sich der Toolpusher mit einem derartigen Papier den Arsch abwischte.

»Das ist zu hart«, meinte Tengs.

»Wir müssen zusammenhalten«, sagte Bruin.

»Warum das denn?«

»Wenn wir zusammenhalten, muß er klein beigeben.«

Es machte nicht den Eindruck, als hätten sich Tengs und Sjur Willy vorgenommen, mit Bruin zusammenzuhalten. Wenn der so weitermachte, würde er nicht lange an Bord bleiben. Bruin verzog nur das Gesicht.

»Sie können wohl kaum jemand an Land setzen, nur weil er sich weigert, so ein Papier zu unterschreiben. Damit drohen die doch nur.«

»Ach ja?«

»Und warum hast du dann unterschrieben?«

Sie begannen ganz unten. Sie begannen als Roustabouts. Es gab wenig, was sie zu sagen hatten, und wenn es etwas gab, dann war es am schlauesten, sie behielten es für sich. Ein Roustabout war ein Niemand. Man konnte ihn zu allen nur erdenklichen Arbeiten zwingen. Jeder durfte sie herumscheuchen und ihnen Befehle erteilen, der Bohrchef, der Toolpusher, der Driller, der Turmmann und die Roughnecks, alle konnten sie den Roustabouts in den Arsch treten, wenn ihnen danach war. Selbst das Servicepersonal und der Rest der Riggbesatzung. Für Tengs und Sjur Willy war das kein Problem. Sie hatten die Rekrutenschule verstanden und versuchten, sich klein zu machen. Im Gegensatz zu Bruin wußten sie, was tiefes Robben bedeutete. Gelang es ihnen nicht, den Magen am Boden zu behalten, hatten sie Stacheldraht oder einen Springerstiefel im Arsch. Bruin hatte davon keine Ahnung. Er war Kriegsdienstverweigerer und begriff nicht, daß er in einem Minenfeld gelandet war. Er hatte zu viel Karl Marx geschmökert und war jedesmal gleich verärgert, wenn es knallte. Seine Nase lief, als er in die Kabine kam. Sie lag Wand an Wand mit dem Maschinenraum und war nicht besonders einladend. Ein Resopaltisch, um den ein paar stählerne Stühle standen, ein Regal mit Pornoheften und Taschenbüchern, vier

Kojen, jeweils zwei übereinander, mit einem Kleiderschrank am Ende. Das war alles.

»Was ist denn das hier?«

»Sieht aus wie eine Kabine«, meinte Sjur Willy.

»Das sieht eher aus wie ein Schweinepferch«, sagte Bruin.

Er trat gegen einen umgestürzten Schutzstiefel, der mitten im Raum lag.

»Hier werde ich nicht wohnen! Hier gibt es ja nicht einmal ein Fenster!«

»Dddu bbbrauchst kkkein FFFenster zum Schlafen«, sagte Dallas.

»Ich brauche Luft«, sagte Bruin.

»An ddder Dddecke iiist eine Bbbelüftung«, sagte Dallas.

»Das nennst du Belüftung?«

»Jjjedenfffalls brummt eees.«

Bruin hatte genug. Er rannte zum Funkoffizier und verlangte eine andere Kabine.

»Sehen Sie zu, daß Sie uns etwas Besseres besorgen als diesen Schweinepferch in 208«, zischte er. »Massenmörder wohnen ja besser als wir!«

»Dann bleibt nur eins«, erwiderte Birger Strai. »Bring jemanden um, und schau, ob das hilft!«

Er wußte nicht, daß Bruin Pazifist war. Aber auch Bruin vergaß das für einen Augenblick. Seine Augen leuchteten dunkel, und Birger Strai bekam zu hören, er sei der erste, den er ins Jenseits befördern werde. Der Funker nahm die Drohung gelassen und versuchte Bruin mit einem Limerick aufzulockern.

There was a young man from Madras,
Whose balls were made out of brass.
In stormy weather

They clinked together
And lightning came out of his ass.

Die Messingeier des Mannes aus Madras beeindruckten Aksel Bruin nicht.

»Warum müssen wir in der schlechtesten Kabine wohnen?«

»Weil ihr Roustabouts seid«, antwortete Birger Strai. »Roustabouts sollen es nicht zu gut haben. Sonst wird nichts als ein Roustabout aus ihnen.«

Er bot keine weiteren Limericks feil. Er warf keine Perlen vor die Säue. Wenn Bruin den Gedanken nicht aushielt, seinen verschissenen Gestank mit anderen zu teilen, konnte er sich ja unter eine der Ankerwinden legen. Draußen an Deck gab es genug luftige Schlafplätze. Wenn die Belüftung ein Problem sei, könne er ja eine Truhe mit Rettungswesten nehmen. Im Funkraum stieß er auf kein Verständnis. Auch in der Kabine war die Sympathie nicht größer geworden, als er zurückkam.

»Das ist eigentlich nicht ganz logisch, daß du über die Luft klagst«, sagte Tengs. »Dir gefällt es doch so gut auf dem Klo!«

Es war nicht allein die Luft, die Bruin zu schaffen machte. Die Kojen hingen frei und schabten an der Wand, und im Kleiderschrank dröhnte es, als hätte dort jemand eine Pumpe oder einen Kompressor plaziert.

»Wie sollen wir bei diesem Lärm schlafen?«

»Dddaran gggewöhnst dddu dddich«, sagte Dallas. »Wwwenn du dddich eine Wwweile aaan dddas Gedröhne gggewöhnt hast, schläfst dddu hier bbbesser als zzzu Hause!«

Aksel Bruin blieb liegen und schimpfte vor sich hin. Wollten sie denn alles über sich ergehen lassen? Ob sie auch damit einverstanden wären, wenn sie morgen Schafsscheiße zum Mittag bekämen? Es wurde nicht eher ruhig, bis Dallas eine Ausgabe von »Men's Only« zu ihm hochwarf und ihn bat, sich einen runterzuholen.

»Dddas äääändert nichts aaan ddden Zzzuständen, aber das eeentspppannt!«

Sie schliefen beim Brummen von Pumpen und Generatoren ein. Sie erwachten vom Hämmern der Rohre und Bohrmaschinen. Es roch nach Diesel und säuerlichen Socken, als sie sich hinlegten. Als sie wieder aufstanden, roch es keinen Deut besser. Als Tengs und Sjur Willy ihn endlich wachgerüttelt hatten, behauptete Bruin, er habe die ganze Nacht kein Auge zugetan. Dallas war schon ein paar Stunden auf, als sie in der Messe erschienen. Er bat sie, sich zu beeilen, damit sie zur Morgengymnastik zurechtkämen.

»Was bitte?«

Nicht nur Bruin hielt mit dem Kauen inne, als Dallas erzählte, daß sie sich in zwanzig Minuten vor dem Hauptbüro aufstellen sollten. Tengs und Sjur Willy gingen davon aus, daß der Teufel himself käme, sie rumzukommandieren, und waren auf das Schlimmste gefaßt, aber dann tauchte Samuel Thompson mit einem Drahtbesen vor ihnen auf. Der rotbärtige Bohrchef hatte ansonsten tagsüber nichts mit den Roustabouts zu schaffen. Aber es machte ihm eine wahre Freude, sich darum zu kümmern, daß ihr Kreislauf in Gang kam. Samuel Thompson hatte Stil. Die kurzgeschnittenen Borsten auf dem kreisrunden Kopf hätten ebensogut zu einer abgenutzten Stahlbürste gepaßt, und der wohlgefüllte Bauch glich dem eines Islandponys. Sjur Willy fand, er ähnele ein wenig Winston Churchill, als er den kalten Zigarrenstummel wie eine nicht explodierte Granate im Mundwinkel hielt und sie aufforderte, ihre Plätze einzunehmen. Der kleinwüchsige Bohrchef war leicht zu übersehen. Aber er war nicht zu überhören. Die Stimme hatte noch am ehesten Ähnlichkeit mit einem Donnerschlag. Der Bohrchef redete nicht, er bollerte. Aber wer erst mit ihm bekannt geworden war, den erschreckte sein Bollern nicht mehr sonderlich. Wußte man, wie stark der Wind war, wußte man, woran man bei Thompson war. Dallas behauptete, man könne den Bohrchef als Windmeßgerät verwenden. Solange der Windsack an der obersten Spitze des Kranhäuschens wie ein ausgewaschener Overall herabhing, war er vollkommen harmlos. Bei schönem Wetter saß er, die Tür sperrangelweit geöffnet, auf dem Klo und sang melodiöse Balladen wie »Welcome to My World« oder »I Love You Because« und spendierte den Jungs Fisherman's Friends, kaum daß er die Hosen wieder hochgezogen hatte. Musikalische Menschen wie Lydersen aus Mandal zweifelten nicht eine Sekunde, warum Jim Reeves bei einem Flugzeugabsturz ums Leben gekommen war. Das letzte, was Jim Reeves gehört hatte, bevor er sich ins Flugzeug setzte, mußte Thompsons Version von »Adios Amigo« auf der Herrentoilette gewesen sein. Wenn sich die Windstärke dreißig Knoten näherte, schloß er die Klotür und stellte das Singen ein. Ab vierzig und darüber gab es auch keine Fisherman's mehr. Und bei Windstärken oberhalb von sechzig Knoten war mit allem Schluß. Dann schloß sich Samuel Thompson im Hauptbüro ein und sprach mit niemandem mehr, außer mit sich selbst oder seinem Herrgott. Nicht nur Dallas meinte, es sei einerlei, mit welchem von beiden der kreisrunde Bohrchef sich unterhielt. Zeigte der Pfeil des Windmessers auf Orkan und mußte der Bohrchef aus irgendeinem Grund an Deck, meinte man unwillkürlich, Thompson leide an Tollwut.

Als er jetzt die Namen aufrief und die neuen Roustabouts einreihte, war er jedoch strahlender Laune. Es kam nicht darauf an, wie sie standen oder was sie anhatten. Wichtig war, daß alle vollzählig angetreten waren und den einen oder anderen Gegenstand geschultert hatten. Es war egal, was es war, Hauptsache, sie hatten etwas. Thompson selbst benutzte immer einen Drahtbesen mit roten Borsten. Er hatte ihn an die Wand gelehnt, während er die Tüte mit den Fisherman's Friends hervorholte und fragte, ob jemand eines wolle. Im Gegensatz zum Teufel himself ließ er keinen Zweifel daran, wie froh er war, sie an Bord zu haben. Eine Plattform ohne Roustabouts, das war wie eine Frau ohne Schenkel oder eine Großstadt ohne Straßenkehrer. Bruin mißverstand die Frage, als der Bohrchef dröhnte, ob jemand einen Grund zur Klage habe. Das einzige, was Thompson damit bezweckte, war, ihnen eine Chance zu geben, begeistert die Köpfe zu schütteln. Verwundert betrachtete er Bruin, während dieser eine Beschwerde nach der anderen losließ. Abgesehen davon, daß er mit festem Griff den Stahlbesen umfaßte, unternahm er nichts, bevor er sicher war, daß Bruin fertig war. Dann ging er vor und gratulierte dem so wortgewandten Roustabout. Thompson schien sowohl überwältigt als auch beeindruckt, wieviel Bruin nach nur einem einzigen Tag bereits zu bemängeln wußte. Gehe er tagsüber mit der gleichen Tüchtigkeit und dem gleichen Scharfsinn seiner Arbeit als Roustabout nach, habe er, Thompson, keine Zweifel daran, daß Bruin es sehr weit bringen könne. Vielleicht zu weit, aber darauf würden sie dann noch einmal zurückkommen. Vorerst könne er Bruin eine Sache versprechen. Es werde nichts, aber auch gar nichts, geändert. Seine Erfahrung sei, daß desto mehr geklagt werde, je mehr man auf die Klagen einzelner einging. Und das ginge natürlich nicht. Sie sollten es doch angenehm haben und gemeinsam nach Öl suchen. Und die Suche nach Öl sei alles andere als angenehm, wenn die Leute herumrannten und die ganze Zeit nörgelten. Er, Thompson, vertrage so etwas nicht. Das bekomme seiner Gesundheit nicht. Er bekomme Fieber und am ganzen Körper Ausschlag, und dann verspüre er Lust, die Leute in das Bohrloch zu schmeißen, während die Bohrkrone gewechselt wurde, und das könnte ja nicht Sinn der Sache sein. Auf der anderen Seite wolle er aber auch nicht ungerecht sein. Er wolle solchen Grünschnäbeln wie Bruin nicht das Recht nehmen, sich zu beschweren. Es sei ein Menschenrecht, zu klagen. Bruin solle lediglich aufpassen, so etwas nicht in der Nähe des Bohrchefs zu tun. Deshalb empfehle er Bruin, sich das nächste Mal, wenn er etwas auszusetzen hatte, ein Weilchen mit dem Nebelhorn zu unterhalten. Würde das Nebelhorn ihm nicht zuhören, müßte er nach Jerusalem gehen. Dort gebe es extra eine Mauer für Menschen, die etwas zum Klagen hatten. Und dort könne Bruin dann stehenbleiben, bis er vor Erschöpfung zusammenbrach oder bis die Mauer über seinem Kopf einstürzte. Dem Bohrchef sei es vollkommen egal, ob Bruin an einem Sonnenstich zugrunde ging oder von einem Stein erschlagen wurde, Hauptsache, er starb davon. Thompson schaute ganz kurz auf seine Uhr und bedauerte, daß sie sich durch Bruins Klagelied derart verspätet hätten. Wenn Bruin nicht gewesen wäre, wären sie schon längst in Tipperary angekommen. Aber es sei niemals zu spät. Es käme nur darauf an, loszusingen und Schwung in die Beine zu bekommen. Sie marschierten auf der Stelle, bis Thompson mit der Stimmgewalt des stampfenden Männerchores zufrieden war. Er duldete in diesem Punkt keinen Schlendrian. Alle mußten singen. Es dauerte eine Weile, bis Bruin laut genug seinen Mund aufriß. Er war rot angelaufen, als Thompson endlich zufrieden war und mit seinem Drahtbesen als Tambourstab, den singenden Troß der Roustabouts hinter sich, davonstapfte. Bruin hielt eine Fettpresse in der Hand, Tengs und Sjur Willy hatten Spaten und Vorschlaghammer geschultert, und Dallas hatte sich eine Seilrolle um den Hals gehängt. Der Takt war egal, ebenso der Text, Hauptsache sie sangen.

It's a long way to Tipperary,
It's a long way to go.

It's a long way to Tipperary
To the sweetest girl I know!
Goodbye, Piccadilly, Farewell, Leicester Square,
It's a long, long way to Tipperary,
But my heart's right there!

Sie sangen, daß sich die Windschutzwände bogen und die Möwen von den Ankerwinden verschreckt zum Meer hin aufflogen. Sie sangen die gleichen Verse wieder und wieder, während sie der Gangway folgten, durch Türen gingen, Treppen hinauf und hinunterliefen, Kabinen und Module durchquerten, vorbei an Tanks und Containern. Wie lang es bis Tipperary dauerte, hing von den Verhältnissen ab. Wenn es warm war, konnten sie schon in wenigen Minuten dort sein. War es kalt, konnte der Weg bis zu einer halben Stunde betragen. Wenn irgendwo auf Deck etwas Ungewöhnliches geschah, wurde abrupt abgebrochen, und der Rest des Marsches entfiel. Unter normalen Bedingungen dauerte er so lange, bis der Bohrchef mit seinen Drahtbesen auf das Deck hämmerte und sie fragte, ob sie noch immer frören. Spielten sie mit, dann war der Marsch vorbei. Bekam Thompson nicht von allen ein lautes und deutliches Nein zu hören, dann gings aufs neue los mit

Up to mighty London came an Irishman one day,
As the streets are paved with gold,
Sure everyone was gay,
Singing songs of Piccadilly,
Strand and Leicester Square,
Till Paddy got excited,
Then he shouted to them there:
It's a long way to Tipperary …

und so weiter und so weiter, bis Molly eine nette Antwort an Irish Paddy O schrieb oder sich Thompson in den Versen verhedderte und sie fragte, ob sie nichts Besseres zu tun hätten, als wie ein Haufen Verrückter auf seiner Rigg herumzutoben. Bruin kochte vor Wut. Er fühlte sich gedemütigt und erniedrigt. Sein ganzes Leben hatte er nicht an etwas derart Kindischem teilgenommen.

»Die behandeln uns ja wie dahergelaufene Straßenkinder!«

»Die behandeln uns als das, was wir sind«, sagte Tengs.

»Die behandeln uns wie Anfänger«, sagte Sjur Willy.

»Wir müssen uns nicht alles gefallen lassen, nur weil wir Anfänger sind«, sagte Bruin.

Tengs und Sjur Willy zuckten mit den Schultern. Sie hatten nicht allzuviel an der Behandlung auszusetzen. Der Weg nach Tipperary war schon okay. Auf jeden Fall war ihnen dabei warm geworden.

Zweites Kapitel

Der bewunderte Murphy

Es war eine neue Welt. Es war eine alte Welt. Es war eine beeindruckende Welt. Der Bohrturm ragte zwischen den Kranauslegern fünfzig Meter in die Höhe und erhob sich wie eine luftige Pyramide über das Bohrdeck und alle, die darauf arbeiteten. Die Wellen wälzten sich zwischen den runden Schäften hindurch und ließen den sternförmigen Aufbau empor und hinabgleiten. Es war eine Welt in Bewegung, eine Welt aus fließendem Stahl, Pumpen, Röhren und Ventilen, hydraulischen Systemen und Rotation. Es war eine Welt der Maschinen, eine Welt, in der das Arbeitspensum und die Maschinen das Tempo bestimmten, eine Welt, in der sich die Menschen in acht nahmen oder verletzt wurden. Es war eine Welt, in der Menschen verletzt wurden, auch wenn sie sich in acht nahmen. Es war die Welt der Ölarbeiter, eine gnadenlose Welt voll roher Kraft und brüllender Chefs, eiskaltem Wind und spitzer Ellenbogen, eine Welt für diejenigen, die heraus wollten, nach vorne. Es war eine Welt von Männern für Männer, eine Welt voll eingearbeiteter Routine und harter Erwartung, in der die Menschen taten, was von ihnen erwartet wurde, oder sich nach etwas Neuem umschauten. Es war eine Welt unter Hochdruck, eine Welt, die sich innerhalb von Sekunden in eine brennende Hölle verwandeln konnte. Es war eine Welt, in der die Bedingungen feststanden. Die Bohrrigg Ocean Star war eine Welt, die man akzeptierte oder verließ.

Das Bohrdeck war der Nabel ihrer Welt. Tengs und Sjur

Willy waren kaum ein paar Tage auf der Rigg, als sie das begriffen. Sie sahen es dem Driller an. Sie hörten es von den Roughnecks. Alles spielte auf dem Deck. Laugen, Barka und Lydersen aus Mandal ließen keinen Zweifel daran, daß sie es waren, um die es hier ging. Tengs und Sjur Willy widersprachen ihnen nicht. Sie brauchten nicht viele Standpauken, um zu begreifen, daß es darauf ankam, sich mit dem Bohrteam gut zu stellen. Wollten sie es hier zu etwas bringen, war es das beste, einfach zu tun, was von ihnen verlangt wurde. Nicht alle Fragen wurden ihnen beantwortet, und manchen Antworten war nicht zu trauen. Es war ein Risiko. Roustabouts hatten froh zu sein, wenn überhaupt jemand auf ihre idiotischen Fragen antwortete.

»Wie tief sind wir jetzt?«

»Tausend Meter.«

»Wie tief gehen wir?«

Barka zuckte mit den Schultern. Zweitausend Meter. Dreitausend. Es kommt darauf an.

»Murphy bohrt, bis er etwas findet.«

»Und wenn er nichts findet?«

»Dann ziehen wir die Rigg irgendwo anders hin.«

»Wie tief kann er bohren?«

Barka verdrehte die Augen. Für Murphy gab es keine Grenzen.

»Er bohrt, bis die Maschine zur Hölle geht.«

Tengs und Sjur Willy waren beeindruckt. Ihre Bewunderung für die Roughnecks war groß. Ihre Bewunderung für Murphy war grenzenlos. Sie war kaum in Worte zu fassen. Murphy hatte sich einen Kilometer tief in den Meeresboden gebohrt, und das war noch nicht einmal die Hälfte der Strecke! Tengs und Sjur Willy standen auf dem Pipedeck und reckten die Hälse. Sie versuchten so viel wie möglich von dem, was auf dem Bohrdeck vor sich ging, mitzubekommen. Sie bekamen nicht alles mit. Sie riskierten es, neben dem Catwalk ein paar Stufen die Treppe hinaufzugehen, und beobachteten die rotierende Antriebswelle, während sich die Bohrkrone immer tiefer hinunterfraß. Gerne wären sie noch näher am Geschehen gewesen. Wie gerne hätten sie auf dem Bohrdeck gestanden und alles aus unmittelbarer Nähe betrachtet, am liebsten bei Murphy in der Kabine des Drillers, während dieser die Maschinerie steuerte. Aber das konnten sie schlichtweg vergessen. Wyatt Murphy war nicht der Mann, der frischgebackene Roustabouts in seiner Nähe duldete. Er ließ überhaupt kaum jemanden an sich heran. Der Respekt umgab ihn förmlich. Das beste war es, sich ein wenig im Hintergrund zu halten. Sie wußten, was geschehen würde, wenn sie, ohne daß Murphy darum gebeten hatte, auf dem Bohrdeck auftauchten. Bestenfalls würde er sie hinunterwinken. Schlimmstenfalls bäte er die Roughnecks, sich der Sache anzunehmen. Murphy war kein Mann der großen Worte. Er hatte andere Fähigkeiten, sich auszudrücken, Blicke, Grimassen und Gesten. Nur selten war man im Zweifel darüber, was Murphy meinte. Er war auf den unterschiedlichsten Riggs gewesen. Laugen behauptete, er habe als Roustabout im Golf von Mexiko angefangen. Barka erzählte, er habe sich als Roughneck im Regenwald von Venezuela abgequält. Und Lydersen aus Mandal behauptete, Murphy habe zwischen Kakteen und Skeletten in der argentinischen Pampa gebohrt. Wyatt Murphy hatte wohl auf der ganzen Welt nach Öl gebohrt, in der Tundra Alaskas und in den Sanddünen Nordafrikas. Er verdiente Geld wie Heu und ging, als habe er einen Kaktus oder eine ganze Traube zwischen den Beinen. Sein gewaltiger Brustkorb hätte zu einem Gorilla gepaßt. Die gewaltigen Arme erinnerten am ehesten an lose Bunkerschläuche. Sie waren vom Handrücken bis hinauf zu den Schultern über und über mit Tätowierungen bedeckt. Er trug wohl nie warme Kleider, meistens nur ein

T-Shirt oder eine Jeansweste. Kam er im Overall, waren die Ärmel abgeschnitten oder ausgerissen. Sjur Willy war das klar. Hätte er die Ärmel nicht entfernt, würden sie doch nur im Schlamm landen. Tengs war sich nicht sicher, ob er nicht vor allem seine Tätowierungen zeigen wollte. Das konnte ihnen egal sein. Das war auf jeden Fall nichts, worüber sie mit ihm reden wollten. Wenn sie etwas über Murphy wissen wollten, war es am besten, Laugen, Barka oder Lydersen aus Mandal zu fragen. Die Roughnecks hatten das meiste mitbekommen. Und was Murphy nicht über das Ölbohren wußte, das war auch nicht von Bedeutung. Und beim Thema Frauen war es genauso.

»Er hat ebenso viele Frauen aufgebohrt wie Öllöcher«, sagte Barka.

Laugen pfiff durch die Zähne.

»Das waren viel mehr!«

Auf der ganzen Erde wurde Öl aus Löchern gepumpt, die Murphy gebohrt hatte. Überall rannten kleine Murphys herum und fragten sich, wo ihr Papa geblieben war. Aber da war jede Hoffnung zwecklos. Murphy war ebenso wenig an seinen Nachkommen interessiert wie ein russischer Bär. Zu Frauen hatte er ein ähnliches Verhältnis wie zu Bohrlöchern. Sobald er sie aufgebohrt hatte, war er fertig mit ihnen. Lydersen hatte keine Ahnung, wie oft Murphy schon auf Öl gestoßen war. Wenn es irgend etwas gab, was Murphy scheißegal war, dann war es das. Was Murphy in Gang hielt, war nicht das Öl, das er gefunden hatte, sondern das, das er nicht gefunden hatte. Er hatte auf dem gesamten Planeten nach Öl gesucht, und Lydersen zweifelte nicht daran, daß sich Murphy an dem Tag, an dem es auf diesem Planeten kein Öl mehr zu finden gäbe, einen anderen Planeten suchen würde. Tengs und Sjur Willy wußten nicht recht, was sie von all dem Gerede halten sollten. Sie zweifelten keine Sekunde daran, daß Murphy ein guter Driller war. Es war nicht schwer zu sehen, daß er es draufhatte. Er wußte, was die Anlage verkraftete und was nicht. Murphy beherrschte seine Hebel und seine Arbeiter. Die Roughnecks kamen wie dressierte Hunde, wenn er in seine Pfeife blies.

»Wir müssen verlängern!«

Ein Single stand im Mausloch bereit, als Oesterling die Schlammpumpen abschaltete. Tengs und Sjur Willy hatten noch andere Bohrstangen unten auf dem Catwalk. Gespannt verfolgten sie, wie Barka und Laugen die obere Verschalung öffneten und die viereckige Antriebswelle losschraubten. Das war der Augenblick, in dem es passieren konnte. Bevor die neue Bohrstange und die Antriebswelle wieder plaziert waren, gab es eine offene Verbindung bis hinunter zur Bohrkrone. Jetzt war es einzig das Gewicht der Schlammsäule, die den Druck von unten bändigte. Wenn es jetzt einen Kick gäbe, hätten sie kaum eine Chance. Natürlich, es gab eine Blow-out-Sicherung unten am Meeresboden, die den Ringraum um das Bohrgestänge absicherte. Aber ein Ventil außerhalb des Gestänges half nicht viel, so lange der innere Hohlraum geöffnet war. Wollten sie ihn schließen, mußten sie ein Schneideventil auslösen, das das Bohrgestänge zerschnitt. Und das war kein Witz. Darin waren sich die Roughnecks einig.

»Ebensogut könnten wir uns den Schwanz abschneiden«, meinte Barka dazu.

»Nur mit dem Unterschied, daß das viel länger dauert«, erwiderte Laugen.

»Wenn es eine Sache gibt, vor der ein Driller zurückschreckt, dann das!« sagte Lydersen aus Mandal.

Wie sie mit ihren Zangen hantierten, schien die Gefahr eines Blow-outs sie nicht sonderlich zu beeindrucken. Wenn es etwas gab, vor dem sie Angst hatten, verbargen sie es. Auch Tengs und Sjur Willy machten sich nicht gerade in die Hosen.

Sie wußten nicht recht, was sie denken sollten. Würde es den Roughnecks gelingen, die Antriebswelle und das Topcape wieder zu montieren, ohne daß etwas geschah, dann war das in Ordnung. Gab es den Kick, so daß es den Bohrschlamm in den Himmel schleuderte, dann war das auch in Ordnung. Tengs und Sjur Willy wußten nicht, daß die Gefahr eines Kicks in tausend Meter Tiefe sehr gering war. Das hatten ihnen die Roughnecks nicht erzählt. Sie trugen mal etwas dick auf, und mal ließen sie etwas weg. Das wichtigste war es, die Roustabouts dazu zu bringen, zuzuhören. Es war ihnen nicht gelungen, Tengs und Sjur Willy einen Schrecken einzujagen. Die Enttäuschung war ebenso groß wie die Erleichterung, als der Bohrvorgang wieder in Gang gesetzt wurde, ohne daß etwas passiert war. Sie hätten nichts gegen einen kleinen Kick einzuwenden gehabt. Auch gegen einen großen Kick nicht. Neue Gelegenheiten würden kommen. Der Driller brauchte schließlich keine Ewigkeit, ein Zehn-Meter-Rohr in den Meeresboden zu bohren. Das hing von der Gesteinsart ab. Bohrten sie in Lehm, brauchten sie den nächsten Single schon nach wenigen Minuten. Im Fels ging es langsamer. Dann hatten die Roughnecks Zeit genug, sich hinzuhocken, während ihnen Tengs und Sjur Willy Zigaretten drehten und Kaffee einschenkten. Wollten sie etwas anderes, dann besorgten sie ihnen das auch. Ließ es auf sich warten, bis der Driller wieder in seine Pfeife blies, dann wußten sie, was los war. Hörten sie über zwei Stunden hinweg keinen Pfiff, dann war es nicht das Gestein, das es langsam gehen ließ, dann waren es die Zähne der Bohrkrone, die sich abgenützt hatten. Dann reichte es nicht, einfach ein neues Single anzuschließen. Dann mußten sie mit dem ganzen Scheißbohrgestänge herauf und die Bohrkrone auswechseln. Soweit hatten Tengs und Sjur Willy das verstanden. Sie waren schon nicht mehr ganz so grün, als der Teufel himself plötzlich hinter ihnen stand und loskeifte.

Warum sie da herumständen und glotzten? Ob sie nicht den Schrott sähen, der überall herumläge? Hatten sie es noch immer nicht begriffen, daß sie es waren, die für die Ordnung zuständig waren?

Es war idiotisch. Bruin hatte recht. Selbst wenn sie es nachts machten, war es doch zu blöd, den ganzen Müll einfach ins Meer zu werfen. Das meiste konnte ja verbrannt werden! Sjur Willy kam auf diese Idee. Der Teufel himself war nicht sonderlich begeistert. Es gab nichts, was den Toolpusher begeistern konnte. Er untersagte es ihnen nicht. Er schüttelte bloß mit dem Kopf, als Sjur Willy und Tengs mit einem Stahlnetz ankamen und es an dem Ausleger des Krans befestigten. Er ließ sie in Frieden, während sie zersplitterte Planken, alte Paletten, Pappkartons und all den sonstigen Schrott in das Netz füllten. Sie hatten eine rechte Last zusammen, als sie alles mit Diesel übergossen und anzündeten. Schwarzer, fetter Qualm quoll hervor und trieb über das Meer davon. Der Kranführer hob das Müllpaket an und schwenkte es über die Brüstung. Es dauerte eine Weile, bis das Feuer richtig in Gang kam. Sjur Willy wußte, was sie noch besser machen konnten.

»Nächstes Mal nehmen wir Methanol oder Kerosin!«

Sein Gesicht leuchtete. Es dampfte aus ihren Overalls, als Thompson angestürmt kam und wissen wollte, was, zum Teufel, sie täten. Waren jetzt alle verrückt geworden? Ob sie seine Rigg anzünden wollten? Er wollte wissen, wer für diese Brandstiftung verantwortlich war.

»Das bin ich«, sagte Sjur Willy.

»Und ich«, fügte Tengs hinzu.

War das etwa ein sinnvoller Einsatz gegen die weltweite Verschmutzung der Meere? Thompson war offensichtlich anderer Ansicht. Die Pyromanen starrten entmutigt in die

Flammen, als sie den Befehl erhielten, sich im Büro der Rigg zu melden, sobald dieses verdammte Feuer erloschen sei. Jenseits der Brüstung flackerte es noch immer lichterloh. Es war nicht sonderlich spaßig, noch länger stehenzubleiben. Bruin wollte die Rogaländer Zeitung darüber informieren, was die Amerikaner hier trieben. Tengs und Sjur Willy rieten ihm, die Klappe zu halten. Wenn er die Zeitung anrief, um alles, was hier auf der Rigg passierte, schlecht zu machen, würden sie ihn ins Meer werfen. Sie begriffen eigentlich nicht, was sie jetzt schon wieder falsch gemacht hatten. Alles war doch wie geplant gelaufen. Die Asche und die Glut fielen durch das Netz, während der Inhalt langsam verbrannte. Das Netz war leer wie ein kohlrabenschwarzes Heringsnetz, als es der Kranführer wieder an Deck hievte. Es spielte keine Rolle, wie gut alles funktioniert hatte. Wenn in Thompsons Pulver erst einmal die Lunte brannte, blieb ihnen nichts anderes übrig, als einfach alles, was kam, durchzustehen. Tengs und Sjur Willy hatten ihre Helme abgenommen, und als sie sich hinter der Tür von Thompsons Büro aufstellten, sahen sie aus wie zwei Knechte, die die Scheune ihres Bauern abgefackelt hatten. Das einzige, worauf sie hoffen konnten, war, ein paar neue Schimpfworte zu lernen. Es kam nicht ein einziges. Statt dessen fragte sie der Bohrchef, wie es ihnen an Bord gefiele. Ja, was sie beträfe, so gefiele es ihnen gut. Vielleicht sei das mit dem Müllverbrennen ja nicht so schlau gewesen, aber abgesehen davon gefiele es ihnen gut.

»Jungs wie euch brauche ich hier«, sagte Thompson.

»Hä?«

Tengs ließ seinen Helm fallen, und Sjur Willy hätte sich beinahe neben den Stuhl gesetzt, als Thompson sie aufforderte, Platz zu nehmen. Sie sahen aus, als empfingen sie die königliche Verdienstmedaille für Brandstiftung, als er ihnen eine Dose Cola hinschob.

»Nun? Fangt ihr langsam an, etwas von dem, das hier vor sich geht, zu verstehen?«

»Ja, ein bißchen«, sagte Tengs.

»Aber es gibt noch wesentlich mehr, was wir nicht verstehen«, sagte Sjur Willy.

»Das kommt mit der Zeit«, beruhigte sie der Bohrchef. »In einem halben Jahr habt ihr den Durchblick.«

»In einem halben Jahr? Peck meinte, wir müßten im Laufe der ersten Wochen alles verstehen!«

»Hat er das gesagt?«

Thompson schien sich zu amüsieren.

»Hat er auch gesagt, wie lange er selbst Roustabout war?«

Davon hatte Peck nichts gesagt. Auch Thompson sagte nichts weiter dazu.

»Ich höre, ihr macht euch ganz gut.«

Tengs und Sjur Willy schauten verdutzt von ihren Coladosen hoch. Das sei mehr, als sie selbst gehört hätten. Seit sie an Bord seien, habe man sie nur ausgeschimpft. Der Bohrchef lachte. So mußte das sein. Und sie müßten auch damit rechnen, noch so einiges zu hören, egal, wie sie sich verhielten. Sie genierten sich wie schüchterne Schulkinder, als Thompson sie fragte, welche Pläne sie hätten. Ja, sie wünschten sich wohl, mit der Zeit einmal Roughnecks zu werden. Der Bohrchef schaute ihnen tief in die Augen. Was das denn für Ambitionen seien? Er sah aus wie ein Zauberkünstler, als er plötzlich beide Hände hob und die Finger spreizte.

»Was seht ihr jetzt?«

Sie zögerten. Beide sahen sie, daß dem Bohrchef der kleine Finger und die Hälfte des Ringfingers der rechten Hand fehlten. Aber sie begriffen nicht so recht, worauf er hinauswollte.

»Was seht ihr?«

»Ihnen fehlen zwei Finger«, sagte Sjur Willy.

Der Bohrchef schüttelte den Kopf. Darum gehe es nicht. Er habe schließlich noch acht Finger, und darüber sollten sie sich im klaren sein: Was sie mit acht Fingern nicht schafften, das schafften sie auch mit zehnen nicht! Er selbst sei mit acht Fingern ausgekommen, seit er zwanzig war. Und er habe auf dem Deck und im Bohrturm mit acht Fingern seinen Mann gestanden, und mit den gleichen Fingern sei er schließlich Driller und Toolpusher geworden.

»Und zum Teufel noch mal, dann auch noch Bohrchef! Wenn ich gewollt hätte – ich hätte mit acht Fingern Direktor von General Motors werden können!«

»Muß man da nicht Ahnung von Autos haben?«

Der Bohrchef schaute enttäuscht zu Tengs herüber. Er redete doch nicht von Autos. Er redete davon, ganz unten anzufangen und sich hochzuarbeiten. Er redete davon, auf wie viele Finger die Menschen verzichten und es trotzdem noch zu etwas bringen könnten. An Bord der Ocean Star konnte jeder etwas werden, vorausgesetzt, man setzte sich ein und machte seine Arbeit.

»Meinen Sie, daß wir ... es bis in den Turm schaffen könnten ... oder Driller werden?«

»Ja, sicher!«

Sie könnten noch mehr erreichen. Sie könnten sogar Bohrchef werden. Das läge alles an ihnen. Thompson sagte nicht, daß es leicht sei, so weit zu kommen, aber die Möglichkeit existierte, es galt nur, sie zu nützen. Tengs und Sjur Willy brauchten ein paar Sekunden, um das alles zu verdauen und die nächste Frage zu stellen.

»Brauchen wir keine Ausbildung?«

»Je weniger Ausbildung ihr habt, desto leichter seid ihr anzulernen«, meinte Thompson.

»Spielt es denn keine Rolle, was wir vorher gemacht haben?«

Thompson schüttelte den Kopf. Das sei ihm scheißegal. Ob sie Autos gestohlen oder ihre Großmutter gefickt hätten, Samuel Thompson war das egal. Er persönlich würde es vorziehen, wenn sie nicht auf ihren Großmüttern gelegen hätten, aber letztlich zählte nur, ob sie durchhielten und ihre Arbeit machten. Was die Menschen in ihrer Freizeit unternähmen, das sei nicht sein Bier.

»Ich war nicht gerade eine Leuchte in der Schule«, sagte Sjur Willy.

»Ich auch nicht«, rutschte es Tengs heraus.

»Prima!« erwiderte Thompson.

Je schlechter sie sich in der Schule zurechtgefunden hätten, um so besser. Er habe gelernt, daß die besten Leute die mit den schlechtesten Papieren seien. Er persönlich habe seine Schule damit beendet, sich mit seinem Abschlußzeugnis den Arsch abzuwischen und es zurück aufs Pult zu schmeißen. Dafür habe er dann vierzehn Tage Hausarrest bekommen. In der ersten Nacht sei er von zu Hause abgehauen. Thompson hatte das nicht bereut. Wäre er zu Hause geblieben, dann hätte er einen Kolonialwarenladen geerbt. Darin läge an und für sich noch kein Unglück, aber Menschen, die es hier in der Welt zu etwas bringen wollten, müßten sehen, daß sie rechtzeitig von zu Hause verschwänden.

»Wir brauchen aber doch wohl eine Schule, um Driller zu werden?« fragte Sjur Willy.

Thompson grölte vor Lachen. Ob es so aussehe, als ob der Driller die Schulbank gedrückt habe? Oder er selber? Die einzige Schule, die sie bräuchten, um Driller zu werden, sei das Leben auf der Ocean Star.

»An dem Tag, an dem ihr in- und auswendig wißt, wo sich alles befindet, habt ihr einen Großteil der Schulzeit hinter euch. An dem Tag, an dem ihr wißt, wie alles funktioniert und an dem ihr euer Handwerk ohne hinzusehen beherrscht, habt ihr ausgelernt. Und von dem Tag an ist es lediglich eine Frage der Zeit, bis ihr Driller werdet. Aber dafür könnt ihr nicht hier sitzen bleiben!«

Sie begriffen, daß die Audienz vorüber war. Sie kippten den Rest Cola hinunter und streiften sich die Handschuhe über. Als Thompson ihnen nachrief, drehten sie sich in der Tür um.

»Was haltet ihr von dem norwegischen Skipper?«

Sie wußten nicht, was sie dazu sagen sollten. Das einzige, das sie über den norwegischen Skipper wußten, war, daß er einen Stammplatz in der Kantine hatte und stinkwütend wurde, wenn sich jemand dorthin setzte.

»Der Mann ist ein Riesenarschloch«, schimpfte Thompson. »Der meint, er könne sich in unsere Arbeit mit dem Öl einmischen, nur weil er Skipper ist. Gibt es etwas Schwachsinnigeres auf der Welt?«

Die zwei Roustabouts schüttelten energisch die Köpfe.

»Ich glaube, wir kommen nicht umhin, den Typ langsam zurechtzuweisen«, sagte Thompson. »Kann ich dann auf euch zählen?«

Sie nickten. Der gedrungene Bohrchef könne auf sie zählen.

»Wenn ihr den Auftrag erhieltet, Rattengift in den Kaffee des Skippers zu mischen, was würdet ihr dann machen?«

»Dann mischen wir Rattengift in den Kaffee des Skippers«, sagte Sjur Willy.

Thompson brummte zufrieden. Er mochte es, von Menschen umgeben zu sein, auf die er zählen konnte. Er mochte Roustabouts, die es in der Schule zu nichts gebracht hatten, aber doch genug Grips im Kopf hatten, den Müll zu verbrennen, statt ihn einfach ins Meer zu kippen.

»Gut Jungs, ihr werdet es weit bringen. Wenn ihr so weitermacht – sehr weit!«

Tengs und Sjur Willy hatten ausgesehen wie Bankkunden, die mit ihren Zinsen im Rückstand waren, als sie an Thompsons Tür klopften. Als sie wieder herauskamen, war ihnen, als hätten sie die ganze Bank übernommen. Auf dem Arbeitsmarkt an Land waren ihnen die meisten Wege verschlossen. Auf der Ocean Star standen ihnen alle Wege offen! Sie konnten werden, was sie wollten. Es lag an ihnen. Sie brauchten nur durchhalten. Kein Schulstreber konnte sich hier an ihnen vorbeischleichen. Tengs und Sjur Willy krochen mit dem guten Gefühl, am richtigen Ort gelandet zu sein, in ihre Kojen. Was machte es schon, daß ihre Kabine kein richtiges Fenster hatte und die Belüftung nicht funktionierte? Was machte es, wenn die Kojen lärmten und vibrierten? Es gab bessere Kabinen. Die Roughnecks wohnten in Zweierkabinen. Und wenn sie erst Driller wären, bekämen sie eine Kabine für sich allein. Bruin sah sie verächtlich an. Waren sie so leicht zu verarschen? Bildeten sie sich wirklich ein, Driller zu werden, nur weil Thompson das gesagt hatte? Bruin legte das »Mayfair« unter sein Kopfkissen. Sie seien dumm wie Esel. Noch dümmer, denn ein Esel sähe wenigstens den Unterschied zwischen einer Karotte und dem Bild von einer Karotte!

»Begreift ihr denn nicht, was die Amerikaner wollen? Das einzige, was sie brauchen, sind ein paar Kulis, die die Drecksarbeit erledigen. Glaubt ihr denn, daß die Amerikaner einen von uns in die Topetagen lassen? Glaubt ihr wirklich, daß einer von uns die Möglichkeit kriegt, in andere Fahrwasser zu kommen, wenn die Zeit soweit ist? Sie stopfen uns in den erstbesten Helikopter und verfrachten uns auf den nächsten Kartoffelacker!«

Bruin war sich sicher, daß sie das System noch nicht verstanden hatten. Das System sei eine Pyramide. Oben stünden die Amerikaner und zuunterst sie.

»Das System ist für alle gleich«, sagte Sjur Willy.

»Gleich? Behauptest du etwa, daß das, was hier auf der Rigg vor sich geht, mit Gleichheit zu tun hat?«

»Wir fangen alle gleich an«, sagte Sjur Willy. »Wir haben alle die gleichen Möglichkeiten. Der Rest liegt an uns selbst.«

Es sei nicht das System, an dem etwas faul ist. Das System sei, wie es sein müsse. Wer durchhielt und seinen Job machte, würde belohnt. Wer sich nicht einsetzte, erhalte, was er verdiene. Es sei Bruin, mit dem hier etwas nicht stimme. Er meinte, Rechte zu haben, bloß weil er in zwei Schuhen umherrannte. Er hätte nicht begriffen, daß seine Rechte von dem abhingen, was er leistete. Er sei zu lange an der norwegischen Eisenbahn entlanggeschlurft. Er schiele auf alles herab, das Essen, die Pausen, die Amerikaner, die Kabine, die Arbeitsverhältnisse, alles, einfach alles. Er laufe auf der Rigg wie eine wandernde Kriegserklärung umher und mache alle, die ihm begegneten, wütend. Und dann würde er sich auch noch Pazifist nennen! Wären alle wie Bruin, dann würde überall Krieg herrschen und es gäbe keinen Frieden, bevor nicht alle tot wären.

»Verstehst du denn nicht, was du machst? Du machst dir selbst alles kaputt!«

»Kannst du denn nicht einfach akzeptieren, daß es die Amerikaner sind, die am längeren Hebel sitzen, und fertig?«

Bruin wolle sich in nichts fügen. Er könne sich nicht damit abfinden, von ein paar amerikanischen Brüllaffen gequält zu werden.

»Es ist, zum Teufel noch mal, nicht verwunderlich, daß du gequält wirst, du stellst dich ja allen überall in den Weg!«

»Wenn wir die Arbeitsverhältnisse verbessern wollen, müssen wir unsere Muskeln zeigen«, sagte Bruin. »Das ist das einzige, was die verstehen.«

»Dann hast du kaum große Chancen, verstanden zu werden«, sagte Tengs.

»Wir müssen uns Respekt verschaffen und uns so teuer wie möglich verkaufen«, erwiderte Bruin.

Das sei in Ordnung. Dagegen hätten sie nichts. Sie hätten nichts dagegen, mit einer Stimme zu sprechen. Aber dann müsse Bruin die Klappe halten und ihnen das Reden überlassen. Bruins Problem sei es, daß er ja nichts zu verkaufen habe. Und auf den Respekt könne er lange warten, solange er nichts anderes tat, als eine dicke Lippe zu riskieren.

»Wir können uns nur auf eine Weise Respekt verschaffen«, sagte Sjur Willy, »indem wir beweisen, daß wir etwas taugen.«

»Wenn wir etwas erreichen wollen, müssen wir zusammenhalten«, sagte Bruin.

»Wenn wir etwas erreichen wollen, müssen wir durchhalten«, verbesserte ihn Tengs.

»Auf jeden Fall werden wir nicht mit dir zusammenhalten«, sagte Sjur Willy, »dann kommen wir nämlich nirgendwohin.«

»Ich weiß, was los ist«, sagte Bruin. »Ihr habt doch nur Angst vor denen!«

»Angst vor wem? Den Amerikanern?«

Das sei das Dümmste, was sie je gehört hätten.

»Warum kriecht ihr dann für die? Warum schleicht ihr dann um sie herum wie dressierte Zirkusköter und tut alles, was von euch verlangt wird?«

»Vielleicht, weil wir etwas mehr Grips im Schädel haben als du«, sagte Tengs.

»Vielleicht, weil wir uns hier an Bord wohl fühlen«, sagte Sjur Willy.

Ebensogut hätte er sagen können, es behage ihm in einem Fleischwolf.

»Wißt ihr, was ihr seid? Ihr seid doch nur Laufburschen!«

»Ja, und?«

Bruin meine wohl, einen Volltreffer gelandet zu haben. Da

gehe es ihm aber anders, als denen, die er getroffen hatte. Tengs und Sjur Willy habe das überhaupt nicht getroffen. Bruin könne sie nennen, wie er wolle, Arschkriecher, Lakaien, Köter, die Beleidigungen prallten ab. Sie hätten nichts dagegen, sich die Beine auszureißen und zu tun, was von ihnen verlangt werde. Sie hätten keine Probleme damit, in Scheiße zu stehen oder Schimpftiraden zu ertragen, solange das Ganze einen Sinn habe. Was sie jetzt seien oder ertragen müßten, das habe keine Bedeutung. Was sie werden könnten, das sei wichtig! Im Gegensatz zu Bruin hätten sie begriffen, wie der Zirkus auf der Ocean Star lief, nämlich ganz unten anzufangen und sich hochzuarbeiten. Alle im Ölgeschäft hätten unten angefangen, die Roughnecks, Oesterling, Murphy, Peck und Thompson, alle seien sie Roustabouts gewesen. Alle seien sie die Rangleiter hinaufgeklettert und hätten dabei so manche Quälerei ertragen müssen. Das sei nichts, über das man sich beschweren müsse. Das sei einfach so.

»Wenn du alles hier so schrecklich findest, brauchst du ja nur deine Sachen zusammenzupacken«, sagte Tengs.

»Ich weiß nicht, ob jemand darüber sonderlich traurig wäre«, fügte Sjur Willy hinzu.

»So leicht werdet ihr mich nicht los!«

Bruin machte das Licht aus und drehte sich zur Wand. Es sei ihm klar, daß er bei Tengs und Sjur Willy nichts erreichen werde. Zum Glück gebe es ja noch Leute mit mehr Gehirn an Bord. Wenn sich die beiden Idioten das Ziel gesetzt hätten, sich den Arsch aufzureißen, um Sternchen in der Liste eines Amerikaners zu bekommen, solle ihm das recht sein. Für ihn gebe es wichtigere Dinge. Er habe versucht, einen Vertrauensmann an Bord zu finden. Es gebe keinen. Es sei ihm auch keiner begegnet, der organisiert sei, jedenfalls habe niemand den Mut gehabt, das einzugestehen. Das Ganze sei einfach zu übel. Als hätte man die Zeit um hundert Jahre zurückgedreht. Aber auf eine bestimmte Weise sei es auch in Ordnung. Aksel Bruin, Begründer der ersten Ölarbeitergewerkschaft der Nordsee. Das sei doch etwas. Das sei etwas anderes, als den Amerikanern in der Hoffnung, auf das Deck oder in den Turm gelassen zu werden, in den Arsch zu kriechen. Wenn die Ölarbeitergewerkschaft erst gegründet wäre, würde er Ordnung in die Sache bringen. Dann würde ein Schlußstrich unter die Wildwest-Verhältnisse gezogen. Die Mannschaft würde anständige Pausen und anständige Arbeitsverhältnisse bekommen. Und die Yankees dürften schön brav hinblättern, was für Arbeitszeug und Schutzeinrichtungen notwendig war. Und sie wären gezwungen, die norwegischen Gesetze und Sicherheitsvorschriften zu beachten. Dem Cowboystil müsse ein Ende gemacht werden. So manchem müsse ein Ende gemacht werden.

»Der erste, dem ein Ende gemacht wird, bist du«, sagte Tengs. »Wenn du beginnst, mit den Amerikanern solche Spielchen zu treiben, dann viel Spaß!«

»Du wirst den Amerikanern mit einer Ölarbeitergewerkschaft kaum auf der Nase herumtanzen«, sagte Sjur Willy. »Der einzige, den du mit einer solchen Vereinigung im Schach hältst, bist du selbst!«

Bruin nahm diese Weissagung mit Fassung. Er wisse, wie er Tengs und Sjur Willy einzustufen habe. In ihrer Geilheit auf Erfolg seien sie amerikanischer als die Amerikaner. Wenn er etwas zustande bringen wolle, dann müsse er die Gewerkschaft ohne sie planen. Er zweifle keinen Augenblick daran, daß sie sich einklinken würden, sobald sie den Nutzen erkannten. So blöd seien sie auch nicht. Bis auf weiteres sollten sie doch glauben, daß sie die Amerikaner alleine in Schach halten könnten. Früher oder später würden sie schon ihren Knall erleben, der sie aus ihren Träumen erwachen ließ. Dann würde es ihnen aufgehen, daß auch sie eine Sicherheit brauchten, hinter der sie Schutz fänden. Was Sjur Willy betraf, so konnte das wohl eine Weile dauern.

»An dem Tag, an dem ich Schutz von dir brauche, kannst du es ganz piano angehen lassen und dich mit Kuchen und Pornos vergnügen«, sagte er, »denn dann bin ich tot!«

Der Genosse Bruin solle Sjur Willy mit seiner Ölarbeitergewerkschaft in Frieden lassen. Bruin träume doch davon, aus der Ocean Star einen führungslosen Betrieb zu machen mit solidarischen Schlappschwänzen, Seite an Seite in der Messe. Seit er das erste Mal von Jesus gehört habe, habe er sich doch selbst in der Rolle des guten Hirten gesehen. Und nachdem er Mao, Marx und Lenin gelesen habe, habe er sein Urteil über das biblische Schafsparadies revidieren müssen. Statt sie draußen auf dem Feld in Wind und Wetter zu behüten, habe Genosse Bruin herausgefunden, daß es besser sei, sie in einem komfortablen Stall mit Erfrischungen und Lehnsesseln unterzubringen, in denen die Schäfchen auf ihren Hintern säßen und den ganzen Tag im Chor mähen konnten. Für Bruin bedeute es nichts, aber auch gar nichts, was der einzelne leistete. Das, was Bruin vorschwebe, sei ein Arbeitsplatz, an dem es alle sicher und gut hätten, ohne auch nur einen Finger krumm zu machen. Aber das habe recht wenig mit der Wirklichkeit auf der Ocean Star zu tun. Genosse Bruin träume von einem Treibhaus, in dem alle Pflanzen gleich viel Erde, gleich viel Licht und gleich viel Wasser bekämen. Für seine Vorstellung, zwischen all diesen völlig gleichförmigen Topfpflanzen umherzustolzieren und die Mitgliedsbeiträge einzusammeln, könne er sich bei der norwegischen Eisenbahn bedanken. Als Dank für ihren Beitrag würde er dafür sorgen, daß alle gleich schnell oder gleich langsam wuchsen, gleich grün waren und blieben. Das, wovon Bruin träume, sei eine idyllische und behütete kleine Welt inmitten der großen, häßlichen Wirklichkeit, in der ihm und seinen Getreuen, die ihre Beiträge zahlten, niemand etwas anhaben könne. Die Ölarbeitergewerkschaft des Genossen Bruin sei nichts für Sjur Willy. Er sei keine Treibhauspflanze, zum Teufel noch mal. Wegen ihm könne Genosse Bruin ruhig ganz Norwegen in ein Treibhaus verwandeln, er solle nur nicht versuchen, Sjur Willy in einen seiner Töpfe zu stopfen.

Es sei nicht der Gedanke, daß es alle gut haben sollten, der Sjur Willy aufrege, sondern die Tatsache, daß Bruin bereit sei zu mogeln, um sein Ziel zu erreichen. Denn Bruin versuche, zwischendrin die Spielregeln zu ändern. Er wolle die Ocean Star zu einem Ort machen, an dem alle gleichviel zu gewinnen oder zu verlieren hätten. Das sei nichts für Sjur Willy. So wie die Dinge lägen, könne er nur gewinnen, und so solle das auch bleiben. Daß er dabei auch alles verlieren könne, das sei ein Teil des Spiels. Diesen Preis sei er bereit zu zahlen, um mitmachen zu können. Das, bei dem sie dabeiseien, sei eine ganz große Sache. Und genau das würde Genosse Bruin nicht in seinen Schädel bekommen. Er habe doch nur begriffen, es so klein wie möglich wirken zu lassen. Das einzige, auf was sich Bruin freue, seien doch die Pausen. Er sei zufrieden, wenn er in der Kantine Weltmeister in Gleichheit und Solidarität spielen könne. Das einzige, was er im Kopf habe, sei, sich über die Arbeitsverhältnisse zu beklagen und schlecht über die Amerikaner zu reden.

»Wenn die Amerikaner nicht wären, könnte es uns hier an Bord ganz gut gehen«, sagte Bruin.

»Wenn die Amerikaner nicht wären, dann wären wir überhaupt nicht hier!« zischte Sjur Willy.

»Wir müssen denen ein für allemal klarmachen, daß sie uns nicht an alle möglichen Arbeiten setzen können, ohne uns vorher einzuarbeiten«, sagte Bruin.

»Diese Arbeiten sind doch die Einarbeitung!« konterte Sjur Willy.

Genosse Bruin habe nicht einmal das begriffen. Ihm sei doch nur aufgefallen, daß ein Teil der Arbeit gefährlich sei. Daß die Arbeiten erledigt werden müßten, kümmere ihn nicht.

»Wir müssen endlich einen Riegel vor Arbeiten schieben, die die Gesundheit gefährden!«

Es sei doch zum Kotzen. Wenn sich Bruin solche Sorgen um seinen arbeitsscheuen Körper mache und nicht einmal hin und wieder dem Tod ins Auge zu schauen vermöge, dann solle er doch lieber wieder zurück zu seiner Eisenbahn gehen. So oder so sei er dort wohl besser aufgehoben. Er gehöre einfach nicht auf eine Rigg, auf der alles davon abhing, daß die Leute ihre Arbeit machten. Je weniger Genosse Bruin leiste, desto wohler fühle er sich. Würde er dafür bezahlt, in der Kantine auf seinem Arsch zu sitzen und über Marx und nackte Frauen zu diskutieren, bliebe er wohl sitzen, bis sein Schwanz zu Boden fiele!

»Du etwa nicht?«

»Ganz sicher nicht!«

Sjur Willy würde sich lieber draußen an Deck den Arsch abfrieren, als mit Bruin zusammen in der Kantine zu hocken und durch Titten und Tarife zu blättern, während sie auf besseres Wetter warteten. Sjur Willy habe nicht auf der Ocean Star angeheuert, um dumm herumzuquatschen und Totoscheine auszufüllen. Es sei ihm nicht klar gewesen, warum er dort angefangen habe. Jetzt aber sei es ihm klar. Er wolle Driller werden! Es spiele keine Rolle, wie viele Blessuren er dafür unterwegs einstecken müsse. Er werde sie einstecken, wie sie kämen, und brauche keine Tante Bruin, die auf ihn aufpaßte. Er sei hier, um Öl zu finden! Darum drehte sich alles – ob sie auf Öl stießen oder nicht! Es sei ein Fieber. Ein Fieber, das anstieg oder zurückging, je nachdem, was die Druckanzeige in der Kabine des Drillers anzeigte oder wie die Gerüchte gerade florierten. Gab es einen Fund auf dem britischen Sockel? Hatten die Geologen Spuren von Hydrokarbonaten in den Kernen gefunden, die sie zur Untersuchung an Land geschickt hatten? Waren die Seismiker weiter im Norden auf bessere Verhältnisse gestoßen? Warum gingen sie nicht dorthin? Warum kippten sie nicht das ausgelutschte Loch zu, in dem sie sich schon so lange abmühten, und machten sich auf den Weg, bevor es ihnen die anderen vor der Nase wegschnappten? Oder war das nicht so leicht? Brauchten sie erst eine Konzession? Was zum Teufel wollten sie mit einer Konzession? Die konnte man wohl im nachhinein bekommen. Die Idioten an Land hatten doch keine Ahnung, was hier manchmal so vor sich ging!

Es war mehr als ein Fieber. Für Sjur Willy war es eine Besessenheit. Er wurde der eifrigste von allen. Er tat, was von ihm verlangt wurde, und kümmerte sich einen Scheißdreck darum, ob er den Job beherrschte oder nicht. Und er gab nicht eher auf, bis es ihm gelungen war. Gab es etwas, das er nicht verstand, dann fragte und bohrte er nach, bis er begriffen hatte, wie alles funktionierte. Die ganze Zeit rannte er mit einem Notizbuch herum, in dem er notierte, was ihm später einmal nützlich sein konnte. Und das meiste konnte man irgendwann wieder gebrauchen. Alles im Kopf zu behalten war unmöglich. Es im Notizbuch zu haben war in Ordnung. Er war oben und unten. Er kroch an den Rohren und Kabelbrücken entlang und zeichnete die verschiedenen Rohrsysteme ein. Er folgte den Leitungen für Seewasser und Bohrschlamm, Druckluft, Hydraulik und Diesel. Er merkte sich, wo die Pumpen und Ventile saßen. Hatte er einen Augenblick Zeit, gesellte er sich zu den Elektrikern und Mechanikern. Dort konnte er immer etwas aufschnappen. Er freundete sich mit den Matrosen an, um zu verstehen, was deren Aufgabe war. Er ging bis zur Brücke hoch und unterhielt sich mit dem Skipper über Ballastpumpen, Positionierung und Ankerwinden. Der Skipper war absolut kein Arsch, wie Thompson das behauptet hatte. Das Rattengift im Kaffee würde ihm auf jeden Fall erspart bleiben. Sjur Willy begegnete schwierigen Menschen. Einige weigerten sich, ihm auch nur das Geringste zu erklären. Warum sollten sie ihre Zeit damit vergeuden, einem Roustabout Sachen zu erklären, die ihn nichts angingen? Doch sie hielten Sjur Willy nicht auf. Bekam er an einem Ort ein Nein zu hören, versuchte er es an einem anderen. Schickten sie ihn an einem Tag zur Hölle, kam er am nächsten mit der gleichen Frage wieder.

»Hat man dir nicht gesagt, du sollst zum Teufel gehen?«

»Doch, aber da war es auch nicht viel besser!«

Sie konnten Sjur Willy nicht den Boden unter den Füßen wegziehen. Er würde Driller werden! Er würde Öl finden! Mit jedem Tag, der verging, wurde er sich seiner Sache sicherer. Er zweifelte nicht daran, daß sie Öl finden würden. Die Frage war nur, ob es ihm gelang, an Deck zu kommen, bevor es so weit war, oder ob er immer noch als Roustabout arbeiten würde. Er war dabei, mit Tengs und Bruin ein Lager aufzuräumen, als Barka kam und sagte, er habe einen Job für sie im Pumpenraum. Er sagte nicht, um was es ging. Er sagte nichts davon, daß ihm die Talje in den Mischtank gefallen war, als er versucht hatte, sie vom Deckenbalken zu lösen. Er führte sie ganz einfach bis an den Rand des offenen Tanks und sagte, daß dort drinnen eine Talje läge. Sie starrten in den zu Dreiviertel gefüllten Tank hinunter. Es war unmöglich, in der grauen Masse etwas zu erkennen.

»Woher weißt du das?«

Das sei doch wohl egal. Ihre Aufgabe sei es ganz einfach, sie wieder herauszuholen. Die Talje könne dort nicht liegenbleiben. Sie könne das ganze Mischwerk blockieren.

»Kann man den Tank nicht leeren?«

Barka verzog das Gesicht zu einem Grinsen.

»Doch, wenn ihr das, was jetzt drin ist, austrinkt!«

Bruin bellte Barka an, er solle die graue Lehmsuppe selber trinken. Sie hätten mit dieser Talje doch nichts zu schaffen. Schließlich seien es nicht sie gewesen, derentwegen sie in den Tank gefallen war. Barka zuckte mit den Schultern. Nicht er bräuchte die Talje, sondern Murphy. Wenn sie es lieber mit dem Driller zu tun bekommen wollten, würde er ihn gerne darüber informieren, daß sie sich weigerten, sie herauszuholen. Tengs verstand, woher der Wind wehte. Er ging zur Tür hinüber und suchte nach einem Bootshaken, um diese blöde Talje herauszufischen. Er hatte den Pumpenraum noch nicht verlassen, als Sjur Willy seine Uhr ablegte und die Taschen seines Overalls leerte. Bruin starrte ihn entgeistert an.

»Du willst doch wohl nicht...?«

Sjur Willy gab ihm keine Antwort. Er kletterte über den Rand und stieg die Leiter an der Innenseite des Tanks hinunter. Der Bohrschlamm reichte ihm bis unter die Achseln, als er mit der Schuhspitze die Talje berührte und sie an den Rand des Tanks schob. Dort versuchte er mehrmals, die Ketten mit dem Fuß an der Tankwand entlang hochzuschieben. Schließlich gab er es auf und holte ein paarmal tief Luft. Bruin und Barka sahen nur noch seinen Hintern und die Schuhsohlen, als er kopfüber im Bohrschlamm verschwand. Als er mit der Kette in der Hand wieder zum Vorschein kam und diese über die Umrandung wälzte, sah er aus wie ein Schlammringer. Er spuckte aus und wischte sich über den Mund, während Tengs den gröbsten Schlamm mit einem Wasserschlauch abspritzte. Seine Augen waren wund, doch als Barka mit der Talje fortging, war er zufrieden mit seinem Einsatz. Und als Thompson vorbeikam und ihm auf die Schulter klopfte, wußte er, es hatte sich gelohnt.

»That's my boy! That's my boy!«

Sjur Willy war nicht sonderlich begeistert, »boy« genannt zu werden, doch wenn Thompson das sagte, war es in Ordnung. Als er anschließend unter der Dusche stand, war er sich sicher, daß er einen Schritt näher in Richtung Bohrdeck gekommen war. Daß Bruin ihn beschimpfte, bestätigte lediglich, daß er auf dem richtigen Weg war.

»Das war das Dümmste, was ich jemals gesehen habe!«

»Dann hast du noch nicht viel Dummes gesehen«, rief Sjur Willy zurück.

»Der Drecksack hätte sich seine Talje schön selber holen können!«

»Wir müssen jede Chance nutzen, die wir kriegen«, sagte Sjur Willy.

»Du mußt ihnen deshalb wohl nicht unbedingt in den Arsch kriechen!«

Bruin redete gegen taube Ohren.

»Ich bin nicht gekrochen«, sagte Sjur Willy. »Ich bin getaucht.«

Er hing an den Hacken der Roughnecks, als wollte er ihnen zeigen, daß er reif war für mehr als nur die einfachen Roustaboutarbeiten, und er verbarg nicht, daß er bereit war. Brauchten sie Ablösung an Deck – dann sollten sie es nur sagen! Sie schielten über Titten und dampfende Kaffeetassen hinweg. Wie lange er an Bord sei? Er solle nur nicht glauben, er sei bereit für das Deck, nur weil er einmal kopfüber in einem Schlammtank gesteckt habe. Er sei ebenso wenig für das Deck geeignet wie ein Küken, das sich gerade aus der Eierschale befreit habe. Sie seien nicht so einfach durch irgend jemanden zu ersetzen. Es gäbe noch viel zu lernen, bis er ihre Arbeit übernehmen könne. Er solle nur nicht an den Weihnachtsmann glauben!

Sie waren Drecksäcke. Selbstgefällige Arschlöcher. Das war in Ordnung. Sjur Willy würde das größte Arschloch von allen werden. Wenn die Zeit reif war, würde er sie alle in den Schatten stellen. Auf jeden Fall aber würde er weiterhin an den Weihnachtsmann glauben. Er ließ alles, was er in den Händen hatte, fallen, als Murphy nach ihm rief. Voller Hoffnung stürzte er die Treppe zum Bohrdeck hoch. Entmutigt kam er zurückgestapft. Murphy war der Kaffee ausgegangen, und er sollte die Thermoskanne auffüllen.

»Und nur deshalb mußtest du aufs Deck hoch?«

»Nein, er wollte auch noch eine Packung Kekse.«

Bruin schaute ihn entgeistert an.

»Ich begreife nicht, daß du für diesen Hund so kriechen kannst!«

Es gab vieles, was Bruin nicht verstand. Er verstand nicht, daß alles, aber auch alles an Deck geschah und daß das Wunder wann auch immer eintreffen könnte. Sobald sie mit dem Bohrgestänge wieder unten waren, sobald die Bohrkrone aufsetzte und die Welle zu rotieren begann, erwartete Sjur Willy das Wunder. Es konnte jeden Augenblick geschehen, während sie das Versorgungsboot entluden, während sie Material und Proviant sortierten und verstauten, während sie sich mit Säcken voller Zement und Bohrmineralien abquälten. Es konnte geschehen, während sie das Deck abspülten, während sie in der Cafeteria hockten, in der Messe oder im Kinosaal einnickten. Es konnte geschehen, während er schlief. Sjur Willy flehte zu Gott, daß es nicht geschah, während er schlief oder an Land war. Seinetwegen konnte es geschehen, wenn er auf dem Klo saß. Dann würde er die Klorolle einfach beiseite schleudern. Stießen sie auf Öl, dann würde er das ganze Klopapierlager ins Meer schleudern. Die ganze Nordsee sollte sich zu einem Schneetreiben aus flatternden Klopapierrollen verwandeln, wenn sie nur auf Öl stießen, wenn sie nur dieses verdammte Reservoir fänden. Denn das Öl gab es, es lag unter ihnen, bereit hervorzuschießen, sobald die Bohrkrone nur die letzte Gesteinsschicht, diese undurchdringbare Falle, die wie ein Deckel über den Vorkommen ruhte und sie dort unten festhielt, aufgekratzt hatte. All das, was dort unten Millionen von Jahren geruht hatte, würde wie eine einzige brennende Fontäne zur Rigg empordonnern, wenn sie erst diese Eierschale durchstochen hätten und mit ihren Testrohren in die Unschuld der schwarzen warmen Formation eindrängen. Nein, Sjur Willy würde sich an diesem Tag nicht damit begnügen, Klorollen ins Meer zu schleudern, er würde geradewegs ins Meer springen! Jawohl, das täte er, er würde einfach ins Meer springen!

»Das werde ich mir merken«, sagte Tengs.

Sie saßen auf dem Donnerbalken und beobachteten das Bohrteam. Murphy zog sich heraus, er mußte die Bohrkrone wechseln. Sjur Willy hatte diesen kleinen Ausbau auf Bodenniveau an der rückwärtigen Seite des Bohrdecks entdeckt. Sie hatten keine Ahnung, wofür diese kleine Kabine einmal gebraucht worden war. Vielleicht hatte dort einmal eine Wasserkanone oder ein Luftkompressor gestanden. Das spielte aber keine Rolle, von dem Inventar war, abgesehen von einem H-Träger entlang der Außenwand, auf dem sie sitzen konnten, nichts mehr zu sehen. Sie hatten der zugigen Blechkabine den Namen Donnerbalken wegen des schrägen Daches, des H-Trägers und des Lochs im Boden gegeben, durch das sicher einmal ein Rohr verlaufen war. Der Ort war ideal für frischgebackene Roustabouts, die sich einen Eindruck von den Vorgängen auf dem Bohrdeck machen wollten, ohne Gefahr zu laufen, entdeckt zu werden. Standen sie unten auf dem Catwalk oder irgendwo sonst und glotzten, riskierten sie, daß der Teufel himself oder andere Plagegeister ihre Klauen in sie schlugen und sie an andere Arbeiten setzten, bevor sie noch reagieren konnten. Auf dem Donnerbalken waren sie sicher. Nicht einmal Dallas war auf die Idee gekommen, diesen Ort als Ruheplatz zu nutzen. Um dorthin zu gelangen, mußte man ohne Halt an einem Geländer über ein Rohr an der Außenseite des Bohrmoduls balancieren, immer in der Gefahr, fünf Meter abzustürzen, wenn sie zu viel Schmierfett unter den Schuhen hatten. War jemand so gierig darauf, sie dabei zu ertappen, wie sie sich ein Bild von ihrer zukünftigen Tätigkeit verschafften, wollten sie ihm auch diese Herausforderung gönnen. Sobald sich eine Gelegenheit bot, schielten Tengs und Sjur Willy durch die Löcher in der Wand. Diese Löcher hätten ruhig größer sein können, doch sie waren groß genug. Wären sie größer gewesen, wäre damit auch das Risiko gestiegen, vom Bohrdeck aus entdeckt zu werden. Es hätte sicher einen gewaltigen Krach gegeben, wenn Murphys Bohrteam gewußt hätte, daß Tengs und Sjur Willy nur ein paar Meter von ihnen entfernt saßen und sie beobachteten. Und kaum etwas entging ihnen. Sie sahen und hörten beinahe alles. Lydersen aus Mandal spuckte aus und strich sich mit einem nassen Handschuh über die Stirn, als der Driller mit voller Kraft den Bohrkopf von den Gesteinsformationen löste. Ungeheure Kräfte waren im Spiel. Ein Zittern ging durch den Bohrturm und übertrug sich auf die Decksplatten, als das glänzende Bohrgestänge aus dem Steigrohr emporschoß. Es schlug an die Kanten des Rotationstisches und stieg wie eine schwarze Apollo-Rakete im Bohrturm hoch. Der Lärm war ohrenbetäubend. Das Deck bebte. Der Turm vibrierte. Auch der H-Träger, auf dem sie saßen, vibrierte. Die Roughnecks wirkten unbeeindruckt von dem Lärm. Sie fixierten das Gestänge am Rotationstisch und setzten die Zangen an. Bohrschlamm quoll aus den Schotten, als der Driller die gelöste Bohrlänge anhob. Lydersen aus Mandal hielt sie mit den Händen fest und wandte sich nicht eine Sekunde ab, bevor er die tropfende Bohrlänge mit der Schulter in den Lagerbereich gedrückt hatte. Dort schlug sie, als der Driller die Winsch abließ, mit einem Knall aufs Deck. Hoch über ihren Köpfen lehnte sich der Turmmann über das Monkeydeck hinaus, befestigte eine Tauschlinge am anderen Ende der dreißig Meter langen Bohrlänge und zog sie zu sich herüber. Noch bevor er sie im Stativ befestigt hatte, schoß der leere Aufzug schon wieder hinab.

Die Bohrlängen standen wie schwarze Orgelpfeifen dicht an dicht zwischen dem rotweißen Turmgestänge, als Sjur Willy zum Essen ging. Als er zurückkam, war die neue Bohrkrone an ihrem Platz und das Bohrteam klar, sich wieder nach unten vorzuarbeiten. Sie warteten nur noch darauf, daß Oesterling aufs Monkeydeck stieg. Er sah herunter und rief irgend etwas. Es war, als würden die Worte vom Turm weggeschleudert und als schössen sie über die Wellen mit dem Wind davon. Sjur Willy, der mit einem kalten Hähnchenschenkel in der einen Hand und einem Dichtungsset in der anderen auf dem Catwalk stand, hörte jedenfalls nicht, was er rief. Der Teufel himself sollte ihm keine Vorwürfe machen können. Daß Sjur Willy dort draußen an seinem Hühnerbein nagte, liege nur daran, daß er versuchte, die Essenspausen so kurz wie möglich zu halten, und die Dichtungen brauche er für die Ölpumpe, die er reparieren müsse. Wenn Peck nicht gerade eine Darmverschlingung hatte, würde er sich mit dieser Erklärung zufriedengeben. Daß Sjur Willy die Ölpumpe bereits vor einigen Tagen repariert hatte und die Dichtungen nur deshalb bei sich trug, um etwas zu haben, auf das er verweisen konnte – wie sollte der Toolpusher das wissen?

Oesterling hatte aufgehört zu rufen, als der Driller den Aufzug für die erste Bohrlänge hochfuhr. Er hatte die Arme um den bebenden Stand gelegt, als der Aufzug vor seiner Nase anhielt. Nachdem er das Ende des Rohres in der Aufzughalterung befestigt hatte, gab er dem Driller das Signal. Unten auf dem Bohrdeck stand Lydersen und lehnte sich gegen das andere Ende des Stands, bis der Driller es mit der Winde vom Deck anhob. Lydersen schwankte, als habe er ein paar über den Durst getrunken, während er die schwingende Bohrlänge in Richtung des Rotationstisches schob. Er hatte genug damit zu tun, still zu stehen, als Laugen kam und mit einem Pinsel Dope in die Fugen schmierte. Der Driller sah eine Chance für eine Verankerung und gab mit der Winde so lange nach, bis die Röhren aufeinanderstießen. Metall schlug hart auf Metall, bevor die Spinnerzangen angesetzt werden konnten und die Bohrlänge in dem bereitstehenden Rohrstutzen verankert werden konnte. Sobald das Verbindungsstück mit den beiden anderen Zangen befestigt war, konnte die Verlängerung des Bohrstrangs ins Bohrloch abgesenkt werden. Die Roughnecks umklammerten den bleischweren Schlips, der den Bohrstrang im Rotationstisch festhielt. Was für ein Schlips! Seine Stahlkeile wogen jeder fünfzig Kilo. Die Roughnecks zogen die Keile gemeinsam auseinander, während der Driller das Rohr absenkte. Sie umklammerten ihre Griffe, während die neue Bohrstange unter lautem Knarren im Steigrohr verschwand. Es vergingen nur wenige Sekunden, bevor der Schlips wieder an seinen Platz am Rotationstisch zurück mußte, so daß der Bohrstrang dort festgehalten werden konnte, während der Driller den offenen Aufzug für die nächste Bohrstange hochfuhr. Das war kein Job für Philosophen. Das war kein Job für solche, die immer diskutieren müssen, wer was macht, wie und in welcher Reihenfolge. Es gab nur eine Reihenfolge. Es gab nur ein Tempo, und das war Vollgas. Eine Schicht war kein Job mit eingebauten Pausen. Wenn es nach Murphy ging, blieb den Roughnecks keine Sekunde zum Verschnaufen. Er betätigte die Winde, kaum daß sie fertig waren, und machte eine Markierung für jede neue Bohrstange, die durch den Rotationstisch verschwand.

»Bin ich froh, daß ich nicht auf dem Deck arbeiten muß!«

»Hä?«

Es war kein Fetzen Fleisch mehr am Hühnerschenkel, als sich Sjur Willy umdrehte und das weichliche Gesicht von Jostein Bullshit entdeckte. Bullshit hatte gemeinsam mit Laugen als Roustabout angefangen. Er hätte seit langem Roughneck sein können. Er würde es wohl niemals werden. An Deck verwirrte ihn nur alles. Sobald er dort war, wußte er nicht mehr, was er machen sollte. Sjur Willy hatte sich gefragt, warum er Bullshit genannt wurde. Er fragte sich das jetzt nicht mehr. Brauchte man eine Taschenlampe, mußte man nur mit Jostein Bullshit reden. Er sammelte Taschenlampen. Der Lagerverwalter hatte es aufgegeben, sie wieder einzusammeln, und hatte Bullshit den gesamten Lagervorrat überlassen. Brauchten sie Taschenlampen, war er der richtige Mann. Eine trug er immer bei sich. Wenn er zu Bett ging, hatte er eine neben sich auf dem Stuhl oder unter dem Kopfkissen. Und als ob das nicht schon genug sei, hatte er überall auf der Rigg Taschenlampen plaziert. Sjur Willy begriff nicht, was er mit all den Taschenlampen wollte.

»Du kannst nie wissen, wann der Strom ausfällt«, sagte Bullshit.

»Aber dann schaltet sich doch die Notbeleuchtung ein!«

»Wie lange, glaubst du, brennt die?«

»Auf jeden Fall genauso lange wie eine Taschenlampe!«

»Deshalb habe ich ja mehrere«, sagte Bullshit. »Wenn ich sie nacheinander benutze, halten sie viel länger als die Notbeleuchtung.«

»Der Strom wird wohl nicht so lange ausfallen!«

»Das kann man nicht wissen«, sagte Bullshit.

»Es sind doch Elektriker an Bord!«

»Ich vertraue lieber meinen Taschenlampen.«

Die meisten hatten vor irgend etwas Angst. Niemand wußte, was geschehen konnte. Alles war möglich, ein Feuer, eine Explosion oder ein unerwarteter Blow-out. Bestimmt war auch schon einmal eine Rigg havariert. Davon sprachen sie nicht, doch solche Gedanken waren es, die sich im Hinterkopf drängten und auftauchten und verschwanden, wie sie gerade wollten. Es waren Bilder, die deutlich wurden, wenn sie sich ins Bett legten, und wieder verschwanden, wenn sie das Licht einschalteten. So etwas geschah in den Träumen und verblaßte, wenn sie erwachten. Daran durfte man nicht denken. Begannen sie, sich Gedanken zu machen, was passieren konnte, dann war es aus mit ihnen. Dann wurde alles gefährlich. Ebensogut konnte man dann wieder an Land gehen. Die meisten schoben die Angst weit von sich. Jostein Bullshit zeigte sie ganz offen. So hatte er seinen Namen bekommen. Er sprach laut über die Dinge, die ihm angst machten. Bei seinem ersten Helikopterflug hatte er beim Landeanflug geglaubt, der Pilot hätte die Kontrolle verloren. Viele hatten wohl dieses Gefühl, als der Helikopter zwanzig Meter oberhalb und neben der Plattform in der Luft stoppte und von einer Seite zur anderen schaukelte. Bullshit hatte losgeplappert, kaum daß er auf dem Deck stand.

»Puh, das war knapp!«

»Was denn?«

»Die Piloten hätten doch beinahe das Helikopterdeck verfehlt! Hätten sie die Maschine nicht mehr rübergezogen, wären wir direkt ins Meer gestürzt!«

»Die landen immer so«, erklärte ihm der Funker.

»Wirklich? Damit sollten sie aber aufhören«, sagte Bullshit. »Die erschrecken die Passagiere ja zu Tode.«

Es brauchte nicht viel, um Jostein Bullshit zu Tode zu erschrecken. Jedenfalls keine fremde Hilfe. Jedesmal wenn er am nächsten Tag in einen Helikopter mußte, träumte er, kopfüber in den Gurten zu hängen und darauf zu warten, daß die Rotorblätter der Sikorsky auf dem Wasser aufschlugen. In diesem Punkt war er sich ganz sicher. Wenn Helikopter abstürzten, dann drehten sie sich in der Luft, so daß die Rotorblätter zuerst unten waren. Da oben lag schließlich die Maschine und der ganze Schwerpunkt! Worauf Bullshit nie eine Antwort erhielt, war die Frage, ob es die Hüften wären oder nur der Sicherheitsgurt, der entzweigerissen würde. Er wachte immer auf, bevor der Helikopter aufschlug.

»Dddu mmmußt nininicht immmmer schon iiim vvvorrraus Angst hahahaben«, sagte Dallas.

»Was soll ich denn machen? Die ganze Nacht wach bleiben?«

Er sei es ja nicht gewesen, der diese fliegenden Monster erschaffen habe. Wenn es nach ihm ginge, hätte man so etwas niemals gebaut. Niemand war so oft mit einem Helikopter abgestürzt wie Jostein Bullshit. Jede Nacht, bevor er fliegen mußte, stürzte er ab, und er war jedesmal überrascht, wenn er lebendig aus einer Sikorsky stieg. Es gab auch niemanden, der so viele Blow-outs überlebt hatte wie Bullshit. Es wiederholte sich immer, wenn die Bohrkrone die Zweitausend-Meter-Marke passierte. Dann begann Bullshit von Blow-outs zu phantasieren. Aber niemals war es Öl, was aus seinen Phantasiequellen schoß. Es war Lava. Wieder hatten sie zu tief gebohrt, obwohl Bullshit dem Driller so oft gesagt hatte, daß er sich jetzt zusammenreißen und die Sache rechtzeitig beenden solle! Was er auch sage, es nütze nichts. Niemand höre auf ihn, bis sie bis zum Bauch in der Lava stünden, und dann sei es in der Regel zu spät.

»Die Eeerdhülle iiist dididicker aaals das«, sagte Dallas.

»Wer weiß das?« erwiderte Bullshit. »Das einzige, was wir wissen, ist, woraus das Innere der Erde besteht – aus glühend heißer Lava!«

Die Angst vor Lava war aber noch nichts, verglichen mit der Angst, den Seilzug auf den Kopf zu kriegen. Bullshit meinte, der riesige Flaschenzug oben am Bohrturm bewege sich wie ein Grabstein über den Köpfen des Bohrteams. Für ihn war es wie ein herunterschießender Meteor, wenn der Driller die Bremse löste.

»Weißt du, wieviel der wiegt?«

Sjur Willy schüttelte den Kopf.

»Siebzig Tonnen«, sagte Bullshit.

»So viel?«

Sjur Willy fand das ein bißchen viel. Bullshit erst recht.

»Stell dir mal vor, siebzig Tonnen auf die Birne zu kriegen. Da hilft dir dein Helm auch nicht mehr viel!«

Sjur Willy konnte ihm da nicht widersprechen. Aber er glaubte trotzdem nicht daran, daß die Gefahr, den Klotz auf den Kopf zu kriegen, sonderlich groß war.

»Es kann jeden Moment geschehen«, meinte Bullshit.

»Ist das denn schon mal passiert?«

»Bestimmt.«

Es war nicht geschehen, solange Bullshit an Bord war. Es war niemals auf der Ocean Star geschehen, aber Sjur Willy sollte sich dadurch nicht täuschen lassen.

»Der Klotz kann jeden Augenblick herunterkrachen«, sagte Bullshit.

Es sei eine ganz einfache Rechnung. Wenn man Mensch-ärgere-dich-nicht spielte und lange keinen Sechser bekommen hätte, dann stieg die Chance, einen zu bekommen, mit jedem Würfeln. So sei das mit dem Klotz auch. Gerade weil es noch nie passiert sei, steige die Gefahr mit jedem Tag. Es war kein Wunder, daß sie ihn Bullshit nannten. Sjur Willy sah ihn teilnahmslos an, als Bullshit ihn fragte, ob er ihm einen guten Rat geben dürfe.

»Fang nie an, an Deck zu arbeiten. Warte auf jeden Fall, bis der Klotz runtergekommen ist, dann kann er dir nicht mehr auf den Kopf fallen!«

Er hatte kein Vertrauen in Laugens Rechnereien. Laugen hatte ausgerechnet, daß die Gefahr, den Klotz auf den Kopf zu bekommen, praktisch gleich Null war.

»So was kann man nicht ausrechnen!«

»Doch, gerade das kann man«, sagte Laugen. »Das nennt sich Risikoanalyse.«

Seine Berechnungen basierten auf der Annahme, daß es hundert Riggs auf der Welt gab. Sicher waren es mehr, aber Laugen hatte sich mit hundert begnügt.

»Wie oft, glaubst du, daß so ein Klotz auf die Rigg knallt?«

Bullshit wußte nicht, was er sagen sollte, Laugen auch nicht, aber da niemand an Bord jemals von einem solchen Unglück gehört hatte, konnte es nicht allzu oft passieren.

»Laß uns mal davon ausgehen, daß es einmal in zehn Jahren passiert«, sagte Laugen. »Dann ist die Wahrscheinlichkeit, daß es auf der Ocean Star passiert, ein Prozent. Über das Jahr gerechnet, beträgt die Wahrscheinlichkeit ein Promille.«

Bullshit beruhigte das nicht.

»Die Alkoholgrenze liegt bei 0,5 Promille!«

»Ich bin noch nicht fertig«, sagte Laugen.

Bullshit solle berücksichtigen, daß der Block auch herunterstürzen könne, wenn er an Land sei. Die Wahrscheinlichkeit betrüge also nur ein halbes Promille, und damit nicht genug, der Klotz könne ja auch während einer anderen Schicht abstürzen! Also könne er dieses halbe Promille noch einmal durch zwei teilen!

»Berücksichtigen wir dann noch, daß ein Roughneck niemals mehr als eine halbe Schicht lang auf dem Deck ist, sind wir schon bei einem Achtel Promille, und dann haben wir noch nicht den Aufschlagsbereich berücksichtigt!«

Der sei sicher nicht größer als ein Quadratmeter und die Größe des Bohrdecks betrüge mindestens hundert. Deshalb könne Bullshit das Achtel Promille noch einmal durch hundert teilen. Die Wahrscheinlichkeit, sich in dem entsprechenden Moment genau auf diesem Quadratmeter zu befinden, sei mikroskopisch klein. Laugen beendete seine Wahrscheinlichkeitsrechnung mit der Frage, ob Bullshit Wasser trinke.

»Das solltest du bleiben lassen«, sagte Laugen, »das Risiko, an einem Glas Wasser zugrunde zu gehen, ist genauso groß wie das, den Klotz auf die Birne zu kriegen.«

Laugen hätte sich das ganze Rechenexempel sparen können. Das Zahlengetrickse würde Bullshit nicht wieder auf das Deck bringen, jedenfalls nicht, wenn es sich vermeiden ließ.

»Jemand könnte etwas ins Wasser gemischt haben!«

Es war nicht bloß der Klotz dort oben, der ihn abschreckte. Es war das Tempo. Es war zu schnell für ihn. Zu viel, worauf er aufpassen mußte. Und wenn jemand anfing zu schreien, wurde es nur noch schlimmer. Und immer schrie jemand herum, wenn Bullshit auf dem Deck war.

»Beweg deinen Arsch!«

»Paß auf!«

»Hier, nimm!«

»Nein, nicht da!«

»Hier!«

Bullshit bewegte sich, paßte auf und griff zu. Immer kam er zu spät. Immer schaute er mit flatterndem Blick umher und schrak zusammen.

»Begreifst du denn nichts?«

»Bist du blind?«

»Bist du taub?«

Bullshit war weder blind noch taub. Er wußte bloß nicht, wo er hin sollte. Er erschrak jedesmal, wenn etwas zu Boden fiel. Und ständig fiel etwas zu Boden. Und ständig schaute er zum Klotz hoch. Er erstarrte zwischen Zangen und Bohrröhren. Stand steif wie ein Stock da, bis es dem Driller zu viel wurde.

»Get that sucker out of here!«

Wenn Bullshit nicht mit seinem Job als Roustabout klargekommen wäre, hätte man ihn sofort an Land gesetzt. Hätte er Schwierigkeiten gemacht, hätte man ihn in den erstbesten Helikopter gesteckt. Aber Bullshit war nicht schwierig. Ohne zu murren, machte er die Drecksarbeiten, die niemand sonst übernehmen wollte. Wenn sie niemanden mehr hatten, ihren Scheiß wegzuräumen, dann machte Bullshit das. Waren sie es leid, Öl und Bohrschlamm wegzuspülen, brauchten sie nur Bullshit an den Schlauch zu stellen. Hatten sie genug von Rost und Farbeimern, gaben sie Bullshit den Pinsel. Gab es etwas zu entfernen, Bullshit machte das. Er räumte und trug alles weg. Und brauchten sie etwas, dann mußten sie nur Bullshit rufen. Er verdrückte sich nicht. Hatte Bullshit sich etwas vorgenommen, dann führte er es auch aus. Wenn der Abfluß dicht war, wenn der Maschinenraum vor Öl nur so glänzte, wenn der Shaleshaker gereinigt werden mußte, auf Bullshit war Verlaß! Er konnte ruhig rumlaufen und so viel Scheiße erzählen, wie er wollte. Er war der letzte, den sie an Land setzen würden. Selbst der Teufel himself sah das ein. Er vertraute keiner Sau, doch auf Jostein Bullshit verließ er sich. Er war der einzige, der die anfallende Arbeit tat, auch ohne daß der Teufel himself ihn dazu aufgefordert hätte. Aber nicht nur Peck hatte eingesehen, daß Bullshit Gold wert war. Auch Tengs und Sjur Willy begriffen das. Gab es einen, mit dem sie es sich nicht verderben durften, dann war er es. Arbeiteten sie mit Bullshit zusammen, konnten sie ruhig eine oder zwei

Stunden auf dem Donnerbalken hocken, ohne daß jemand nach ihnen fragte. Arbeiteten sie mit Dallas oder dem Genossen Bruin, konnten sie das ganz einfach vergessen. Dann schellte in einem fort die Alarmglocke, weil keiner der Roustabouts aufzutreiben war. Und dabei meinten sie auch noch, daß Bullshit eine Null sei, weil man ihn auf dem Deck nicht gebrauchen konnte. Tengs und Sjur Willy sahen das anders. Es konnten nicht alle Driller werden. Und auch nicht Roughnecks. Das bedeutete aber noch lange nicht, daß sie nichts taugten. Für zuverlässige Menschen, die ihre eigenen Grenzen kannten, gab es immer Verwendung. Und das gelang nicht jedem. Daß Bullshit so lange glücklich war, wie er nicht auf das Deck mußte, war für alle Beteiligten gut, ganz besonders für den Driller. Murphy brauchte Männer, die auf die Geräte vertrauten und ruhig blieben. Er brauchte niemanden, der zwischen den Bohrröhren erstarrte oder wie ein aufgeschreckter Frosch herumhüpfte. Murphy brauchte Leute, die Ruhe bewahrten und alles am Laufen hielten, unbekümmerte Idioten, die lachten, wenn sie Bohrschlamm in die Fresse kriegten, gleichgültige Teufel, die mit den Schultern zuckten, wenn jemand verletzt wurde, und ehrliche Gesellen, die einsahen, daß sie sich bei sich selbst bedanken mußten, wenn ihnen etwas passierte.

»Sie sagen, daß er jemanden umgebracht hat«, sagte Bullshit.

»Wer sagt das?«

Bullshit zuckte mit den Schultern. Viele sagten das. Murphy habe einen Roughneck mit Höhenangst aufs Monkeydeck hochgeschickt, um den Turmmann abzulösen. In Todesangst habe der Roughneck ihn gebeten, jemand anderes zu schicken. Er sei niemals zuvor auf dem Monkeydeck gewesen. Aber das hatte keinen Eindruck auf Murphy gemacht. Wenn der Roughneck noch nie zuvor dort oben gewesen war, dann sei es höchste Zeit! Wenn er nicht einmal für eine Stunde den Turmmann ablösen könne, dann habe er auch nichts an Deck verloren. Der leichenblasse Roughneck sei steif wie ein Stock gewesen, als er die Leiter hochkletterte. Ein paar Minuten später habe er leblos auf dem Deck gelegen. Bullshit wußte nicht, wo das geschehen war, auch nicht wann. Manche sagten, es sei in Mexiko gewesen, andere behaupteten, drüben im britischen Sektor. Alle sagten etwas anderes.

»Das ist sicher nur dummes Geschwätz«, sagte Sjur Willy.

Alle möglichen Geschichten würden dem Driller angehängt. Alle würden sie schlecht über Murphy reden, sobald er sie nicht hören könne. Aber niemand wage es, sein Maul aufzureißen, wenn er dabei sei. Sie könnten sagen, was sie wollten, Murphy sei der beste Driller, den sie hätten. Wenn Murphy auf dem Deck sei, dann laufe die Sache. Sein Team stelle ständig neue Rekorde auf. Er sei schneller als die meisten anderen.

»So einen Driller findest du nicht noch einmal», sagte Sjur Willy.

»So ein Rauhbein findest du nicht noch einmal«, erwiderte ihm Bullshit.

»Er weiß, was er tut«, sagte Sjur Willy.

Und das sei nicht bei allen so.

»Du siehst doch, wieviel Scheiße in Smileys Schicht läuft.«

»Smiley? Der ist in Ordnung«, sagte Bullshit.

Daran zweifelte Sjur Willy nicht. Art Smiley war ein netter Kerl. Mit ihm konnte man sicher gut ein Bier trinken, aber ein Driller war er nicht. Er war zu umständlich und zu wenig entschlußfreudig. Barka war auf einem Turn mit Smiley gewesen, der konnte erzählen, wie es da zuging. Der einzige, auf den man sich in Smileys Team verlassen konnte, war ein Roughneck namens Madsen. Wenn Smiley diesen Jan Madsen nicht hätte, um alles ins Lot zu biegen, dann könnte er geradewegs einpacken. Nicht nur Barka wunderte sich, warum die Bohrgesellschaft so ein Weichei wie Smiley immer noch als Driller arbeiten ließ. Den Kerl konnte man doch höchstens noch als Roughneck gebrauchen!

Tengs und Sjur Willy hatten herausgefunden, daß sie Abstriche machen mußten, wenn Barka ihnen etwas erzählte. Wenn es Smiley betraf, dann war das allerdings absolut nicht notwendig. Er hatte es geschafft, sich mit dem Bohrgestänge in sechzehnhundert Meter Tiefe festzufahren, und war stundenlang damit beschäftigt gewesen, wieder freizukommen. Das Bohrgestänge rührte sich noch keinen Zentimeter, als Peck und Murphy die Schicht übernahmen. Tengs und Sjur Willy hatten schon in der Messe bemerkt, daß dicke Luft herrschte. Das wurde eine gefährliche Schicht für die Roustabouts. Solange das Bohren nicht fortgesetzt werden konnte, waren sie Freiwild. Das war auch jedesmal so, wenn sich jemand so stark verletzt hatte, daß das Bohren unterbrochen werden mußte. Und keiner der Chefs wußte dann recht, was zu tun war. Alle hatten irgendjemanden an Land, den sie anrufen mußten. Aber das führte meist zu nichts. Selbst wenn die Tratschtanten an Land von etwas Ahnung hatten, konnten sie meistens keine Entscheidung fällen. Auch sie mußten sich absichern. Und draußen an Deck rasten die Chefs nur rum und suchten nach Sündenböcken. Dementsprechend war das Geschrei. Und fanden sie niemanden, den sie beschuldigen konnten, dann gab es immer irgendeinen Roustabout, der nicht rechtzeitig in Deckung gegangen war. Tengs und Sjur Willy wurden diesmal nicht gefunden. Sie wußten, daß das Risiko für einen gewaltigen Blitzeinschlag bedrohlich war, und saßen in sicherem Abstand draußen auf dem Donnerbalken, als Murphy auf dem Bohrdeck auftauchte. Es dampfte noch aus seinem Kaffeebecher, als er sich umschaute. Smiley trippelte nervös um das Antriebsrohr herum und bat ihn, die Ruhe zu bewahren. Murphy verzog das Gesicht. Er sei nicht gekommen, um ruhig zu bleiben.

»Thompson hat noch keinen Kontakt zum Hauptbüro bekommen.«

»Zum Hauptbüro?«

Über was, zum Teufel, wollte Thompson mit den Tintenklecksern im Hauptbüro denn reden? Was sollten die ihnen denn erzählen? Das kannten sie doch alles schon von früher! Daß sie sich festgefahren hätten und viele Tage hinter ihrem Programm lägen, sei es das, was Thompson noch einmal hören wolle? Wenn sie sich mit dem Bohrgestänge festgefahren hätten, dann gebe es nur eins zu tun: es losbekommen und wieder mit dem Bohren weitermachen.

»Glaubst du denn, daß wir das nicht probiert haben? Wir sind mit der Bohrwinsch bis zum Maximum gegangen. Auch der Toolpusher und sogar der Chef selbst haben es probiert!«

Murphy warf den Kaffeebecher zu Boden und zog die Handschuhe aus seiner Batzentasche. Es sei ihm scheißegal, wer das schon probiert habe. Er ging geradewegs in das Drillerhäuschen und begann, an den Hebeln zu zerren. Er versuchte es ein Mal. Er versuchte es mehrere Male. Smiley konnte sich nicht zurückhalten.

»Glaubst du es jetzt! Es sind die Gesteinsverhältnisse! Vielleicht müssen wir uns freisprengen! Vielleicht das ganze Loch aufgeben!«

»Hau ab!«

Murphy zerrte sich die Jeansjacke vom Leib und warf sie über die Armaturen, um diese Scheißmanometer nicht sehen zu müssen. Er dachte nicht daran, ein Loch aufzugeben!

Es knackte im Turm, als Murphy die Winsch betätigte. Smiley verzog sich, und die Roughnecks hielten gehörigen Abstand. Murphy war jetzt alles scheißegal. Er ging mit voller

Power auf die Winsch los. Er verlangte weit mehr von ihr, als sie leisten durfte. Die Drahtseile waren bis zum Bersten gespannt. Der Turm ächzte. Sjur Willy meinte, die ganze Chose müsse zusammenbrechen, als plötzlich das Bohrgestänge nachgab und mit lautem Poltern durch das Steigrohr hochschoß. Die Erleichterung war grenzenlos. Das Bohrteam applaudierte. Sjur Willy konnte sich in seinem Versteck gerade noch zurückhalten. Tengs holte ihn auf die Wirklichkeit des Balkens zurück. Sie waren einfach nur selig, in Murphys Schicht zu sein. Da konnten sie sehen, wie die Sache laufen mußte. Das einzige, was sie bei Smiley hätten lernen können, war, wie man es nicht machte.

Die Bewunderung für Murphy war grenzenlos. Sjur Willy war ständig auf der Jagd nach Chancen, bemerkt zu werden. Eine solche Chance bot sich beileibe nicht jeden Tag. Und selbst wenn sie sich bot – es war nicht leicht, Murphy zu beeindrucken. Es war im Grunde nur Murphy selbst, der auf Murphy Eindruck machte. Aber eine Sache hatte Sjur Willy bemerkt, mit der er im Rampenlicht stehen konnte. Keiner der Roughnecks war sonderlich erpicht darauf, mit dem Klettergurt den Turm hochzukraxeln, wenn es dort oben etwas zu erledigen gab. Sjur Willy hatte sich angeboten. Müßte etwas an der Derrick erledigt werden, sollten sie ihm nur Bescheid geben. Dagegen hatten die Roughnecks nichts einzuwenden. Aber er solle bloß nicht glauben, sie täten das, weil sie selbst dazu nicht in der Lage seien. Das sei nur, um ihm ein bißchen Training zu geben. Sjur Willy war das recht. Noch bevor sie nach ihm rufen konnten, stand er auf dem Bohrdeck, als Oesterling eine Rohrlänge nicht festhalten konnte, so daß sie auf der entgegengesetzten Seite des Monkeydecks an den Turm schlug. Murphy wirkte beim Anblick des eifrigen Roustabouts alles andere als begeistert.

»Weißt du, was du zu tun hast?«

»No problem!«

Sjur Willy fühlte sich wie der Trapezartist eines schwimmenden Zirkus, als er zum Monkeydeck emporgezogen wurde. Er drehte sich wie ein kreiselndes Pendel, als die Winsch anhielt. Daß er sich dreißig Meter über dem Bohrdeck befand, störte ihn nicht. Er pfiff auf die Windböen und schaukelte hin und her, bis es ihm gelang, die verhakte Rohrlänge mit den Armen zu fassen und gegen die Stahlstreben am Turm zu treten. Viele Male versuchte er sie loszutreten, als ihm unerwartet der Seegang zu Hilfe kam und ihn zu der kleinen Arbeitsplattform hinüberschleuderte, auf der Oesterling stand. Sowohl Sjur Willy als auch die pendelnde Rohrlänge wären mit voller Wucht gegen das Monkeydeck geknallt, wenn der Turmmann nicht dort gestanden und den Stoß abgefangen hätte. Sjur Willy erwartete keine Standing ovations für seine Vorführung, als er wieder zum Bohrdeck herabgelassen wurde. Er hatte schließlich keine halsbrecherische Trapeznummer vorgeführt, sondern einfach nur getan, was von ihm erwartet wurde. Von Barka erhielt er ein anerkennendes Schulterklopfen. Davon würde er lange zehren. So etwas wie Lob erfuhr er nicht alle Tage. Sjur Willy lächelte selig und sah aus, als habe er durch einen Spalt ins Himmelreich schauen können, als Murphy ihn mit einer Handbewegung von Deck wies. Er solle, zum Teufel noch mal, nicht da herumstehen wie ein Weltmeister, nur weil er im Gurt dort oben eine Bohrlänge an ihren Platz gebracht hatte! Sjur Willy verzog sich auf das Pipedeck. Er wußte, was alle wußten. Daß es nur einen Weltmeister an Bord der Ocean Star gab und daß das Murphy war. Okay, aber in ein paar Jahren würde es einen weiteren Weltmeister auf ihrer fünfbeinigen Bohrrigg geben, und Sjur Willy hatte keinen Zweifel dran, wer das sein würde. Er ahmte Murphy in allem nach. Er spuckte wie Murphy, und er zerrte sich die Arbeitshandschuhe wie Murphy von den Händen. Wie Murphy steckte er sich das Eßbesteck in die Batzentasche, wenn er sich in der Messe versorgte. Er wollte werden wie Murphy, und er aß wie Murphy. Er rülpste und versuchte ebenso dünn bekleidet wie Murphy herumzulaufen. Sjur Willy schlenkerte mit den Armen und mit jedem Tag, der verging, wurde sein Gang breitbeiniger. Lydersen beobachtete ihn.

»Was ist denn das für ein Gang?«

»Wieso? Wie gehe ich denn?«

»Du siehst ja aus, als hättest du in die Hose geschissen!«

Sjur Willy hätte am liebsten eine ganze Patrone Schmierfett in die Fresse des spöttischen Roughnecks geklatscht. So etwas hätte sich Lydersen niemals Murphy gegenüber getraut! Sjur Willy fraß den Spott in sich hinein und versuchte eine Art Erklärung.

»Das kommt wohl durch das Training!«

Es begann, Resultate zu zeigen. Seine Oberschenkel waren kräftiger geworden, Brustkorb und Armmuskeln hatten an Umfang zugenommen. Alles hatte zugenommen. Sjur Willy hatte begonnen, in seiner Freizeit Gewichte zu heben. Auch Murphy machte das. Murphy hatte Wahnsinnskräfte. Sjur Willy war sich nicht sicher, ob er jemals so stark sein würde wie Murphy. Aber er würde stark genug sein.

Drittes Kapitel

Applepie

Sjur Willy begriff nicht, warum Murphy ihm keine Chance gab. Murphy mußte doch mitbekommen haben, daß er so langsam wußte, um was es ging. Der Driller maß ihn mit den Augen.

»Ich glaube, du taugst nicht.«

Sjur Willy wurde es warm im Gesicht. Es gab nichts weiter zu sagen. Die Bewunderung für Murphy war grenzenlos. Sie war nicht gegenseitig. Es gab nur eins zu tun: warten. Er mußte darauf warten, daß jemand Scheiße baute oder freiwillig aufhörte. Sjur Willy hatte keine große Hoffnung, daß jemand aus Murphys Team ausfallen würde. Die wurden ja nicht einmal krank. Das konnte eher bei jemandem aus den anderen Bohrteams geschehen. Sjur Willy war sich über eine Sache klar: Bekäme er die Chance, als Roughneck zu beginnen, würde er ja sagen, gleich welchem Team er zugeteilt wurde.

»Ist eees dededenn sososo gggroßartig, Roughneck zzzu werden?«

Dallas hatte kein Verständnis dafür, daß jemand das anstreben konnte. Sie hätten nicht einmal ein Dach über dem Kopf, und es zöge so schrecklich aus allen Richtungen. Die könnten nicht einmal zwischendurch eine rauchen oder sich einen Moment hinhocken, und die ganze Zeit hätten sie diesen Driller über sich.

»Aaals Rrroustabbbouts gegegehts uuuns ddda dddoch

besser«, sagte Dallas, »wwwir können uuuns wewewenigstens mmmal aaabsetzen zwischendddurch.«

»Ich bin nicht hier, um mich zu verstecken«, sagte Sjur Willy.

»Nnnein, dddas hhhaben wir bbbemerkt.«

Sjur Willy tat, was möglich war, um sich in den Vordergrund zu rücken. Als die Antriebsachse im Rotationskörper zu qualmen begann, machte er sich allerdings ziemlich lächerlich. Zu Beginn hatte er sich zurückgehalten. Als sich aber der größte Aufruhr gelegt hatte und es klar war, daß sie vor dem nächsten Tag keine neue Antriebsachse bekommen würden, entschloß er sich, Murphy auf die Armaturen im Drillerhäuschen anzusprechen. Er war sich im klaren darüber, daß er ein Risiko einging, auch wenn der Driller gerade nichts zu tun hatte. Bis es eine neuerliche Chance zu einem Gespräch gäbe, konnte es lange dauern. Während des Bohrvorgangs konnte er das vollkommen vergessen. Murphy hatte beide Beine auf den Tisch gelegt und döste, einen Zahnstocher zwischen den Lippen, im Riggbüro vor sich hin, als Sjur Willy den Kopf zur Tür hereinsteckte. Er hob lediglich eine Augenbraue, als Sjur Willy erklärte, um was es ging. Soso, der junge Mann will wissen, wie die Bohranlage bedient wird? Ob er auch wissen wolle, wie die BOP funktioniere? Der Driller schien sich zu amüsieren. Das sollte nicht lange dauern. Was zum Teufel ihn das anginge? Warum ein Roustabout wissen solle, wie die Blow-out-Sicherung am Meeresboden funktioniere? Das einzige, was ein Roustabout über das Drillerhaus wissen müsse, sei, daß er einen großen Bogen darum zu machen habe! Sjur Willy überlegte einen Augenblick lang, sich davonzuschleichen. Das hätte aber wohl den gleichen Effekt, wie vor die Tür gesetzt zu werden. Er ließ es darauf ankommen.

»Ich will Driller werden.«

Die Reaktion ließ nicht auf sich warten. Die Lachsalve startete unten im Magen, fegte die langen Beine vom Tisch und quoll polternd wie ein Blow-out durch die Speiseröhre des Drillers, noch bevor die verdreckten Schutzstiefel auf dem Boden aufschlugen.

»So, du hast dir also vorgenommen, Driller zu werden? Das verändert die Sache natürlich!«

Sjur Willy mußte bei dem böigen Wind auf dem Pipedeck seinen Helm festhalten. Er hatte nicht gedacht, daß es so leicht sein würde, Murphy aus seinem Schaukelstuhl herauszubekommen. Verwirrt schaute er hoch, als Murphy auf den schlingernden Bohrturm wies.

»Siehst du das Gehäuse dort oben?«

Sjur Willy nickte. Er sah in den dichten Regenschauern kaum die Hand vor Augen. Er sah die roten Antikollisionslichter. Er konnte gerade noch das oberste erkennen, das an der Spitze des Turmes hin und her schwankte. Er hatte keine Ahnung, was ein Gehäuse an der Derrick mit dem Armaturenbrett im Drillerhäuschen zu tun hatte.

»Das muß gestrichen werden«, sagte Murphy.

Sjur Willy schluckte.

»Jetzt, bei diesem Wetter?«

»Stimmt etwas mit dem Wetter nicht?«

Sjur Willy begann zu begreifen, auf was er sich da eingelassen hatte. Es regnete. Es stürmte. Der Wind dröhnte in den Turmsparren. Die See kochte zwischen den Beinen der Plattform und ließ die Rigg hin und her schaukeln. Nichts an diesem Wetter stimmte! Er hätte nicht vom Wetter anfangen dürfen. Auch nicht von den Armaturen im Drillerhäuschen. Es war klar, daß Murphy nicht einen Augenblick dran gedacht hatte, ihn in die Geheimnisse der Instrumente im Drillerhäuschen einzuweihen. Statt dessen schickte er ihn in die Wolken, um einen idiotischen Job am Bohrturm zu erledigen.

»Vielleicht kann ich das morgen machen?« fragte Sjur Willy.

»Da bohren wir schon wieder«, erwiderte Murphy.

Herausfordernd sah er Sjur Willy an.

»Traust du dich nicht?«

»Die Farbe wird schneller wieder abgewaschen, als ich sie aufpinseln kann.«

»Hattest du nicht gesagt, du wolltest Driller werden?«

Sjur Willy biß die Zähne zusammen. Er hätte seine Drillerpläne für sich behalten sollen. Er hätte Murphy gegenüber nichts davon erwähnen dürfen! Noch immer rot im Gesicht, faßte er einen Entschluß. Wenn sonst nichts ging, dann sollte Murphy wenigstens mitbekommen, daß er niemand war, der sich verdrückte, wenn es darauf ankam. Er würde dieses Scheißgehäuse schon anmalen.

»Wo finde ich Farbe?«

Der Driller zuckte mit den Schultern. Das sei nicht sein Problem. Es sei ihm doch egal, wo Sjur Willy die Farbe herbekäme, Hauptsache, sie sei gelb.

Die Roughnecks amüsierten sich.

»Soso, jetzt hast du also den Driller im Nacken!«

Alle hatten sie irgendwann einmal den Driller im Nacken gehabt. Wenn er in einer solchen Stimmung war, dann gab es nur eins, man mußte da durch. Sjur Willy habe Pech mit dem Wetter, aber abgesehen davon gebe es schlimmere Aufträge.

»Was sollen das denn noch für Jobs sein?«

Lydersen aus Mandal ging nicht ins Detail.

»Er muß verrückt sein«, sagte Bullshit.

Barka nickte. Murphy war genau so verrückt, wie er sein mußte. Er war genau so verrückt, wie sie es alle werden wollten.

»Wenn ich an deiner Stelle wäre, würde ich mich einen Scheißdreck um dieses Gehäuse scheren«, sagte Bullshit.

»Dann hättest du ihn den ganzen Rest der Tour im Nacken«, meinte Laugen.

»Zur Hölle mit dem Typ«, zischte Bruin.

Barka verzog das Gesicht und schüttelte den Kopf. Er kannte so manchen, der Murphy zur Hölle schicken wollte. Doch nie war es Murphy gewesen, der geschickt wurde.

»Wir müssen ihn aufhalten!«

»Ebensogut kannst du versuchen, einen Zug auf einer Gefällstrecke aufzuhalten«, sagte Lydersen.

»Aber wir müssen doch mit ihm reden können!«

»Wie willst du mit einem Ochsen reden, der in voller Fahrt auf dich zustürmt?« sagte Barka. »Da kannst du nur noch in Deckung gehen.«

»Er kann dich nicht zwingen, auf den Turm zu gehen«, versuchte es Bruin.

»Ich gehe freiwillig«, sagte Sjur Willy.

»Bei dem Wetter?«

Bullshit sah Sjur Willy schockiert an.

»Kannst du das nicht morgen machen?«

»Er will, daß ich es heute anstreiche«, sagte Sjur Willy.

»Die Gewerkschaft unterstützt dich mit vollen Kräften, wenn du dich weigerst!«

Laugen grinste.

»Wie viele Mitglieder hast du denn schon?«

Bruin nannte keine Zahlen. Das habe nichts damit zu tun. Das gehe so zweitrangige Figuren wie Laugen nichts an.

»Wir können nicht zulassen, daß Murphy so mit uns umspringt, nur weil er Driller ist«, sagte er. »Wir müssen uns Respekt verschaffen!«

»Es gibt nur einen Weg, sich Respekt zu verschaffen«, sagte Sjur Willy.

Er hatte sich den Farbeimer an einem Riemen über die Schulter gehängt, und der Pinsel steckte in seiner Brusttasche, als er die beinahe senkrechte Leiter emporkletterte. Solange er sich im Lee der Schutzwände befand, fiel es ihm nicht schwer, sich an den Sprossen festzuhalten. Übel wurde es, als er mit dem Kopf über die rostfreien Stahlplatten kam. Das erste, was verschwand, war der Helm. Es war nutzlos, daß er den Kinnriemen extra stark angezogen hatte. Noch bevor er ihn mit der Hand festhalten konnte, wurde der Helm von hinten von seinem Kopf gezerrt. Das war nicht so schlimm. Was wollte er mit dem Helm? Wenn es ihm wirklich gelang, hochzukommen, hätte er mehr Nutzen von einem Fallschirm. Der Wind war stärker, als er sich das vorgestellt hatte. Er riß an ihm, und es war schwierig, das Gleichgewicht zu halten. Es bestand keine Gefahr. Er hatte die Rückenbügel, an die er sich drücken konnte. Vielleicht hätte er ein Seil mitnehmen sollen. Das hätte ihm oben an der Spitze nützlich sein können. Aber es würde wohl auch ohne gehen. Er würde jedenfalls nicht wieder nach unten klettern, um ein Seil zu holen. Er hätte auch eine Regenjacke gebrauchen können. Aber auch dafür lohnte sich der Rückweg nicht. Er war bereits naß. Das spielte keine so große Rolle. Er wollte ja nicht den Rest des Abends da oben auf dem Turm verbringen. Er würde in aller Eile die Farbe auf dieses Scheißgehäuse klecksen und dann schnell wieder runtersteigen. Der Regen schlug ihm ins Gesicht. Die harten Tropfen trafen sein Gesicht wie kalte Nadelstiche. Er spürte, wie sich der flatternde Overall mit kalter Luft füllte. Als bliese der Sturm geradewegs durch ihn hindurch. Er war durchnäßt, bevor er die Hälfte der Strecke zurückgelegt hatte. Der kalte Regen lag wie eine Eisglocke über seinem Ohr. Wenn er doch nur eine Mütze hätte oder irgend etwas ähnliches. Sjur Willy hätte am liebsten kehrtgemacht. Aber er kletterte weiter. Er sah Murphys breites Grinsen. Er hörte die höhnischen

Stimmen der Roughnecks. Er würde ihnen keine Gelegenheit geben, sich zu amüsieren. Es verging kaum ein Tag, an dem Murphy nicht irgend jemanden »sucker« nannte. Bis jetzt hatte das noch nicht Sjur Willy gegolten. Und er sollte auch keine Chance dafür bekommen. Mit jedem Schritt wurde er verbissener. Er mußte nach oben. Dieses tätowierte Arschloch sollte ihm nichts anhaben können! Sjur Willy befand sich in der Höhe des Monkeydecks, als er plötzlich das Gefühl hatte, der ganze Turm würde kippen. Daran hatte er, so lange er unten auf dem Deck gewesen war, noch nie gedacht. Nachdem er das Monkeydeck hinter sich gelassen hatte, erschien ihm alles möglich. Als er auf einer Stufe abrutschte, wäre ihm fast der Pinsel aus der Brusttasche gefallen. Er stopfte ihn wieder zurück. Schöne Scheiße, wenn er den Pinsel verloren hätte! Er stützte sich ein paar Sekunden an die Rückenbügel, während sich der Turm wieder aufrichtete. Er schaute hinunter. Er konnte nicht viel erkennen. Er sah die gelben und blauen Lampen entlang des Helikopterdecks und die hellerleuchteten Rettungsbootstationen. Er sah die schmalen Gangbrücken hinüber zu den Plattformbeinen und den Ankerwinden. Die schwarzen Wellen dazwischen glitzerten. Als die aufgewühlten Wassermassen die Rigg wieder zur Seite warfen und sich das gegenüberliegende Plattformbein tief in einem Wellental vergrub, hatte er einen kurzen Augenblick lang den Eindruck, sich direkt über der rasenden See zu befinden. Als er sich der Spitze näherte, fühlte er, daß er sich jetzt auf jede einzelne Sprosse konzentrieren mußte. Er hielt einen Augenblick an und starrte auf seine Hände. Die eiskalten Handschuhe trieften vor Wasser. Die Finger begannen steif zu werden. Plötzlich wurde ihm klar, daß ihm diese Klettertour das Leben kosten würde, wenn er auf einer Sprosse ausrutschte und gegen die Rückenbügel schlug. Wenn er mit den Füßen und den Händen zugleich den Halt verlöre, wäre es um ihn geschehen. Die schmalen Flacheisen der Rückensicherung wären dann keine große Hilfe. Er würde an der Leiter herunterrasen wie in einem Schacht. Die Sprossen würden ihn auf dem Weg nach unten zu Brei dreschen, und er würde wie eine Filzpuppe auf das Bohrdeck klatschen. Das eine Ohr schmerzte. Es fühlte sich an, als hätte jemand ein kaltes Messer hineingebohrt und weigerte sich, es wieder herauszuziehen. Das Schlingern der Rigg wurde schlimmer und schlimmer. Sollte er in den sauren Apfel beißen und wieder hinunterklettern?

Zum Teufel, nein! Er mußte nach oben und zu Ende bringen, was er sich vorgenommen hatte. Er würde nicht mit eingeklemmtem Schwanz dort unten angekrochen kommen und von Wyatt Murphy »sucker« genannt werden. Es steckte in Sjur Willy, schon seit er ein kleiner Junge war. Nicht von ungefähr nannten sie ihn den Affen. Und Affe hatten sie ihn nicht nur genannt. Er war tatsächlich überall hochgeklettert: Bäume, Seile, Telefonmasten. Niemand konnte ihm da etwas vormachen. Er hing an der Spitze eines Fahnenmastes, noch bevor er »A« sagen konnte. Die großen Jungs hatten ihm fünf Kronen versprochen, wenn es ihm gelänge, am Fahnenmast von Agnes Blindheim hochzuklettern und die blanke Kugel oben an der Spitze zu zerschlagen. Er verstand nicht, warum er die schöne Silberkugel kaputtmachen sollte, aber er wollte gerne die fünf Kronen haben. Er hatte eingewilligt, als sie begannen, ihn Tarzan zu nennen, den König der Affen. Bis dahin war er immer nur »das Baby« gewesen. Wenn es ihm gelingen würde, würden sie ihn nie mehr »das Baby« nennen. Dann würden sie ihn für immer Tarzan rufen, den König der Affen. Es gelang ihm hochzukommen. Er hätte fast den Halt verloren, als er mit einer Hand den Stein aus seiner Hosentasche kramte. Es war ihm gelungen, sich festzuhalten und die blanke Kugel zu zerschlagen. Die Glassplitter schepperten, bevor er wieder nach unten rutschte. Aber als er vom Fundament des Fahnenmastes heruntersprang, um sein Geld zu bekommen, war dort niemand, der ihn Tarzan, den König der Affen, nannte. Die einzige, die dastand und wissen wollte, was das alles sollte, war Agnes Blindheim. Da hatte Sjur Willy es gesagt.

»Ich welde leich!«

»Was wirst du?«

»Leich!» sagte Sjur Willy. »Die andelen Jungen haben gesagt, daß ich fünf Klonen kliege, wenn ich es schaffe, da hochzukletteln und die Kugel zu zeltlümmeln!«

»Bist du verrückt? Du hättest zu Tode stürzen können!«

Sjur Willy hatte den Kopf geschüttelt. Er war schon oft irgendwo heruntergefallen, aber gestorben war er dabei nie. Und die großen Jungs konnten ihn auch nicht umbringen. Sie sagten, sie würden ihm den Hals umdrehen, weil er gepetzt hatte. Und sie nannten ihn nicht Tarzan, als sie das sagten. Sie nannten ihn »Baby«, wie immer, und sie sagten, er sei ein Blödmann. Sjur Willy hatte sich auf sie gestürzt, als sie sich weigerten, ihm das Geld zu geben, das er bekommen sollte. Er trat ihnen gegen die Beine und bewarf sie mit Steinen. Er biß und kratzte. Er hatte sie angespuckt, als sie seine Hände auf dem Rücken festhielten und ihm ins Gesicht und in den Bauch schlugen. Er hätte weglaufen können. Er hätte weglaufen können und sich irgendwo verstecken. Aber dann hätten sie ihn »Feigling« genannt. Er biß die Zähne zusammen und machte weiter. Er würde Murphy zeigen, daß er reif war für größere Aufgaben als die eines Roustabouts. Er würde dem Rest des ausgelutschten Bohrteams schon zeigen, daß er mehr auf dem Kasten hatte als sie alle zusammen. Er würde noch vor ihnen Driller werden. Und damit nicht genug. Er wollte Toolpusher werden und Bohrchef. Und wenn er genug wüßte von Ölquellen und Ölbränden, würde er als Well-Killer anfangen. Hätte er in den dreißiger Jahren in den Staaten gelebt, hätte er es genauso gemacht wie Charley Turrentine. Thompson hatte ihm von diesem Suppenkutscher erzählt, der stinkreich dadurch geworden war, Nitroglyzerin zu den großen Ölfeldern nach Oklahoma, Texas und Kalifornien zu liefern. Charley Turrentines Job war nichts für schreckhafte Leute, es war der mörderischste Job der ganzen Ölbranche. Ein Stein oder ein Loch in der Straße konnte schon reichen, ein Platter oder eine Vollbremsung, dann wäre es geschehen. Nitroglyzerin explodierte schon bei Erschütterung und Wärme. Deshalb war Charley Turrentine mit einem speziellen Auto mit extra Federung und dicken Gummipolstern zwischen den Fässern unterwegs. Und es gab strenge Auflagen. Charley Turrentine konnte nicht anhalten, wo er wollte. Sein Wagen durfte nur nachts und nur sehr langsam fahren, am besten auf Nebenstrecken, wo die Gefahr eines Zusammenstoßes am geringsten war. Meistens war das kein Problem. Die anderen Verkehrsteilnehmer scheuten den rot gestrichenen Suppenwagen von Charley Turrentine wie die Pest. Näherten sie sich ihm von hinten, hielten sie an oder nahmen eine andere Route. Kamen sie ihm entgegen, drehten sie und fuhren zurück, als sei ihnen der Teufel auf den Fersen. Es war nicht erstaunlich, daß sie sofort kehrtmachten. Wenn ein Suppenwagen explodierte, fand man die Reste von Auto und Fahrer über Hunderte von Metern verstreut, wenn man überhaupt etwas fand. Und die Bezahlung war dementsprechend. Charley Turrentine verdiente fünfzigmal mehr als ein normaler Ölarbeiter. Im Laufe von vier Jahren verdiente er mehr, als sich zehn Ölarbeiter für ihr ganzes Leben erträumen können. Der eiskalte Wind kam jetzt nicht mehr von der Seite. Er blies den Overall von unten auf und schob Sjur Willy die letzten Sprossen hoch. Er brüllte, denn er war oben. Er hatte es geschafft! Er brüllte, weil es nichts gab, worauf er stehen konnte, und noch weniger, an dem er sich hätte festhalten können. Er stand wie ein Idiot dort oben und suchte nach dem Gehäuse, das er anstreichen sollte. Er sah kein Gehäuse, nur die stählernen Streben, die den Spitzenblock hielten, die hin und her schwingende Lampe und ein paar Winkeleisen. Er zitterte. Er war wütend. Dieser tätowierte Arsch hatte ihn bei diesem Sauwetter hier heraufgeschickt, um etwas anzustreichen, das es nicht gab! Sjur Willy klammerte sich an einer der Streben fest, als die Bewegungen der Rigg und eine plötzliche Windböe ihn fast vom Turm geblasen hätten. Er hielt den Atem an. Dann nahm er den Farbeimer und kippte ihn über dem Bohrdeck aus. Hoffentlich klatschte es dem Driller oder einem der Roughnecks auf den Kopf. Er traf niemanden. Nicht einmal das Bohrdeck. Pinsel und Farbeimer wurden noch vor dem Monkeydeck vom Wind fortgerissen. Die Farbe löste sich zu einer gelben Gischt auf, die hoch über den schäumenden Wellen von der Rigg davonstob. Sjur Willy war durchnäßt und gelb gesprenkelt von der Farbe, als er unten auf dem Bohrdeck stand. Seine Zähne klapperten, und er konnte sich kaum mehr beherrschen, als Murphy ihn fragte, wie das Gehäuse geworden sei.

»Dort ist kein Gehäuse«, zischte Sjur Willy.

»Ach was?«

Der Driller machte ein erstauntes Gesicht.

»Dort oben war nie irgendein Gehäuse«, schimpfte Sjur Willy, »und du wußtest das.«

Murphy lachte aus vollem Hals.

»Möchtest du immer noch Driller werden?«

»Ach leck mich doch am Arsch!«

Seine Zähne klapperten immer noch, als er in die Garderobe ging, um sich umzuziehen.

»Dieser Mann bringt noch mal jemanden um«, sagte Bruin.

»Mich nicht«, sagte Sjur Willy.

Es war Dallas, der dafür sorgte, daß Sjur Willy endlich seine Chance an Deck erhielt. Zwei Dinge mußten dafür geschehen. Zum einen war das Bohrteam gerade bei einem Roundtrip, so daß Murphy trotz der Essenspausen ständig die ganze Mannschaft brauchte, zum anderen wurde Dallas plötzlich krank. Das war kein großes Problem.

»Wewewenn ihr wwwieder einmal jemamamanden ablllösen wollt, kkkann ich ja einen Hexenschuß kkkriegen und mich auf der Kkkrankenstatatation verwöhnen lassen, wäwäwährend ihr euch auf Dddeck vergnügt.«

Sjur Willy hatte das zuerst für einen Scherz gehalten. Doch es war ernst. Sjur Willy sei ein verschmähter Roustabout und Florence Nightingale eine vernachlässigte Krankenschwester, die zu wenig zu tun bekäme!

»Dddie Gggute bbbraucht Training, um nnnicht aaaus der Übung zu kkkommen! Und dddu brauchst Tttraining, um ein Roughneck zu wwwerden!«

Sjur Willy betrachtete ihn skeptisch.

»Kannst du der denn was vormachen?«

»Schmerzen iiim Rücken zu bebebekommen ist llleichter, aaals dddu dddenkst«, versicherte ihm Dallas. »Eees ist schwieriger, wieder fit zzzu wwwerden!«

»Wenn du das schaffst, spendiere ich dir so viele Biere, wie du trinken kannst, wenn wir das nächste Mal an Land kommen«, sagte Sjur Willy.

Er hätte die Belohnung wahrscheinlich reduziert, wenn er geahnt hätte, wie sein erster Aufenthalt auf dem Deck ablaufen würde. Murphy stierte sauer auf das Manometer, als Barka ihm mitteilte, daß Dallas auf der Krankenstation liege und Sjur Willy ihn vielleicht ersetzen könne.

»Haben wir denn keinen besseren?«

Sjur Willy tat so, als habe er das nicht gehört. Er würde es diesem überheblichen Driller schon zeigen. Er hatte sie bei allem beobachtet. Er kannte den Ablauf, wußte, was kommen würde. Doch es war etwas anderes, mitten unter ihnen zu stehen, als auf dem Donnerbalken zu sitzen und alles aus sicherem Abstand zu beobachten. Er kam zu spät, als Lydersen den Lift an das Bohrgestänge angeschlossen hatte und der Schlips heraus mußte.

»Hier, faß an!«

»Hä?«

»Zum Teufel, nimm!«

Er stürzte zu ihm hinüber, um mit anzupacken. Die bleischweren Stahlkeile lagen aber bereits auf dem Deck, als er mit den Händen den Griff umklammerte und das Bohrgestänge dröhnend nach oben schoß. Das nächste Mal war er zu schnell, oder hatten Lydersen und Barka ihn verarscht, um ihm zu zeigen, wie schwer das Ganze war? Zur Not konnte der Schlips gerade von einem Mann gehoben werden. Aber so etwas tat man nicht mehrmals im Laufe einer Schicht. Wollte man auch in den nächsten Tagen noch einen Rücken haben, mit dem man etwas tragen konnte, war es besser, solche Kraftakte bleibenzulassen. Es war, als breche sein Rücken. Lydersen und Barka grinsten breit, als die Stahlkeile an ihrem Platz waren.

»Du schaffst das!«

»Hä?«

»Du wirst es schaffen!«

Sjur Willy verstand in dem ohrenbetäubenden Lärm, als das Bohrgestänge nach oben rasselte, nicht ein einziges Wort.

»Du wirst schon sehen, aus dir wird auch noch ein Roughneck.«

Das hatte er verstanden. Er grinste dumm, als die zwei Roughnecks den Schlips wieder an seinen Platz schoben.

»Komm mit der Zange!«

»Hä?«

Sjur Willy sah sich um. Er meinte plötzlich, sie bräuchten eine Rohrzange. Wie ein Idiot stand er da, als sie die Zange befestigten. Plötzlich hatte er vergessen, was er zu tun hatte. Plötzlich hatte er von nichts mehr eine Ahnung. Alles ging so wahnsinnig schnell. Sie kommandierten ihn hin und her.

»Beweg deinen Arsch!«

»Hier nimm!«

»Himmel noch mal, laß los!«

Er bewegte seinen Arsch. Er griff zu. Er ließ los. Ständig kam er zu spät. Ständig stand er im Weg. Er hatte geglaubt, sich an die Geräusche, das Hämmern, das Brüllen der Maschinen, das Heulen der Bremsen, das Geschrei, die Rufe, die vom Wind mitgerissen wurden und im Rauschen des Meeres untergingen, gewöhnt zu haben. Er hatte sich an nichts gewöhnt. Eine Zeitlang hielt ihn nur der Gedanke an Bullshit auf den Beinen. Er wollte nicht wie Jostein Bullshit enden. Er versuchte auf der richtigen Seite der Zangen und Bohrröhren zu sein und übersah die Kette, die zwischen seinen Stiefeln im Bohrschlamm lag. Es gelang ihm nicht mehr, zur Seite zu springen, als sie sich in all dem Wirrwarr plötzlich straffte. Die zitternde Kette traf ihn wie ein Stock im Schritt. Er packte sie mit den Händen, verlor das Gleichgewicht und landete auf dem Rücken im Bohrschlamm. Laugen und Barka hatten eine höllische Freude, als er sich wieder aufrappelte.

»Na, wie war's?«

»Was macht dein Taufpatengeschenk?«

»Du bist doch wohl nicht ein Tantchen geworden?«

Das Gelächter schwappte über ihm zusammen. Laugen und Barka sei es selbst nicht besser ergangen. Sie hätten die gleichen Fehler gemacht wie Sjur Willy. Auch sie seien in die gleichen Fallen getappt, hätten dagestanden wie Idioten und sich gefragt, was da nur vor sich ging. Sie seien umhergeirrt und hätten Beschimpfungen und Rügen einstecken müssen, bis sie es endlich gelernt hätten. Doch das sei die beste Art zu lernen. Es sei die einzige Art. Würde ihnen jemand erklären, wo sie sich hinzustellen hätten und auf was sie aufpassen müßten – das alles würde augenblicklich vergessen werden. Bekämen sie aber eine Kette in den Schritt oder eine Bohrröhre auf die Brust, dann erinnerten sie sich. Sjur Willy stand gebeugt da.

»Kannst du weitermachen?«

Sjur Willy richtete sich auf.

»Du mußt nur sagen, wenn du eine Pause brauchst!«

Sjur Willy schnitt eine Grimasse und schüttelte den Kopf. Er brauche keine Pause. Er stand bereit, die nächste Rohrlänge in Empfang zu nehmen, als der Driller sie über die Höhe des Rotationstisches anhob. Die zwei Roughnecks grinsten, als der Bohrschlamm aus dem Spalt herausschoß und sich über ihn ergoß. Sie versuchten, ihn zu trösten. War er durchnäßt, zum Teufel, dann war er halt durchnäßt. Er beachtete sie nicht. Er beachtete nicht den herausquellenden Bohrschlamm. Er spuckte lediglich aus, legte die Schulter an und schob das Rohr an seinen Platz. Es bräuchte mehr als Bohrschlamm und plattgeklopfte Eier, um Sjur Willy zu stoppen, wenn er erst einmal begonnen hatte. Er begann die Strapazen zu spüren, als der letzte der Roughnecks Mittagspause machte. Es waren weniger die Muskelanstrengungen, das ganze Heben, die plötzlichen Rucke und das Beiseitespringen, als die unglaubliche Flut der Sinneseindrücke, die pausenlose intensive Aufmerksamkeit, um alles mitzubekommen, um schnell genug zu sein, vorbereitet zu sein – und zu alledem noch das ständige ungute Gefühl, doch immer der letzte zu sein und nie richtig zu wissen, was passierte; das Geschrei und die ständigen Ermahnungen.

»Paß auf!«

»Greif zu!«

»Beweg dich!«

»Hierher!«

»Halt!«

»Zum Teufel nochmal, halt!«

Sjur Willy war froh, als alles überstanden war. Als er vom Bohrdeck herunterstapfte, fühlte er sich, als habe er Mumps. Hätte er nicht schon früher einen guten Grund dafür gehabt, breitbeinig zu gehen, jetzt, nachdem Murphy ihn mit der Kette getroffen hatte, gab es einen.

»Er hat das mit Absicht gemacht! Ich hab' es gesehen!«

Bullshit zweifelte nicht eine Sekunde. Er hatte zugeschaut, als Murphy Sjur Willy mit der Kette zu Boden geschleudert hatte. Sjur Willy zuckte mit den Schultern. Darüber brauche man nicht reden. So etwas geschehe halt.

»Er hat doch gesehen, daß du die Kette zwischen den Beinen hattest, als er die Winsch anschmiß. Er hätte einen Augenblick warten können!«

»Ich bin im Weg gestanden«, sagte Sjur Willy.

»Es war ihm egal«, fauchte Bullshit.

»Ich habe nicht aufgepaßt«, sagte Sjur Willy.

»Er hätte Bescheid sagen können!«

»Das kann man auf verschiedenste Art tun«, sagte Sjur Willy.

Noch immer taub im Schritt setzte er sich in seiner Freischicht ins Kino, um »Zwei glorreiche Halunken« zu sehen. Er hielt die Beine weit gespreizt und befühlte seine schmerzenden Hoden. Er war nicht ganz außer Kraft gesetzt. Auch wenn er kein überzeugendes Debüt als Roughneck gegeben hatte, konnte er sich damit trösten, daß die anderen auch nicht besser waren. Auch Clint Eastwood mußte ein paar Mal auf die Schnauze fallen, bevor er die Oberhand gewinnen konnte, selbst der!

Noch Tage nach der bedauerlichen Vorstellung auf dem Bohrdeck war Sjur Willy ernüchtert. Er tat nicht mehr als das Allernotwendigste und verbrachte viel Zeit in der Cafeteria. Vom Donnerbalken wollte er nichts mehr wissen. Wenn es nach ihm ging, dann konnten die Schweißer gerne mit ihren Schneidbrennern diesen Scheißkasten abtrennen und ins Meer schmeißen.

»Willst du kein Roughneck mehr werden?«

»Ich werde nicht dadurch Roughneck, daß ich auf dem Donnerbalken sitze und glotze«, erwiderte Sjur Willy.

So viel hatte er begriffen. Ebensogut konnte er dem Genossen Bruin dabei helfen, während der Arbeitszeit die Kaffeepausen zu verlängern und sich nach Feierabend Italowestern von Sergio Leone reinzuziehen. Er könne mehr von Clint Eastwood lernen als von Hanni und Nanni.

Von denen wisse er schon genug.

Er hatte sich »Für eine Handvoll Dollar« und »Für ein paar Dollar mehr« angeschaut, als seine Eier endlich ihre Form wiedererlangten und er die größten Depressionen überwunden hatte. Auch »The Wild Bunch« nahm er noch mit, bevor er sich entschloß, einen Besuch auf dem Monkeydeck zu machen. »Easy Rider« war nichts für Sjur Willy. Er hatte Wichtigeres zu tun, als Hippies dabei zuzusehen, wie sie auf Motorrädern Amerika durchquerten. Bruin schaute ihn erschrocken an.

»Du willst in deiner Freizeit aufs Monkeydeck hoch?«

»Ja, wieso?«

»Willst du etwa gratis arbeiten?«

Genosse Bruin hatte ein paar Tage lang gehofft, Sjur Willys Eier seien weich genug, daß er Mitglied in der Ölarbeitergewerkschaft werden wolle. Jetzt wurde ihm klar, daß Sjur Willy mehr bräuchte als ein paar Rühreier, um sich einzuschreiben.

Der Driller mußte ihm wahrscheinlich erst die ganze Aussteuer abreißen, bevor er die Augen aufmachte.

Das Monkeydeck ragte, auf beiden Seiten mit Bohrröhren behängt, zwischen den Trägern hervor. Die schmale Arbeitsplattform inmitten des Bohrturms war nicht viel größer als ein Sprungbrett. Sjur Willy wußte wenig über den Turmmann aus Smileys Schicht, außer daß er Brian Goddbiff hieß und an Land kaum eine Minute nüchtern bleiben konnte. Da war er übrigens nicht der einzige. Gut, daß er jetzt nüchtern war, denn sonst wäre es ihm wohl kaum möglich gewesen, dort oben zu sein. Es gab kein Geländer, an dem er sich hätte festhalten können, lediglich ein dickes Tau um seinen Körper und eine Sicherheitsleine im Rücken. Brian Goddbiff hatte Sjur Willy den Rücken zugedreht, als der Laufblock mit einer neuen Bohrlänge im Aufzug durch den Turm hochratterte. Er ahnte nichts davon, daß er Besuch bekommen hatte. Während die Roughnecks die Zangen ansetzten und das Rohr vom restlichen Bohrgestänge lösten, schaute er hinunter. Er wartete, bis sie es an den richtigen Ort geschoben hatten und er sein Dröhnen beim Aufsetzen auf das Deck vernahm. Dann lehnte er sich aus dem Monkeydeck heraus und warf eine Tauschlinge um das obere Ende des Rohres, bevor er den Aufzug öffnete und das Rohr zu sich herüberzog. Er hielt die glänzende Bohrlänge mit beiden Händen fest und schob sie an der Kante des Monkeydecks entlang hinüber zum Halterungsgestell. Als er das Rohr mit einer Kette sicherte, entdeckte er Sjur Willy. Er zuckte zusammen.

»Was zum Teufel machst du denn hier?«

Goddbiff war es nicht gewohnt, Besuch zu bekommen, jedenfalls nicht von Roustabouts. Sjur Willy solle verschwinden. Er sei nicht an Roustabouts auf dem Monkeydeck interessiert. Sjur Willy blieb stehen, während sich der Turmmann bereit machte, die nächste Bohrlänge anzunehmen. Er lehnte sich hinaus, bis sich der Bauchriemen an den Hüften straffte. Er hing wie ein Skispringer am Schanzentisch und wartete ein paar Sekunden, bevor er die Bohrlänge aus dem Aufzug wippte und sie zu sich zog. Das sah nicht besonders schwer oder kompliziert aus, als müßte der Turmmann nicht einmal richtig zupacken.

»Bist du immer noch da?«

Sjur Willy nickte. Er habe sich vorgestellt, noch ein wenig dazubleiben.

»Vielleicht kannst du mir das Ganze hier zeigen?«

Goddbiff schüttelte den Kopf. Dann lehnte er sich hinaus, um ein neues Triplet hereinzuziehen. Er habe anderes zu tun, als Roustabouts einzuweisen. Es reiche ihm, die Bohrlängen anzunehmen und an ihren Ort zu verfrachten, da müsse er nicht auch noch erklären, wie er das mache.

»Du hast hier oben im Turm so lange nichts zu suchen, wie du dich noch nicht unten auf dem Deck auskennst!«

»Ich weiß, was da läuft«, erwiderte Sjur Willy.

»Ach ja?«

Goddbiff grinste. Er könne sich schon denken, was Sjur Willy von all dem dort unten auf Deck wisse. Er ließ Sjur Willy noch eine Weile dort bleiben, wo er war.

»Aber glaub bloß nicht, ich erklär' dir irgend etwas!«

Sjur Willy wartete, bis Goddbiff fünf weitere Bohrlängen im Piperack verstaut hatte, bis er das Schweigen brach.

»Darf ich das mal probieren?«

»Das kannst du dir wohl in den Arsch schmieren, du bleibst hier weg!«

Ebensogut hätte Sjur Willy fragen können, ob er Goddbiffs Frau vögeln dürfe, falls der überhaupt eine hatte. Goddbiff spuckte aus. Was bildete sich dieses Greenhorn ein? Daß sein Job von einem Roustabout erledigt werden könne? Diese

Bastarde brächten dort unten an Deck schon alles durcheinander, sie müßten es nicht auch noch im Turm tun!

»Ich habe mit Smiley gesprochen«, sagte Sjur Willy.

»Ist mir scheißegal!«

»Ich habe auch mit Thompson gesprochen!«

»Ach ja?«

»Er hat gesagt, es sei ihm recht, vorausgesetzt, du bist einverstanden.«

Der Turmmann holte noch ein paar Längen herein, bevor er die Sicherheitsleine löste und sich aus dem Bauchriemen befreite.

»Bist du sicher, daß du es schaffst?«

Daran zweifelte Sjur Willy nicht.

»Brauche ich beide? Sicherheitsleine und Tau?«

Goddbiff grinste.

»Nicht, wenn du lebensmüde bist! Dann brauchst du keins von beiden.«

Sjur Willy lehnte sich vor, bis er am Bauchriemen hing. Hinunter bis zum Bohrdeck waren es gut dreißig Meter, bis zur Meeresoberfläche mehr als das Doppelte. Er warf die Tauschlinge um das Rohr und zog an.

»Es nützt vielleicht, den Aufzug zu öffnen.«

Sjur Willy legte den Handgriff um und riß an dem Seil. Das warme Rohr hing bereits an seinen Schuhspitzen, als es plötzlich wieder nach hinten schwang. Mit all seiner Kraft versuchte er, es festzuhalten. Es war nicht zu halten! Es war, als zöge das Rohr an ihm. Krampfhaft umklammerte er das Seil, während sich der Bauchriemen in seinen Unterleib schnitt. War er so viel schwächer als Goddbiff? Dem war es ja so leicht gefallen. Es hatte doch nicht einmal so ausgesehen, als habe er an den Rohren gezogen.

»Du mußt auf die Rigg warten.«

»Hä?«

Sjur Willy begriff nicht, was der Turmmann meinte. Er war kurz davor loszulassen, als das widerspenstige Rohr endlich kam. Als er es im Gestell hatte, atmete er erleichtert auf.

»Die Sicherungskette!«

»Ja klar!«

Schnell befestigte Sjur Willy die Kette.

»Wenn die Bohrlängen hier oben anfangen, sich zu bewegen, ist die Hölle los.«

Sjur Willy nickte. Das sah er ein. Mit rotem Kopf griff er nach dem nächsten Rohr. Es ging nicht sonderlich besser als beim ersten Mal.

»Wenn du so weitermachst, kriegst du lange Arme!«

Sjur Willy spürte das bereits. Goddbiff amüsierte sich, als er am nächsten Stand riß und zerrte. Als es endlich kam, schlug es an die Kante des Monkeydecks, so daß die kleine Arbeitsplattform unter ihm zitterte.

»Wenn du so weitermachst, hast du bald nichts mehr, auf dem du stehen kannst!«

»Himmel, was soll ich denn machen?«

»Du mußt die Bewegungen der Rigg beachten! Du mußt die Schwingungen des Turmes ausnutzen! Wenn du deinen Kopf benutzt, kommen die Röhren von ganz alleine!«

Sjur Willy war hoch zufrieden, als er die Sicherungsriemen ablegte und Goddbiff für den Unterricht dankte. Als Turmmann zu arbeiten, das war etwas anderes, als Bohrschlamm wegzuspülen oder Zementsäcke auszuleeren! Auch Goddbiff war nicht unzufrieden. Er lachte über seinen Lehrling und verstand nicht so recht, was dieser meinte, als er davon sprach, den Aufzug nach unten zu nehmen. Er hatte ihm den Rücken zugedreht, als Sjur Willy sich vom Monkeydeck hinauslehnte und ohne irgendwelche Sicherung die Arme um die nächste Rohrlänge schlang.

»Was, Scheiße noch mal, hast du vor?«

»Herausfinden, ob meine Hoden gewachsen sind!« rief Sjur Willy.

Was sollte Goddbiff machen? Es war zu spät, um den Verrückten festzuhalten. Das Risiko, dabei auf das Bohrdeck zu knallen, war viel zu groß. Er schüttelte nur mit dem Kopf, als Sjur Willy absprang und die Beine um das Rohr schlang. Am ehesten glich er einem Affen auf dem Abstieg von einer Kokospalme, als er sich an dem glatten Stand hinunterhangelte. Das Bohrteam von Smiley war derart verwundert, daß man meinen konnte, sie hätten Kokosnüsse auf den Kopf bekommen. Sie standen nur versteinert da und glotzten, als Sjur Willy auf ihren Zangen landete. Als er vom Rotationstisch herunterhüpfte, war er an der Brust und zwischen den Beinen klitschnaß. Madsen war der einzige, der etwas sagte. Er packte Sjur Willy an seinem tropfenden Overall und drückte ihn an das Gestänge des Bohrturms.

»Das da – das machst du nicht noch einmal!«

»Das werde ich noch oft machen«, erwiderte ihm Sjur Willy.

Jan Madsen konnte sagen, was er wollte. Sjur Willy wußte, wie es um ihn stand. Er litt unter Höhenangst. Er war ein tüchtiger Roughneck, aber ein Driller würde er niemals werden. Ein Driller mußte alles beherrschen. Um ein Driller zu werden, mußte Madsen einen Turn im Bohrturm machen. Und dahin würde er niemals kommen. Seine Hände schwitzten, sobald er nur eine Treppe hinaufging.

»Wenn du so etwas noch einmal machst, wirst du gefeuert!«

Sjur Willy nahm die Drohung gelassen hin. Madsen konnte niemanden feuern. Und er würde es auch nie können. Aus Roughnecks, denen schon schwindelig wurde, wenn sie auf dem Rotationstisch standen, wurde nichts.

»Easy Rider« war zu Ende, als Sjur Willy seine Arbeitskleidung ausgezogen hatte und im Aufenthaltsraum auftauchte. Laugen und Barka versicherten ihm, der Film sei saugut gewesen.

»Da hast du etwas verpaßt.«

»Ihr auch«, sagte Sjur Willy.

Er war auf eine Standpauke vorbereitet, als Thompson ihn sprechen wollte. Goddbiff oder Madsen hatten wohl ihr Maul nicht halten können. Wahrscheinlich Goddbiff. Es war ja auch nichts dagegen zu sagen, wenn der Turmmann wütend war.

Sjur Willy bekam keine Standpauke. Thompson wirkte eher bedrückt, als Sjur Willy sein Büro betrat.

»Ich weiß, zu was du taugst, sonny. Du brauchst nicht Kopf und Kragen riskieren, um mir das zu zeigen.«

Der Bohrchef schaute durch die verschmierten Fenster.

»Weißt du, wie viele Ölarbeiter nur aufgrund von Dummheiten an Land gesetzt wurden?«

Sjur Willy schüttelte den Kopf.

»Weißt du, wie viele Ölarbeiter nur aus Übermut draufgegangen sind?«

Sjur Willy wußte es nicht. Thompson wußte es auch nicht. Er wollte nur nicht, daß Sjur Willy einer von ihnen würde. Sjur Willy stand da und fingerte am Kinnriemen seines Helmes herum. Er war es nicht gewohnt zu hören, daß ihn jemand vermissen könnte. Auch der Bohrchef sagte so etwas nicht oft. Er besann sich aber rasch wieder.

»Wenn du noch einmal etwas derart Idiotisches tust, kannst du den Aufenthaltsraum mit einer Zahnbürste putzen!«

Sie sahen sich an.

»Habe ich mich klar genug ausgedrückt?«

Sjur Willy nickte. Thompson hatte sich, wie gewöhnlich, klar genug ausgedrückt!

Es ging vorwärts. Er war auf dem richtigen Weg. Sjur Willy war im Turm gewesen. Er hatte Smileys Bohrteam gezeigt, wozu er in der Lage war. Er hatte keinen Brustkorb wie Murphy. Er hatte keine Tätowierungen, aber abgesehen davon brauchte niemand länger daran zu zweifeln, daß Sjur Willy aus dem gleichen Holz geschnitzt war wie der Driller. Auch auf die Roughnecks mußte das einen gewissen Eindruck gemacht haben. Sie verhielten sich ihm gegenüber nicht mehr so prahlerisch. Sie waren nicht mehr so sehr darauf aus, ihm eins auszuwischen. Das veränderte sich schlagartig, als Sjur Willy mit einem Metallhelm auf dem Kopf auftauchte.

»Wo hast du den denn her?«

»Gekauft.«

»Und von wem?«

Sjur Willy antwortete nicht. Das könne ihnen egal sein. Doch Barka und Lydersen war es nicht egal.

»Roustabouts tragen keine Metallhelme!«

»Roughnecks auch nicht, wenn du das meinst!«

Sjur Willy wußte, daß es nur die Chefs und alten Veteranen waren, die metallene Helme trugen, solche, die schon lange dabei waren und das meiste miterlebt hatten. Viele von ihnen trugen Helme mit eingehämmerten Mustern, die sie irgendwo in Arabien gekauft hatten.

»Den da legst du zur Seite, bis du trocken hinter den Ohren bist!«

Sjur Willy weigerte sich. Er habe ihn gekauft. Es sei sein Helm. So lange es den Amerikanern egal sei, hätten sich die Roughnecks nicht darum zu kümmern.

»So, meinst du?«

»Wir haben ja eine gewisse Verantwortung für dich.«

»Wir sind es, die dafür sorgen müssen, daß du nicht ständig Scheiße baust.«

»Und genau das machst du mit diesem Helm da!«

Sollten sie doch sagen, was sie wollten. Sjur Willy hatte nicht vor, den Helm wegzutun, nur weil er den Roughnecks übel aufstieß. Er war schließlich nicht mehr irgendwer. Er war noch immer Roustabout, aber kein gewöhnlicher Roustabout. Er war auf dem Turm gewesen, und er würde sie alle, einen nach dem anderen, ausstechen. Sie waren vor ihm ins Rennen gegangen, doch es würde nicht mehr lange dauern. Er hatte mehr zu bieten als einer von ihnen!

Barka und Lydersen gaben es auf. Sie verzogen die Gesichter und zuckten mit den Schultern. Wenn er sich lächerlich machen wolle, solle es ihnen nur recht sein. Und wenn er nachts mit dem Helm ins Bett gehen oder ihn als Kopfkissen benutzen wolle, dann nur zu!

»Es war nur ein guter Rat!«

Sjur Willy war nicht empfänglich für gute Ratschläge. Den Rest der Schicht lief er umher, als trage er eine Krone auf dem Kopf. Am nächsten Tag mußte er wieder seinen Plastikhelm hervorholen. Der Metallhelm war wie vom Erdboden verschwunden. Überall suchte und fragte er. Doch alle zuckten nur mit den Schultern. Niemand habe einen Messinghelm gesehen. Der sei wohl im Meer gelandet.

»Du mußt mal die Taucher fragen, wenn sie das nächste Mal an Bord kommen!«

Sjur Willy brauchte nicht mit den Tauchern zu sprechen. Zwei Tage später lag der Helm oben auf dem Garderobenschrank, bis zum Rand voll mit getrocknetem Zement. Sie hatten sogar den Kinnriemen mit hineingestopft. Er brauchte Hammer und Meißel, um den Zement herauszuschlagen. Er brauchte Säure. Viele Abende lang dauerte es, bis der Helm wieder aussah wie ein Helm. Als er ihn poliert und ein neues Futter eingesetzt hatte, setzte er ihn aber nicht auf. Er würde damit warten, bis er Turmmann war.

Samuel Thompson saß in sich gekehrt hinter einem Stapel Unterlagen an einem Schreibtisch. Er hatte schon eine ganze Weile keine Fisherman's mehr spendiert, und es sah aus, als müsse man jeden Augenblick mit einem Tobsuchtsanfall rechnen. In drei Tagen endete der Turn, und er hatte gehofft, ohne weitere Bohrunterbrechungen nach Hause zu kommen. Es sah alles andere als rosig aus. Der Bürocontainer schüttelte sich, als eine neue Sturmböe die Wellen unter die Plattform peitschte. Der Aktenstapel, den er schon längst hätte durcharbeiten sollen, zitterte vor ihm auf dem Tisch. Er hatte sich lange genug über den Haufen ungelesener Papiere geärgert. Resolut packte er alles zusammen in die Übergabemappe. Sollte sich doch der Franzose, der ihn ablösen würde, um alles kümmern. Das konnte dem Scheißkatholiken doch nur recht sein. So wie Thompson das sah, war das einzig Gute an dem französischen Bohrchef, daß er mit diesem Kerl nicht zusammenzuarbeiten brauchte. Er hieß Rimbaud und hatte wirklich nichts auf einer Rigg zu suchen. Er sprach nicht einmal richtig Englisch, und es war fast eine Frage der Ehre für ihn, nicht verstanden zu werden. Ginge es nach Rimbaud, dann wäre die gesamte Besatzung der Ocean Star französisch. Und auch das wäre ihm noch nicht genug. Er würde dafür sorgen, daß die ganze Menschheit Französisch sprach. Alles andere war eine Beleidigung für Frankreich und für ihn persönlich. Rimbaud war überzeugt davon, daß alle, die nicht Französisch sprachen, an einer internationalen Verschwörung beteiligt waren, die von Nordamerika und England ausging und das Ziel hatte, Frankreichs Rolle in der Ölbranche zu untergraben und ihn, Rimbaud, persönlich fertigzumachen. Insbesondere hatten die norwegischen Deckarbeiter darunter zu leiden. Thompson war das eigentlich recht. Die Deckarbeiter mußten angetrieben werden. Das schadete ihnen nicht, aber es mußte Grenzen geben. Wichtig war vor allem, daß die, die angetrieben wurden, wußten, warum. Aber niemand begriff, warum Rimbaud sie antrieb. Schließlich war es doch nur dieser schwachsinnige Franzose, der etwas von einer internationalen Verschwörung wußte. Er hätte niemals etwas mit Nordamerikanern oder Norwegern zu tun bekommen dürfen. Er hätte in der Sahara oder wo auch immer bleiben sollen. Thompson konnte den Franzosen nicht absprechen, daß sie eine besondere Fähigkeit hatten, mit Arabern umzugehen und in der Wüste zu überleben. Abgesehen davon und vom Eiffelturm, hatten sie aber kaum etwas zu bieten. Rimbaud nahm es sich sogar heraus, Amerikaner zu verabscheuen! Thompson hatte diesen zurückgebliebenen Franzosen darauf hingewiesen, daß es die Amerikaner gewesen waren, die zweimal in dreißig Jahren die Last auf sich genommen hatten, Soldaten und Material über den Atlantik zu schicken, um ihre Weinkeller von den Deutschen zu säubern. Gäbe es die Vereinigten Staaten von Amerika nicht, dann wäre Frankreich eine deutsche Provinz! Thompson hatte aufgegeben, als er begriff, daß es das war, was Rimbaud nicht mochte. Was sollte man mit solchen Menschen reden? Auf keinen Fall durfte man Menschenleben opfern, um ihre Weinlager und Triumphbögen zu retten. Thompson spürte die Vibrationen des Schreibtisches. Es ärgerte ihn, daß der Pappbecher mit kaltem Kaffee sich langsam in Richtung des Telefons bewegte und daß die Bewegung der Tischplatte unaufhörlich neue Ringe auf der braunen Oberfläche entstehen ließ. Er blieb sitzen und schielte zu der verdammten Tür hinüber. Warum, zum Teufel, war niemand gekommen und hatte das Pfeifen an den Türrändern beseitigt? Es zog wie wahnsinnig um die Dichtungsgummis herum. Auch das schmierige Fenster war undicht. Er hatte den Heizofen voll aufgedreht. Er hatte versucht, diese verdammte Tür besser zu schließen. Es nützte nichts. Es nützte nur so lange etwas, wie er an der Tür stehenblieb und sie zu sich heranzog. Sobald er losließ, ging das nervenzerreißende Pfeifen weiter. Thompson fühlte sich schlecht. Er überlegte einen Augenblick, ob er jemanden vom Catering zum Fensterputzen kommen lassen sollte. Schließlich hätten sie das Fenster ja putzen können, als das Wetter schön war! Sie putzten sein Fenster nie. Lieber saßen sie auf ihren Ärschen und spielten Karten. Er warf einen Blick hinüber zu seinem Parka, der wie eine stille, unglückverheißende Kirchenglocke hin und her schwang. Verzweifelt schaute er sich um. Gab es hier denn nichts, das sich ruhig halten konnte? Der ansonsten so umgängliche, joviale Bohrchef drehte angespannt seinen Stumpen in den Fingern. Tabakkrümel fielen in seinen Schoß, während er hinaus auf die aufgewühlte See sah. Er fluchte, und als er sah, was aus dem Rest seiner Zigarre geworden war, schmiß er sie in den Papierkorb. Er fühlte sich schlecht. Er mochte dieses Schlingern der Rigg nicht, diese Schläge an das Untergestell. Er mochte es nicht, wenn sich eine schwere See aufbaute. Vor allem mochte er es nicht, wenn das Meer die Maschinen übertönte. Am liebsten hätte er kurzen Prozeß gemacht und Murphy den Befehl gegeben, das Bohrgestänge an der BOP am Meeresboden zu verankern und die Verbindung zum Bohrloch zu unterbrechen. Sollte er den Befehl dazu geben? Jetzt sofort? Thompson zögerte. Würde sich der Wind stabilisieren oder wieder abflauen, wäre es eine falsche Entscheidung. Unterbrachen sie zu früh, verlören sie wertvolle Zeit. Unterbrachen sie zu spät, liefen sie Gefahr, daß ein Teil des Bohrmaterials zu Schrott wurde. Vielleicht verlören sie das Steigrohr, vielleicht bräche der ganze Bohrstrang. In beiden Fällen wäre er es, der Rede und Antwort stehen müßte. Wie auch immer, wenn er eine falsche Entscheidung traf, wäre die Hölle los. Mit den Bürokraten an Land zu reden war ebenso nutzlos wie mit den Repräsentanten von

Phoenix Oil. Howard Goose hatte Angst um seinen eigenen Hals und konnte natürlich nicht Stellung dazu nehmen, ob es zu sehr stürmte oder ob die Bewegungen der Rigg gefährlich werden konnten. Das mußten Thompson und seine Crew entscheiden. Howard Goose mußte die Interessen der Ölgesellschaft vertreten. Er wollte sicher nicht den Schwarzen Peter zugeschoben bekommen, wenn Thompson eine falsche Entscheidung traf. Dafür mußte die Bohrgesellschaft die Verantwortung übernehmen. Bekäme Thompson grünes Licht von Howard Goose, oder rotes, dann wäre die Sache entschieden. Dann müßte Phoenix Oil die Unkosten decken, unabhängig davon, was geschah. Aber Thompson erhielt weder grünes noch rotes Licht. Ratlos trabte er in seinem Container hin und her und verfluchte die Nordsee. Warum hatte man keine Riggs gebaut, die jedes Wetter vertrugen? Warum hatte er ja gesagt, als es darum ging, in einem so stürmischen Meeresgebiet zu bohren? Warum war er nicht in ruhigerem Wasser oder an Land geblieben? Er wußte die Antwort. Hätte er den Auftrag in der Nordsee abgelehnt, dann wären seine Tage bei Global Drilling gezählt. Natürlich nicht sofort. Dafür waren sie zu raffiniert. Sie entließen nicht einfach ihre Mitarbeiter. Sie entließen sie überhaupt nicht. Sie warteten, bis eine weitere Rigg aufgegeben werden mußte, und bedauerten dann die schlechten wirtschaftlichen Verhältnisse. Es war nicht ihre Schuld, daß es in dieser Welt ständig auf und ab ging. Daß Thompson seit zwanzig Jahren ohne Unterbrechung bei der Global Drilling Company arbeitete, konnten sie natürlich nicht berücksichtigen. Daß er zu allem, was von ihm in diesen zwanzig Jahren verlangt worden war, immer ja gesagt hatte, war vergessen. Sie hätten ihm eine Rigg in der Nordsee angeboten und er hätte dazu nein gesagt? Dann hätten sie ihm eine Chance gegeben, die er nicht nutzte. Dafür könnte er ihnen nicht die Schuld geben. Der Bohrchef hielt abrupt vor seinem Schreibtisch und rief im Drillerhäuschen an.

»Wie läuft's?«

»Hä?«

Murphy sah aus, als stünde er in voller Montur unter der Dusche und wartete auf saubereres Wasser, als er sein Ohr an den Apparat presste. Er verstand nicht einen Mucks. Er strich sich mit einem öligen, nassen Arbeitshandschuh über die Stirn. In zwei Stunden würde er Feierabend machen. In zwei Stunden würde er unter der Dusche stehen. In zweieinhalb Stunden würde er ein Steak in sich hineinstopfen, das mindestens sieben Kilo wöge und einen noch größeren Sack mit Pommes frites. Er würde kauen, bis er platzte. Und dann würde er einen Eimer voll Grapesoda trinken und zehn Stunden schlafen, außer sie pokerten. Murphy wußte auch nicht, woran das lag. Er konnte müde sein wie ein vollgefressener Tiger, wenn er zu Bett ging, doch wenn er wußte, daß irgendwo Poker gespielt wurde, mußte er wieder aufstehen. Er hatte versucht, es zu lassen. Es ging nicht.

»Was hast du gesagt?«

»Wie läuft's?«

»Gut!«

»Was ist mit dem Steigrohr?«

»Das sitzt gut!«

»Wie sieht es mit dem Wind aus?«

»Der flaut ab!«

»Die Meteorologen sagen, es soll noch schlimmer werden!«

»Scheiß auf die Meteorologen, die erzählen doch immer nur Scheiße! Wir haben noch viel zu tun! Wir haben einen Mann unten auf dem Kellerdeck. Beruhig dich! Hier ist alles unter Kontrolle!«

Samuel Thompson atmete beruhigt durch. Gut, daß er die beste Mannschaft draußen hatte. Gut, daß er Murphy hatte.

Auf Murphy war Verlaß. Murphy holte das Beste aus seinen Leuten heraus. Er schonte sie nicht, aber sich selbst auch nicht. Wohl deshalb wurde das akzeptiert. Murphy brachte die Dinge ins Laufen. Und darum ging es ja. Er brauchte nicht zu klagen. Wenn er etwas einmal gesagt hatte, dann lief es. Sie wußten, wo ihre Grenzen waren, wenn Murphy an seinem Platz war. Alle wußten, was sie zu tun hatten, und niemand fürchtete sich vor dem, was eventuell geschehen konnte. Geschah etwas, dann würde Murphy sich der Sache annehmen. Meistens klärten sie so etwas selbst. Die Roughnecks wurden wie der Driller. Wenn der Driller wußte, was er tat, dann wußten es auch die Roughnecks. In Smileys Team war das anders. Dort gab es immer den einen oder anderen, der versuchte, die Grenzen auszutesten. Das war kein Wunder. Smiley lud geradezu dazu ein. Immer war er bereit, sich ihre Entschuldigungen anzuhören. Er mußte es noch nicht geblickt haben, daß die Welt voll war von Entschuldigungen und Drecksäcken, die versuchten, sich zu drücken. Smiley hoffte vielleicht darauf, daß sie sich änderten, wenn er ihnen mit Verständnis begegnete. Art Smiley war ein nachgiebiger Trottel. Er begriff nicht, daß sie um so dreister wurden, je mehr er nachgab. Smiley bekam nur das, was er provozierte – Verachtung, Verrücktheit und Streitereien zwischen den Roughnecks. Wenn er nicht Klartext redete, dann mußten sie das selber tun. Wenn sich so etwas aufbaute, dann war es nur eine Frage der Zeit, bis es zur Explosion kam. Dann konnte alles geschehen. Dann konnte alles über den Jordan gehen. Plötzlich war ihnen alles egal, und sie ließen etwas kaputtgehen, nur um mit jemandem abzurechnen. Gute Driller rochen so etwas rechtzeitig. Murphy war ein guter Driller. Er wußte, was in seinem Bohrloch und in den Köpfen seiner Leute vor sich ging. Er wußte, wozu sie gut waren und wozu nicht. Er sah, wer seinen Job machte und wer nicht. Er löste die Probleme, bevor sie entstanden, packte sich die Kerle und holte den ganzen Scheiß aus ihnen heraus. Entweder rissen sie sich zusammen oder sie konnten gehen! Er duldete es nicht, daß jemand schlampte und sich auf Kosten der anderen Freiheiten herausnahm. Leute, auf die man bauen konnte, stellten sich darauf ein. Die anderen machten auf ihre Art weiter, bis sie an der Wand standen. Die schlimmsten Dummköpfe beschwerten sich dann, wenn sie eins auf die Nase bekamen. Das wirkte bei Murphy nicht. Wenn es nur ihre Visage war, mit der etwas nicht stimmte, war das eine einfache Angelegenheit. So eine Visage war schnell zu schmücken. Aber es ging nicht um ihre Visagen! Sie weigerten sich, ihre Arbeit richtig zu erledigen, sie waren eigensinnige Ärsche, die meinten, die Welt würde sich nach ihnen richten! Murphy vertrug den Anblick solcher Menschen nicht, und sie verschwanden aus seinem Blickfeld. Art Smiley nickte zu allem und gab ihnen längere Kaffeepausen. Ein netter Kerl, Gott bewahre, ja, viel zu nett. Er lächelte von frühmorgens bis abends, wenn er zu Bett ging. Dieses weiche Lächeln war ein Leiden. Es lag wie ein rosa Schleier über den nervösen Bartstoppeln. Die Jungs merkten so etwas. So etwas war ansteckend. Es verunsicherte sie. Das einzige, worüber sich das Bohrteam von Smiley sicher sein konnte, war, daß er nicht Herr der Lage war, wenn etwas Unerwartetes geschah. Statt dann das Kommando zu übernehmen und ihnen zu sagen, was sie zu tun hatten, beriet er sich mit ihnen. Es war, als säße man in einem Bus, in dem sich der Fahrer umdreht und fragt, ob er jetzt gleich um die Kurve lenken oder noch ein Stück weiter geradeaus fahren muß. Art Smiley hätte niemals Driller werden dürfen. Ihm fehlte das Feeling. Er war zu zögerlich. Vorsicht war gut, wenn es einen Grund dafür gab. Smiley aber war vorsichtig, weil er zu sich selbst und zu seinem Material kein Vertrauen hatte. Er konnte nicht einmal stillstehen, immer rannte er herum, als müsse er sich in die Hose machen. So etwas merkten sich die Jungs. Statt ihnen zu sagen, wo die Bohrröhren hinsollten, schimpfte er herum, und die Roughnecks wurden unsicher und gereizt. Es war nicht verwunderlich – sie arbeiteten in der zweiten Liga, und sie wußten das. Mit Madsen im Drillerhäuschen wäre das alles anders. Thompson hatte schon oft darüber nachgedacht, Madsen ans Ruder zu lassen. Alle wußten doch, daß er es war, der die Schicht von Smiley am Laufen hielt. Smiley stand hinter den Hebeln, aber Madsen hatte die Autorität, die Übersicht und die Ruhe. Immer fragte Smiley Madsen, wenn ihm etwas unklar war, und das war ständig der Fall. Wenn er Madsen nicht gehabt hätte, der hinter ihm aufräumte, dann wäre die Karriere von Art Smiley schon längst vorbei. Aber Thompson konnte Madsen nicht ans Ruder lassen. Das hätte die etablierte Ordnung erschüttert. Madsen weigerte sich, in den Turm zu gehen. Niemand wurde Driller, ohne seinen Turn im Turm gemacht zu haben. Das war einfach so, ein Driller mußte alle Jobs beherrschen. Hätte Madsen seinen Turn auf dem Monkeydeck gemacht, könnte er noch heute als Driller anfangen. Es war verlockend, eine Ausnahme zu machen, aber unmöglich. Thompson wagte das jedenfalls nicht. Er mußte sich entscheiden. Es konnte eine lange Nacht werden. Wenn der Wind nicht abflaute, würde Thompson nicht allzuviel Schlaf bekommen, jedenfalls nicht mit Smiley an Deck. Mit Art Smiley im Drillerhäuschen würde er nur daliegen und darauf warten, daß alles zur Hölle ging. Da konnte er gleich wach bleiben und Poker spielen. Es gab keinen anderen Ausweg. Thompson mußte Murphy bitten, ein paar Überstunden zu machen, bis klar war, was sie zu tun hatten. So etwas würde nicht auf viel Gegenliebe stoßen. Murphy würde sauer sein. Und Smiley auch. Er mußte es wagen. Wenn es hart auf hart kam, ging es für einen Bohrchef nicht darum, sich beliebt zu machen. Er starrte auf die aufgewühlte See. Ihm war jetzt wohler. Er hatte eine Entscheidung getroffen. Der Turn dauerte nur noch drei Tage, dann ging es für einen Monat zurück nach Texas, zurück zu Lucy und den Kindern. Es reichte ihm, er hatte wirklich genug. Die Gefahr, die Tollwut zu kriegen, war jedenfalls vorüber.

Als er den Parka anzog, suchte Thompson in seiner Tasche nach einem Fisherman's Friend. Draußen an Deck versuchte er sich mit »Hey, hey, hey snowflakes, my pretty little snowflakes«. Niemand sonst bemerkte die kleinen, melodiösen Schneeflocken. Jim Reeves konnte nicht viel gegen die gnadenlosen Sturmböen ausrichten. Das war in Ordnung. Samuel Thompson hatte so viel von seinem Humor wiedergefunden, daß er leben konnte. Eigentlich war er kein schwermütiger Mann. Er hatte noch nie eine Veranlagung zu langanhaltenden Depressionen gehabt.

Sjur Willy hatte jegliche Hoffnung aufgegeben. Er hatte sich so verhalten, daß seine Karriere in der Ölbranche jeden Augenblick vorüber sein konnte. Er stand in der eiskalten Zugluft auf dem Kellerdeck und starrte verzweifelt hinunter in die tosende See. Das Wasser kochte zwischen den Beinen der Plattform. Seit Stunden lief er auf dem zackigen Rost, der das Steigrohr umgab, hin und her und spürte den grausigen Sog des Meeres, hörte das Donnern der Plattform und die aufgewühlte See, die gegen das Untergestell klatschte und Wolken salzigen Schaumes an die Verstrebungen des untersten Decks emporwarf. Er stand in einem Wirrwarr von hämmernden Lauten und schlingernden Bewegungen. Es waren nicht der Lärm oder die gewaltige Krängung, die ihn quälten, nicht der Wind oder die brodelnde See. Das alles war überwältigend genug. Die gewaltige Stahlkonstruktion stand auf steifen Beinen und ritt auf den hin und her geworfenen Wellen. Abwasser und Bohrschlamm, Ölschmiere und Entfettungsmittel sickerten aus den offenen Rohren der Decke über ihm, quollen aus Ritzen und Löchern der Konstruktion, klebten sich an Balken, Verstrebungen und Wände. Sjur Willy fühlte sich klein, wie er da stand, wie eine Larve unter dem Bauch eines wütenden Tieres, wie ein Floh auf dem Schenkel eines stampfenden Elefanten. Er war Zuschauer bei der gnadenlosen Schlacht zwischen Rigg und Meer. Die rostroten Balken und Platten unter der Decke hingen wie ein Massiv, wie ein tropfender Bauch über ihm im Dunkel der Nacht, und die Rigg bewegte sie sich am Steigrohr auf und ab und vibrierte, als sei sie ein lebendes Wesen, ein blindes, brünstiges Monster, dem alles gleich war, auch sein eigener Untergang, wenn es nur seine wahnsinnige Mission, sich mit dem Meer zu paaren, erfüllen konnte. Nicht von ungefähr nannte Murphy sie »motherfucker«, wenn er in guter Laune war, und auch daß Bullshit sich für seinen Namen nicht schämte, verstand er jetzt.

»Ich habe wohl kaum meine Mutter gefickt!«

Als wenn es um Bullshits Mutter ginge! Er hatte nicht begriffen, daß es eine Ehre war, »motherfucker« genannt zu werden. Es waren Mutter Erde, der Meeresboden und das wahnwitzige Meer, mit dem sie das Vergnügen hatten. Mit solchen Kräften nahmen es nicht viele auf, das war eine Aufgabe für Waghalsige, die vor nichts zurückschreckten. Sjur Willy war den Tränen nahe. Er hörte sein Schniefen nicht, er spürte nur den Druck um seine Augen herum. Warum hatte er nicht nein gesagt? Warum konnte er nie seine eigenen Grenzen einhalten? In den Wellentälern unter ihm flatterten ein paar Möwen immer wieder auf, um nicht von den schäumenden Brechern begraben zu werden. Über ihm begann sich alles aufzulösen. Auf dem Kellerdeck stand der Welt größter Idiot und zitterte mit klappernden Zähnen. Sein Gesicht war blaugefroren, und sein ganzer Körper war steif. Die Kälte war aber nicht das Schlimmste, das Schlimmste war die Verantwortung, die er auf sich genommen hatte. Er hätte nein sagen können. Er hätte zugeben können, daß er die Anlage noch nicht gut genug kannte. Das hätte Peck akzeptieren müssen. Ein Roustabout konnte ja nicht alles wissen! Doch wie immer hatte er ja gesagt. Der Drang, sich hervorzutun, war auch nicht schwächer geworden, als der Teufel himself betonte, daß das ein wichtiger Job sei. Eigentlich war das überhaupt kein Job. Sjur Willy sollte bloß dort unten stehen und auf den Riser aufpassen. Das hörte sich gut an. Das hörte sich zu gut an.

»Auf was soll ich denn aufpassen?«

»Auf das Steigrohr! Weißt du etwa nicht, wo das ist?«

»Doch, klar, aber was soll ich beachten?«

»Du sollst aufpassen, daß es nicht kaputtgeht!«

»Woran sehe ich das?«

»Du wirst, zur Hölle noch mal, doch wohl erkennen, wenn ein sechsunddreißig Zoll starkes Rohr den Geist aufgibt!«

Sjur Willy hatte weitergefragt, obwohl Peck mit jeder Frage unsicherer wurde. Er hatte versucht, alles, was der lärmige Toolpusher sagte, mitzubekommen. Er hatte begriffen, daß es die Teleskopkupplung des Steigrohres war, um die Peck am meisten fürchtete. Er hatte begriffen, daß die Bewegungen der Rigg so stark werden konnten, daß die Steigungskompensatoren nicht mehr widerstanden und daß dann der Riser verloren war. Was Sjur Willy nicht begriffen hatte, war, woran er das sehen konnte. Wann war Gefahr im Verzug? Wann sollte er Bescheid geben? Wie ein Idiot hatte er dagestanden, als Peck sich aufblies. Ob er denn gar nichts begreife? Ob er eine Skizze brauche? Sjur Willy hätte darauf eingehen sollen, er hätte Papier und Bleistift holen sollen, auch wenn der Toolpusher dann explodiert wäre. Es wäre das Beste für alle Seiten gewesen, wenn der Teufel himself in die Luft gegangen wäre. Sjur Willy hatte den Kopf geschüttelt. Er hatte sich bemüht, Peck zu beruhigen und die Hände hochgenommen, wie um zu zeigen, daß alles klar sei. Sjur Willy werde die Teleskopkupplung am Steigrohr und den Steigungskompensator im Auge behalten. No problem! Peck könne beruhigt sein. Sjur Willy war es gelungen, sich aus der mißlichen Lage zu befreien, aber er war in einer noch schlimmeren gelandet. Er hatte sich so verhalten, daß jetzt die Verantwortung für das Steigrohr bei ihm lag! Geschah etwas mit dem Steigrohr oder dem Bohrstrang, dann wäre er es, der an Land gesetzt würde, weil er nicht rechtzeitig Bescheid gegeben hatte. Angstvoll beobachtete er die beweglichen Teile des Risers. Hilflos sah er dann wieder hinunter auf die tosenden Wassermassen, die sich auftürmten und gegen das Untergestell schlugen. Mit jedem neuen Dröhnen durchfuhr es ihn: Jetzt geschieht es, jetzt geht alles zum Teufel, jetzt brechen Steigrohr und Bohrstrang, und ich werde an Land gesetzt, weil ich ein bescheuerter Idiot bin! Er spürte die warmen Tropfen auf seinen Wangen. Er schnitt Grimassen und trat gegen die rostige Fußleiste am Rande der Decksöffnung. Er riß und zerrte an dem gelben Geländer. Hätte er es losreißen können, er hätte es über den Kopf gehoben und ins Meer geschleudert. Statt dessen riß er sich den Helm vom Kopf und schleuderte ihn von sich, so daß er über den gezackten Rost davonschepperte. Gäbe es doch nur eine Marke, die er beachten mußte, einen Strich, der ihm zeigte, wo die Grenze lag, einen Alarm, der ertönte, wenn die Belastung zu gefährlich wurde. Es gab nichts, wonach er sich hätte richten können. Am liebsten wäre er auf das Bohrdeck hochgerannt und hätte gebrüllt, daß es jetzt reiche. Das einzige, was ihn zurückhielt, waren die Reaktionen von Murphy und dem Bohrteam. Weshalb jammerte er denn? Wußte er nicht, daß die Aufhängung und die Kupplung weit mehr als das verkrafteten? Es gäbe noch so viel zu tun. Das war es, was so grausam war. Warnte er zu früh, ging es ihm schlecht. Warnte er zu spät, dann auch. Hätte er sich geweigert, etwas zu tun, von dem er nichts verstand, hätte ihn der Teufel himself sofort rausgeschmissen. Seine Zähne klapperten, und er schaute auf die Uhr. Vielleicht hielt es ja doch? So wie er sich verhalten hatte, gab es für ihn nur eine Hoffnung: daß das Steigrohr hielt, bis er abgelöst wurde. Was anschließend geschah, das sollten andere verantworten. Hielt der Riser bis Mitternacht, wäre es nicht sein Kopf, der rollte. Bis dahin war es weniger als eine Stunde. Machte es vorher nicht Peng!, dann würde er unter die Dusche gehen und sie so lange laufen lassen, bis es auf der ganzen Rigg kein warmes Wasser mehr gab!

Sjur Willy griff nach dem Handtuch, lange bevor das warme Wasser aufgebraucht war. Nach ein paar Minuten unter der Dusche kam alles zurück, die Wärme, der Hunger, der Glaube an die Ölbranche und der Glaube daran, endlich gelernt zu haben, nicht mehr in sich hineinzustopfen, als er in der Lage war zu schlucken. Als er eine Viertelstunde nach dem Alptraum auf dem Kellerdeck mit glatten, nach hinten gekämmten Haaren in der Messe saß und Frikadellen und Pommes frites kaute, hätte man meinen können, er sei in der Lage, fast alles, was der Steward ihm bieten konnte, zu verputzen. Währenddessen versuchten der Kranführer und ein Mechaniker herauszufinden, wer in seinem Leben die meisten Frauen flachgelegt hatte. Das war nicht einfach. Sie waren mit ihrem Brummkreisel derart in der Weltgeschichte herumgereist und hatten dabei das Innenleben von so vielen Slips erforscht, daß sie seit langem die Übersicht verloren hatten. Keiner von beiden zweifelte daran, daß sie sich einen Platz im Guiness-Buch verdient hatten. Der Kranführer habe den tiefsten Fick der Weltgeschichte gehabt, als er in einer englischen Kohlengrube eine Irin aus ihrem Slip geholt und sie dreihundertvierzig

Meter unter dem Meeresspiegel genagelt habe. Es sei gegangen wie geschmiert, er hätte nicht einmal seinen Charme spielen lassen müssen. Angeregt von der Umgebung und vollkommen sicher, daß ihr Ehemann nichts mitbekam, sei sie ganz außer sich gewesen.

»Ihr hättet ihre Schreie hören sollen!«

Es sei sein absolut rohester Fick gewesen. Die Frau habe geschrien und so mit den Beinen gestrampelt, daß ein großer Teil der Decke auf ihre Köpfe heruntergerasselt und der Grubengang schwarz von Staub gewesen sei. Und das Ganze, obwohl die Frau gläubige Katholikin und zudem noch glücklich verheiratet mit einem Bankkassierer in Dublin gewesen sei! Okay, das war nichts, verglichen mit dem, was der Mechaniker erlebt hatte. Er habe, auf der neuen Aeroflot-Linie von Taschkent nach Singapur, drei mandeläugige Stewardessen in zehntausend Meter Höhe über Nepal gevögelt! Sie logen, daß man mindestens die Hälfte abziehen mußte. Glaubwürdiger war da schon die Geschichte über den Chief, der, als sie in Port-au-Prince Zucker luden, ein Mulattenmädchen an Bord gelockt hatte. Er hatte ihr versprochen, sie zu Verwandten nach Amerika zu bringen, und nichts davon gesagt, daß sie zuerst nach Europa fuhren. Er habe sie in einen Verschlag in der Nähe des Lagerraums gesperrt und ihr erzählt, was geschehen würde, wenn der Skipper oder jemand sonst von der Mannschaft mitbekäme, daß sie an Bord sei. Bestenfalls würde sie im Gefängnis landen. Wahrscheinlich würden sie sie aber ins Meer werfen, um sich die Scherereien mit der Polizei zu ersparen. Der Chief habe sie zweimal am Tag gefüttert und darauf bestanden, daß sie vorher ihren Teil erledigte. Er habe nur dagesessen und gegrunzt, während das arme Mädchen vor ihm kniete und ihn ablutschte, bis es aus ihren Mundwinkeln herausquoll. Der Chief mochte keine halben Sachen. Wollte sie ihre Verwandten wiedersehen, dann müsse sie auch ein wenig für die Überfahrt arbeiten! Schließlich hätte er sie sogar dazu gebracht, sich vögeln zu lassen.

»Ihr hättet das Gebrüll hören sollen, als er in die Kleine eindrang. Das war ebenso grauslich wie das Geschrei, das er machte, als ihm klar wurde, daß er nicht der erste war!«

»Woher weißt du das alles?«

»Ich war auf der Suche nach einem Werkzeug und bin ganz zufällig auf die beiden gestoßen. Ich hatte keine Ahnung, daß sich dort jemand befand, bis ich das Gestöhne hörte und den verschwitzten Arsch des Chiefs sah. Anschließend bekam ich die ganze Geschichte zu hören und fünfhundert Eier, damit ich den Mund hielt.«

»Und? Hast du's getan?«

»Na, logisch. Es geht mich doch nichts an, wenn der Chief eine Mulattenfotze mit an Bord nimmt.«

»Was ist dann mit ihr geschehen?«

»Das fragst du besser den Chief.«

Der Mechaniker legte den Zahnstocher beiseite.

»Sie kam jedenfalls nicht nach Amerika. Nach Europa auch nicht.«

»Willst du sagen, daß ...«

Der Mechaniker zuckte mit den Schultern. Er wollte gar nichts.

»Der Chief hatte jedenfalls kein kleines Mädchen bei sich, als er in Rotterdam von Bord ging.«

»Er hätte sie doch mit zurücknehmen können!«

»Wie sollte das denn gehen? Der Chief hatte die Nachricht erhalten, direkt anschließend auf einem neuen Schiff in Durban anzuheuern, und das sollte nun wirklich nicht nach Amerika. Das ging nach Kobe und China.«

Sjur Willy war auf dem Weg in die Koje, als Thompson und Roy Orbison angerauscht kamen. Beide waren bester Laune.

Der Wind flaute ab, und die Gefahr für die Bohrausrüstung war vorüber. Sjur Willy habe einen glänzenden Job auf dem Kellerdeck geleistet. Wenn der Bohrchef nicht einen solch zuverlässigen, abgebrühten Mann dort unten gehabt hätte, dann wäre ihm nichts anderes übriggeblieben, als Murphy anzuweisen, das Bohren zu stoppen, das ganze Bohrgestänge in die Sicherungsventile auf dem Meeresboden zu hängen und das Steigrohr zu ziehen. Thompson könne dem kaltblütigen Roustabout gar nicht genug danken. Sjur Willy sollte eines wissen: Ihm, Thompson, bedeute es unermeßlich viel, von Menschen mit eiskalten Köpfen und Nerven wie Drahtseilen umgeben zu sein. Ohne Menschen von Sjur Willys Schlag würde Thompson nicht eine Minute länger unter solchen Verhältnissen in der Nordsee weiterbohren. Das könne er ihm glauben!

Sjur Willy brachte kein einziges Wort heraus, als Thompson seine Hand ergriff und sie so kräftig schüttelte, daß sich sein Oberarm fast aus der Schulter löste. Es hörte sich so an, als sei es Sjur Willy persönlich gewesen, der den Bohrchef, den Riser, die Rigg und die ganze verdammte Global Drilling Company gerettet hatte. Gerade als Thompson ihn umarmen wollte, brachte Sjur Willy endlich heraus, daß er dort unten im Laufe des Abends nichts anderes getan hatte, als sich den Arsch abzufrieren. Das erhöhte die Begeisterung des Bohrchefs noch.

»That's what I like to hear, sonny! That's exactly what I like to hear!«

Es verging nicht mehr als eine Schicht, bis sich die Stimmung änderte. Sjur Willy war gerade dabei, sich mit Pökelfleisch und Kohlrabipüree zu versorgen, als Thompson hereinkam und sich an seinen Tisch setzte. Er wartete, bis Sjur Willy fertig mit dem Essen war, dann begann er.

»Sorry, son, aus dir wird kein Driller werden! So wie die Dinge stehen, wirst du nicht einmal Roughneck werden!«

Sjur Willy hätte sich beinahe verschluckt.

»Warum nicht?«

Er hatte das Gefühl, als habe der Bohrchef ein Stahlseil um seinen Nacken geschlungen. Was war geschehen? War doch ein Teil der Bohrausrüstung zu Schaden gekommen? Oder hatten Murphy und Thompson miteinander gesprochen? Das mußte es sein. Thompson mußte von seinem schwachen Debüt an Deck gehört haben, als die Roughnecks in der Pause waren. Er wußte, daß er sich da alles andere als gut verkauft hatte. Er fand es aber reichlich spät, ihn dafür endgültig hinauszuwerfen.

»Habe ich es so schlecht gemacht?«

»Was denn?«

»Auf dem Bohrdeck.«

Thompson schüttelte den Kopf. Das sei es nicht.

»Was dann?«

Thompson ließ ihn auf der Folterbank. Er ging hinüber zur Dessertvitrine, bevor er antwortete.

»Du ißt keinen Applepie!«

»Was hat das damit zu tun?«

»Alle, die etwas auf dem Deck erreichen wollen, essen Applepie«, sagte Thompson.

Sjur Willy atmete ruhiger, während er nachdachte. Er könne sich nicht daran erinnern, daß Lydersen Applepie gegessen habe. Er könne sich nicht daran erinnern, gesehen zu haben, daß überhaupt irgend jemand jemals Applepie aß.

»Das heißt nur eins«, sagte Thompson.

»Was denn?«

»Daß keiner von ihnen Driller wird.«

Thompson schob den Teller mit Applepie zu ihm hinüber.

»Heißt das, ich soll das da essen?«

Thompson zuckte mit den Schultern. Es sei natürlich seine Entscheidung, ob er Applepie äße oder nicht. Wenn er seine Pläne, Driller zu werden, aufgegeben habe, könne er es gut bleiben lassen. Sjur Willy nahm einen Bissen auf die Gabel. Es gab Sachen, die er lieber mochte. Aber auch solche, die er weniger mochte. Er nahm ein Stück auf einem Pappteller mit in den Kinosaal.

»Was ist das denn?«

»Applepie«, antwortete Sjur Willy.

»Sieht aus wie Kuhscheiße«, sagte Tengs. »Schmeckt das?«

»Nein.«

»Und warum ißt du das dann?«

»Um mich daran zu gewöhnen«, sagte Sjur Willy. »Wenn du Driller werden willst, solltest du am besten auch anfangenn, Applepie zu essen.«

Tengs verdrehte die Augen. Er sei bereit, mit Sjur Willy zu wetten, daß er vor ihm Driller würde, ohne auch nur einmal einen Bissen Applepie gegessen zu haben.

»Um wieviel?«

»Einen Tausender«, sagte Tengs.

»In Ordnung.«

Sjur Willy zweifelte nicht daran, daß er vor Tengs Driller werden würde. Auch nicht, daß er vor ihm Roughneck würde.

»Und wieviel wettest du darauf?«

»Einen Hunderter«, sagte Sjur Willy.

»Okay.«

Sie wetteten um zweihundert, wer als erster Turmmann würde. Bis auf weiteres gab es aber nur eines zu tun: Sie mußten weiterhin ihr Dasein als Roustabouts fristen. Das war kein großes Problem. So lange sie etwas hatten, auf das sie hinarbeiten konnten, war es in Ordnung, Roustabout zu sein. Noch immer waren ihre Ohren völlig taub für die Aufforderungen des Genossen Bruin, der Ölarbeitergewerkschaft beizutreten.

»Wenn wir etwas erreichen wollen, müssen wir uns organisieren!«

»Wenn wir etwas erreichen wollen, müssen wir Applepie essen«, sagte Sjur Willy.

Er aß mehr und mehr Applepie. Wären es die Mengen an Applepie gewesen, die entschieden, dann wäre er im Laufe einer Woche Driller geworden. Er aß so viel Applepie, daß es eine von Thompsons ersten Aktionen nach seiner Rückkehr aus Texas war, ihn zu sich in sein Büro zu rufen.

»Willst du immer noch Driller werden?«

Sjur Willy nickte.

»Dann hör, verdammt noch mal, auf, mir den Applepie wegzufressen!«

Viertes Kapitel

Cabincruiser

Tschopp, tschopp, die Rotorblätter schnitten durch die Luft, tschopp, tschopp, schnitten durch Nebelfetzen und Stücke blauen Himmels, tschopp, quirlten durch regenschwere Wolken, tschopp, tschopp, zwei Wochen vor sich, tschopp, tschopp, zwei Wochen hinter sich, die Rotorblätter schnitten durch die Zeit, schnitten durch Wochen und Monate, tschopp, tschopp, schnitten durch alles, was es gab, zerteilten das Jahr in Stücke, alles wurde zerstückelt, tschopp, tschopp, Übergänge verschwanden, plötzlich war es Winter, tschopp, plötzlich war der Schnee verschwunden, tschopp, tschopp, plötzlich waren die Äcker schwarz, plötzlich war der Sommer da, tschopp, tschopp, plötzlich war er vorüber, plötzlich waren die Äcker golden, tschopp, tschopp, plötzlich leuchteten die Bäume, plötzlich kingelte das Telefon, tschopp, kannst du eine Woche länger machen, tschopp, plötzlich war jemand verletzt, tschopp, tschopp, zwei Tage an Bord, drei Wochen im Krankenhaus, plötzlich waren die Bäume kahl, tschopp, plötzlich waren sie von Reif bedeckt, tschopp, plötzlich war jemand von einer Zange getroffen worden, tschopp, hatte eine Last auf den Schädel gekriegt, tschopp, tschopp, kannst du einspringen, es war tschopp, tschopp, was machte es, wenn die Übergänge verschwanden, tschopp, was machte es, wenn das Jahr zerstückelt wurde, tschopp, ein Jahr war ein tschopp, plötzlich waren sie an Land, plötzlich wieder draußen, plötzlich war es Weihnachten und ein Schweinskopf schwamm mit einem Apfel in der Schnauze inmitten von Hummern und Truthähnen, Rippchen, Hering und Sauerkraut auf dem Gipfel des kalten Buffets. Die Kranzküchlein ragten wie ein mit Puderzucker bestreuter Bohrturm mit britischen, norwegischen und amerikanischen Flaggen besteckt aus den Weihnachtsknabbereien hervor. Die Weihnachtsmänner an Land hatten an nichts gespart. Sie hatten sogar an Unterhaltung gedacht und drei Mädchen vom Jørpeländer Mädchenchor eigens im Helikopter eingeflogen. Auch der Bohrchef hatte nicht geknausert. Er hatte einen Weihnachtsbaum ins Mausloch gepflanzt und das Bohren für eine halbe Stunde unterbrochen. Birger Strai schickte amerikanische Evergreens über die Lautsprecheranlage und scheuchte die Freischicht auf, damit auch sie teilhaben konnten an Glockengeläut und himmlischer Mahlzeit. War es dem rotnasigen Rentier Rudolph noch nicht gelungen, sie im Waschraum, während sie sich kaltes Wasser ins Gesicht warfen, in Weihnachtsstimmung zu versetzen, geschah mit ihnen eine merkliche Veränderung, als sie die Messe betraten und das Weihnachtsbier erblickten. Sie erschraken zwar, weil da nicht mehr als eine Kiste stand, doch der Steward beruhigte sie:

»Keine Sorge, Jungs, ich hab' noch mehr auf Lager!«

Er hatte noch eine Kiste im Kühlraum und war sichtlich zufrieden mit seiner Weihnachtsdekoration. Kaum jemand sonst war das. Sie hing wie ein verkrüppelter Tintenfisch von der Decke und an den Wänden herab. Sie strich ihnen mit ihren glitzernden Fangarmen zärtlich über die Bartstoppeln, während sie sich in Wollsocken und Faserpelz am kalten Buffet versorgten. Der farbenfrohe Tintenfisch unter der Decke lebte nicht lange. Laugen und Barka machten kurzen Prozeß und trennten ihn mit ein paar raschen Schnitten ab. Dann warfen sie ihn auf den Flur. Sie hatten keine Lust, Lametta in ihrem Essen zu finden. Außerdem hingen so viele

Engel und Flitterzeugs an den Wänden, daß die Messe auch so einem bombardierten Puff glich. Es war Weihnachten, und das Jesuskind lag gewickelt in einer Krippe, umgeben von Maria und Josef, oben auf der Saftmaschine. Über ihnen schwebte Yvonne, ihre Brüste thronten auf einer weißen Wolke aus Baumwolle, die der Nachtkoch hingeheftet hatte, bevor er dann seine Schicht beendete. Zusätzlich hatte er sie noch mit goldenen Sternchen auf den Brustwarzen und einem roten Herz im Schritt geschmückt, so daß sie fast angezogen wirkte, als sich die Mannschaft, jeder mit seinem Weihnachtsbier, um die Tische versammelte und sich über das Essen hermachte. Auch Bruin war aufgestanden und zur Messe herübergekommen. Es sah aus, als habe er den Bus verpaßt und barfuß den Weg von Nazareth in Galiläa nach Bethlehem in Judäa zurückgelegt, als er begann, kanadischen Hummer und geräuchertes Hammelfleisch Seite an Seite auf seinem Teller zu stapeln. Wenn jemand glaubte, er tat das gratis, dann irrte er sich. Genosse Bruin hatte nicht vor, sich über das Wunder oben auf der Saftmaschine zu freuen oder mit Dallas über die Unbefleckte Empfängnis zu diskutieren, ohne dafür etwas zurückzubekommen. Die einzige große Frage, auf die der Vorsitzende Mao eine Antwort haben wollte, war, ob er eine oder zwei Überstunden für seinen Einsatz anrechnen lassen könne.

»Du wirst nicht dafür bezahlt, Weihnachtsbier zu trinken und Hummer zu essen«, sagte Sjur Willy.

Bakunin schaute von seinem Teller hoch.

»Und wieso nicht? Man hat uns schließlich in unserer Freischicht geweckt!«

So weit Leo Trotzki wisse, hätten sie jedesmal dann einen Anspruch auf die Anrechnung von Überstunden, wenn der Arbeitgeber sie in der Freiwache antreten ließ. Ob es darum ging, Ventile zu schmieren, oder um Weihnachtsessen, sei prinzipiell egal. Lydersen aus Mandal riet ihm, die Schnauze zu halten, als sich die Mädchen vom Jørpedaler Mädchenchor vor dem Dessertschrank aufstellten. Sie trugen Trachten und sangen »O du fröhliche« und »Stille Nacht, heilige Nacht«, daß ihre Broschen blitzten. Danach erhob sich Birger Strai und zog ein zusammengerolltes Telex hervor. Er hatte sich für diesen Anlaß rasiert und einen Schlips umgebunden. Er war von Kabine zu Kabine gegangen, um eine englische Bibel zu finden, aber ohne Erfolg. Am ähnlichsten war ihm noch ein Buch erschienen mit dem Titel »Jenseits von Eden« von John Steinbeck. Eine Seite daraus würde sicher den gleichen Nutzen gehabt haben wie das Weihnachtsevangelium, doch Thompson war hart geblieben. Er wollte an Weihnachten kein dummes Gerede von einem John Steinbeck. Er war auch nicht damit einverstanden, den Evangelisten Lukas durch zwei Limericks zu ersetzen, auch wenn sich der Funker mit seiner ganzen Energie dafür eingesetzt hatte.

There was a young man called Skinner,
Who'd invited a lady for dinner.
And soon it was in her,
Not Skinner, the dinner.
Skinner was in her before dinner.

There was a young man from Tashkent,
Whose prick was so terribly bent.
To save himself trouble
He put it in double,
And instead of coming, he went.

Birger Strai hatte nicht verstanden, was Thompson an seinen Limericks auszusetzen hatte. Der Bohrchef hatte sich vor Lachen geschüttelt und trotzdem darauf bestanden, Kapitel 2, Vers 1 bis 20 des Weihnachtsevangeliums zu verlesen, so, wie es Lukas niedergeschrieben hatte. Weil sie nur noch einen Tag Zeit hatten, hatte sich der Funker ans Telefon gehängt und alle Verse per Telex bekommen. Woher er den Schlips hatte, blieb sein Geheimnis. Als er mit dem Lesen beginnen wollte, wurde er von dem Schweinskopf oben auf dem kalten Buffet abgelenkt. Dem Gesichtsausdruck nach hatte das Schwein den Apfel aufgefressen und wartete, wie es dort mit weit aufgerissenem Maul lag, auf Nachschub. Birger Strai hatte weder mit religiösen Handlungen noch mit toten Schweinen Erfahrung, aber es war ihm auch ohne weitere Vorbildung klar, daß das Schwein nicht so daliegen und seine braunen Zähne fletschen durfte, während das Weihnachtsevangelium vorgetragen wurde. Er versuchte, eine Apfelsine in das Maul zu schieben, als der Teufel himself schließlich genug von dieser Clownerei hatte und aus der Haut fuhr. Sie seien nicht da, um dabei zuzuschauen, wie der Funker ein totes Schwein mästete! Er solle zusehen, daß er fertig würde! Birger Strai räusperte sich nervös, bevor er begann, das Evangelium vorzutragen. Er klang wie jemand, der vergessen hatte, seinen Tippzettel zu kontrollieren, und jetzt die Nachricht von der Lottozentrale, »Sie haben sechs Richtige«, vorlas. Es schien dem Funker vollkommen unbekannt zu sein, daß bereits vor zweitausend Jahren ein Erlöser geboren worden war, und je mehr Hirten und Engel dabei auftauchten, desto verwunderter wurde er. Er erntete verdienten Beifall, als er seinen Vortrag damit beendete, das Telex umzudrehen, um zu überprüfen, ob nicht auch noch etwas auf der Rückseite stand.

»Sauber!« kam es von Lydersen. »Gut gemacht!«

»Noch einmal!« rief Laugen. »Wir haben nicht alles mitbekommen!«

Der Teufel himself forderte sie auf, die Klappe zu halten. Wenn der Funker das Weihnachtsevangelium so oft vorlesen sollte, bis sie alles mitbekämen, müßte er da stehenbleiben, bis der Bohrturm einstürzte und die Ocean Star im Meer versank. Er, Peck, wisse ganz genau, warum das Bohrteam und die Roustabouts eine Wiederholung wollten. Sie versuchten doch nur, Zeit zu gewinnen. Sie glaubten wohl, sie könnten da rumsitzen und faulenzen und den Rest des Jahres Dattelkerne ausspucken, bloß weil Weihnachten sei! Sie könnten Harrison Peck nicht hinters Licht führen. Sie hätten einen Job zu erledigen. Sie hätten einen Haufen Arbeit. Er bat die Mädchen vom Jørpeländer Mädchenchor, zum Ende zu kommen. Der Helikopter warte. Sie sangen »Mary's Boychild« und »White Christmas« derart schön, daß Jostein Bullshit am Ende der Weihnachtsfeier, als der Skipper ihnen allen eine gesegnete Weihnacht wünschte, aussah, als sei er geradewegs vom Himmel heruntergeschneit.

»Tttolle Stttimmen«, sagte Dallas.

»Die Mädchen sind in Ordnung«, meinte Bullshit.

»Aaauch die Tttrachten!«

Dallas und Bullshit gönnten sich zwischen den Garderobenschränken noch eine letzte Zigarette.

»Die hätten gerne noch ein bißchen länger bleiben können«, sagte Bullshit, »da hätte ich nichts dagegen gehabt!«

Aus der ersten Toilettenkabine drang ein Grunzen.

»Sie hätten besser ein paar Frauen geschickt, die Lust auf einen Schwanz haben.«

Barka war ganz zufrieden mit dem in Trachten gehüllten Engelschor. Er saß mit heruntergelassener Hose da und studierte ein Pin-up, das sich in ein dickes Seil eingewickelt hatte und mit dem Seilende wie mit einem gespleißten Schwanz seine offene Möse massierte.

»Gggibt eees dddenn so Fffrauen überhaupt?«

Dallas hatte begonnen, daran zu zweifeln. Grynet Godal hatte seine Ration gründlich gekürzt. Während er noch in Gips lag, hatte sie mit seinem Brummkreisel herumgespielt, bis er wie ein frischpolierter Silberpokal hervorragte. Schlug er ihr jetzt vor, doch einmal mit dem Waschlappen zu ihm zu kommen, holte sie den Staubsauger oder Schaufel und Besen. Wollte Dallas eine Nummer, dann müsse er zuerst abwaschen und am besten noch das ganze Haus saugen!

»Schmeiß die Tussi raus«, riet ihm Barka.

Er hatte in »Alle Menn« von einer Dänin gelesen, die das Vögeln als friedenschaffende Maßnahme betrachtete. Je mehr die Menschen vögelten, desto friedlicher würden sie. Sie sei auf der Stelle bereit, einem solchen Friedenskorps beizutreten und ihren Körper auf Schiffen und Ölplattformen, in Militärbaracken und auf Baustellen, einfach überall dort, wo geile Männer aufeinanderhockten und sich an die Kehle gingen, wenn sie es nicht loswurden, zur Verfügung zu stellen. Das sei etwas anderes als Dallas' Drachen. Diese Dänin in »Alle Menn« war sogar der Meinung, daß die Krankenkasse die Kosten übernehmen solle!

»Solche Frauen brauchen wir!« rief Barka. »Frauen, die sich ausziehen und loslegen! Sie hätten uns diesen Engelsgesang vom Jørpeländer Mädchenchor ersparen können und uns statt dessen ein Boot voll anständiger Frauen schicken.«

»Wwwir hhhaben dddoch gggenug aaanststständige Fffrauen aaan Bbbord!«, sagte Dallas.

»Wo denn?«

»Üüüberall!«

Barka dürfe sich nicht über Frauenmangel beschweren. Annabell sitze rittlings auf einer Kanone im Garderobenraum. Yvonne schwebe auf Baumwollwolken durch die Messe. Cheri krieche auf allen vieren durch die Cafeteria. Melissa zittere mit Bohrschlamm auf der Brust und einer Kerze zwischen den Beinen im Pumpenraum. Amy stehe über der Drehbank in der Werkstatt und schaue mit glänzenden Rehaugen und einem durchnäßten T-Shirt, das sich an ihren jungen Körper klebte, auf sie herab. Mai Ling knie im Telefonhäuschen über einem feisten Pilz. Im Schweißerraum scheine Nicole die Besinnung zu verlieren, weil sie mit einem Pinsel über einen Holzstamm strich. Es mangele nicht an Frauen, die ihre Kleider auszögen und sich für die Sache einsetzten! Alle Kabinen quollen über von Frauen mit leeren Blicken und feuchten Fotzen! Sie hätten nichts in ihren Köpfen. Alles, was sie hätten, liege in ihren Busen und zwischen ihren Beinen. Das einzige Problem sei, daß sie aus Pappe seien!

Harrison Peck sah sich im Schneetreiben um. Wo, zum Teufel, steckten denn alle? Meinten die etwa, sie könnten in alle Ewigkeiten Weihnachten feiern? Er sah auf die Uhr. Er wartete jetzt schon fast eine Viertelstunde. Draußen an Deck waren sie noch nicht gewesen. Außer seiner und Murphys Spur war in dem frisch gefallenen Naßschnee nichts zu sehen. Auch wenn der Toolpusher noch kurz zuvor in Weihnachtsstimmung gewesen war, als er endlich Tengs und Sjur Willy erblickte, war nichts mehr davon übrig.

»Und wo ist der Rest?«

Sie zuckten mit den Schultern. Sie wüßten es auch nicht.

»Irgend etwas machen die wohl noch.«

Peck fluchte. Er ließe sich nicht verarschen! Er wisse sehr wohl, wo die Faulpelze steckten und was sie jetzt machten. Und er wisse, was er zu tun habe. Steckten sie in der Cafeteria, dann gnade ihnen Gott! Ein deutscher Radiosender versuchte vergeblich, ihn zu beruhigen, als er wie ein Unwetter in die Cafeteria brach. Die Klänge von »O Tannenbaum, o Tannenbaum« schlugen ihm an der Tür entgegen und vermischten sich mit dem Duft von Glühwein und Zigarren. Kerzen flackerten. Die Gesichter leuchteten vor Glückseligkeit und Frieden.

»Setz dich hin!«

»Reg dich ab!«

»Weihnachten ist nur einmal im Jahr!«

Peck wurde es jetzt endgültig zu viel. Wütend starrte er auf die dampfenden Pappbecher. Er habe das alles zum Kotzen satt. Die Mannschaft solle jetzt dampfen, nicht die Becher! Er platzte förmlich, als der Kranführer ihm die Kekse reichte.

»Nimm dir was Süßes!«

Er kam nicht mehr dazu, den rasenden Toolpusher zu fragen, ob er lieber eine Apfelsine wolle. Der Plätzchenteller zerschepperte mit einem Knall an der Wand. Sirupschnitten und Pfefferkuchen zerbröselten unter seinen Stiefeln, während er den Tisch von Südfrüchten, Marzipan und Kerzen leerfegte. Dallas gelang es gerade noch, eine Packung mit Datteln und das Körbchen mit Haselnüssen in Sicherheit zu bringen. Er konnte die Katastrophe nicht verhindern, als Peck mit dem Schraubenschlüssel auf die Kaffeemaschine losging. Ein trainierter Klempner hätte nicht schneller arbeiten können. Das einzige, was Peck abschraubte, bevor er die Maschine von der Wand riß, waren die Wasserleitungen. Die Stromleitung zerriß er einfach, daß die Funken sprühten. Die Cafeteria war vollkommen dunkel, als er sich seinen Weg hinausbahnte. Nicht einmal den Haupthahn hatte er abgedreht. Das Wasser schoß aus der Wand, während Peck auf das nächstgelegene Geländer zusteuerte und alles, was er in seinen Armen hatte, fallen ließ. Der Zyklon hatte sie so plötzlich und mit einer solchen Stärke überrollt, daß sie sich gar nicht sicher waren, was eigentlich geschehen war.

»Was hat dieser Kerl gemacht?«

»Er hat die Kaffeemaschine ins Meer geworfen.«

Der einzige, der etwas Gutes darin sah, daß Peck Amok gelaufen war und kurzen Prozeß mit der Kaffeemaschine gemacht hatte, war Leo Trotzki. Endlich war die Zeit da, endlich waren die amerikanischen Brüllaffen in ihrem Machtmißbrauch und in ihrer Verachtung der Arbeiter so weit gegangen, daß selbst Tengs und Sjur Willy das einsehen mußten. Sie respektierten nicht einmal die norwegischen Weihnachtsbräuche! Bruin zog Parallelen zu den wirklich großen Augenblicken der Menschheitsgeschichte, als die Unterdrückung ihren Siedepunkt erreicht hatte und der Aufruhr unausweichlich geworden war. Endlich hatten die Gezeiten der Revolution auch die Ocean Star erreicht, und der Vorsitzende Mao war inmitten des Geschehens, um den Aufstand anzuführen! Aksel Bruin sah aus, als habe er LSD anstelle der Marzipanschweinchen geschluckt, als er bemerkte, daß sich die Arbeiter in der Werkstatt neben dem Maschinenraum versammelt hatten. Er verstand nicht, warum sie sich gerade dort sammelten. Das spielte keine Rolle. Jetzt war es wichtig, daß alle zusammenhielten. Genosse Stalin war überwältigt von dem Aufmarsch. Ganz offensichtlich hatte der kapitalistische Großangriff auf die Kaffeemaschine Wirkung gezeigt. Die Werkstatt war voller Menschen. Bakunin erblickte sogar zwei von Smileys Roughnecks, als er auf einen Getränkekasten stieg. Als er in die Hände klatschte, war er der Meinung, daß die geringe Aufmerksamkeit nicht ganz zu diesem großartigen Aufmarsch paßte. Nur die ihm am nächsten Stehenden drehten die Köpfe, als Lenin das Wort ergriff, um den Angriff auf die Kaffeemaschine ins richtige Licht zu rücken.

»Ihr wißt alle, warum wir uns hier versammelt haben«, hob er an. »Ihr wißt genauso gut wie ich, worum es geht. Eigentlich geht es gar nicht um die Kaffeemaschine.«

»Natürlich, genau darum geht's!«

»Warum sollten wir denn sonst hier sein?«

»Das, worum es geht, ist der bewußte Vorstoß der Plattformleitung, uns grundlegende Rechte vorzuenthalten! Was wir heute abend erlebt haben, ist kein Zufall. Es ist ein Glied in der Kette der systematischen Angriffe der Amerikaner auf uns alle. Und niemand soll glauben, daß die bei der Kaffeemaschine Schluß machen! Das Ziel der Amerikaner ist es, uns ein für alle Mal die Kaffeepausen zu streichen!«

»Hä?«

Jetzt drehten sich mehrere um.

»Die Kaffeemaschine war nur der Anfang. Als nächstes werden sie uns die Herdplatten nehmen, dann die Kekse, das Mineralwasser, und wie stehen wir dann da?«

Der revolutionäre Leuchtturm inmitten des Meeres hatte alle Augen auf sich gezogen, als er erklärte, was sie zu tun hätten.

»Wir müssen augenblicklich aktiv werden und ihnen zeigen, daß wir uns nicht an der Nase herumführen lassen! Als erstes richten wir ein Streikkomitee ein. Dann verweigern wir die Arbeit, damit sie verstehen, daß wir es ernst meinen!«

Bruin erklärte sich bereit, den Aufstand anzuführen. Wollten sie einen anderen Führer, so stehe ihnen das natürlich frei, aber so wie Trotzki das sah, sei Karl Liebknecht besser geeignet als die meisten anderen. Er habe die Amerikaner schließlich vom ersten Tag an durchschaut und bereits bei der norwegischen Eisenbahn Erfahrungen gesammelt. Außerdem sei er es, der die erste Ölarbeitergewerkschaft auf norwegischem Boden gegründet habe. Auf jeden Fall werde es Walter Ulbricht ein Vergnügen sein, ins Riggbüro zu marschieren und den Bohrchef darüber zu informieren, daß die Arbeit eingestellt sei und auch nicht wieder aufgenommen werde, bevor sich Peck nicht bei den arbeitenden Massen mehrfach entschuldigt habe und ihre Ansprüche sichergestellt seien. Die Skepsis der arbeitenden Masse war überwältigend.

»Glaubst du, Peck wird jemanden um Entschuldigung bitten?«

Nicht nur der Mechaniker, der in zehntausend Meter Höhe über Nepal gevögelt hatte, begann zu lachen.

»Er wird nicht daran vorbeikommen«, sagte Bruin. »Wenn die Amerikaner weiterhin mit dieser Rigg nach Öl bohren wollen, werden sie nicht darum herumkommen, auch unsere Ansprüche zu erfüllen.«

»Welche Ansprüche?«

Friedrich Engels zog ein bescheidenes Manifest hervor, das vier Punkte umfaßte, wobei er seine Strategie erklärte.

»In dieser Phase ist es wichtig, daß wir nicht zu starken Druck auf sie ausüben. Wenn wir schlau sind, fordern wir Dinge, die sich hier und jetzt ermöglichen lassen. Deshalb beginnen wir mit der Forderung, alle Pausen um zehn Minuten zu verlängern.«

Es machte nicht den Eindruck, als ob jemand etwas dagegen hätte. Daß die Amerikaner die Kosten für die Arbeitskleidung zu decken hätten, sei auch in Ordnung, aber was, zum Teufel, sollten sie mit Parkas?

»Wenn wir so einen Scheiß anziehen, kriegen wir ja gar nichts mehr auf die Reihe!«

Karl Marx sah sie enttäuscht an. Warum hielten sie sich mit Bagatellen auf?

»Natürlich kann jeder einzelne entscheiden, ob er diese Parkas trägt oder nicht. Der Punkt ist, daß die Amerikaner bezahlen!«

Etwas stimmte nicht. Etwas fehlte. Bruin suchte vergeblich nach der Glut, nach dem Feuer in den bärtigen Gesichtern. Wo waren Kampfeswille und Enthusiasmus? Er tat, was er nur konnte, um sie anzustacheln und sie alle hinter der letzten Forderung zu vereinen.

»Es muß Schluß damit sein, daß manche in Viererkabinen

zusammengepfercht werden, während andere alleine wohnen. Hiermit verlangen wir, daß maximal zwei Leute in eine Kabine kommen!«

Es nützte nichts.

»Und wie willst du das machen?«

»Dann müssen wir ja die Rigg umbauen!«

Friedrich Engels sah niedergeschlagen drein, als er sein Manifest zusammenfaltete. Die Streikversammlung war überhaupt nicht so gelaufen, wie er sich das gedacht hatte. Viele wollten schon gehen, als er erklärte, wie wenig notwendig sei, um die Wohnverhältnisse zu bessern.

»Das einzige, was wir ändern müssen, ist, daß diejenigen, die jetzt alleine eine Kabine haben, diese mit jemand anderem teilen.«

»Glaubst du, die Chefs wollen Roustabouts in ihren Kabinen haben?«

Das sei das Dümmste, was der Kranführer jemals gehört habe.

»Glaubst du, jemand von den Roustabouts will mit den Chefs zusammen wohnen? Wer soll, zum Beispiel, mit Peck zusammen wohnen?«

Der Vorsitzende Mao wußte nicht mehr, was er noch sagen sollte. Er hatte nicht daran gedacht, wer mit Peck zusammen wohnen sollte. Sicher hätte er sich, den Genossen Bruin, dazu bewegen können, wenn die Stimmung der Versammlung eine andere gewesen wäre. Er hatte eine Versammlung erwartet, in der die Menschen zusammenstanden, um die Wurzel der Unterdrückung zu beseitigen. Doch was er erlebt hatte, war etwas ganz anderes. Aksel Bruin wedelte verzweifelt mit seinem Manifest, als die ersten gingen.

»Wartet! Wir haben doch noch kein Streikkomitee gewählt!«

Sie schüttelten nur die Köpfe. Was bildete Bruin sich ein?

Daß sie wie Ölsardinen in der Werkstatt gestanden hätten, um über Arbeitsniederlegung zu diskutieren? Der einzige Grund, weshalb sie sein Scheißgeschwätz ertragen hätten, sei die Tatsache, daß die alte Kaffeemaschine so unglaublich lange brauche. Über die Cafeteria solle er sich keine Gedanken mehr machen. Da sei doch nichts weiter als ein entschuldbares Mißgeschick. Sie seien das Risiko eingegangen, den Weihnachtsabend ein bißchen zu verlängern. Peck habe alle Register gezogen. Darüber dürfe man sich nicht beklagen. Die Sache sei erledigt. Peck habe ja auch eingeräumt, daß er zu weit gegangen sei. Er hätte zuerst den Stecker ziehen müssen, dann hätte der Kurzschluß vermieden werden können. Und auch Thompson habe ja seinen Teil beigesteuert. Er habe garantiert, daß bis zum zweiten Weihnachtstag per Helikopter eine neue Kaffeemaschine geliefert werde. In der Zwischenzeit stellte er seine kleine, private Kaffeemaschine in der Werkstatt zur Verfügung, bis es in der Cafeteria wieder Strom gab. Das werde ein oder zwei Stunden dauern. Da stand es wohl schlechter um die Energie des Genossen Bruin. Sein Leuchtfeuer war endgültig erloschen, als Tengs und Sjur Willy ihn auf einem Rohrstuhl in der Werkstatt fanden.

»Ich bin hier fertig«, sagte er.

»Das bist du nicht!«

»Alles, was du machen mußt, ist, dein dummes Maul zu halten und dich auf die Arbeit zu konzentrieren.«

»Mein Job ist es, mich für die Sache der Arbeiter einzusetzen«, sagte Bruin.

»Kannst du das nicht den Arbeitern selbst überlassen?«

Genosse Bruin schüttelte besorgt den Kopf. Der Kampf für die Sache der Arbeiter sei viel zu wichtig, um ihn den Arbeitern selbst zu überlassen. Die wüßten ja nicht einmal, was zu ihrem Besten sei.

Tengs und Sjur Willy schüttelten die Köpfe, als sie in das Schneetreiben hinaustaumelten. Fast tat ihnen dieser Kerl leid. Aber auch sie selbst hatten wenig, über das sie sich hätten freuen können. Das größte Ölfieber hatte sich gelegt. Sie hatten ein Loch nach dem anderen gebohrt, ohne auf etwas zu stoßen. Es war auch nicht sicher, daß sie überhaupt etwas finden würden. Sie hatten sich wie Grönlandhunde auf dem Weg zum Nordpol abgerackert, um Roughnecks zu werden, doch noch immer waren sie Roustabouts. Vielleicht würden sie auch nie etwas anderes werden. Auf jeden Fall mußten sie jetzt diesen verstopften Abfluß freikriegen. Sie hatten sich ein wackliges Gerüst und eine Talje zusammengebaut. Sie hatten einen Flansch an der acht Zoll dicken Leitung geöffnet und versuchten, den Scheiß herauszuspülen. Mit einem Bootshaken hatten sie Stoffetzen, Seilstücke, Handschuhe, Papier, Plastik und alte Verpackungen zu Tage gefördert. Dann hatten sie noch einmal gespült, bevor sie versuchten, mit einer Stange den Abfluß zu durchstoßen. Nichts rührte sich. Tengs nahm den Bootshaken und warf ihn wie einen Speer hinein. Ebensogut hätte er mit dem Kopf gegen die Wand rennen können. Es war steinhart. Der Abfluß steckte voller Zement. Sie brauchten einen Schlagbohrer, um da etwas auszurichten. Wollten sie den Zementpfropfen herauskriegen, mußten sie jedenfalls die Ablauföffnung auf der anderen Seite des Abflusses öffnen. Vielleicht mußten sie das ganze Rohr auswechseln. Sie holten eine weitere Talje und schoben das Gerüst etwas weiter, um einen zweiten Flansch zu erreichen. Mit Druckluft versuchten sie, die Muttern zu lösen. Rost und Farbreste klebten sie zusammen. Sie saßen wie festgeschweißt. Die letzten Bolzen mußten sie aufsägen. Tengs und Sjur Willy hätten das mit der Trennscheibe machen können, doch hinter dem Schneidbrenner saß mehr Power. Sie waren in einer Stimmung, daß sie auf alles mit dem Schneidbrenner hätten losgehen können. Sie hätten ein Ölfaß mittendurch schneiden können. Sie hätten sich durch den Sockel des Krans schneiden können oder ein paar Stangen im Bohrturm kappen, so daß das ganze Ding zusammenkrachte. Sie waren völlig überrascht, als das eine Ende des Achtzöllers samt der Talje, an der er hing, Boden donnerte. Das dicke Rohr hätte beinahe das gesamte Gerüst mit sich gerissen. Sie waren leichenblaß, als Peck angerannt kam. Sie hätten den Flansch in die Fresse kriegen können! Das Rohr hätte das Gerüst mitreißen und sie hinunter auf das Deck schleudern können! Schlimmstenfalls bis ins Meer! Wenn der Teufel himself froh war, daß sie noch am Leben waren, dann konnte er das gut verbergen. Er schimpfte und fluchte. Ob sie denn völlig verrückt seien?

»Die Talje war doch bis drei Tonnen angegeben«, rechtfertigte sich Tengs.

Der Schichtleiter trat gegen das abgerissene Winkeleisen. Was nützte es, daß die Talje drei Tonnen hielt, wenn sie sie an einem Winkeleisen befestigten, das nicht mehr als fünfzig Kilo verkraftete?

»Wir dachten, es sei dick genug«, sagte Sjur Willy.

»Dick genug?«

Das einzige, was wirklich dick genug sei, sei der Rost und die alte Farbe und ihre verdammten Holzköpfe! Das Winkeleisen sei doch völlig verrostet gewesen! Sie standen da und ließen alles auf sich einprasseln. Sie hätten sich damit entschuldigen können, daß es die Roustabouts der anderen Schicht gewesen waren, die diese verdammte Talje befestigt hatten. Aber das wäre keine Entschuldigung. Wenn Tengs und Sjur Willy sie benutzten, dann war es ihre Verantwortung, daß alles hielt.

»Und ihr wollt Roughnecks werden! Ihr taugt doch, verdammte Scheiße noch mal, nicht einmal dazu, eure Kabine aufzuräumen.«

Als der Toolpusher verschwunden war, standen sie da und sahen sich an. Weiter als jemals zuvor waren sie von dem Job auf Deck entfernt. Am Anfang hatte alles so einfach und schnell erreichbar ausgesehen. Man müsse nur durchhalten, dann würde sich alles von alleine ergeben. Ihr Optimismus war groß gewesen. Ihr Pessimismus war bodenlos. Tengs lehnte sich über das Geländer und spie aus. Er sah auf die schwarzen Wellen hinab.

»Hast du mal daran gedacht, aufzuhören?«

Sjur Willy schüttelte den Kopf.

»Und du?«

Tengs schüttelte den Kopf. Wenn sie so etwas schon einmal gedacht hatten, dann behielten sie es für sich. Mit einem Hammer gingen sie auf den Zementpfropfen los. Er bewegte sich ein wenig. Von der anderen Seite steckten sie ein vier Zoll starkes Rohr hinein und hämmerten los. Es funktionierte! Schließlich bewegte sich der Zementpfropfen bei jedem Schlag fast einen Zentimeter. Tengs brach vor Lachen zusammen, als der Pfropfen endlich auf den Boden krachte. Jetzt begreife er, wie es Peck gehe, wenn er Verstopfung habe. Das sei ja völlig logisch, daß er dann so aufbrause. Sie grölten vor Lachen, während sie den zylinderförmigen Zementklumpen mit den Füßen vor sich her über den Gang schoben und ihn über das Geländer warfen. Jedenfalls war es ihnen gelungen, diesen Abfluß wieder frei zu bekommen. Jetzt mußten sie nur das Rohr wieder an seinen Platz kriegen. Dieses Mal befestigten sie die Talje an einem H-Träger. Sie waren ganz zufrieden mit ihrem Job, nachdem sie die Dichtungsringe des Flanschs ausgewechselt und die neuen Bolzen angezogen hatten. Von Peck hörten sie nichts mehr. Sie hörten nie etwas, wenn sie etwas gut gemacht hatten. Tengs blies Rauchringe an die Decke und schnippte Dattelkerne in Richtung Mülleimer, während Sjur Willy mit einer Rohrzange Paranüsse knackte.

Auch das war kein Weltuntergang, es sah einfach nur manchmal zwischendurch so aus. Alles könne sich schnell ändern. Vielleicht gab es ja einen Job an Deck, noch bevor sie etwas davon ahnten. Es reichte schon, wenn einer der Roughnecks ein Bohrrohr an den Kopf oder eine Zange gegen die Brust bekam. Das konnte jeden Moment passieren. Die Situation war gar nicht so kohlrabenschwarz.

Mochte ihnen die Welt auch übel mitspielen, sie hellte sich an dem Tag wieder auf, an dem sie nach Hause konnten. Wenn sie sich aus ihren verdreckten Arbeitsoveralls schälten, fiel die Schwermut wie eine Hülle von ihnen ab. All die Scheiße, die sie hatten ertragen müssen, verdampfte, wenn sie wie vom Frühling berauschte Kälber unter der Dusche hin und her rannten. Wenn sie in den Survivaloveralls auf den Helikopter warteten, rochen sie nach Old Spice und sahen aus wie neugeboren. Beim Geräusch der Rotorblätter zuckten sie zusammen. Nichts war mit dem Knattern des Helikopters zu vergleichen, der kam, um sie zu holen. Was es auch war, das ihnen an Bord nicht gelungen war, in diesem Moment war es vergessen. An Land gelang es ihnen auf der Stelle. Es begann im Taxi. Kaum, daß sie saßen, prahlten sie hemmungslos. Und das ging dann im Pub weiter. Je schwieriger es war, an Bord vorwärtszukommen, desto leichter war es im Blue Moon. Mit jedem weiteren Bier stiegen sie eine Stufe auf der Karriereleiter. Der Lohn stieg mit jedem Gang auf die Toilette. Jetzt waren sie keine Roustabouts mehr, die einfach niedergemacht werden konnten. Jetzt waren sie Turmmann und Driller! Sie verdienten Geld wie Heu! Das, was der Regierungschef der Region in seiner Lohntüte hatte, waren im Vergleich zu ihnen doch nur Peanuts. Der Barkeeper war skeptisch. Nicht eine Öre gingen sie herunter. Was sie nicht in ihrer Arbeitszeit verdienten, das verdienten sie in den Überstunden. Und was sie nicht in den Überstunden verdienten, das gewannen sie beim Pokern. Mehr als einmal hätten sie den Amerikanern die Hosen ausgezogen! Der Barkeeper solle sich da nicht einmischen. Daß sie es nicht wagten, über den Lohn der Roustabouts zu sprechen, hatte eine einfache Erklärung. Über das Gehalt eines Roustabouts gab es nicht viel zu erzählen. Da war es doch etwas ganz anderes, über das zu sprechen, was man als Driller verdienen würde. Das war keine Kleinigkeit. Es gab keine Grenzen dafür, was Ölgesellschaften für einen guten Driller zu zahlen bereit waren.

»Das ist vollkommen unglaublich«, sagte Tengs.

»Das ist vollkommen logisch«, konterte Sjur Willy.

Ein guter Driller verhalf der Gesellschaft doch Jahr für Jahr zu Millionen. Ein schlechter Driller kostete sie noch viel mehr. Deshalb bezahlten sie alles, um einen tüchtigen Driller zu behalten.

»Eine Million bedeutet nichts«, sagte Tengs.

»Im Ölgeschäft rechnet man nur mit Milliarden«, sagte Sjur Willy.

Das gleiche erzählten sie voller Glückseligkeit einem Journalisten, der sie zu ein paar Bieren einlud, um zu erfahren, was auf den Riggs so vor sich ging. Sein Name war Hans Kismul, und er brauchte nichts auszugeben. Sie würden doch Geld scheißen und baten ihn, loszulegen. Wenn er etwas über das Ölbohren im Meer erfahren wolle, dann sei er bei ihnen an der richtigen Adresse. Ob es hart sei? Ob er wissen wolle, ob es hart sei, Geld zu scheißen? Zum Teufel noch mal, ja! Das sei wie Zement scheißen. Es sei steinhart. Auf einer Plattform zu arbeiten, das sei nichts für Journalisten. Das sei kein Allerweltsjob, von neun bis vier. Da hätten sie durchzuhalten, bis die Ablösung komme. Und komme sie nicht, dann hieße das, durchhalten, bis sie über ihrem Werkzeug einschliefen. Und auch dann gebe es noch keinen Frieden, auch dann nicht!

»Einmal habe ich vierundzwanzig Stunden am Stück gearbeitet«, sagte Tengs.

Das war noch gar nichts. Sjur Willy habe dreißig Stunden am Stück geschuftet.

»Dreißig Stunden? Ohne Schlaf?«

Sjur Willy nickte. Es sei nicht zu ändern gewesen. Der Job sei wichtiger als alles andere. Die Bohrung am Laufen zu halten, das sei das einzige, was etwas bedeute. Menschen, die ihre acht Stunden Schlaf brauchen, hätten auf einer Rigg nichts zu suchen. Nein, zum Teufel, Schlaf stehe ganz unten auf der Liste. Und Feierabend – so etwas würden sie überhaupt nicht kennen!

»Ist das wirklich so hart?«

»Noch viel härter«, sagte Sjur Willy.

Sie zeigten Kismul Narben und blaue Nägel. Sie erzählten von abgehackten Fingern, zerquetschten Knöcheln und eingedrückten Brustkörben. Geschichten, die sie gehört hatten, vermischten sich mit solchen, die sie erlebt hatten. Unglücke, die geschehen waren, mischten sich mit solchen, die hätten geschehen können. Um ein Haar wären sie im Krankenhaus gelandet! Es habe nicht viel gefehlt, dann lägen sie jetzt auf dem Friedhof! Kismul machte einen schockierten Eindruck. Das war gut so. Tengs und Sjur Willy genossen es, einen Journalisten wie Hans Kismul zu schockieren.

»Ich hatte ja keine Ahnung, daß es so gefährlich ist.«

»Jetzt wissen Sie es«, sagte Sjur Willy.

»Es ist lebensgefährlich«, sagte Tengs.

»Nur die stärksten überleben.«

»Und die auch nicht immer!«

Was sie täten? Was ihre eigentliche Aufgabe sei? Ob er das auch wissen wolle? Sie nahmen ein paar kräftige Lungenzüge. Sie inhalierten so tief, daß die Gedärme braun wurden von all dem Nikotin. Noch etwas tiefer, und der Rauch wäre der Länge nach durch sie hindurch gezogen. Sie hörten rechtzeitig auf. Wie zwei halbvolle Kopien von Clint Eastwood saßen sie da und reichten die leeren Biergläser über den Tresen.

»Wir bohren«, sagte Tengs.

»Wir bohren wie der Teufel«, sagte Sjur Willy.

»Wir bohren uns viele Kilometer nach unten!«

»Wir pumpen Schlamm«, sagte Sjur Willy.

»Wir pumpen wie blöd«, grölte Tengs.

»Und die ganze Zeit müssen wir Rohre ansetzen«, sagte Sjur Willy. »Sie zusammendrehen und wieder auseinanderschrauben.«

Sie redeten derart viel von den Rohren, die sie zusammenschrauben müßten, und den Zangen, die sie dafür bräuchten, daß Kismul sie schließlich fragte, ob sie Klempner seien. Ja. Nein. Es sei ihnen nicht recht, mit Klempnern verglichen zu werden. Kismul solle bloß nicht meinen, es seien normale Dreiviertel-Zoll-Rohre, mit denen sie es zu tun hätten.

»Das, womit wir es zu tun haben, sind Drillpipes«, sagte Tengs.

»Casing«, fügte Sjur Willy hinzu, »riser, tubing, kellys, you name it!«

Die Rohre, mit denen sie es zu tun hätten, seien schwer wie gewässerte Baumstämme, lang wie schlechte Jahre und so dick, daß Kismul seine Mutter holen müsse, um einmal um sie herumzufassen, und dann müsse seine Mutter aber schon lange Arme haben! Mit solchen Rohren dürfe sich nicht einfach jeder einlassen. Bekämen sie einen Stoß, könne man sie anschließend von der Wand abkratzen. Klatschte ihnen ein Dreißig-Meter-Triplet auf den Fuß, dann könne man den nur noch amputieren. Klatschte es ihnen auf die Brust, dann könnten sie einpacken. Klatschte es ihnen auf den Kopf, dann bräuchten sie nicht einmal mehr packen!

Kismul beobachtete sie, während sie ihr Bier hinunterkippten. Er wisse Bescheid. Zöge er die ganze Prahlerei ab, die Übertreibungen und die unbegreifliche Verherrlichung der Qualen, dann bliebe ihm der gleiche Eindruck, den er schon nach Gesprächen mit anderen Ölarbeitern bekommen habe. Die Amerikaner säßen am langen Hebel und trieben sie wie verrückt an. Es sei die immer gleiche Geschichte. Die Art, wie die Amerikaner in der Nordsee vorgingen, unterscheide sich in nichts von der an anderen Stellen der Welt. Sie scheuten vor nichts zurück. Sie scherten sich einen Scheißdreck darum, wer die Lasten zu tragen habe, wieviel sie zerstörten und wie viele Leben dabei draufgingen. Die Hauptsache sei doch, zu finden, auf was sie aus waren, und Geld damit zu verdienen. Eigentlich sei es in Vietnam doch genauso gewesen, nur eben deutlicher. Da hätten alle sehen können, was geschah, wenn sich ein Land weigerte, bei dem amerikanischen Geldgerenne mitzumachen. Dann wurde alles kurz und klein gebombt und die Bevölkerung in die Knie gezwungen. Tengs und Sjur Willy saßen da und starrten ihn an. Das sei aber einiges, was Kismul da plötzlich zu wissen glaube. Hatte er sich dümmer gestellt, als er war, und sie ausgehorcht, um etwas über die Amerikaner zu erfahren? Sie stellten ihre Biergläser hin. Was zum Teufel erzählte dieser Tintenfisch da? Daß sie irgendwelche eingeborenen Wilden seien, mit denen die Amerikaner machen könnten, was sie wollten? Ob er behaupten wolle, daß die Amerikaner hinter dem Krieg in Vietnam stünden? Ob ihm denn nicht klar sei, daß die Kommunisten sich in Vietnam eingenistet hätten und daß die Amerikaner die einzigen gewesen seien, die bereit waren, diese Scheiße auszuräumen? Sie packten diesen Waschlappen von Journalisten links und rechts an den Oberarmen und hielten ihn fest.

»Bevor du noch ein Wort sagst, solltest du dir über eine Sache im klaren sein«, sagte Sjur Willy. »Wenn wir etwas nicht vertragen können, dann, wenn jemand Scheiße über die Amerikaner redet!«

»Wir haben mit ihnen zusammengearbeitet», sagte Tengs.

»Und wir werden weiter mit ihnen zusammenarbeiten«, sagte Sjur Willy. »Und im Gegensatz zu dir wissen wir, wie sie sind!«

»Sollen wir es dir sagen?«

»Sie sind vollkommen in Ordnung!« rief Sjur Willy.

Hätte ihn jemand in diesem Moment gefragt, dann hätte er geschworen, daß auch der Teufel himself vollkommen in Ordnung sei. Hier und jetzt würde er lieber Prügel einstecken, als zuzugeben, daß Peck ein Folterknecht war. Wenn hier jemand Schlechtes über die Amerikaner sagen dürfe, dann nur sie! Auf jeden Fall nicht irgend so ein blasser Schmierfink, der nicht einmal wisse, wovon er rede!

»Die Amerikaner haben Mut«, sagte Sjur Willy.

»Sie wollen, daß die Dinge erledigt werden«, sagte Tengs.

»Sie stellen hohe Ansprüche.«

»Aber dieselben hohen Ansprüche stellen sie auch an sich selbst.«

»Sie arbeiten genauso hart und müssen genauso viel einstecken wie wir.«

»Die sitzen nicht den ganzen Tag auf ihrem Hintern wie du!«

»Die sind aufrichtig«, sagte Tengs. »Die reden nicht ständig Scheiße hinter deinem Rücken.«

»Die sind ehrlich«, sagte Sjur Willy. »Haben sie etwas auf dem Herzen, dann kriegen wir das direkt ins Gesicht geknallt!«

»Ist so ein System nicht in Ordnung?«

»Du bist in die Scheiße getappt und hast Müll über Menschen geredet, die wir mögen, und das sagen wir dir jetzt ins Gesicht, und zwar klipp und klar!«

Sie stellten ihn vor die Wahl. Entweder könne Kismul seinen Scheiß hinunterschlucken und ihn an Ort und Stelle mit einem Bier wegspülen. Oder er könne mit ihnen hinausgehen und sich dort draußen an der frischen Luft einen klaren Kopf holen. Es sei ihnen egal, wo er das mache. Wichtig sei nur, daß er alles begriffen habe und sich das nächste Mal, bevor er sein Maul aufriß, daran erinnerte.

»Ein Angriff auf die Amerikaner ist ein Angriff auf uns!«

Es machte den Eindruck, als habe Hans Kismul alles soweit verstanden. Er begriff, daß er da jemandem schwer auf die Füße getreten war, und versuchte mit allen Mitteln, sich aus seiner mißlichen Lage zu befreien. Er habe doch nicht die Amerikaner auf der Ocean Star gemeint! Im Grunde habe er doch überhaupt nicht über Amerika gesprochen. Das, was er sagen wolle, sei doch nur, wohin der Imperialismus und der Kapitalismus führen könne.

Er wolle keinen Streit mit Tengs und Sjur Willy. Ganz im Gegenteil. Sie seien nette Kerls, die sicher mehr über die Amerikaner wüßten als er selbst! Hans Kismul war butterweich, als Sjur Willy seinen Arm losließ. Hätte Tengs das gleiche getan, wäre Kismul vom Barhocker gesackt und läge jetzt flach wie eine Qualle am Boden. Tengs ließ nicht los. Er wollte erst noch wissen, woher Kismul das habe, daß die Amerikaner sie schikanierten und wie weiße Nigger behandelten.

»Ich gebe meine Quellen nicht preis«, sagte Kismul.

»Ach nein?«

Tengs und Sjur Willy zweifelten keine Sekunde daran, daß sie seine Quellen herausbekommen würden. Das sei wohl kein größeres Problem, als Pickel oder Mitesser auszudrücken. Aber es sei der Mühe nicht wert. Es war offensichtlich, wer Kismul sein Leiden über die Verhältnisse in der Nordsee geklagt hatte.

»Das nächste Mal, wenn Aksel Bruin angerannt kommt, um dir zu erzählen, wie übel ihm mitgespielt wird, frag ihn doch mal, ob er irgendwann einmal anständige Arbeit abgeliefert hat. Wenn er dann mit Ja antwortet, kannst du ihm schöne Grüße von uns ausrichten und ihm sagen, daß er lügt. Das tut er nämlich oft!«

Hans Kismul leugnete jegliche Bekanntschaft mit Aksel Bruin. Er könne es leugnen, bis er blau anlaufe. Mischte er sich für die Zeitung irgendeinen Scheiß über die Verhältnisse auf der Ocean Star zusammen, dann wüßten sie, woher er das habe. Und das werde dann kein guter Tag für Aksel Bruin! Und kein gutes Jahr für Hans Kismul! Er werde jedenfalls eine gewisse Zeit lang nicht in der Lage sein, Worte wie Imperialismus oder Neokolonialismus zu schreiben!

Erst nach ein paar Schlucken eines schlechten Selbstgebrannten und der Begegnung mit einem sternhagelvollen Oluf Brattbakken aus Toten fanden Tengs und Sjur Willy ihre gute Laune wieder. Oluf Brattbakken hatte das Langfjell überquert, um sich seinen Wintervorrat an Räucherhering zu sichern. Sie rieten ihm, mit den Einkäufen zu warten, bis er wieder etwas klar sei und den Unterschied zwischen dem Silber der Meere und marinierten Schweinepfoten erkannte. Oluf Brattbakken war so über alle Maßen dicht, daß er nicht einmal mehr den Unterschied zwischen der Nordsee und dem Mjøsasee sah.

»De' Møsa is norwegisch - un' das mmmuß auch so bleib'n!«

Je voller er wurde, desto ärger wurde seine Fremdenfeindlichkeit. Als er hörte, daß die Nordsee voller Ausländer steckte, die dort nach Öl bohrten, wußte er gleich, was im Busch war. Norwegen sei dabei, besetzt zu werden! Oluf Brattbakken sei Leutnant in der Zivilverteidigung und wisse alles über Invasionen. Der Feind unternehme immer irgendwelche Ablenkungsmanöver in der Hoffnung, die Zivilverteidigung schliefe. Aber das tat sie nicht! Oluf Brattbakken wisse, auf was die Amerikaner aus seien. Das sei der Mjøsasee. Ihr Ziel sei es, dort den alten Raddampfer zu klauen, ihn mit jungen norwegischen Mädchen zu füllen und ihn dann als Riverboat über den Mississippi zu schicken! Aber das könne ihnen so passen! Solange Oluf Brattbakken die Munitionsfabrik in Raufoss in seinem Rücken habe, werde der weiße Schwan des Mjøsa liegen, wo er immer liege, auf einer Sandbank bei Minnesund. Und kein Amerikaner werde jemals seine Bohrröhren in den Schlamm draußen vor Skreia drücken.

»Wir, wir woll'n keine Ausländer auf'm Mmmøsa!«

Es sei ja in Ordnung. Tengs und Sjur Willy verstünden ihn ja. Oluf Brattbakken wolle den Mjøsa für sich haben. Mutter Norge solle mit ihren Hügeln und Tälern daliegen, wie sie es immer getan habe, und nur Gudbrand aus Lia solle das Recht haben, in ihren Mooren Multebeeren zu sammeln. Mit dem Dovregubben an seiner Seite und der aufmarschierten Zivilverteidigung werde Oluf Brattbakken gegen die vorrückenden Bohrplattformen losschlagen und sie in der Gegend von Eidsvoll zum Rückzug zwingen. Und wenn das getan sei, dann werde er einen ständigen Wachposten einrichten und den Verkehr auch in der anderen Richtung kontrollieren. Nicht nur die Angst vor einer Invasion quälte Brattbakken, die Landflucht sei eine noch größere Bedrohung. Sie gliche immer mehr einer Lemmingwanderung. Wenn die jungen Mädchen sich nicht bald besännen, würde es mit ihrem Vaterland und auch mit Toten bald bergab gehen. Oluf Brattbakken verstehe nicht, was in ihnen vorgehe, plötzlich sei das Leben in den Wäldern nicht mehr gut genug! Seit die Pest besiegt sei, hätten sie ohne zu murren von morgens bis abends in den Ställen gearbeitet. Sie hätten ihre Schweineställe und Eierstöcke peinlich sauber gehalten, bis Gudbrand aus Lia oder ein Adelsjunge aus dem Nachbarort sie unter den Pflug genommen und ihrem Jungfernhäutchen den Garaus gemacht habe. Alles sei der reinste Wohlstand gewesen! Sie hätten sich zu brauchbaren Bewirtschafterinnen ihres Landes entwickelt, alle, wie sie waren, und ihre Becken seien, mit jedem Kind, das aus ihnen herauspurzelte, breiter und breiter geworden. Und jetzt, was taten sie jetzt? Jetzt setzten die Blagen die Spirale rein, kaum daß sie konfirmiert waren, und kurz darauf verschwänden sie aus dem Dorf! Oluf Brattbakken schaute resigniert in seinen Rucksack. Was bildeten die sich bloß ein? Daß sie damit aufhören könnten, Kinder zur Welt zu bringen, daß sie im Minirock rumtingeln und dabei von Schminke und Miss-Wahlen leben könnten? Er setzte die Flasche Selbstgebrannten an den Hals. Er möge es nicht, wenn diese kleinen Huren Grillen im Kopf hätten und sich Freiheiten herausnähmen. Er habe selbst in der Jury gesessen und könne nicht verstehen, daß Marit Smedhaugen ein Jahr, nachdem sie sie zur Miss Toten gekürt hatten, aus Fagernes verschwunden sei, um Mannequin zu werden. Hätte Oluf Brattbakken geahnt, daß ihr das zu Kopf steigen würde, dann hätte sie nicht eine einzige Stimme bekommen. Noch weniger mochte er es, daß Synnøve Solbakken ihrer Wege gegangen war. Sie sei doch sein Augenstern gewesen. Sie habe es nicht nötig, sich auf dem Viehmarkt auszustellen, um zu zeigen, was sie hinter ihrer Brosche habe, diese Kleine. Oluf Brattbakken habe große Pläne mit ihr gehabt, und dann sei sie einfach, ohne etwas zu sagen, mit der Fähre verschwunden! Oluf Brattbakken schob die Flasche enttäuscht über den Tisch. Was sie davon hielten?

Tengs und Sjur Willy nahmen ein paar tiefe Schlucke, bis ihm klar wurde, daß die zwei Ölbohrer tatsächlich dasaßen und diese leichten Mädchen verteidigten. Was zum Teufel sollte das? Begriffen sie denn nicht, was mit den norwegischen Dörfern geschehen würde, wenn die Frauen verschwänden? Da würde niemand mehr bleiben! Tengs und Sjur Willy war das recht. Wenn die norwegischen Dörfer aus Jammerlappen wie Oluf Brattbakken bestünden, dann sollte da wirklich niemand mehr wohnen. Es sei nichts dagegen zu sagen, wenn Frauen mehr aus ihrem Leben machen wollten als selbstgebrannten Fusel und eine Schwangerschaft pro Jahr. Hätten sie Kleider getragen und stammten sie aus Toten, dann wären Tengs und Sjur Willy auch abgehauen! Wenn Oluf Brattbakken glaube, er könne das einfache Leben und sein Vaterland bewahren, indem er einfach bei Eidsvoll die Ausländer aufhielt, dann irre er sich. Es sei wohl an ihm vorbeigegangen, daß die große Zeit der Bauern vorbei war, Mutter Norge und ihre Töchter hätten lukrativere Chancen entdeckt, als Kartoffeln zu schälen, bis sie krumm im Rücken würden. Während die Fußtruppen von Oluf Brattbakken und Gudbrand aus Lia ihre Stellung bei Eidsvoll bezögen, um die Tugend und das norwegische Bauerntum zu verteidigen, läge Mutter Norge mit einem Bohrrohr im Schritt auf einer Sandbank in der Nordsee und stöhnte »Fuck me! Fuck me!« Und Oluf Brattbakken solle bloß nicht behaupten, die Amerikaner hätten sie gezwungen, nach dort draußen zu kommen. Sie sei auf ihren Telemarkskiern in voller Fahrt den Folgefonna hinuntergerauscht und habe sich mit offenen Augen ins Ölabenteuer gestürzt. Sie habe sich den Trachtenrock über den Kopf gezogen, bis er wie ein zerknäultes Zelt am 62. Breitengrad liegengeblieben sei. Und wenn Oluf Brattbakken ihnen nicht glaube, dann solle er mit ihnen hinausfahren und selbst sehen, was da vor sich ging. Sie läge gurgelnd da, die Möse voller Bohrröhren und vögelte nach Herzenslust. Sie krümme sich wie ein prustender Wal im Schlamm um die Blow-out-Sicherung herum und schlüge dabei mit ihrem Fischschwanz, so daß die Winterheringe vom Kurs abkämen und in Richtung auf die Azoren davonzischten. Es sei ihr egal, wohin sie verschwänden. Die zackige Bohrkrone hätte ihren Hunger auf mehr als Hering mit Kartoffeln geweckt. Endlich sei jemand mit Know-how und einer Bohrausrüstung gekommen, die etwas tauge! Mutter Norge gräme sich nicht einen Tag lang, die Amerikaner auf ihren Sockel gelassen zu haben, und Oluf Brattbakken solle sich nicht einbilden, daß sie jemals wieder zurückkehren würde zu den Melkschemeln und Küchenbänken von Lia. Sie habe ein für allemal genug von Bauerntrotteln, die ihre Frauen mit Gold und grünen Wäldern lockten, um sie dann für den Rest ihres Lebens als Zugtiere und Putzlappen zu benutzen. Sie habe genug abgearbeitete Bauernfrauen gesehen, die, ihre Gebärmutter im Schlepptau, auf dem Hof herumhinkten und gebeugt über den Waschtrögen stünden, während ihre Alten neben ihren Schnapsdestillationsapparaten zugrunde gingen. Wenn Oluf Brattbakken sie mit nichts anderem als dem Wunsch locken könne, daß alles wie früher würde, dann habe er gar nichts. Mutter Norge hinge es zum Hals heraus, wie eine angebundene Milchkuh immer im Kreise zu laufen und so zu tun, als sei die Zeit seit 1814 – seit der Verfassung von Eidsvoll – stehengeblieben. Sie wolle Veränderung! Sie habe genug von der puritanischen kalten Grütze und sei, nachdem sie die verknotete und innerlich verfaulte norwegische Volksseele im Boknfjord versenkt habe, nicht wiederzuerkennen. Wenn Oluf Brattbakken das bis heute nicht gecheckt habe, dann sei es jetzt an der Zeit, Mutter Norge habe festlichere Dinge zu bieten als alten Käse und Sauerrahmbrei. Sie sei voller Öl! Ihr Schoß sei ein dampfender Vulkan, der seit der Eiszeit voller Öl stecke, und der Dovregubben habe das nicht einmal mitbekommen! Mit dem sei sie nur einmal einem Orgasmus nahe gewesen, als er sie an einem Sommertag 1776 oben in Oppdal vollgesteckt habe mit sonnengewärmtem Holz für die Strohreiter. Oluf Brattbakken solle also gar nicht erst anfangen, Scheiße über die Amerikaner zu reden! Die wüßten, was nötig sei, und hätten alles, um ordentlich auf den Boden zu kommen. Da rede man nicht davon, an einem bestimmten Tag im September mit der Spitzhacke loszuziehen. Da laufe alles vierundzwanzig Stunden lang mit voller Power, das ganze Jahr hindurch, und das Ergebnis sei dementsprechend. Mutter Norge hänge an den Pontons und schnappe nach Luft, wenn die Bohrkrone in zwölfhundert Meter Tiefe aufsetzt. Sie liege da und zerre am Riser, wenn die Bohrkrone beginne, sich vorwärts zu drehen. Sie rolle mit den Augen, und es sei ihr alles, von der Doggerbank bis hinauf in den hohen Norden, egal, wenn der Driller Stoff gebe und die Anzahl der Umdrehungen erhöhe. Das sei das Beste, was sie seit der Union mit Schweden gespürt habe, es sei so gut, daß sie ein Teil der Vereinigten Staaten von Amerika werden wolle, wenn sie nur weitermachen würden. Das war zu starke Kost für Oluf Brattbakken. Er konnte nicht mehr. Ob es der Branntwein war oder die Beschreibung von Mutter Norge als schamloses Luder, was ihn umwarf, würden sie niemals in Erfahrung bringen. Er saß wie ein bewußtlos geschlagener Buddha an den Tresen gelehnt, als Tengs und Sjur Willy ihm erklärten, daß sie keine Wahl hätten.

»So läuft das halt!«

»Wollen wir das Abenteuer Öl mitmachen, können wir nicht die Hände in den Schoß legen und einfach sitzenbleiben! Dann kommen die Dänen und Engländer und hauen mit dem Öl und dem Gas einfach ab!«

Oluf Brattbakken fingerte hilflos in seinem Rucksack herum. Er hatte etwas vergessen. Die Maschinenpistole! Hätte er die Maschinenpistole dabei, würde er die beiden Landesverräter da, die ihr eigenes Nest beschmutzen, einfach niedermähen. Und gleichzeitig auch alle Dänen und Engländer. Er würde ihnen schon die Volksbräuche beibringen, bis sie begriffen, wo die Grenze lag. Aber da er nicht einmal eine Handgranate in seinem Sack fand, gab er auf. Was sollte er mit Öl? Gab es an den Tankstellen nicht genug davon? Oluf Brattbakken sorgte sich nicht um die Ölversorgung. Was ihn bekümmerte, war, daß Mutter Norge aufgehört hatte, seine Unterhosen zu waschen und seine Wohnung aufzuräumen. Wenn Gott im Himmel ihn hier und jetzt erhörte, dann hatte er nur einen einzigen Wunsch, daß Synnøve Solbakken bald einmal in heimische Gefilde käme, daß er die Chance hätte, sie zu schwängern, bevor sie mit einem Amerikaner in ihr Unglück rannte. Nachdem er den ganzen Abend lang seinen Selbstgebrannten mit Bier verdünnt hatte, zweifelte Oluf Brattbakken nicht daran, daß sie ihm dies eines schönen Tages danken würde. Das Ganze war so verrückt, die Frauen hatten viel mehr in ihren Köpfen, als sie gebrauchen konnten, wenn man nur erst die Grillen aus ihnen herausgeholt hatte. Marit Smedhaugen weinte er nicht mehr nach. So, wie sie sich verhalten hatte, tauge sie doch nicht zur Landarbeit. Bekäme sie ein Kind, dann würde sie das wohl auch verkaufen, um alles am Laufen zu halten.

»Wenn wir uns nicht um das Ölbohren kümmern, hauen die Ausländer noch mit dem ganzen Sockel ab!«

»Hä?«

Oluf Brattbakken glaubte, der Strom sei ausgefallen, als plötzlich seine Augenlider heruntersackten. Das sei egal, er sei weder von Nordseesockeln noch von Lampensockeln abhängig. Er habe die Lichter im Stall kontrolliert und Kerzen genug und in allen Zimmern Holzöfen. Er träumte davon, am Einafjord zu fischen, als ihn Tengs und Sjur Willy darauf aufmerksam machten, daß sie vom Ölgeschäft sprachen. Oluf Brattbakken unternahm eine letzte große Kraftanstrengung, bevor er endgültig zusammenklappte.

»Møøøsa is norwegisch! Unso solldasauchbleim! Ja! Willkeine Ausländammøsa!«

Als Oluf Brattbakkens Kopf auf die Tischplatte knallte, begriffen Tengs und Sjur Willy, daß sie die Verantwortung übernehmen mußten. Wollten sie Öl finden, dann mußten sie das ohne Totens großen Sohn machen. Es war ihnen klar, was an dem Tag geschehen würde, an dem das Erdöl wie eine Fontäne im Bohrturm emporschösse, da käme dann nämlich als einer der ersten Oluf Brattbakken mit seinen Eisenkannen über das Gebirge. Er schlief noch immer, als der Barkeeper begann, englisch zu sprechen und das Licht ein- und ausschaltete.

»Time, gentlemen! Time, please!«

Schon lange sagte er die Last orders nicht mehr an. Die Schluckspechte schütteten bereits ohne seine Hilfe mehr als genug in sich hinein. Der Barkeeper begann all die betrunkenen Gäste leid zu werden. Wenn die Schreihälse begannen, von mehreren hundert Metern großen Geschlechtsorganen zu faseln und von Brustwarzen wie Autoreifen, dann war es Zeit zu schließen. Tengs und Sjur Willy rieten ihm, sich abzuregen. Sie hätten noch lange nicht genug und bestimmt noch nicht vor aufzubrechen. Der Barkeeper solle bloß nicht meinen, er könne so ohne weiteres die Bude zumachen. Wenn er Zicken machte, würden sie schließlich noch auf die Idee kommen, ihm den ganzen Laden abzukaufen und ihn dann zu feuern.

Sjur Willy war zum Bohrchef der Ölgesellschaft Cosmic Oil avanciert, als er aus dem Blue Moon hinaustaumelte. Tengs war mit Nitroglyzerin auf dem Weg zu den Ölfeldern von Oklahoma. Er hatte einen kollisionsfreien Lieferwagen konstruiert, der vier Meter über dem Boden schwebte. Er hatte den Job von Charley Turrentine übernommen. Sobald der Sprengstoff abgeliefert sei, werde er sich seinen Wagen patentieren lassen und das Angebot erwägen, Direktor von General Motors zu werden. Sjur Willy hatte noch größere Sachen am Laufen. Er hatte sich mit Nelson Rockefeller und der amerikanischen Raumfahrtbehörde getroffen und sich bereit erklärt, auf dem Mond nach Öl zu bohren.

»Auf dem Mond gibt es kein Öl«, sagte Charley Turrentine.

»Das wissen wir nicht, bevor wir nicht da waren«, sagte Sjur Willy. »Warum, glaubst du, schicken die Amerikaner Menschen auf den Mond?«

»Jedenfalls nicht, um nach Öl zu suchen!«

»Doch, genau deshalb!« rief Sjur Willy.

Er bat Charley Turrentine, nicht weiter auf den Bürgersteig zu pinkeln, als er die drei Roustabouts erblickte, die Nelson Rockefeller eingestellt hatte. Er habe sich entschlossen, sie mal genau unter die Lupe zu nehmen, und da schicke es sich nicht, mit einem betrunkenen Lastwagenfahrer gesehen zu werden, der herumpißte, weil er keine Kontrolle über seine Blase hatte! Er wisse, daß die Roustabouts handverlesen seien, nachdem sie in Schwerelosigkeit einen ganzen Haufen Drecksarbeit erledigt hätten, aber man könne ja nie wissen, was das wirklich für Kerls seien. Wenn die Amerikaner ihm eins beigebracht hätten, dann niemals jemandem zu vertrauen, bevor man nicht wisse, daß man ihm vertrauen könne. Vielleicht bestehe die ganze Bande ja aus Kommunisten. Vielleicht hätten sie etwas mit dem Journalisten der Rogaländer Zeitung zu schaffen. Wie das dann aussehe, wenn der Bohrchef von Cosmic Oil Roustabouts mitnehme, die einen Journalisten der Rogaländer Zeitung kannten. Nur der Teufel könne wohl ahnen, was dabei für Schweinereien herauskämen. Sjur Willy schöpfte augenblicklich Verdacht. Anstatt draußen vor dem Schweißerhäuschen zu warten, wie es ihnen aufgetragen worden war, standen sie vor einer Pommesbude und bestellten Würstchen. Sie hatten nicht einmal die

Raumanzüge an. Was, zum Teufel, dachten sie sich dabei, in Jeans anzutreten? Hatten sie denn gar nichts begriffen? Glaubten sie, die Luft auf dem Mond sei ebenso dick wie hier auf der Erde? Er gab ihnen eine Minute. Hätten sie dann nicht die Raumanzüge an, würden sie an Sauerstoffmangel eingehen. Das könne ihnen so passen. Sjur Willy könne keine Roustabouts gebrauchen, die am Ufer des Meeres der Stille stünden und sich während ihrer Arbeitszeit Würstchen bestellten. Sie hätten Pommes bestellt? Das sei doch scheißegal!

»Wißt ihr, wer ich bin?«

Sie hatten keine Ahnung.

»Ich bin Vaage, und ich bin der Bohrchef dieses verdammten Himmelskörpers. Wißt ihr, wer ich sein könnte? Ich könnte das Oberhaupt der Familie Corleone sein, und dann hättet ihr nie in aller Welt diesen Job als Roustabouts bei Cosmic Oil bekommen! Dann würdet ihr jetzt Schweine hüten in Sizilien!«

Was? Sie wüßten nicht einmal, daß es auf Sizilien Schweine gebe! Ob sie zwei Jahre lang auf dem Gymnasium gewesen seien, ohne dabei auch nur ein einziges Mal von der Familie Corleone gehört zu haben? Das alles bestätigte Sjur Willy nur in seiner Ansicht. Nur Idioten gingen aufs Gymnasium. Er feuerte sie auf der Stelle. Er wolle nichts mit Roustabouts zu tun haben, die jedesmal, wenn sie Schweine hüten sollten, mit der Rogländer Zeitung Kontakt aufnähmen. Sie stünden ja nicht einmal still, wenn er mit ihnen rede! Sie waren ebensowenig zu steuern wie seine eigenen Beine, die von Bürgersteig zu Bürgersteig taumelten. Sjur Willy hielt an einer Laterne an. Wer zum Teufel hatte die hier aufgestellt? Waren bereits vor ihm Menschen zum Mond gekommen? Er sah in der Ferne ein Texacoschild und begriff, daß der Kampf um die Ölvorkommen auf dem Mond härter werden würde, als er sich das vorgestellt hatte. Er sah plötzlich die Zusammenhänge: Die Schweine von Texaco waren mit den Russen im Bunde! Hätte Sjur Willy einen Schneidbrenner in der Hand gehabt, er hätte sowohl die Laterne als auch das Texacoschild dem Erdboden gleichgemacht. Er fluchte, als er über einen erloschenen Meteoriten stolperte und mit dem Kopf in einem Mondkrater landete. Verwundert schaute er auf, als ein Taxi neben ihm anhielt, und Charley Turrentine das Seitenfenster herunterkurbelte.

»Komm rein!«

Der Bohrchef von Cosmic Oil protestierte. Was zum Teufel sollten sie mit einem Taxi anfangen? Er sei nicht auf den Mond geflogen, um in einem Opel herumzutingeln. Er stolperte auf den Rücksitz und rief dem Fahrer zu, er solle zur Hölle fahren. Doch er änderte seine Meinung, als er den Preis erfuhr. Es sei egal, wohin er ihn bringe, nur nicht nach Hause zu Sjur Willys Großeltern. Er habe genug Jammern und Klagen gehört. Er habe die Schnauze voll von zweirädrigen Traktoren und steilen Hängen. Er habe genug davon, im Herbst durch das Gebirge zu rennen und Schafe einzusammeln. Er habe es abgelehnt, als sie ihn gebeten hatten, den kleinen Hof zu übernehmen und weiterzuführen. Er habe Wichtigeres zu tun, und schließlich wolle er nicht seine Freizeit dazu benutzen, an verfallenen Häusern herumzuflicken, oder in der Hoffnung, eine Kiste voll Fische zusammenzubekommen, auf dem Fjord herumschippern. Auf dem Fjord gebe es keine Zukunft, die liege auf dem Sockel. Er habe versucht, es ihnen verständlich zu machen. Es sei nutzlos gewesen. Es sei gewesen wie mit Oluf Brattbakken. Sie hätten mit ihren Kaffeetassen dagesessen und etwas von ihrem Lebenswerk gewimmert. Wer denn das weiterführen solle? Sjur Willy habe sich schließlich aufgerafft und es gesagt, wie es sei: Ihr kleiner Hof sei nicht zum Leben bestimmt. Es sei in Ordnung, da zu wohnen, aber man könne doch nicht davon leben! Wolle er davon leben, dann brauche er neue Gebäude und fünfmal so viel Land. Wo sollten sie das herbekommen, und zu was solle das gut sein? Landwirtschaft in solch unwegigem Gelände gehöre doch der Vergangenheit an. Vielleicht könne man dort ein Strandhotel bauen? Aber das sei auch nichts für Sjur Willy. Er habe wie ein Henker dagestanden. Er hätte es auf eine andere Art und Weise sagen können, er hätte sie in dem Glauben lassen können. Er habe seinen Großeltern viel zu verdanken. Jedenfalls mehr als seinen Eltern. Das eine Wort habe das andere gegeben. Man lebe heute nicht mehr von Hering und Kartoffeln, jedenfalls wolle er sich damit nicht zufrieden geben. Ein paar Schafe und ein paar Kisten Äpfel, das sei nicht genug. Er wolle mehr aus seinem Leben machen, als sie das getan hätten. Das hätte er nicht sagen sollen. Die Worte seien aus ihm herausgerutscht wie Erbsen aus einem löchrigen Sack und seien wie eine Felslawine auf sie gestürzt. Er hätte sagen können, daß er ihnen helfen würde, so daß sie die Zeit, die ihnen noch blieb, dort wohnenbleiben könnten. Das hätte er tun können. Aber das hatte er nicht getan. Und wenn sie lebten, bis sie neunzig waren? Und wenn beide neunzig wurden? Er hatte sie gebeten, auszuziehen und sich einen Platz im Heim zu suchen, je eher, desto besser. Und damit nicht genug. Wenn sie auf ihre alten Tage noch eine Villa wollten, ließe sich auch das sicher ermöglichen. Sie könnten Ölaktien kaufen, statt ihr Geld auf die Bank zu bringen. Dann bräuchten sie nicht einmal zu verkaufen. Sie könnten ja eine Hypothek auf ihr Eigentum aufnehmen und davon Aktien ordern. Das sei kein Problem. Das erklärte sich doch ganz von selbst. Wenn sie ihr Geld in etwas investierten, das sich Jahr für Jahr verdoppelte, sei es ja kaum schwierig, den Kredit zurückzuzahlen. Wenn sie zweihunderttausend für ihren Hof bekämen, dann hätten sie in einem Jahr vierhunderttausend. Bekämen sie fünfhunderttausend, dann hätten sie eine

Million! Und das bräuchte nicht einmal ein Jahr zu dauern, das konnte gut und gerne im Laufe einer Woche passieren. Wenn die Gesellschaft fündig würde, dann würde sich ihr Geld über Nacht verdoppeln. Und das müßte nicht einmal ein großer Fund sein. Ja, im Grunde bräuchten sie noch nicht einmal etwas zu finden. Allein das Gerücht könnte ausreichen. Vielleicht sogar noch besser! Dann gäbe es schließlich keine Grenzen. Und wenn etwas die Aktienkurse in den Himmel schießen lasse, dann Gerüchte. Die Großeltern hatten ihn bestürzt angeschaut. Sie hatten ihren Enkel nicht wiedererkannt.

Auch Sjur Willy erkannte sich nicht wieder. Tengs bat den Taxifahrer, wie der Teufel zu heizen, damit sie die Fähre nach Dänemark noch bekämen. Barka hatte ihnen von einer Frau namens Kine Laudrup in Hirtshals erzählt. Vielleicht sei sie ja noch da. Sie und Barka hätten es in einem Kornfeld getrieben, bis sie genug hatte von den Strohhalmen, die ihr in den Arsch piksten. Sie hätten sich aus dem Feld rausgerollt, bis sie in einem Graben mit Brennesseln gelandet seien. Ihnen seien die Brennesseln egal gewesen und auch die Kühe, die mit Fliegen in den Augenwinkeln zu ihnen herübergeglotzt hätten. Kine Laudrup habe es wie eine Kuh gemacht, sie habe sich auf alle viere gestellt und mit dem Hintern gewackelt, während die Fliegen um sie herumsurrten. Barka sagte, er wisse nicht mehr, wer von ihnen zuerst gemuht habe. Die Kühe hätten es nicht sein können, denn die hätten immer noch dumpf vor sich hingekaut, als Kine Laudrup in den Ellenbogen eingeknickt sei und sich auf den Rücken gelegt habe. Da sei es geschehen, es habe ausgesehen, als wenn sie sich auf einen Petroleumbrenner gelegt hätte. Barka habe jedenfalls genug damit zu tun gehabt, sich festzuhalten, als sie unter ihm eine Brücke gemacht habe. Sie habe keinen Unterschied zwischen Schwanz und Brennesseln mehr gespürt und geschrien, als würde sie bei lebendigem Leibe verbrannt, als Barka sie endlich wieder auf den Boden gedrückt habe. Es roch nach verbranntem Reifen, als das Taxi anhielt. War die Fähre schon weg? Was, verdammt noch mal, sollte das heißen? War doch egal. Charley Turrentine suchte sich im Jachthafen einen kleinen Cabincruiser mit Echolot und Bootsbar. Mit dem wären sie lange vor der Fähre in Hirtshals! Der Bohrchef von Cosmic Oil schaute sich verwirrt um, als er in der Kajüte erwachte und Charley Turrentine schlafend auf der Türschwelle erblickte. Wer war am Ruder? Im letzten Augenblick erreichte er den Steuerstand. Fast wären sie von hinten in einen Krabbenkutter reingerauscht. Er riß das Ruder herum und schaltete auf volle Fahrt zurück. Es dauerte ein paar Sekunden, bis er das Schlepptau sah und bemerkte, daß der Motor nicht lief. Er kippte ein Glas Selters in das Gesicht von Charley Turrentine, um zu erfahren, was passiert war. Warum hingen sie im Schlepptau an einem Krabbenkutter, wo sie doch nach Hirtshals wollten, um es mit Kine Laudrup zu treiben? Sjur Willy war sich plötzlich nicht mehr so sicher, ob sie noch einmal in ein Kornfeld wollte. Vielleicht hatte sie auch ein für alle Mal genug von Brennesseln? Er war sich auch nicht mehr ganz so sicher, daß es ein Krabbenkutter war, an dem sie hingen. Vielleicht ein Makrelenfischer? Charley Turrentine war keine große Hilfe. Er war soeben vor den Toren von Bartlesville im Staate Oklahoma mit einem Telefonmast zusammengestoßen und pulverisiert worden. Hätte er nicht ein Glas Selters in die Fresse gekriegt, wäre er wie Sägemehl und roter Schnee über Kansas heruntergekommen. In einem unbesonnenen Anfall der Erleichterung freute er sich, doch noch am Leben zu sein. Das änderte sich schlagartig, als er aufstand und mit dem Kopf an den Türrahmen knallte. Niemals in seinem sündigen Leben habe er sich so mies gefühlt. Auch der Anblick des Krabbenkutters gab ihm keinen Auftrieb. Sah denn dieser Krabbenfischer nicht den Unterschied zwischen einem Cabincruiser und einer Krabbe?

»Kapierst du, wie der es geschafft hat, uns ins Schlepp zu nehmen?«

Tengs hatte keine Ahnung. Als er den Benzinstand checkte, wußte er jedenfalls, weshalb.

»Wohin, glaubst du, fährt der?«

Tengs zuckte mit den Schultern.

»Glaubst du, wir sind immer noch auf dem Weg nach Hirtshals?«

Tengs bezweifelte das. Er konnte sich nicht vorstellen, daß norwegische Krabbenkutter gestohlene Cabincruiser nach Dänemark schleppten.

»Aber wir haben den doch nicht gestohlen! Wir haben den doch nur geliehen!«

»Das kann der doch nicht wissen. Vielleicht weiß der ja, wem das Boot gehört. Vielleicht ist der mit dem Typ verwandt. Vielleicht ist das sogar sein Boot!«

»Krabbenfischer haben wohl kaum Cabincruiser. Die sind doch den ganzen Tag auf dem Meer draußen.«

»Kennst du einen Busfahrer, der kein eigenes Auto hat?«

Resigniert starrten sie auf ihre Seltersflaschen. Es gab mehr Fragen als Antworten, und der Abstand nach Hirtshals wuchs mit jedem Schluck.

»Was machen wir, wenn die Bullen am Kai stehen?«

»Dann sagen wir es, wie es war. Daß wir zum Zeitpunkt der Tat fast bewußtlos waren.«

»Das wird wohl kaum reichen«, sagte Tengs.

»Dann sagen wir, daß wir uns an überhaupt nichts mehr erinnern können«, sagte Sjur Willy. »Das ist nahe an der Wahrheit.«

»Und wenn sie uns einbuchten?«

»Die werden uns wohl kaum einsperren, nur weil wir uns ein Boot geliehen haben!«

Der Krabbenfischer setzte einen Schlußstrich unter die ganze Diskussion, als er nach hinten rief und wissen wollte, wohin sie denn wollten. Er hätte nicht danach gefragt, wenn es sein Boot wäre oder die Polizei am Kai stünde.

»Zur nächsten Tankstelle!«

Trotzdem nahm Tengs das Fernglas, als sie sich dem Ufer näherten.

»Siehst du was?«

»Auf jeden Fall keine Bullen.«

Der Krabbenfischer grinste nur, als sie sich vertäuten und er das Schlepptau einholte.

»Nächstes Mal kippt ihr weniger in den Bauch und mehr in den Tank!«

Sie winkten ihm erleichtert nach, als er wieder hinaustuckerte. Danach machten sie den Cabincruiser sauber und beseitigten alle Spuren, bevor sie eilig an Land kletterten.

Sie hatten ihren Flüssigkeitshaushalt mit ein paar Bier wieder ins Gleichgewicht gebracht und schauten aus einem Zugfenster, als Tengs begann, von der Zukunft zu sprechen.

»Wenn ich Driller bin, werde ich auch einen Cabincruiser haben!«

»Ich zwei«, sagte Sjur Willy.

»Was, zum Teufel, willst du mit zweien?«

»Ist doch Klasse, wenn der eine kein Benzin mehr hat«, sagte Sjur Willy.

Sie waren auf dem Rückweg von einer Spritztour nach London, als sie per Zufall erfuhren, was mit der Ocean Star geschehen war. Tengs wollte sich nur versichern, daß Leeds gegen Liverpool gewonnen hatte, als er mitten auf dem Titelbild das Bild einer Jackuprigg erblickte.

»Guck mal, wir sind auf Gas gestoßen!«

»Hä?«

Sjur Willy döste neben ihm auf dem Sitz und brauchte nicht mehr als ein Augenlid zu heben, um zu erkennen, daß Tengs versuchte, ihn zu verarschen.

»Das ist nicht die Ocean Star, das ist eine Jackup!«

»Das Bild ist falsch!« rief Tengs. »Hör zu: ›Die schwimmende Ölplattform Ocean Star wäre beinahe gekentert, als sie in der Nordsee auf Gas stieß.‹«

»Das gibt's doch nicht! Die wollten doch mit einem neuen Loch anfangen, als wir an Land gingen.«

»Ja, das steht hier auch! ›Die Mannschaft war vollkommen unvorbereitet, als es geschah. In noch nicht einmal dreihundert Metern Tiefe verlor der Bohrschlamm mit einenmal jeglichen Druck. Sie mußten hilflos zusehen, wie plötzlich an zwei Plattformbeinen Gas emporstieg und sich die Plattform auf die Seite legte. Einem Sprecher der Ölgesellschaft zufolge hatte die Rigg eine Zeitlang derart starke Schlagseite, daß ein Kentern möglich war. Hätten sich oben am Bohrturm Bohrröhren befunden, hätte es zu einem der größten Unglücksfälle in der Ölförderung kommen können.‹«

Sjur Willy hatte genug gehört.

»Wie sollen denn oben am Bohrturm Bohrröhren sein, wenn sie mit dem Gestänge unten sind? Da ist nicht eine einzige Röhre da oben!«

»Halt doch das Maul! ›Der Sprecher der amerikanischen Ölgesellschaft ist voll des Lobes für die norwegischen Seeleute. Sie hätten trotz der chaotischen Situation die Fassung bewahrt und sofort damit begonnen, Wasser aus den zwei am tiefsten liegenden Plattformbeinen zu pumpen, um den verlorengegangenen Auftrieb zu kompensieren. Gleichzeitig sei es ihnen mit Hilfe der Ankerwinden gelungen, die Rigg aus der gefährlichen Position zu schleppen, so daß ein Großteil des

Gases auf der Außenseite der Pontons und nicht mehr direkt unter der Plattform ausgeströmt sei.‹«

Sjur Willy riß die Zeitung an sich.

»Geht das denn?«

»Was denn?«

»Daß das Gas auf der Außenseite des Risers nach oben kommt?«

»Na klar! Wenn sie die Casing nicht gesetzt haben und die Wände im Bohrloch zusammenklappen.«

»Davon steht hier aber nichts.«

»Du kannst nicht erwarten, daß die Journalisten alles mitbekommen!«

Sjur Willy blieb mit der Zeitung im Schoß sitzen.

»Die hatten dann wohl auch die BOP noch nicht montiert?«

»Wohl kaum.«

»Was, glaubst du, ist aus dem Bohrgestänge und dem Riser geworden?«

Weder vom Bohrgestänge noch vom Steigrohr stand etwas in der Zeitung. Auch Tengs hatte keine Ahnung, was damit geschehen sein konnte.

»Wenn sie sich mit dem Anker weggeschleppt haben, dann könnte ich wetten, daß sowohl Bohrgestänge als auch Steigrohr Schrott sind!«

Tengs wollte nicht gegenhalten. Wortlos blieben sie sitzen. Die Tatsache, daß die Rigg beinahe gekentert war, hatte Eindruck auf sie gemacht.

»Daran habe ich, verdammt noch mal, nie gedacht«, sagte Sjur Willy.

»Woran?«

»Daß die Rigg kentern und sinken könnte!«

Auch Tengs hatte daran nicht allzu viele Gedanken verschwendet. So etwas hatten sie Bullshit überlassen. Jetzt brauchten sie darüber auch nicht mehr nachzudenken, sie hatten ein Schweineglück gehabt. Wäre der Gasausstoß größer gewesen, wäre die Ocean Star wie ein Stein gesunken. Sie hatten ein verdammtes Schweineglück gehabt, die ganze Gang. Die Reederei hätte die Rigg verlieren können und sie ihren Job. So wie es aussah, war niemandem etwas verloren gegangen. Es stand nicht einmal etwas davon da, daß jemand verletzt worden war. Sie waren mit dem Schrecken davongekommen. Das Gas hätte sich entzünden können, ein kleiner Funke, und das Meer hätte unter ihnen lichterloh in Flammen gestanden und die Rigg in einen Fonduetopf über offenen Feuer verwandelt! Sjur Willy kramte zwei kleine Cognacflaschen aus der Duty-free-Tüte hervor.

»Also gibt es heute auch wieder was, auf das wir anstoßen müssen!«

Sie tranken auf die Ocean Star und British Airways. Auf das Flugzeug, das sie verpaßt hatten, und auf die Rigg, die ihnen erhalten geblieben war. Auf Hirtshals und Soho, auf Miss Toten und Kine Laudrup, selbst wenn sie in Soho nicht einen Furz von ihnen gesehen hatten. Sie prosteten sich selbst zu und tranken, das Wichtigste von allem, auf ihren ersten Fund. Endlich waren sie auf etwas gestoßen und wußten, daß im norwegischen Sockel mehr als nur Schlamm und Gestein steckte. Dort gab es Öl und Gas. Das hatten sie doch die ganze Zeit über gewußt. Aber jetzt war es ein für allemal bewiesen. Das nächste Mal würden sie einen anständigen Fund machen, den großen Fund! Jetzt galt es nur, die Rigg wieder instand zu setzen, um wieder hinauszukommen. Tengs und Sjur Willy waren völlig aufgedreht, als das Flugzeug landete. Sie merkten nicht einmal, als es auf dem Boden aufsetzte.

Tengs kratzte sich am Kopf, als sie mit doppelt soviel wie erlaubt durch den Zoll gekommen waren.

»Und wie läuft das jetzt? Wir sollten doch am Mittwoch raus?«

»Auf jeden Fall werden wir eine Zeitlang nicht bohren.«

Sie warteten bis zum nächsten Tag, ehe sie die Reederei anriefen. Dort gab man ihnen Bescheid, daß die Ocean Star auf dem Weg ins Werkstattdock sei, wo die Schäden behoben werden sollten, und daß es sechs bis acht Wochen dauern werde, bis die Rigg wieder klar zum Bohren sei.

»Und was geschieht dann mit uns?«

»Sie haben im Moment keine Verwendung für uns«, sagte Sjur Willy. »Aber wir müssen in ein paar Wochen auf jeden Fall bereit sein.«

»Ein paar Wochen?«

Tengs grinste.

»Dann haben wir ja doch noch Zeit für Hirtshals!«

Sjur Willy sah ihn erschrocken an.

»Du willst doch wohl nicht vierzehn Tage in Hirtshals bleiben? Es ist nicht einmal sicher, daß Kine Laudrup zu Hause ist! Vielleicht ist sie nach Kopenhagen gezogen? Wir haben Zeit für Las Palmas!«

Zweiter Teil

Fünftes Kapitel

Das Flammenmeer

Die Ocean Star war ein imponierender Anblick. Sie lag in Oberflächenstellung und spiegelte sich im Hafenbecken. Sjur Willy meinte, die fünfbeinige Bohrrigg erhebe sich wie eine sternförmige Kathedrale über die Kaianlage.

»Wwwenn dddu dddas ddda Kkkathedrale nnnennst, wwwarst dddu nnnoch nnnicht oft in ddder Kkkirche!«

An Bord erinnerte nicht mehr viel an ein Gotteshaus. Überall schlugen Persennings im Wind. Provisorische Werkstätten, Arbeitsbänke und Materialcontainer standen wild durcheinander, dazwischen Stahlkörbe voller Kabelrollen, Gerüstbohlen und Ventile. Wasser-, Gas- und Druckluftschläuche, Schweißkabel und andere Stromleitungen schlängelten sich umeinander über Deck. Der Kranführer hatte resigniert. Er schüttelte nur mit dem Kopf, als er die Order erhielt, neue Ladungen an Bord zu hieven. Schon lange hatte er die Übersicht verloren, wo er was plaziert hatte. Er ließ es dort hinunter, wo es Platz gab. Er stapelte es oben auf Container, die noch von früher dort standen. Sollten doch die aufpassen und es hervorkramen, die es brauchten. Für den Kranführer würde es erst wieder eine Übersicht geben, wenn alles zurück an Land war. Das Pipedeck ähnelte einer übervölkerten und aus den Fugen geratenen Kleinstadt. Wenn es hinter all dieser Aktivität einen Plan gab, dann war der nicht leicht zu erkennen. Es wimmelte von Menschen. Es wimmelte von Firmen. Gerüste wurden aufgebaut und abgerissen. Alles mußte auf einmal gemacht werden. Doch man konnte nicht alles gleichzeitig machen. Manches mußte warten. Sie konnten sich schließlich nicht auf den Füßen stehen! Flaschenzüge und Hebevorrichtungen fehlten. Sie hatten nur einen Hebekran. Wer zum Teufel war auf die Idee gekommen, daß dieser Kran ausgerechnet jetzt, wo sie vier davon gebrauchen konnten, auseinandergebaut und überholt werden sollte? Schweißer und Monteure kämpften um Stromanschlüsse. Die Sandstrahlgeräte verbrauchten einen Großteil der Druckluft. Wie sonst sollten sie arbeiten? Niemand wollte warten. Alle hatten sie einen Job zu erledigen. Alle hatten sie einen Vertrag, der sich lohnen sollte. Gab es Verzögerungen, ging ihr Bonus flöten und der Verdienst löste sich in Luft auf. Verschwitzte Hilfsarbeiter und Zulieferer rannten verzweifelt auf der Suche nach Material und Geräten umher. Waren ihre Sachen nicht an Bord gebracht worden? Würden sie es heute nicht mehr bekommen? Was zum Teufel sollte das heißen? Was sollten sie in der Zwischenzeit machen, und wer bitte sollte das zahlen? Das Gekreische derjenigen, die nicht in die Gänge kamen, vermischte sich mit dem Gekreische der Trennscheiben. Überall knisterten Schweißgeräte. Schneidbrenner fauchten. Gestreßte Vorarbeiter waren auf der Suche nach ihren Plänen. Tauchten die Zeichnungen auf, waren ihre Leute verschwunden. Wo, verdammt noch mal, steckten die? Solch ein Chaos hätten sie ihr Lebtag nicht erlebt! Sie fänden sie nicht einmal in der Cafeteria. Sie fragten sich durch. Sie mußten brüllen, um das Geknatter der Druckluftgeneratoren zu übertönen. Sie gaben auf, als die Sandstrahlgeräte eingeschaltet wurden. Sie taumelten wie verrußte Astronauten in Überdruckmasken hin und her. Das durchdringende Zischen der Sandstrahler schnitt sich durch die Trommelfelle, quietschte wie messerscharfe Feilen in den Gehörgängen. Das einzige, was etwas nützte, war, genügend Abstand zu halten. Das half aber nicht gegen den Staub. Die wabernden Staubwolken legten sich über alles und jeden, bis eine der seltenen Windböen ihnen eine Atempause gab und den grauschwarzen Schmodder in die Stadt oder über den Fjord blies.

Jostein Bullshit war glücklich, als er zusammen mit Dallas hinunter auf den Kai beordert wurde, um die Holzverkleidung einiger Kisten mit Bohrmaterial abzuschlagen. Das war eine Chance, für eine Weile dem Geschrei und den Staubwolken zu entfliehen. Auch Dallas war hochzufrieden. Er strahlte wie eine verstaubte Glühbirne, während er die Brecheisen aneinanderschlug.

»Rrrat mmmal, wwwer dddas Mmmaterial kkkriegt?«

»Was für Material?«

»Dddies hier!«

Dallas strich mit den Fingern über die rauhen Planken.

»Dddas rrreicht fffür eine Hütte.«

Daran zweifelte Bullshit nicht. Die Kisten mit dem Bohrmaterial sahen eher wie kleine Häuser denn wie Kisten aus. Sie waren fast zwei Meter hoch und fünf Meter lang.

»Hast du denn einen Bauplatz?«

»Wwwenn dddu Material hast, dddann findest dddu immer einen Bbbauplatz!«

Er bat Bullshit, vorsichtig mit dem Brecheisen zu sein, damit die Planken nicht splitterten. Sie hätten Zeit genug. Er habe mit dem Skipper gesprochen. Sie hätten den ganzen Nachmittag. Das Material müsse erst am nächsten Tag an Bord. Dallas hatte aber vergessen, daß für den Teufel himself eine andere Zeitrechnung galt als für den Skipper. Sie hatten gerade damit angefangen, die Nägel aus den ersten Brettern zu ziehen, als Peck mit langen Schritten herbeieilte und wissen wollte, was, verdammt noch mal, sie da trieben.

»Siehst du das nicht? Wir ziehen die Nägel heraus«, sagte Bullshit.

»Wofür soll das denn gut sein? Das geht viel zu langsam!«

Peck brauche eine Pumpe aus einer der Kisten. Er habe in den Lieferscheinen gesehen, daß sie dort sein müsse.

»Die hängt in zehn Minuten am Kran!«

»Zehn Minuten?«

Das war nicht möglich.

»Wir brauchen mindestens ein paar Stunden.«

»Ddder Skipper hhhat gesagt, es reicht, wwwenn wir bis zum Abend fffertig werden!«

»Der Skipper ist eine Schildkröte«, sagte Peck.

Er ging zu einem Gabelstapler hinüber. Er würde ihnen schon zeigen, was möglich sei. Er ließ sich auf den Sitz fallen und drückte den Startknopf. Er hob die Gabel einen Meter über den Boden an und rollte wie ein Stier auf die erste Kiste zu. Fast wäre er mit dem Kopf an die Frontscheibe geknallt, als sich der Stapler in die Holzverkleidung bohrte. Dallas versuchte ihn aufzuhalten. Peck zog den Stapler wieder heraus.

»Dddu mmmachst das ganze Mamammmaterial kkkaputt!«

Peck schüttelte sich vor Lachen. Er hörte nicht ein Sterbenswörtchen von dem, was dieser stotternde Affe sagte. Es interessierte ihn auch nicht. Er schwang johlend seinen Metallhelm, während er aus immer neuen Winkeln auf die Kisten losging. Splitter flogen ihnen um die Ohren, und Dallas' Hüttentraum zerbarst. Als Peck fertig war, sahen die Kisten aus, als seien sie auf Landminen gelandet.

»Na, was habe ich gesagt?«

Der Teufel himself deutete triumphierend auf seine Uhr. Er hatte ja gesagt, daß er es in zehn Minuten schaffen würde. Er habe nur sieben gebraucht! Die Kaianlage sah aus, als sei sie von einem Taifun verwüstet worden, als er den Stapler beiseite fuhr und dem Kranführer ein Zeichen gab. Sie schüttelten nur die Köpfe, als die Pumpe an Bord gehievt wurde.

»Was sollen wir mit dem Holz machen?«

Peck zuckte die Achseln. Das sei ihm egal, Hauptsache, er müsse sich das nicht länger anschauen. Sie stapelten es auf einen Haufen am Rand des Asphalts und zündeten es an.

»Ja, ja, das war dann also die Hütte«, sagte Bullshit. »Dumm gelaufen!«

Dallas schaute ihn verwundert an. Bullshit solle doch einmal an all die Arbeit denken, die ihm jetzt erspart bliebe. Ob er eigentlich wisse, wie viel Arbeit es sei, eine Hütte zu bauen?

»Jjjetzt bbbrauche iiich dddiese Scheißhhhütte nnnicht zu bbbauen«, sagte er und spuckte in die Glut.

Die Stimmung im Pumpenraum war gereizt. Die Roughnecks und die Mechaniker hatten die alte Schlammpumpe hinausgeschafft. Sie hatten das riesige Monster vom Fundament losgeschraubt und mit Hilfe zweier hydraulischer Heber die sechs Meter bis zur Laderampe hinübergeschoben. Der Kranführer hatte sie zum Kai hinuntergelassen und die neue hochgehievt. Die Roughnecks waren gerade dabeigewesen, die neue an ihren Platz zu bugsieren, als sich einer der Heber unter vollem Druck festfuhr. Madsen hatte mehrfach versucht, den Knopf zu betätigen, damit der Hebearm zurückging, so daß er mit dem Greifarm besseren Halt bekommen konnte, doch nichts war geschehen. Er drückte auf alle Knöpfe der Steuereinheit.

»Vergiß die Knöpfe!«

Lydersen aus Mandal trat gegen den Greifarm.

»Das krieg' ich schon hin!«

Er suchte nach einem Brecheisen und einem Vorschlaghammer. Er wisse, was zu tun sei, wenn sich etwas festsetze. Dann heiße es einfach, drauflos zu schlagen, das werde sich dann schon lösen. Madsen bat ihn, die Ruhe zu bewahren.

»Hast du eine Ahnung, wie hoch der Druck in diesem Zylinder ist?«

Lydersen sei das scheißegal. Je höher der Druck sei, desto schneller werde er sich wohl lösen, wenn er sich erst mal löste. Er hämmerte auf den Heber ein. Dann legte er den Hammer zur Seite und versuchte, den festsitzenden Greifarm mit der Brechstange aufzubiegen. Er rührte sich nicht. Nichts rührte sich. Sie standen da und kratzten sich am Kopf, als Peck angerauscht kam und sich einmischte. Was zum Teufel sie denn machten! Ob die Pumpe noch immer nicht an ihrem Platz sei?

»Der Heber hat sich festgefahren«, sagte Madsen.

»Der Zylinder hat sich festgesetzt«, fügte Lydersen hinzu.

»Dann laßt den Druck ab!«

»Die Steuereinheit funktioniert nicht«, sagte Madsen.

Er stand da und drückte auf den Knöpfen herum. Immer mehr Leute strömten herbei. Es war immer das gleiche. Wenn etwas schief ging, kamen sie angerannt, um es besser zu machen. Dann stellten sie die gleichen Fragen, drückten die gleichen Knöpfe und wiederholten all das, was schon so oft versucht worden war. Immer endete das mit Geschimpfe.

»Dann tu doch was!«

»Glotz nicht einfach blöd rum!«

»Sieh, zum Teufel noch mal, zu, daß du diesen Heber bewegt bekommst!«

»Was glaubst du denn, was wir gemacht haben? Wir haben alles versucht!«

»Da muß irgendetwas mit dem Relais nicht stimmen«, sagte Madsen.

»Relais?«

Peck bahnte sich mit wütendem Blick einen Weg vor zum Heber. Was wußte denn Madsen von Relais? Der hatte doch wohl keine Ahnung von Hydraulik!

»Wenn das ein Ablaßventil wäre, könnten wir so den Druck ablassen«, meinte Madsen.

Peck verzog das Gesicht zu einer Grimasse. Er sei nicht abhängig von Ablaßventilen. Dort sei ja ein Stahlzapfen. Ob sie den nicht gesehen hätten? Den müsse man nur lösen, dann sei das Problem schon aus der Welt! Er nahm sich einen Schraubenschlüssel und ging auf den Zapfen los. Er rührte sich nicht. Immer wieder verlor er den Halt. Mit dem Schraubenschlüssel kam er nicht weiter. Er warf ihn zur Seite und rief nach einer Rohrzange.

»Schnell!«

Madsen traute seinen Augen nicht, als der Toolpusher die große Zange ansetzte. Hatte der sie nicht mehr alle?

»Der steht doch unter vollem Druck!«

Peck schnaubte.

»Erzähl mir nichts!«

Ihm sei klar, daß der unter vollem Druck stehe. Das sei ja das Problem! Er sei doch kein Idiot. Er warf eine Regenjacke über den roten Stahlzylinder. Er wisse, was er tue, sie sollten zur Seite gehen! Er griff so hart zu, daß die Sehnen und Adern an seinem Hals und in seinem fleckigen Gesicht hervortraten. Die Rohrzange krachte auf den Boden, als der Zapfen kam. Sie konnten sich nicht einmal ducken, bevor er wie ein Geschoß die Regenjacke durchschlug und gegen die Decke knallte. Peck geriet in Ekstase, als der Zylinder zurückglitt und sich der Greifarm löste. Jetzt könnten sie umsetzen! Jetzt könnten sie diese Scheißpumpe an ihren Platz bringen, damit die Monteure endlich ihre Arbeit machen konnten! Sie müßten nur den Zapfen wieder einschrauben und den Druck erhöhen. Zweimal konnten sie den Greifarm bewegen, als sich derselbe Heber wieder festfuhr. Peck beobachtete sie, während er sich mit Putzwolle das Hydrauliköl von den Händen wischte. Worauf, verdammt noch mal, sie denn jetzt schon wieder warteten? Er habe ihnen doch gezeigt, wie sie das machen müßten! Madsen schüttelte nur mit dem Kopf, als Lydersen aus Mandal die Rohrzange ergriff und zum Heber ging, um das Ganze erfolgreich zu wiederholen.

»Wenn ich du wäre, würde ich das nicht machen«, sagte Madsen.

Peck explodierte. Was zum Teufel sich dieses zweibeinige Nilpferd einbilde, daß er hier Leute von der Arbeit abhalte? Er solle bloß aufpassen. Peck wisse ja, daß Madsen auf dem Deck seinen Mann stehe, aber er solle, verdammt noch mal, nicht glauben, er sei unentbehrlich! Es gebe genug Leute, die seinen Job übernehmen würden, wenn er sich weiterhin solche Freiheiten herausnehme! Madsen sagte nichts mehr. Er stand nur da und schaute zu, wie Lydersen die Regenjacke doppelt über den Zapfen legte. Madsen hätte diesen eifrigen Idioten stoppen können. Er hätte ihm die Rohrzange abnehmen können und ihn zum Teufel schicken. Er hätte Peck zusammenklappen können wie einen Campingstuhl und sich anschließend einen neuen Job suchen. Er ging weg, als Lydersen den Fuß gegen den Heber stützte und mit der Zange zupackte. Madsen hatte ihm den Rücken zugedreht, als der Zapfen kam. Dieses Mal schoß er nicht zur Decke. Nicht einmal die Regenjacke durchschoß er. Er rasierte Lydersens Nasenbein und traf ihn ins rechte Auge. Hätte ihn der Zapfen direkt ins Gesicht getroffen, wäre er jetzt tot. Blut spritzte durch seine Finger, als er sich an den Kopf faßte. Er heulte vor Schmerz, als sie ihn stützten. Der Teufel himself sah aus, als verstehe er nichts. Jedenfalls räumte er nicht ein, irgendeine Schuld an dem zu haben, was geschehen war. Er sah ebenso unschuldig aus wie ein Fußballspieler, der einen Gegner von hinten gefoult hat.

»Ich habe ihm doch nur gezeigt, wie er es machen muß!«

»Du hast ihm gezeigt, wie man es nicht machen darf«, erwiderte Madsen.

Tengs und Sjur Willy waren dabei, den Bodensatz des Frischwassertanks auszuwaschen, als Lydersen den Zapfen ins Auge bekam. Sie standen draußen an der Reling, als zwei der Mannschaft ihn auf einer Trage vorbeitrugen. Er blutete nicht mehr. Sie hatten ihn mit Morphium vollgepumpt und seinen Kopf bandagiert. Er hatte aufgehört zu schreien, als sie ihn in den Aufzug trugen. Er lag nur da, eine Hand über dem zerfetzten Auge, und jammerte. Tengs und Sjur Willy sahen einander an, als die Ambulanz davonfuhr. Sie sagten nichts. Das war auch nicht nötig. Sie wußten, was Lydersens Verletzung bedeutete. Sie wußten nicht, was sie für Lydersen bedeutete, aber sie wußten, was sie für sie selbst bedeutete. Die Wette, wer von ihnen zuerst Roughneck werden würde, sollte entschieden werden. Lydersen fiel für einige Monate aus. Vielleicht kam er überhaupt nicht wieder. Das spielte für ihre Wette keine Rolle. Schafften sie es erst einmal auf das Deck, würde man sie, solange sie gute Arbeit leisteten, nicht wieder hinunterschicken. Bauten sie Scheiße, war das natürlich anders. Aber das würde ihnen nicht passieren. An Land ja, da konnte das vorkommen, nicht aber auf Deck. Sie wußten nicht, wen von beiden Murphy vorziehen würde. Sie konnten das unter sich ausmachen und Bescheid geben, zu welchem Ergebnis sie gekommen waren. Sie konnten eine Münze werfen oder würfeln oder armdrücken. Sjur Willy schlug vor, an einem Tau um die Wette zu klettern. Wer als erster mit Hilfe des Stahltaus an einem der Tugger das Monkeydeck erreichte, wurde Roughneck. Sie konnten ja Madsen oder einen der anderen bitten, die Zeit zu stoppen, damit alles seine Richtigkeit hatte. Tengs wirkte nicht sonderlich begeistert.

»Ich denke, wir überlassen das den Chefs.«

Sjur Willy zuckte mit den Schultern. Wäre Thompson an Bord gewesen, hätte er das gleiche vorgeschlagen. Er zweifelte nicht daran, wen Thompson gewählt hätte. Aber Thompson spielte auf der anderen Seite des Atlantiks Golf. Er war auf der Jagd nach Birdies. Er war gerade erst gegangen und würde frühestens in einem Monat zurückkommen.

Sie liefen herum und warteten auf die Entscheidung. Sie glaubten, daß sie sehr bald fallen würde. Sie hatten noch nichts gehört, als sie den Auftrag erhielten, die Bolzen im Bohrturm zu überprüfen. Sie sollten in einem gelben Stahlkäfig hochgezogen werden, lockere Muttern anziehen und defekte Bolzen austauschen. Auch einige der Verstrebungen mußten ausgetauscht werden. Manche waren nach Zusammenstößen mit den Bohrlängen verbogen. Andere hatten Rost angesetzt. Aber das waren nicht viele. An und für sich hatten sie da einen angenehmen Job zugeteilt bekommen. Sie konnten, während die Sonne am höchsten stand, den Staub und die Hitze des Decks unter sich lassen. Auch als sie ihr Material eingeladen hatten und in den gelben Stahlkäfig kletterten, wußten sie noch nicht, wer von ihnen den Job als Roughneck erhalten würde. Sie hörten das Gekreische der Winkelschleifer und das Zischen der Sandgebläse, als der Käfig in die Höhe gezogen wurde. Sie begannen dort, wo die Windschutzwände aufhörten. Sie zogen sich an die Träger heran und befestigten den länglichen Käfig mit Seilen. Sie überprüften die Bolzen in ihrer Reichweite und zogen sich dann seitlich weiter ins Innere des Bohrturmes. Bevor sie sich höher zogen, überprüften sie alle Bolzen eines Niveaus. Ein einzelner Matrose stand unten an Deck und betätigte die Winde. Sie hatten keine Ahnung, von wie vielen Bolzen der Turm zusammengehalten wurde, aber das waren jedenfalls nicht gerade wenige. Schon lange waren sie in dem Käfig, als sie auf den ersten Bolzen stießen, der ausgewechselt werden mußte. Sie mußten ihn aufsägen, um ihn herausziehen zu können. Nicht viele Bolzen mußten gewechselt werden. Einige waren lose, andere hatten ihre Muttern verloren, wieder andere waren herausgerutscht und fehlten einfach. Aber die meisten saßen, wie sie sollten. Sie arbeiteten sich sachte nach oben. Alle drei Stunden machten sie Pause, und noch immer wußten sie nicht, wer von ihnen Lydersens Job übernehmen würde. Jedesmal wenn sie unten gewesen waren, schielten sie sich gegenseitig an. Kaum daß sie wieder in ihrem Käfig hochgezogen wurden, stellten sie sich die immer gleichen Fragen.

»Hast du etwas gehört?«

»Nein, du denn?«

Keiner von ihnen hatte etwas gehört. Sie hingen zwanzig Meter über dem Bohrdeck und hatten keine Ahnung, welchen von ihnen die Amerikaner auswählen würden.

»Hast du mit Murphy gesprochen?«

»Nein, und du?«

Wenn einer von beiden Murphy auf seine Seite brächte, wäre das Ganze entschieden. Sie scheuten sich davor, mit ihm zu sprechen. Zu gut wußten beide, was geschehen könnte, wenn sie mit Murphy Kontakt aufnähmen. Der mochte keinen Ärger. Fragten sie Murphy, dann konnte das ebensogut nach hinten losgehen, und hatte man den Driller gegen sich, dann war die Sache gelaufen.

Die Arbeit ging gut voran. Sie arbeiteten sich kontinuierlich nach oben. Tengs und Sjur Willy waren ein gutes Team. Wurde es schwierig, halfen sie sich gegenseitig. Keiner von beiden schonte sich. Man hatte ihnen eine Woche Zeit gegeben, und sie hatten noch vier Tage, als sie sich dem Monkeydeck näherten. Das war mehr als die Hälfte. Bisher war alles glattgegangen. Vielleicht würde das ja so weitergehen. Sie waren sich beide darüber im klaren, was geschehen konnte. Und je höher sie kamen, desto mehr dachten sie daran: Fiele einer von ihnen aus dem Käfig, dann bekäme der andere den Job als Roughneck. Sie waren auf der Hut. Sie beobachteten sich gegenseitig und sicherten sich mit Gurten ab. Sie wußten nicht, was der jeweils andere dachte. Sie wußten, was sie selber dachten. Sie mochten den Gedanken nicht, der in ihren Hinterköpfen herumschwirrte, und versuchten, auf andere Gedanken zu kommen. Eine Weile gelang ihnen das, aber nie sonderlich lange. Immer meldeten sich dieselben Gedanken zurück: Stürzte einer von ihnen aufs Deck, wäre die Wette entschieden. Sie sprachen nicht darüber. Sie sprachen über andere Themen, über Frauen, Autos und Fußball, über Geld, Schnaps und Motorräder. Es gab genug, über das sie reden konnten. Sie unterhielten sich über Kine Laudrup und die Kornfelder in Hirtshals. Es sei an der Zeit, nachzuprüfen, ob Kine Laudrup so geil und die Kühe in Hirtshals wirklich so neugierig waren, wie Barka das behauptet hatte. Aber das habe er wohl nur erfunden, um sich interessant zu machen. Vielleicht gab es in ganz Hirtshals keine einzige Kuh? Brennesseln gab es sicher genug. Vielleicht war nur Barkas Phantasie mit dem Luder aus »Alle Menn« durchgebrannt?

»Sag mal, hieß die damals nicht Laudrup?«

»Wer?«

»Die auf allen Riggs herumreisen und sich dann das Geld von der Krankenkasse holen wollte!«

»Ach die, ja, kann sein.«

Tengs wußte den Namen nicht mehr. Das konnte nicht dieselbe Frau sein, die Barka in Hirtshals durchgevögelt hatte, die hätte doch Wahnsinnsmöpse gehabt! Die Tussi in »Alle Menn« habe doch ausgesehen, als sei der Straßendienst mit einer Walze über sie gerollt, ihr Arsch sei doch so flach gewesen, daß man ihn für einen Pizzateig hätte halten können. Darüber brauchte man nicht mehr sprechen. Statt dessen sprachen sie über die Höhenangst von Madsen. Ob Tengs wisse, daß Madsen unter Höhenangst litt? Natürlich wußte er das. Wenn das nicht wäre, dann gäbe es keinen Zweifel, wer als nächstes Driller würde. Madsen hatte alles, was nötig war, das Wissen, die Ruhe und die Übersicht, und trotzdem kam er nicht weiter! Tengs und Sjur Willy konnte das nur recht sein. Sie waren sich sicher, daß sie Laugen und Barka, wenn man ihnen die Chance gäbe, überholen konnten. Lydersen hatte sich ja nun selbst überholt. Die anderen Roughnecks waren einfach zu doof. Madsen würden sie niemals an die Wand drücken können. Das war schon komisch: Madsen war standfest wie ein doppelter Stahlträger und stark wie ein Bär, und dann bekam er feuchte Hände, wenn er bloß auf eine Leiter hinaufmußte!

Sie hatten die letzten Bolzen erreicht und noch immer nichts gehört. Vielleicht würden sie nichts erfahren, bevor die Rigg wieder bohrklar war. Die Amerikaner mochten es, die Menschen im unklaren zu lassen. Das hielt sie bei der Stange. Das veranlaßte sie, an dem festzuhalten, was sie hatten. Tengs und Sjur Willy schwebten fünfzig Meter über dem Bohrdeck. Auch als man sie zur Mittagspause herunterließ, wußten sie noch nicht, wer von ihnen Roughneck werden würde. Als sie mit den Verstrebungen beginnen sollten, nahmen sie ein Funkgerät mit hinauf. Jetzt könnte es geschehen. Die Turmverstrebungen sahen von unten leicht und dünn aus. Es waren unberechenbare Biester, wenn man sie herausnehmen und zum Bohrdeck hinunterlassen sollte. Schnell konnte man einen Stoß bekommen. Schnell konnte einem eine Verstrebung aus den Händen rutschen, wenn man etwas in der falschen Reihenfolge anging. Ein kleines Mißverständnis mit demjenigen, der die Winde betätigte, wäre schon genug. Sie hatten ein paar Schwierigkeiten mit der ersten. Die anderen gingen besser. Sie strengten sich an, um fertig zu werden. Sie wischten sich den Schweiß von der Stirn und grinsten sich gegenseitig an. Beide wollten sie für diesen Job gute Noten bekommen. Man hatte ihnen sieben Tage gegeben. Sie würden es in sechs schaffen. Sjur Willy hing mit dem Oberkörper über dem Geländer des Käfigs und schmierte Rostschutzfarbe auf ein Winkeleisen, als Tengs plötzlich aufschrie. Sjur Willy konnte nicht einmal mehr hochschauen, bevor Tengs ihn gepackt und in den Käfig gezerrt hatte. Als er auf dem Berg von Werkzeug und ausgedienten Bolzen landete, hörte er lediglich den Knall der Verstrebung, die an genau der Stelle aufschlug, an der er einen Augenblick zuvor noch gestanden hatte. Es dauerte, bevor er begriff, was geschehen wäre, wenn Tengs ihn nicht hereingerissen hätte. Wäre ihm die Verstrebung auf die Finger gekracht, hätte er nicht lange dafür gebraucht, die ihm noch verbliebenen zu zählen. Hätte er sie auf den Kopf bekommen, hätte er nicht einmal mehr bis eins zählen können. Auf jeden Fall hätte er die Wette verloren. Tengs stand in dem schwingenden Käfig und brüllte zu dem Idioten hinunter, der die Winde betätigt hatte. Was zum Teufel er sich dabei gedacht habe, eine neue Verstrebung hochzuschicken, bevor sie darum gebeten hätten? Ob er sie umbringen wolle? Der Matrose entschuldigte sich und sagte, er sei der Ansicht gewesen, Sjur Willy habe ihm ein Zeichen gegeben. Tengs hätte ihm am liebsten eine Handvoll Bolzen an den Kopf geschmissen. Er begnügte sich mit einem kräftigen Pfund Spucke.

Als sie die Verstrebung an ihrem Platz hatten, hockten sie da und gruben in ihren Tabakpäckchen. Sjur Willy blieb sitzen und schaute in den Himmel, nachdem er sich seine Zigarette angezündet hatte.

»Wenn ich das Ding auf den Kopf gekriegt hätte, könnte ich den Job von Lydersen vergessen.«

Tengs grinste.

»Es war ein Reflex, ich hab' nicht nachgedacht.«

»Schon in Ordnung.«

Sjur Willy knibbelte sich Farbreste vom Handrücken.

»Hast du an das gleiche gedacht wie ich?«

Tengs wußte, was Sjur Willy meinte. Er zögerte mit der Antwort, blieb sitzen und blies Rauchringe in die Luft. Niemand konnte das so wie er. Sie waren so stabil, daß sie sogar dem Wind standhielten, vorausgesetzt, er schätzte diesen richtig ein. Er spielte den Ball an Sjur Willy zurück.

»Woran hast du gedacht?«

Sjur Willy kramte die Sprudelflasche hervor und riß den Verschluß mit seinem Ringfinger herunter, bevor er etwas erwiderte. Mit der Zeit hatte er es gelernt. Die ersten Male hatte es in den Fingern höllisch wehgetan. Jetzt konnte er, wenn es sein mußte, eine ganze Kiste Bierflaschen auf diese Art öffnen.

»Daß wir das hier oben hätten klären können!«

Tengs bekam Probleme mit seinen Rauchringen. Auch er hatte diesen Gedanken gehabt. Möglichkeiten hatte es genug gegeben. Er hatte es verdrängt. Alle wußten von ihrer Wette und ihren spitzen Ellbögen. Alle wußten, wie sehr sie nach oben strebten. Sicher gäbe es mehr als genug dort unten, die geschworen hätten, daß sie sich gegenseitig ans Leder wollten, wenn einer von ihnen abgestürzt wäre. Statt Roughneck zu werden, wäre man vielleicht des Mordes oder Totschlags angeklagt worden.

»Hast du nicht daran gedacht?«

»Doch, ja.«

Es war nicht schwierig, sich das einzugestehen, wenn sie schon davon sprachen. Sjur Willy begann zu lachen. Die ersten Tage hatten sie sich gegenseitig beobachtet, um bereit zu sein, falls der andere etwas versuchte. Zum Schluß hatten sie aufeinander aufgepaßt, damit dem anderen nichts zustieß. Das war wirklich zum Lachen. Sie waren sich nicht sicher gewesen, auf was für Ideen der andere kommen könnte, doch in Wirklichkeit war das die beste Lebensversicherung! Sie mußten dermaßen lachen, daß sie fast aus dem Käfig gefallen wären und der Matrose über Funk wissen wollte, was zum Teufel sie dort oben trieben. Tengs fand die richtige Antwort. Was sie beim Bohren täten, das ginge ihn nichts an!

»Wollt ihr nicht bald die letzte Verstrebung haben?«

Tengs nahm das Funkgerät, um zu antworten. Doch statt etwas zu sagen, trank er den Rest aus seiner Sprudelflasche und ließ sie an der Außenseite des Käfigs hinunterfallen. Der Matrose schreckte zur Seite, als sie ein paar Meter von ihm entfernt zerschlug.

»Seid ihr verrückt geworden?«

»Ja, schon lange! Aber das heißt nicht, daß die nächste Flasche nicht trifft. Die kriegst du direkt auf die Rübe!«

Tengs und Sjur Willy waren bester Laune, als sie mit ihrem Job im Turm fertig waren. Sie waren sich übereinander im klaren. Sie wußten, daß dieses Mal nur einer von ihnen Roughneck werden konnte, und waren es absolut leid, auf die Entscheidung zu warten. Sie hatten sich entschlossen, einfach kurzen Prozeß zu machen und die Entscheidung zu akzeptieren, wie sie auch lauten sollte. Gemeinsam gingen sie zu Murphy, um die Sache aus der Welt zu schaffen. Es wurde kein langes Gespräch. Murphy war in Krisenstimmung. Alle, vom Driller bis hinauf in die Chefetage, waren in Krisenstimmung. Sie hätten sich mit anderen Sachen zu beschäftigen als mit der Frage, wer den Job von Lydersen übernehmen könne. Am liebsten würden sie alles, was wie Roughnecks oder Roustabouts aussehe, zum Teufel schicken und die Ocean Star endgültig vom norwegischen Sockel wegschleppen. Inspektoren und Repräsentanten der norwegischen Behörden waren an Bord. Niemand war auf diesen Ärger vorbereitet gewesen. Alle waren davon ausgegangen, daß sie sich auf die großen Dinge konzentrieren würden, die tragenden Teile, das Bohrmaterial und die Maschinen. Niemand hatte auch nur im Traum damit gerechnet, daß sie einen Großteil ihrer Zeit mit der Sicherheitsausrüstung verplempern würden. So etwas konnte man doch hinterher begutachten. Die Inspektoren wurden nach den ersten Gesprächen nicht gerade nachsichtiger. Entsetzt registrierten sie, daß viele der Feuerlöscher nicht da hingen, wo sie hängen sollten. Es wurde auch nicht besser, als sie bemerkten, daß viele, die sie fanden, leer waren. Das Hauptventil der Sprinkleranlage im Pumpenraum war in geschlossener Stellung festgerostet. Der Alarm, der sich bei unkontrollierter CO_2-Freisetzung einschalten sollte, war außer Funktion. Die Schaumtanks auf dem Helikopterdeck waren voll Wasser. Auch mit den Rettungsbooten sah es nicht besser aus. Nur eines sprang an. Zwei konnten nicht einmal manuell gestartet werden. Allen Booten fehlte es an Material, die Erste-Hilfe-Kisten waren in der Regel leer. Die Notraketen und Signalleuchten, Proviant und Frischwasser überschritten das Verfallsdatum. Und wo waren die Ruder? In jedem Boot sollten sechs Ruder sein. Die Inspektoren fanden nicht ein einziges. Der Teufel himself konnte sich kaum mehr beherrschen.

»Was zum Teufel sollen wir mit Rudern? Wir haben nicht vor, irgendwohin zu rudern!«

Die Inspektoren baten ihn, in einem anderen Ton mit ihnen zu sprechen. Peck befinde sich nicht im Wilden Westen, er sei in Norwegen und habe sich nach den norwegischen Vorschriften zu richten! Es war nur gut, daß Bruin nicht an Bord war, für ihn wäre das ein Festtag gewesen. In jedes Boot gehörten sechs Ruder und damit basta! Da gebe es nichts zu diskutieren. Die Rettungsinseln hätten bereits vor vier Monaten überprüft werden müssen, auch darüber gebe es kein Wort zu verlieren. Das alles war an und für sich nicht wichtig für das Bohrteam, es war Sache des Skippers, sich um das Maritime zu kümmern. Die Tatsache aber, daß die Schiffskontrolleure damit drohten, die Rigg solange festzuhalten, bis alle Auflagen erfüllt waren, war auch für sie ein Problem. Und auch der Bohrbereich blieb nicht verschont. An vielen Winden fehlten die Überprüfungsbescheinigungen. Rotierende Maschinenteile waren nicht genügend abgeschirmt. Die Chemikalien mußten gesichert und speziell gekennzeichnet aufbewahrt werden. Manches, was die Inspektoren vorbrachten, war vernünftig, anderes völliger Blödsinn. Sollten sie mit den Chemikalienfässern hin und her rennen? Die standen dort, wo sie gebraucht wurden, und wer damit zu tun hatte, wußte, was sich darin befand. Andere hätten damit ohnehin nichts zu schaffen! Wofür sollte eine Dokumentation über die Drucktests aller neuen Rohre und Ventile gut sein? Reichte es nicht, daß die Tests gemacht worden waren und niemand etwas auf die Fresse bekommen hatte?

»Glauben Sie, wir sind lebensmüde?«

Tengs und Sjur Willy hielten gerade so viel Abstand, daß sie alles mitbekamen. Aber sie hielten auch genug Abstand, um aus der Schußlinie zu sein. Sie sahen, wie sich die Kiefer des Toolpushers anspannten, als er aufgefordert wurde, in die Treppe zum Bohrdeck eine neue Stufe einzuschweißen. Was machte es, daß die Stufe schief war? Das wußten doch alle! Außerdem seien sie nicht blind. Es wurde Murphy endgültig zu viel, als man von ihm verlangte, die Stahlseile sämtlicher Winden auszutauschen. Tengs und Sjur Willy zweifelten nicht daran, daß der Driller am liebsten seine Rohrzange als Pickel benutzt hätte, um damit die Köpfe der beiden Inspektoren zu zermatschen. Er begnügte sich damit, eine Flasche Grapesoda zu köpfen, so daß Sprudel und Glassplitter umherspritzten.

»Was gibt's da zu glotzen?«

Tengs und Sjur Willy waren aus der Türöffnung verschwunden, als die Rohrzange einen knappen Meter neben dem Türrahmen an die Windschutzwand knallte. Würden sie noch einmal versuchen, mit Murphy darüber zu reden, wer von ihnen Roughneck würde, dann würde die Rohrzange das Ende solcher Pläne besiegeln. Fragten sie ihn jetzt, würde keiner von ihnen es werden. Sie hatten erleichtert aufgeatmet, als die Sandstrahlgebläse und das Material der anderen Leihfirmen von Bord geschafft worden waren. Sie hatten sich auf ein paar ruhige Tage mit Aufräumen und Putzen gefreut, während sie auf die Schlepper warteten, doch statt dessen wurden diese Tage zu einem Chaos wie aus einer anderen Welt.

Das meiste war geschafft, als sie die Stahlseile der Winden ausgetauscht hatten. Die Sonne hatte den ganzen Tag heruntergebrannt, trotzdem lief alles auf vollen Touren. Es dampfte von den Deckplatten. An manchen Stellen war es derart heiß, daß der Steward hätte Spiegeleier braten können. Der Schweiß rann herab, und die verdreckten T-Shirts klebten an den warmen Körpern. Das alles machte keinen Eindruck auf den Driller, die ganze Zeit über trieb er sie an.

»Packt an, packt an, verdammt noch mal!«

Die Roughnecks knurrten. Als wenn sie das nicht täten.

»Beeilt euch! Ihr müßt schneller arbeiten! Wir müssen fertig sein, wenn die Schlepper kommen!«

Sie zogen und zerrten an dem dicken Stahltau, während der Driller die Winsch betätigte. Sie versuchten, die steife Stahltrosse an Deck aufzurollen. Das war unmöglich in dem

Tempo, das der Driller verlangte. Vielleicht war es auch überhaupt nicht möglich. Die steifen Schlaufen verdrehten sich und bogen sich wieder auf, wobei sie die anderen mitrissen, bis alles ein einziger wirrer Haufen war. Die Roughnecks legten sich mit ihrem ganzen Gewicht auf die federnden Berge, traten sie flach und hüpften auf ihnen wie auf Heuhaufen herum, bis der Driller förmlich explodierte.

»Laßt es sein, hört auf damit, zieht!«

Sie träumten davon, Putzlappen und Spraydosen in das aufgerissene Maul des tätowierten Brüllaffen zu stopfen. Sie wünschten sich, ihm eine Rohrzange oder ein Brecheisen an den Schädel zu knallen. Wie üblich, blieb es bei den Wünschen.

Es war ebenso plötzlich vorbei, wie es angefangen hatte. Tags darauf lagen die neuen Stahltrosse straff auf den Trommeln und glänzten vor Schmierfett in der Sonne. Die Roughnecks lagen, jeder ein Bier in der Hand, auf den Haufen alter Stahlseile und schauten zum Bohrturm hoch. Es eilte nicht, sie zum Kai hinunterzulassen, nichts eilte mehr. Es war fast komisch, ja es war urkomisch. Wie Verrückte hatten sie in der brennenden Sonne geschuftet und wie Schneemänner im Juli geschwitzt, um fertig zu sein, wenn die Schlepper kamen. Sie brachen förmlich zusammen, als sie die Nachricht erhielten, daß sich die Boote um zwei Tage verspäten würden. Sie hatten damit gerechnet, daß auch dem Driller der Atem stocken würde, doch der hatte das überraschend ruhig aufgenommen, ja, er hatte nicht einmal eine Miene verzogen! Barka glaubte, der Driller habe einen Sonnenstich, als dieser ihn zum Steward hinunterschickte, um eine Kiste Bier zu holen. Murphy glaubte, ganz andere hätten einen Stich, als er hörte, daß das ganze Bier von Bord an Land gebracht oder ins Meer gekippt werden müsse, bevor die Rigg hinausgezogen würde. In was für ein Land war er da geraten, schütteten die hier gute Getränke ins Meer? Dann konnten sie damit ebensogut die Roughnecks abfüllen. Laugen und Barka beobachteten ihn, während er die Bierflaschen mit dem Ringfinger öffnete. Er sei ein hintertriebener Arsch, er habe es die ganze Zeit gewußt!

»Was denn?«

»Daß sich die Schlepper verspäten würden!«

Der Driller grinste. Natürlich habe er das gewußt, aber er müsse ja nicht alles erzählen. Hätte er ihnen erzählt, daß sich die Boote verspäteten, wären sie noch jetzt mit den Winden beschäftigt!

Sjur Willy war dabei, zusammen mit Bullshit Sand von den Sandstrahlgeräten aus einem Kranpodest zu schippen, als Laugen in der Öffnung auftauchte und sagte, daß Murphy mit ihm sprechen wolle.

»Mit mir?«

Sjur Willy ließ die Schaufel fallen. Hatte Murphy sich endlich entschieden? Er wußte, daß er seinen Humor wiedergefunden hatte. Wenn er sich entschlossen hatte, konnte das nur eins bedeuten, denn Murphy würde keinen Boten schicken, um ihm zu sagen, daß er weiterhin Roustabout blieb. Das war klar. Sjur Willy versuchte, ruhig zu bleiben. Er erinnerte sich an all die Enttäuschungen, die er erlebt hatte, wenn Murphy etwas von ihm wollte.

»Wo ist er?«

»In seiner Kabine.«

»In der Kabine?«

Sjur Willy stutzte. Was konnte denn Murphy in seiner Kabine von ihm wollen? Wie gewöhnlich würde er wohl nur wieder irgend etwas brauchen. So etwas kam oft vor. Er mochte es, auf sich aufmerksam zu machen. Sjur Willy wußte nicht, wie oft er schon fortgeschickt worden war, um eine Dose

Cola oder ein Feuerzeug zu holen. Immer hatte er gedacht, es ginge um etwas Wichtigeres. Der Driller kam gleich zur Sache, als Sjur Willy in der Tür stand.

»Bist du immer noch daran interessiert, auf dem Deck zu arbeiten?«

Und wie er das war! Sjur Willy wurde es zwischen den Bartstoppeln heiß. Nach dem normalen Arbeitsplan hätte er zwei Wochen frei, wenn die Rigg hinausgeschleppt würde. Das spielte keine Rolle: Kam er auf das Bohrdeck, könnte er auf der Stelle beginnen und den Rest des Jahres ohne Unterbrechung arbeiten!

»Besorg mir eine Frau«, forderte ihn der Driller auf.

»Hä?«

Sjur Willy glaubte, das sei ein Witz. Es war kein Witz. Der Driller zog ein Bündel Banknoten aus seiner Tasche, blätterte darin herum und warf die Hälfte davon auf den Tisch vor Sjur Willy.

»Paß auf, daß sie nicht zu breite Hüften hat.«

Sjur Willy war immer noch vollkommen verwirrt.

»Kommen die Schlepper nicht bald?«

»Die Schlepper kannst du mir überlassen«, sagte Murphy.

Sjur Willy schaute auf die Banknoten, als er wieder draußen an Deck stand. Das war die Chance, die er brauchte. Tengs würde ein langes Gesicht machen, wenn ihm aufging, daß Lydersens Job vergeben war. Aber damit brauchte Sjur Willy sich nicht zu belasten, auch Tengs hätte keine Skrupel. Seine Augen leuchteten, als er seinen Kopf durch die Öffnung des Kranpodestes steckte und Bullshit aufforderte, sich sein Deodorant zu holen, sie würden jetzt in die Stadt gehen.

»Wir sind mit dem Schippen noch nicht fertig«, sagte Bullshit.

»Scheiß drauf«, sagte Sjur Willy. »Murphy will eine Frau.«

»Damit haben wir doch wohl nichts zu tun«, meinte Bullshit.

»Genau das haben wir, wir sollen sie ihm herbeischaffen.«

»Ist das denn erlaubt, eine Frau an Bord?«

Sjur Willy verdrehte die Augen. Darum brauchte sich doch wohl Murphy nicht zu kümmern, er sei es doch, der hier die Regeln mache.

»Er kann doch selbst an Land nach einer suchen.«

»Hast du sie nicht mehr alle?«

Es sei wirklich nicht verwunderlich, daß sie ihn Bullshit nannten. Er habe wohl nicht einmal die elementarsten Dinge mitbekommen. Wenn der Driller sie bat, etwas zu tun, dann tat man das. Wollte er seine Thermosflasche aufgefüllt haben, dann füllte man seine Thermosflasche auf. Brauchte er eine Fettpresse, dann holte man sie, und wollte er eine Frau, dann besorgte man ihm auch eine.

»Ich werde nicht zum Zuhälter, nur weil dem Driller nach einer Frau ist«, brummte Bullshit.

»Wir sind deshalb doch noch lange keine Zuhälter!«

Sjur Willy begriff nicht, was in Bullshits Kopf vor sich ging. Jetzt hatten sie einmal die Chance auf ein paar Gratisbiere und die Gelegenheit, sich ein paar Frauen anzuschauen, und da begann Bullshit von Zuhälterei! Da hatte er die Chance, in die Stadt zu kommen, und nun stand er da und würde lieber weiter den Scheiß von den Sandstrahlern wegschippen!

Okay, okay, wenn sich Bullshit auf dem stinkenden Kranpodest so wohl fühle, könne er ruhig dableiben! Wenn er nicht in zehn Minuten seinen Arsch hochgekriegt habe und blankgeputzt dastehe, werde er alleine gehen! Bullshit kam in letzter Sekunde. Er hatte herausgefunden, daß eine Tour in die Stadt doch ganz nett sein könnte. Außerdem sei es ja nicht sicher, daß sie eine Frau fänden! Sjur Willy wedelte mit dem Bündel Banknoten.

»Hast du Geld, kriegst du immer eine Frau!«

Sie stand an eine Mauer gelehnt und sah den Autos nach. In der Hand hielt sie eine Zigarette, und über der Schulter hing eine kleine Handtasche. Sjur Willy brauchte nicht lange, um sich zu entscheiden. Er bat den Taxifahrer, am Bürgersteig anzuhalten und zurückzusetzen.

»Und wenn sie in einer Versicherungsgesellschaft oder so arbeitet?«

»Wenn die da in einer Versicherung arbeitet, dann bin ich bei der Heilsarmee!«

Sjur Willy hatte keinen Zweifel. Das war die Frau für Murphy! Er sah das an dem kurzen Rock und den hohen weißen Stiefeln. Er sah es an ihren Augen und an dem tief ausgeschnittenen Pullover.

»Vielleicht wartet die nur auf den Bus?«

Sie schaute fragend zu ihnen herüber. Sie arbeiteten auf einer Plattform? Sie solle mit an Bord kommen? Der Driller habe sie geschickt? Sie ließ ihre Zigarette fallen und kam auf die beiden zu. Der enge Rock glitt an ihren Beinen hoch, als sie sich zu ihnen ins Taxi setzte. Sie zog ihn nicht wieder hinunter. Sie blieb zwischen ihnen sitzen und suchte in ihrer Handtasche nach einem Lippenstift.

»Wie ist er denn so?«

»Wer?«

»Der Driller.«

Sjur Willy zuckte mit den Schultern.

»Ganz okay.«

»Amerikaner?«

Sjur Willy nickte.

»Spricht er norwegisch?«

»Nicht sonderlich.«

»Und wie ist die Arbeit für ihn?«

Sjur Willy holte aus. Es liefe immer alles volle Pulle, wenn Murphy am Ruder sei. Der Driller würde niemanden schonen. Auch sich selbst nicht. Wenn Murphy an Bord sei, dann liefe es. Auch sie würde er sicher zum Laufen bringen. Das schien sie nicht sonderlich zu beeindrucken. Sie holte einen Spiegel hervor und rieb die Lippen gegeneinander.

»Bezahlt er gut?«

Sjur Willy nickte. Darüber brauche sie sich keine Sorgen zu machen. Ein Driller verdiene Geld wie Heu.

»Wenn du deinen Job erledigst, kannst du anschließend in die Sonne fahren.«

Sie betrachtete ihr Gesicht im Spiegel. Sie denke nicht daran, ihr Geld im Süden zu verplempern. Damit habe sie etwas anderes vor.

»Wie heißt du?«

Überrascht schaute sie zu Bullshit herüber. Dann legte sie den Spiegel und den Lippenstift zurück in ihre Tasche.

»Warum fragst du danach?«

Bullshit wußte nicht, warum er danach gefragt hatte. Er saß nur da und schaute auf ihre Schenkel.

»Wenn du mir unbedingt einen Namen geben willst, kannst du mich Melody nennen.«

»Sag bloß, bist du Engländerin?«

Sie schüttelte den Kopf. Sie sei keine Engländerin. Melody sei bloß ein Name, den sie als Modell benutzt habe.

»Oh, du hast als Modell gearbeitet?«

Sie sprach nicht weiter davon. Der Taxifahrer protestierte, als sie eine Zigarette hervorholte und sie anzündete. Er habe vor kurzem aufgehört und wolle nicht, daß in seinem Auto geraucht werde. Sjur Willy riet ihm, die Schnauze zu halten, wenn nicht, würden sie ein anderes Taxi nehmen. Taxis gebe es ja genug.

»Melody hört sich englisch an«, meinte Bullshit.

»Bullshit auch«, konterte Sjur Willy.

Sie lachte.

»Nennt man dich Bullshit?«

Bullshit nickte.

»Wieso das denn?«

»Die meinen wohl, ich rede manchmal zu viel Unsinn.«

Bullshit schüttelte den Kopf, als sie fragte, ob sie nicht etwas zu trinken hätten.

»Das kann man regeln«, sagte Sjur Willy.

Bullshit schaute auf die Uhr.

»Wie willst du das denn jetzt regeln, es hat doch alles zu!«

»Irgendwo ist immer auf«, sagte Sjur Willy.

Er bat den Taxifahrer, ein kleines Hotel anzusteuern. Wenn sie etwas zu trinken wünsche, dann würde er das besorgen. Wenn er Murphy richtig einschätzte, dann würde sie an Bord ohnehin genug zu verdauen haben.

»Wenn ich du wäre, würde ich an Land bleiben«, sagte Bullshit, als Sjur Willy ausgestiegen war.

»Warum?«

»Eine Plattform ist nicht gerade ein Ort für Damen.«

Das sei schon in Ordnung. Sie könne Damen nicht ausstehen.

»Du weißt nicht, worauf du dich einläßt.«

»So, weiß ich das nicht?«

»Der Driller kann ganz schön brutal werden.«

Sie zuckte mit den Schultern. Bullshit könne sie nicht erschrecken. Sie habe es schon früher mit brutalen Arschlöchern zu tun gehabt.

»Wenn du Geld brauchst, ich kann dir was geben.«

Verwundert betrachtete sie Bullshit und das Bündel Banknoten, das er in der Hand hielt. Zuerst bäten sie sie, mit an Bord zu kommen, und dann biete man ihr Geld, um es nicht zu tun. Sie brach in Gelächter aus. Das verstehe sie nicht. Aber so langsam beginne sie zu verstehen, warum sie ihn Bullshit nannten. Er hatte das Geld wieder in seine Tasche gesteckt, als sich Sjur Willy in den Sitz fallen ließ. Sie löschte ihre Zigarette und setzte die Bacardi-Flasche an die Lippen, als der Taxifahrer anfuhr. Tränen standen ihr in den Augen, als Sjur Willy ihr die Flasche wegnahm.

»Hör mal, das ist kein Wasser!«

»Das sieht nur so aus«, sagte Bullshit.

Die Basis lag im Schatten, als sie durch das Tor auf den Kai fuhren. Ganz offensichtlich war sie niemals zuvor in der Nähe einer Plattform gewesen. Entgeistert blieb sie stehen und starrte auf den stählernen Riesen.

»Ich hatte ja keine Ahnung, daß das so groß ist ...«

Die kolossale Rigg stand wie ein fünfbeiniges Fabeltier auf den Pontons. Die Kranarme reckten ihre Hälse in den hellen Abendhimmel. Die tiefstehende Sonne blitzte in den Bolzen des Bohrturms. Der Rest der renovierten Rigg lag im Schatten.

»Die sieht ja fast wie ein Tier aus!«

Daran hatten sie nichts auszusetzen. Sjur Willy bat sie, ihm das Reden zu überlassen, als sie sich dem Wachhäuschen näherten. Der Wachmann musterte sie mißtrauisch, als Sjur Willy erklärte, daß eine Journalistin mit an Bord käme.

»Für welche Zeitung arbeitet sie?«

»VG.«

»Davon habe ich gar nichts gehört.«

»Sie hören das ja jetzt.«

»So schnell lasse ich mich nicht überrumpeln«, grunzte der Wachmann.

»Sie wird nur ein paar Stunden an Bord sein«, sagte Sjur Willy beruhigend.

»Die Papiere«, forderte der Wachmann. »Die Papiere, ich brauche die Papiere!«

»Dafür brauchen wir doch wohl keine Papiere?«

»Was wißt ihr denn davon?« fragte der Wachmann. »Ich stecke hinterher in der Klemme, nicht ihr!«

Sjur Willy legte einen Fünfziger auf den Tisch. Der Wachmann sah aus, als habe man ihm ein Blatt gebrauchtes Klopapier angeboten. Der Gesichtsausdruck änderte sich erst, als noch ein Hunderter an der Seite des Fünfzigers auftauchte. Er steckte die Banknoten ein und reichte ihnen einen gelben Parka und einen weißen Plastikhelm hinaus.

»Muß ich das anziehen?«

Sjur Willy nickte.

»Der Parka ist für das Äußere und der Helm ist ganz angenehm, wenn dir etwas auf den Kopf fällt.«

Zufrieden ging er hinter ihr den Steg zum Pontonboot hinunter. Murphy brauchte wirklich nicht meckern, daß sie zu breite Hüften hätte. Es sickerte und leckte hoch über ihnen aus einigen Ausgüssen, während sie im Stockfinstern auf dem Pontonboot standen. Das rostigbraune Deck der Plattform hing wie ein tropfender Bauch über ihnen, als Sjur Willy die Gittertür zum Aufzug öffnete. Er begriff nicht, was Murphy gegen Frauen mit breiten Hüften hatte. Je breiter sie waren, desto stabiler lagen sie doch. Je mehr sie an den Beinen hatten, desto mehr konnte man packen. Es schepperte, als die Gittertür zufiel.

»Wenn du Höhenangst hast, schaust du am besten zum Plattformbein hinüber«, sagte Bullshit.

Er war der einzige, der zum Plattformbein hinübersah, als sich der Aufzug außen an der Plattform vom Pontonboot abhob. Die Seilzüge quietschten. Melody schaute, während der Aufzug hochglitt, hinunter zum Kai und zu den flachen Lagerhäusern. Als sie das Gewirr von Bunkerschläuchen erreichten, drehte sie sich um und blickte über den Fjord. Er lag ruhig und still zwischen ihnen und dem kupferroten Abendhimmel.

»Ist das nicht schön?«

»Ja, es ist immer schön, wenn die Sonne untergeht«, sagte Bullshit.

Sjur Willy gefiel es nicht, daß Laugen und Barka hinter der Ankerwinde auftauchten, als sie den Aufzug verließen. Noch weniger gefiel es ihm, daß sie sich vor ihnen aufbauten und den schmalen Übergang vom Plattformbein hinüber zum Deck versperrten. Er bat sie, ihn durchzulassen. Er habe einen Auftrag von Murphy. Sie rührten sich nicht.

»Murphy hat gesagt, ich soll sie zu seiner Kabine begleiten.«

»Da kümmern wir uns schon drum.«

Sjur Willy würde sie nirgendwohin begleiten. Er und Bullshit hätten anderes zu tun. Sie sollten die Kleine ruhig ihnen überlassen, den Rest würden sie dann erledigen. Sjur Willy protestierte. Nicht sie hätten den Auftrag erhalten, sie hinunter zu Murphy zu bringen, sondern er. Er und Bullshit hätten sie geholt! Sie könnten auch wieder mit ihr an Land gehen, wenn es das sei, was sie wollten! Barka riet ihm, sich zu beruhigen. Wenn er jemals etwas anderes als Roustabout werden wolle, sollte er, zum Teufel noch mal, keine große Klappe riskieren, sonst sei auch bald seine Zeit als Roustabout abgelaufen! Als Laugen und Barka mit Melody in der Mitte hinter der nächsten Ecke verschwunden waren, trat Sjur Willy gegen einen halbvollen Kanister mit Entfettungsmittel, so daß dieser zwischen den Streben der Reling verschwand und mit einem Platschen unten auf der blanken Meeresoberfläche aufschlug.

»Die Arschlöcher knöpfe ich mir noch mal vor«, sagte er. »Ich werde noch vor denen Driller, und dann weiß ich, verdammt noch mal, genau, was ich mit den zweien da machen werde!«

Am Boden des Kranpodestes war es heiß wie in einer Sauna. Die Sonne war inzwischen herübergekommen und hatte die dicke Stahlkonstruktion aufgeheizt. Bullshit und Sjur Willy hatten gerade wieder mit ihrer Arbeit angefangen, als Tengs Kopf in der Öffnung erschien und er sie aufforderte, mit zum Donnerbalken zu kommen.

»Was sollen wir da?«

»Laugen und Barka haben für Murphy eine Frau besorgt!«

Bullshit und Sjur Willy taten völlig unbeteiligt.

»Und was haben wir damit zu tun?«

Sie schippten weiter.

»Sie haben sie mit aufs Deck genommen.«

Tengs habe das mit eigenen Augen gesehen. Laugen und Barka seien wie heiße Straßenköter auf dem Pipedeck hinter ihr hergeschlichen.

»Na und?«

»Sie werden sie wohl nur ein bißchen herumführen.«

»Die Führung will ich aber sehen!«

Wofür habe Laugen dann wohl die Schiebetür auf dem Catwalk hinter sich geschlossen, wenn das ganze nur eine Führung ist? Und warum haben sie eine Kiste Bier hochgeholt, wenn da nichts läuft? Tengs zweifelte nicht daran, daß da etwas abging.

»Vielleicht sind sie schon voll dabei!«

Sjur Willy bat Tengs, zur Seite zu gehen, damit sie den Scheiß herausschippen konnten. Sie hätten zu tun. Auch das andere Kranpodest müsse noch leergeschippt werden.

»Scheiß auf das Schippen«, sagte Tengs. »Mach das morgen! Überlaß das der Nachtschicht, die sollen auch noch ein bißchen Spaß haben!«

»Wir müssen wenigstens mit dem hier fertig werden«, sagte Bullshit.

Tengs gab es auf. Er war alleine, als er über die fettigen Rohre am Rand des Bohrdecks balancierte und in den Donnerbalken hineinschlüpfte. Es vergingen nur wenige Minuten, bis Sjur Willy auftauchte. Es war schon eine ganze Weile her, daß sie das letzte Mal dort gehockt und das Bohrteam beobachtet hatten. Das, wovon sie jetzt Zeugen wurden, war etwas ganz anderes.

»Na, was habe ich gesagt?«

Melody hatte das meiste bereits ausgezogen, als Sjur Willy sich neben Tengs auf den H-Träger schob. Sie hatte die weißen Lederstiefel anbehalten, doch unter dem gelben Parka war sie nackt. Sjur Willy sah ihre Haut hervorblitzen, als der Driller den Parka zur Seite schob und sich über sie beugte. Sie protestierte nicht, als er begann, ihre Brüste zu lecken. Sie bat ihn, sich doch ein wenig Zeit zu nehmen, als er mit der einen Hand zu ihrem Schritt hinunterglitt. Murphy grinste. Er roch an seinen feuchten Fingern. Dann öffnete er den Reißverschluß seiner Jeans und forderte sie auf, loszulegen. Murphy wußte, wie er es gemacht haben wollte! Tengs und Sjur Willy reckten die Hälse, als sie sich vor dem breitbeinig stehenden Driller hinkniete. Er strich ihr über die Haare, während ihre Hand in seinem geöffneten Hosenschlitz verschwand. Sein schweres Glied stand wie ein rostigbraunes Rohr in ihrer Hand, als sie begann, ihre Finger an dem dunklen Schaft auf und ab zu bewegen. Aber das reichte Murphy noch nicht. Er forderte sie auf, ihn in den Mund zu nehmen. Er grunzte, als die pflaumenförmige Spitze seines Gliedes zwischen ihren roten Lippen verschwand. Sie krabbelte hinterher, als er sich auf einen Plastikstuhl fallen ließ und zur Vorderkante des Stuhles vorrutschte. Tengs war sich sicher.

»Die da, die hat schon mal 'nen Schwanz im Mund gehabt! Und jetzt kriegt sie wohl auch noch einen in den Arsch!«

Ihr einer Arm rotierte wie eine Kurbelwelle, als Barka sich in die Hände spuckte und sich ihr von hinten näherte. Sein glänzendes Ding schwang zwischen den Schenkeln auf und ab, als er sich hinter ihr hinkniete und den Parka über die runden Hüften hochschob. Es stand wie ein Meißel, als er versuchte, von hinten durch die weißen Schinken in sie einzudringen. Der Driller schlug die Augen auf.

»Scheiße, hau ab!«

»Ich dachte mir, wir bohren sie von hinten auch noch ein bißchen auf!«

Murphy schickte ihn zur Hölle. Wenn er auf etwas verzichten könne, dann auf Arschficker, die sich Freiheiten herausnahmen! Wenn Barka sein Leben lieb sei, dann solle er sich zurückhalten und warten, bis er an der Reihe sei! Wie ein begossener Pudel zog er ab. Murphy glich einem furchterregenden Riesen, als er aufstand und sie bat, es so zu machen wie die Huren in Manila.

»Steck ihn ganz rein!«

Lydersen aus Mandal hatte ihnen von dem ersten Flittchen erzählt, das Murphy in einem Puff in Manila überrollt hatte. Sie sei so klein gewesen, daß er sie mit angezogenen Beinen in einen Koffer hätte stecken können. Ihre Brüste seien nicht größer als Nadelkissen gewesen! Sie sei so schmächtig gewesen, daß sie mit einem Kinderfahrschein um die Welt gekommen wäre. Hätte sie keine Haare auf der Möse gehabt, hätte Murphy die ganze Sache abgeblasen. Irgendwo gebe es ja Grenzen.

Murphy und Lesley hätten so etwas mal erlebt, als ein sonnengebräunter kleiner Dicker mit mehr Schweißtropfen als

Haaren auf dem Kopf sie aus einem Hauseingang in Caracas zu sich gerufen habe.

»I got something for you! Young beautiful girl! Only for you! Only ten dollar!«

Sie hätten abgewunken. Um Frauen würden sie sich gewöhnlich schon selbst kümmern! Der aufdringliche Kerl habe aber keine Ruhe gegeben.

»She can do everything!«

Daran zweifelten sie nicht. Sie hätten den Typ gebeten, abzuziehen, doch er sei ihnen hinterhergelaufen.

»Very young! Very pretty! Only ten years old!«

Murphy habe plötzlich angehalten und sich im Nacken gekratzt. War das denn möglich? Er habe sich umgedreht und sei zurückgegangen.

»Haben Sie zehn Jahre gesagt?«

»Si!«

»Und nur zehn Dollar?«

»Si!«

Der Mann habe gestrahlt wie die Sonne. Sicher glaubte er schon, er habe zu wenig verlangt, als Murphy zur Innentasche seiner Jacke griff. Der sonnenverbrannte Dicke habe schon die Hand ausgestreckt gehabt, um das Geld anzunehmen, als ihn Murphys Faust wie ein Vorschlaghammer getroffen habe. Er habe nur ein einziges Mal zugeschlagen. Blut und Zähne seien durch die Gegend gespritzt, und der Kerl sei zu Boden gegangen. Er habe sich nicht mehr gerührt. Lesley fürchtete schon, Murphy habe ihn umgebracht! Als ob es da etwas zu fürchten gäbe! Solche Schweine hätte man schon längst erschlagen sollen! Statt ihnen bei der Taufe Wasser über den Kopf zu träufeln, sollten die Pfarrer sie kopfüber in das Taufbecken stecken, bis sie nicht mehr atmeten!

Das philippinische Flittchen habe sich gewunden wie eine Schlange, als er in sie eingedrungen sei. Er war sich sicher, daß sie aufreißen würde, noch bevor er auf die Gebärmutter stieß. Er war auf gar nichts gestoßen. Was war nur mit diesem schiefäugigen Flittchen los? Hatte sie ihre Innereien ausgeweidet? Lächelte sie deshalb? Murphy hätte nichts mehr verstanden, bis er aus der Dusche gestiegen sei. Da habe sie dann nämlich ohne zu zögern seinen frischgewaschenen Schwanz heruntergeschlungen. Hätte er nicht Stop! gesagt, hätte sie auch noch seine Eier geschluckt. Er sei halbwegs in ihrer Speiseröhre gewesen, als es ihm gekommen sei. Damals sei Murphy hinter die Geheimnisse dieser Asiatinnen gekommen, sie seien dermaßen geil auf Schwänze, daß sie alles, was sie in ihren Mund bekämen, herunterschluckten. Sie hätten so viele Kilometer Schwanz hinuntergeschluckt, daß ihre Mösen direkt in die Speiseröhren übergingen! Es spiele keine Rolle, ob man sie unten oder oben fickte, letztlich sei es ja doch das gleiche Loch! Melody wehrte sich, als sie begriff, was er sich vorstellte. Sie würde seinen hübschen Schwanz lutschen. Sie würde ihn lutschen, bis es ihm käme, und dann alles schlucken! Sie würde machen, was er wolle, aber ihn nicht in den Hals nehmen! Sie umklammerte seinen warmen Ständer mit beiden Händen und massierte ihn fieberhaft mit den Lippen. Aber was sie auch tat, es war gleichgültig. Murphy wirkte nur um so besessener in seinem Wunsch, ihn ihr in den Hals zu schieben.

»Laß los, zum Teufel, laß los!«

Er riß ihre Hände beiseite. Er packte ihre Handgelenke und hielt ihre beiden Arme mit einer Hand fest, wobei er ihren Kopf mit aller Kraft zu sich heranzog.

»Jetzt kannst du ihn nehmen!«

»Ich kann das nicht!«

»Und ob du kannst! Mach das Maul auf! Mach das Maul auf, zum Teufel! So, ja! Schluck ihn, los, schluck ihn. Soweit es geht!«

Er war nicht zu bremsen. Melody riß ihren Mund auf wie ein Vogeljunges in einem Zahnarztstuhl, als der Driller sich in ihren Hals bohrte. Sie erbrach sich, als er ihren Rachen berührte. Sie hatte aufgehört zu würgen, als Bullshit im Donnerbalken auftauchte.

»Was machen die denn da?«

»Das fragst du?«

»Hat er etwa vor ...«

»Da kannst du dir verdammt sicher sein!«

Tengs konnte kaum mehr stillsitzen, als der Driller begann, sein Glied in dem offenen Schlund hin und her zu bewegen. Melody leistete keinen Widerstand mehr, als er ihre Arme losließ. Sie versuchte nicht, ihn wegzuschieben. Sie klammerte sich an die gespreizten Schenkel, als er begann, schneller zu werden. Sie konnten nicht mehr hören, ob sie atmete. Hatte sie aufgehört zu atmen? Vielleicht war sie ohnmächtig geworden? Das hinderte Murphy nicht. Und wohl auch Melody nicht, jedenfalls nickte ihr Kopf mit dem aufgerissenen Mund wie bei einer Puppe hin und her. Das Ekelhafteste an der ganzen Sache war, daß es so aussah, als habe sie selbst Spaß dabei. Tengs zweifelte nicht daran.

»Es macht ihr Spaß, seht doch, der Hure macht das Spaß!«

Als der Driller sie losließ, bewegte sich ihr Kopf immer noch vor und zurück. Sie drehte sich nicht einmal weg, als er in den Knien einknickte und sich aus ihr herauszog. Sie ergriff seinen spritzenden Schwanz mit beiden Händen und saugte daran wie an einer Sprudelflasche.

Bullshit hatte genug gesehen, als Murphy sie zu einem Haufen mit Seilen und Gummischläuchen schob. Tengs und Sjur Willy würden den Donnerbalken nicht eher verlassen, bis man sie mit Bluthunden von dort vertrieb. Sie hockten wie festgewachsen auf dem H-Träger, als der Driller sich rücklings auf die unebene Unterlage fallen ließ. Sein geschwollenes

Glied lag wie eine geschmolzene Kerze auf seinem Schenkel, als sie sich auf ihn setzte und begann, ihren Unterleib hin und her zu reiben. Als wieder Leben durch den schlappen Riesen zuckte, sickerte es noch immer weißlich aus ihren Mundwinkeln. Er stand wie ein roter Knochen zwischen ihren Schenkeln. Sie schob ihn an die richtige Stelle und drückte sich auf ihn.

»Die da, die weiß, verdammt noch mal, was sie macht!«

Ihre Brüste quollen aus dem Parka, als sie ihre Hände auf Murphys breite Brust legte. Sjur Willy starrte wie hypnotisiert. Murphy sollte sich bloß nicht über ihre Möpse beklagen! Das sei doch etwas anderes als die Nadelkissen, von denen Lydersen gesprochen habe! Sie schwangen wie weiße Fender über Murphy, bis dieser sie ergriff und zu kneten begann. Sie glänzten von Schmierfett und Hydrauliköl, als er sie wieder losließ. Wie zwei leuchtende Halbmonde überragten sie ihren nach hinten gebeugten Körper. Auch als sie sich auf seinen Schenkeln abstützte und mit den Hüften rotierte, schwangen sie noch hin und her. Murphy schloß die Augen und grunzte vor Wonne. Er tatschte ihre Schenkel und ließ sie machen.

Er hatte die letzten Tage genug geschwitzt! Diese Mimosen von Inspektoren hatten für mehr Aufregung gesorgt, als er das auch nur im Traum für möglich gehalten hatte. Wie aufgescheuchte Hühner hatten sie beim Anblick der Winden gegackert. Hatten die Sandkörner aus den Stahlfasern der Taue geknibbelt und ihre Kugelschreiber gezückt. Ob er den sandigen Staub auf den Trommeln nicht gesehen habe? Ob er nicht verstehe, daß die Sandkörner die Stahltrossen zerkratzten und sie schließlich abschleifen konnten, wenn die Winde in Gang war? Der Driller hatte versucht, sich zu beherrschen. Er zweifelte keinen Augenblick daran, daß ihre gut verpackten Eier wund würden, wenn sich ein Sandkorn in ihre Unterhosen verirrte, aber das bedeutete noch lange nicht, daß die Stahltrossen der Bohrwinsch sich abschleifen würden! Murphy hatte in stürmischen Wüstengegenden gearbeitet, wo die Blechhütten am Boden verankert werden mußten, damit sie nicht mit dem Wind davonschossen. Nacht für Nacht hatte er den Sand an den Wänden rieseln hören, und tags darauf war er von dem gleichen, scheußlichen Geräusch aufgewacht. Er hatte Sand im Bett gehabt, wenn er morgens die Augen aufschlug. Sand im Maul, wenn er aß, Sand im Arsch, wenn er scheißen mußte, Sand in den Schuhen und Sand in der Nase beim Atmen. Er hatte mit einer Binde vor der Nase mit tränenden Augen im Bohrturm herumgeblinzelt und nichts mehr gesehen. Überall war Sand gewesen, und jetzt kamen diese Deodoranttypen mit blitzsauberem Overall und Helm mit säuberlichem Kinnriemen und erzählten ihm, daß er jedesmal, wenn Sandstrahlgeräte an Bord seien, die Trommel abdecken müsse! Am liebsten hätte er sie kopfüber in einen Schlammtank gesteckt und sich so lange auf sie gesetzt, bis sie endlich aufhörten, so eine Scheiße zu reden. Er konnte sich nicht daran erinnern, daß auch nur eine einzige dieser Scheißtrossen in der Pampa jemals Schaden erlitten habe. An vieles andere konnte er sich erinnern, an die zerzausten Kamele, die schlampigen Huren, die Kakteen und an die Skelette, die aus dem Sand hervorragten. Auch an den billigen Branntwein und die endlosen Pokerpartien erinnerte er sich. Bis der ganze Bohrturm zum Teufel ging. Die Röhren schossen mit dem Öl aus dem Bohrloch empor. Rasten wie Strohhalme hoch und flogen durch die Luft. Er wußte nicht mehr, wie viele damals ums Leben gekommen waren, als das Bohrloch unter ihnen explodierte. Er erinnerte sich an Lesley. Lesley mit den komischen Lippen und den großen Ohren. Er und Lesley hatten seit Kindertagen zusammengehangen. Sie hatten an Fahrrädern und dann an Motorrädern herumgeschraubt. Gemeinsam hatten sie ihre erste Zigarette geraucht und die erste Flasche Schnaps geleert. Grün waren sie geworden und hatten geglaubt, sie würden sterben. Sie waren wieder auf die Beine gekommen. Hatten gemeinsam den Mädchen hinterhergeschaut und zusammen das erste Auto geklaut. Sogar die erste Nutte hatten sie sich geteilt! Schulter an Schulter hatten sie gestanden, wenn es Probleme mit den Bullen oder anderen Plagegeistern gegeben hatte. Niemand hatte jemals etwas gratis von ihnen bekommen. Lesley hatte die Klappe und Murphy die Muskeln. Gemeinsam hatten sie sich die Welt erobert und das meiste erreicht. Sie hatten für die gleichen Sachen gekämpft, bis sich Lesley plötzlich in den Kopf gesetzt hatte, etwas alleine zu machen. Für zweitausend Dollar hatte er sich als Freiwilliger gemeldet, um eine Ladung Sprengstoff in das Scheißbohrloch zu bugsieren. Es war ihm nicht mehr auszureden. Murphy hatte ihm zweitausend Dollar geboten, wenn er es seinließe. Aber es ging ihm nicht um das Geld. Murphy hatte nicht begriffen, um was es ging. Lesley hatte hinter dem Hitzeschutzschild gestanden und mit starrem Blick auf die brennende Ölquelle geschaut. Die dröhnende Feuersäule stand wie eine überdimensionale Schweißflamme am versengten Himmel. Wabernde Schwefelwolken, Rauch und Dampf wälzten sich aus der schwarzen, brennenden Fontäne. Lesley hatte wie hypnotisiert in dem ohrenbetäubenden Lärm gestanden.

»Ich werd's diesem lästigen schwarzen Luder zeigen!«

Es leuchtete in seinen Augen.

»Ich werde sie ausblasen wie ein Teelicht!«

Sie hatten sich eine Art Weg durch die schwarzen, verbrannten Sanddünen gebahnt. Es war ihnen gelungen, das Feuer auf dem zähen, matschigen Asphalt zu löschen. Das Flammenmeer hatte eine Fläche so groß wie ein Fußballfeld bedeckt. Noch immer wurde von allen Seiten Wasser gesprüht, um zu verhindern, daß der schwarze Brei erneut Feuer fing.

Sonst hatten sie keine Chance, jemals die Flammen über dem Bohrloch zu löschen. Seit zwei Wochen waren sie dabei, glühende Metallteile aus dem Bereich des Kraters an den Rändern des Bohrlochs zu entfernen. Wie Ameisen waren sie in dem warmen Sirup herumgekrochen, um alles, was den Brand erneut hätte anfachen können, abzudecken oder zu entfernen. Lesley war wie ein Huhn auf einer Kochplatte herumgehüpft, als er mit zu viel Einsatz zur Sache gegangen war. Er hatte geheult vor Schmerzen, als sie ihn wieder hinter die Deckung geholt und ihm die qualmenden Stiefel von den Füßen gerissen hatten. Das hatte ihn nicht abgeschreckt. Er war nur noch verbissener danach.

»Ich werd' mir diesen brennenden Schwanz holen! Ich hau ihn ab, dann ist für immer Schluß!«

Murphy hatte es aufgegeben, ihn zur Vernunft zu bringen, als Lesley mit zwei Metallzylindern bereitstand. Nie zuvor hatte sich Murphy so hilflos gefühlt.

»Wenn du draufgehst, prügel ich dich windelweich!«

Lesley hatte ein beruhigendes Grinsen aufgesetzt. Er habe nicht vor, den Löffel abzugeben. In New Orleans würde eine warme, willige Frau auf ihn warten. Wahrscheinlich warteten dort Hunderte von warmen, willigen Frauen auf ihn, die wüßten nur noch nichts davon! Murphy solle sich beruhigen. Er habe nicht vor, seine Tage zu beenden, bevor er nicht alle, die in New Orleans laufen oder kriechen konnten, aufs Kreuz gelegt habe. Sein Gesicht glänzte vor Öl, seine Augen glühten, seine Haare hingen als blanke Strähnen unter dem Helm hervor, als er den Kopf senkte und begann, auf den feuerspeienden Brunnen zuzugehen.

»Streichel meine Möse!«

»Hä?«

Murphy sah verwirrt auf. Er hatte nicht mehr solche Euter gesehen, seit er damals draußen vor Brasilien gebohrt hatte.

Er hatte keine wärmere Möse mehr gespürt, seit er sich in Venezuela den Tripper geholt hatte.

Oder war das woanders? Das war gleichgültig. Murphy behauptete, er habe den Tripper überall bekommen. Er behauptete, er sei immun gegen den Tripper, und nicht ein Schwein wagte es, ihm zu widersprechen. Hätte jemand anders so etwas Schwachsinniges behauptet, er hätte sich vollkommen lächerlich gemacht. Murphy konnte sagen, was er wollte. Sie glaubten alles, was er sagte, und verbreiteten es weiter. Er spürte die Hitze des dampfenden Unterleibs. Nahm gerade noch die Umrisse der vornübergebeugten Gestalt zwischen den schwarzen Sanddünen wahr. Sie hatten zwei Wasserkanonen auf ihn gerichtet und die ganze Zeit Wasser über ihn gesprüht. Ohne den Regen aus den Wasserkanonen hätte er in der vernichtenden Hitze nicht einmal die Chance eines Schneeballs gehabt. Ohne das Wasser wären seine Kleider und seine Haut eingetrocknet wie Weißbrot in einem Toaster. Lesley war die letzten Meter bis zur Kante des Kraters vorgekrochen.

»Streichel meine Möse, du Teufel, benutz deine Finger!«

Murphy befahl ihr, das Maul zu halten. Was bildete sich dieses freche Luder ein? Es war ja nicht sie, die für den Spaß zur Kasse gebeten wurde. Daß ihre Möpse okay waren, hieß noch lange nicht, daß sie ihre Dose im Leerlauf laufen lassen durfte, bis sie völlig verrußt war!

Der verdreckte Overall dampfte, als Lesley sich aufrichtete und die zwei Zylinder in den spritzenden Krater hinabwarf. Kaum daß er sie losgelassen hatte, warf er sich auf den Boden. Er lag mit den Händen über dem Kopf, als es zum ersten Mal knallte. Als die andere Ladung explodierte, verschwand er in einer Wolke aus Sand und Staub. Die abgekämpften Ölarbeiter hatten entgeistert auf den schwarzen Wirbel geschaut. Die Riesenflamme war weg! Lesley hatte es geschafft! Er hatte es geschafft, verdammt noch mal, er hatte es geschafft! Sie hatten ihre Helme geschwungen und vor Begeisterung geschrien. Die braune Ölsäule schoß noch immer senkrecht aus dem Boden. Was machte das schon? Wenn es Lesley gelungen war, die brennenden Wolken auszupusten, dann würde es ihnen ja wohl gelingen, den Blow-out zu stoppen. Man mußte ja nur einen Entlastungsbrunnen bohren.

Laugen und Barka lebten auf, als Murphy sich endlich aufrichtete und sie auf den Rücken drehte. Sie dachten schon, er hätte sich zur Ruhe gelegt. Als er sie umdrehte und in den Haufen Seile hinunterdrückte, gab es jedoch keinen Zweifel mehr, daß noch Leben in ihm steckte.

Lesley war vollständig Amok gelaufen! Statt von dem schwarzen Ungeheuer wegzukommen, hatte er begonnen, eine Art Kriegstanz um die brodelnde Ölsäule zu tanzen. Er ballte die Fäuste und heulte triumphierend, als Murphy sich zur Winde herüberdrehte. Wo, zum Teufel, war der Typ, der sie bedienen sollte? Murphy stürzte auf die unbemannten Hebel zu, um den herumhüpfenden Idioten herauszuziehen. Er hatte nicht einmal die Hälfte der Strecke zurückgelegt, als die Flammen erneut emporschossen und ihn auf den Rücken warfen. Niemand wußte später die Ursache dafür. Vielleicht lag dort doch noch ein glühendes Stück Metall? Vielleicht hatte Lesley etwas mit den Schuhen hervorgegraben? Es war egal. Lesley war kaum mehr zu erkennen, als sie ihn endlich herausgeholt hatten. Er sah aus wie irgendein verkohlter Idiot, als Murphy begann, ihm auf die Brust zu schlagen. Er ging mit seinen Fäusten auf den verbrannten Brustkorb los, bis sie ihn an den Schultern packten und wegzogen. Auch danach noch schlug er mit seinen Fäusten auf alles und jeden, der ihm begegnete, bis sie blutig waren. Er schlug mit einer Branntweinflasche nach denen, die versuchten, ihn in die Dusche zu schieben. Er stand da, die blutüberströmte Flasche in der

Hand, und trank, bis er schließlich auf dem Steinboden zusammenbrach.

Als er wieder zu sich kam, wußte er nicht, wo er war. Er hatte keine Ahnung, wo das Flittchen herkam, das unter ihm lag und jammerte. Ihr Gesicht war rot wie ein gekochter Hummer. Sie strampelte mit den Beinen und wand sich, als hätte sie einen glühenden Specht im Bauch, als er sie in die Rolle von Gummischläuchen hinunterstieß. Jetzt bat sie nicht mehr darum, gestreichelt zu werden. Es sah aus, als bekäme sie Stromstöße, als es Murphy schwarz vor den Augen wurde und er eine Ladung nach der anderen in den zitternden Körper schoß. Es rann noch aus seinem Glied, als er sich aus ihr herauszog. Auch noch, als er über ihr stand und die letzten Tropfen aus sich herausmelkte. Sein Gesicht glänzte vor Schweiß und Schmieröl, als er seinen Schwanz in die Hose steckte und sie den Roughnecks überließ.

Es war Bullshit, der sie fand. Laugen und Barka hatten gesagt, sie hätten sie wieder an Land gebracht. Sie hockte hinter dem Drillerhäuschen und wischte mit einem Rest Putzwolle ihren Körper ab, als Bullshit sie erblickte. Er versuchte wegzuschauen. Er blieb stehen und starrte auf den mißhandelten Körper. Die weißen Stiefel waren nicht mehr weiß. Der gelbe Parka nicht mehr gelb. In der Putzwolle war ebenso viel Blut wie Öl. Auf ihrem Hals und auf ihren Schultern waren Abdrücke von Zähnen. Überall auf dem verschmierten Körper fanden sich Spuren von Händen. Bullshit wollte ihr wieder auf die Beine helfen. Es gelang ihr, aus eigener Kraft aufzustehen. Sie lehnte sich an den Materialtisch. Einen Augenblick lang sah es so aus, als bräche sie wieder zusammen. Sie ließ die Putzwolle fallen und schaute ihn an.

»Willst du auch noch eine Nummer? Ist es das, was du willst?«

Bullshit schüttelte den Kopf. Daran denke er ganz sicher nicht. Er könne ihr einen Krankenwagen rufen oder die Polizei holen. Sie bat ihn um ein Taxi. Sie rutschte auf einem Klecks Schmierfett aus, als sie sich nach ihren Kleidern umsah. Dann beugte sie sich über die Augenwaschstation, wo sie ihr Gesicht säuberte. Als er sie über das Pipedeck führte, stolperte sie über Kabel und Schläuche von Schweißgeräten. An der Tür zum provisorischen Aufzug fragte er sie, ob sie Geld für das Taxi habe. Sie schüttelte nur den Kopf. Ob er denn wirklich glaube, daß sie umsonst arbeite? Ob er sich so etwas einbilde? Es sei wirklich nicht verwunderlich, daß sie ihn Bullshit riefen. Sie kramte eine Handvoll Banknoten aus ihrer Handtasche hervor. Wenn es darum ginge, dann könne sie noch einiges mehr hervorholen!

Bullshit sagte, sie seien doch dreckige Schweine. Laugen und Barka grinsten.

»Die junge Dame hat nur gekriegt, um was sie gebeten hat.«

»Sie bekam noch mehr, als sie verlangt hat. Die hat an einem Abend mehr Geld eingesackt, als wir in einer ganzen Woche verdienen!«

Bullshit drohte, sie der Polizei zu melden. Barka zuckte mit den Schultern. Wenn Bullshit sich lächerlich machen wolle, dann nur zu! Sie hätten ja bezahlt! Das Fräulein könne sich wohl nicht beschweren. Und gewehrt habe sie sich schließlich auch nicht.

»Ihr hättet sie umbringen können!«

Laugen und Barka verdrehten die Augen.

»Ich glaube eher, daß sie uns umgebracht hätte!«

»Wenn die zum Schluß nicht ohnmächtig geworden wäre, die hätte uns glatt zum Teufel gefickt!«

Sechstes Kapitel

Fly Me to the Moon

Es sei ein Wettrennen mit der Zeit. Es sei ein Wettrennen mit dem Bohrprogramm. Vor allem aber sei es ein Wettrennen mit den anderen Bohrgesellschaften. Barka und Laugen machten Sjur Willy das schon am ersten Tag in der A-Schicht klar. Wie lange er dort bleibe, komme nur auf ihn an! Wenn er nicht richtig mit anpacke, würde es nicht allzu lange dauern, und wenn er ihren Arbeitsrhythmus durcheinanderbringe, sei es vorbei. Wenn er nicht seinen Teil der Arbeit erledige, dann sowieso! Er solle bloß nicht damit rechnen, sich, nur weil er Anfänger sei, eine höhere Fehlerquote erlauben zu können. Sie würden arbeiten wie immer und von ihm das gleiche verlangen wie von Lydersen. Die Ansprüche seien verdammt hart. Meistere Sjur Willy seine Aufgaben nicht, würde es ihm schlecht ergehen. Laugen und Barka seien unerbittlich, sie wüßten, wie sie Leute loswürden, die nicht ins Team paßten. Das hätten sie schon früher geschafft. Sjur Willy versuchte, sie zu beruhigen, er würde schon seinen Teil leisten. Er sei ebenso an guter Arbeit interessiert wie sie. Er wisse, worum es gehe. Wenn sie mit Lydersen zufrieden gewesen seien, dann würden sie auch mit ihm zurechtkommen. Barka und Laugen zuckten mit den Schultern.

»Reden kannst du, was du willst.«

»Es kommt darauf an, was du tust.«

Während der ersten Schichten spürte er die Skepsis und das Mißtrauen. Sie beobachteten ihn. War er zu langsam, wenn sie den Schlips befestigen oder ihn wieder lösen sollten, stürzten sie sich auf ihn. Hatte er Schwierigkeiten, die Zange an der Bohrröhre anzusetzen oder abzukoppeln, brüllten sie ihn an.

»Pack zu, du Arsch!«

»Wir wollen nicht auch noch deine Arbeit machen müssen!«

Sie brauchten es nicht oft zu sagen. Er kannte die Handgriffe. Es war ihre Kombination, die nicht saß, die Reihenfolge, das Miteinander, das Timing. Nach ein paar Tagen lief es besser. Da wußte er, was er eigenständig machen mußte und wo es auf das Zusammenspiel ankam. Barka und Laugen brauchten darüber nicht mehr nachzudenken. Sie wußten sogar, was hinter ihrem Rücken vor sich ging! Sie hatten die Arbeitsschritte im Kopf, die Bewegungen saßen in ihrem Körper und ihren Armen, sie lagen wie Reflexe in ihrem Rückgrat. Sie hatten den Rhythmus im Blut. Sjur Willy brauchte Übung, um sich einzufinden. Es war, als müsse er gleichzeitig gegen mehrere Widersacher kämpfen. Es war nicht egal, wann er zupackte und wie lange er festhielt. Ständig traten neue Gegner in den Ring. Immer mußte er vorbereitet sein. Es war, als müsse er gegen Gegner viel höherer Gewichtsklassen antreten. Es hieß, wach zu sein und sich seiner Schnelligkeit zu bedienen und im rechten Augenblick zuzuschlagen, wenn sie einen Moment lang unaufmerksam waren oder für einen Augenblick das Gleichgewicht verloren hatten. Das Wichtigste waren die Beinarbeit und die Schlagkombinationen, im richtigen Moment am rechten Ort zu sein, die Stöße in der richtigen Reihenfolge anzugehen. Sjur Willy begriff das Ganze überraschend schnell. Auch ihm lag es im Blut! Laugen und Barka warfen sich Blicke zu. Sie hatten aufgehört, ihn zu beobachten. Sie hatten aufgehört, ihn anzuschreien. Er brauchte keine Erläuterungen mehr. Er war so gut wie Lydersen. Er war besser als Lydersen. Sie sagten das nicht laut. So etwas sagten sie nicht. Aber sie brauchten es auch gar nicht zu sagen. Sjur Willy sah es ihnen an. Er sah es Murphy an, er, Sjur Willy, war akzeptiert worden! Er genoß das Gefühl dazuzugehören. Die Unsicherheit verschwand. Die Spannungen lösten sich. Das Selbstvertrauen stieg. Er spürte, wie es ihm von der Hand ging. Das war es, worum es sich drehte, das Ganze mußte laufen, ohne daß man zu viel Kraft dafür brauchte. Er hatte viel zu viel Kraft gebraucht. Nach den ersten Schichten war er vollkommen ausgepumpt gewesen. Es war härter, als er sich das vorgestellt hatte. Am schlimmsten waren die Schläge. Die Schläge der Rohre, der Zangen, der festsitzenden Stahltrosse, die Schläge von Metall gegen angespannte Muskeln. Darüber brauchte man nicht reden. Das gehörte dazu! Er beklagte sich nicht. Und auch Murphy hatte nicht zu klagen. Sjur Willy war kein Schwachpunkt. Murphys Team war noch immer das beste! Nach einer Woche wechselten sie das Bohrgestänge in Rekordzeit. Sie unterboten die alte Rekordzeit um sieben Minuten. Nicht nur Murphy war zufrieden, auch Laugen und Barka ulkten herum und machten Blödsinn. Sjur Willy pfiff »Fly Me to the Moon«, das Ganze begann, ein Spaß zu werden. Es war großartig, für das beste Bohrteam zu arbeiten, fast so, wie für Liverpool zu spielen! Nein, noch besser! Für Liverpool zu spielen, das war nichts, verglichen mit der Arbeit für Murphy! Sjur Willy spürte nicht mehr, daß er müde war, nicht, solange er bei der Arbeit war, da spürte er nur ein Gefühl der Zusammengehörigkeit, daß es lief, daß ihm etwas gelang! Daß er müde war, spürte er erst, wenn er in die Wärme kam. Die Muskeln waren immer noch vollkommen angespannt, wenn er seine Schicht beendete. Es rauschte in den Ohren, und sein Körper schmerzte. Er schwankte, wenn er sich die Stiefel von den Füßen zerrte, die klitschnassen Handschuhe auf den Heizrost legte und den verdreckten Overall auszog. Würde Petrus in diesem Augenblick zwischen den Garderobeschränken auftauchen und ihn vor die Wahl stellen, Himmelreich oder Dusche, Sjur Willy würde sich für die Dusche entscheiden! Jedenfalls würde er nicht mit in den Himmel kommen, wenn es dort oben keine Badwanne gäbe! Er schloß die Augen und hielt sich an den Hähnen fest, während er in dem dampfenden Paradies nach der Seife suchte. Er gurgelte vor Wohlbehagen, wenn der Schweiß und der Dreck von seinem Körper herabrann. Die Reste des Bohrschlamms in seinem Gesicht, die Schmerzen, der Geruch von Öl und Chemikalien, all das löste sich unter dem fließenden Wasser auf und verschwand durch den Abfluß im Boden, alles, nur nicht die Müdigkeit und die Bartstoppeln einer ganzen Woche. Sjur Willy sank nach dieser Reinigung mit einem Frotteehandtuch über den Schultern und einer Dose Cola in der Hand auf der Bank im Umkleideraum zusammen. Als die Coladose aus seinen Händen rutschte und scheppernd auf die Fliese fiel, schreckte er auf und zuckte zusammen, um seine Zehen zu retten. Er hatte geglaubt, es sei eine Bohrröhre, die vor ihm auf den Boden schmetterte. Er war vollkommen erledigt. Niemals zuvor war er so fertiggewesen. Er begann zu lachen. Das Gelächter ging in ein langgezogenes Heulen über, als er in einem Fuß einen Krampf bekam und von der Bank aufstand. Er sah aus wie neugeboren, als er mit roten Wangen und nassen, glatt nach hinten gekämmten Haaren in der Messe auftauchte. Am ähnlichsten sah er einem frischgebadeten Vikar, als er sich über das zweite Wiener Schnitzel beugte. Laugen und Barka versuchten ihn zu überreden, mit ins Kino zu kommen, »Westwärts zieht der Wind«.

»Vergeßt es!«

Sjur Willy kaute weiter an seinem Schnitzel, bis die Erbsen begannen, wieder aus seinem Mund zu rollen und die Zitronenscheibe, der Klecks Remoulade und die zusammengedrehten Anchovis, die er auf dem Tellerrand geparkt hatte, zu Boden gingen. Da hatte er endlich genug. Er hätte gerne »Westwärts zieht der Wind« gesehen. Er konnte einfach nicht mehr. Er wäre eingeschlafen, sobald man das Licht ausgemacht hätte. Er hätte wie eine verwelkte Tulpe über dem Stuhlrücken gehangen und den ganzen Film verpaßt. Wie »Little Big Man« und »Kelly's Heroes«. Lee Marvin würde ohne ihn auskommen müssen. Statt seinen Teller leer zu schaben, warf er ihn mitsamt des Bestecks in den Mülleimer. Der Flur schwankte unter ihm, als er auf seine Kabine zutaumelte. Er pfiff nicht mehr »Fly Me to the Moon«, während er von Wand zu Wand stolperte und im unteren Bett, das Licht hell aufgedreht, einschlief. Hätte ihn jemand gebeten, ins obere Bett hinaufzuklettern, er hätte gemacht, was Hunde meistens tun, er hätte sich am Boden in einer Ecke zusammengerollt!

Er saß unter einer Glaskuppel inmitten des Meeres der Stille und aß zusammen mit Laugen und Barka Frikadellen, als Thompson die Tür zur Messe aufriß. Der Blick des Bohrchefs war wild, er hatte ganz offensichtlich Probleme mit der Schwerkraft. Er ruderte mit den Armen, während er um das kalte Buffet herumtaumelte, und riß eine Schale mit Pflaumenkompott herunter. Erst dann gelang es ihm, anzuhalten. Der Steward hätte ihn am liebsten hinausgeworfen. Schon wieder diese verdreckten Cowboystiefel! Er wolle keinen Bohrschlamm auf seinem Fußboden, und zeigte wütend auf das Schild über dem Getränkeautomaten, NO BOOTS IN THE MESS!

»Das gilt nicht für mich«, rief Thompson.

»Das gilt für alle«, ereiferte sich der Steward.

Er sei es ein für alle Mal leid, überall die fettigen Abdrücke spitzer Cowboystiefel zu sehen. Er sei der Meinung, daß, verdammt noch mal, auch die Chefs endlich einmal die Regeln befolgen sollten, die sie selber aufgesetzt hätten. Er wußte nicht, daß Thompson einen Revolver hatte. Sonst hätte er sicher die Klappe gehalten. Seine Kochmütze fiel in eine Kasserrolle mit brauner Soße, als Thompson zwei Warnschüsse an die Decke abgab, daß die Kuppel zerbarst und die Glassplitter auf ihre Köpfe herabregneten.

»Wenn du nicht sofort deinen Arsch bewegst, ergeht es dir wie dem Pflaumenkompott«, brüllte Thompson.

Irgendwie hatte er nicht bemerkt, daß der Steward schon längst weg war und damit begonnen hatte, das Pflaumenkompott und die Glassplitter mit einer Art Mistschaufel, die er von Gudbrand in Lia geliehen haben mußte, wegzuschaufeln. Thompson wandte sich an das Bohrteam, an Murphy.

»Jungs, ich habe ein Problem!«

Sie schauten auf ihr Erbsenpüree hinunter. Sie wußten, daß die Probleme des Bohrchefs einen Hang dazu hatten, zu ihren eigenen Problemen zu werden, und kauten weiter auf ihren Frikadellen herum, als sei nichts geschehen. Das war nicht ganz so einfach, jetzt wo die Kuppel zerschlagen war. Sie spuckten Glassplitter aus, als der Bohrchef seinen Revolver zur Seite legte und sie informierte. Er habe zwei von Smileys Roughnecks auf frischer Tat ertappt, als sie sich während ihrer Schicht am Texaco-Würstchenstand vergnügten, und Klartext mit ihnen geredet. Träfe er sie da noch einmal in ihrer Arbeitszeit, könnten sie zusammenpacken und zurück zur Erde fliegen! Und überhaupt, würden sie nicht aufhören, mit diesem KGB-Schwein Geschäfte zu machen, wolle er nichts mehr mit ihnen zu tun haben! Er habe erwartet, daß sie es wie Männer auffaßten, aber diese Querulanten hätten eine dicke Lippe riskiert und ihn als ein verfressenes Shetlandpony bezeichnet. Und nicht nur das, dann hätten sie ihm noch ihren Kommunistensprudel ins Gesicht gekippt und ihn zur Hölle geschickt. Thompson sei keine andere Wahl mehr geblieben, er habe alle Register gezogen und sie einfach niedergeschossen. Dummerweise sei auch noch Smiley in die Schußlinie gekommen. Dieser dusselige Driller habe sich geweigert, seinen Befehl auszuführen und die beiden toten Einfaltspinsel einfach ins Bohrloch zu schmeißen. Smiley meinte, daß seine Roughnecks den Anspruch auf ein christliches Begräbnis hätten, auch wenn sie in ihrer Arbeitszeit Würstchen gegessen hatten. Der Bohrchef hätte das ja noch geduldet, wenn nicht Smiley auch noch davon angefangen hätte, ihn wegen Mordes vor Gericht zu bringen. So ein Schwachsinn! Alle, die ihn kannten, müßten doch begreifen, daß Thompson die zwei Trottel in Notwehr erschossen habe. Außerdem sei das alles Smileys Fehler. Hätte er sich wie ein anständiger Driller aufgeführt und seinen Leuten Zucht und Ordnung beigebracht, wären niemals Kommunisten aus ihnen geworden! Sjur Willy war wie immer auf der Seite des Bohrchefs. Laugen hatte seine Zunge an eine Serviette gepreßt, er hatte sich geschnitten, und Barka begriff nicht, wo das Problem lag. Abgesehen von Madsen hätte man die Idioten von Art Smiley schon vor langem abknallen sollen. Es sei nur ein Vorteil, daß sie jetzt aus dem Weg geräumt seien. Das sei nicht das Problem, erklärte ihnen Thompson, ihm fehle ein Bohrteam, und er könne nicht so einfach ein neues aus dem Hut zaubern.

»Könnt ihr einspringen, Jungs? Könnt ihr durchhalten?«

»Wie lange?«

»Bis das neue Team da ist!«

»Wann kommt es?«

»In einer Woche!«

Sjur Willy wollte schon, wie immer, No problem! sagen. Er kam nicht weiter als bis zu No!, als Barka ihn mit dem Fuß unter der Kniescheibe traf und ihm unmißverständlich klar machte, das Maul zu halten. Wenn sie Überstunden machen mußten, dann sollte er wenigstens denen das Wort überlassen, die sich schon früher einmal den Wind um die Ohren hatten wehen lassen!

»Sie meinen also, wir sollen Tag und Nacht, vierundzwanzig Stunden am Tag, sieben Tage lang durchhalten?«

Thompson nickte.

»Das geht nicht«, sagte Laugen und spuckte Blut.

»Sie müssen das Bohren unterbrechen«, sagte Barka.

»Das kommt nicht in Frage!«

Thompson sei enttäuscht von ihnen. Wo sei die Glut, wo die richtige Einstellung, wo der Geist? Wo sei all das geblieben, das sie dorthin gebracht habe, wo sie jetzt seien? Sie sollten bloß nicht weiter herumrennen und sich als das beste Bohrteam bezeichnen! Da gebe er ihnen einmal die Chance, zu zeigen, daß sie unschlagbar seien, daß sie Roughnecks von astronomischen Dimensionen seien, daß selbst John Wayne und General Patton zusammenpacken könnten, und dann warfen sie das Handtuch, bevor es überhaupt losgegangen sei!

»Einen Tag schaffen wir«, meinte Laugen, »aber nicht eine ganze Woche, niemand kann das!«

»Wenn ihr einen Tag auf der Erde durchhaltet, schafft ihr eine Woche auf dem Mond!«

»Hä?«

Sie meinten, der Bohrchef sei jetzt völlig durchgedreht.

»Daran habt ihr nicht gedacht!«

»Woran?«

»Die Schwerkraft!«

»Die hat doch damit nichts zu tun!«

»Die Schwerkraft beeinflußt alles«, erklärte Thompson. »Die Anziehungskraft des Mondes beträgt nur ein Siebtel von der der Erde. Das heißt, daß alles siebenmal leichter wird, also könnt ihr auch siebenmal so lange arbeiten, ohne einen Unterschied zu merken!«

Sie sahen ihn irritiert an. Ganz offensichtlich war auch Barka auf der Kippe.

»Was kriegen wir, wenn wir es versuchen?«

»Sagen wir, einen Lohnzuschlag von hundert Prozent?«

»Hundert Prozent für den ersten Tag, für den zweiten zweihundert!«

»Und dann gibt es jeden weiteren Tag hundert Prozent dazu, bis die Ablösung kommt«, schlug Sjur Willy vor.

Er hatte Barkas Hinweis verstanden. Erstaunlich, daß seine Kniescheibe nicht abgefallen war. Thompson solle bloß nicht glauben, sie arbeiteten gratis. Wenn sie Überstunden machen mußten, dann wollten sie die auch bezahlt haben! Und daß dem Bohrchef jetzt der Atem wegbleibe, daß sei sein eigenes Problem. Schließlich sei er es gewesen, der durchgedreht sei und die Glaskuppel zerschossen habe. Wenn er wolle, daß das Bohren weitergehe, dann solle er damit aufhören, Roughnecks zu erschießen, und bezahlen, was sie verlangten.

Als der Bohrchef verschwunden war, schlugen sie sich gegenseitig in die Hände. Sie hatten ein geniales Abkommen getroffen! Das würde eine lukrative Woche werden! Sie würden im Geld schwimmen. Hielten sie die Woche durch, hätten sie genauso viel verdient wie in einem halben Jahr in der Nordsee. Sjur Willy bereute es nicht, mit auf den Mond gekommen zu sein. Er zweifelte nicht daran, daß sie die Woche durchstehen würden. Das Bohren lief doch wie im Traum. Auf dem Mond nach Öl zu bohren – das war etwas ganz anderes als auf der Erde. Die Bohrröhren waren leicht wie Bambusstäbe! Die Zangen und der bleischwere Schlips könnten auch nicht leichter sein, wenn alle Stahlteile aus Holz wären! Die ersten Schichten vergingen wie im Flug. Der Vorschlaghammer wog nicht mehr als eine Kneifzange. Das Brecheisen weniger als ein Skistock. Sie selbst hüpften herum wie Känguruhs. Paßten sie nicht auf, erhoben sie sich meterhoch über den Boden. Der Lohn war auf das Dreifache gestiegen, als Goddbiff begann, Probleme zu machen. Er hatte die Schnauze voll gehabt von Art Smileys Genörgel, er trinke zu viel, und nachdem Frank Oesterling mit einem Helikopter im Mare Crisium verschwunden war, hatte er die Chance genutzt, in Murphys Bohrteam zu wechseln. Sie waren zum sechsten Mal dabei, mit dem Bohrgestänge wieder nach unten zu fahren, und hatten bereits die zehn ersten Bohrlängen zusammengeschraubt, als plötzlich keine weiteren mehr kamen. Murphy schaute zum Turm hoch.

»Laß einen neuen Stand runter!«

Keine Antwort. Sie sahen kein Zeichen von Leben da oben. Was war mit dem Kerl los? Hatte er sich oben auf dem Monkeydeck schlafengelegt? Murphy glaubte zuerst, es sei der Entzug, der ihn aus den Latschen hatte kippen lassen. Goddbiff ließ in seinen freien Wochen immer die Sau raus und war von dem Moment an, in dem er das Mare Tranquillitatis verließ, nicht eine Sekunde nüchtern bis er wieder zurückkam. Goddbiff sollte besser die ganze Zeit über auf dem Mond bleiben, dann bliebe ihm wenigstens der Kater erspart. Und der Rausch auch. Aber das war es wohl. Für Goddbiff machte es überhaupt keinen Sinn, auf dem Mond nach Öl zu bohren und Unmengen Geld zu verdienen, wenn er nicht zur Erde zurückfliegen konnte, um es dort zu versaufen. Das war eigentlich ebenso unsinnig wie sich vollaufen zu lassen. Von zwei Übeln wählte Goddbiff immer das, von dem er am besten breit wurde. Es sei nicht das Problem, sich vollaufen zu lassen, es sei die Zeit danach! Beim Trinken gehe es Goddbiff immer gut, und da schiebe er halt den Kater so lange vor sich her, wie es nur gehe. Sjur Willy hatte eine Flasche Moskovskaja und eine tragbare Sauerstoffmaske mit, als er im Sicherungsgurt nach oben gezogen wurde. Er wußte nicht, wo er den russischen Wodka so plötzlich her hatte. Vielleicht war auch er Kommunist? Goddbiff brauchte weder das eine noch das andere. Es waren weder der Sauerstoffmangel noch der Entzug, die ihn k.o. geschlagen hatten, es war eine der Bohrlängen. Anscheinend hatte sich einer der Stands aus dem Piperack gelöst. Er mußte von dort herübergeschwungen sein und seinen Rücken getroffen haben. Jedenfalls sah das für Sjur Willy so aus. Murphy fluchte. Was sei das denn für eine Entschuldigung, eine Bohrlänge in den Rücken zu kriegen? Die seien doch leicht wie Angelruten! Er protestierte, als Sjur Willy ihn aufforderte, eine Trage hochzuschicken. Wenn noch Leben in dem Typ sei, dann solle er gefälligst wieder an die Arbeit gehen! Und wenn Goddbiff das Zeitliche gesegnet habe, dann solle Sjur Willy ihn einfach über die Kante des Monkeydecks schieben. Der Steward könne dann ja Ochsenragout von ihm machen! Goddbiff ähnelte mehr einem verbrutzelten Schweinesteak, als die Trage hinuntergelassen wurde. Barka und Laugen hatten sie vom Haken gelöst und aufs Deck gestellt, als Murphy sie aufforderte, sie wieder anzuhaken.

»Hä?«

»Hängt sie wieder dran! Aber anders herum!«

Sie verzogen sich, als der Driller die Winde mit voller Kraft anfahren ließ. Goddbiff rotierte am Haken und schwang wie ein Pendel im Weltraum hin und her. Da kam Florence Nightingale angerannt.

»Was macht ihr denn! Der Mann ist doch bewußtlos!«

»Das wissen wir noch nicht«, rief Murphy.

Goddbiff heulte wie ein Präriewolf, als die Trage auf ihrem Weg nach unten die Schläuche der Schlammeinspritzanlage passierte. Er heulte und jammerte weiter, während sie ihn auspackten. Murphy befahl ihm, die Schnauze zu halten.

»Willst du zur Erde zurück oder lieber deinen Job machen?«

Goddbiff brauchte nicht lange, um sich zu entscheiden. Wenn er jetzt für immer zur Erde zurückfahre, könne er nur drei Wochen saufen, bevor Schluß sei. Natürlich könne er auch billigen Fusel trinken und in irgendwelchen Hauseingängen schlafen wie die anderen auch, aber das sei nicht sonderlich verlockend. Goddbiff hatte die Wodkaflasche in seinen Overall gesteckt und verzichtete darauf, noch einmal mit Florence Nightingale zu sprechen, bevor er wieder nach oben gezogen wurde. Sie war stinkwütend. Sie sehe immer wieder, daß die Gesundheit nicht richtig ernst genommen werde.

»So kann man Menschen nicht behandeln!«

»So muß man die Menschen behandeln«, verbesserte Murphy sich. »Wenn sie einen Motorschaden haben, muß man sie einfach wieder zum Laufen bringen. Und wenn der Motor immer wieder schlapp macht, muß man ihn auswechseln.«

»Es gibt einen Unterschied zwischen Menschen und Maschinen!«

»Davon habe ich noch nichts gemerkt«, sagte Murphy.

Für ihn seien die Menschen ein Teil der Maschinerie, entweder sie funktionierten oder sie funktionierten nicht.

»Brian muß aufs Krankenrevier!«

»Du hast doch selbst gehört, wo er hinwollte!«

»Ich verlange, daß er untersucht wird!«

»Da gibt es nichts zu untersuchen«, sagte Murphy. »Goddbiff ist für ein Weilchen kuriert.«

»Es kann sein, daß er innere Verletzungen hat!«

»Die hat er schon seit vielen Jahren, das ist doch kein Wunder, so wie der säuft!«

Florence Nightingale hatte bei Murphy keine Chance. Immer wenn er an Deck war, betrog er sie um Patienten. Wie oft hatte sie das schon angesprochen, ohne je etwas zu erreichen. Murphy hatte eine klare Meinung von Ärzten und Krankenschwestern. Er fand sie schlimmer als Naturkatastrophen. Gäbe es dieses Gesundheitswesen nicht, würden kranke Menschen rechtzeitig sterben und nicht ein einziger Schwächling käme hoch. Nur die Stärksten würden überleben. Auf lange Sicht sei das für alle das beste!

»Wir sollen sie einfach sterben lassen?«

Florence Nightingale meinte, daß sei grausam.

»Den Löffel abzugeben ist doch nicht grausam«, erwiderte Murphy. »Das ist wie einschlafen. Mit dem einzigen Unterschied, daß du nicht wieder aufwachst.«

Er sehe darin nichts Grausames, er würde sogar darum wetten, daß es den meisten Menschen beim Schlafen am besten gehe. Florence Nightingale wettete nicht mit ihm. Sie wollte so wenig wie möglich mit diesem rücksichtslosen Driller zu tun haben. Der Ärger, den sie nachts mit ihm hatte, reichte ihr vollkommen. Da zwang er sie zu den schamlosesten Sachen. Eines Nachts war er mit offener Hose zu ihr hereingekommen und hatte sie gebeten, seinen Penis zu untersuchen. Sie hatte ihn an den Arzt verwiesen. Wenn er venerische Krankheiten hätte, müsse er an Land einen Arzt aufsuchen. Bis dahin könne sie ihm ein paar Penicillintabletten geben. Er hatte sie gebeten, mit dem Doktorgeschwätz aufzuhören und loszulegen. An seinem Ding sei nichts verkehrt, ganz im Gegenteil. Verschreckt hatte sie auf sein erigiertes Geschlechtsorgan geschaut und versucht, sich auf den Flur zu retten. Er hatte sich mit dem Rücken vor die Tür gestellt und direkt vor ihr onaniert. Sie hatte ihn gebeten aufzuhören. Niemals zuvor hatte sie einen Mann onanieren sehen. Sie wußte nicht, welcher Teufel sie ritt, als sie sein Glied mit der

Hand berührte. Seine Adern brannten wie dunkle Stahlfäden an ihren Fingerspitzen. Sie weigerte sich, als er sie aufforderte, es in den Mund zu nehmen. Sie hatte von Frauen gehört, die so etwas gegen Bezahlung taten. Allein der Gedanke ließ ihr übel werden. Es erschien ihr vollkommen unmöglich, jemals einem Mann zu erlauben, sich in ihren Mund zu ergießen. Doch sie hatte vor Erregung um Atem gerungen, als das Sperma aus ihm herausspritzte. Er hatte sie gebeten, von etwas anderem zu reden, als sie ihm erzählen wollte, was sie von dem Krieg in Vietnam halte. Er hatte nur gegrinst, als sie ihm sagte, daß ihrer Meinung nach dieser Krieg der schmutzigste Krieg aller Zeiten sei. Er hatte die Napalmbomben und die verbrannten Leichen mit einem Schulterzucken abgetan und sie mit in die Wäscherei genommen. Sie hatte nicht begriffen, was mit ihr los war, als er sie auf den Haufen dreckiger Overalls warf. Sie hätte einfach um Hilfe rufen können, als er begann, ihr die Kleider vom Leib zu reißen. Sie hatte nicht um Hilfe gerufen. Sie hatte erwartet, daß es weh tun würde, als er das geschwollene Glied in sie preßte. Es tat nicht weh, es hatte sie mit einer verzehrenden Wärme erfüllt. Sie hatte ihn gebeten loszulassen, doch er packte sie hart an den Handgelenken und preßte ihre Arme unter seinem Körper. Dann sollte sie wiederholen, was sie über den Vietnamkrieg gesagt hatte. Sie hatte mit dem Kopf geschüttelt. Er hatte nicht nachgegeben, hatte sein zitterndes Glied erneut in sie hineingepreßt, wieder und wieder, bis sie nicht mehr wußte, was sie sagte. Er ließ sie nicht eher in Ruhe, bis sie es gesagt hatte. Die zerbombten Dörfer bedeuteten nichts, die verbrannten Leichen bedeuteten nichts, das einzige, was etwas bedeutete, sei, daß er nicht aufhöre, sie mit seinem brennenden Schwanz zu vögeln. Und sie hatte das gesagt. Er hatte sie dazu gebracht, das zu sagen. Und andere Dinge auch noch! Für Florence Nightingale war Wyatt Murphy der grausamste Mensch der ganzen Welt. Er war so grausam, daß sie sich immer wieder davon zu überzeugen suchte, daß er kein Mensch sei.

Sjur Willy begriff nichts mehr, als es plötzlich zu regnen begann. Auf dem Mond regnete es doch nicht! Noch weniger verstand er, daß es dann auch noch anfing zu stürmen. Was, zum Teufel, sollte das, es konnte doch im Meer der Stille nicht stürmen? Es zog durch die undichten Wände. Der Wind stand wie kalte Messer in den Spalten und Ritzen der klappernden Platten. Sjur Willy wurde geschickt, um Regenzeug zu holen. Er fand keines. Howard Goose erklärte ihm, daß Cosmic Oil schon genug Geld dafür verschwendet habe, die Ocean Star zum Mond zu schleppen, da hätten sie nicht auch noch Geld für Regenzeug verschleudern können. Es hätte sowieso nicht geholfen. Laugen und Barka waren durchnäßt, als er zurückkam. Es rann von den Helmen. Es rann von ihren Nasen. Sie froren. Sie versuchten die Wärme und den Rhythmus wiederzufinden. Es gelang ihnen nicht. Barka verfluchte den Scheiß-Turmmann. Brian Goddbiff sei es gewesen, der sie alle aus dem Rhythmus gebracht habe. Bis er Scheiß gebaut habe, sei alles wie am Schnürchen gelaufen! Jetzt glich alles mehr und mehr einem Alptraum. Sie husteten, und ihre Zähne klapperten. Sie froren und schwitzten, alles ging wild durcheinander. Auf was für einem Mond waren sie da gelandet? Die Schwerkraft funktionierte nicht mehr, wie sie sollte. Nichts funktionierte mehr. Sie waren mit den Bohrlängen und Zangen herumgesprungen, als seien sie aus Bambus, doch jetzt waren es die Bohrlängen und Zangen, die mit ihnen herumsprangen. Dieser verdammte Schlips wurde mit jedem Mal, wenn sie mit ihm hantierten, schwerer und schwerer. Laugen konnte sich kaum noch auf den Beinen halten. Auch Sjur Willy und Barka hatten Probleme. Sie schwankten zwischen den Bohrröhren herum. Stolperten über Ketten und Decksbalken. Sie hingen über den Zangen. Barka mußte schließlich den Driller bitten, etwas langsamer zu machen.

»Laugen hat über achtunddreißig Fieber.«

Auch wenn Laugen über achtundvierzig Fieber hätte, Murphy wäre deshalb nicht milder gestimmt. Er akzeptierte es nicht, daß jemand krank war, bevor er nicht platt am Boden lag, ja selbst dann nicht. Er forderte Laugen auf, weiterzumachen. Er habe keine Verwendung für Leute, die sich im Bohrschlamm herumwälzten. Er brauche Leute, die durchhielten und die Sache am Laufen hielten, die hüpften, wenn er »Hüpfen« schrie, und die stoppten, wenn er »Stop« rief. »Stop« sagte Murphy nicht oft. Sie sollten sich nicht einbilden, daß sie es seien, die das Tempo bestimmten, nicht einmal der Driller könne das. Der habe den Teufel himself im Nacken. Der Teufel himself habe Thompson im Nacken. Thompson wiederum die Leute von der Basis. Und die Stubenhocker dort schließlich die Zentrale. Die Venus Drilling Company müsse sich für die Rindviecher von Cosmic Oil auf den Rücken legen und ihnen aus der Hand fressen. Und da hockten sie auch noch übereinander. Alle hätten jemanden über sich. Alle hätten jemanden, für den sie Berichte schrieben und von dem sie Befehle empfingen. Die Befehle von der Basis kamen im Grunde gar nicht von der Basis. Die Befehle von Texas nicht aus Texas. Die könnten ebensogut aus einem Büro in Tokio oder von einer Bankdirektion auf den Bahamas stammen. Vielleicht stammten sie auch von einem geldgeilen Fettsack auf dem Jupiter, der dort in Deckung gegangen sei, weil er ebenso geil auf Geld wie auf kleine Jungs sei! Auf jeden Fall kämen sie von jemandem, der überhaupt keine Ahnung hatte, was auf der Ocean Star vorging. Die vollgefressenen Idioten an der Spitze der Pyramide würden nicht einmal den Unterschied zwischen einer schwimmenden Rigg und einer Jackup kennen, und doch seien die es, die das Tempo bestimmten. Verdienten sie Geld, dann beschleunigten sie das Tempo, um noch mehr Geld zu verdienen. Verloren sie Geld, dann setzten sie das Tempo herauf, um das verlorengegangene wieder einzufahren. Und machten sie rote Zahlen, war die Hölle los. Dann schickten sie den Sensenmann im Weltraum herum, um Ausgaben und Köpfe zu kürzen, so daß Blut und Tinte nur so spritzten. Laugen und Barka sollten, verdammt noch mal, nicht glauben, sie könnten da bloß wegen ein bißchen Fieber oder einer Nebenhöhlenentzündung ausscheren! Sie sollten wie alle anderen Salzwasser inhalieren und ihren Schnodder herausblasen. Das Fieber verschwinde dann von ganz alleine. Wenn sie nicht mehr auf den Tisch legen könnten als eine verstopfte Nase, hätten sie verdammt wenig in Florence Nightingales Krankenzimmer verloren!

Sie hatten sich in ihr vollkommen geirrt. Sie hatten geglaubt, sie sei eine graue Maus, die immer nur herumflennte, weil es doch so viel Schlechtes und Böses in der Welt gebe, und die deshalb meinte, es sei das Beste, den Tag mit einer Paralgin forte zu beginnen. Nicht im Traum waren sie darauf gekommen, daß sich tief im Inneren ihres unförmigen Survivaloveralls ein paar spannende Sachen verbargen. Ja, sie ahnten nicht einmal, daß da drin ein paar richtige Brüste steckten! Es war der Funker, der sie entdeckt hatte – auf den Mittelseiten der »Cosmic Boobs«. Birger Strai war völlig aufgekratzt, als er Bullshit zu sich winkte.

»Ja siehst du denn nicht, wer das ist? Das ist Florence, in natura!«

Sie hatte alle mit ihrem prächtigen Theater an der Nase herumgeführt. Der Funker war schon stutzig geworden, weil sie niemals etwas anderes trug als diese Survivaloveralls. Sie habe wohl eingesehen, daß es darin doch nichts von Interesse gab! Vielleicht fror sie aber auch ständig. Es sollte ja Frauen geben, denen es nie richtig warm wurde. Birger Strai ließ sich nicht dadurch täuschen, daß sie sich, wie sie da mit einem Kußmund auf allen vieren stand und ihre Melone schwang, hinter einem Pseudonym versteckte. Es hätte doch komisch gewirkt, wenn sie sich in einem seriösen Männerjournal, das im ganzen Sonnensystem verteilt wurde, Florence Nightingale genannt hätte. Daß sie sich in »Cosmic Boobs« Sala Palmer nannte, sei nicht merkwürdiger, als daß die Mannschaft ihn, Birger Strai, Dirty Harry nannte, nur weil er für sie arbeitete und sie mit nackter Haut versorgte. Bullshit war alles andere als überzeugt.

»Ist Sala Palmer nicht die Frau von Fantomas?«

»Die Frau von Fantomas ist vierhundert Jahre alt, das sind diese Titten da wohl kaum! Das da sind Nachkriegsmodelle aus dem Distrikt Toten!«

»Aus Toten?«

»Ja sicher, hattest du nicht auch Bjørnson in der Schule?«

Der Funker wußte nicht mehr, in welcher der Bauerngeschichten gestanden hatte, daß Sala Palmer aus Toten stammte. Er wußte aber ganz genau, daß er es gelesen hatte. Sie dürften sich jetzt aber nicht mit solchen Bagatellen aufhalten. Das wichtigste sei, daß sie Florence Nightingale ein für allemal auf die Schliche gekommen seien: Die Offenbarung aus »Cosmic Boobs« war Krankenschwester und arbeitete auf dem Mond, genau wie sie!

»Sie wird das nicht zugeben«, sagte Bullshit. »Ich wette um hundert Kronen, daß sie alles abstreitet!«

Der Funker ließ einen leicht verdienten Hunderter aus. Florence Nightingale unternahm nicht einmal den Versuch, ihre Verbindung zu Fantomas zu leugnen. Ganz im Gegenteil wirkte sie erleichtert darüber, daß endlich die Wahrheit ans Licht gekommen war. Beim Anblick von Sala Palmer blühte sie richtig auf und bekam rote Flecken auf den Wangen. Sie nahm die häßliche Hornbrille ab und warf sie in eine Schublade. Das hätte sie schon längst tun sollen, sie könne ohne genauso gut sehen. Sie summte vergnügt vor sich hin und schwebte wie ein Mannequin über den Boden, als sie ein Album mit Zeitungsausschnitten und Reportagen vom Schrank mit den schmerzstillenden Medikamenten zog. Sie habe noch ein Geheimnis, das sie gerne mit ihnen teilen würde! Der Fotograf von »Cosmic Boobs« sei so begeistert von den Bildern mit ihr gewesen, daß er sie zur Jury der Miss-World-Wahl nach Palermo geschickt habe. Natürlich habe sie ihre Bilder zurückbekommen, aber als eine der anderen Kandidatinnen ihre Bewerbung zurückgezogen habe, habe sie dann doch noch mitmachen dürfen!

»Und, wie ist es gelaufen?«

»Ich habe gewonnen!«

Florence Nightingale brauchte nicht weiterzureden! Sie ließ das Album für sich sprechen und genoß Birger Strais Gesichtsausdruck, als dieser feststellte, daß Sala Palmer im gleichen Jahr in Palermo zur Miss World gekürt worden war, in dem Florence Nightingales Brüste in »Cosmic Boobs« abgedruckt worden waren. Es gebe nur eine Sache, die nicht paßte. Bullshit zögerte, bevor er das sagte.

»Du hast doch gar keinen Busen!«

»Was, ich soll keinen Busen haben?«

Florence Nightingale schnaubte verärgert. Sie würde ihnen schon zeigen, was für einen Busen sie hatte! Wenn sie nicht Angst vor dem ungehobelten Bohrvolk hätte, hätten sie ihre Brüste schon längst zu sehen bekommen. Wenn sie sicher sein könnte, daß sich alle beherrschten, würde sie den ganzen Tag mit bloßem Oberkörper herumlaufen! Aber um alle auf Abstand zu halten, habe sie ihre Brüste in dicken Bandagen verpackt und flach wie Diskusse auf ihre Rippen gequetscht. Seit sie im Meer der Stille als Krankenschwester angefangen habe, sei sie nicht einmal mehr in der Nähe von Lippenstift oder Parfum gewesen. Aber jetzt sei damit Schluß! Was bekam sie denn dafür, daß sie wie eine verängstigte Maus im Universum herumflog? Nichts! Nachdem der Driller sie in der Wäscherei zum Wahnsinn getrieben habe, gebe es ja doch nichts mehr zu verlieren. Alles sei gefährlich. Sie könne sterben, wenn sie mit dem Fahrrad zur Post fahre. Ihr Leben könne mitten auf einem Fußgängerüberweg enden, selbst wenn sie bei Grün gegangen wäre! Sala Palmer kannte sich mit Reißverschlüssen aus. Würde Florence Nightingale doch noch zur Vernunft kommen, wäre es jetzt zu spät, sich noch anders zu entscheiden. Birger Strai hockte da wie eine angezündete Kerze, als sich der Survivaloverall in der Mitte öffnete und bis auf die Hüften herabglitt. Viele Tage hatte er ihren Körper in »Cosmic Boobs« studiert und darüber phantasiert, wie es wäre. Es war etwas anderes, ihn in Wirklichkeit zu sehen! Die Augen von Jostein Bullshit fielen beinahe aus seinem Kopf, als Florence Nightingale die Sicherheitsnadeln löste und sich aus den elastischen Binden befreite. Die flachgequetschten Milchdrüsen hoben sich wie die Luftkammern einer ausgelösten Rettungsweste, und als sie sich auf dem Stuhl umdrehte, schwangen sie frei vor ihnen. Sie unternahm überhaupt keine Anstalten, sie zu verbergen, stattdessen wollte sie wissen, was sie meinten. Bullshit und Birger Strai brachten kein einziges Wort heraus.

»Hast du vielleicht Lust, sie zu berühren?«

Bullshit errötete, als er mit seinen Fingerspitzen die schwellenden Kuppeln berührte. Er sah aus, als empfinge er das Abendmahl, als sie eine Brust anhob und ihm in den Mund steckte. Florence Nightingale hatte die absolute Kontrolle. Sie nahm ihre Beautybox heraus und betrachtete sich selbst im Spiegel. Sie habe nichts mehr zu verbergen. Und es gebe auch keinen Grund, etwas zu verbergen. Ihre Lippen glänzten rot, als sie sich über die Brüste strich. Sie fühlte sich wie ein neuer Mensch und genoß den Anblick der entgeisterten Männer. Was sie aber am meisten genoß, war die plötzliche Unsicherheit in ihren Augen. Sie zuckten zusammen, als sie fragte, ob sie mit ihr schlafen wollten. Sala Palmer lachte, daß ihre Brüste bebten, als Birger Strai und Jostein Bullshit durch die Tür hinausschlichen. So mußte das laufen! Jetzt war es nicht mehr Florence Nightingale, die sich davor fürchtete, auf was für Ideen diese Unholde kommen könnten, jetzt waren es die Männer, die sich vor ihren Launen in acht nahmen! Bullshit und Birger Strai hatten nicht einmal ihre Exemplare von »Cosmic Boobs« und »Blue Climacs« mitgenommen, bevor sie aus dem Krankenzimmer verschwanden.

Murphys Bohrteam hatte keine Ahnung davon, daß Florence Nightingales Brüste ihre alte Fasson wiedergewonnen hatten und daß sie sich dem Friedenskorps von Kine Laudrup angeschlossen hatte, als sie oben an Deck auftauchte. Auch wußten sie nichts davon, daß sie unter einem Pseudonym Miss World geworden war. Sie erkannten sie kaum unter ihrer Schminke, als sie sich an sie schmiegte und fragte, ob sie frören. Ob sie frören? Sie frören wie Katzenjunge auf dem Mars!

»Dagegen können wir sicher etwas unternehmen!«

Ihre Gesichter leuchteten auf, als sich ihr Survivaloverall in der Mitte teilte und sich wie ein Schafspelz über einen Haufen Druckluftschläuche legte. Nicht nur Laugen hatte blanke Augen, als das Licht der Erde mit den Linien des nackten Körpers spielte. Sie konnten es nicht fassen, daß das Florence Nightingale war, die da vor ihnen lag. Sie hätte auch Sophia Loren sein können oder Brigitte Bardot, allerdings bevor deren Titten aus lauter Mitleid mit blankäugigen Seehundbabies, die mit Enterhaken erschlagen wurden, eingeschrumpft waren. Es durchzuckte sie, als sie sich auf die Ellbogen stützte und fragte, wer von ihnen der erste sein wolle. Die totmüden Roughnecks hatten geglaubt, sie hätten das meiste gegeben, sie hatten noch gar nichts gegeben! Wenn sie es nicht schon wußten, dann begriffen sie es jetzt, beim Anblick von Florence Nightingale, oder wer sonst dort lag und sich, einen rotlackierten Finger in der Möse, den Mund leckte. Sie bräuchten keine Ablösung, was sie bräuchten sei Auslösung! Murphy fluchte. Was zum Teufel es dort zu glotzen gebe? Ob sie glaubten, daß sich die Bohrlängen von selbst zusammenschraubten? Sie hörten nicht auf das Knurren aus dem Drillerhäuschen. Sah denn der Driller nicht, daß sie Besuch aus Palermo hatten und daß es jetzt galt, eine Nummer zu schieben? Ach was, viele Nummern! Sie würden durchhalten, bis das neue Team käme. Wie Hunde standen sie an, die in die Wärme wollten. Miss World lächelte und nahm entgegen. Sie umklammerte die warmen Teile, bevor sie sie an den richtigen Ort schob. Sala Palmer federte unter ihnen, während ihre Kolben im Zylinder auf und ab stießen. Sie strich ihnen über den Rücken und nannte sie ihre Lieblingsneffen. Sie fluchten, so etwas solle sie nicht sagen! Sie seien schließlich keine kleinen Jungs mehr! Ob sie denn nicht sehe, daß ihre Teile senkrechter standen als die Kräne und sich schon wieder hoben, kaum daß sie ihren Druck abgelassen hatten? Spürte sie denn nicht, wie das Hydrauliköl in den Rohrleitungen pulsierte und sich in ihre steinharten Glieder preßte? Wahrscheinlich spürte sie gar nichts. Florence Nightingale lag nur da und summte vor sich hin, als Barka sich zum zweiten Mal zwischen ihren gespreizten Beinen auf und ab pumpte. Er bat sie, still zu sein. Wenn sie kein anderes Lied kenne, als eins von Seeleuten, die ohne Wind segelten und ohne Ruder ruderten, könne sie das bleibenlassen. Über solche Idioten gebe es nur eins zu sagen: daß sie nicht von der Stelle kämen! Er biß die Zähne zusammen, um fertig zu werden. Sie lösten einander ab, um den Druck aufrecht zu erhalten. Schossen eine nach der anderen Ladung in sie hinein, ohne daß etwas geschah. Miss World war noch immer unbeeindruckt, als die letzte Bohrlänge in ihrem Loch verschwand. Sjur Willy kratzte sich ratlos am Kopf. Was war mit ihr los, war sie vollkommen gefühllos? War etwas mit seinem Schwanz nicht in Ordnung? Barka wollte ihn beruhigen. Er wisse, wie sich Bohrlöcher in der Schwerelosigkeit verhielten, sie weiteten sich aus! Das sei ganz normal! Das einzige, was ihnen fehle, seien die Brennesseln aus Hirtshals, damit hätten sie etwas erleben können! Wenn sie schon bis jetzt nicht aus sich herausgegangen sei, damit wäre sie aufgetaut! Sie zuckten zusammen, als Murphy sie anbrüllte. Was, verdammt noch mal, sie da herumfummelten? Er schrie sie an, sie sollten auf der Stelle die Antriebshülse montieren und das Antriebsrohr an seinen Platz bringen! Sie knurrten ärgerlich. Murphy sollte bloß aufpassen, was er sagte. Laugen und Barka hatten langsam genug von dem tätowierten Brüllaffen. Er hatte ja ein Dach über dem Kopf und einen Heizstrahler hinter sich. Er brauchte ja nur ein paar Hebel zu bedienen und den Druckmesser im Auge zu behalten. Da war es leicht, zu brüllen und mit den Händen herumzufuchteln. Sie seien es schließlich, die sich ständig abhetzen und mit den Zangen herumhantieren mußten. Sie seien es, die den höllisch schweren Schlips bedienten, und das jedes Mal, wenn sie eine neue Bohrlänge herauszögen! Sie seien es, die mit ihren Schultern die Bohrlängen an die richtige Stelle brächten! Sjur Willy begriff nicht, was mit ihnen los war. Warum mußten sie sich mit dem Driller anlegen? Es gab doch keinen Grund. Sjur Willy nahm sich in acht. Sjur Willy hatte sich eine Sache vorgenommen. Er würde nicht eher klagen, bis er platt am Boden läge. Und selbst dann noch nicht! Das könnte er in der Cafeteria nachholen. Das erste, was er dort tat, war, den Vorsitzenden der Ölarbeitergewerkschaft hinauszujagen. Leo Trotzki solle sich bloß nicht einbilden, er könne da herumsitzen und ihm die Limo wegtrinken, nur weil er einen Winter lang die norwegische Eisenbahn bepißt habe und an Sauerstoffmangel litte. Sauerstoff würde ihnen allen fehlen! Laugen hörte sich gar nicht gut an. Er hockte da und kippte die Bouillon in sich hinein, und seine Hustenanfälle klangen so, als begännen sie ganz unten im Bauch. Sala Palmer legte ein Schafsfell um ihn und drückte ihn an sich, nachdem er wieder an Deck gestolpert war. War er krank? Hatte er Fieber? Konnte er nicht mehr? Der Arme! Florence Nightingale schmierte ihre Brustwarzen mit Hustensaft ein und schaute ihn mitleidsvoll an. Ob er vielleicht an ihre Brust wolle? Sie nahm ihn auf den Schoß. Sie putzte seine Nase und ließ ihn an der Brustwarze saugen. Sie strich ihm über das Haar, während er mit blanken Augen dalag und wie ein Säugling ihren Körper betatschte. Sjur Willy und Barka sahen, wie er an ihrer Brustwarze knabberte, während sie dabei »Schlaf, Kindchen, schlaf« sang und ihm den Bohrschlamm vom fiebrigen Kopf kratzte. Sie sahen, wie er zusammenzuckte und mit den Beinen strampelte, als Murphy einschritt. Was zum Teufel er treibe? Ob er auf dem Tugger eingeschlafen sei? Laugen spuckte die blanke Brustwarze aus und ruderte mit den Armen, um sich zu lösen. Miss World könne ihre Möpse für sich behalten, er sei schließlich kein Säugling mehr! Er arbeite in der Ölbranche! Er sei Roughneck! Alle seien sie Roughnecks! Sie würden eine Woche Überstunden schieben und so viel verdienen wie sonst in einem halben Jahr! Annabelle schaute sie verwundert an, ob sie nicht trotzdem Lust auf ihre Möpse hätten, oder bräuchten sie stärkere Sachen, um wieder zur Besinnung zu kommen? Yvonne würde ihnen stärkere Sachen geben! Nicole spreizte ihre Beine über dem Stuhl und umschlang Sjur Willy. Sheba hielt ihn dort fest, bis er nach Atem rang. Er knabberte und kaute an dem schwellenden Pilz. Der Geruch von gekochten Meeresfrüchten raubte ihm die Besinnung. Er ruderte mit den Armen, um sie umzudrehen. Melissa drückte ihn wieder auf den Stuhl.

»Leck mich ab, du Bär! Leck meine Muschi, sonst reiß' ich dir ein Ohr ab!«

Mai Ling war rot wie ein gekochter Hummer, als es ihm endlich gelang, sie auf den Boden zu werfen. Jetzt würde er es ihr besorgen! Sjur Willy wollte Murphy schon zeigen, wozu er taugte. Er würde Laugen und Barka zeigen, daß er mehr im Sack hatte als die beiden zusammen! Er fingerte an seinem Reißverschluß herum, als sich Barka an ihm vorbeischob. Es brauche mehr als eine Nebenhöhlenvereiterung, um ihn außer Gefecht zu setzen. Thompson solle sich keine Gedanken über einen Bohrstop machen, solange Barka an Bord sei! Er würde bis zum Jüngsten Tag durchhalten! Er würde so viele Löcher in das Meer der Stille bohren, bis der Mond wie ein Schweizer Käse aussähe! Marit Smedhaugen rang unter ihm nach Atem und stöhnte bei jedem seiner gnadenlosen Stöße. Sie wüßte nicht, warum Männer so harte Körper hätten. Sie liebte die Härte, die harten Hände, die stoßenden Hüften. Es brannte nicht mehr, es brannte irgendwo innerlich, so wie das sein mußte! Bald würde es ihr kommen. Schon so lange kannte sie das, es war ihr gekommen, während sie im Ställchen saß und sich mit Bauklötzen massierte, als sie laufen lernte und ihre Muschi an den Küchentisch preßte, bis sie rot wie eine Tomate zu Boden ging und ihre Eltern sie hochnahmen. Was sie nur machte? Die Eltern hätten wohl keinen Rat mehr gewußt und sie mit zum Doktor genommen. Der habe versucht, sie zu beruhigen, bei vielen sei das so, das sei viel häufiger, als man glaube, aber darüber spreche man ja nicht. Sie sollten das nicht überbewerten, das werde sich mit der Zeit auswachsen. Ihr Vater hatte Nägel in die Beine des Küchentisches geschlagen, um dem Gerubble ein Ende zu machen. Es ging mit dem Wachsen nicht weg. Es wuchs, das Zittern, der Hunger, die Unruhe und die Sehnsucht nach etwas, da die Unruhe verzehrte, in ihr glühte und brannte, explodierte, so daß alles in der Ekstase und in der Leere danach ertrank, dieses Zittern wuchs. Sie wand ihre Schenkel und schnitt vor den keuchenden Roughnecks Grimassen. Wenn sie mit dem brennenden Eisen in sich starb, dann müsse das wohl so sein. Wenn er ihr die Gedärme herausriß, dann war auch das in Ordnung, Hauptsache, er bringe sie zur Explosion. Wollte sie in den Himmel, dann ging das nur, während sie lebte. Sie wußte, was auf sie zukam, wenn sie starb.

»Ja, so! Bring mich in den Himmel, du Tier! Nimm mich, bis ich sterbe!«

Grynet Godal schickte Dallas zum Teufel, als der stotternde Dummkopf sie bat, mit ihm zurück zur Erde zu kommen. Sollte er doch selbst wochenlang allein dasitzen und warten, dann wisse er, wie das sei! Auch sie wolle ein bißchen was von ihrem Leben haben, mehr als sie von Dallas bekommen könne! Sie wolle alles, was das Bohrteam ihr bieten könne. Wie in einem roten Nebel sah sie die verschwitzten Gesichter der Roughnecks, die ihre Schwänze aufs Neue parat machten. Die Lichter des Bohrturms hingen wie blutende Sterne über ihr, während Barka sie immer wieder auf die Deckplatten nagelte.

»Fick mich in den Mund, du geiles Schwein, fick mich bis ich platze!«

Besinnungsloses Geschwätz quoll aus ihr heraus. Barka ließ es quellen und gab ihr, was er nur konnte. Er grinste selbstsicher, als sie begann, sich die Möse zu massieren. Das sollte sie nur machen! Wenn es nach ihm ginge, dann könne sie ihren krausen Pinsel reiben und kratzen, bis er wie ein tropfender Skalp in ihren Händen hing. Sie würde ihn bald sowieso nicht mehr brauchen. Er spürte es an den Bewegungen, er hörte es an den kehligen Lauten, sie summte nicht mehr, sie gurgelte. Sie grunzte! Barka hatte sich durch Schichten von Moral und Manieren gestoßen, durch die Ablagerungen von Wissen und Erziehung, er hatte die Vorstellungen von zivilisiertem Verhalten gesprengt und sie zurück in die Steinzeit gefickt! Grynet Godal wußte nicht mehr, wo sie war oder was sie tat. Sie wälzte sich zusammengekrümmt herum, als ob sie einen Fliegenpilz gegessen hätte. Sie keuchte und leckte ihm wie ein Hund durch das Gesicht, schlürfte die Mischung aus Schweiß und Bohrschlamm und schmatzte, als habe sie das Maul voll Honig. Wenn jemand ihr den Kopf abgeschlagen hätte, sie hätte es nicht bemerkt. Sie hätte weitergevögelt, als sei nichts geschehen, und der abgetrennte Kopf hätte weiterhin nach Schwänzen gefordert, bis er über Bord gerollt und im Meer der Stille verschwunden wäre. Barkas Augen glänzten, als er fertig war. Er habe durch das wahnwitzige Luder sowohl seinen Glauben an das Leben als auch an das Öl wiedergewonnen. Wenn erst Genosse Mao mit dem bestellten Kakao käme, würde er auch seine Kräfte wiedergewinnen. Wo, verdammt noch mal, steckte der Kerl, saß er wieder im Batterieraum und blätterte im norwegischen Gesetzbuch? Barka sah ihn verächtlich an, als Bruin endlich mit der Thermoskanne auftauchte.

»Wie weit mußtest du denn gehen, um die aufzufüllen? Bis Peking?«

Bruin versuchte nicht einmal zu antworten. Er blieb beim Anblick von Laugen und Synnøve Solbakken wie angewurzelt stehen.

»Was treibt ihr denn da?«

»Siehst du das nicht?«

Genosse Stalin wurde rot im Gesicht. Natürlich sehe er, was sie da trieben, er sei doch nicht blind! Er hätte sich nur nicht vorstellen können, daß so etwas auf dem Mond möglich sei.

»So etwas läuft überall, auch auf dem Mond«, sagte Barka. »Sogar in Sibirien!«

Aksel Bruin begriff nicht, was mit Bjørnstjerne Bjørnson passiert war. Walter Ulbricht verstand einfach nicht, wie es dem Bohrteam gelungen sein konnte, Rosa Luxemburg mit auf den Mond zu nehmen, ohne daß die Stasi davon Wind bekommen hatte. Er wurde blaß, als er erkannte, daß es Florence Nightingale war, der sie die Kleider heruntergerissen hatten. Fast hatte er sie soweit gehabt, der Ölarbeitergewerkschaft beizutreten, und er zweifelte keinen Augenblick daran, daß das, was sie jetzt mit ihr machten, eine direkte Racheaktion war! Bruin sah, wie sich der mißhandelte Körper wand und kämpfte und strampelte, um sich zu befreien. Er sah, wie die Schmerzen über ihr Gesicht zuckten, wenn der rücksichtslose Roughneck sie auf die Deckplatten nagelte. Leo Trotzki hörte nur das hilflose Jammern, als er Laugen in die Seite trat, so daß er zurückrollte.

»Scheiße, du Arsch! Willst du mir die Rippen brechen?«

Bruin schwirrte aufgeregt umher und versuchte, soweit er sie fand, die herumliegenden Kleidungsstücke einzusammeln.

»Agnes! Mein geschändetes Täubchen! Zieh deine Sachen an!«

Genosse Bruin begriff gar nichts mehr, als sich sein geschändetes Täubchen aufrichtete und lachte, daß ihre Brüste bebten. Und dann behauptete Miss Toten auch noch, daß es ihr dort, wo sie war, gut gehe und daß auch er es gut haben könne, vorausgesetzt, er lasse seine Hosen herunter. Sjur Willy grinste über das ganze Gesicht.

»Die wirst du nicht in die Gewerkschaft kriegen!«

Bakunin konnte das nicht fassen. Er faßte es nicht, daß eine unterdrückte Frau dort liegen konnte und über ihre eigene Erniedrigung lachte! Begriff sie denn nicht, daß ihre Unterdrücker dadurch nur immer weiter machten? Karl Marx wußte eine Erklärung: Sie mußten ihr irgend etwas eingespritzt haben! Barka grinste.

»Jetzt hast auch du die Gelegenheit, ihr etwas zu spritzen!«

Sie packten ihn, als er versuchte, über den Catwalk zu verschwinden. Sie nahmen ihn in die Mitte und zerrten ihn über das Bohrdeck. Ohne sich zu rühren, blieb er vor dem nackten Körper stehen.

»Ich will nicht!«

»Du willst nicht?«

»Hast du nicht gehört, was sie gesagt hat?«

»Sie hat gesagt, du sollst deine Hosen herunterlassen!«

»Wir können dir ja helfen!«

Barka und Sjur Willy packten seine Hände, während Laugen ihm die Hose auszog. Verwundert schauten sie ihn an, er habe ja tatsächlich doch etwas zwischen den Beinen! Sie forderten ihn auf, zur Sache zu kommen. Er versuchte sich wegzudrehen, doch sie zwangen ihn auf die Knie und drückten seinen Kopf in ihren nassen Schoß.

»Los, ab ins Loch mit dir!«

»Benutz deine Zunge!«

»Benutz deinen Schwanz!«

»Benutz, was du willst!«

Bruin war rot angelaufen, als sie ihn losließen. Rasch sprang er auf und zog seine Hosen hoch.

»Wartet nur!« rief er.

»Worauf?«

»Darauf, daß dir einer steht?«

»Dann bleiben wir hier stehen, bis die Russen kommen.«

»Aber vielleicht wartest du ja gerade darauf?«

Lachsalven ergossen sich über den Genossen Bruin, bis er wieder unten auf dem Pipedeck war. Dort standen Dallas und Bullshit und strichen in der Schwerelosigkeit die Reling. Das Mare Tranquillitatis lag wie ein ausgetrockneter See unter ihnen, während die Erde wie eine leuchtende Grapefruit am schwarzen Himmel stand.

»Es ist doch verrückt«, meinte Bullshit.

»Wwwas denn?«

»Daß wir hier stehen und zur Erde hochschauen. Eigentlich sollten wir doch hinunterschauen. Diejenigen, die jetzt auf der Erde stehen und zu uns schauen, schauen doch auch hoch!«

»Jjja, dddas ist schschschlau gggemacht! Uuunabhängig, aaauf wewewelchem Hihihimmelskörper wir stehen, schschschweben dddie aaanderen üüüber uns!«

»Ist das nicht komisch?«

»Dddoch!«

Andererseits sei das gar nicht so komisch. Wenn sie die Himmelskörper unter sich haben wollten, müßten sie schließlich quer durch die ganze Erde, auf der sie standen, hindurchgucken.

»Aaaußerdem ist es wwwichtig, eeetwas zu hhhaben, zu dem man aaaufschauen kann!«

»Eine Sache begreife ich nicht«, sagte Bullshit.

»Wwwas denn?«

»Wenn wir Öl finden, wie sollen wir das jemals zur Erde hinaufbringen?«

Das sei doch kein Problem.

»Man muß nur in der Mitte einen großen Lagertank bauen«, sagte Barka, »und auf jeder Seite einen Schlauch anschließen. Von hier aus pumpen wir das Öl in den Tank, und von der anderen Seite lassen wir das Öl einfach in die Raffinerie bei Slagentangen laufen. Dafür brauchen wir nicht einmal eine Pumpe. Sobald wir das Ventil öffnen, kümmert sich die Schwerkraft um den Rest. Wir müssen nur darauf achten, daß nicht beide Schläuche gleichzeitig befestigt werden!«

»Warum?«

»Weil sich der Mond und die Erde jeweils um ihre eigene Achse drehen«, sagte Barka. »Wenn wir beide Schläuche gleichzeitig ankoppeln, wird der eine glatt abgerissen. Vielleicht reißen auch beide, und dann ist die Hölle los.«

Laugen meinte, sie würden auf jeden Fall reißen.

»Nicht, wenn wir flexible Schläuche nehmen«, sagte Barka.

»Natürlich müssen die flexibel sein!« brummte Laugen.

Sjur Willy verstand nicht, warum sie sich jetzt über flexible Schläuche stritten. Es sei doch nicht ihr Problem, wie das Öl transportiert würde, sie hätten sich nur darum zu kümmern, welches zu finden! Sie hatten noch nicht einen Tropfen gefunden, als Murphy sie wieder an Deck beorderte. Sie schauten rauf zum Lautsprecher. Sie waren sich sicher, daß es nur darum gehen konnte, einen neuen Single an das Bohrgestände zu hängen. Sie begriffen nichts, als der Driller sagte, sie müßten mit dem ganzen Gestänge heraus, um die Bohrkrone zu wechseln. Hatten sie geschlafen? Sie hatten die Bohrkrone doch eben gerade erst gewechselt! Woraus bestanden denn dies Scheißkronen? Aus Pappe? Sie versuchten, Zeit zu gewinnen. Barka sagte, sie würden sich ein wenig verspäten. Sie müßten erst noch aufs Klo. Das war alles Scheiße. Sie hatten nicht einen Tropfen Urin in ihren Blasen, seit Thompson die Kuppel über der Messe zerschossen und sie dazu überredet hatte, Überstunden zu machen. Egal was und wieviel sie tranken, die Flüssigkeit drang durch die Poren ihrer Haut wieder heraus. Sjur Willy meinte, die Lösung gefunden zu haben, als sie über das Pipedeck schlichen. Es liege an den Uhren!

»Hier sind die Zeiger siebenmal leichter, also vergeht die Zeit siebenmal schneller, als wir es gewohnt sind!«

»Das haut nicht hin«, zweifelte Laugen.

»Und warum nicht?«

»Wenn die Uhren siebenmal leichter sind, muß das auch für das Bohrgestänge gelten, und dann sollte die Bohrkrone auch siebenmal so lange halten.«

»Das kommt auf die Gesteinsart an«, meinte Sjur Willy. »Vielleicht ist Murphy auf Granit gestoßen?«

»Es gibt kein Öl in Granit«, sagte Barka.

»Woher willst du das wissen?«

»Das wissen alle«, sagte Barka.

»Dann frage ich mich, warum ich davon noch nichts gehört habe«, entgegnete Sjur Willy.

Barka verstand nicht, was daran so verwunderlich sei. Es gebe sicher vieles, von dem Sjur Willy noch nichts wisse. Außerdem habe Barka schon lange Zweifel daran, daß es wirklich Öl sei, was die Amerikaner suchten.

»Was denn sonst?«

»Diamanten«, raunte Barka.

Laugen und Sjur Willy wieherten vor Lachen. Das sei ja das Dümmste, was sie je gehört hätten.

»Wenn wir nach Diamanten suchen – warum tun dann die Amerikaner so, als suchten wir nach Öl?«

»Um die Russen zu täuschen«, sagte Barka. »Und das ist ihnen ja wohl auch gelungen. Die Bonzen im Kreml lachen doch bloß über unsere Aktivitäten hier, aber das wird ihnen noch vergehen. An dem Tag, an dem wir Diamanten finden, werden sie ihr blaues Wunder erleben, wenn es da überhaupt Wunder gibt!«

Miss World schien sich überhaupt nicht für russische Wunder zu interessieren. Sie fühlte sich betrogen. Was hätten sie ihr nicht alles versprochen: daß sie durchhalten würden, bis sie überkochte und wie ein Meteor im Meer der Stille verschwand, hätten sie das nicht gesagt? Florence Nightingale habe alles getan, um ihnen Gutes zu tun, sie habe sich Hustensaft auf ihre Brüste geschmiert und ihre Schwänze gelobt, auch wenn diese beileibe nicht so besonders gewesen seien, daß man darüber seiner Freundin berichten würde. Voller Muttergefühle und Krankenschwesterngeschwäsch habe sie ihnen vorgespielt, daß sich ihre Muschi am Siedepunkt befände, dabei habe das Thermometer nie mehr als siebenunddreißig Grad angezeigt. Und auch Sala Palmer habe nicht auf der faulen Haut gelegen. Sie habe sich gewunden wie eine Epileptikerin, schweinischen Schwachsinn von sich gegeben, gestöhnt und ihnen Orgasmen vorgespielt, und das alles nur, damit sie nicht ihre Gesichter verlören. Miss Toten hätte ihnen die Muschel und den Sinn des Lebens gezeigt, und was habe sie dafür als Gegenleistung erhalten? Ob es auch nur einem von ihnen gelungen sei, länger als zwei Minuten auszuhalten? Sie fühlten sich unterlegen und gekränkt, als Frau Luna sie fragte, ob ihre Lieblingsneffen wirklich schon genug hätten. Ob es in ihren aufgerührten Eiern wirklich keinen Tropfen mehr zu holen gebe? Waren sie wirklich leer wie ihre Blasen? Florence Nightingale tröstete sie. Sie sollten es nicht so schwer nehmen, sie könnten ja auch noch andere Sachen machen. Zum Beispiel Holzschnitzen oder Fliegenbinden, sie könnten sticken oder Bücher lesen, Kreuzworträtsel lösen oder Briefmarken sammeln. Wenn sie auf der Erde zurückseien, könnten sie sich ja um einen Job im Gesundheitswesen bemühen und sich um Alte und Kranke kümmern! Es gäbe genug zu tun, auch wenn sie ihre Taufpatengeschenke nicht zum Stehen brächten! Laugen hatte eine Idee, wie sie das Maul dieser hypergeilen Tussi stopfen konnten.

»Wir wecken Madsen!«

Wenn sie es ihr bis jetzt noch nicht gemacht hätten, würde es dann wohl reichen! Madsens Yuccapalme hänge schon im schlaffen Zustand bis fast zu den Knien. Seine Eier baumelten wie reife Birnen zwischen den Beinen, wenn er in die Dusche ging. Das Ding, das Murphy zwischen den Beinen habe, sei, verglichen mit dem von Madsen, gerade mal ein Wienerwürstchen. Das einzige Problem sei der Kreislauf, Laugen war sich nicht sicher, ob Madsen Kapazität genug im Herzen habe, seine Keule in Gang zu bringen. Gelänge es ihm, könnten sie mit der Entspannung beginnen. Er würde sie hinunter ins Jura oder Perm ficken! Wenn Sala Palmer bislang keine Erfahrung mit Spinalbetäubung habe, würde sie das schon kennenlernen, wenn Madsens Bohrkrone sie im Rückgrat träfe. Wahrscheinlich würde sich das ganze Becken lösen! Florence Nightingale würde ihre Eierstöcke im Hals wiederfinden, wenn Madsen mit ihr fertig wäre.

»Du vergißt nur eins«, sagte Sjur Willy.

»Was denn?«

»Thompson hat auch Madsen niedergeschossen!«

»Au, Scheiße!«

Es begann wirklich mühsam zu werden. Noch immer hatten sie zwei Tage vor sich. Sjur Willy schwankte halbbetäubt zwischen den Bohrröhren hin und her und dachte an kaum mehr etwas anderes als an die Ablösung. Er wußte nicht, ob er schlief oder wach war, als sie wieder einmal sechzig Bohrlängen hinuntergefahren hatten und die Bohrkrone in achtzehnhundert Meter Tiefe aufsetzte. Als Murphy mit dem Bohren startete, fiel er vor Müdigkeit beinahe um. Der Driller beobachtete die Instrumente, während er die Umdrehungsgeschwindigkeit erhöhte, bis die Bohrkrone faßte. Sie griff nicht gleich richtig. Wenn sie sich in achtzehnhundert Meter Tiefe befand, mußte sich das Antriebsrohr fast vierzig Mal drehen, bis sich die Rotation bis ganz nach unten fortgepflanzt hatte. Laugen und Barka war diese Rotationsfortpflanzung scheißegal. Wenn es nach ihnen ginge, könnte sich dieses elende Bohrgestänge doch endgültig festfahren, so daß man sie endlich in Ruhe ließ. Sie stolperten die Treppen an der Seite des Catwalks hinunter. Sie hingen über den Stuhllehnen in der Cafeteria. Es gelang ihnen nicht einmal mehr, sich einen Kaffee einzugießen. Hätte nicht Bullshit das für sie erledigt, sie hätten ohne auskommen müssen. Wäre nicht Tengs mit einer merkwürdig dick gedrehten Zigarette zu Sjur Willy gekommen, er hätte auf das Rauchen verzichtet. Er war überrascht, daß Tengs plötzlich so hilfsbereit war. Seit er die Wette verloren hatte, war er ziemlich schweigsam. Er hatte noch nicht einmal seine Schulden bezahlt.

»Wo ist überhaupt das Geld, das du mir schuldest?«

»Ich habe es dir gerade gegeben«, grinste Tengs.

Sjur Willy nahm noch ein paar tiefe Züge, bevor er begriff, warum Tengs mehrere Blättchen und doppelt so viel Tabak gebraucht hatte wie gewöhnlich. Er hatte den Hunderter zwischen Tabak und Blättchen eingerollt! Sjur Willy hustete, daß fast sein Zäpfchen in den Aschenbecher geplumpst wäre, als er die saure Kippe ausdrückte. Er konnte nicht anders. Er mußte lachen. Alles drehte sich in seinem Kopf. Ebenso erging es Laugen und Barka. Es zog ihnen fast den Boden unter den Füßen weg, obwohl sie mittlerweile bei der leichtesten Tabaksorte angekommen waren. Sie schliefen auf ihren Stühlen ein und ließen ihre Zigaretten auf den Steinboden fallen. Abrupt wurden sie aus ihren Träumen gerissen, als Bruin ein Exemplar des norwegischen Gesetzbuches auf den Tisch knallte. Er hatte seine schmähliche Vorstellung an Deck überwunden und versuchte jetzt, es ihnen auf andere Weise heimzuzahlen. Er habe eine Bestimmung aus dem Arbeitsschutzgesetz vom 7. Dezember 1956 gefunden, in der vermerkt sei, daß in keinem Fall mehr als fünfzehn Überstunden pro Woche verlangt werden durften! Alles, was die totmüden Roughnecks zu tun hätten, sei, sich der Gewerkschaft anzuschließen, dann könnten sie sofort ins Bett gehen! Genosse Bruin würde sich um den Rest kümmern. Der Vorsitzende Mao würde sie schon aus der üblen Lage befreien, in die sie geraten seien. Mit dem Gesetz in der Hand würde Leo Trotzki Murphy und Thompson schon auf den Boden der Tatsachen zurückholen. Das sei alles. Sie bräuchten doch einen Roustabout, der sich um sie kümmerte. Laugen und Barka rappelten sich auf. Die Grippesymptome waren wie weggeblasen. So wie sie das Pipedeck überquerten, konnte man fast meinen, sie seien vollgepumpt mit Kokain oder Flugbenzin. Sjur Willy stürzte hinter ihnen her.

»Die norwegischen Gesetze gelten nicht auf dem Mond!«

Er hatte verstanden, was los war, und tat, was in seiner Macht stand, um sie noch rechtzeitig aufzuhalten.

Sie sollten nicht auf Bruin hören, der sei doch vom KGB bezahlt! Das einzige, an das Bruin denke, sei doch, die ganze Ölbranche der Norwegischen Staatsbahnen unterzuordnen, damit er den Rest seines Lebens in einer geheizten Baracke zubringen und Dünnschiß reden könne über Menschen, die sich wirklich einsetzten und ehrlich ihr Geld verdienten! Wenn sie auf Bruin hörten, würden sie bestenfalls als Weichensteller bei der Transsibirischen Eisenbahn enden! Barka und Laugen rieten ihm, die Schnauze zu halten. Sie hätten jetzt oft genug gehört, daß die Schwerkraft auf dem Mond nur ein Siebtel derjenigen in Sibirien betrage. Sie hätten jetzt fünf Tage am Stück gearbeitet! Den sechsten könnten sie sich da doch wohl mal freinehmen! Sjur Willy bat sie, doch einmal nachzudenken.

»Aber jetzt fangen wir doch erst richtig an zu verdienen! Wenn wir die nächsten zwei Tage noch durchstehen, verdienen wir noch einmal genauso viel wie in den letzten fünf! Wenn wir jetzt unsere Abmachung brechen, riskieren wir noch, alles zu verlieren, was wir verdient haben. Vielleicht sogar unseren Job!«

Es könne Schlimmeres mit ihnen passieren! Es könne ihnen ergehen wie Smileys Leuten, Thompson könne sie einfach abknallen! Thompson könne sie alle an einen Schlachterhaken hängen und mit den Fersen am Kranbaum aufknüpfen! Vielleicht würde er sie da hängenlassen, bis sie mehr wie Klippfisch aussahen denn wie Roughnecks! Sie hätten nichts dagegen, den Rest des Jahres verkehrt herum am Kran zu hängen. Da könnten sie wenigstens schlafen! Sie gingen geradewegs ins Drillerhäuschen und hauten mit ihren Fäusten auf das Plexiglas.

»Wir fassen nicht eine einzige Bohrröhre an, bevor wir nicht eine Runde Schlaf gekriegt haben!«

Sjur Willy ging hinter einem leeren Ölfaß in Deckung und wartete auf die Explosion. Doch sie kam nicht! Murphy nahm das überraschend gelassen. Er strich sich über seine Bartstoppeln und überprüfte, ob sich nicht die Verankerung des Plexiglases gelöst hatte. Das mit dem Augen-Zumachen sei kein Problem. Wenn es das sei, was sie wollten, dann könne er ihnen die Augen so schließen, daß sie sie nie mehr zu öffnen bräuchten! Wenn sie aufhören wollten, bitte, nur zu! Auch Laugen und Barka seien nicht unersetzlich. Sie seien so unersetzlich wie ein paar Wollsocken! Und es gäbe genug freie Wollsocken in der Welt! Überall lägen ungebrauchte Wollsocken herum, die nur darauf warteten, eine Chance zu bekommen und zu zeigen, wie ausdauernd sie seien. Wenn Laugen und Barka nicht begriffen, wie privilegiert sie seien, sollten sie doch einmal nach Aberdeen oder Rotterdam gehen und dort Wollsocken zählen! Wenn es von irgend etwas auf der Welt genug gäbe, dann von freien Wollsocken, die auf den Mond wollten!

»Warum dauert es dann so lange, bis die Ablösung kommt?«

Der Driller riet ihnen, wieder an die Arbeit zu gehen.

»Wir brauchen Schlaf«, forderte Barka.

»Wir haben Anspruch auf acht Stunden qualifizierter Ruhe«, sagte Laugen.

»Qualifizierter was?«

So etwas Schwachsinniges habe der Driller ja noch nie gehört.

»Wo habt ihr das denn her?«

»Aus dem norwegischen Gesetzbuch!«

Murphy schaute verwundert auf die dicke Gesetzessammlung. Er begriff nicht, was ein so kleines Land mit so vielen Gesetzen wollte. Er habe ja keine Ahnung davon gehabt, daß die ganze Welt voller solcher Gesetze steckte. Er wisse nur eins: daß dieses verdammte Gesetzbuch, das sie da vor seiner Nase schwenkten, auf dem Mond nichts bedeute!

»Was habe ich euch gesagt? Na, was habe ich euch gesagt?«

Sjur Willy rannte verstört herum. Er hatte sie gewarnt! Er hatte ihnen gesagt, wie es laufen würde. Murphy würde sich nicht einen Furz um diese blöden Gesetze kümmern. Sjur Willy hatte nicht damit gerechnet, daß man dieses dicke Gesetzbuch auch als Waffe benutzen könne. Er wünschte sich, das alles sei ein schlechter Traum gewesen, als Barka dem Driller das Gesetzbuch an den Kopf knallte. Der Schlag war nicht hart genug, um ihn zu Boden zu schicken, er war aber hart genug, ihn so weit außer Gefecht zu setzen, daß Laugen und Barka ihn am Antriebsrohr festbinden konnten. Dort blieb er stehen wie ein Cowboy, der von blutrünstigen Indianern gefangengenommen worden war. Murphy zerrte an den Stricken und erklärte ihnen, was sie jetzt erwarten könnten. Sobald die neue Mannschaft da sei und ihn losbände, würde er sie zusammenpacken und in einer Sandbank im Meer der Stille verbuddeln! Hätten sie nicht gemeutert und ihn am Antriebsrohr festgebunden – er täte es auf der Stelle!

»Halt mich da heraus!« rief Sjur Willy. »Ich hab nichts damit zu tun!«

Er befand sich in einer hoffnungslosen Lage. Alles, wofür er sich aufgeopfert hatte, konnte von diesen beiden erkälteten Idioten zunichte gemacht werden. Verzweifelt suchte er in der Werkzeugkiste nach einem Messer. Unternahm er nichts, konnte er den Driller nicht befreien, dann würde auch er zusammen mit Laugen und Barka hingerichtet! Näherte er sich dem Rotationstisch, drohte Laugen, ihn mit einem Spaten zu erschlagen! Sjur Willy stürzte auf das Drillerhäuschen zu, als Barka die Maschine startete.

»Schalt sie ab!«

»Niemals!«

Barka grinste. Er würde Murphy eine Lektion erteilen! Die würde er sein Lebtag nicht vergessen. Er würde ihm schon zeigen, was mit amerikanischen Arschlöchern passierte, die sich nicht an die norwegischen Gesetze hielten! Sjur Willy schrie hysterisch.

»Wir fliegen raus! Die setzen uns auf die schwarze Liste! Wir kriegen unsere Füße nie mehr auf eine Rigg!«

»Laß mich in Ruhe«, brüllte Barka, »Murphy wird niemanden auf irgendeine Liste setzen! Wenn ich mit dem fertig bin, wird er weich wie Butter sein!«

Der brüllende Driller rotierte wie ein Brummkreisel am Antriebsrohr. Er röhrte wie ein Nebelhorn, als Barka auf hundert Umdrehungen pro Minute hochging. Wenn das nicht reiche, könne er ja auf zweihundert oder dreihundert gehen! Er könne es aufdrehen, bis Murphy an die Windschutzwände geschleudert würde und wie Schlachtfleisch heruntergl itschte. Sjur Willy konnte nur eines tun: Er mußte Thompson wecken!

Verwirrt hielt er auf dem Catwalk an. War das nicht das Geräusch von Rotorblättern? Sah er nicht die Landungslichter einer Sikorsky? Er hätte seinen Kopf verwettet, daß es für einen Helikopter schlichtweg unmöglich war, in der dünnen Atmosphäre zu fliegen. Doch er atmete ja auch, und auch darüber wäre er, hätte er nicht am eigenen Leibe das Gegenteil erlebt, blindlings jede Wette eingegangen. Vielleicht ließ sich ja noch alles regeln? Das Wichtigste war jetzt, daß dieser Alptraum endlich aufhörte! Sjur Willy stürzte zum Bohrdeck zurück.

»Die Ablösung kommt!«

»Hä?«

»Das neue Bohrteam ist da!«

Barka schaltete die Maschine ab und stellte sich zusammen mit Laugen auf den Catwalk. Sjur Willy nutzte die Gelegenheit, um Murphy zu befreien und ihm zu versichern, daß er mit dem Komplott nichts zu tun gehabt habe. Er sei kein Aufrührer! Ganz im Gegenteil! Er habe versucht, die zwei Holzköpfe zur Vernunft zu bringen! Sicher hätten sie es nicht böse gemeint! Sie seien nur so erschöpft. Sie vertrügen einfach nicht so viel wie Sjur Willy und der Driller! Natürlich hätten sie es verdient, gefeuert zu werden, aber trotzdem würde er gerne ein gutes Wort für sie einlegen. Es würde sicher nicht noch einmal passieren, Laugen und Barka hätten nur für einen kurzen Moment die Besinnung verloren. Bevor so etwas wieder geschehe, würden sie sich sicher erst einmal gehörig Gedanken machen! Eigentlich könne man ja gut mit ihnen zusammenarbeiten! Natürlich seien sie auch irgendwie Arschlöcher, aber wer sei das nicht, wenn es darauf ankam? Clint Eastwood, zum Beispiel. Sjur Willy sei sich sicher, daß sie tief in ihrem Innern gut seien. Er korrigierte sich aber sofort wieder, als ihm aufging, was er da gesagt hatte. Wenn es einen Ort gebe, an dem Laugen und Barka sicher nicht gut seien, dann tief in ihrem Innern! Niemand sei das, jedenfalls habe Sjur Willy niemanden getroffen. Er wisse nicht, wo das Gute im Menschen herkomme, jedenfalls nicht aus seinem Innern, da befinde sich nur Schnodder! Wenn Murphy Laugen und Barka an den Kran hängen wolle, dann sei das für Sjur Willy auch in Ordnung. Er könne ihm auch gerne dabei helfen. Und wenn Thompson sich entschlossen habe, sie zu erschießen, dann solle er das machen. Sjur Willy würde sich mit Freude um die Beerdigung kümmern. Er würde sie in den Aufzug stopfen und zum letzten Mal am Schaft hinunterfahren. Dann würde er ein letztes Lebewohl für die beiden Schreihälse sprechen und sie im Mare Tranquillitatis versenken. Wenn Thompson und Murphy nichts dagegen hätten, würde er gerne ein Kreuz über ihren Gräbern errichten, auf daß niemand auf die Idee käme, gerade dort eine Bohrung anzusetzen. Er würde den Mechaniker, der in zehntausend Metern Höhe über Nepal gefickt habe, schon dazu bringen, die Kreuze zu machen. Der würde sich ganz gut mit Schweißarbeiten und Stahlgravuren auskennen. Er könne, auf dem einen »Habt Dank für alles!« eingravieren und auf dem anderen »Ruhe in Frieden«. Dann sei im Grunde das meiste gesagt!

Murphy hing wie eine ausgestopfte Erste-Hilfe-Puppe am Antriebsrohr, als Sjur Willy endlich die dicken Taue durchtrennt hatte. Er taumelte herum, als habe er Florence Nightingales Medizinschrank über den Kopf gekriegt und sei mit der Nase in einer Pfütze Morphium liegengeblieben. Sjur Willy verstand nicht, warum der Pilot die Sikorsky auf dem Pipedeck herunterbrachte. Vielleicht hatte der ja auch Morphium in der Nase! Fast wäre er mit einem der Rotorblätter am Kranausleger hängengeblieben. Darum brauchte er sich aber nicht zu kümmern. Das Wichtigste war jetzt, daß das neue Bohrteam endlich da war. Er stutzte, als Lydersen aus Mandal mit einer schwarzen Augenklappe in der Türöffnung auftauchte. Es gab ja wohl wirklich keinen Grund wie ein Seeräuber auszusehen, nur weil er ein Auge verloren hatte! In Amerika gab es doch schon Glasaugen, die sich bewegten! Sjur Willy verstand noch weniger, als die Tür der Passagierkabine wieder geschlossen wurde. Waren die vom Haukeländer Krankenhaus zum Mond geflogen, nur um Lydersen abzusetzen? Er stutzte, als Lydersen seine Tasche auf dem Catwalk absetzte und geradewegs auf ihn zukam.

»Soso, du glaubst also, mir so mir nichts, dir nichts meinen Job klauen zu können?«

Er brachte nicht ein einziges Wort heraus, als Lydersen ihm auch schon ein Knie in den Bauch rammte und ihm mit ausgestreckten Armen in den Nacken schlug. Er lag flach am Boden des Catwalks, als Murphy wieder in seine Pfeife blies. Als er sich aufrappelte und auf das Bohrdeck taumelte, kreisten Sterne vor seinen Augen. Laugen und Barka schickten ihn weg. Er sei für immer fertig an Deck, sie arbeiteten nicht mit Menschen, die vorgehabt hatten, sie zu beerdigen! Sjur Willy schimpfte, sie sollten zur Seite gehen. Sie sollten keinen Streit mit ihm anfangen, er habe bewiesen, daß er als Roughneck ebenso viel tauge wie sie selbst. Ja, er sei sogar besser! Sie hätten doch gejammert wie verwöhnte Rotznasen, als es zur Sache gegangen sei, ja sogar gemeutert! Sjur Willy sei da anders gewesen! Er war sich ganz sicher, auf wen Murphy nach all dem setzten würde. Der würde schon nicht vergessen, wer ihm das norwegische Gesetzbuch an den Kopf geknallt und ihn gefesselt habe! Und wohl auch nicht, wer ihn befreit habe! Sjur Willy spürte, wie sich die Decksplatten unter ihm bewegten, als ihm klar wurde, daß Murphy mit den Meuterern ein Abkommen getroffen hatte. Der Driller wollte es nicht auf sich sitzen lassen, daß ihn Laugen und Barka überwältigt hatten, und damit die Geschichte niemals bekannt würde, konnten sie ihre Jobs behalten! Das sei in Ordnung für sie, wem sollten sie denn auch erzählen, daß sie Murphy ans Antriebsrohr gefesselt hätten? Das würde ihnen doch sowieso niemand glauben. Für sie sei die Sache erledigt. Für Sjur Willy aber nicht.

»Die Voraussetzung dafür, daß du ihn vom Antriebsrohr losschneiden konntest, ist doch wohl, daß ihn dort jemand festgebunden hat.«

»Und wer soll das gemacht haben?«

»Du mußt geträumt haben«, sagte Laugen. »Alle wissen doch, daß niemand im ganzen Weltraum dazu in der Lage ist, Murphy an einer Kelly festzubinden!«

»Ihr habt ihm die norwegischen Gesetze um die Ohren gehauen!«

Sie krümmten sich vor Lachen, als Sjur Willy einen letzten Versuch unternahm, den Driller auf seine Seite zu bringen.

»Weißt du denn nicht einmal mehr, wer für dich die Frau aufgetrieben hat?«

Murphy brauchte nicht zu antworten. Er ließ Lydersen die Dinge zurechtrücken.

»Wenn es etwas gibt, wofür Murphy keine Hilfe braucht, dann, sich eine Frau zu besorgen! Das wissen hier doch wohl alle!«

Sjur Willy hatte gerade den Befehl erhalten, als Schneeschipper in Sibirien anzufangen, als ihn einer von Smileys Roughnecks an der Schulter wachrüttelte.

»Hast du Lust auf ein bißchen frische Luft?«

»Hä?«

Sjur Willy hatte schon genug damit zu tun, vom Mond zurück auf die Erde zu kommen, da knipste der Roughneck das Licht an und erzählte ihm, daß Goddbiff krank geworden sei. Er habe so hohes Fieber, daß er nicht auf den Beinen stehen könne. Sjur Willy war wie im Delirium, als er die Augen öffnete.

»Ist Smiley denn noch an Bord?«

»Natürlich, er ist doch gestern gekommen! Er braucht dich auf dem Monkeydeck. Du bist doch da schon gewesen, oder?«

»Doch, ja!«

Sjur Willy spürte, wie der Alptraum vom Meer der Stille langsam seinen Griff lockerte, und es wurde ihm endlich bewußt, daß Smiley ihn für den Rest der Schicht als Turmmann brauchte. Vielleicht sogar für den Rest des Turns, das kam darauf an, ob Goddbiff wieder gesund wurde.

»Kannst du einspringen?«

Sein Körper fühlte sich an wie von den Schultern abwärts eingegipst, als er aus der Koje kletterte. Alle Muskeln schmerzten, als er seine Sachen anzog und in die Messe stapfte, um sich etwas zu essen zu holen. Hätten sie ihn gefragt, ob er für Smiley auf dem Deck arbeiten wolle – sie hätten ihn dorthin tragen müssen! Brauchten sie ihn aber im Turm, dann war das etwas anderes. Kaum jemand war nach nur einer Woche als Roughneck in den Turm gekommen. Sjur Willy kannte jedenfalls keinen. Auch Bullshit wußte von niemandem. Er begriff nicht, daß Sjur Willy freiwillig dort hochging.

»Und wenn du herunterfällst?«

»Ich falle nicht herunter«, sagte Sjur Willy.

»Weißt du, wie sehr es stürmt?«

Sjur Willy hatte keine Ahnung, wie sehr es stürmte. Er zuckte nur mit den Schultern, als Bullshit ihm erzählte, daß die Windstärke bei fünfzig Knoten liege, in Böen sogar bei sechzig. Sjur Willy meinte, es sei ihm egal, ob sie fünf oder fünfzig Knoten betrage!

»Wenn man schon herunterfallen muß, dann lieber bei Sturm als bei schönem Wetter«, grinste er. »Wenn es windstill ist, klatscht du geradewegs aufs Deck. Wenn es aber stark genug bläst, kannst du immer noch hoffen, ins Meer geweht zu werden!«

Smiley war sich nicht sicher, ob er ihn wirklich hinaufschicken könne.

»Glaubst du, es wird gehen?«

»No problem!«

Sjur Willy hatte noch nie zuvor alleine im Bohrturm gearbeitet. Immer waren erfahrene Leute wie Goddbiff oder Oesterling dabeigewesen. Es war etwas anderes, das ganz allein zu machen. Erst jetzt würde er die Bestätigung erhalten, ob er den Job konnte oder nicht. Sjur Willy zweifelte nicht daran, daß es ihm gelingen würde. Smiley war sich da nicht so sicher.

»Du mußt es nur sagen! Wenn du glaubst, es geht nicht, können wir Oesterling wecken.«

»Vergiß es!«

Sjur Willy strotzte vor Selbstvertrauen. Nach einer Woche auf dem Mond könne er wen auch immer ablösen! Art Smiley solle die Ruhe bewahren. Wenn es eng würde, könne er auch ihn ablösen! Madsen schüttelte nur mit dem Kopf, als Klein-Murphy die Leiter hochkletterte.

Sjur Willys Körper war noch immer steif, als er auf dem Monkeydeck stand und auf die erste Bohrlänge wartete. Er hatte den Gurt angelegt und das Sicherungsseil am Bauch befestigt und schaute hinunter. Sie ließen auf sich warten. Er schlug in die Hände und spuckte aus. Es bestand keine Gefahr, jemanden zu treffen, er traf nicht einmal das Deck. Seine Spucke schoß aus dem Bohrturm und trudelte flach über die aufgewühlte Meeresoberfläche. Wenn es überall auf der Welt so stürmte, konnte sie einmal um den Erdball fliegen und Laugen und Barka beim Aufstehen in die Fresse klatschen. Die würden wohl Augen machen, wenn sie mitbekämen, daß er in der Zwischenzeit zum Turmmann avanciert war! Sjur Willy wußte nicht, wie lange ein Tropfen Spucke brauchte, um einmal um den Erdball zu fliegen. Bestimmt war er schon gelandet. Er stellte sich hinter die Windschutzwand. Die half nicht sonderlich. Die ringförmigen Wände um ihn herum schützten ihn etwas vor dem Seitenwind, nicht aber vor dem kräftigen Zug von unten oder den eisigen Böen von oben. Er stand da und lauschte dem Klappern der Bohrlängen, die bereits in ihrem Gestell im Turm hingen. Es sah aus, als würden auch sie frieren! Sjur Willy begann langsam zu begreifen, warum niemand bei schlechtem Wetter in den Turm wollte. Daß jemand das aber überhaupt nicht wollte, dafür hatte er kein Verständnis. Für die endete die Karriere doch auf dem Deck, die würden nie etwas anderes als Roughnecks werden. Vielleicht war das ihnen ja genug, Sjur Willy jedenfalls nicht. Der Turm schlingerte in den Sturmböen. Das Monkeydeck schaukelte unter ihm, während die Wellen an die Fundamente klatschten. Es zog aus allen Richtungen. Wenn sie nicht bald anfingen, ihm Röhren hochzuschicken, würde er sich noch den Arsch abfrieren. Er wünschte sich nicht hinunter. Wenn Goddbiff jetzt käme und sagte, er könne seinen Job trotz allem machen, wäre er stinksauer. Er überprüfte den Sicherungsriemen am Bauch noch einmal, lehnte sich hinaus und warf dann die Seilschlinge um die erste Bohrlänge. Es schmerzte in allen Muskeln, als er sich vorbeugte, um den Aufzug zu öffnen. Er wartete, bis der Turm in seine Richtung schwang, bevor er den Stand aus dem Aufzug ruckte und zu sich heranzog. Er brauchte kaum Kraft, es ging fast wie von allein. Er hielt ihn in der Armbeuge fest und schob ihn im Gestell zurecht. Als die Sicherungskette am Haken hing, grinste er zu sich selbst. Na also, die erste Bohrlänge war an ihrem Platz! Die nächste ging genauso glatt. Noch immer fror er, doch er vergaß, wie kalt es war. Es war überhaupt nicht kalt! Er mußte aufpassen, wenn die Bohrlängen ganz hinten ins Gestell mußten. Da konnte man leicht die Kontrolle verlieren. Jedesmal überprüfte er den Karabiner der Sicherungsleine. Er wollte nicht noch einmal in der Sicherungsleine hängen und herumzappeln. Das war ihm einmal zusammen mit Oesterling passiert, und das reichte ihm. Er war zu eifrig gewesen und hatte vergessen, den Karabiner an der Sicherungsleine zu befestigen, als ein neuer Stand heraufgerauscht kam. Das einzige, woran er gedacht hatte, war, den Aufzug zu öffnen und die Bohrlänge so schnell wie möglich zu sich zu ziehen. Oesterling sollte ihm nicht die Schuld geben können, wenn sie Zeit vertrödelten! Sjur Willy war dieser Scheißkarabiner erst eingefallen, als er sich hinausgelehnt hatte. Das war zu spät. Die Sicherungsleine hielt ihn nicht, als er die Arme um die Bohrlänge legte. Plötzlich hielt ihn gar nichts mehr, und die Pipe und der Aufzug gaben nach. Einen Augenblick hatte er fast waagerecht an der Arbeitsplattform gehangen, doch dann hatten seine Füße den Halt verloren, und er baumelte in der Sicherheitsleine. Unten vom Bohrdeck drang nur Gelächter, als er sich an der Sicherungsleine hinaufhangelte. Auch Oesterling hatte seine Freude nicht verhehlt und keinen Finger gerührt, ihm zu helfen. Er hatte Sjur Willy hängen lassen, bis es ihm gelungen war, einen Fuß über die Kante zu bekommen und sich hinaufzuziehen.

»Du hast das doch gesehen!«

»Was denn?«

»Daß ich den Karabiner vergessen habe!«

Oesterling hatte nur mit den Schultern gezuckt.

»Du hättest etwas sagen können!«

Das stritt er nicht ab.

»So eine Luftübung ist lehrreicher als jede Ermahnung! Jetzt wirst du daran denken, die Sicherungsleine und den Karabiner zu überprüfen!«

Sjur Willy hatte das damals nicht lustig gefunden. Jetzt grinste er. Er war überrascht, wie glatt es ging. Es war eine Sache, eine Lippe zu riskieren, bevor man etwas tat, etwas anderes war es, es wirklich zu tun. Er begann zu pfeifen. Aber nicht mehr »Fly Me to the Moon«. Er wußte nicht recht, was er da pfiff. Nachdem die ersten Bohrlängen im Gestell waren, brauchte er kaum mehr darüber nachdenken, was zu tun war. Es lag in seinen Armen, in seinem Kopf, es war fast wie Autofahren! Während der ersten Kilometer konzentrierte man sich auf alles, das Schalten, das Lenken, die Pedale, einfach alles, und nach ein paar Kilometern fuhr man ganz wie von selbst. Sjur Willy fuhr nicht Auto, er befand sich auf dem Turm einer Bohrplattform. Er war Derrickman! Er war allein im Turm, allein für diesen Job verantwortlich. Er war allein in der Welt, und er mußte sich selbst vertrauen. Machte er einen Fehler, war er es, der den Ärger bekam. Machte er etwas gut, war er es, der gelobt wurde. Das war es, was ihm so gut gefiel! Bis jetzt hatte er keinen Fehler gemacht. Und er hatte sich auch vorgenommen, keinen zu machen. Er hatte sich mit dieser Arbeit vertraut gemacht. Er hatte gelernt, die widerspenstigen Röhren zu zähmen. Er wußte, wie er sie dazu bringen konnte, zu gehorchen und aus dem Aufzug zu gleiten. Sjur Willy würde, wenn er wieder unten war, keinem Blick ausweichen müssen. Er hatte sich bereits als Roughneck Respekt verschafft, und jetzt verschaffte er sich Respekt als Turmmann! Das war großartig, sein geschwellter Brustkorb ließ fast die Rippen brechen. Sein Overall konnte jeden Augenblick platzen, wenn er das alles nicht bald mit jemanden teilen konnte. Es gab niemanden, mit dem er es hätte teilen können. Er teilte es mit den vor sich hin klappernden Bohrlängen, er teilte es mit den Stahltrossen und den Antikollisionsleuchten.

»Ich bin Derrickman!« johlte er.

Er versuchte es auch mit den Roughnecks aus Smileys Team zu teilen.

»Ich bin Derrickman!«

»Hä?«

Sie hörten nicht, was er sagte. Seine Worte nahmen den gleichen Weg wie seine Spucke und schossen durch den Turm davon. Vielleicht würden auch sie einmal um die Erde fliegen. Sollten sie doch gehen, wohin sie wollten! Mit den Roughnecks von Smiley zu reden war doch aussichtslos, sie wußten ja gar nicht, was ihnen abging. Sie glaubten, der Turmjob sei die Hölle. Sie glaubten, sie hätten es da unten bei sich besser! Ebenso gut konnte er seine Begeisterung mit den Regenschauern und den treibenden Wolken teilen.

»Es gefällt mir hier oben!« rief er in die Luft hinaus. »Hört ihr, es gefällt mir hier oben!«

»Hä?«

»Es gefällt mir hier!«

Sie schauten hoch. Was sagte der da, daß es ihm dort oben gefalle?

»Nur Verrückte mögen das da oben!«

»Genau!«

Sjur Willy sprang herum und schlug sich wie ein Affe auf die Brust, als alle Bohrlängen im Gestell hingen und die Bohrkrone gewechselt werden mußte. Er ruhte sich einen Augenblick aus, als es im Lautsprecher knackte.

»Willst du etwas zu essen haben, bevor wir wieder hinuntergehen?«

Er winkte ab. Ob sie schon einmal etwas von Marathonläufern gehört hätten, die in der Mitte des Laufes eine Pause machten? Er wolle nicht ein Stück Fleisch haben, bis nicht alle Röhren wieder im Loch seien! Er habe eine Holzkiste mit Salzkeksen in der Ecke. Er habe genug zu beißen. Da lägen sicher auch noch ein paar Dosen Seven-Up. Er habe alles, was er brauche! Die Salzkekse krümelten aus seinem Mund, als er begann, »It's a short way to Tipperary, It's a short way to go« zu singen! Er antwortete nicht einmal, als sie ihn fragten, ob er bereit sei, wieder hinunterzugehen.

Sjur Willy hoffte, den Job im Turm bis zum Ende des Turns zu behalten. Aber er konnte nur noch eine Schicht dort arbeiten, dann war Goddbiff wieder auf den Beinen. Das war schon in Ordnung. Er hatte beweisen können, worauf es ankam. Er lag vor Laugen und Barka und war reif für größere Aufgaben als die eines Roughnecks! Er hatte während der drei Roundtrips, bei denen er auf dem Turm war, nicht eine Bohrlänge fallen lassen oder sonst irgend etwas aufgewirbelt. Auch Murphy hatte das bemerkt.

»Du schlägst dich gut, motherfucker! Vielleicht wird doch noch ein Driller aus dir.«

Ein gläubiger Katholik, der den heiligen Petrus persönlich getroffen hatte und dem ein ewiges Leben vesichert worden war, hätte nicht seliger dreinschauen können.

Laugen und Barka wollten nicht ausschließen, daß er sich in einem der Rettungsboote bedient hatte. Vielleicht hatte er da ja irgendwo eine Flasche Schnaps aufgetrieben. Sie seien nicht im geringsten verwundert, daß es seinen kleinen Finger erwischt habe. Das einzige, was sie überrasche, sei, daß nicht noch mehr Finger dabei zu Schaden gekommen seien. Sie waren auf dem Weg nach unten, als es geschah. Er war einen Augenblick lang unaufmerksam und hatte seine Hand zu tief unten an das Rohr gelegt. Auch die anderen Finger waren dabei eingeklemmt worden, aber das meiste hatte der kleine Finger abbekommen. Schlagartig hatte es ungeheuer weh getan. Laugen und Barka schüttelten nur den Kopf. Sjur Willy sei nicht der erste, der sich dabei die Finger eingeklemmt habe. Sicher würde er auch nicht der letzte sein. Er nahm es hin. Er brüllte und tanzte ein paar Sekunden lang eine Art Kriegstanz, doch er weigerte sich, zur Krankenstation zu gehen. Wegen so etwas müsse man doch wohl nicht zur Krankenstation! Wenn es am Ende der Schicht immer noch weh tue, könne er ja einen Ausflug ins Krankenzimmer machen. Der kleine Finger war dick und gefühllos, als Florence Nightingale ihn zu sehen bekam.

»Tut das weh?«

Sjur Willy spürte nichts, als sie den Finger einbandagierte.

»Du mußt ins Krankenhaus damit!«

Sjur Willy schüttelte den Kopf. Er müsse wegen überhaupt nichts ins Krankenhaus, bevor er nicht seinen Turn beendet habe. Er habe noch drei Schichten.

»Du muß den röntgen lassen!«

»Ich gehe nicht wegen eines geschwollenen kleinen Fingers an Land«, sagte Sjur Willy.

Er wollte nicht schlechter sein als Murphy. Murphy hatte einen Blindflansch auf den Fuß gekriegt. Der Knöchel war geschwollen, und er hatte seinen Stiefel aufschneiden müssen. Am nächsten Tag konnte nicht die Rede davon sein, einen neuen Stiefel anzuziehen. Murphy war aber deshalb nicht an Land gegangen. Er hatte eine Stützbandage um den Fuß gewickelt und ihn in einen Pantoffel gesteckt. Damit hinkte er herum und absolvierte seine letzten Schichten. Er hatte nicht eine Stunde gefehlt! Er biß die Zähne zusammen. Er schimpfte und fluchte. Als er an Land kam, zeigte es sich, daß ein Knochen gebrochen war. Vielleicht war das geschehen, als er den Flansch auf den Fuß bekommen hatte. Vielleicht auch in den Tagen danach? Das war gleichgültig. Murphy hatte seine Schichten bis zur Ablösung durchgestanden. Und das hatte sich Sjur Willy auch vorgenommen. Wenn der Driller mit einem kaputten Knöchel arbeiten konnte, dann konnte Sjur Willy seine Schichten mit einem gequetschten kleinen Finger überstehen! Er schnitt ein Loch in seinen Handschuh, um Platz für den bandagierten Finger zu haben. Er war im Weg, doch abgesehen davon war er kein großes Hindernis. Bullshit verstand nicht, wofür das gut sein sollte.

»Du riskierst einen steifen Finger! Du kannst ihn ja nicht einmal biegen!«

»Das ist nur wegen der Bandage«, antwortete Sjur Willy.

Genosse Bruin war mehr über Sjur Willys Einstellung als über dessen Finger bekümmert.

»Weißt du, was du bist?«

Sjur Willy antwortete nicht.

»Du bist ein nützlicher Idiot!«

Sjur Willy zuckte mit den Schultern. Lieber sei er ein nützlicher Idiot als ein unnützer Faulpelz.

»Das einzige, woran du denkst, ist doch, den Amerikanern zu imponieren!«

»Das kann man von dir jedenfalls nicht behaupten.«

Der gequetschte Finger ähnelte einer blauen Apfelsinenspalte, als er die Bandage abwickelte. Er bewegte sich nicht, als er versuchte, ihn zu biegen. Er spürte nichts, als er sich in den Finger kniff. Auch nicht, als er mit aller Kraft zupackte.

»Was habe ich dir gesagt? Du hättest sofort zum Arzt gemußt«, sagte Bullshit.

»Da hast du dich nicht drum zu kümmern!« brummte Sjur Willy.

Es sei ihm doch egal, daß sein Finger gefühllos sei und aussehe wie eine Apfelsine. Wofür kleine Finger überhaupt zu gebrauchen seien? Ihm fiele so schnell nichts ein. Er sagte es niemanden gegenüber laut, aber er wußte es: Tief in seinem Innern war er stolz über den steifen und gefühllosen Finger.

Siebtes Kapitel

Nur Sorgen

Über Nur Sorgen gab es nur eins zu sagen: Er hätte niemals kommen dürfen! Er war ein überflüssiges Arschloch und hatte nichts auf der Ocean Star zu suchen. Der Kerl trippelte wie ein Mannequin zwischen den Bohrröhren hin und her und wirkte völlig abwesend. Nicht nur die Art, wie er ging, unterschied ihn vom Rest der Mannschaft, sondern auch die Tatsache, daß er, als er an Bord kam, nicht einen einzigen Fleck auf dem Overall hatte und dieses sich auch eine Woche später, abgesehen von ein paar Spritzern an den Knöcheln, nicht groß geändert hatte. Nur Sorgen tat schließlich, was er konnte. Er machte große Umwege um die Pfützen mit Bilgenöl und Bohrschlamm und hielt sicheren Abstand, wenn jemand das Deck spülte. Berührte er etwas, schrubbte er sich anschließend die Handschuhe ab. Und als ob das noch nicht genug wäre, hatte er sich einen bläulichen Seidenschal um den Hals gewickelt! Tengs und Sjur Willy waren sich sicher, niemals zuvor etwas Ekelhafteres gesehen zu haben. Selbst ein roter Schal hätte sie nicht stärker provozieren können. Der Teufel himself hätte ihm am liebsten auf der Stelle den Hals umgedreht. Schon nach ein paar Sekunden war er sich sicher gewesen, welcher Platz im Tierreich Nur Sorgen zustand – keiner. Er sah es an den Armbewegungen, an den Sachen. Er hörte es. Er roch es.

»Wenn der da kein schwules Arschloch ist, dann ist meine Mutter ein Pudel und ich bin ein Eskimo!«

Anfangs hatten sie nur mit den Schultern gezuckt und sich über den Typ amüsiert. Das war wohl irgendein Büroheini auf Frischluftkur oder ein Journalist, der irgendeinen Mist über das Öl schreiben sollte, das sie nicht gefunden hatten, über ihr fantastisches Essen, Thompsons Stetson oder Pecks Einsatz im Koreakrieg! Sie waren sich vollkommen sicher, daß dieser Kerl noch am gleichen Tag wieder verschwinden würde, und lachten laut auf, als sie hörten, daß er beim Bohren eingesetzt werden sollte. Das Lachen blieb ihnen aber im Halse stecken, als Birger Strai ihnen erzählte, daß er als Drillerassistent arbeiten solle. Tengs und Sjur Willy sahen aus, als hätten sie ein Bohrrohr an den Kopf gekriegt.

»Woher hast du das?«

»Das steht hier!«

Mißtrauisch schauten sie auf das Telex. Niemand würde als Drillerassistent anfangen! Wenn es irgend jemandem gelingen würde, so weit zu kommen, dann einem von ihnen!

»Auf welcher Rigg hat er denn gearbeitet?«

»Auf keiner.«

»Erzähl keinen Mist!«

»Er ist zur Schule gegangen«, sagte der Funker.

»Zur Schule?«

Das hörte sich an, als leide der Kerl unter Syphilis. Das konnte doch nur ein Mißverständnis sein. Tengs und Sjur Willy platzten in Thompsons Büro. Sie hätten sich den Arsch aufgerissen, um Roughnecks zu werden! Sie rissen sich den Arsch auf, um Turmmänner zu werden, und dann komme da so eine angemalte Leseratte mit blauem Seidenschal und höherer Ausbildung und werde ihnen einfach vor die Nase gesetzt? Es war kein Mißverständnis. Thompson behauptete, er sei ebenso sauer wie sie selbst. Die Behörden hätten angefangen, sich in alles mögliche einzumischen! Den Ölgesellschaften sei es auferlegt worden, Norweger für leitende Positionen zu rekrutieren. Tengs und Sjur Willy sahen völlig verwirrt den Bohrchef an.

»Sind wir etwa keine Norweger?«

»Sind wir etwa nicht ebenso norwegisch wie dieser geschminkte Clown?«

Thompson versicherte ihnen, sie seien norwegisch genug, doch das sei es nicht.

»Was dann?«

»Sind wir nicht gut genug?«

»Setzen wir uns nicht genug ein?«

Das sei es auch nicht, nein. Tengs und Sjur Willy seien genau so, wie Thompson sich das wünschte. Daran sollten sie bloß nicht zweifeln. Das Problem sei, daß diese aufgeblasene Tunte, die Phoenix Oil ihnen aufs Auge gedrückt habe, randvoll mit Zeugnissen der Technischen Hochschule sei, und die hätten sie nun mal nicht!

»Und was haben die damit zu tun?«

»Hast nicht du uns damals erzählt, daß wir solche Papiere nicht bräuchten?«

»Hast nicht du uns damals versprochen, daß es sich lohnen würde, wenn wir nur durchhielten?«

»Daß wir ganz an die Spitze kommen könnten?«

»Daß wir sogar, egal wieviele Finger uns fehlten, Direktor von General Motors werden könnten?«

Thompson wand sich auf seinem Stuhl hin und her. Ganz offensichtlich fühlte er sich unwohl. Er hatte dagesessen und mit einer leeren Coladose herumhantiert. Sie war flach wie eine Dose Schnupftabak, als er sie in den Papierkorb warf und aufsprang. Sie sollten, zum Teufel noch mal, nicht ihm die Schuld geben, es sei nicht sein Fehler, daß die norwegischen Behörden glaubten, daß man auf einer Schule Driller werden könne. Er könne nichts dafür, daß die Regierungsbüros voller Kommunisten steckten, die das ganze System durcheinanderbrächten. Es sei ihr Land, ihre Regierung! Thompson habe nicht darum gebeten, dieses unbrauchbare Arschloch an Bord zu bekommen! Wenn es nach ihm gegangen wäre, dann wäre diese parfümierte Vogelscheuche wieder an Land gekrabbelt, noch bevor sie ihren Seidenschal hätte anlegen können!

»Okay, okay!«

Jetzt wüßten sie wenigstens Bescheid. Sie begriffen ja, daß Thompson diesen Kerl nicht einfach wieder an Land setzen könne. Sie wüßten, was sie zu tun hätten.

»Hast du was dagegen, wenn wir uns ein bißchen um dieses Kerlchen kümmern?«

Thompson schüttelte den Kopf. Solange sie ihn da herausließen, habe er nichts dagegen.

Es begann ganz nett. Es begann an der Spindtür. Sie rissen das Plastikschild mit der Aufschrift TOR BORGEN – ASS. DRILLER herunter und klebten stattdessen eines mit der Aufschrift NUR SORGEN – ASSHOLE an den Spind. Zur Sicherheit schrieben sie noch mit schwarzer Tusche ASSHOLE GO HOME! darunter, so daß der Typ hinterher nicht sagen konnte, er sei nicht gewarnt worden. Wenn er so schlau war, wie er tat, verstand er ja vielleicht den Hinweis und packte seine Sachen. Er verstand den Hinweis nicht. Ganz im Gegenteil, wollte er wissen, was das zu bedeuten habe!

Tengs und Sjur Willy schauten ihn verwundert an.

»Weißt du denn nicht, was asshole bedeutet?«

»Oder go home?«

»Das heißt, daß du gut daran tust, deinen Seidenschal einzupacken und an Land zu gehen, bevor wir ihn für dich binden!«

»Wollt ihr damit sagen, ich soll wieder gehen?«

Nur Sorgen begann zu lachen. Das sei das Dümmste, was er jemals gehört habe. Und das reichte ihm noch nicht. Er wollte auch noch wissen, wer die Namensschilder ausgetauscht und seine Garderobenschranktür beschmiert habe. Er verlangte sogar, daß alles, was dort stand, entfernt würde! Tengs und Sjur Willy bedauerten, nichts für ihn tun zu können, sie nähmen keine Befehle von Leuten entgegen, die fehl am Platze seien. Sie versprachen ihm, es an dem Tag zu entfernen, an dem er wieder an Land ginge. Um noch eins draufzusetzen, brachten sie einen Roustabout dazu, in eine Ananasdose zu scheißen und diese unter dem Schuhrost in Nur Sorgens Garderobenschrank zu verstecken. Tags darauf schnüffelte er wie ein Drogenhund zwischen den Schränken herum. Ob sie denn den Gestank nicht riechen würden? Sie schauten auf.

»Wonach denn?«

»Kloake!«

Sie schüttelten ihre Köpfe. Früher habe es in der Garderobe nie nach Scheiße gestunken, bis er gekommen sei. Sie versprachen zu lüften, sobald er gegangen sei. Er überhörte ihre Bemerkungen und suchte weiter nach der Herkunft des Gestanks. Gespannt schauten sie zu, als er seine Kleider aus dem Schrank riß und sich hinkniete, um den perforierten Metallrost herauszuschrauben.

»Brauchst du einen Schraubenzieher?«

Tengs und Sjur Willy bliesen Rauchringe in die Luft. Sie hatten eine gewisse Hoffnung, daß der Inhalt der Ananasdose einen größeren Eindruck auf ihn machen würde als die Buchstaben an der Spindtür. Die Reaktion wurde zu einer Enttäuschung für sie. Nur Sorgen lief lediglich rot an und hielt sich die Nase zu, doch auch dieses Mal fragte er, was das zu bedeuten habe. Der Kerl war wohl kaum so scharfsinnig, wie er immer vorgab, der begriff ja gar nichts!

»Das heißt wohl, daß dich jemand nicht mag«, meinte Tengs.

»Ich will wissen, wer das gemacht hat!«

Sjur Willy schaute in die Dose. Soweit er das beurteilen könne, könnte das von jedem stammen.

»Sogar die Queen von England macht so etwas!«

Er wolle damit nicht behaupten, daß die Queen in Blechdosen scheiße, aber man könne ja nie wissen, auf was für Ideen Königinnen kämen, wenn sie unbeobachtet seien.

»Du kannst ja mit der Dose über die Rigg laufen und alle fragen, ob sie den Inhalt kennen. Wenn du auch niemanden finden wirst, der die Scheiße hineingetan hat, wird es wohl genug geben, die sich das gut vorstellen könnten.«

»Weißt du, was dann los wäre? Dann wäre dein Garderobenschrank voll von solchen Dosen!«

Die Stimmung an Bord war nicht wiederzuerkennen. Ehrgeiz und Arbeitsfreude waren verschwunden, der Einsatzwille und der Enthusiasmus, das Genecke und die gute Laune waren ins Meer gespült und von Frustration und unterdrückter Wut ersetzt worden. Die Gereiztheit lag beißend wie der Rauch der Schweißgeräte über der Rigg. Sogar Murphy bekam Probleme, die Roughnecks hörten nicht mehr auf seine Pfeife und scherten sich einen Scheißdreck um seine Befehle. Warum sollten sie auf Murphy hören, wenn Murphy nicht aufräumte? Demonstrativ zuckten sie mit den Schultern, wenn etwas schnell gehen sollte. Warum sollten sie sich abrackern, das Versäumte wieder einzuholen, wenn es keine Aussichten mehr gab, daß es besser werden würde? Klappte etwas nicht, ließen sie ihr Werkzeug fallen und hockten sich in die Cafeteria. Warum sollten sie sich für die Global Drilling Company oder gar für Phoenix Oil einsetzen, wo die Leitung beider Firmen sie doch betrogen hatte. Die Aggression lag wie scharfe

Granaten in ihren Köpfen. Sie waren es, die Driller hätten werden sollen! Sie waren es, die wußten, um was es hier ging, sie hatten es mit all der Plackerei, dem Geschimpfe und dem Applepie verinnerlicht, und dann kam dieses studierte Weichei und überholte sie einfach auf der falschen Seite!

»I know, I know. He's a pain in the ass!«

Murphy verstand das. Er war genauso provoziert worden wie sie. An ihrer Stelle hätte er sich nicht damit begnügt, einen Roustabout in eine Blechbüchse scheißen zu lassen und ASSHOLE GO HOME! an die Garderobentür zu schreiben. Er sprach mit Thompson darüber, daß sie Sand im Getriebe hätten, daß das System nicht mehr funktioniere! Und Thompson sprach mit Howard Goose. Er nahm kein Blatt vor den Mund und sagte frei heraus, daß dieser Klassenbeste, den Phoenix Oil ihnen aufs Auge gedrückt habe, ein rotes Tuch für das Team auf Deck sei! Würde dieser Kerl nicht entfernt, riskierten sie einen Amoklauf! Howard Goose meinte, das würde sich schon legen, und redete mit Thompson Klartext. Er solle sich bemühen, seine Leute unter Kontrolle zu halten! Der Bohrchef fluchte. Das war leichter gesagt als getan. Solange Nur Sorgen da herumstolzierte wie ein Stierkämpfer, konnte er es ebensogut mit einer Herde wilder Stiere aufnehmen! Wenn der Kerl doch endlich sein dummes Maul hielte und einsähe, daß es Dinge gab, von denen er nichts wußte. Hätte er sich wenigstens zurückgehalten und sie in bestimmten Situationen um Rat gefragt. Er fragte sie nie. Ganz im Gegenteil, er war sogar noch der Meinung, daß sie etwas von ihm lernen könnten! Tengs und Sjur Willy standen draußen an einer Ankerwinde und zielten auf Möwen. Sie standen, die Hände voller Muttern, und feuerten eine nach der anderen ab. Ob Murphy, Peck oder Thompson sie zurechtwiesen, war ihnen egal. Die wußten, worüber sie sprachen. Ganz im

Gegensatz zu diesem abgewichsten Oberschüler! Sie schleuderten die Muttern mit einer solchen Wut, daß es in den Schultern schmerzte. Nur ein wütendes »Schwupp« erklang, bevor sie in den Wellen verschwanden. Was hatten sie nicht alles akzeptiert, aber niemals würden sie es akzeptieren, von einem solchen Hänfling herumkommandiert zu werden! Der hatte doch sein Lebtag nichts anderes getan, als seine Nase in Bohrbücher zu stecken! Sie hätten es geschluckt, wenn sie von einem Neuling ausgestochen worden wären, der seine Erfahrungen auf anderen Riggs gesammelt hatte. Auch Bullshit oder Dallas hätten sie, wenn nötig, akzeptiert. Nicht aber einen Scheißkerl wie Nur Sorgen!

»Getroffen!«

»Die ist von alleine aufgeflogen!«

»Auf jeden Fall war's knapp!«

»Daneben ist daneben!«

»Okay.«

Tengs gab nach. Er konnte das. Sjur Willy hatte drei Turns als Roughneck mehr auf dem Buckel, Tengs führte dafür fünf zu zwei in Möwen. Auf eine Weise glich sich das aus. Seit sie einander getroffen hatten, konkurrierten sie miteinander, und so sollte das auch weitergehen. Deshalb ging kein Weg daran vorbei: Nur Sorgen mußte wieder an Land! Um was hätten sie kämpfen sollen, wenn ihnen Leute direkt von der Schule den Drillerjob wegschnappen konnten. Das Spiel mit den Möwen kam in die heiße Phase. Noch hofften sie, einen Treffer landen zu können. Noch hatten sie die Schäkel. In der Regel trafen sie damit. Drei von den Fünfen hatte Tengs mit Schäkeln getroffen, Sjur Willy wartete noch auf seinen ersten Treffer mit einer Mutter. Auch mit den Schäkeln warfen sie vorbei. Damit ließ sich leben. Die See war zu rauh. Schlechter stand es um die Möwen, wenn die See ruhig war. Nur Sorgen hatte unabhängig vom Wetter schlechte Karten. Eigentlich konnte einem der

Typ leid tun, er begriff ja nicht einmal, was für ihn das beste war! Es ging ihnen eigentlich gar nicht um den Typ selbst. Daß der jeden Tag Schuhcreme auf seine Schutzstiefel schmierte und wie ein geschminktes Püppchen herumstolzierte, war doch im Grunde sein eigenes Problem. Wenn er so verquer war, daß er Arschlöcher lieber hatte als Frauen, dann ging sie das ja nichts an, solange er es nicht bei ihnen versuchte! Auch damit, daß er ein überlegener Arsch war, konnten sie leben. Genaugenommen war er nicht der einzige Arsch an Bord! Wenn er im Service begonnen hätte, dann hätten sie ihn in Frieden gelassen. Auch als Driller hätten sie ihn akzeptiert, wenn er, wie alle, ganz unten angefangen und sich Stück für Stück hochgearbeitet hätte. Wenn er als Roustabout mit all den Scheißjobs hätte anfangen müssen, auch dann wäre alles in Ordnung gewesen. Aber er packte nichts an. Statt dessen trippelte er wie ein Papagei herum und gackerte, wie primitiv doch die Bohrausrüstung sei und wie umständlich sie arbeiteten. Das einzige, was der Kerl bei einem Besuch im Bohrturm mitbekam, war, daß Goddbiff überflüssig sei! Seine Arbeit könne schneller und effizienter von zwei hydraulischen Greifern erledigt werden. Auch die Arbeitsvorgänge auf dem Bohrdeck solle man sinnvollerweise Robotern überlassen. Mit zwei schienengebundenen Eisenroughnecks an Deck und zwei hydraulischen Greifern im Bohrturm könne die Ölgesellschaft schon bei einem Bohrloch Millionen einsparen, behauptete er. Die Technologie gebe es bereits, es gehe nur darum, sie einzusetzen! Den Roughnecks könne die Knochenarbeit erspart bleiben, ihre Hauptarbeitszeit könnten sie in einem beheizten Raum zubringen und das Ganze von dort steuern. Draußen wären nur noch die Inspektionen durchzuführen und die Geräte einzufetten! Dieser Verrückte ereiferte sich so, daß er davonrannte und ein bebildertes Buch mit dem Titel »Die Zukunft der Ölbohrtechnik« holte, um ihnen zu zeigen, wovon er redete. Sie schauten nicht einmal in das Buch hinein. Er sah sie verwundert an.

»Begreift ihr denn nicht, was euch da erspart bleiben könnte? Die Gefahr, die Knochenarbeit, der Dreck, die Verletzungen ...«

Sie mußten es ihm einfach sagen.

»Wir wollen nicht, daß uns etwas erspart bleibt!«

Sie wollten nicht durch automatische Monster ersetzt werden! Und vor allem seien sie nicht daran interessiert, daß so ein Blaßgesicht wie Nur Sorgen sich in Dinge einmischte, die ihn nichts angingen. Für Tengs und Sjur Willy war das Bohren nach Öl zu einem Abenteuer geworden, dem sie sich mit Leib und Seele verschrieben hatten. Es war zu einem Teil von ihnen geworden. Sie hatten es mit offenen Augen getan. Die Anstrengungen, der Dreck und die Gefahren, nichts davon wollten sie los sein, das alles gehörte dazu, das alles war ein Teil des Abenteuers! Das einzige, was sie lossein wollten, war dieser Scheißoberschüler, der ihr System durcheinanderbrachte und die Aussicht, Driller zu werden, verdarb. Sein blödes Gerede über die Riggs der Zukunft könne er für sich behalten. Nur Sorgen glaubte, Sjur Willy wolle sich trotzdem etwas in dem Buch genauer anschauen, als dieser den Arm ausstreckte. Es gelang ihm nicht mehr zu verhindern, daß die »Zukunft der Ölbohrtechnik« wie ein angeschossener Vogel über die Reling flatterte und mit einem Platschen in den Wellen verschwand.

»Du hast das Buch ins Meer geworfen?«

»Hier schmeißt man alles ins Meer«, sagte Sjur Willy.

»Vielleicht dich auch«, fügte Tengs hinzu.

Barka hatte eine bessere Idee. Murphy könne ihn doch ins Drillerhäuschen lassen. Sollte er sich doch als Driller probieren!

»Vergiß es!«

Murphy war sich sicher, daß selbst der Nachtkoch besser ins Drillerhäuschen passen würde als Nur Sorgen.

»Der Kerl taugt doch zu gar nichts. In ein paar Minuten macht der mir alles kaputt!«

»Das ist es ja!« meinte Barka. »Wenn du ihn machen läßt, regelt er den Rest schon selbst. Der wird schön auf die Fresse fliegen und sich sein eigenes Grab schaufeln, ohne daß wir auch nur einen Spaten in die Hand nehmen müssen.«

»Und was soll ich in der Zwischenzeit machen?«

»Du brauchst doch nur so zu tun, als hättest du Durchfall und müßtest aufs Klo. Du brauchst nicht einmal zu scheißen, kannst einfach eine Viertelstunde auf dem Klo sitzen und dich mit ›Men Only‹ vergnügen, während Nur Sorgen das Bohrgestänge zerlegt. Wenn du zurückkommst, gilt es dann nur noch, den Schaden zu taxieren und einen gepfefferten Bericht zu schreiben, so daß Nur Sorgen auf direktem Wege an Land gesetzt wird und nie wieder auftaucht!«

»Du vergißt nur eins«, sagte der Driller.

»Was denn?«

»Wenn ich mich aufs Klo setze und zulasse, daß irgendein Idiot die Geräte zu Schrott fährt, ist es nicht er, der an Land gesetzt wird, sondern ich!«

»Du mußt doch einen Drillerassistenten ins Drillerhäuschen lassen können!«

»Vergiß es«, brummte Murphy.

Es sah übel aus. Was zur Hölle sollten sie nur tun? Sie hockten in der Cafeteria und diskutierten über Tötungsmethoden. Am besten wäre es natürlich, wenn der Kerl sich selbst das Leben nehmen würde, aber wie sollte so etwas funktionieren? Der begriff ja nicht einmal, daß er unerwünscht war! Barka plädierte dafür, kurzen Prozeß zu machen. Es gelte doch nur, ein anständiges Senkblei zu machen und ihn dann an einem H-Träger festzubinden und über Bord zu werfen.

»Das wird entdeckt«, sagte Sjur Willy. »Entweder die Taucher finden ihn, oder er bleibt, wenn die Rigg weg ist, in einem Fischernetz hängen.«

»Ich hab's«, sagte Tengs. »Wir schmeißen ihn ins Loch, wenn wir mit dem Gestänge oben sind und die Bohrkrone wechseln!«

Der Gedanke machte ihnen Freude. Es sei vollkommen egal, ob sie ihn mit den Beinen oder mit dem Kopf zuerst hinabstießen. Er würde sich in der Casing verkeilen und wie ein Blutgerinsel im Rohr stecken, bis sie mit dem Gestänge wieder hinunterfuhren und ihn mit jedem neuen Rohr weiter hinunterpreßten. Wenn die Bohrkrone zu rotieren begänne, säße er wie ein dicker Propfen am Boden. Die Bohrkrone würde sich durch den zylinderförmigen Körper nagen und alles zu Katzenfutter zermüllern, während der Bohrschlamm durch die Düsen spritzte und die ganze Schweinerei wieder zurück zur Rigg befördern würde. Tengs erklärte sich persönlich bereit, am Shaleshaker zu stehen, um Fleisch und Knochenreste ins Meer zu werfen.

»Das wäre der perfekte Mord!« rief er. »Nicht ein Schwein würde begreifen, wo der Kerl geblieben ist.«

»Der Schlammlogger wird das wohl herausfinden«, meinte Sjur Willy. »Der wird schon zwei und zwei zusammenrechnen, wenn da plötzlich Blut und Fleischfasern im Schlamm sind!«

Tengs bezweifelte das. Erstens sei der Griesgram im Schlammlabor nicht jeden Tag in der Lage, zwei und zwei zusammenzuzählen, und zweitens sei er Nur Sorgen ebenso leid wie sie selbst. Sie sahen an die Wand hoch, als Goddbiffs Stimme aus der Funksprechanlage knackte. Er brauche einen Mann am Shaleshaker, und zwar ein bißchen dalli!

»Das ganze Scheißding ist verstopft!«

Barka holte drei Streichhölzer aus seiner Tasche. Sjur Willy zog das abgebrannte und stand auf. Es war ungewohnt still, als er den Shaleshakerraum betrat. Normalerweise schüttelte und wackelte dort alles. Jetzt wackelte nichts. Der bewegliche Rost lag wie tot unter einem Berg aus Grus und Lehm. Bohrgrus hatte sich in solchen Mengen aufgehäuft, daß die Rückflußrinne blockiert war und der Bohrschlamm direkt ins Meer floß. Sjur Willy sah sich nach einer Gummihose um, als er den Spaten ergriff. Es hätte eine am Pulverapparat in der Ecke hängen sollen. Dort hing bloß ein rostiges Drahtseil. Es schwappte um seine Beine herum, als er auf den Haufen mit Bohrgrus losging, um wenigstens so viel wegzubekommen, daß die graue Suppe zurück in die Lagertanks laufen konnte. Der erdwarme Schlamm dampfte, es gurgelte und schmatzte bei jedem neuen Weg, den sich die Suppe zwischen den Lehmbergen bahnte. Sjur Willy fluchte, als ein Lehmklumpen vom Spaten fiel und ihm Spritzer ins Gesicht klatschten. Es brannte teuflisch in den Augen, und er sah nichts, als er sich umdrehte und an der Wand hinter sich nach der Augendusche tastete. Er beugte sich vor, während er den Plastikpfropfen herauszog. Nicht ein Tropfen kam heraus. Wer immer sie zuletzt gebraucht hatte, wie gewöhnlich hatte der vergessen, sie wieder aufzufüllen. Sjur Willy schwor sich eins: Auch er würde sie nicht wieder auffüllen! Er wischte sich das Gröbste mit dem Ärmel seines Overalls ab und ließ die Tränen laufen. Sein Großvater hatte ihm beigebracht, nicht zu reiben, das würde alles nur noch schlimmer machen. Er schaufelte blind, bis die Stahlroste wieder begannen, sich zu bewegen. Von den Hüften hinab war er naß bis auf die Knochen, als Nur Sorgen plötzlich dastand.

»Ist das nicht einfacher, von hier zu schaufeln?«

»Hä?«

»Du kommst da besser dran, wenn du dich hierhin stellst!«

Nur Sorgen hätte nicht ein einziges Wort zu sagen brauchen. Allein die Tatsache, daß er da herumstand, war schon zuviel. Sjur Willy spürte, wie es in ihm hochkochte. Er schob den Spaten unter den größten der bibbernden Lehmklumpen, doch statt ihn in die Ablaufrinne zu schippen, drehte er sich um einhundertzwanzig Grad herum und schleuderte den zitternden Matsch fort. Nur Sorgen wurde mit einer solchen Wucht getroffen, daß er gegen die Wand flog und neben dem Pulverapparat zusammensank. Schockiert starrte er Sjur Willy an. Dann fingerte er nach seinem Helm und rappelte sich auf.

»Bist du verrückt?«

»Da kannst du dir, verdammt noch mal, sicher sein!«

Der Overall von Nur Sorgen war noch immer lehmverschmiert, als er im Büro des Bohrchefs auftauchte und erzählte, daß einer der Roughnecks mit einem Spaten auf ihn losgegangen sei. Thompson schaute nicht gerade interessiert auf und fragte, wer denn diese Untat begangen habe.

»Vaage!«

»Ich werde mal mit ihm reden.«

»Reden?«

Nur Sorgen plusterte sich auf. Dieser wahnsinnige Roughneck habe ihm mit dem Spaten auf den Kopf geschlagen. Hätte er sich nicht in Sicherheit gebracht, wäre er bestimmt erst richtig über ihn hergefallen! Er verlangte, daß Sjur Willy gekündigt werde!

»Ich schmeiße keine guten Roughnecks raus«, sagte Thompson.

Der Ordnung halber bat er Sjur Willy zu sich und fragte ihn, ob er lieber Seven-Up oder Cola wolle. Sie hatten es so gemütlich zusammen, daß er fast die ganze Ermahnung vergessen hätte. Er nahm sich zusammen, als Sjur Willy schon wieder in der Tür stand.

»Als Bohrchef kann ich natürlich nicht tolerieren, daß du den Drillerassistenten mit einem Spaten angegriffen hast. Das nächste Mal hau bitte wenigstens so zu, daß mir dieser Kerl anschließend erspart bleibt!«

Tor Borgen verstand nicht, warum man ihn so behandelte. Er hatte schon mehrfach in Betrieben gearbeitet. Oft waren es Sommerjobs gewesen, und niemals zuvor hatte er Schwierigkeiten gehabt, akzeptiert zu werden. Er begriff nicht, warum sie gegen ihn eingestellt waren, warum sie ihm derart feindlich begegneten. Er hatte ihnen doch nichts getan! War es denn ein Verbrechen, daß er eine Ausbildung hatte? War es sein Fehler, daß er mehr wußte als sie? Sollte er so tun, als verstehe er nichts von dem, was ihn umgab? Mußte er sich dümmer stellen, als er war, bloß um akzeptiert zu werden? War es das, was sie wollten? Er hatte versucht, freundlich und korrekt aufzutreten. Er hatte versucht, sie an seinem Wissen teilhaben zu lassen und mit ihnen ins Gespräch zu kommen. Es half nichts. Sobald er sich näherte, drehten sie sich weg. Sprach er mit ihnen, taten sie so, als hörten sie ihn nicht. Setzte er sich an ihren Tisch, erhoben sie sich und gingen. Saß er vorher bereits dort, ließen sie ihn sitzen. Seit er an Bord war, war ihm nur die kalte Schulter gezeigt worden. Er hatte geglaubt, daß sich das legen würde, wenn er besser mit ihnen bekannt würde. Er wurde nicht mit ihnen bekannt und wußte nicht, was er davon halten sollte, als Tengs und Vaage zu ihm kamen, um mit ihm über die beweglichen Teile an der Spitze des Steigrohres zu sprechen. Er lächelte unsicher, als er sich erhob. War das ein Anfang? Hatten sie ihn endlich akzeptiert? Der Nebel lag wie dicker Brei über der Rigg, als sie das Pipedeck überquerten. Tor Borgen war es dennoch wohler zumute, als er hinter den beiden Roughnecks die Treppe zum Kellerdeck hinabstieg. Er schaute sie fragend an, als sie vor der großen Öffnung im Deck anhielten, wo das meterdicke Steigrohr aus dem Meer heraufkam.

»Was wollt ihr von mir wissen?«

»Weißt du, was du machen mußt, wenn jemand über Bord geht?«

Er war überrascht. Natürlich wisse er das! Er dürfe den Betreffenden nicht aus den Augen verlieren und müsse »Mann über Bord!« rufen, bis ihm jemand zu Hilfe komme. Er müsse eine Rettungsboje aussetzen und dabei immer den Mann beobachten.

»Weißt du, was passiert, wenn du über Bord gehst?«

Verwirrt sah er sie an.

»Ich gehe wohl kaum über Bord!«

»Jeder kann über Bord gehen«, sagte Sjur Willy.

»Ganz besonders du«, sagte Tengs. »Bei dir kann das jederzeit passieren!«

Nur Sorgen versuchte zu lachen. Er verstummte plötzlich, als ihm klar wurde, daß sie mit ihm über andere Dinge als den Steigungskompensator und die beweglichen Teile an der Spitze des Steigrohrs sprechen wollten. Er versuchte, an ihnen vorbeizukommen. Sie ließen ihn nicht vorbei. Er bat sie, zur Seite zu treten. Sie traten nicht zur Seite. Er versuchte, sich loszureißen, und drohte damit, zu schreien, als sie ihn gegen die Reling drückten. Das solle er nur machen, nicht ein Schwein würde ihn hören! Und selbst wenn ihn jemand hörte, der würde sich wohl kaum darum kümmern. Es würde sich auch niemand darum kümmern, wenn er über Bord ging. Nicht ein Schwanz würde »Mann über Bord!« rufen oder eine Rettungsboje aussetzen. Nicht ein Schwanz käme auf die Idee, das Rettungsboot hinabzulassen!

»Verstehst du?«

»Niemand wird sich um irgendetwas kümmern!«

»Wir würden nur aufpassen, daß dich da auch wirklich

keiner herauszieht, bevor dein Körper so kalt ist wie das Wasser!«

»Vielleicht würden wir dich gar nicht herausziehen.«

Sie zwangen ihn hinabzuschauen.

»Weißt du, wie kalt in dieser Jahreszeit das Wasser ist?«

Der Nebel glitt langsam wie nasse Wolle über die schwarze Meeresoberfläche.

»Weißt du, wie lange es dauert, bis du erfroren bist?«

Er bat sie, loszulassen.

»Ich hab' euch doch nichts getan!«

Sie lachten laut. Er habe ihnen nichts getan? Ob es denn nicht er gewesen sei, der ihnen die Motivation und die Freude an der Arbeit geraubt habe, ob nicht er ihnen die Aussicht, Driller zu werden, verbaut habe! Und dann behauptete er auch noch, er habe ihnen nichts getan! Ebensogut hätte er ihnen die Hoffnung rauben können, jemals wieder eine Frau zu bekommen!

»Du hast dich an den Scheißjobs vorbeigeschlichen«! sagte Tengs.

»Du hast dich ganz mies vorgedrängelt«, sagte Sjur Willy.

»Du müßtest hinter uns sein!«

»Statt dessen bist du vor uns!«

»Du hättest unsere Schuhe putzen müssen.«

»Und jetzt sind wir es, die deine zu putzen haben!«

»Wie lange, glaubst du, lassen wir uns das gefallen?«

Er schaute sie ratlos an, er begreife nicht, was sie meinten.

»Bist du denn nicht zur Schule gegangen?«

Er habe doch doppelt so lange die Schulbank gedrückt wie sie, warum er denn dann nicht verstehen könne, was sie meinten! Er habe seinen Kopf vollgestopft mit Formeln, mit

Fremdwörtern und Tabellen, doch er verstehe nicht einen Furz! Das würde ihm das Leben nicht erleichtern!

»Ihr seid neidisch, weil ich mehr über das Bohren weiß als ihr!«

»Das, was du über das Bohren weißt, kannst du dir in den Arsch schieben«, sagte Tengs.

»Du weißt so viel vom Bohren wie ein Konfirmant von Frauen«, sagte Sjur Willy.

Nur Sorgen versuchte sich loszureißen. Er kam nicht los. Er bat sie, ihn gehen zu lassen. Sie ließen ihn nicht gehen. Er würde bleiben, bis alles gesagt sei, ja vielleicht sogar länger, vielleicht würden sie ihn für den Rest der Nacht an die Reling binden.

»Du gehörst hier nicht her«, sagte Tengs. »Du hättest schon am ersten Tag, als du hier aufgetaucht bist, wieder verschwinden sollen, aber du bist noch immer hier. Kannst du uns das erklären?«

»Ich habe einen Vertrag!«

»Ach ja, sag bloß? Und was steht da drin? Daß du herumrennen sollst und Leute ärgern, die wissen, was sie tun? Daß du dich in Sachen einmischen sollst, die dich nichts angehen?«

»Da kannst du dir den Arsch mit abwischen«, schimpfte Sjur Willy. »Hier gelten solche Verträge nicht. Der einzige Vertrag, der hier etwas gilt, ist ein ungeschriebenes Gesetz, das du mit Füßen trittst.«

Nur Sorgen habe keine Ahnung von einem ungeschriebenen Gesetz gehabt.

»Um Driller zu werden, beginnst du ganz unten!«

»Du beginnst als Nichts und arbeitest dich hoch!« sagte Tengs.

»So haben wir angefangen!«

»Und da fängst bitteschön auch du an!«

»Glaubt ihr etwa, ich arbeite als Roustabout?«

»Es ist uns scheißegal, was du denkst«, sagte Sjur Willy. »Wir sagen dir nur, woran du dich zu halten hast.«

»Du kannst zwischen zwei Sachen wählen«, sagte Tengs. »Wenn du nicht als Roustabout arbeiten willst, dann bleibt dir nur eins – runter von dieser Rigg, und das bald!«

»Bleibst du Drillerassistent, dann stehst du uns im Weg, und das lassen wir nicht zu!«

»Verstehst du, was wir sagen wollen?«

»Geht das in deinen Kopf hinein?«

»Stellst du dich uns in den Weg, dann gnade dir Gott!«

»Wenn du versuchst, uns den Drillerposten wegzuschnappen, kannst du dich auf eine lange Schwimmtour einrichten. Dann bleibst du in der Nordsee liegen, bis du dich langsam auflöst!«

»Ihr könnt mir keine Angst machen!«

»Wir wollen dir nur einen guten Rat geben«, sagte Sjur Willy. »Und wenn du glaubst, das gehe dich nichts an – in der Nacht, in der du ins Meer fällst, denkst du an uns!«

Sie machten es ihm in kleinen, mundgerechten Bissen klar. Als sie ihn gehen ließen, glaubten sie, daß er verstanden hatte. Als er über die Treppe hinauf zum Pipedeck verschwand, waren sie überzeugt, daß er jetzt seine Sachen packen würde. Als aber tags darauf die Roustabouts von Smileys Schicht begannen, den Müll zu verbrennen, schien nichts mehr darauf hinzudeuten, daß er auch nur das Geringste verstanden hatte. Sie wärmten sich zusammen mit Laugen und Madsen am Feuer, während die Flammen emporloderten und verbranntes Papier wie schwarze Schneeflocken durch die Luft rieselte. Die Glut tropfte aus dem Stahlnetz, als Nur Sorgen auftauchte.

»So, ihr raucht hier?«

Sie ignorierten ihn.

»Ich glaube, du machst diese Zigarette besser aus«, sagte er zu Madsen.

Madsen rauchte weiter.

»Weißt du nicht, daß das Rauchen an Deck verboten ist?«

Madson wußte, daß das Rauchen an Deck verboten war. Er scherte sich nur nicht darum, diesem Idioten zu erklären, daß das Rauchen erlaubt war, so lange es im Netz brannte.

»Wenn ihr nicht sofort eure Zigaretten ausmacht, bin ich gezwungen, das zu melden«, sagte Nur Sorgen.

Madsen glaubte, Tengs und Sjur Willy hätten ihm erklärt, woher der Wind wehte. Sie mußten es nicht deutlich genug gesagt haben.

»Ich kann dafür sorgen, daß ihr eure Arbeit verliert!«

Madsen sagte nichts, als er die Zigarette ins Meer schnippte. Es sah auch nicht so aus, als habe er sich überhaupt vorgenommen, etwas zu sagen. Er zog seine Handschuhe an, bevor er das assistierende Arschloch packte und ihn sich über die Schulter warf. Er hatte darum gebeten – seit er an Bord war, hatte er darum gebeten, und jetzt sollte er seine Lektion bekommen! Madsen trug den strampelnden Bücherwurm wie einen zusammengerollten Teppich über das Deck.

»Laß mich los!«

Nur Sorgen ruderte mit den Armen und strampelte mit den Beinen, um sich zu befreien. Er kreischte wie ein Schwein auf dem Weg zur Schlachtbank, als Madsen ihn über die Gangway zu einer der Ankerwinden trug und ihn auf die Reling setzte. Madsen packte ihn unter den Armen und lehnte ihn hinaus. Kein Laut kam über seine Lippen.

»Jetzt kannst du mich bitten, dich loszulassen!«

Nur Sorgen bemühte sich, mit den Füßen auf einem der Winkeleisen unter dem Rost Halt zu finden. Es ging nicht. Er blieb mit dem Rücken zur Reling und baumelnden Beinen hängen. Steif wie ein Stock sah er hinunter in die schwarzen

Wellen. Seine Stimme zitterte, als er begann, Madsen anzuflehen.

»Heb mich wieder hoch!«

Madsen ließ ihn eine ganze Weile hängen, bevor er sich entschloß. Nur Sorgen war kreidebleich, als Madsen ihn über die Reling zog und auf die Gangway fallen ließ. Mit flackerndem Blick sah er zu ihm hoch.

»Du hättest mich töten können!«

»Ich habe dir gerade das Leben gerettet«, sagte Madsen. »Wenn ich dich nicht wieder zurück an Deck gezogen hätte, wärst du wohlmöglich noch gesprungen. Nächstes Mal lasse ich dich springen!«

Nur Sorgen blieb auf der Gangway liegen, bis Madsen auf dem Bohrdeck verschwunden war. Verstört rannte er hinter den Roustabouts her, als diese begannen, das ausgebrannte Stahlnetz vom Kran zu nehmen.

»Ihr habt das gesehen! Ihr könnt das bestätigen! Ihr habt gesehen, daß er versucht hat, mich umzubringen!«

Die Roustabouts schüttelten ihre Köpfe.

»Ich hätte ertrinken können!«

Da widersprachen die Roustbouts nicht. Wenn Madsen ihm nicht das Leben gerettet hätte, wäre Nur Sorgen ganz sicher ertrunken! Die Roustabouts machten ihm klar, daß sie das nicht gestört hätte!

Es gab keinen anderen Ausweg. Sjur Willy sprach es aus. Nie hätte er geglaubt, selbst jemals einen solchen Vorschlag zu machen.

»Wir streiken!«

Tengs und Barka grinsten.

»Wirst du jetzt Kommunist?«

»Hast du dich mit dem Genossen Bruin verschworen?«

Sjur Willy schüttelte den Kopf. Das hatte nichts mit dem

dummen Geschwätz von Aksel Bruin zu tun. Das war etwas ganz anderes.

»Wenn wir das Bohren unterbrechen, sind sie gezwungen, den Typ an Land zu setzen.«

»Und wenn die statt dessen uns an Land setzen?«

»Das Risiko müssen wir eingehen.«

Tengs und Barka machten mit.

Goddbiff war einverstanden. Smileys Team war dafür. Smiley machte mit, wenn Murphy mitmachte, Murphy grinste nur, als sie ihn fragten. Sie wollten die Bohrung unterbrechen, um den Typ loszuwerden? Natürlich würde Murphy das unterstützen! Wenn sie die Maschinen ausschalten wollten, an ihm solle das nicht scheitern. Er verschwieg aber auch die Konsequenzen nicht. Sie seien es, die den Schwarzen Peter bekämen, wenn Phoenix Oil sich weigerte, klein beizugeben. Wenn es schieflief, hätten Sjur Willy und Company nicht mehr viel zu lachen! Murphy würde nur auf eine andere Rigg beordert, und wenn er Glück hätte, könnte er wieder für Petrolio Brasileiro arbeiten und Weihnachten an der Copacabana feiern!

»Geht ihr das Risiko ein?«

Sie nickten. Welches Risiko? Sie hätten doch schon längst den Schwarzen Peter! Wenn Bücherwürmer wie Nur Sorgen bleiben dürften, dann seien sie doch bis ans Ende ihrer Tage verdammt, als Kulis zu arbeiten und sich immer nur Scheiße anhören zu müssen! Gelang es ihnen, diesen Typ an Land zu setzen, konnten auch sie eines Tages für Petrolio Brasileiro arbeiten und den Karneval in Rio feiern! Sie saßen auf dem Materialtisch, als Murphy die Maschine ausschaltete. Wie ein heruntergekommener Männerchor hockten sie da, Barka auf der obersten Stufe, als Murphy die Sprechfunkanlage betätigte und den Bohrchef bat, gemeinsam mit dem Repräsentanten der Ölgesellschaft auf das Bohrdeck zu kommen.

Thompson wollte wissen, ob es eilte. Er kam mit Howard Goose im Schlepptau angerannt, als ihm auffiel, daß die Maschine nicht lief.

»Stimmt etwas mit dem Motor nicht?«

»Der Motor ist in Ordnung«, sagte Murphy.

»Wo liegt dann das Problem?«

»Das Problem steht unten auf dem Pipedeck und kratzt sich am Arsch«, sagte Murphy.

»Wie meinst du das?«

»Wir haben genug von dem Kerl«, sagte Murphy. »Wir sind uns einig, daß er an Land muß und daß wir hier nie wieder Typen seiner Sorte sehen wollen!«

»Darüber habt nicht ihr zu bestimmen!«

Der Repräsentant von Phoenix Oil war rot angelaufen.

»Setzt den Kerl in den nächsten Helikopter«, schimpfte Murphy. »Wenn der hierbleibt, dann viel Spaß, dann müßt ihr ohne uns auskommen!«

Thompson hatte so etwas erwartet. Howard Goose hatte nicht geglaubt, daß sie so weit gehen würden. Er hatte die Gegensätze zwischen Borgen und dem festen Bohrteam bemerkt, doch er hatte nicht geahnt, daß der Graben so tief sein könnte. Das aber wurde ihm klar, als er die Roughnecks aufforderte, vom Materialtisch herunterzukommen und wieder an die Arbeit zu gehen. Sie schüttelten die Köpfe. Auch Murphy weigerte sich, etwas zu tun, als er aufgefordert wurde, die Maschine zu starten und weiterzubohren.

»Wir machen hier überhaupt nichts mehr, bevor nicht Phoenix Oil seine Finger aus der Suppe nimmt und diesen Typ zurückpfeift.«

Sie brauchten nicht lange warten. Als den Chefs an Land klar wurde, daß sie die Wahl hatten, entweder das Bohrteam oder einen Typen zubehalten, der zu nichts zu gebrauchen war, war die Entscheidung gefallen.

»Holt ihn von der Rigg!«

Howard Goose hätte ebensogut eine Neujahrsrakete abfeuern können, als er wieder auf dem Bohrdeck erschien. Helme und Handschuhe wurden in die Luft geschleudert. Sprühdosen und Getränkeflaschen knallten an die Wände. Die Roughnecks tanzten um das viereckige Antriebsrohr herum. Ihre soziale Ordnung war wiederhergestellt. Die Stufe, auf der beim Öl der Kampf ums Dasein beginnt, war ein für allemal festgelegt. Sie lag unten auf dem Pipedeck. Der Traum, Driller zu werden, hing wieder wie ein leuchtender Stern an der Spitze des Bohrturms und verzauberte mit seinem Licht die Bohrausrüstung und die Mühen und den Dreck, in dem sie wateten. Wie das Licht nach einem Stromausfall waren plötzlich Humor und Arbeitslust wieder da. An dem Tag, als Nur Sorgen an Land gebracht wurde, gelang es Murphys Team, schneller als jemals zuvor das Bohrgestänge hochzufahren und die Bohrkrone zu wechseln.

Der Vorsitzende der Ölarbeitergewerkschaft lag in seiner Kabine und schlief, als der erste Streik auf der Ocean Star durchgezogen wurde. Als er erwachte, war er bereits vorüber. Leo Trotzki rieb sich die Augen. Sie hätten gestreikt, um Nur Sorgen loszuwerden? Ob sie denn noch alle Tassen im Schrank hätten? Ob sie wüßten, was sie da getan hätten?

»Das war doch der einzige, der das Arbeitsrecht ernst genommen hat. Hätten wir mehr Leute seines Schlages in führenden Positionen, wären die Verhältnisse an Bord sicher nicht so menschenverachtend.«

Genosse Bruin sah resigniert in seine Kaffeetasse. Es gebe einen Haufen anderer Dinge, für die man streiken müsse, mehr und längere Pausen, kürzere Arbeitszeiten, wärmere Kleidung, mehr Arbeitssicherheit und höhere Löhne. Und sie seien aktiv geworden, um die einzige Hoffnung an Bord loszuwerden! Und das auch noch gemeinsam mit Murphy! Ob sie denn gar nichts begriffen? Der Driller sei doch von den Unterdrückern gekauft und bezahlt. Der arbeite doch mit dem großen Kapital zusammen, ja, er sei der eigentliche Reißzahn dieser imperialistischen Blutsauger! Bakunin atmete schwer. Schon nach dem mißglückten Weihnachtsaufruhr hatte er Lust gehabt aufzugeben, und jetzt war dieses Gefühl noch viel stärker. Aber das ging nicht. Er durfte nicht aufgeben. Es gab niemanden, der seinen Platz einnehmen könnte! Der Vorsitzende Bruin war verdammt, weiterhin die proletarische Speerspitze hier an Bord zu sein und die Fahne der Arbeiterklasse hochzuhalten. Auf keinen Fall durfte er das Tengs oder Sjur Willy überlassen. Die standen ja auf der falschen Seite und kämpften für die falschen Ziele! Karl Liebknecht brauchte noch zwei Tassen Kaffee und drei weitere Stück Plundergebäck, bis er endlich einen Lichtschein am Horizont erblickte.

»Da habt ihr wenigstens mal gesehen, was man erreichen kann, wenn man zusammenhält!«

Tengs und Sjur Willy hatten niemals daran gezweifelt.

»Die Frage ist nur, mit wem man zusammenhält«, sagte Sjur Willy.

Diese Antwort verbesserte die Stimmung von Karl Marx nicht gerade. Es gab kein Anzeichen für ein gesteigertes Interesse am Klassenkampf. Bis jetzt war es schlecht gelaufen. Die Ölarbeitergewerkschaft von Aksel Bruin bestand noch immer aus nur einem Mitglied, als Murphys Team den Befehl erhielt, auf einen Sicherheitskurs zu gehen. Was, zur Hölle, sie denn damit sollten? Sjur Willy schüttelte den Kopf. Das, was er brauche, sei ein dreiwöchiger Bohrkurs! Nein, eigentlich auch den nicht, was ihm wirklich etwas nützen könne, sei ein achtzehnwöchiger Drillerkurs! Tengs war der gleichen Meinung. Was er über Lebensrettung und Erste Hilfe nicht wisse, das brauche er auch nicht, die Mund-zu-Mund-Beatmung habe er jedenfalls drauf. Auf den Knien zu hocken und Luft in eine Plastikpuppe zu blasen und ihr auf die Brust zu hauen sei bestenfalls vertane Zeit. Auch über Brandschutzmaßnahmen gäbe es wohl kaum viel zu lernen, da hieß es doch nur, mit allem draufzuhalten, was sie hatten. Wenn das nicht half, dann half gar nichts. Dann hieße es nur noch ab in die Boote oder direkt ins Meer! Und dafür bräuchten sie keinen Kurs, dafür müßten sie einfach springen!

Der Sicherheitskurs wurde zu einem einzigen Fest. Nachdem Nur Sorgen aus ihrem Blickfeld verschwunden war, gab es viel zu feiern, und der Kursleiter konnte ihnen die gute Laune nicht verderben. Er hieß Karl Nossel und war ein witziger Kerl, der behauptete, Feuer zu löschen sei eine Kunst und eine Wissenschaft. Er häufte vor ihnen auf, was sie alles durchgehen sollten, und hielt auch nicht damit zurück, was geschehen könnte, wenn sie nicht aufpaßten. Dann könnte es ihnen richtig mies gehen. Paßten sie nicht auf, dann könnten sie ertrinken, wenn er das Rettungsfloß im Bassin umkippte. Es könnte sein, daß sie Panik bekämen und in die Masken kotzten, wenn er sie unter Atemschutz ins Labyrinth schickte. Es sei kein Spaß, sich völlig blind mit schweren, unförmigen Geräten durch ein enges, dunkles Labyrinth zu tasten! Sie könnten sich mehr als nur den Schnäuzer abfackeln, wenn sie im Freien Gas- oder Ölfeuer zu löschen hätten. Karl Nossel schien sich zu amüsieren, als er ihnen Fotos von Brandwunden zeigte, die sich Teilnehmer zugezogen hatten, weil sie seinen Kurs nicht ernst genommen hatten. Wenn sie sich verletzen wollten, dann könnte es ihnen scheißegal sein, was Karl Nossel zu sagen habe! Wollten sie allerdings überleben, dann seien sie gut beraten, aufzupassen und sich Notizen zu machen. Sie täten auch gut daran, zeitig am Abend ins Bett zu gehen und morgens ausgeruht anzutreten. Es komme genug auf sie zu. Wer während der Stunden schlief, werde schon seine Probleme bekommen. Karl Nossel werde ihnen sagen, was sie zu tun hätten und wie sie es anzustellen hätten, aber er werde ihnen das nur einmal erklären. Er möge es nicht, für taube Ohren zu reden. Am Freitag komme dann die richtige Mutprobe. Da werde er sie in ein rauchgefülltes, zweietagiges Stahlmodul schicken, das auf dreihundert Grad erhitzt worden war. Ob sie hörten, was er sage? Ob sie wüßten, wie warm es in einem Backofen sei? Das seien Peanuts im Vergleich zu dem, was sie in Karl Nossels zweietagiger Hölle erleben würden. Wenn ihnen nicht auf andere Art der Schmalz aus den Ohren zu holen sei, würde er so lange anheizen, bis der koche und herausschmelze! Ob sie den Siedepunkt für Ohrenschmalz kennen würden? Sie würden wohl nicht einmal den Siedepunkt ihrer Rotze kennen, er wisse es aber! Er wisse auch, wie heiß es sein müsse, um ein Roastbeaf zu grillen. Wenn sie aussehen wollten wie verbranntes Roastbeaf, wenn er die Kursbestätigungen austeilte, sollten sie nur weitermachen, wie sie angefangen hatten. Wollten sie an ihrem eigenen Auswurf ersticken, dann nur zu. Glaubten sie, Karl Nossel sei blind, glaubten sie etwa, er sehe nicht, daß sie die ganze Nacht durchgesoffen hätten? Er sei nicht blind. Er erzählte von Leuten, die direkt von einer Party gekommen seien und sich in die Masken erbrochen hätten. Wenn sie das auch wollten, dann guten Appetit! Dann sollten sie aber hinterher nicht zu Karl Nossel kommen und sich beklagen! Er ließ seinen Blick über die rotäugige Versammlung schweifen und machte kein Hehl daraus, was er von Menschen hielt, die meinten, nachts ihren Durst und tags darauf einen Brand löschen zu können. Er habe diese halbbesoffenen Kerle, denen während der Vorlesung die Augen zufielen, satt. Er habe es satt, Menschen vor sich zu haben, die keinen Unterschied zwischen einem Sicherheitskurs und einem Saufgelage sahen. Es seh ganz danach aus, als habe sich Karl Nossel vorgenommen, sie umzubringen. Das sei genau das, was er zu verhindern versuche, denn indem er ihnen den Stock in die Rippen stoße, gebe er ihnen die Chance zu überleben!

Während seiner ersten Kurse hatte er Rücksicht auf die Menschen genommen und getan, was möglich war, um sie zu beruhigen. Damit hatte er aufgehört. Das einzige, was Karl Nossel für seine Menschlichkeit zurückerhalten hatte, war, daß sie im Kurs einschliefen! Er hatte versucht, sie durch Fragen wachzuhalten, er hatte geglaubt, daß Fragen sie aktivieren würden, sie dazu bringen würden, nachzudenken. Doch es hatte nicht funktioniert. Einen Großteil des Kurses hatte er damit verbracht, auf Antworten zu warten, und die Antworten, die Karl Nossel erhielt, waren so idiotisch, daß er das nicht mehr länger aushielt. Jetzt stand er neben einem Overheadprojektor und gab sich auf seine Fragen selbst die Antworten. Dabei blätterte er durch dicke Stapel von Folien.

»Was kann brennen? Alles kann brennen. Können Stahl und Beton auch brennen? Die Antwort heißt: Ja, auch Stahl und Beton können Feuer fangen! Gibt es etwas, das nicht brennt? Die Antwort heißt: Nein, es gibt nichts, was nicht brennbar ist, alles kann brennen, wenn es heiß genug wird!«

Karl Nossel sah von seinen Folien auf. Hatten sie mitbekommen, daß alles brennen könne, wenn es warm genug war? Gut. Er legte eine neue Folie auf die leuchtende Glasplatte. Gab es unterschiedliche Brände? Er nickte. Der Unterschied zwischen den Bränden könne sehr groß sein. Kein Feuer gleiche dem anderen. Wer behauptete, Feuer sei gleich Feuer, der habe keine Ahnung, alle Feuer unterschieden sich. Was war die wichtigste Aufgabe eines Feuerwehrmannes? Glaubte vielleicht jemand, die wichtigste Aufgabe sei es, Feuer zu löschen? Das sei falsch, die wichtigste Aufgabe sei es, Leben zu retten. Ob das in ihren Schädel hineingehe? Er bat sie, es aufzuschreiben. Punkt 1: Leben retten. Sie könnten das in ihr Gedächtnis einmeißeln. Sie könnten das in ein Notizbuch oder auf einen Zettel schreiben. Sie hätten nichts zu schreiben mit? Hätten sie denn nicht gelernt zu schreiben? Karl Nossels Gesicht verfinsterte sich. Er bat sie, aufzupassen. Er brauche keine Bestätigung dafür, daß sie Analphabeten seien, das habe er von der ersten Sekunde an begriffen, und die Späße mache hier nur er! Er gab ihnen zehn Minuten. Wenn sie nicht bis dahin ihr Schreibzeug geholt und Schreiben gelernt hätten, werde er das Rauchmodul auf fünfhundert Grad heizen! Murphys Bohrteam grinste. Er konnte sie nicht erschrecken. Der einzige, auf den Karl Nossel Eindruck machte, war Jostein Bullshit. Er hatte sich entschlossen, sich krankzumelden, wenn sie in das Rauchmodul sollten. Er wußte nicht, womit er sich krankmelden sollte. Aber das war kein Problem. Er fühlte sich bereits jetzt schlecht. Auch Tengs war nicht in Topform. Er war in Kvinesdal gelandet und hatte mit Barka um hundert Kronen gewettet, daß es ihm, noch bevor sie gingen, gelingen würde, die Bäuerin auf den Rücken zu legen. Er würde sie im Schafstall von hinten nehmen, während die Schafe um sie herumständen und zuschauten. Als ihm aufging, daß der Bauer Junggeselle war und schon seit Jahren keine Schafe mehr hatte, wettete er um zweihundert Kronen, daß er es schaffen würde, in weniger als zehn Minuten zwei ganze Salzforellen direkt aus dem Faß und mit dem Kopf voran hinunterzuwürgen. Er hatte diese Wette gewonnen und stand, während Karl Nossel seine Theoriestunde fortsetzte, den Finger im Hals, im Klo. Was sei die zweitwichtigste Aufgabe für einen Feuerwehrmann? Glaubte jemand, die zweitwichtigste Aufgabe sei es, Feuer zu löschen? Dann irrten sie sich. Die zweitwichtigste Aufgabe sei es, zu verhindern, daß sich das Feuer ausbreitete. Es sei unsinnig, ein Feuer zu löschen, wenn es sich derweil im Nachbarhaus ausgebreitet habe. Dann könne das Haus daneben nämlich auch wieder Feuer fangen und so weiter, bis die ganze Welt in Flammen stünde! Sjur Willy rieb sich die Augen. Glaubte dieser Karl Nossel, die Ocean Star sei eine Wohnsiedlung? Ob er nicht wisse, wo sie arbeiteten und wie weit es bis zum nächsten Nachbarn sei? Karl Nossel ließ sich nicht verunsichern. Natürlich wisse er, daß sie auf einer Bohrrigg arbeiteten und unverschämt viel Geld verdienten. Das tue nichts zur Sache, abgesehen davon, daß er eigentlich doppelt so viel wie sie verdienen müßte, die Prinzipien des Brandschutzes und die Bedingungen für gelungene Löschoperationen seien die gleichen, egal wie viel sie verdienten. Was die besten Voraussetzungen für eine gelungene Löschoperation seien? Die Voraussetzungen für eine gelungene Löschoperation seien ein schneller Beginn und genügend Löschmittel. Aber war das genug? Die Antwort sei: Nein, das sei noch nicht genug! Die Geräte mußten in Ordnung sein. Und sie mußten wissen, wie man damit umging. Ob sie wüßten, wie man mit den Geräten umzugehen habe? Karl Nossel war bereit zu wetten, daß sie es nicht wußten.

»Dann kennen sie uns nicht!«

Gelächter schallte durch den Raum. Karl Nossel forderte sie auf, die Klappe zu halten. Das Grinsen werde ihnen schon noch vergehen! Wenn sie ihre Klappe nicht hielten, würde er das Rauchmodul auf sechshundert Grad heizen! Er würde feuern, bis die Wände glühten, und sie dann so lange dort drinnen herumirren lassen, bis sie aussähen wie gegrillte Spanferkel. Er blätterte durch seine Folien. Wo war er stehengeblieben? Ja. Wie konnte sich ein Feuerwehrmann mit seinem Gerät vertraut machen? Dadurch, es zu gebrauchen, es oft zu gebrauchen. Ein guter Feuerwehrmann sei so vertraut mit seinen Geräten, daß er sie blind auseinanderschrauben und wieder zusammensetzen könne. Ob sie in der Lage seien, blind ein Atemgerät auseinanderzunehmen und wieder zu montieren? Karl Nossel wollte wetten, daß sie das nicht einmal bei Tageslicht schafften. Tengs kam zu spät, um die Wette einzugehen. Es war ihm gelungen, sich von einer der Salzforellen zu trennen, doch sein Gesicht war noch immer grün. Er blieb, das Gesicht in die Hände gestützt, sitzen und dachte an die noch verbliebene Forelle, während Karl Nossel die einzelnen Löschmittel durchging, die ihnen zur Verfügung standen. Er bat sie, genau aufzupassen. Er habe nichts davon, wenn Leute, die bei ihm im Kurs gewesen seien, mit Pulverlöschern auf Schwelbrände losgingen oder mit Wasserschläuchen in Transformatorenräume stürzten. Die einzige Freude, die Karl Nossel empfinde, wenn Idioten mit Wasser versuchten, Brände in elektrischen Anlagen zu löschen, sei die Tatsache, daß er dann nicht noch einmal versuchen müsse, ihnen Wissen einzutrichtern.

Sjur Willy begriff nicht, was mit Tengs im Labyrinth los war. Er verhakte sich mit den Atemflaschen an dem Drahtgeflecht über ihm, als er sich um neunzig Grad drehen und durch ein schmales Loch kriechen sollte. Statt ruhig zu bleiben und zu überprüfen, woran er festsaß, drehte er vollständig durch. Er hätte nur ein Stück rückwärts kriechen müssen, dann wäre er von alleine losgekommen. Statt dessen riß und zerrte er sich weiter vor. Als er nicht weiterkam, begann er an die Wände zu schlagen und zu treten. Schließlich riß er sich die Maske vom Gesicht und schrie. Es bestand im Grunde keine Gefahr, es war kein Rauch im Labyrinth und die Kursassistenten öffneten schnell eine Luke und zogen ihn heraus. Es dauerte eine Weile, bis er sich beruhigte und wieder zu sich kam. Er war noch immer bleich, als er herauskam und sich setzte. Als Sjur Willy etwas von Klaustrophobie sagte, wurde er wütend. Davon solle er bloß nicht anfangen, an so etwas würden doch nur Leute leiden, die im Dunkeln Angst hätten oder leicht zu erschrecken seien. Er habe einfach zu viel Selbstgebrannten im Schädel und kaum Schlaf bekommen. Nachdem Barka und Goddbiff abgezogen waren, sei er mit dieser Tussi in der Kiste gelandet. Es sei ja kein Wunder, daß er nicht fit sei, schließlich habe er die ganze Nacht Feuerwehr gespielt.

»Wenn so etwas bei einer Rauchübung passiert, hast du schlechte Karten.«

»Warum sollte da so etwas passieren? Wir müssen dann ja wohl kaum durch irgendwelche engen Röhren kriechen, dann können wir aufrecht gehen!«

Darüber gebe es nichts mehr zu reden. Sjur Willy brauche sich nicht um ihn zu kümmern. In diesem Scheißmodul würde er schon die Puppen herausholen und die Feuer löschen, als wenn er nie etwas anderes gemacht hätte. Und bis dahin würde er sich amüsieren. Deshalb seien sie doch wohl hier, oder? Um zu feiern, daß Nur Sorgen verduftet sei? Wie Sjur Willy sich denn amüsieren wolle? Ob er Blaukreuzler geworden sei? Er sei ja ins Bett gegangen, statt weiterzufeiern. Wenn er eine Frau haben wolle, müsse er Ausdauer haben, bis sie weich genug würden, erst auf den Nachfeiern kämen die guten Sachen auf den Tisch.

Tengs hatte die ganze Woche Ausdauer. Er kam im letzten Augenblick und bekam gerade noch die Führung mit, die sie mit dem Rauchmodul vertraut machen sollte. Er sah nicht gut aus, als er aus dem Taxi stolperte. Er grinste nur, als ihn Sjur Willy fragte, ob er verschlafen habe. Zum Teufel noch mal, nein, verschlafen habe er nicht, er sei in der Stadt auf Grynet Godal gestoßen und für Dallas eingesprungen. Er habe sie mit ins Hotelzimmer genommen und den Rest der Nacht Überstunden geschoben. Er stolperte über schwarze Lumpen und verkohlte Holzbalken, als sie das ausgebrannte Modul besichtigten. Beißender Rauchgeruch hing an den Wänden. Die rostigen Stahlplatten klebten vor Ruß. Die Räume im Erdgeschoß waren groß und übersichtlich, oben wurde es enger und verwinkelter. Sie kamen in einen schmalen Flur. Auf beiden Seiten befanden sich Kabinen und Toiletten. Karl Nossel bat sie, sich Türen, Treppen und Luken zu merken. Sie würden, wenn es brannte, nicht einmal mehr die Hand vor Augen sehen, ja fast nicht einmal die Flammen. Überall würde es brennen, in aufgeschnittenen Ölfässern, aus Paletten und Holzresten, aus ölgetränkten Lumpen. Die ganze Zeit über sollten sie sich darüber im klaren sein, wo der Rückweg war, das sei das A und O. Wenn man sich in dicht verrauchten Räumen befinde, dann sei es das Wichtigste, zu wissen, wie man hinausgelangen könne. Das sei so lange kein Problem, wie sie sich an etwas festhalten könnten, einem Feuerwehrschlauch, einem Tau oder einem Geländer. Ob sie sich darüber im klaren seien, wie schnell sie die Orientierung verlieren könnten? Wenn sie sich an nichts mehr festhalten könnten, passiere das im Handumdrehen! Gäbe es nichts mehr, an dem sie sich orientieren könnten, dann müßten sie den Wänden folgen. Verlören sie den Kontakt zur Wand, verlören sie sofort die Orientierung. Tengs sah aus, als habe er sie schon seit langem verloren, als sie in die Garderobe gingen, um sich umzuziehen. Er schwankte in der Unterhose herum und versuchte dabei, sich den frottierten Nylonanzug überzuziehen. Ob er einen Kater habe? Er durchsuchte seine Taschen nach einer Zigarette und bat dann Sjur Willy, ihm eine von seinen herüberzuwerfen. Nein, einen Kater habe er nicht, er sei noch nicht ganz nüchtern, er habe aber auch nicht vor, das zu werden. Er hatte einen Flachmann in der Tasche und zog ihn heraus.

»Willst du einen Schluck?«

Sjur Willy schüttelte den Kopf.

»Du gehst nicht mit in den Rauch!« sagte Sjur Willy.

»Hä? Wer soll mich denn daran hindern? Du schaffst mich ja nicht mal beim Armdrücken!«

»Ich sag's dem Kursleiter«, sagte Sjur Willy.

Tengs mußte sich setzen.

»Weißt du, wem du jetzt ähnelst? Du siehst aus wie meine Mutter, als ich das erste Mal eine Fahrradtour machen wollte. Weißt du, was sie gemacht hat? Sie kam angerannt und hat mir vor den Augen meiner Kumpels das Rad weggenommen!«

Tengs nahm einen Schluck.

»Weißt du was? Ich dachte, wir seien Kameraden und da willst du gleich zu Karl Nossel rennen und petzen, daß ich nicht Fahrrad fahren kann!«

»Stell wenigstens die Flasche weg!«

»Das überläßt du bitte mir, ja?«

Es gab zwei Sorten Menschen in der Welt, diejenigen, die Schnaps vertrugen, und diejenigen, die ihn nicht vertrugen. Tengs ließ keinen Zweifel daran, zu welcher Gruppe er gehörte, als er den Kopf unter den Wasserhahn steckte und kaltes Wasser in seine Hände rinnen ließ. Er schlürfte die Hälfte ein, bevor er den Rest in seinem Gesicht verteilte. Um ihn müsse man sich keine Sorgen machen, er fühle sich wie ein neuer Mensch. Er trocknete sich ab. Er pfiff vor sich hin, als er sich das Atemgerät holte. Es sah aus, als habe er nie etwas anderes gemacht, als er die Druckluftflaschen anlegte und mit dem Körper hochwippte, um sie mit den Schulterriemen so hoch wie möglich festzuzurren. Er grinste, als er einen flüchtigen Blick auf das Manometer warf. Er habe massenhaft Luft. Es rauschte sehr stark, als er das Maskenventil überprüfte. Sjur Willy solle ihm bloß nicht zu nahe kommen, Tengs werde schon alles löschen, was ihm in die Quere komme! Schlimmer war es mit Bullshit. Es war ihm nicht gelungen, sich ein Attest zu besorgen. Sjur Willy hatte versucht, ihn abends mitzunehmen, damit er sich etwas entspannte, und jeden Abend war er um elf Uhr ins Bett gegangen, lag dann aber wach und wälzte sich bis in die Nacht hin und her. Wie er dastand und an den Riemen zerrte, um die Flaschen zurechtzurücken, war es nicht notwendig, ihn zu fragen, ob er nervös sei. Bullshit zeigte immer noch seine Angst, Tengs hatte die seine mit Schnaps betäubt und Bullshit das gleiche geraten.

»Komm, nimm dir auch einen Schluck, das hilft!«

Tengs war ihn Riesenform. Er sprühte sich Mundspray in den Rachen, bevor er zu Karl Nossel ging und sich als Schlauchführer des ersten Zuges meldete. Es war merkwürdig, daß Karl Nossel nicht mißtrauisch wurde. Aber vielleicht wurde er das? Tengs zuckte bloß mit den Schultern, als er den Bescheid erhielt, an dritter Stelle zu gehen, hinter Sjur Willy und Bullshit. Bullshit hatte gehofft, nicht im ersten Zug dranzukommen. Sjur Willy sagte, das sei ein Vorteil.

»Wieso das denn?«

»Der erste Zug kommt immer am leichtesten durch«, sagte Sjur Willy. »Die nach uns kriegen viel mehr zu tun.«

Bullshit sah nicht gerade überzeugt aus. Sein Gesicht war grau, als Sjur Willy ihm auf die Schulter klopfte.

»In zwanzig Minuten sind wir wieder draußen!«

»Du hättest das wie ich machen sollen«, grinste Tengs. »Du hättest dir einen Schluck genehmigen sollen! Nüchtern zu sein bringt doch nie etwas!«

Karl Nossel drohte nicht mehr mit Brandwunden oder Höllenhitze, als er sie aufforderte, die Masken aufzusetzen. Er schärfte ihnen ein, ruhig zu bleiben. Sie müßten sich vor nichts fürchten. Er und seine Assistenten seien die ganze Zeit in ihrer Nähe. In den meisten Wänden seien Luken oder Türen. Entlang des ganzen Moduls gebe es Gangways mit Geländern. Geschähe etwas Unvorhergesehenes, würden sie sie herausholen, bevor etwas passieren könne. Karl Nossel war bei weitem nicht so interessiert daran, sie zu grillen, wie er es behauptet hatte. Er überprüfte die Schutzkleidung jedes einzelnen und versicherte sich, daß sie Uhren und Ringe abgelegt hatten. Es war ihm egal, ob es an den Haaren zog, als er die Gummis der Gesichtsmasken straffte. Er überprüfte die Atemgeräte und schaute nach, ob genügend Luft in den Flaschen war. Sein Stil hatte sich vollends verändert, und er wiederholte noch einmal, was sie zu tun hatten. Das Lebensrettungsteam mit Bruin, Dallas und Barka würde von oben hineingehen und drei Puppen retten. Das Team von Sjur Willy sollte von unten hinein und das Feuer löschen, aber sie sollten, verdammt noch mal, wegbleiben von dem Feuer im Feuerraum! Würden sie das auch noch löschen, dann würde er sie in Öl kochen und anschließend bei lebendigem Leibe verbrennen!

Es rauschte in den Masken. Fetter, brauner Qualm quoll aus der Türöffnung, als Sjur Willy als erster im Rauchmodul verschwand. Er hatte das Sprühventil voll aufgedreht, so daß das Wasser vor ihm einen Schirm bildete. Er merkte nur wenig von der Hitze. Waren das wirklich dreihundert Grad um ihn herum? Das war kaum zu glauben. Er spürte, daß es warm war. Aber das konnte ebensogut von der engen Atemschutzmaske und dem schweren Schlauch stammen. Karl Nossel hatte sie doch vollkommen verarscht! Er hatte ihnen eingeredet, in dem aufgewärmten Stahlmodul würde man sich wie in der Hölle bewegen. Sjur Willy spürte die Hitze der ersten Stahlplatte, als er sie berührte, doch er verbrannte sich nicht. Es brannte überhaupt nichts. Nicht die Wärme war das Problem, sondern der Rauch, die Tatsache, daß er nicht sah, wo er ging. Ständig kollidierte er mit irgend etwas. Aber auch das war noch kein Problem. Er mußte sich ja nur umdrehen und einen anderen Weg nehmen. Das Rauschen und das Gurgeln in den Masken vermischte sich mit dem Widerhall der dumpfen Schritte auf den Stahlplatten. Es hörte sich an, als folge ihm eine Herde Elefanten, als er plötzlich in einer Ecke das erste Feuer entdeckte. Er strich sich mit dem Handschuh über das Glas der Maske. Es nützte nicht viel, der Handschuh war genauso verrußt wie das Glas. Der Rauch war ebenso dunkel und undurchdringlich wie der fette Film, der auf der Maske klebte. Er hatte angehalten, um den steifen Schlauch in Richtung der Ölfässer zu dirigieren, als ihm Goddbiff auf die Schulter klopfte.

»Ich mach' das mit Pulver!«

»Hä?«

Er konnte gerade eben verstehen, was der Turmmann gesagt hatte. Die Worte brummten in der Maske. Sjur Willy wollte es nicht auf einen Streit anlegen. Wenn Goddbiff sein Pulver loswerden wollte, dann war das sein Problem. Goddbiff machte den gleichen Fehler, den sie selbst bei den Löschversuchen draußen im Freien gemacht hatten. Er ging zu nah heran. Statt genügend Abstand zu halten, so daß sich das Pulver über die Flammen legen konnte, zielte er mit dem harten Pulverstrahl genau in die Benzinmischung, so daß brennende Spritzer bis weit in den Raum hinein an den Wänden entlangzischten. Sjur Willy zog ihn zurück.

»Du mußt dein Handgelenk bewegen!«

»Hä?«

»Dein Handgelenk!«

Es dauerte eine Weile, bis Goddbiff verstand, was er sagte, und damit begann, den Pulverstrahl hin- und herzuschwenken. Bald darauf waren die Flammen erstickt. Alles war wieder vollkommen dunkel. Sjur Willy versicherte sich, daß Bullshit noch hinter ihm war, bevor er weiter hineinging. Auch Tengs war noch da, als Sjur Willy sich um eine Wand herumbewegte und auf einen Haufen brennender Paletten zielte. Er wußte, daß es nur darauf ankam, genügend Abstand zu halten und die Flammen von unten zu bekämpfen, und trotzdem machte er den gleichen Fehler wie Goddbiff. Er kam dem Feuer so nah, daß Flammen hinter dem Wasserschirm hochzüngelten. Er spürte den heißen Dampf an seiner Gesichtsmaske. Er sah, wie die Flammen an seinen Hosenbeinen emporleckten. Einen Augenblick fühlte es sich so an, als rollten sich die Haare unter dem Helm zusammen, dann erkannten Tengs und Bullshit die Situation und zogen sich und ihn zurück. Es war nicht gefährlich. Sjur Willy deckte das Feuer mit dem Wasserschirm zu und stand, bis keine Flammen mehr aus dem schwarzen Holzhaufen herausschlugen. Gab es nicht noch mehr Feuer? Waren es nur zwei? Sjur Willy hatte sich vorgestellt, daß es überall brennen würde, daß der Boden des Moduls ein einziges großes Flammenmeer wäre. Er fühlte sich fast schon betrogen, als er in der Passage hiner einer Blindwand Glut entdeckte. Er verstand nicht, warum Tengs und Bullshit zurückblieben. Was bildeten sie sich ein, er war der Zugführer! Sie hatten ihm doch bloß zu folgen und den Schlauch zu tragen.

»Das ist der Feuerraum!«

Na und? Sjur Willy hätte am liebsten auch dort gelöscht, wo er doch schon einmal dabei war, und sei es nur, um Karl Nossel zu ärgern. Löschte er das Feuer im Feuerraum, dann hätten sie mindestens eine Stunde Pause! Er ließ es bleiben. Sie brauchten keine Pause. Alles ging leichter, als er sich das vorgestellt hatte. Jetzt galt es nur noch, die Treppe hochzusteigen und dort oben alles zu löschen, dann waren sie fertig. Er drehte sich zu Tengs und Bullshit um.

»Wir gehen die Treppe rauf!«

Sie quälen sich damit ab, den steifen Schlauch um einen Pfosten herumzuzerren. Sie hätten sich die Plackerei sparen können. Sjur Willy war gerade erst zur Hälfte die Treppe hochgestiegen, als Barka heruntertrampelte und sagte, sie könnten zurückgehen. Sie sahen aus, als habe man jeden von ihnen einzeln durch einen Schornstein gezogen, als sie wieder draußen auf dem Asphalt standen und sich die Masken abnahmen. Bullshit strahlte wie eine schwarze Sonne. Er führte sich auf, als sei er in Ålesund gewesen und habe allein die ganze Stadt gerettet.

»Wir haben's geschafft!«

»Das war doch gar nichts!«

»So, findest du?«

Tengs konnte sagen, was er wollte, niemand konnte den Ausdruck immenser Erleichterung von Jostein Bullshits Gesicht verscheuchen. Er sah aus wie ein zum Tode Verurteilter, der die Hinrichtung überlebt und so die Aufhebung seines Urteils bewirkt hat.

Nicht nur Bullshit sah das Leben optimistischer, als sie sich nach dem Mittagessen aufstellten. Der Kurs näherte sich seinem Ende. Keiner hatte sich verbrannt, jedenfalls nicht mehr, als daß man darüber gegrinst hätte. Die Angst vor dem Rauch und der Hitze hatte ihre Macht verloren. Sogar Bullshit gewöhnte sich an die Hitze und die völlige Dunkelheit. Sie wußten, wo es brannte, und ahnten, wo die Puppen lagen. Wenn die Kursassistenten versuchten, sie zu verwirren, und neue Puppen hineinwarfen oder Feuer wieder entzündeten, die sie bereits gelöscht hatten, meisterten sie auch diese Herausforderung. Der Orientierungssinn war kein Problem mehr. Es war niemals weit bis zur nächsten Wand. Es gab immer etwas, an dem man sich orientieren konnte. Nach einer Weile meinten sie die mit Rauch gefüllten Räume wie ihre Hosentasche zu kennen, und sie begannen, schlampig mit den Verhaltensregeln umzugehen. Warum sollte ein Mann auf dem Flur stehenbleiben, während die anderen die Kabinen auf jeder Seite durchsuchten? Der konnte doch auch etwas tun. Anstatt einfach nur dazustehen und zu glotzen, konnte er doch den Gang hinuntergehen und von der anderen Seite mit der Suche beginnen. Auch der, der den Pulverlöscher trug, konnte sich an der Suche beteiligen. Sie begannen, die Zeit zu stoppen. Sie holten die Puppen in Rekordzeit heraus und grinsten zufrieden, wenn sie ihre Masken abnahmen. Niemand erkannte den Ernst der Situation, als der Kursleiter sich umschaute und fragte, wo Tengs geblieben war. Darum brauche man sich nicht zu kümmern, der habe sich sicher wie üblich hinter seinen Traktorenreifen auf der Rückseite des Gerätecontainers zurückgezogen. Dort habe er alles, was er brauche, Ruhe und Frieden zwischen den Einsätzen, Smirnoff und Pils in Reichweite. Er hatte sich dort schon vor dem Mittagessen eingerichtet und schlief ein Weilchen, während die anderen aßen. Erst als Bullshit zurückstürmte, kam Leben in sie.

»Er ist nicht da!«

Sie rissen auf, was sie an Türen und Luken im Modul fanden. Sjur Willy fand in der Eile seinen Helm und seine Handschuhe nicht. Er zog sich die Atemmaske über und stürzte, ohne etwas auf dem Kopf oder an den Händen, hinein. Er kümmerte sich nicht darum, daß die Wände heiß wie Kochplatten waren, als er die ersten Kabinen durchsuchte. Er spürte nicht, wie seine Fingerspitzen und seine Handflächen schmerzten, als er den leblosen Körper schüttelte und herauszog. Es war nicht notwendig, ihm die Maske abzunehmen, Tengs hatte sie sich selbst dort drinnen heruntergerissen. Tengs Gesicht war blauschwarz, als Sjur Willy sich über ihn beugte und begann, ihm Luft in die rauchgefüllten Lungen zu blasen.

»Los, komm wieder!«

Sjur Willy ohrfeigte das leblose Gesicht. Er schmeckte den herben Geschmack von Ruß auf seinen Lippen, während er mit den Fäusten auf den Brustkorb einhämmerte. Es knackte zwischen seinen Zähnen, als er Tengs Nasenlöcher zudrückte und weiterblies.

»Atme, verdammt noch mal, atme!«

Tengs atmete wieder, als der Rettungswagen kam. Er war noch immer bewußtlos, als sie ihn auf die Trage legten und in den Wagen schoben. Sjur Willy hockte auf allen vieren und kotzte auf den Asphalt, als das Auto davonraste. Er war es, der im Flur hätte Wache stehen sollen, während Tengs und ein finnischer Schweißer die Kabinen durchsuchten. Wäre er dageblieben, hätte er ihn ganz schnell herausholen können. Dann hätte er bemerkt, daß etwas faul war, sobald der Finne mit seiner Kabine fertiggewesen war. Keiner der anderen machte ihm Vorwürfe. Was geschehen sei, sei einfach schrecklich, aber Tengs habe sich das wohl selbst zuzuschreiben. Seit er im Labyrinth Panik bekommen hatte, habe er sich den ganzen Kurs aufgeführt wie ein Idiot! Einige meinten, es müsse etwas an seinem Atemgerät nicht funktioniert haben. Aber mit seinem Apparat war alles in Ordnung, er hatte vergessen, die Reserve einzuschalten! Alles, was er hätte tun müssen, war, den kleinen Handgriff unten an den Flaschen zu ziehen, dann wäre er wieder herausgekommen. Im Reservetank war Luft für fünf Minuten. Statt dessen hatte er es wie im Labyrinth gemacht und die Maske heruntergerissen. Dann mußte er liegengeblieben sein. Sie begriffen nicht, wie er so viel Luft hatte verbrauchen können. Wenn die Flaschen voll waren, reichte das doch mindestens für vierzig Minuten. Sie seien doch nicht mehr als fünfzehn Minuten im Rauch gewesen. Hatte er vergessen, die Flaschen zu wechseln? Sie konnten sich keinen Reim darauf machen. Tengs habe sich wie ein Idiot benommen, aber er sei doch kein Selbstmörder. Er mußte geschielt haben, als er die Flaschen wechselte! Er mußte das gebrauchte Flaschenset mit einem getauscht haben, das ebenso leer war wie das seine. Das würde ihm ähnlich sehen, ja, so könne es gewesen sein. Auf jeden Fall sei es nicht Sjur Willys Fehler, daß er dort drinnen liegengeblieben sei. Tengs habe nur bekommen, was er verdient habe, er habe sich den ganzen Kurs aufgeführt wie ein Idiot.

Sjur Willy und Barka besuchten ihn einige Wochen später im Krankenhaus. Es war nicht besonders. Tengs lag mit glasigem Blick im Bett und sah sie nicht einmal an. Sie versuchten, mit ihm zu reden. Sie hörten nur ein paar angestrengte, kehlige Laute. Sjur Willy fragte, ob er etwas haben wolle. Er lag nur da und sabberte. Sie fragten, ob er sie wiedererkenne. Es schien nicht so. Er hätte einfach nicken können. Er tat nichts. Der Arzt meinte, es seien zwanzig Prozent des Gehirns zerstört, aber auf Barka und Sjur Willy wirkte es, als sei der ganze Kopf ausgeschaltet. Tengs hatte keine Ahnung, was geschehen war, er wußte nicht einmal mehr, wie er hieß. Auf jeden Fall reagierte er nicht, als sie seinen Namen sagten. Der Arzt sagte, er müsse alles wieder neu lernen, gehen, essen, sprechen, sich anziehen, alles, absolut alles. Er könne nichts mehr alleine machen. Es sei fraglich, ob er jemals wieder auf die Beine käme. Eine Sache sei aber sicher: Tengs würde niemals mehr auf eine Bohrrigg kommen, wahrscheinlich würde er nicht einmal mehr das Krankenhaus verlassen können.

Dritter Teil

Achtes Kapitel

Schwarzer Regen

Vieles hatte sich verändert. Vieles war noch immer gleich. Die Sikorsky war die gleiche. Das fliegende Arbeitspferd stand mit händenden Rotorblättern in der Frühlingssonne, als die Gruppe Ölarbeiter durch die Flugscheinkontrolle strömte. Die meisten beeilten sich, kaum daß sie die Schranke passiert hatten. Sjur Willy nahm sich Zeit. Er brauchte sich nicht mehr anzustrengen, um einen guten Platz im Helikopter zu bekommen. Einer der Roustabouts wußte, wo er sitzen wollte, und beeilte sich, ihm den Platz freizuhalten. Sjur Willy hatte genug Zeit, sich noch ein paar tiefe Atemzüge der warmen Frühlingsluft zu gönnen, bevor er an Bord ging. Die Piloten hatten die Motoren noch nicht gestartet. Sie checkten die Instrumente, als Sjur Willy dem Roustabout, der ihm den Platz freigehalten hatte, einen Klaps auf die Schulter gab und sich dann auf den vordersten Einzelsitz fallen ließ. Dort blätterte er wie die anderen durch einen Fragenkatalog, den die Helikoptergesellschaft gerne beantwortet haben wollte. Gefällt es Ihnen an Bord unserer Maschinen? Fühlen Sie sich im Helikopter sicher? Würden Sie sich sicherer fühlen, wenn Sie besser säßen? Finden Sie, daß der Geräuschpegel in der Passagierkabine zu hoch ist? Hat die Lautstärke der Fluggeräusche einen Einfluß auf Ihr Sicherheitsempfinden? Die Gesellschaft überprüft verschiedene Maßnahmen, um Ihr Gefühl der Sicherheit und des Komforts zu verbessern. In diesem Zusammenhang bitten wir Sie, uns

Ihre Meinung über Nackenstützen, Kopfhörer, Musik und Service während des Fluges mitzuteilen. Sind Sie mit der Gestaltung der Survivaloveralls zufrieden? Wünschen Sie sich andere Veränderungen? Sjur Willy hatte sich entschlossen. Er faltete den Fragenkatalog zusammen und stopfte ihn in die Kotztüte. Er würde nicht eine dieser idiotischen Fragen beantworten! Glaubten die wirklich, die Absturzgefahr wäre mit Nackenstützen und Servicemädchen geringer? Glaubten die, die Flugsicherheit steige durch Kassetten mit Simon & Garfunkel oder ABBA? Was zum Teufel hatte es für eine Bedeutung, ob es einem während dieser knappen Stunde Flug behagte oder nicht? Für Sjur Willy war es nur wichtig, unbeschadet zu landen. Wenn die Helikoptergesellschaft an Flugsicherheit interessiert war, sollte sie sich von diesen Schwachköpfen trennen, die nichts anderes zu tun hatten, als ihre Zeit mit dummen Fragen zu verplempern, und statt dessen öfter die Rotorblätter wechseln!

Sjur Willy schaute zu den Büscheln von Huflattich am Rande des Asphaltes hinunter, als der Kopilot nach hinten in die Passagierkabine kam und die Tür schloß. Die Worte rollten nur so aus ihm heraus, als er erklärte, wo sich die Rettungswesten und die Notausgänge befänden. Etwas ruhiger wurde er, als er begann, sich über das Wetter zu amüsieren. Es sei einfach zu schön, blauer Himmel, und hier an Land vollkommen windstill, ein ruhiges Meer, und draußen auf dem Feld sei es genauso ruhig. Man könne sich nicht beklagen. Wenn der Mechaniker das Getriebe wieder richtig festgeschraubt und niemand Sprengstoff im Gepäck habe, dann gehe er davon aus, daß sie alle auch diesen Flug überleben würden. Nicht nur Sjur Willy grinste, als der Kopilot ihnen einen angenehmen Flug wünschte. Menschen, die sich über ihre Arbeit lustig machten, waren die besten. Das galt für Piloten. Das galt für Bohrpersonal. Das galt für alle. Die meisten hielten ein Magazin oder eine Zeitung in den Händen, als die Rotorblätter zu schnurren begannen. Der Helikopter bewegte sich wie ein stinknormales Fahrzeug, während sie zum Rollfeld schaukelten. Dort blieben sie noch ein paar Minuten stehen, bis sie vom Tower endlich grünes Licht bekamen. Der Huflattich drückte sich flatternd an den Boden, als sich die Maschine ein paar Meter hob und in der Luft stehenblieb. Sobald die Piloten den letzten Check der Instrumente abgeschlossen hatten, senkte die Sikorsky plötzlich ihre Nase und beschleunigte in einem großen Bogen über die Autobahn und die Häuser hinweg. Der rotierende Schatten strich wie ein verkrüppeltes Insekt über die Dächer und die hügelige Landschaft, bis sie plötzlich den Fjord unter sich hatten. Er lag schwarz und still vor den steilen Bergrücken auf der anderen Seite. In der Mitte des Fjordes ragten die Zementschafte eines Condeep-Untergestells vierzig bis fünfzig Meter von den Pontonbooten mit Zementmischern und Arbeitscontainern in die Höhe. Die grauen Kolosse spiegelten sich auf der Wasserfläche, während am Ufer gerade eine ausrangierte Autofähre mit einer neuen Schicht Verschalungsschreinern, Maurern, Schweißern und Ingenieuren ablegte. Das Kielwasser hing wie ein zerrissener Schleier hinter dem vollbepackten Boot. Jedesmal, wenn Sjur Willy über die wachsenden Betonschäfte flog, empfand er dasselbe. Wenn es Leute wie ihn, Barka, Madsen, Lydersen und Laugen nicht gäbe, würde dort unten kein Plattformfundament liegen. Auf gewisse Weise konnten die Leute unten auf der Fähre ihnen danken, daß sie zu einem Arbeitsplatz im Fjord herausfahren konnten, ihnen und Leuten wie Murphy, Thompson und Peck oder Bullshit, Dallas, Smiley und Goddbiff. Ja, und Tengs, sie durften Tengs nicht vergessen, auch wenn er noch immer nur dumpf vor sich hin schaute. Und wenn sie ihre Aufstellung gelernt hatten, dann könnten sie natürlich auch ihre Hacken zusammenschlagen und sich in Hab-Acht-Stellung vor Korporal Bruin aufbauen. Sjur Willy hatte ihn viele Jahre nicht gesehen, als er plötzlich mit einer Polaroidkamera vor dem Bauch unter dem Hookup der Phoenix Alpha auftauchte.

»Was ist denn mit dir los? Hast du bei der Rogaländer Zeitung angefangen, oder versorgt dich der Klassenkampf mit Material?«

Bruin lächelte gequält. Er hatte den Weg durch das Nadelör geschafft und war bei Phoenix Oil Norge als Sicherheitsoffizier angestellt worden. Sjur Willy war freigebig mit seinen Komplimenten. Das war nicht übel für einen Wehrdienstverweigerer, zum Offizier ernannt zu werden!

»Ich hab' gehört, du hättest in der Nordsee aufgehört und wärst Schaffner bei der Dovrebahn geworden.«

Bruin verzog das Gesicht. Er habe auf wichtigere Dinge zu achten als darauf, ob alle einen Fahrschein hätten und im richtigen Zug säßen. Er habe die Ausbildung zum Sicherheitsbeauftragten gemacht und die Gesetze zum Arbeitsschutz gelernt und all die Sicherheitsvorschriften, die für den norwegischen Sockel gelten. In Zusammenarbeit mit dem Plattformchef sei er für die Sicherheit an Bord der Phoenix Alpha verantwortlich, und er verlange, daß das Bohrteam ihn nicht länger wie den Dreck unter ihren Fingernägeln behandele. Diese Zeit sei vorüber. Er dulde es nicht mehr, mit allen möglichen Schimpfworten belegt zu werden. Von jetzt ab könne Sjur Willy zwischen zwei Titeln wählen: Sicherheitsoffizier oder Sicherheitsbeauftragter.

»Was ist das denn?«

»Du weißt nicht, was ein Sicherheitsbeauftragter ist?«

Sjur Willy schüttelte den Kopf. Er begreife wohl, daß das etwas Wichtigeres sein müsse als ein Postbote. Es lag etwas

Drohendes in der Stimme von Korporal Bruin, als er erklärte, was ein Sicherheitsbeauftragter sei.

»Als Sicherheitsbeauftragter kann ich, das Gesetz im Rücken, alles stoppen!«

Paßten ihm die Arbeitsverhältnisse nicht, könne er wen auch immer dafür verantwortlich machen, sogar den Bohrchef persönlich. Vorausgesetzt, sie würden wieder so unmöglich loslegen wie auf der Ocean Star. Sjur Willy war nicht sonderlich beeindruckt. An dem Tag, an dem Sergeant Bruin auf das Bohrdeck gestapft käme, um das Bohren zu stoppen, würde er sich totlachen.

»An dem Tag wirst du nichts zu lachen haben!«

Sjur Willy tue gut daran, sich das ein für allemal zu merken. Wenn er sich weigerte, die Auflagen des Sicherheitsbeauftragten zu erfüllen, ginge es ihm schlecht. Er befinde sich nicht mehr auf einer schwimmenden Plattform. Phoenix Alpha sei eine feste Installation, und in so einem Fall seien es die Behörden und Sicherheitsabteilungen der leitenden Gesellschaft, die die Regeln festlegten. Und was ihn ganz persönlich betreffe, fügte Fähnrich Bruin hinzu, so habe er während der letzten Jahre genug Scheiße von den Bohrteams einstecken müssen!

»Ihr quält mich nicht mehr! Von heute ab quält mich überhaupt niemand mehr. Wer das versucht, fliegt raus!«

Sjur Willy wechselte das Thema.

»Wofür brauchst du die Kamera?«

»Was glaubst du?«

Leutnant Bruin brauche sie, um den Schlendrian aufzudecken und um die ernsten Mißachtungen der Sicherheitsmaßnahmen beweisen zu können. Kurz bevor er Sjur Willy getroffen habe, habe er auf einer der Treppenstufen eine achtlos weggeworfene Fettpresse liegen sehen, und er habe drei Bilder von dem gefährlichen Gegenstand gemacht, eins von unten, eins von oben und eines von der Seite.

»Weißt du, was passieren kann, wenn jemand auf einer Treppe stolpert? Der kann bis aufs Deck stürzen und sich einen Arm oder ein Bein brechen, oder er kann auf dem Rücken landen und bricht sich den Hals!«

»Gut, daß du sie rechtzeitig hast wegnehmen können«, sagte Sjur Willy.

Kapitän Bruin sah ihn herablassend an. Er habe die Fettpresse mit keinem Finger angerührt! Es sei nicht der Job eines Sicherheitsoffiziers, den Dreck anderer Leute wegzuräumen, seine Aufgabe sei es, denjenigen zu finden, der den Dreck verursachte, und dafür zu sorgen, daß so etwas nicht noch einmal vorkam.

»Das hilft aber nicht viel, wenn sich in der Zwischenzeit jemand das Genick bricht.«

Ein zufriedenes Lächeln zeigte sich auf dem Gesicht von Major Bruin.

»Gerade dann ist es wichtig, Beweise zu haben!«

Sjur Willy ging los, um diese Scheißfettpresse wegzuräumen, als ihn der Sicherheitsbeauftragte zurückrief.

»Ich sehe, du trägst einen Metallhelm ...«

»Ja und?«

Sjur Willy hatte den Messinghelm als Abschiedsgeschenk erhalten, als Murphy in die Staaten zurückging, um bei Red Adair anzufangen.

»Solche Helme sind nicht zulässig.«

»Hä?«

»Sie haben nicht genug Spannung«, erklärte ihm Bruin. »Plastikhelme haben eine viel größere Spannkraft, so daß sie sich unter Belastung elastisch verformen. Ein Metallhelm würde bloß verbeulen.«

»Du vergißt eine Sache«, sagte Sjur Willy. »Das ist mein Kopf, auf dem der Helm da sitzt, und da bleibt er auch!«

»Ich muß darauf bestehen, daß alle eine zugelassene Sicherheitsausrüstung benutzen.«

»Das ist mir scheißegal.«

»Dann sehe ich mich gezwungen, einen Brief an die Bohrgesellschaft zu schreiben und darauf aufmerksam zu machen, daß an Bord der Phoenix Alpha nur funkenfreie Helme akzeptiert werden dürfen«, sagte Bruin. »Alle anderen Helme müßten dann beschlagnahmt werden.«

»Und wie bitte willst du das durchsetzen?«

Sjur Willy ließ deutlich werden, was er tun würde, wenn Bruin versuchte, ihm seinen Drillerhelm abzunehmen. Wenn er bis jetzt noch keine richtigen Prügel hätte einstecken müssen, dann wäre es diesmal sicher endgültig soweit. Sjur Willy würde ihn platt machen und seine Wampe als Trampolin benutzen.

»Wenn ich dann mit dir fertig bin, wirst du keinen Unterschied mehr zwischen deinen Eiern und gekochten Preiselbeeren erkennen!«

Das Verhältnis zwischen Bruin und Sjur Willy war nie herzlich gewesen, und es wurde auch nicht besser, nachdem Bruin als Polizeionkel der Sicherheitsabteilung auf Phoenix Alpha begonnen hatte. Was, verdammte Scheiße, sollte das bedeuten, wenn seriöse Ölgesellschaften damit anfingen, Kindermädchen auf die Plattformen zu schicken? Die täten doch nichts anderes, als herumzunörgeln und sich in Sachen einzumischen, von denen sie nichts verstünden und die sie ganz sicher nichts angingen! Das sei nicht sonderlich seriös. Begriffen sie denn nicht, daß die Sicherheit dann am größten war, wenn jeder auf sich selbst aufpassen mußte? Abgesehen davon sei es Sjur Willy völlig klar, daß Oberst Bruin mit seinem Job zufrieden sei, das sei ja gar kein richtiger Job! Das steuere doch nur darauf hin, Arbeitserlaubnisse zurückzuhalten, so daß auch niemand sonst etwas tun könne, bevor er nicht herumgegangen sei und von einem Troß kleiner Gernegroße, die allesamt nicht wüßten, worum es ging, Unterschriften eingesammelt hätte. Als Dank für ihren Einsatz erhielten sie dann einen ganzen Stapel von Sicherheitsvorschriften, die so kompliziert und unbegreiflich seien, daß nichts getan werden könne, wenn jemand darauf Rücksicht nähme. Sjur Willy beneidete General Bruin weder um seinen Lehnstuhl noch um seinen Titel Safety Officer. Das einzige, was an seinem Stuhl noch fehle, seien Riemen, mit denen man ihn festschnallen könnte. Der einzige Fehler an seinem Sicherheitsbüro sei, daß man vergessen habe, die Tür zuzuschweißen, so daß man in Ruhe arbeiten konnte.

Sjur Willy sah auf die Hausdächer hinunter. Der Helikopter war dem tangfarbenen Küstenstreifen gefolgt und in einem großen Bogen über die wohlhabende Ölstadt geflogen. Auch die, die dort unten wohnten, hatten ihren Teil zu danken. Seit sich die Ölgesellschaften hier niedergelassen hatten, war die Entwicklung der ehemaligen Heringsstadt nurmehr in eine Richtung verlaufen: Sie war gewachsen und gewachsen. Sie lag wie ein gesundes, pulsierendes Herz im Inneren der Bucht und pumpte Autos in den Straßen hin und her. Die Hauptstraßen schlangen sich wie asphaltierte Pulsadern zwischen den Hügeln hindurch und über das flache Ackerland. Vieles hatte sich verändert. Kaum noch jemand lachte über sie. Es hatte genug Leute gegeben, die ihren Hut fressen oder Öl trinken wollten, wenn sie etwas fänden. Abgesehen von Hüten und Öl hatten sie gefressen, was ihnen in die Finger gekommen war. Die Geizhälse, die immer nur gesagt hatten, daß es hinausgeschmissenes Geld sei, im Meer nach Öl zu suchen, redeten jetzt anders. Jetzt verlangten sie ihren Teil vom Reichtum. Als ob ihnen davon ein Teil zustünde. Wenn es nach den Eingeborenen gegangen wäre, dann hätten sie doch nicht einen einzigen Tropfen gefunden! Hätten diese Jammerlappen bestimmen dürfen, wäre nicht eine einzige Rigg zugelassen worden. Was sollte aus dem Leben im Meer werden? Was würde mit den Fischen passieren, den armen Seevögeln, den Stränden, den Fischern, dem Teufel und seiner Großmutter? Was hatten sie über die Gefahr einer Ölpest geschrien! Ganze Zeitungsseiten waren über und über voll gewesen von der Maßlosigkeit der Ölgesellschaften. Nicht eine Zeile hatten sie über ihre eigene Maßlosigkeit geschrieben oder darüber, was sie mit ihrem eigenen Dreck machten. An jedem Scheißtag wurden Tonnen von Müll produziert, und das Abwasser wurde in den nächsten Fluß gepumpt, aber das spielte natürlich keine Rolle, schließlich müsse es ja erlaubt sein, aufs Klo zu gehen und anschließend die Spülung zu ziehen. Die Scheiße könne doch nicht zu Hause liegenbleiben, die stinke ja, und man müsse ja auch an die Fliegen denken! Noch immer redeten sie Scheiße über das, was in der Nordsee vor sich ging, aber das Geld wollten sie haben, höhere Löhne und kürzere Arbeitszeiten, niedrigeres Pensionsalter und höhere Renten, Autos und Stereoanlagen, Kühlschränke und Gefriertruhen, Wochenendhäuschen und Farbfernseher, es gab kein Maß mehr, alles wollten sie. Wo war die größte Gier: bei den Ölgesellschaften, die Milliarden investiert hatten, oder bei den Parasiten, die Brücken und Tunnels wollten, Versorgungsbasen und Raffinerien, und Kindergärten in jedem Nest, und das alles, ohne eine einzige Öre zu bezahlen? Wer war es, der den meisten Dreck produzierte, die Ölarbeiter oder der Jammerchor an Land? Wer war es, der Geld und Leben eingesetzt hatte und noch immer die Drecksarbeit für sie erledigte, so daß sie nur mit ihren Trinkhalmen und Kartoffelchipstüten dazusitzen brauchten und so tun konnten, als ginge sie das nichts an?

Das war es, was Sjur Willy am meisten ärgerte: daß es diese

verfressenen Zimperlieschen fertigbrachten, auf ihren subventionierten Rasenflächen zu sitzen und den Rahm vom Ölgeschäft zu schöpfen, sich aber gleichzeitig davon distanzierten. Es war eine ehrliche Sache, zu meinen, die Ölförderung sei ein schmutziges Geschäft, aber dann sollte man, verdammt noch mal, auch die Finger von dem Geld lassen! Ja, sie warteten ja nicht einmal, bis es da war. Während der Rest der Welt von der schlimmsten Rezession seit vierzig Jahren betroffen war, fiel es ihnen nicht ein, daß vielleicht auch sie den Gürtel enger schnallen müßten. Die Amerikaner hätten doch Öl für sie gefunden! Außerdem hatten sie einen Finanzminister, der nicht weniger tüchtig als Aksel Bruin war. Der einzige Unterschied war, daß Per Kleppe goldene Härchen im Arsch hatte. In anderen Ländern mußten die Arbeiter mehr produzieren, um mehr zu verdienen. In Norwegen stieg der Reallohn in vier Jahren um zwanzig Prozent, obwohl weniger und weniger produziert wurde. Es war ein Wunder, Per Kleppe war ein ökonomisches Genie, er schiß Geld! Mit einem Abrakadabra hatte er die Schwerkraft der Ökonomie außer Kraft gesetzt, und mit einem Simsalabim auf das einzige von Bedeutung gesetzt: steigenden Wohlstand! Während sich der Rest der Weltbevölkerung durch sieben magere Jahre quälte, erlebte das norwegische Volk die fettesten Jahre in der Geschichte seines Landes. Dank des Zauberkünstlers im Finanzministerium erhielten sie jedes Frühjahr ihr Kleppepäckchen und die Abonnementsbestätigung für ewigen wirtschaftlichen Fortschritt. Mit überquellenden Einkaufswagen schoben sie durch einen seligen Kaufrausch und schrien »Kaufe, Kaufe« oder »Kleppe, Kleppe«! Es war gleichgültig, was sie riefen, Hauptsache sie bekamen, worauf sie zeigten, und leerten die Regale in der Gewißheit, daß Per Kleppe sie wieder auffüllen würde. Mit geliehenem Geld hatte er dafür gesorgt, daß Norwegen eine Insel der Vollbeschäftigung im Meer der Arbeitslosigkeit blieb.

Es war nicht erstaunlich, daß er, als erster Finanzminister der Geschichte, den Preis für den beliebtesten Mitbürger bekam. Beliebtere Leute hatte es nie im Finanzministerium gegeben. Das norwegische Volk hätte auch nicht mehr Geld bekommen, wenn der Weihnachtsmann persönlich Kleppes Strickjacke übernommen hätte. Daß die Einnahmen aus dem Öl für viele Jahre im voraus aufgebraucht waren und Norwegen zum teuersten und damit konkurrenzschwächsten Land der Welt wurde, bekümmerte Kari und Ola nicht. Sie wollten doch nicht mit jemandem konkurrieren! Das sei ja das Geniale, der Kampf ums Dasein sei beendet! Per Kleppe habe Charles Darwin den Garaus gemacht und sie aus der Wirklichkeit abgemeldet! Es sei ein phantastisches Gefühl. Nachdem Per Kleppe ihre Teilnahme am Daseinskampf abgeblasen hatte, brauchten sie sich nicht mehr um ihr Auskommen zu bemühen. Warum auch, es regnete doch Geld! Jetzt konnten sie ihr Leben genießen und alles mit Ruhe angehen: die Bauern wie die Arbeiter, die Fischer und die Funktionäre, alle würden sie Zuschüsse und Stütze erhalten, alle konnten machen, was sie immer schon gemacht hatten! Es war egal, was die Menschen taten, Hauptsache, es sah so aus, als täten sie etwas. Niemand brauchte sich Gedanken darum zu machen, ob es sinnvoll war. Im norwegischen Ölparadies konnten sich alle sicher fühlen. Ihre einzige Furcht war, daß ihre Kinder auf die schiefe Bahn geraten könnten und etwas mit Rauschgift zu tun bekämen. Das war nicht verwunderlich in einer Gesellschaft, in der der Finanzminister zum beliebtesten Mitbürger wurde, weil er geliehenes Geld direkt in den Blutkreislauf seiner Bürger spritzte – daß die Jugendlichen es ihm nachmachten und mit Drogen begannen, bevor sie konfirmiert waren.

Als über den Radiomasten von Kvitøy die »Rauchen verboten«-Anzeige erlosch, kramte Sjur Willy sein Tabakpäckchen heraus. Er sah zu den verstreuten kleinen Inseln hinunter und wischte sich, nachdem er die Zigarette angezündet hatte, die Tabakskrümel vom Schoß. Wofür rackerte er sich ab? Was ging es ihn an, ob das Volk ein paar Jahre in einem Schlaraffenland lebte? Wenn es nach ihm ging, dann sollten sie ruhig in ihren Nationalparks herumspazieren und sich an den öffentlichen Kekstüten vergnügen, so lange sich etwas darin befand. Warum wurde er so wütend? War es nicht in Ordnung, daß es den Menschen gut ging? War es die Tatsache, daß ihnen plötzlich alles in den Schoß fiel? War es die Tatsache, daß er selbst sich angestrengt hatte wie ein Hund, um dorthin zu gelangen, wo er jetzt war, und daß es niemand leichter haben sollte? Da war wohl etwas dran, da war viel dran, das war es wohl, und nicht die Gärtner oder Kleinbauern. Was ging es ihn an, daß die erdverbundenen und zähen Bauern, die von dem lebten, was sie erwirtschafteten, so tatterig geworden waren, daß sie einen Betriebszuschuß brauchten, um sich über den Hofplatz zu schleppen? Daß sie ihre Beweglichkeit verloren hatten und sich so verhielten, daß der Ölpreis wie ein Fallbeil über ihren Scheunendächern und Heuschobern hing, war für sie selbst wohl am schlimmsten. Sollten sie doch glauben, sie seien Gottes auserwähltes Volk, bis Ayatollah Khomeini seine Leitungen repariert hatte und der Ölpreis um fünf Dollar pro Faß sank. Das würde schon reichen. Auch Per Kleppe hatte wohl verstanden, daß sein ölgefeuertes Luftschloß in sich zusammenstürzen würde und nur ein schrecklicher Kater zurückbliebe. Jedenfalls hatte er das Land verlassen und sich in Paris niedergelassen!

Vieles hatte sich verändert. Vieles war noch immer gleich. Sjur Willy schüttelte den Kopf, als der Roustabout, der ihm den Platz freigehalten hatte, ihm die Zeitung leihen wollte. Auch er hatte sich als Roustabout so verhalten, war rund um die

Uhr sprungbereit gewesen, um seinen Halbgöttern zu dienen. Vieles vom alten Stil der Pionierzeit war vergangen, es war aber genug übriggeblieben, so daß auch Sjur Willy etwas von den Früchten ernten konnte. Er mußte jedenfalls nicht mehr den Clown markieren, um auf sich aufmerksam zu machen oder um zu beweisen, wofür er gut war. Ein Driller brauchte nichts zu beweisen, er hatte die Beweise bereits erbracht! Alle, mit denen Sjur Willy zu tun hatte, wußten, zu was er zu gebrauchen war. Er selbst wußte es, die Chefs an Land wußten es. Er hatte die Verantwortung für seine Leute und brauchte keinen Stellenabbau oder Vertragsauslauf zu fürchten. Wurde er die Nordsee leid, konnte er überall auf der Welt eine neue Stelle finden. Für tüchtige Driller gab es Riggs genug. Von Bohrjobs in exotischen Gewässern brauchte Sjur Willy nicht mehr nur zu träumen. Er mußte sich lediglich entschließen und der Bohrgesellschaft Bescheid geben. Wenn er keine Familie gehabt hätte, hätte er das Angebot angenommen, nach Indonesien zu gehen, statt einzuwilligen, an der Bohrung von zwanzig Produktionsbrunnen auf der Phoenix Alpha mitzuarbeiten. Tove war in diesem Punkt knallhart geblieben. Sie wollte nicht jeweils sechs Wochen lang mit den Zwillingen alleine sein, während er mit Probebohrungen auf der anderen Seite der Erde beschäftigt war. Er hatte sie darauf aufmerksam gemacht, daß sie ja genauso viel Zeit zusammen hätten wie sonst auch, er wäre dann ja auch sechs Wochen zu Hause! Aber das hatte sie irgendwie nicht überzeugt.

»Die Kleinen werden dich von Mal zu Mal weniger wiedererkennen!«

»Doch! So schnell vergessen die nicht!«

Er hatte vorgeschlagen, sie mitzunehmen. Die Bohrgesellschaft stelle fast umsonst schicke Bungalows in Djakarta zur Verfügung. Davon wollte Tove nichts hören. Ihre Kinder sollten nicht in Asien aufwachsen!

»Es geht doch nur um ein oder zwei Jahre!«

»Ja, und dann?«

»Dann können wir noch ein paar Jahre nach Südamerika gehen, bis die Zwillinge in die Schule müssen.«

Sjur Willy konnte das vergessen. Er hatte aber noch die Hoffnung, sie mit nach Spanien zu nehmen. Er hatte ihr die Bilder der weißen Villa am Stadtrand von Marbella gezeigt. Sie sei so geräumig, daß sie gleichzeitig verschiedene Familien zu Besuch haben könnte und Freunde und Verwandte zu ihr kommen könnten, wenn er offshore sei! Er hatte ihr die Bilder von der Stadt gezeigt, der sonnigen Küste, dem ganzen Land drumherum. Es sei kein Problem, sich dort niederzulassen, es wohnten da schon ein paar norwegische Familien mit Kindern. Er hatte ihr erzählt, wie viele Sonnentage sie im Laufe eines Jahres genießen könnte, sie könnte an der Costa del Sol liegen und ihre Zehen im Mittelmeer baden oder zu Hause im Schwimmbecken herumplantschen. Tove und die Zwillinge würden sich dort rundherum pudelwohl fühlen, und es würde ihnen in Andalusien viel besser gehen als jetzt in Norwegen. Sie würde ein Kindermädchen bekommen und eine eigene Haushaltshilfe, ja, wenn es ihr danach sei, auch einen Gärtner und einen Chauffeur. Sjur Willy hatte damit gerechnet, daß sie vor Begeisterung an die Decke springen würde, doch sie hatte ausgesehen, als habe er ihr eine Holzhütte auf Svalbard angeboten. Von Mitte Mai bis weit in den September hinein klagte sie über das Wetter in Norwegen, doch als sich ihr endlich die Gelegenheit bot, an einen Ort zu gehen, an dem die meiste Zeit des Jahres Sommer war, fand sie alle Arten von Entschuldigungen, um es nicht zu tun! Sjur Willy war sich sicher, daß sie mitkommen würde, wenn sie nur einmal nachdachte. Auf jeden Fall hatte er zugeschlagen und die Villa gekauft. Solche Gelegenheiten boten sich nicht oft im Leben! Das prachtvolle Anwesen wäre in zehn Jahren abbezahlt, und in der Zwischenzeit würde der Wert auf das Doppelte steigen.

Er blinzelte auf die spiegelblanke Meeresoberfläche hinab, als einer der Piloten durch den Lautsprecher ein paar Fluginformationen bekanntgab. Sie flögen in fünfhundert Meter Höhe und rechneten damit, in einer Stunde das Feld Phoenix zu erreichen und auf der Wohnplattform Sea Countess zu landen. Eine Schar Möwen umkreiste wie weiße Tauben ein Fischerboot. Er drückte seine Zigarette aus. Helikopter flogen nicht hoch. Sie flogen hoch genug. Wenn eines der Rotorblätter zum Teufel ging, wären fünfhundert Meter mehr als genug. Aber das hinderte Sjur Willy nicht daran zu schlafen. Er konnte sich nicht mehr daran erinnern, wann er zuletzt während eines Helikopterflugs wach geblieben war. Er schob sich auf dem Sitz nach vorn und versuchte, auf der Kante der Lehne einen ruhigen Platz für seinen Kopf zu finden. Das war nicht einfach. Vielleicht sollte er doch diesen dusseligen Fragenkatalog ausfüllen und bei Nackenstützen ein Kreuz machen? Es wäre gut, ein bißchen zu schlafen. Es tat gut, ein wenig vorzuschlafen, wenn man die Nacht zum Tag machen mußte und vierzehn Nachtschichten vor sich hatte. Alle Nachtschichten waren lang, die erste schien immer endlos. Es war gut, vorher ein paar Stunden zu schlafen. Natürlich hätte er Tove erzählen sollen, daß der Hauskauf unter Dach und Fach war. Wenn der spanische Rechtsanwalt nicht so langsam mit den Papieren gewesen wäre, hätte er das auch getan. Aber so etwas sagte man nicht in der letzten Nacht, bevor man auf Schicht mußte, oder beim Frühstück danach. Weißt du was? Wir haben uns eine Villa in Marbella gekauft, tschüß dann! Das würde statt dessen das Wiedersehensgeschenk werden. Immer brachte er irgend etwas mit, wenn er nach Hause kam. Das wäre etwas anderes als die ewige Mascara oder die Parfümfläschchen aus dem Duty-free-Shop, vier Flugtickets an die Costa del Sol! Ach Scheiße, er brauchte wohl keine Tickets für die Kleinen, die könnten sie doch auf den Schoß nehmen! Da würden sie sowieso sitzen wollen!

Sjur Willy lächelte vor sich hin. Er hatte das richtig gemacht. Nicht alle kamen mit sieben Jahren Schule so weit! Daß er es dorthin gebracht hatte, wo er jetzt war, das glich einem Wunder. Wie schnell hätte er im Dreck landen können! Das Telex von Phoenix Oil war nicht mißzuverstehen gewesen. Thompson und Howard Goose hatten, so lange es nur ging, versucht, es zurückzuhalten. Sjur Willy warf ihnen das nicht vor. Wenn er an ihrer Stelle gewesen wäre, hätte er das gleiche getan. Er wußte, wie wichtig es war, daß man eine Perspektive hatte. Roustabouts und Roughnecks, die voller Hoffnung waren, konnten wahre Wunder vollbringen, Deckarbeiter dagegen, die auf nichts mehr hofften, waren zu nichts zu gebrauchen. Thompson und Howard Goose war es gelungen, das Telex für sich zu behalten. Es war ihnen nicht gelungen, die Gerüchte zu entschärfen. Waren die Chefs von Phoenix Oil kurz davor, alles hinzuschmeißen? Hatte einer von ihnen gesagt, sie hätten genug Geld auf dem norwegischen Sockel vergeudet? Die Frage hieß nicht mehr, ob sie die Probebohrungen einstellen würden, die Frage hieß, wann sie das tun würden. Hatten sie sich entschlossen, noch drei Brunnen zu bohren? Oder nur zwei? Arbeiteten sie bereits am letzten Loch?

»Die können doch nicht so einfach aufhören!«

»Warum nicht?«

Die Angst vor dem endgültigen Bescheid stieg mit jedem Tag, der verging, sie war mit jedem trockenen Loch gestiegen, das sie gebohrt und wieder aufgegeben hatten. Tag für Tag gingen sie beim Funker vorbei. Nicht um einen Blick auf Frauen zu werfen oder um neue Limericks zu hören, sondern um informiert zu sein. Hatte er etwas gehört? Waren neue Telexe eingetroffen? Von Birger Strai war nicht viel zu erfahren. Das einzige, was sie aus ihm herausbekamen, war, sie sollten ruhig bleiben.

»No news are good news!«

Das half ihrem Humor aber auch nicht auf die Sprünge. Sie fühlten es einfach, es ging dem Ende entgegen. Sie saßen mit hängenden Köpfen in der Cafeteria.

»Was passiert dann mit uns?«

»Zweimal darfst du raten!«

Einmal reichte. Wenn es für die Ocean Star in der Nordsee zu Ende ging, dann würde es auch mit ihnen zu Ende gehen. Es war gleichgültig, ob die Chefs bei Phoenix Oil schon einen endgültigen Entschluß gefaßt hatten. Es war offensichtlich, in welche Richtung es ging. Sjur Willy und Barka richteten sich auf, als Laugen eines Abends pfeifend das Büro von Howard Goose verließ und sie fragte, ob sie etwas für sich behalten könnten.

»Phoenix Oil wird die Besten behalten!«

»Wer wird das sein?«

»Gibt es einen Zweifel, wer hier die Besten sind?«

Laugen spielte sich auf. Er hielt nicht lange durch. Er platzte fast, als er erzählte, daß sie auf der Liste von Howard Goose stünden, alle drei.

»Bist du sicher?«

»Scheiße, ja, ich bin total sicher!«

»Hat er gesagt, wie lange wir hier noch weitermachen?«

»Hat er gesagt, wo die Rigg anschließend hin soll?«

Laugen schüttelte den Kopf. Das sei noch nicht entschieden und spiele auch keine Rolle. Ob die Ocean Star in der Nordsee weitermachen würde oder ins südchinesische Meer sollte, war ein und dasselbe, solange sie auf der Liste von Howard Goose stünden, und da stünden sie ja! Und da stünden nicht alle Namen, aber das sollten sie nicht erzählen, sonst gäbe es doch nur Aufruhr. Keiner der Roustabouts stehe dort. Auch Dallas und Madsen nicht. Sjur Willy stutzte, als er hörte, daß Madsen gestrichen worden war. Er war wohl wegen seiner Höhenangst ausrangiert worden. Daß Phoenix Oil nicht das Risiko eingehen wollte, Dallas mit in ein Land zu nehmen, in dem der Schnaps billiger war, war hingegen gut zu verstehen. Dallas hatte Goddbiff Konkurrenz gemacht. Seit er seinen Seesack auf der Treppe gefunden hatte, und Grynet Godal das Schloß der Eingangstür ausgetauscht hatte, war es mit Dallas nur noch bergab gegangen. Sie hatten nicht begriffen, warum er aus der Bahn geraten war. Sicher sei es ein Schock, einen fremden Mann in der Tür seines eigenen Hauses zu sehen und ins Gesicht gesagt zu bekommen, man wohne dort nicht mehr, aber abgesehen davon sei es doch eigentlich zum Lachen. Wären sie an Dallas' Stelle, dann wären sie sicher glücklich, ein solches Groschengrab wie Grynet Godal los zu sein. Daß sie jetzt an einem anderen Männerbein knabbere, sei doch wohl kein Grund, den Kopf hängenzulassen!

»Ddden Kkkopf hängen lllassen?«

Dallas lasse den Kopf nicht hängen, er feiere seine Freiheit und beneide den armen Tropf, der für ihn eingesprungen sei, ganz sicher nicht. Er lebe das glückliche Leben eines freien Mannes, bis er in den Helikopter steige und der Entzug nach der Landung wie ein Bohrrohr an seinen Kopf knalle. Wenn sein Turn begann, hatte er tagelang einen Kater, er zitterte und schwitzte kalt, und das ganze ging ein Jahr so, bis sie dahinter kamen, was ihn so quälte. Sein Junge wollte ihn nicht sehen. Dallas hatte das schon bemerkt, bevor das Schloß ausgetauscht worden war, aber er hatte sich anfänglich nicht allzuviel dabei gedacht. Es gebe sicher ganz natürliche Erklärungen dafür, daß der Junge ihn nicht sehen wolle, sie sähen einander ja so selten. Das würde sich sicher geben, wenn er älter würde. Es wurde nur immer schlimmer, und schließlich hatte der Junge eine Todesangst vor ihm. Er rannte weg und versteckte sich, kaum daß Dallas erschien! Er habe nicht einmal die Tüten mit Süßigkeiten angenommen! Wenn er versucht habe, sich ihm zu nähern, habe er zu schreien begonnen. Dallas hätte sich vielleicht zusammenreißen können, wenn das irgendeinen positiven Einfluß auf sein Verhältnis zu dem Jungen gehabt hätte. Es hatte keinen Einfluß. Sie hatten ihn gebeten, Kontakt mit einem Rechtsanwalt aufzunehmen, er hätte schon längst einen Rechtsanwalt aufsuchen sollen! Es gebe doch so etwas wie Eherecht. Dallas hatte entmutigt mit den Schultern gezuckt. Ob sie wirklich glaubten, das sei so einfach? Ob sie wirklich glaubten, daß der Junge plötzlich wieder mit ihm zusammensein wolle, nur weil ein Rechtsanwalt mit den Fingern geschnipst habe? Barka begriff, wie alles zusammenhing. Er wisse nicht, was dieses Satansweib dem Jungen eingeflüstert habe, aber er zweifele nicht daran, daß sie es sei, die hinter dem Ganzen stehe, und daß sie ihm diese Angst ganz bewußt eingeredet habe. Natürlich würde ein Rechtsanwalt da nicht helfen. Das Ganze sei eine höllische Scheiße. Da seien auch Barka, Laugen und Sjur Willy machtlos. Sie seien nur froh, daß sie sich nicht so eine Alte und auch noch Kinder angeschafft hätten. Sie seien froh, frei und ungebunden zu sein und mit der Ocean Star zu gehen, wohin das auch sein sollte. Was machte es schon, wenn sie in der Nordsee aufhörten? Es sei doch nur ein Vorteil, diese abgewichsten Herbststürme und diese Winter hinter sich zu lassen. Es sei etwas anderes, seinen Landgang in Bangkok oder São Paulo zu starten anstatt in Stavanger! Aksel Bruin konnte es nicht fassen, daß sie so gutgläubig waren.

»Wenn die Ocean Star den norwegischen Sockel verläßt, können wir uns einer Sache ganz sicher sein: Keiner von uns wird ihr folgen!«

Sie rieten ihm, die Klappe zu halten. Es stimme, daß Bruin

nicht auf der Liste derer stehe, die Phoenix Oil behalten wolle, sie aber! Wenn er sich wie ein Mensch aufgeführt hätte und seine Arbeit machen würde, stünde sein Name ja vielleicht auch da. Bruin hatte nur gegrinst. Er wollte nicht einmal dann auf Howard Gooses Liste stehen, wenn sie ihn darum anflehten.

»Warum glaubt ihr denn, daß er diese Liste gemacht hat? Der einzige Grund, weshalb diese Liste existiert, ist, daß solche Pappköppe wie ihr daran glauben und ihr euch bis zum letzten Tag den Arsch aufreißt!«

»Glaubst du, Howard Goose lügt?«

»Und ob ich das glaube!«

Aksel Bruin war sich sicher, daß Howard Goose log. Er konnte es nicht fassen, daß sie sich etwas anderes einbildeten. Er habe doch Gründe genug, ihnen das Blaue vom Himmel zu versprechen.

»Und außerdem sind wir nicht von Phoenix Oil, sondern von der Reederei eingestellt worden!«

Sie verdrehten die Augen. Es spiele doch wohl keine Rolle, wer sie eingestellt habe! So lange Phoenix Oil sie behalten wolle, sei die Sache in Ordnung! Die Ölgesellschaft sitze doch wohl am längeren Hebel! Wenn die Gesellschaft der Reederei sage, sie sollten bleiben, dann würden sie auch bleiben.

»Die werden das nicht sagen!«

»Und warum nicht?«

»Weil die billige Arbeitskräfte wollen. Und die Löhne sind wohl nirgendwo sonst so hoch wie hier.«

»Es ist doch wohl wichtiger, tüchtige und erfahrene Leute zu haben, die die Rigg kennen.«

»Und warum wimmelt es dann auf norwegischen Schiffen nur so von Chinesen und Filipinos? Glaubt ihr, das haben die ihrer Qualifikation und ihrer Erfahrung zu verdanken?«

Da hatte Bruin einen Punkt gelandet. Es war mehr als ein

Punkt, es war der Tropfen, der das Faß zum Überlaufen brachte. Sie hatten noch immer ein bißchen Hoffnung, daß Bruins Sticheleien wirklich nur Sticheleien waren und daß sich alles klären würde, als sie vor Thompsons Büro aufmarschierten und wissen wollten, wie es jetzt eigentlich aussehe. Es begann nicht sonderlich vielversprechend. Thompson tat so, als verstehe er nicht, auf was sie hinauswollten. Sie mußten ihn ganz direkt fragen.

»Stimmt es, daß dieses Loch das letzte ist?«

Thompson versuchte sich herauszuwinden. Woher sie das denn hätten? Es sei gleichgültig, woher sie das hätten, sie wollten wissen, ob es stimme! Thompson bekam Probleme. Es war eine Sache, nichts zu sagen, etwas ganz anderes war es aber, seinen Leuten direkt ins Gesicht zu lügen. Das war nicht Thompsons stärkste Seite. Er glaubte, keine andere Wahl zu haben, als er endlich das Telex aus der Schublade zog. Sie rissen es an sich. Es war, wie sie befürchtet hatten, sie sollten das Loch, an dem sie arbeiteten, noch beenden. Stießen sie dort auf nichts, hieße es nur noch Abbrechen und Demobilisieren. Dann sei es aus und vorbei mit der Ocean Star auf dem norwegischen Sockel. Das hatte seit einiger Zeit in den Karten gestanden, trotzdem war es etwas anderes, das schwarz auf weiß zu lesen.

»Was wird dann aus uns?«

Thompson zuckte mit den Schultern. Er wisse es nicht genau. Andere würden darüber bestimmen.

»Was geschieht dann mit uns?«

Thompson fingerte an dem zusammengefalteten Telex herum. Er sei doch nicht der Richtige, um das zu beantworten, er hoffe, sie würden dann noch einen Monatslohn extra bekommen. Er würde tun, was in seiner Macht stehe, daß sie noch einen Lohn extra erhielten!

»Ist das alles, was du machen kannst?«

Er nickte.

»Können wir nicht bleiben?«

»Sorry, boys!«

Thompson versuchte, ihnen in die Augen zu sehen. Er blieb sitzen und schaute auf das zusammengefaltete Telex. Fanden sie nichts, bevor die Bohrkrone die Zweitausendsechshundert-Meter-Marke erreichte, hieß es nur noch einpacken. Sie verließen Thompsons Büro. Laugen und Barka sahen aus, als wollten sie die ganze Rigg zerlegen. Sie traten gegen alles, was ihnen in die Quere kam. Sie gingen auf eine Palette mit Bentonit los und begannen, die Säcke ins Meer zu schmeißen. Sie waren so wütend, daß ihnen Tränen in den Augen standen, als Murphy sie wieder an Deck rief. Was für eine Kacke der Bohrchef da von sich gegeben hatte! Sie sollten es wie Männer nehmen? Erst wurden sie wie der letzte Dreck behandelt, und dann sollten sie es plötzlich wie Männer nehmen? Sjur Willy versuchte, ruhig zu bleiben. Er konnte einfach nicht glauben, daß das auch ihn betraf. Daß niemand der anderen bleiben konnte, das konnte er auf eine gewisse Weise ja noch verstehen, aber daß auch er an Land gesetzt werden sollte, das begriff er nicht. Es gab doch etwa Spezielles zwischen ihm und Thompson. Etwas, das sich mit der Zeit entwickelt hatte: Thompson war so etwas wie ein Vater für ihn geworden. Und er für Thompson so etwas wie ein Sohn. Er konnte einfach nicht glauben, daß Thompson ihm das antun würde. Der Bohrchef würde die Hand über ihn halten, bis er es zum Driller geschafft hätte, aber das konnte er natürlich nicht laut aussprechen, solange Laugen und Barka in der Nähe waren!

Der Bohrchef drehte ihm den Rücken zu, als Sjur Willy noch einmal zu ihm hineinging. Er blieb stehen und räusperte sich. Er wartete darauf, daß sich Thompson umdrehte. Das ließ auf sich warten. Sjur Willy hatte trockene Lippen, als der Bohrchef endlich seinen Stuhl drehte.

»What is it, son?«

»Was wird aus mir?«

Thompson streifte Sjur Willy nur mit einem flüchtigen Blick und schaute dann aus dem verschmierten Fenster. Noch immer war niemand aufgetaucht, um es zu putzen. Viel hätte er dafür gegeben, Sjur Willy sagen zu können, daß die Bohrgesellschaft ihn an Bord behalten wolle. Mit Sjur Willy hatte es nie Probleme gegeben. Thompson zweifelte nicht einen Augenblick daran, daß Sjur Willy es bis zum Driller bringen würde, wenn er nur mehr Zeit bekäme. Wenn es nach Thompson gegangen wäre, dann hätte er ihm die Zeit dazu gegeben. Es ging nicht nach ihm. Die Bohrgesellschaft nahm niemals irgendwelche Deckarbeiter mit, gleichgültig, wie gut sie waren. Immer stellten sie in dem neuen Land, in das sie kamen, neue Leute ein. So war das nun einmal. Die Behörden verlangten das. Und wenn sie das nicht getan hätten, hätte die Gesellschaft trotzdem neue Leute angestellt. Es gab Tausende Sjur Willys. Millionen. Für die Gesellschaft war das eine Kostenfrage. Es war zu teuer, Roughnecks über die ganze Welt mitzuschleppen.

»Ich kann umziehen«, sagte Sjur Willy, »ich kann dahin ziehen, wo die Rigg hinsoll!«

Thompson zweifelte nicht daran.

»Ich kann mich da niederlassen!«

Auch das glaubte Thompson.

»Ich kann mit weniger Lohn auskommen«, sagte Sjur Willy. »Mit so wenig wie die neuen Leute, die ihr anstellt. Ich arbeite ohne Lohn, wenn ich nur so lange bleiben kann, bis ich Driller bin!«

Thompson zweifelte nicht daran, daß Sjur Willy ohne Lohn arbeiten würde. Das stimmte mit seinem Eindruck von ihm überein. Aber es nützte nichts.

»Sorry, son, we always use the locals.«

Sie schauten einander an. Sie wußten beide, daß sie etwas Besonderes verband. Es war die ganze Zeit dagewesen. Vielleicht auch jetzt noch. Und trotzdem war es nicht stark genug, die Beschlüsse anderer zu beeinflussen. Verglichen mit den anderen Chefs wirkte Thompson an Bord fast allmächtig, an Land war er ein Nichts. Kaum jemand hörte auf Samuel Thompson, wenn er an Land war. Sjur Willy fühlte sich elend. All seine Energie war verschwunden. Mißmutig stapfte er über die verdreckte Rigg. Die Decksplanken gaben unter ihm nach, als er sich über die Reling lehnte und ausspie. Die Spucke hatte sich in den Wellen aufgelöst, als Bruin auftauchte und Salz in die Wunden rieb.

»Na, was habe ich gesagt? Jetzt siehst du, wie die sind!«

Bruins großer Augenblick war gekommen.

»Jetzt siehst du, wie sie wirklich sind, denen ist alles scheißegal. Denen war immer alles scheißegal!«

Sie hatten nur eine einzige Hoffnung. Sie mußten etwas finden, bevor die Bohrkrone die Tiefe von zweitausendsechshundert Metern erreichte! Die Hoffnung war nicht sonderlich groß. Die Anspannung war niemals zuvor größer gewesen. Sie stieg mit jedem Bohrrohr, das sie anschraubten. Immer wieder gingen sie zu Evans ins Schlammlabor. Hatte er etwas in den Proben entdeckt? Stunde um Stunde beobachteten sie die aktuelle Bohrtiefe. Wie tief waren sie gekommen, wieviel Meter blieben ihnen noch? Nur hundert? Der Mißmut stieg mit jedem neuen Single, das sie anschraubten, die Hoffnung sank im Gleichklang mit dem rotierenden Antriebsrohr. Als Murphy in zweitausendsechshundert Meter Tiefe die Maschine abschaltete, mußte man der Tatsache ins Auge sehen: Das Ölabenteuer war beendet. Es war aus und vorbei, bevor es begonnen hatte! Sie weigerten sich, es zu glauben, als das Bohrgestänge aufhörte zu rotieren und Goddbiff die Schlammpumpen ausschaltete. Das Gasvorkommen, auf das sie gestoßen waren, hatte doch bewiesen, daß sich in dem Meeresboden unter ihnen etwas befand! Die Chefs von Phoenix Oil konnten das doch nicht vergessen haben, die Rigg war wegen des unerwarteten Gases doch fast havariert! Sicher würde es auch noch woanders Gas geben! Sicher würde es auch Ölvorkommen geben, enorme Vorkommen, sie hätten sie nur noch nicht gefunden! Diese verfluchten Geldsäcke an Land! Begriffen sie denn nichts von dieser Scheiße? Sie brauchten doch nur noch ein paar Millionen mehr zu investieren, dann würden sie schon all das bekommen, worauf sie warteten, und wie! Hörten sie jetzt auf, dann war doch alles verloren! Sie begriffen nicht, was mit Howard Goose los war! Warum rief er die an Land nicht an und erklärte den Buchhaltern bei Phoenix Oil, wie sie das Geld, das sie verloren hatten, wiederbekommen könnten? Sie brauchten doch nur noch ein paar lächerliche Millionen! Was sie auch sagten, es nützte nichts. Howard Goose rief nicht an Land an, und er erklärte auch nichts. Der Entschluß sei endgültig. Er bedauere es, ihnen falsche Hoffnungen gemacht zu haben. Er wolle ihnen keine weiteren Hoffnungen mehr machen! Phoenix Oil habe beschlossen, die Verluste zu akzeptieren und sie nicht noch zu vergrößern. Sie würden kein Geld zum Fenster hinauswerfen! Noch einmal gingen sie zu Thompson. Wer es denn gewesen sei, der ihnen eingetrichtert habe, niemals aufzugeben? Wer habe ihnen immer und immer wieder gesagt, sie sollten durchhalten? Was sie auch sagten, es war sinnlos. Thompson könne nichts mehr für sie tun, ohne neuen Bohrvertrag sei er in der gleichen Lage wie sie.

Sjur Willy schaute zum Monkeydeck hoch. Das wäre seine nächste Stufe gewesen. Er schaute in das leere Drillerhäuschen. Er war mit den Hebeln vertraut. Murphy hatte ihn mehrmals herangelassen, um Erfahrungen zu sammeln. Jedesmal war es gutgegangen. Sjur Willy wußte blind, wie alles funktionierte. Er hatte sie abends bedient, bevor er einschlief, und in den Nächten, während er schlief. Alles, was auf Deck geschah, alles, was geschehen konnte, er hatte es in seinem Gedächtnis eingemeißelt, bis er es eines Tages brauchen würde. Er hatte sich nicht vorgestellt, daß es so enden könnte. Jetzt gab es nur noch eines zu tun, alles vergessen.

Er zuckte zusammen und richtete sich auf, als sich der Helikopter plötzlich zur Seite neigte und einen Schwenk um einhundertachtzig Grad machte. Verwirrt schaute er sich in der engen Kabine um. Warum änderten sie den Kurs und flogen plötzlich zum Land zurück? Hatten sie einen Maschinenschaden? Der Roustabout, der ihm den Platz freigehalten hatte, schüttelte den Kopf und zeigte mit dem Finger zum Fenster auf der anderen Seite des Mittelganges. Die Nebelbänke am südlichen Horizont näherten sich wie schneebedeckte, anschwellende Gebirge, als es auch schon im Lautsprecher knackte.

»Sorry, gentlemen, es sieht nicht so aus, als würde die Sea Countess heute noch Besuch empfangen. Sie hat sich die Decke über den Kopf gezogen und wird wohl erst morgen wieder zu sprechen sein! Sie müssen sich wohl darauf einstellen, die Nacht im Hotel zu verbringen.«

Einige grinsten. Andere fluchten. Da gab es nichts zu ändern. Helikopter konnten bei jedem Wetter fliegen, die Rotorblätter konnten sich durch alle möglichen Böen und Turbulenzen schneiden, doch wenn Nebel aufkam, dann gab es nur eins zu tun, so schnell wie möglich an Land, bevor er sich auch dort breitmachte.

Es war Art Smiley, der hinter den Hebeln stand, als die Bohrkrone in das Reservoir hineinstieß. Die letzten Gesteinsproben hatten die Chemiker stutzig werden lassen. Sjur Willy wußte nicht, was es war, auf jeden Fall hatte es dazu geführt, daß sich die Leitung anders entschied. Sie sollten bis dreitausend Meter Tiefe weiterbohren. Sie bereuten diese Entscheidung wohl kaum, denn wenn sie darauf bestanden hätten, daß sie einpackten, wäre das Feld Phoenix nie entdeckt worden! Smiley glaubte alles unter Kontrolle zu haben, als sie den oberen Bohransatz öffneten, um ein neues Bohrrohr anzusetzen. Er hatte nichts unter Kontrolle. Das Antriebsrohr hing im Tugger, als sie kam. Die Roughnecks sprangen entsetzt zur Seite, als eine Säule Bohrschlamm zum Monkeydeck emporschoß. Smiley verlor vollständig den Kopf, als es ihnen nicht gelang, das Antriebsrohr und das Topcape zu befestigen. Alles glitt aus seinen Händen. Er stürzte zum Mikrophon und brüllte zum Turmmann hinunter.

»Starte die Schlammpumpen! Los, alle beide!«

»Hä?«

»Rauf mit dem Druck an beiden Pumpen!«

»Ist nicht das Topcape runter?«

Der Turmmann schüttelte nur den Kopf. Er könne nichts machen. Solange das Loch offen sei, sei es nur das Gewicht der Schlammsäule, das den Brunnen in Schach halte. Wenn das nicht reiche, könne man nur noch die Blow-out-Sicherung am Meeresboden auslösen und hoffen, daß sie hielt.

»Hast du das Bodenventil geschlossen?«

»Hä?«

»Schließ die BOP!«

Smiley hörte nicht, was er sagte. Das Gas zischte bereits wie eine fauchende Wolke durch das Gestänge des Bohrturms. Die ganze Hölle war auf dem Weg durch das Steigrohr nach oben. Die Roughnecks schrien, als das Öl wie ein rindenloser Baumstamm empordonnerte. Die Worte erstickten in dem ohrenbetäubenden Lärm. Niemand hörte, was der andere sagte. Ja, sie hörten nicht einmal ihre eigenen Worte! Die Gaswolke hatte sie eingehüllt, als alle außer Madsen und Smiley davonstürzten und sich auf dem Catwalk in Sicherheit brachten. Smiley irrte verwirrt herum, während Madsen auf allen möglichen Abschaltknöpfen herumdrückte. Er konnte nichts mehr machen. Jetzt galt es bloß noch, von Deck wegzukommen, und das ziemlich schnell! Er mußte Art Smiley ins Gesicht schlagen, damit der endlich mitkam.

»Komm runter!«

»Hä?«

»Verdammt, jetzt komm da runter!«

Die zwei anderen Roughnecks standen bereits bei den Rettungsbooten, als Madsen Smiley auf dem Hintern den Catwalk hinabstieß.

Sjur Willy schlief, als es zum Blow-out kam. Er setzte sich mit einem Ruck auf. Es hörte sich an, als starte vor seiner Kabine ein Jet. Ein ganzes Geschwader von Jets! Augenblicklich begriff er, was los war. Auch Barka zweifelte keine Sekunde. Er sprang aus der Koje und begann, sich anzuziehen. Sjur Willy waren die Kleider scheißegal. Ihm war der heulende Alarm und die Lautsprecheransage, sich die Rettungswesten anzuziehen und sich bei den Rettungsbooten zu sammeln, scheißegal. Statt dessen stürzte er aus der Kabine und stürmte, nur mit einer Unterhose bekleidet, auf Deck. Erst vor dem Catwalk hielt er an. Dort blieb er in dem schwarzen, warmen Regen stehen und schaute wie gebannt auf die donnernde Ölsäule. Er kam nicht einmal auf die Idee, daß es lebensgefährlich sein könne, dort zu stehen. Es war phantastisch, ein Wunder. Es war das Größte, was Sjur Willy jemals erlebt hatte, und größer als alles, was er jemals erleben würde. Sein Haar hing in glatten Strähnen, und sein Gesicht war schwarz und warm von Erdöl, als er die Fäuste emporstieß, als habe er Sugar Ray Robinson in der zwölften Runde zu Boden geschlagen. Triumphierend drehte er sich nach allen Seiten und nahm den Beifall des vollbesetzten Madison Square Garden entgegen, während der schwarze Regen auf ihn herunterprasselte. Er war viel zu aufgeregt, um zu begreifen, daß Sugar Ray dabei war, sich wieder aufzurappeln, und ihm auf dem Catwalk den Rest geben konnte. Würde sich das Öl oder das Gas entzünden, würde er wie eine Stoffpuppe ins Meer geschleudert und sicher nie mehr über Golden-Glove-Turniere im Madison Square Garden phantasieren. Er begriff nicht, warum Menschen in Todesangst und mit flatternden Rettungswesten zu den Booten stürzten. Hatten sie denn nicht begriffen, was geschehen war? Sugar Ray hatte das Handtuch geworfen! Der Kampf um den Golden Glove war entschieden, sie waren auf Öl gestoßen! Endlich war es ihnen gelungen, diese Pestbeule anzustechen, ja, letztlich hatte Smiley es geschafft! Sjur Willy hätte am liebsten mit Barka dasselbe gemacht wie mit Sugar Ray Robinson, als dieser ihn am Arm packte und ihn mit sich zur nächsten Rettungsstation zerrte.

»Was soll die Scheiße?«

Barka warf ihm eine Rettungsweste und einen Overall zu und brüllte ihn an, beides auf der Stelle anzuziehen. Sjur Willy sah sich um, als er sich den Overall überstreifte. Ganz offensichtlich waren alle in Todesangst. Das Blindventil am Meeresboden hatte den Ringraum zwischen Bohrgestänge und Steigrohr abgedichtet, doch das nützte nicht viel, solange die Pipe offen war! Verängstigt schauten sie einander an. Was sollten sie machen? Ein Funke reichte, dann brauchten sie nicht einmal mehr zu denken! Die Explosion würde sie und den größten Teil der Bohrausrüstung ins Meer schleudern. Finge das Ganze vorher Feuer, stünde die Wolke wie ein riesiger Schweißbrenner im Bohrtum und alles würde zusammenschmelzen. Wenn sie nicht rechtzeitig abhauten, würden sie bei lebendigem Leibe gebraten!

»Worauf warten wir?«

»Auf das Schneideventil!«

»Und wie lange warten wir? Vielleicht funktioniert das ja nicht!«

»Es dauert seine Zeit, alles durchzusägen!«

»Wie lange denn?«

Darauf konnte man nicht warten. Ein Funke, und die ganze Rigg stünde in Flammen! Es würde nicht nur im Turm und auf dem Deck brennen, das Öl sei doch überall! Es gebe nur noch eines, sie müßten jetzt in die Boote!

»Wir müssen auf Anweisungen warten!«

»Mensch, das kann jeden Augenblick in die Luft gehen!«

Immer mehr waren dieser Meinung, es kam ja keine Anweisung! Wenn die Rigg hochging, war es besser, in einem Rettungsboot zu sitzen, als direkt ins Meer geschleudert zu werden! Die Unruhe nahm zu. Selbst bei Thompson und Murphy. Irgend etwas stimmte nicht. Murphy war gegangen, um zu überprüfen, ob Madsen alles Denkbare getan hatte. Er hätte sich diese Tour sparen können. Er war ebenso schwarz wie Sjur Willy, als er zurückkam. Hier stimmte etwas nicht! Das Schneideventil hätte das Gestänge längst durchtrennen müssen. Der Blow-out hätte längst unter Kontrolle sein müssen. Wenigstens müßte sich das Schneideventil so weit in die Röhre gesägt haben, daß der Ölstrom langsam schwächer wurde. Die donnernde Ölsäule stand aber noch immer unverändert kompakt. Wenn nicht bald etwas passierte, hieß es nur noch abhauen. Aber nichts passierte.

»Das Nadelventil! Es kann das Nadelventil sein!« rief Sjur Willy.

»Hä?«

»Das Nadelventil an der Steuerleitung!«

Murphy verzog das Gesicht.

»Das ist doch immer offen!«

Sjur Willy wollte darüber nicht diskutieren. Er wußte, daß das Nadelventil an der hydraulischen Signalleitung hinunter zum Schneideventil immer offen sein sollte. Er wußte aber auch, daß manche Driller lieber auf Nummer Sicher gingen. Er hatte das von einer Inspektion auf einer anderen Rigg gehört. Dort war das Schneideventil auch nicht ausgelöst worden, als die Inspektoren den Auslöser drückten. Chefs und Inspektoren waren umhergerannt und hatten einen Systemfehler gesucht. Es hatte nicht am System gelegen. Jemand hatte das Nadelventil an der Steuerleitung geschlossen, um sich den Ärger zu ersparen, wenn jemand aus Versehen an den Auslöserknopf kam! Sjur Willy stopfte sich Watte in die Ohren und machte sich auf den Weg, bevor Murphy ihn aufhalten konnte. Er hoffte, daß er recht hatte. Auf jeden Fall mußte er es überprüfen. Wenn das Nadelventil geschlossen war, beneidete er den armen Teufel nicht, der dafür verantwortlich war. Fänden sie heraus, wer es war, hätte er sicher nicht viel zu lachen. Von Sjur Willy würde er allerdings einen Eisenbahnwagen voll Wodka und ein Blumengebinde der Größe eines Heuwagens bekommen. Wenn das Nadelventil geschlossen war, war seine Zukunft gesichert! Er rutschte auf den glitschigen Platten. Er stürzte und schob sich auf dem Bauch die letzten Meter bis zur Treppe an der Seite des Catwalks vor. Er hielt sich am Geländer fest und zog sich die Treppe hoch. Noch immer prasselte der schwarze Regen herab. Er sickerte in die Kleider und legte sich wie ein warmer, fetter Film auf die Haut. Es nützte nichts, sich abzutrocknen, es rann, und man mußte es rinnen lassen. Sjur Willy sah nicht mehr als eine braune Wolke, als er den Kopf über die Kante des Decks hob. Er konnte nur schwach die Konturen des unkontrollierten Ölstroms erahnen, der wie eine donnernde Fontäne emporschoß. Die Pfropfen rutschten aus seinen Ohren. Es war, als stecke sein Kopf in einem Jetmotor. Das durchdringende Zischen stach wie Nadeln durch sein Trommelfell. Er dachte nicht einen Augenblick lang daran umzukehren. Er kroch auf allen vieren zum Drillerhäuschen und tastete sich mit den Händen vor. Er rang in der warmen Wolke nach Luft. Öltropfen schlugen ihm wie schwarzer Hagel ins Gesicht. Alles bebte unter ihm. Ein Gefühl, als ob die Decksplatten sich jeden Augenblick lösen könnten und er mit ihnen durch die Luft fliegen würde. Er sah nicht die Hand vor den Augen. Aber er brauchte auch nichts zu sehen. Er wußte, wo dieses Scheißventil saß. In einem Kasten an der hinteren Wand des Drillerhäuschens, fast in Höhe der Bodenplatten. Es war kein Problem, ihn zu finden und zu öffnen. Sjur Willy betete, es möge geschlossen sein. Er wußte, daß es reichlich spät war, Gott um etwas zu bitten. Entweder hatte jemand das Ventil geschlossen, und dann gab es nichts mehr zu bitten, oder es war offen, und dann würde er Gottes Hilfe für wichtigere Sachen brauchen. Schließlich mußte er dann noch mit heiler Haut das Deck verlassen und irgendwie von der Rigg kommen, bevor alles Feuer fing und als fünfbeiniges Lagerfeuer im Meer loderte. Sjur Willy stockte fast der Atem, als er den stabförmigen Handgriff des Kerrotestventils fand und versuchte, ihn im Uhrzeigersinn zu drehen. Es rührte sich nicht! Das Ventil war geschlossen! Sjur Willy spürte ein leichtes Zischen in der Handfläche, ein Gefühl, wie wenn man den Korken von einer Sektflasche löst, als er das Ventil in die andere Richtung drehte und der hydraulische Druck, der das Schneideventil am Meeresboden blockierte, entwich. Jetzt müßte es funktionieren, jetzt müßte sich dieses Scheißsägeblatt am Blindventil durch den Stahl sägen und diesen wahnsinnigen Brunnen stoppen. Schätzte er Murphy richtig ein, würde er ihm nicht dafür danken, daß er an das Nadelventil gedacht und den Druck abgelassen hatte. Schätzte er Murphy richtig ein, würde er ihm die Hucke vollschimpfen, weil er das Gestänge zersägt hatte! Aber das war in Ordnung. Alles war in Ordnung! Sjur Willy freute sich auf diesen Anschnauzer. Er blieb, mit dem Rücken an die verdeckten Winden gelehnt, in der Wärme des Regens sitzen und wartete darauf, daß der donnernden Ölsäule die Kräfte ausgingen. Er saß, die Hände auf die Ohren gepreßt, in einem See von Öl, doch nichts geschah. Seine Gehörgänge fühlten sich an, als seien sie voller Glassplitter, sein ganzer Kopf fühlte sich so an. Sjur Willy war taub vor Glück, als die donnernde, steinharte Säule zu schrumpfen begann. Er fühlte sich leer, fast enttäuscht, als alles vorbei war und alles um ihn herum still wurde. Das einzige, was noch zu sehen war, waren einige schwarze Blasen in der Mitte des Rotationstisches. Das Gefühl der Leere dauerte nicht lange an, das Schneideventil hatte sich geschlossen! Er hatte es geschafft, den Blow-out zu stoppen! Er hatte die Rigg und die Ölgesellschaft gerettet, ja, alle hatte er gerettet! Sjur Willy sah aus, als habe er sein ganzes Leben in einem Ölfaß verbracht, als Thompson über ihm stand.

»You did it, sonny! You did it!«

Das kreisrunde Gesicht des Bohrchefs glänzte, als es Sjur Willy gelang, sich aufzurichten. Öl rann an ihm herab. Er taumelte und wäre fast wieder zusammengebrochen, als Thompson ihn umarmte. Der Bohrchef hatte plötzlich alles vergessen, was er je über Männer gesagt hatte, die sich umarmen. Sjur Willy glänzte vor Rohöl und Wohlbehagen, als der Bohrchef das letzte bißchen Luft aus ihm herausquetschte. Auch Murphy war mit Anerkennung nicht sparsam. Er hieb Sjur Willy auf die Schulter, daß das Erdöl zu allen Seiten spritzte.

»Wenn du nicht der nächste Driller auf dieser Rigg hier wirst, werde ich persönlich dem Kerl, der es geworden ist, den Hals umdrehen!«

Ihre Sorge für ihn fand kaum Grenzen. Die rauhbeinigen

Yankees fürchteten, er könne sich verletzt haben. Sie wollten ihn auf die Krankenstation schicken, um ihn untersuchen zu lassen. Thompson wollte gar einen Arzt holen! Sjur Willy winkte ab. Er brauche keinen Arzt, das einzige, was er brauche, seien ein paar Flaschen Zalo, um das Öl abzukriegen!

»So redet ein Driller!« sagte Murphy.

»So redet ein Well-Killer!« sagte Thompson.

Sjur Willy hatte keine Pläne für den Abend, als er im Hotel eincheckte. Er brauchte nicht lange, um sich mit dem Hotelzimmer vertraut zu machen. Er befeuchtete einen Zipfel des Badehandtuchs und wusch sich unter den Armen. Er setzte die Zahncremetube an und bürstete ein paar Mal mit der Zahnbürste hin und her. Er hatte sich schon Rasierwasser auf die Wangen geklopft, als er sich doch noch entschloß, sich zu rasieren. Er warf einen flüchtigen Blick auf das sonnengebräunte Gesicht im Spiegel, bevor er den batteriebetriebenen Rasierapparat einschaltete und über die Bartstoppeln fuhr. Als er fertig war, blieb er stehen und betrachtete den kleinen Finger seiner linken Hand. Er war immer noch so krumm wie eine Apfelsinenspalte und vollkommen gefühllos. Schon lange schwenkte er ihn nicht mehr in der Luft herum, damit ihn alle sahen. Das änderte aber nichts. Sjur Willy war noch immer stolz über den unbrauchbaren Finger.

Er hatte sich entschlossen, irgendwo ein Bier zu trinken, und stand unten auf der Straße. Er war sich sicher, ein paar Bekannte zu treffen. Immer war irgend jemand auf dem Weg zu seiner Plattform oder gerade an Land gekommen. Wenn Nebel aufkam, wimmelte es von ihnen. Er hatte nicht damit gerechnet, Dallas wiederzutreffen. Er hatte Dallas nicht mehr gesehen, seit er auf der Ocean Star aufgehört hatte, und jetzt sah er den gebeugten Nacken auf einer Bank am Breiasee. Es gab nur einen Menschen mit einem solchen Nacken. Sjur Willy wußte nicht, an was ihn dieser Nacken mehr erinnerte: an eine geschmolzene Champagnerflasche oder an einen gebückten Watvogel. Sein erster Gedanke war, vorbeizugehen und so zu tun, als habe er ihn nicht bemerkt. Über was sollte er mit Dallas sprechen? Er blieb einen Augenblick stehen, dann drehte er sich um und ging zurück.

»Long time no see!«

»Nnnein, bist dddu dddas?«

Dallas blinzelte durch die dicken Brillengläser zu ihm empor. Sie sahen aus wie immer, als hätte er sie seit dem Kauf nicht mehr geputzt.

»Du sitzt hier?«

»Wwwo sssonst?«

Dallas schaute sich um.

»Wie läuft's, bist du noch immer in der Nordsee?«

»Sssieht dddas so aus?«

Es sah nicht so aus. Dallas sah nicht mehr aus wie der glücklichste Mensch der Welt. Im Grunde hatte er das nie getan. Eher sah er aus wie ein Boot, in das unaufhörlich Wasser drang. Aber es war kein Wasser, was er in der Plastiktüte zwischen seinen Beinen hatte.

»Was machst du denn zur Zeit?«

»Kkkartoffelpppüree essen«, sagte Dallas.

»Und abgesehen davon?«

»Abgesehen dddavon, ssso wenig wie mmmöglich.«

Er hatte sich verändert. Seine Haare waren dünner geworden, und er hatte einen Schneidezahn verloren. Und er war der alte. Es sei besser, einen Zahn zu verlieren als den ganzen Kopf. Besser einen Zahn verlieren als den Mut! Sjur Willy konnte ihm da nur zustimmen.

»Kommst du mit auf ein Bier?«

»Nnnur wwwenn ich nnnicht bbbezahlen muß.«

Er brauche nicht zu bezahlen. Sjur Willy habe genug Geld.

Er habe sich ein Haus in Spanien gekauft und verdiene mehr als der Staatsminister.

»Dddu hast es also gggeschafft?«

Sjur Willy nickte, seit zwei Jahren sei er jetzt Driller.

»Gggratullliere!«

Dallas streckte die Hand aus. Er schien nicht überrascht. Er habe nie daran gezweifelt, daß Murphy junior als Driller enden würde. Er habe niemals einen Typ wie ihn kennengelernt. Wenn der Driller ihn gebeten hätte, auf einer Matte vor dem Drillerhäuschen zu schlafen, weil er vielleicht Verwendung für ihn hätte, dann hätte er das getan. Wäre dem Driller das Tabakpäckchen ins Meer gefallen und hätte er ihn gebeten zu springen, Sjur Willy wäre gesprungen. Dallas ließ den Rest des Kartoffelpürees in den Mülleimer fallen und stand auf.

Das erste Bier wurde von den alten Zeiten begleitet. Sie sprachen über den ersten Weihnachtsabend, als die Kaffeemaschine ins Meer flog, und von dem Bohrkurs in England, als Dallas sich auf dem Rückflug so betrunken hatte, daß er anschließend dreimal durch den Zoll ging und beim letzten Mal den Paß nicht einmal mehr zu zeigen brauchte, weil ihn die Zöllner mittlerweile kannten. Dallas war noch immer überzeugt davon, daß mit der Druckkabine des Flugzeugs etwas nicht gestimmt haben mußte. Sjur Willy war ebenso sicher, daß es die Literflasche Grant's gewesen war, die Dallas während des Fluges in sich hineingekippt hatte.

»Dddas war doch gggar nicht ich, ddder dddie gggetrunken hat!«

Sie sprachen vom Teufel himself, der als Bohrchef auf eine Rigg vor Nigeria gegangen war.

»Erinnerst du dich, wie wütend er war?«

Dallas grinste. Er würde niemals vergessen, wie wütend Peck geworden war, als sie ihn an den Füßen im Bohrturm hochgezogen und mit dem Feuerwehrschlauch abgespritzt hätten. Es gehörte irgendwie dazu, den Leuten, die weggingen, eins auszuwischen. Hätten sie das nicht gemacht, wäre es sicher auch wieder falsch gewesen. Sie sprachen von der Zeit, als die Ocean Star am Kai lag und Dallas geglaubt hatte, sich gratis Baumaterial für eine Hütte sichern zu könnern. Sie sprachen von all den Wegen nach Tipperary und von dem Servicemädchen aus Eina, die an Land geschickt wurde, weil sie begonnen hatte, abends in ihrer Kabine Besuche zu empfangen. Es war eine ganze Weile gutgegangen, bis sie jenen Mechaniker zurückgewiesen hatte, der einmal mit der Aeroflot von Taschkent nach Singapur geflogen war. Barka war so wütend geworden über diesen aufdringlichen Clown, der sie nicht mehr in Ruhe gelassen hatte, daß er ihn geradewegs niederschlug. Sie sprachen von Jostein Bullshit und all seinen Taschenlampen. Sjur Willy sprach vom Genossen Bruin, der zum General mit Polaroidkamera und eigenem Büro befördert worden sei. Sie hatten genug zu reden.

»Iiist eeer nnnoch immer dddraußen?«

»Wer?«

»Bbbullshit?«

»Ja, na klar!«

Bullshit sei noch immer draußen. Er habe das einzig Richtige gemacht. Er habe die Konsequenzen aus seiner Angst gezogen, etwas auf die Birne zu bekommen, und als Kranführer angefangen. Dort habe er Übersicht über fast alles und volle Kontrolle darüber, wer etwas auf den Kopf bekam und wer nicht. Auf jeden Fall nicht er selbst. Aber Spaß beiseite, Bullshit mache einen guten Job als Kranführer, man brauche nicht auf seine Sachen zu warten, wenn Bullshit auf Schicht sei. Er würde nicht wie die anderen Kranführer erst einmal einen ganzen Jahrgang der Haugesunder Zeitung lesen und dann noch den ganzen Rest Kaffee trinken, bevor er überhaupt auftauche. Kaum hatten sie begonnen, von Bullshit zu sprechen, waren sie auch schon in Bangkok. Bullshit sei natürlich auch dort in die Bars gegangen. Er habe sich in ein Flittchen verliebt und sich geweigert, wieder mit nach Hause zu kommen. Er habe sich entschlossen, sich sein ganzes Geld überweisen zu lassen und gemeinsam mit ihr einen Blumenladen zu eröffnen. Am Abreisetag hätten sie getan, was sie hätten tun müssen: die Tussi zum Teufel gejagt und Bullshit in ein Taxi gestopft. Sie hätten ihn nicht losgelassen, bis er die Paßkontrolle passiert hatte, und selbst dann nicht. Sie hätten ihn zwischen sich genommen, bis sie im Flugzeug gewesen seien. Bullshit hätte nichts gesagt, bis sie in Athen zwischengelandet seien. Und auch da hielten sie ihn noch fest. Es dauerte ein paar Tage, bis er sie anrief und ihnen für ihren Einsatz dankte. Da war ihm auch die andere Seite der Medaille aufgegangen. Seine Uhr fehlte. Und zweihundert Dollar in Reiseschecks. Das einzige, was ihm nicht fehlte, war ein Tripper. Wäre er in Bangkok geblieben, hätte er wohl viele Tripper bekommen!

Sie waren mit den lustigen Episoden fertig, als Sjur Willy die dritte Runde Bier bestellte. Die zwei ersten waren schnell getrunken. Es hatte vieles gegeben, über das sie hatten sprechen können, aber plötzlich gab es nichts mehr.

»Wie läuft's mit deinem Sohn?«

Dallas antwortete nicht sofort.

»Er wird wohl auch langsam groß?«

»Dddas tut er wwwohl.«

Sjur Willy hätte sich die Zunge abbeißen können. Es war, als habe er Dallas in den Nacken geschlagen. Er schaute nicht einmal auf. Als er es endlich tat, flackerte sein Blick hilflos in dem verrauchten Lokal umher. Ganz offensichtlich war das Verhältnis zu seinem Jungen noch immer so hoffnungslos wie früher. Dallas hätte Barkas Rat befolgen sollen: Er hätte seine Frau an dem Tag verprügeln müssen, an dem er mitbekommen hatte, was los war. Vielleicht hätte auch das nicht geholfen. Oder vielleicht hatte er gerade das getan? Auf jeden Fall war nichts Rechtes dabei herausgekommen. Dallas war immer weniger bei der Sache gewesen. Zum Schluß war er so unberechenbar, daß sie ihn nicht mehr auf dem Deck gebrauchen konnten. Trotzdem zögerten die Amerikaner, ihn zu feuern. Dallas war ein netter Kerl. Bevor das mit dem Jungen schieflief, hatten sie niemals Probleme mit ihm gehabt. Sie ließen ihn nach dem ersten Fund ein paar Turns als Roustabout arbeiten, in der Hoffnung, er würde sich zusammenreißen. Er riß sich nicht zusammen. Seit er den Kontakt zu seinem Sohn verloren hatte, war es mit Dallas nur noch bergab gegangen. Für Sjur Willy waren andere Zeiten angebrochen. Er hatte ein Jahr, nachdem Dallas gegangen war, als Turmmann begonnen.

»Es wird langsam spät.«

Dallas nickte, als Sjur Willy auf die Uhr schaute. Er selbst hatte keine Uhr, auf die er schauen konnte, aber es gab ja keinen Zweifel, daß draußen die Nacht begann. Er klimperte mit den Augenlidern, als Sjur Willy sagte, er müsse morgen früh aufstehen.

»Jjja sicher.«

»Du weißt, wie das ist, wenn die Flüge wegen des Nebels verschoben werden.«

Man müsse grausam früh antreten und sich bereithalten, bis sich der Nebel lichtete und die Helikopter fliegen konnten.

»Du mußt wohl auch zu Bett?«

»Jjja kkklar.«

Sjur Willy fragte ihn, wo er wohne. Auch danach hätte er nicht zu fragen brauchen. Dallas wohne mal hier und mal da, das komme drauf an. Sjur Willy blieb sitzen und drehte sein Bierglas.

»Du mußt da wieder rauskommen.«

»Jjja, sssicher!«

»Du willst doch wohl nicht nur herumhängen?«

Dallas schüttelte den Kopf. Nein, das habe er sicher nicht vor. Natürlich müsse er da wieder rauskommen! Er stehe bei unterschiedlichen Firmen auf der Liste, und es könne jeden Augenblick losgehen. Sjur Willy wisse doch, wie das sei, plötzlich platzten Verträge und Leute mußten entlassen werden, genauso schnell könne es aber wieder neue Verträge geben, und dann brauchten sie wieder ganz plötzlich neue Leute, und dann flatterte die Post in die Briefkästen! Er müsse sich um ihn keine Sorgen machen. Er habe allen die Adresse und die Telefonnummer von seiner Schwester gegeben. Eine Tasche mit Arbeitssachen liege immer bereit, und er könne auf der Stelle aufbrechen. Noch bevor sie wüßten, wo ihnen der Kopf stehe, sei er wieder unterwegs, als Rigger oder Schleifer oder was sie sonst so brauchten. Es gebe viele Jobs, die er machen könne. Um Dallas brauche man sich keine Sorgen machen, er habe doch genügend drauf und sei für alles mögliche zu verwenden. Es sei doch kein Problem, einen Job zu bekommen, wenn man ein Sicherheitstraining absolviert habe. Vielleicht wartete ja schon ein Angebot auf ihn, morgen werde er mal bei seiner Schwester vorbeigehen und die Post durchschauen. Einmal die Woche würde er das immer machen.

»Ich kann vielleicht was für dich regeln«, sagte Sjur Willy.

»Wwwas denn?«

Dallas war ein paar Sekunden eingenickt. Jetzt riß er die Augen auf und schaute Sjur Willy desorientiert an.

»Einen Job.«

Dallas schaute in sein Bierglas. Sie wußten beide, daß so

etwas nicht in Sjur Willys Macht stand. Und selbst wenn es so gewesen wäre, wäre Dallas nicht in der Lage gewesen, ihn zu behalten.

»Jedenfalls kann ich ein gutes Wort für dich einlegen«, sagte Sjur Willy.

»Ja, das kannst du machen!«

Sie standen auf. Sie wußten beide, daß Sjur Willy kein gutes Wort für Dallas einlegen würde. Was sollten das denn auch für Worte sein? Daß er alles trank, was sich ihm in den Weg stellte, daß er auf Parkbänken und in Treppenaufgängen schlief und sich vorgenommen hatte, nie mehr nüchtern zu werden? Sjur Willy schob ihm einen Hunderter zu, nachdem er die Rechnung bezahlt hatte. Dallas zuckte zusammen, als er dann auch noch einen Tausender herauskramte.

»Dddas iiist zzzu viel!«

»Du kannst ihn mir zurückgeben, wenn du wieder eine Heuer hast«, sagte Sjur Willy.

»Und wenn nicht?«

»Dann vergiß es«, sagte Sjur Willy.

Dallas schüttelte den Kopf.

»Eeeinen Hhhunderter kkkann ich vergessen, nicht aaaber einen Tttausender!«

Sie trennten sich draußen vor dem Hotel. Dallas schwankte im Licht der Laterne wie eine verkrüppelte Tulpe. Es war nur eine Frage der Zeit, wann es ihn zu Boden warf. Sjur Willy gab ihm die Hand. Es sei schön gewesen, ihn zu treffen. Dallas nickte, es sei immer schön, alte Freunde zu treffen und ein Schwätzchen zu halten.

Neuntes Kapitel

Ostereier

Sjur Willy hatte einen dicken Kopf, als er in der Helikopterbase eincheckte. Er war in der Bar des Hotels sitzengeblieben und hatte sich mit Whiskey abgefüllt, bis sie schlossen. Er hatte es akzeptiert, als der Barkeeper die Lichter ein- und ausschaltete. Er hatte nicht damit gedroht, das Hotel zu kaufen und ihn zu feuern. Er war einfach vom Barhocker gerutscht und fast vollständig angekleidet eingeschlafen. Seinem Kopf ging es auch nach Stunden in der überfüllten Abflughalle noch nicht besser. Das Gemurmel der Stimmen, die verbrauchte Luft, die Berge von Offshoretaschen und Survivaloveralls zwischen den Tischen, das alles war doch Scheiße. Halbwegs sicheren Schrittes aufs Klo zu kommen war schon schwierig genug, sich am Tresen einen Kaffee und ein Brötchen zu holen, ohne sich dabei die Hälfte des Kaffees auf den Latz zu schütten oder unterwegs das Brötchen zu verlieren, war fast unmöglich. Es nützte auch nichts, einen Roughneck oder einen Roustabout zu schicken. Sehr viel hilfreicher war es da schon, als der Turmmann vier Aspirin vor ihm auf den Teller warf.

»Du Scheiße, warum kommst du denn damit erst jetzt?«

»Ich konnte doch nicht ahnen, daß dir der Schädel dröhnt!«

Sjur Willy spülte zwei der Tabletten mit einem Leichtbier hinunter und rundete das Ganze mit einem Wurstbrötchen ab. Das Leben sah schon wieder bedeutend rosiger aus, als die

Stahltrossen um seine Schläfen etwas an Spannung verloren. Den größten Teil des Helikopterfluges über schlief er. Sein Kopf war so ziemlich das einzige, was sich bewegte, als die Stimme des Kopiloten durch den Lautsprecher knackte und darauf hinwies, daß sie in ein paar Minuten auf der Sea Countess landeten.

Das Wetter war wie erwartet, als er sich aufrichtete und durch das regennasse Fenster sah. Der Tiefdruck hatte die Nebeldecke aufgerissen. Von der spiegelblanken Meeresoberfläche des vergangenen Tages war nichts mehr zu sehen. Auch von dem blauen Himmel nicht. Die rußiggrauen Wolken hingen wie nasse Wolle über der kabbeligen See. Der Wind peitschte das aufgewühlte Wasser, fegte über die runden Wellen, riß sie auf und hinterließ Schaumstreifen zwischen ihren Kämmen. Flache Gischtteppiche entfalteten sich in den Wellentälern, glitten ineinander und veränderten beständig ihre Form und ihr Aussehen, bis sie sich zusammendrehten und zu weißen Strichen wurden oder sich auflösten, wenn die nächste Welle sich über ihnen brach.

Der Druck in seinem Hinterkopf hatte sich gelegt, als Sjur Willy die Produktionsplattform Phoenix Alpha und das Flotel erblickte, das sich neben ihr, im Windschatten der perforierten Wellenbrecherwände, auf und ab bewegte. Das am Boden befestigte, tonnenförmige Untergestell aus zwei Meter dickem Beton erinnerte am ehesten an eine Festung mit allzu großen, allzu vielen Schießscharten. Der dichtbepackte Überbau mit dem Wohnquartier an der einen Seite und dem schräggestellten Abfackelschlot auf der anderen ruhte auf zehn gewaltigen Stahlsäulen, die im Beton verankert waren. Sjur Willy bemerkte, daß die bewegliche Gangbrücke zwischen den beiden Einheiten noch immer bereitstand, als die Piloten in einem großen Bogen das Helikopterdeck überflogen und sich gegen den Wind stellten. Der überdachte, gliedrige Rahmen aus Leichtmetall und das hydraulische Gestänge, das ihn abstützte, vertrugen erstaunlich viel Druck und Zug. Aber auch sie hatten eine Grenze. Wenn der Sturm weiter zunahm und die See noch rauher wurde, waren sie gezwungen, den Brückenrahmen von dem drehbaren Fundament der Produktionsplattform abzuheben und ihn hinüber zum Flotel zu schwingen. Das war kein großes Problem. War die Brückenverbindung unterbrochen, gab es einen Shuttlehelikopter von Phoenix Alpha aus, oder sie bestellten an Land eine Sikorsky. Dann dauerte es natürlich länger, die Mannschaften auszutauschen, als wenn sie einfach über die Brücke laufen konnten. Aber es ging schnell genug. Alle, abgesehen von denen aus dem Kanakenhaus, konnten sich eine Überstunde für diesen Ärger anrechnen lassen. Schließlich mußten sie etwas früher antreten und kamen auch später als sonst zurück. Und die meisten waren ganz zufrieden damit, einen runden Hunderter dafür zu kriegen, ein paar Minuten in einem Helikopter zu sitzen.

Sjur Willy beobachtete die Bewegungen der fünfbeinigen Wohnplattform, als die Sikorsky zur Landung ansetzte. Sie sah kaum noch aus wie eine Bohrinsel. Der Turm war in Höhe der Windschutzwände gekappt worden. Die Stapel der Bohrröhren, die einst auf einem Pipedeck gelegen hatten, waren durch zusammengeschweißte Reihen blauer Wohncontainer ersetzt, in vier Etagen übereinander gestapelt. Vieles hatte sich verändert. Abgesehen von dem sternförmigen Unterbau war das meiste ausgewechselt oder umgebaut. Wenn Sjur Willy es nicht besser gewußt hätte, hätte er sicher nicht unbedingt darauf gewettet, daß er die Ocean Star vor sich hatte. Nicht einmal den Namen hatten sie ihr gelassen. Während man sie zum Flotel umbaute, war irgendein Idiot mit Sinn für die blaublütige Gesellschaft und adelige Fräuleins auf die Idee gekommen, sie in Sea Countess umzutaufen! Egal, sie würde nie mehr als Bohrrigg gebraucht werden. Was auch immer sie mit ihr machten, sie würde kaum der Konkurrenz der modernen Riggs standhalten. Nicht einmal als Wohnplattform taugte sie. Die Sea Countess war gerade erst ein paar Jahre als Flotel in Betrieb, und trotzdem gab es eigentlich nur eine Meinung über die Meeresgräfin: Sie hatte ausgedient, auch als schwimmendes Hotel. Auf jeden Fall war sie nicht der richtige Ort für Menschen, die ein Minimum an Komfort suchten. Sjur Willy kannte niemanden, der die zugigen Kabinen, die viel zu kleinen Aufenthaltsräume oder die schäbige Einrichtung vermissen würde. Manchmal ging es so übel zu, daß sie ihre Ellbogen einsetzen mußten, um sich ihre Ration Essen oder einen Platz im Kino zu sichern, oder sie mußten erst jemanden in den Arsch treten, bevor sie sich mit einer Zeitung irgendwo hinsetzen konnten. Darüber brauchte man nicht zu diskutieren, je eher dieses zugige und enge Rattennest an Land geschleppt und zu Nägeln umgeschmolzen wurde, desto besser. Barka glaubte, eine bessere Lösung zu wissen: Man müsse doch nur zwei der Plattformbeine mit Sprengstoff füllen und den Schrotthaufen auf Grund setzen, wenn einmal niemand an Bord sei! Es war immer jemand an Bord. Immer waren ein paar hundert Mann an Bord und schliefen, oder was sie sonst machten, während sich die andere Schicht auf der Phoenix Alpha befand. Immer stopfte sich irgend jemand mit Essen voll, saß im Kino oder blätterte in einer Zeitung. Eigentlich gab es deshalb doch nichts zu fluchen. Barka und Sjur Willy hatten jedenfalls nicht viel zu klagen. Wenn sie frei hatten, hatten sie eine Kabine für sich allein. Sie hatten einen freien Blick über das Meer und wohnten, verglichen mit den Schlitzaugen aus dem Kanakenhaus, wie Könige. Der Slum, wie es auch genannt wurde, bestand aus sechs Containern, die zwischen den Windschutzwänden auf dem ehemaligen Bohrdeck gestapelt waren. Sjur Willy beneidete die armen Teufel dort nicht. Um Platz für alle zu bekommen, hatten die Quartiermeister acht Kojen in jeden Container gestopft. Und als ob acht noch nicht genug wären, kamen die Leute vom Service und wechselten das Bettzeug, sobald die Container von der einen Schicht verlassen wurden. Wenn die Affen, die dort geschlafen hatten, gegangen waren, standen schon acht andere Paviane bereit, dieselben Kojen zu übernehmen! Das Merkwürdige war, daß sie sich nicht einmal beschwerten! Sie schliefen mit offenen Türen zwischen den klappernden Windschutzwänden und waren zufrieden, solange sie nicht an dem Gestank von altem Schweiß und prustenden Ärschen erstickten. Befahl man ihnen, ein paar Extrawochen ohne Lohnzuschlag zu arbeiten, akzeptierten sie auch das. Das wäre etwas für Korporal Bruin gewesen, da hätte er genug zu tun gehabt. Doch ihm war das ebenso scheißegal wie allen anderen. Das einzige, was ihn ärgerte, war, daß sie Ausländer waren und den Norwegern Arbeitsplätze wegnahmen. Hätten sich Norweger mit den gleichen Wohnverhältnissen und dem gleichen Lohnniveau wie die Leute aus dem Kanakenhaus abfinden müssen, hätte Korporal Bruin einen Generalstreik ausgerufen. Solange es Ausländer waren, gab es darüber nichts zu meckern. Aksel Bruin konnte bei seinem Gerede über Solidarität und Zusammenhalt richtig aus sich herausgehen. Doch wenn es darauf ankam, reichte seine Solidarität nicht weiter als das Schienennetz der norwegischen Eisenbahn! Wenn überhaupt!

Sjur Willy schnitt dem Regen Grimassen, als er unter den schwirrenden Rotorblättern stand und auf seine Tasche wartete. Er hob die Hand und grüßte zur Feuerwache hinüber, die sich auf die rotgestrichene Wasserkanone stützte. Es war kaum zu erkennen, daß es Bullshit war, der hinter dem tropfenden Visier und dem silbernen Schutzanzug steckte. Er erwiderte jedenfalls den Gruß, bevor Sjur Willy sich umdrehte und die Offshoretasche in Empfang nahm. Es war gut, wieder draußen zu sein. Es war gut, wieder das schwankende Deck unter seinen Füßen zu spüren. Sjur Willy hatte nichts dagegen, sich in einen Helikopter zu setzen, und noch weniger hatte er dagegen, wieder herauszukommen. Er fragte, was er immer fragte, als er die zusammengefaltete Bordkarte aus seinem Survivaloverall fischte.

»Ist Bruin draußen?«

Birger Strai schüttelte mit dem Kopf, während er die Bordkarte auf Ohrenschmalz untersuchte. Das machte er immer noch.

»Sorry, aber dein Magengeschwür hat uns gerade verlassen. Er wußte wohl, daß du kommst.«

Sjur Willy grinste. Daß er Bruin nicht zu begegnen brauchte, war ein guter Beginn seines Turns. Es war schon mehr als genug, daß Nur Sorgen wieder draußen war.

»Gibt es sonst was Neues?«

»Nicht, daß ich wüßte! Doch, klar, ich kenn' einen neuen Limerick!

There was a young girl from China
Who had an enormous vagina.
And when she was dead,
They painted it red,
And used it as dock for a liner!«

Birger Strai schüttelte sich vor Lachen. Sicher hatte er seinen Limerick über diese chinesische Riesenfotze schon oft erzählt, doch trotzdem lachte er jedesmal gleichermaßen herzlich. Wenn ihm jemand erzählt hätte, daß das sein letzter Limerick überhaupt gewesen wäre, hätte er noch herzhafter gelacht.

Wenn es eines gab, womit Birger Strai nicht aufhören würde, dann gute Limericks unters Volks zu bringen. Er sah, gelinde gesagt, überrascht aus, als Sjur Willy ihn fragte, ob er sich denn für gar nichts anderes als Geschlechtsorgane interessiere.

»Ich sag' dir eins!« brummte Birger Strai. »An dem Tag, an dem wir nicht mehr ans Ficken denken, bleibt uns nur noch eines!«

»Was denn?«

»Das können wir uns mitsamt unseren Schwänzen begraben lassen!«

Sjur Willy überlegte einen Augenblick, seine Tasche erst in die Kabine zu bringen. Dann stellte er sie auf dem Flur vor der Messe ab. Er war hungrig und wollte zuerst etwas essen. Eier und Bacon, Pommes frites und weiße Bohnen in Tomatensoße. Das war eine feste Gewohnheit, wenn er herauskam, fast so etwas wie ein Ritual. Applepie und Eis gehörten auch dazu, bevor er ins Kino ging und sich anschließend ins Bett legte. Es hatte keinen Sinn, zu früh ins Bett zu gehen. Dann lag er nur wach da. Erst mußte er etwas zu essen haben, sich träge fressen und sich dann in einen Kinosessel flezen, bis die Augenlider schwer wurden. Ein Film war in der Regel genug.

»Was, es gibt keinen Bacon? Was soll die Scheiße?«

Der Koch machte einen Scherz.

»Wir sind nicht mehr dazu gekommen, ein Schwein zu schlachten.«

»Dann schlachte eins, verdammt noch mal!«

»Du brauchst doch jetzt keinen Bacon!«

»Das weiß ich doch wohl besser als du!«

»Das dauert mindestens eine Viertelstunde!«

»Nimm dir die Zeit, die du brauchst«, sagte Sjur Willy. »Und nimm geringe Hitze!«

Er wußte, wie der Bacon sein mußte. Er sollte knusprig

und durchgebraten sein. Er hatte keine Lust, irgendwelche zähen, bleichen Lappen zu bekommen, die womöglich an manchen Stellen schwarz geworden waren, weil der Koch sie in großer Eile zu heiß gebraten hatte. Sjur Willy hatte genug Zeit. Bis zum Beginn seiner Schicht waren es noch sechs Stunden. So oder so würde er nicht mehr als drei oder vier Stunden schlafen. Er warf seine Tasche auf einen Stuhl in der Kabine. Seit dem letzten Mal hatte sich nichts verändert. Der Stapel Männerjournale war nicht kleiner geworden. Er lag wie immer neben den Taschenbüchern und einem halbvollen Karton mit Wasserflaschen im Regal. Sjur Willy hielt einen Kleiderbügel in der Hand und war gerade dabei, auszupacken, als er einen Stoß spürte und bemerkte, daß der Boden unter ihm vibrierte. Wahrscheinlich einer von Bullshits Containern. Trotzdem war es nicht das gleiche Geräusch, das Zittern war etwas zu kräftig, und es dauerte zu lange an. Sicher war es eine Welle, die sich unter der Plattform aufgetürmt und gleichzeitig gegen die Beine geschlagen hatte.

Sjur Willy war sich nicht sicher, ob die Brückenkontrolle ihn noch hinüberlassen würde. Er hatte sich einen Parka angezogen und den Drillerhelm aufgesetzt. Es sei kein Problem. Wenn Sjur Willy nur kurz einmal auf die Phoenix Alpha hinüberwolle, um zu schauen, wie es mit dem Bohren ging, habe er Zeit genug. Die Brückenkontrolle hatte mit dem Plattformchef gesprochen. Frühestens in einer halben Stunde würden sie die Brücke einziehen. Sjur Willy straffte den Kinnriemen an seinem Helm, bevor er hinüberging. Wenn es eines gab, was er nicht verlieren wollte, dann diesen Helm.

Mit dem Bohren lief alles glatt. Lydersen aus Mandal stand breitbeinig im Drillerhäuschen und zwinkerte mit dem Glasauge, als Sjur Willy auf dem Deck auftauchte. Sie seien ihrem Programm um Wochen voraus. Sie seien eben mit dem zwölften Brunnen fertig. Acht stünden noch aus. Sechs produzierten schon. Allen Berechnungen nach begännen jetzt Millionen in die Kassen zu fließen. Alle waren zufrieden. Der einzige, der sich beklagte, war Lydersen. Es sei so verdammt langweilig. Produktionsbohrungen seien, verdammt noch mal, etwas anderes als Probebohrungen. Die ganze Spannung sei weg. Alle Gesteinsschichten seien kartiert. Lydersen wisse genau, auf was er stoßen werde und wie tief er dafür bohren müsse. Produktionsbrunnen zu bohren, das sei wie Monat für Monat mit der gleichen Frau vögeln. Es war, als wäre Murphy dort gestanden! Sjur Willy grinste. Er sah das nicht so schwarz. Sie hatten stärkeres und leistungsfähigeres Material, die Rotationsscheibe und das vierkantige Antriebsrohr waren einem Topdrive gewichen. Von einer festen Installation zu bohren hatte doch auch seine guten Seiten, schließlich blieben ihnen die plötzlichen Bewegungen und das Schlingern der Rigg erspart, eigentlich all die schlimmen Überraschungen. Das Meer konnte sich so wütend gebärden, wie es nur wollte, einem Koloß wie der Phoenix Alpha konnte das nicht das geringste anhaben!

Zurück auf dem Flotel, schaute Sjur Willy kurz beim Kranführerbüro vorbei und trank zusammen mit Bullshit einen Kaffee.

»Ich soll dich von Dallas grüßen.«

»Oh, wie geht's ihm?«

»Geht so.«

»Was macht der jetzt?«

»Saufen und Flaschenpfand einlösen!«

»Kann er denn davon leben?«

»Kaum.«

Sie sprachen nicht weiter über Dallas. Bullshit beschäftigte etwas anderes. Er behauptete, mit der Rigg sei etwas nicht in Ordnung.

»Was denn?«

Bullshit konnte nicht sagen, was es war. Er habe ein Dröhnen gehört, das ihm nicht gefallen habe. Wie wenn ein Ruck durch die Plattform gegangen wäre, als wenn etwas nachgegeben hätte.

»Das war nur eine Welle, die von unten gegen die Plattform geschlagen hat«, sagte Sjur Willy. »Ich hab' das auch gehört.«

»Das war, bevor du gekommen bist«, sagte Bullshit, »noch bevor es überhaupt windig geworden ist.«

Sjur Willy versuchte ihn zu beruhigen. Das sei doch nicht das erste Mal und auch wohl kaum das letzte. Wenn sie sich um jedes Geräusch kümmern würden, kämen sie ja zu nichts mehr. Immer würde auf der Rigg irgend etwas klopfen oder schlagen, immer würde etwas bewegt und verschoben. Es sei sicher nichts Wichtiges. Vielleicht die Maschine. Vielleicht hätten sie etwas mit den Winschen gemacht. Vielleicht sei etwas mit den Ankerketten kollidiert.

»Was soll das denn gewesen sein?«

Sjur Willy zuckte mit den Schultern.

»Ein U-Boot. Oder das Netz von einem Trawler.«

Die Ankerketten gingen ja viele hundert Meter zur Seite, er solle sich keine Gedanken mehr machen. Für alles gebe es eine Erklärung. Wenn jedesmal etwas passieren würde, wenn Bullshit sich schlecht fühle, dann hätten sie schon lange zum Teufel gehen müssen, dann wäre aus allen Bohrlöchern Lava gespritzt und alle Helikopter wären abgestürzt, kaum daß sie abgehoben hätten. Nicht zu vergessen all diejenigen, die auf dem Deck arbeiteten, die hätten alle irgendeinen Klotz auf den Kopf bekommen. Und all die armen Schweine im Sicherheitstraining wären gebraten worden.

»Erinnerst du dich, was du für eine Angst gehabt hast, als wir in dieses Rauchmodul gegangen sind?«

Ja doch, daran erinnere er sich. Es sei wohl auch dieses Mal nur etwas, das er sich einbilde. Er fühlte sich besser, als Sjur Willy ging, um zu Hause anzurufen. Er hatte Lust, Tove von der Villa in Marbella zu erzählen, und wie toll sie es am Mittelmeer haben würden. Aber es gelang ihm, sich zurückzuhalten. Wahrscheinlich würde sie wütend, wenn sie hörte, das alles schon entschieden war. Unter Umständen würde er seine ganze Freischicht benötigen, sie wieder freundlicher zu stimmen. Nein, darüber durfte er nicht am Telefon mit ihr reden. Er erzählte ihr nicht einmal, wie das Wetter war. Als sie danach fragte, sagte er nur, es sei windig und regne ein bißchen. Er verstand nicht, wie man zu Hause anrufen und sich über das Wetter beklagen konnte. Wenn sie über nichts anderes reden konnten als über Windstärken und Wellenhöhen, dann sollten sie doch die Schnauze halten. Begriffen sie denn nicht, daß die am anderen Ende nur Angst bekamen? Daß man Sturm und Wellen von zehn Metern Höhe nicht zu fürchten brauchte, das konnten die doch nicht wissen, die hatten das doch nie erlebt! Wer schon ein paar Turns hinter sich hatte, der wußte, daß das zum Alltag gehörte. Sjur Willy spürte nur unbewußt die Bewegungen der Rigg, als er sich ein Eis holte. Wenn ihm jemand gesagt hätte, daß sie noch am gleichen Abend in die Rettungsboote müßten, hätte er das für einen schlechten Scherz gehalten. Rettungsübungen waren an den Wochenenden, und gewöhnlich kam dann kein Schwein! Es reichte, auf der Brücke vorbeizuschauen oder den Funker anzurufen und mitzuteilen, wo sie waren und was sie gerade machten. Das wichtigste an diesen Übungen war, auf der Liste abgehakt zu werden. Das wußten doch alle.

Sjur Willys Augenlider hatten die nötige Schwere, als er das Kino nach dem ersten Film verließ und auf seine Kabine zustapfte. Nachdem er sich ausgezogen hatte, blieb er vor dem Fenster stehen und schaute über das aufgewühlte Meer zu einem Abflammturm im britischen Sektor hinüber. Als er zu

Bett ging, stand dieser Turm noch wie eine flackernde Fackel am Horizont. Als er in Unterhosen und T-Shirt ins Bett kroch, fühlte er sich so richtig schön müde. Er lag, hörte das Rauschen des Meeres und spürte die Bewegungen der Rigg. Dann knipste er das Licht aus. Es würde nicht schwer werden, einzuschlafen. Schlaflosigkeit war für Sjur Willy noch nie ein Problem gewesen. Er wäre wohl auch eingeschlafen, wenn jemand den Kopf hereingesteckt hätte, um ihm mitzuteilen, daß gerade eine der Querverstrebungen des Untergestells brach. Es war richtig, die Sea Countess war eine verkommene Rigg, aber doch nicht wegen des Untergestells, sondern weil die Besitzer sich einen Scheißdreck um die Wartung kümmerten und zu viele Leute hereinstopften! Wenn ihn jemand gebeten hätte, sich anzuziehen und auf die Phoenix Alpha zu eilen, bevor sie die Brücke einzögen, hätte er ihn zum Teufel geschickt und sich zur Wand gedreht. Vor Mitternacht brauchte er nicht aufzustehen. Und das waren noch fünf Stunden. Hätte jemand behauptet, die Rigg werde kentern, hätte Sjur Willy geglaubt, der Typ sei angetrunken, und ihn mit dem halbvollen Karton Mineralwaser durch die Tür befördert.

Sjur Willy schlief, als Bullshit die Kranausleger herunterfuhr. Sie zerrten flach an den Halterungen, als sich die Matrosen bereit machten, den Brückenarm vom Fundament der Phoenix Alpha zu lösen und hinüber zum Flotel zu ziehen. Die Hebehaken schwangen wie nasse Pendel in den Windböen hin und her. Der Windsack stand wie ein flatternder Fuchsschwanz waagerecht an der Spitze des Kranhäuschens. Der Regen peitschte und rann und sickerte an Verstrebungen und Wänden herab. Bullshit blieb stehen und beobachtete die Wassermassen, die durch die Löcher der Wellenbrecherwände unter der Phoenix Alpha schossen. Das armierte Untergestell wurde von den heranrollenden Wellen richtiggehend verprügelt. Aber das schien den Koloß nicht zu beeindrucken. Die Wellen waren es, die Schaden nahmen. Sie wurden zerstört, kaum daß sie an den Beton donnerten, und lösten sich zu einem hellgrünen, musartigen Schaum auf der Oberfläche des Brackwassers zwischen den perforierten Wänden auf. Sie hatten ihre Kraft verloren, wenn das Wasser auf der anderen Seite durch die Löcher hinausschwappte. Die Insel stand unangefochten auf ihren stählernen Säulen und leuchtete wie ein Geisterschloß vor dem dunkelgrauen, stürmischen Himmel. Noch immer spürte Bullshit einen Rest Unruhe in sich. Wenn er seiner Eingebung gefolgt wäre, hätte er den Leuten am Brückenarm zugerufen und sie gebeten, noch zu warten. Am liebsten hätte er alles liegengelassen und wäre über den Brückenarm gestürzt, bevor die Verbindung unterbrochen wurde. Es hätte nichts genutzt, sie hätten ihn aufgehalten. Was wolle Bullshit auf der Phoenix Alpha? Dort habe er nichts verloren, er habe sich um die Kräne auf der Sea Countess zu kümmern. Noch immer hämmerte die schwere See. Noch immer warf die unbewegliche Betonwand Wolken von Schaum zu den Bunkerschläuchen an der Außenseite der gelben Säulen empor. Wie lange sollte er noch in der Nordsee bleiben? Reichte es nicht langsam? War es nicht langsam an der Zeit, seine Pläne zu verwirklichen, einen Blumenladen zu eröffnen oder zu übernehmen? Sjur Willy glaubte, das sei nur eine fixe Idee, die ihm in Thailand gekommen war. Aber das war nicht so. Schon immer hatte Bullshit Lust gehabt, Blumen zu verkaufen, mit etwas Schönem zu tun zu haben, mit etwas, das gut roch und den Menschen Freude machte. Er hatte genug von dem Dreck, in dem er draußen auf den Plattformen herumwatete. Gut, auch für die Blumen brauchte er Dreck. Alles, was wachsen sollte, brauchte Dreck. Aber das war ein anderer Dreck als der auf der Sea Countess!

Jostein Bullshit war ruhiger, als die Verbindung mit der Phoenix Alpha unterbrochen und der Brückenarm herübergezogen worden war. Was machte es schon, daß das Wetter verrückt spielte? Er hatte schon Schlimmeres erlebt. Und er hatte eine Entscheidung getroffen. Er würde bis zum Ende des Jahres in der Nordsee bleiben. Aber danach war Schluß, danach würde er sich an die Erde an Land halten und mit Blumen arbeiten, statt Tag für Tag in ein zugiges Kranführerhäuschen zu klettern und irgendwelche Deckslasten hin und her zu bewegen. Sobald er das nächste Mal an Land war, würde er beginnen, sich nach passenden Räumlichkeiten umzusehen. Er mußte Kontakt mit den Banken aufnehmen, wegen der Kredite. Er würde endlich damit Ernst machen, ja, das würden sie dann schon sehen! Bestimmt würde er nicht für alles einen Kredit brauchen. Er hatte ja ganz gut gespart. Bullshit war richtig leicht zumute, als die Matrosen mit dem Verholen der Ankerleinen begannen. Er pfiff vor sich hin, während er sich aus dem Overall schälte und etwas zu essen holte. Das gute Gefühl hielt aber nicht sonderlich lange an. Bullshit hatte noch nicht einmal die Hälfte der Spaghetti gegessen, als dieses klamme Gefühl wieder von ihm Besitz ergriff. Es war die Art, in der sich die Rigg bewegte! Es war nicht nur das Wetter, das jetzt, nachdem die Sea Countess mit den Ankerwinden ein Stück von der Phoenix Alpha weggezogen worden war und nicht mehr im Windschatten der Wellenbrecherwände lag, stärker zu spüren war. Ein Klirren im Gläserschrank und ein Klappern in der Besteckschublade reichten schon, um Bullshit aus der Fassung zu bringen. Er sprang vom Tisch auf, und sein Stuhl kippte nach hinten um. Niemand sonst reagierte so. Die in seiner Nähe Sitzenden hörten nicht einmal auf zu kauen, als sie zu ihm hochschauten.

»Was ist denn mit dir los?«

Bullshit wurde rot wie ein Schuljunge. Immer mehr Leute

bemerkten, daß er mit seinem halbvollen Teller in den Händen dastand. Es war zu spät, er konnte sich nicht wieder hinsetzen. Dann hätte er erklären müssen, warum er so aufgesprungen war. Ging er zum Mülleimer herüber und kippte den Rest in den Eimer, hatte er eine Erklärung.

»Mir reicht's, ich bin satt, ich habe genug von diesem Zeug!«

Er war nicht satt, nicht einmal halb. Spaghetti mit kräftig gewürzter Fleischsoße war eines seiner Lieblingsessen. Trotzdem meinte Jostein Bullshit, sich einigermaßen achtbar aus der Affäre gezogen zu haben, als er am Mülleimer stand und die Reste von seinem Teller kratzte. Er konnte ja später am Abend noch einmal in die Messe gehen. Er hörte auf zu kratzen, als plötzlich wieder die Gläser klirrten. Er ließ alles, was er in den Händen hielt, geradewegs in den Mülleimer fallen und beeilte sich, zur Tür zu kommen, als er ein neuerliches Dröhnen unter sich wahrnahm.

»Was ist denn mit dem los?«

Jan Madsen zuckte mit den Schultern.

»Der hat wohl irgendwas gegessen, das ihm quer im Magen liegt.«

Helge Barka und Oddvar Laugen hingen ganz hinten im Kino in ihren Rohrstühlen, als Bullshit aus der Messe stürzte. Sie hatten nicht das geringste bemerkt. Sie rauchten und genossen den ungleichen Kampf zwischen Charles Bronson und dem Rest der Welt. Ihre Zigaretten glühten wie Tieraugen im Dunkel des Saales. Nicht nur Laugen und Barka rauchten. Bis zur vordersten Reihe drehten sich Rauchspiralen wie nebelhafte Schlangen durch den staubigen Lichtkegel des Projektors. Mit den wenigen, die sich erdreistet hatten, das Rauchverbot im Kino zu erwähnen, war Klartext geredet worden. Vertrugen sie keinen Rauch, war auch Charles Bronson nichts für sie! Der zetere nicht herum. Charles Bronson gebe nicht klein bei, nur weil er ein paar in die Fresse bekäme. Der werfe nicht das Handtuch, nur weil er alleine gegen eine Horde Drecksäcke antreten müsse. Charles Bronson sei nicht eher zufrieden, bis er die Scheiße aus ihnen herausgeprügelt habe. Das sah übel aus. Das sah total toll aus! Zum Schluß lagen sie alle tot oder halbtot auf einem Haufen. Am besten war es, wenn sie tot waren, wenn sie einfach dalagen, ohne sich noch einmal zu bewegen. So mußte das sein! Statt diesen Arschlöchern auf die Schulter zu klopfen, sie zu verstehen, Mitleid mit ihnen zu haben, sich einen Haufen Scheiße anhören zu müssen, wie schwer sie es gehabt hätten, alles Kacke, was hatte das damit zu tun? Wenn sie Drecksäcke waren, dann waren sie Drecksäcke, so einfach war das! Und bei Drecksäcken gab es nur eines, man mußte es machen wie Charles Bronson, man mußte den Scheiß aus ihnen herausholen, ihre Köpfe an die erstbeste Hauswand klatschen und sie so lange mit den Füßen bearbeiten, bis sie sich nicht mehr rührten.

»Was soll das?«

Laugen und Barka waren vollständig unvorbereitet, als der Projektor plötzlich vom Stativ rutschte und sich die Stühle unter ihnen in Bewegung setzten. Sie hörten nur den Knall, als sie mit den Rückenlehnen aufschlugen und auf die schwarze Leinwand zuglitten. Es fühlte sich an, als habe jemand Haken an den Stuhlbeinen befestigt und alle gleichzeitig angezogen. Diejenigen, die in den ersten Reihen gesessen hatten, schrien, als sie gegen die Wand prallten und von all den anderen, die auf sie zurutschten, eingeklemmt wurden. Barka und Laugen hatten glücklicherweise wie gewöhnlich, in der hintersten Reihe gesessen, und so gehörten sie zu den ersten, die wieder auf die Beine kamen und den Weg zur Tür fanden. Verwirrt sahen sie einander an. Was zum Teufel war passiert? Barka war sich sicher, daß es etwas Ernstes sein mußte, aber egal, was es auch war, sie mußten schleunigst aus diesem Kino herauskommen. Die Rigg legte sich immer stärker zur Seite, als Barka sich durch die Tür quetschte und über den sich neigenden Flur davonstürzte, um sich eine Rettungsweste oder einen Survivaloverall zu sichern. Er kapierte nicht, was Laugen vorhatte, als dieser plötzlich an einem Türrahmen anhielt. Seine Geldbörse sei noch in der Kabine! Barka versuchte, ihn zu packen, bevor er sich umdrehte und zurücklief.

»Scheiß doch drauf!«

Glaube er etwa, sie nähmen am Rettungsboot Eintritt? Es gelang Barka, eine Rettungsweste aus einem der Schränke zu zerren, bevor er weiter Richtung Ausgang rannte.

Unten auf dem Kellerdeck der Phoenix Alpha saßen zwei Rigger. Sie rissen die Augen auf. Sie waren hinter dem Rücken des Vorarbeiters abgehauen und hatten sich im Schutz des Frischwassertanks eine Zigarette angezündet, als der eine von ihnen plötzlich begriff, was geschah.

»Du, die kentert!«

»Was?«

Gebannt starrten sie auf die schiefliegende Wohnplattform. Von überall her flüchteten Menschen, aus Werkstätten und Maschinenräumen, aus Büros und Toiletten. Sie preßten sich durch die Türen des Wohnquartiers, krochen durch enge Luken und ließen sich aufs Deck fallen. Einige waren vollständig angezogen, andere halbnackt oder barfuß. Manche kamen mit flatternden Rettungswesten, die sie noch nicht zusammengebunden hatten. Die meisten sahen aus, als wüßten sie, wohin sie müßten, andere stoppten plötzlich, sahen sich verwirrt um und entschieden sich dann für irgendeine Richtung. Manche fielen auf das geneigte Deck und krochen auf allen vieren weiter, bis sie ein Geländer fanden oder sonst etwas, an dem sie sich festhalten konnten. Einige hatten

Glück, daß sie nicht von Ölfässern, Gasflaschen oder anderem Decksmaterial getroffen wurden, das sich in Bewegung gesetzt hatte. Ein Proviantcontainer kam plötzlich ins Rutschen und mähte alles nieder, was sich ihm in den Weg stellte, darunter auch eine Gruppe verzweifelter Männer. Er durchbrach ein Geländer und stürzte ins Meer. Niemand nahm davon Notiz. Die meisten hatten genug mit sich selbst zu tun. An der Rettungsbootstation rissen sie die Rettungswesten aus den weißen Fiberglastruhen.

»Arme Schweine!«

Die zwei Rigger auf der Phoenix Alpha hatten ihre Zigaretten weggeworfen. Was war passiert? Hatte sich die Deckslast verschoben? Aber was sollte das denn für eine Last sein, eine Wohnplattform hatte doch kaum etwas an Deck! Vielleicht war eines der Plattformbeine leckgeschlagen und begann, Wasser aufzunehmen? Die zwei Rigger waren sich ziemlich sicher, daß es den Leuten auf der Brücke gelingen würde, die Rigg mit Hilfe der Ankerwinden und der Ballastpumpen wieder aufzurichten. Kaum ein paar Sekunden später entdeckte einer von ihnen das abgerissene Plattformbein, daß ein Stück entfernt auf der Meeresoberfläche trieb.

»Oh, verdammt!«

Das erste Rettungsboot wurde gerade zwischen zwei der Plattformbeine zu Wasser gefiert, als die Rigg ganz plötzlich noch stärkere Schlagseite bekam. Einige hatten sich wohl entschlossen, nicht zu warten, bis das nächste Boot klar war. Sie nahmen Anlauf und sprangen ins Meer. Andere ließen sich einfach von der Kante fallen. Die meisten trafen mit den Beinen voraus auf der aufgewühlten Meeresoberfläche auf und begannen, mit den Armen zu rudern, um nicht in die Nähe der gewaltigen Brecher an den Plattformbeinen zu kommen. Die Rigger auf der Phoenix Alpha konnten nicht viel machen. Sie mußten hilflos mit ansehen, wie das erste Rettungsboot an einem Plattformbein zerschmetterte und das Licht erlosch.

Helge Barka war sich völlig klar darüber, was er tun mußte, als er in den Vorraum kam. Er mußte zu einer Reling und sich an ihr zu einer der Rettungsbootstationen hangeln. Als er von der sich über ihn neigenden Wand abspringen wollte, wurde er plötzlich unsicher. Vielleicht war es doch besser, hinunterzulaufen, vorbei an den früheren Bohrmodulen, zum Helideck, und sich von dort ins Meer hinabzulassen? Er zögerte noch, als ein silbergrauer Container an ihm vorbeidonnerte und drei Männer und ein Stück der Reling neben dem Nebelhorn mit sich riß, bevor er im Meer verschwand. Plötzlich wurde ihm klar, daß seine Unsicherheit ihm gerade das Leben gerettet hatte. Es paßte nicht zu seiner festen Überzeugung, daß Zögerlichkeit und Unsicherheit lebensgefährlich waren. Nichts paßte mehr zusammen. Hätte Barka getan, was ihm am nächstliegenden erschien, hätte dieser rutschende Container ihn niedergemäht. Er gab den Gedanken, zum Helideck hinunterzurennen und von dort ins Meer zu springen, auf, sprang aus der Wand heraus und hastete die zehn Meter zur sich neigenden Reling hinüber. Es galt nicht nur, ins Meer zu springen. Würde er nicht im Laufe einer halben Stunde aus den kalten Wassermassen gefischt, konnte er ebensogut bleiben, wo er war!

Bullshit hatte sich entschlossen, zu bleiben, wo er war. Er stand mit dem Rücken an eine Windschutzwand gelehnt und blieb ruhig, während die Leute um ihn herumirrten. Er machte keinen Versuch, zu einer der Rettungsbootstationen zu kommen oder ins Meer zu springen. Er stand und wartete darauf, daß sich die Rigg wieder aufrichtete. Er sah, was um ihn herum geschah. Er sah die Panik und hörte die hektischen

Schreie. Er forderte sie auf, Ruhe zu bewahren und zu bleiben, wo sie waren.

»Die Rigg kentert nicht! Sie kann nicht kentern!«

Jostein Bullshit wußte, wovon er sprach. Er hatte mit dem Skipper gesprochen, nachdem sie den Brückenarm eingeholt hatten. Der Skipper wußte, was die Rigg aushielt. Auch Bullshit wußte es, auch er. Er war schon bei schlimmerem Wetter draußen gewesen, und trotzdem hatte es gut getan, das alles vom Skipper bestätigt zu bekommen. Eine Windstärke von fünfzig Knoten und zehn Meter hohe Wellen, das sei doch nichts! Auch achtzig Knoten seien noch kein Problem, dann hieße es nur, die Anker zu lichten und die Rigg treiben zu lassen. Sie hörten nicht auf ihn. Sie rannten zu den Rettungsbooten oder sprangen einfach ins Meer. Plötzlich war es egal, ob sie sich in zwanzig oder dreißig Meter Höhe befanden, sie schlossen die Augen und sprangen. Das einzige, was zählte, war, von der kenternden Rigg wegzukommen. Die meisten waren noch am Leben, als sie in den Wellen verschwanden. Manche stürzten auf Balken oder Verstrebungen und trieben leblos in der aufgewühlten See. Niemand beachtete Bullshits Rufe.

»Sie richtet sich wieder auf!«

Barka schrie zu ihm hinüber. Das Rettungsboot warte. Bullshit schüttelte nur den Kopf. Barka könne ihn nicht täuschen, er werde bei diesem Wetter nicht in ein Boot steigen! Er werde warten, bis sich die Rigg wieder aufrichtete. Er hatte gesehen, was mit dem ersten Rettungsboot passiert war, das sie herabgelassen hatten. Das sei nicht einmal vom Haken losgekommen, bevor es zerschellt sei. Die gelben Aufbauten waren wie eine Eierschale am Plattformbein zerplatzt und die Menschen waren herausgestürzt. So wie es da jetzt an einer der Trossen hing und gegen die Verstrebungen schlug, ähnelte es am ehesten einem leeren Osterei. Das machte Bullshit nichts.

Er mußte da glücklicherweise nicht mitmachen, das Ganze war ja nur ein Traum! Rettungsboote zerplatzten nicht wie Eierschalen und Menschen konnten nicht einfach wie tote Gummibärchen im Meer treiben, nur in einem Traum könne so etwas geschehen. Es sei nicht das erste Mal, daß Bullshit so etwas träume. Seit er in der Nordsee begonnen habe, habe er von kenternden Riggs und abstürzenden Helikoptern geträumt. Darum brauche man sich nicht zu kümmern, so etwas geschehe nie wirklich, immer nur in seinem Kopf! Bullshit begriff nicht, warum ausgerechnet er einen Kopf hatte, in dem unaufhörlich grausame Dinge geschahen. Was hatte er denn falsch gemacht? Er wünschte sich einen Kopf, friedlich wie eine Kleewiese, in der nur Gras und Blumen wuchsen und in der nur Hummeln und Schmetterlinge wohnten. Warum war sein Kopf nicht voller Sonnenschein und Vogelgezwitscher? Egal, bald würde er auch aus diesem Alptraum aufwachen und sich in seiner Koje aufsetzen. Und dann würde er auf einen Sprung in der Messe vorbeischauen und die Kühltheke von Hähnchenschenkeln und Kartoffelsalat leerräumen. Wie dumm er sich doch beim Abendessen angestellt hatte, als er seinen Teller mitsamt den Spaghetti in den Mülleimer warf! So dumm würde er sich nicht noch einmal anstellen! Sein ganzes Leben habe er nichts anderes gemacht! Wenn sich Barka jetzt auch einmal dumm anstellen wolle, dann könne ja er in dieses Rettungsboot steigen und zum gelben Gummibärchen werden!

Helge Barka war schon längst oben an der Rettungsstation 4 angekommen, als Bullshit verstummte. Er hatte damit gerechnet, daß das Rettungsboot völlig überfüllt wäre und daß er vielleicht keinen Platz mehr fände. Doch nicht mehr als sieben oder acht Mann standen bei den Davits, an denen es hin und her schwang. Auch im Boot selbst waren nicht mehr. Sie warteten darauf, daß jemand von der Rettungsmannschaft auftauchte. Sie hatten keine Ahnung, wie man das Boot zu Wasser ließ. Nicht einmal, wie man den Motor anwarf. Barka befahl ihnen, endlich einzusteigen. Auch er hatte keine Ahnung von Rettungsbooten. Er hatte den Motor angeworfen, als Madsen kam und den Platz im Steuerhaus übernahm.

Jan Madsen war in der Messe gesessen, als sich die Rigg plötzlich zur Seite gelegt und Flaschen, Gläser und Teller von den Tischen gefegt hatte. Alles war so verdammt schnell gegangen, es war einfach zu Boden gekracht. Madsen war es gelungen, sich zur Seite zu werfen, als der Eisschrank herangedonnert kam. Es war ihm nicht erspart geblieben, unter einem Haufen von Leuten und Stühlen an einer der Wände zu landen. Alle, die nicht gestürzt waren oder festgeklemmt liegenbleiben mußten, waren durch die Tür verschwunden. Für Madsen und die anderen war dieser Weg versperrt. Hätten die festgeschraubten Tische näher beieinander gestanden, hätten sie vielleicht eine Chance gehabt. So aber war es nicht möglich, sich über den spiegelglatten Boden nach oben zu arbeiten. Diejenigen, die es versuchten, rutschten, kaum daß sie es zur Hälfte geschafft hatten, mitsamt den Essensresten wieder zurück. Wenn Madsen nicht in einer der Ecken hinter dem Wirrwarr der Stühle eine Nottür entdeckt hätte, wären sie dort drinnen gefangen gewesen. Sie hatte sich nicht bewegt, als er versuchte, sie mit den Händen zu öffnen, als er aber mit den Füßen dagegentrat, sprang sie auf.

Er begriff nicht, worauf Barka wartete.

»Schließ die Luken!«

»Wir müssen auf Laugen warten!«

»Wo ist er?«

»Er wollte noch sein Geld holen!«

Madsen befahl jemand anderem, die Luken zu schließen. Er habe sich nicht aus der Messe herausgekämpft, um auf

Idioten zu warten, die noch ihr Geld retten müßten! Es gehe um Leben oder Tod! Es gebe keinen Zweifel mehr, daß die Rigg kentern werde, sie hätten nur noch wenige Minuten! Vielleicht nicht mal das! Laugen solle sehen, wo er bleibe. Vielleicht saß er ja schon in einem anderen Rettungsboot? Vielleicht steckte er irgendwo im Wohncontainer fest?

»Dann soll er, verdammt noch mal, springen!«

Vielleicht ist er ja schon gesprungen? Sie konnten ihn dann ja aus dem Meer fischen! Barka hatte die erste Luke geschlossen, als Madsen die Bremsen an den Auslegern löste. Als Barka die zweite Luke schloß, merkten alle, daß sie sich nach unten bewegten. Sie hörten das Knacken des Fiberglaskörpers, als das Rettungsboot auf seinem Weg nach unten an etwas entlangschabte. Was das war, wußten sie nicht. Sicher war das kein Problem, dank Madsen ging alles gut. Sie spürten die kräftige Dünung, als das Boot aufsetzte, und waren selig, daß Madsen aufgetaucht war. Ohne Madsen hätte das Rettungsboot noch immer oben an den Davits der Plattform gehangen. Ohne ihn wären sie alle verloren gewesen. Es war nicht schwer zu sehen, daß der besonnene Instandsetzungschef wußte, was er tat, als er an den Hebeln zog, um die Haken zu lösen. Sie atmeten erleichtert auf, als Madsen Gas gab, um das Boot von dem Plattformbein und den gefährlichen Querverstrebungen wegzumanövrieren. Es vergingen einige Sekunden, bis ihnen aufging, daß sie noch immer am hintersten Haken festhingen. Aber auch das brachte Madsen nicht aus der Fassung. Er ergriff den meterlangen Drahtschneider und öffnete die Luke hinter dem Ruder, um die Stahltrosse zu kappen. Sie sahen nicht genau, was geschah, als er sich aus der runden Luke streckte und nach hinten beugte. Eine große Welle hob das Boot mehrere Meter in die Höhe und warf es gegen eine Strebe, die von einem Plattformbein abstand. Der Stahl traf Madsen am Kopf und zerschmetterte einen großen Teil des Ruderhäuschens. Das Boot wurde herumgeschleudert und blieb zunächst kieloben liegen, während das Wasser durch die zerschmetterten Aufbauten hereinschoß. Fast alle ergriff Panik! Sie mußten hinaus! Sie kamen nicht hinaus! Wer sich nicht angeschnallt hatte, rollte herum, prallte mit dem Kopf gegen die Wände und kollidierte mit dem Inventar. Die wenigsten hatten daran gedacht, sich anzuschnallen. Es war ein Kampf aller gegen alle, der Kampf, nicht zuunterst liegenzubleiben. Wer unten blieb, würde ertrinken oder zerquetscht werden. Noch immer schoß das Wasser herein. Selbst wer zuoberst lag, begriff, daß er verloren war. Sobald das Boot ein weiteres Mal gegen die Stahlkonstruktion geworfen würde, wäre es auch für ihn vorbei. Sie lagen und warteten auf den Aufprall. Er kam nicht. Es dauerte eine Weile, bis ihnen klar wurde, daß sie nicht mehr am Haken festhingen. Er mußte zusammen mit den Aufbauten abgerissen sein! Der Motor hatte ausgesetzt, das Boot war zur Hälfte voll Wasser, doch noch immer schwamm es, und es trieb weg von den bedrohlichen Plattformbeinen. Barka beruhigte das nicht. Es nützte nichts, daß alle, die dazu in der Lage waren, sich auf die eine Seite legten, um das Boot wieder zu drehen. Es nützte nichts, daß einige begannen, Wasser durch die zertrümmerten Aufbauten zu lenzen. Barka hatte genug. Ohne ein Wort zu sagen, kletterte er auf den Motorkasten und sprang in die schwarzen Wellen.

Oddvar Laugen mußte zusehen, wie das Rettungsboot, in dem er hätte sitzen können, gegen das Plattformbein geschleudert wurde. Ein eisiger Schauer durchfuhr ihn, als das Boot kieloben liegenblieb. Er hatte mehr Glück gehabt, als er verdiente! Hätte er sein blödes Portemonnaie liegenlassen, hätte er in diesem Rettungsboot gesessen! Laugen wußte nicht, ob sich noch weitere Rettungsboote auf der Plattform befanden. Egal.

Er hatte nicht nur sein Portemonnaie retten können, sondern auch einen Survivaloverall aufgetrieben. Jetzt brauchte er kein Rettungsboot mehr, um sich in Sicherheit zu bringen. Nicht einmal mit einer Pistole hätten sie ihn dazu gebracht, sich in ein Rettungsboot zu setzen. Jetzt galt es nur noch, ins Meer zu springen und von der Plattform wegzukommen, bevor sie kenterte. Er zweifelte keine Sekunde daran, daß sie kentern würde. Er stand an der höchsten Stelle. Das Risiko, dort beim Sprung mit irgendwelchen Teilen des Untergestells zu kollidieren, war viel zu groß. Viele von denen, die es versucht hatten, trieben leblos zwischen Wrackteilen herum oder schlugen gegen die Verstrebungen. Laugen entschloß sich, sich einen Weg zu einem der untersten Plattformbeine zu bahnen und von dort ins Meer zu springen. Er kannte einen kleinen Vorbau an einer der Ankerwinden. Dafür mußte er nur eine Luke an Deck öffnen und eine Leiter hinabsteigen. Er gab auf, als er die Wellen sah. An den sinkenden Plattformbeinen hinunterzuklettern war blanker Selbstmord. Er schloß die Luke wieder und kämpfte sich zu der Ankerwinde hinüber. Dort verharrte er einen Augenblick und überprüfte, ob die Kapuze richtig saß. Dann sprang er.

Es war viel besser gelaufen, als er es jemals erwartet hatte. Sjur Willy war zusammen mit Tove und den Zwillingen auf dem Weg an die Costa del Sol, als sich ein Bein der Plattform löste und die Sea Countess begann, sich auf die Seite zu legen. Tove hatte nicht einmal protestiert, als sie erfahren hatte, daß der Hauskauf bereits unter Dach und Fach war. Ganz im Gegenteil, sie war ihm um den Hals gefallen und hatte auf der Stelle begonnen zu packen. Sie überflogen in zehntausend Metern Höhe die Pyrenäen und nippten an ihren Calvadosgläsern, während die Zwillinge mit ihren Süßigkeitenköfferchen selig im Mittelgang herumkrabbelten, als das Flugzeug plötzlich seine Nase senkte. Die Piloten kamen nicht mehr dazu, irgendwelche Informationen zu geben, bevor Sjur Willy aus dem Sitz geschleudert wurde und zu Boden fiel. Als erstes schaute er nach, ob die Zwillinge nicht unter die Koje gerutscht waren. Dann beeilte er sich, das Licht anzuschalten und sich eine frottierte Jogginghose anzuziehen. Er blieb einen Augenblick lang stehen und wartete darauf, daß sich die Rigg wieder aufrichtete. Dann beugte er sich zu den Joggingschuhen hinunter. Er begriff nicht, was geschehen sein konnte, wohl aber, daß er so schnell wie möglich an Deck kommen mußte. Glücklicherweise lag seine Kabine am Ende des Flures, so daß er nur ein paar Meter bis zur Treppe hatte. Er hatte noch nicht einmal die Füße in den Schuhen, als plötzlich der Kleiderschrank nach vorn kippte und zur Tür rutschte. Er verstand nicht gleich, daß er eingeschlossen war. Er war sich sicher, daß er diesen Schrank wieder aufstellen konnte, der war doch nicht so schwer! Er knotete die Schnürsenkel, bevor er versuchte, den Schrank anzuheben. Aber er hatte sich zwischen Wand und Tür verkeilt und war nicht zu bewegen. Sjur Willy war noch immer ruhig, als er begann sich umzusehen. Die einzige Möglichkeit war das Fenster in der Wand hinter ihm! Zuerst ergriff er einen der Klappstühle, um damit das dicke Glas zu zertrümmern. Aber er stellte ihn wieder hin, bevor er es überhaupt versucht hatte, und zog die Schublade des Tisches heraus. Mit etwas Glück hatte er da einen Schraubenschlüssel oder eine Rohrzange. Sie war leer. Wieder griff er nach dem Stuhl, als ihm die Bettleiter in den Sinn kam. Die war schwerer. Zuerst versuchte er, sie durch das Glas zu stoßen. Es ging nicht. Er versuchte es mehrere Male, doch immer schlug die Leiter schräg auf dem Glas auf, so daß nicht genug Kraft hinter den Stößen war. Das Fenster war noch unversehrt, als plötzlich das Licht ausging. Das Glas zerbarst erst, als Sjur Willy die Leiter wie einen Hammer über seinen

Kopf schwang und dann zuschlug. Er fingerte eine Weile an dem zerbrochenen Fenster herum und versuchte, die größten Glassplitter wegzubekommen, bevor er die Leiter an den Rahmen der Luke stellte. Er holte eine Rettungsweste hervor und band eine der Leinen an seinem Handgelenk fest, bevor er die Weste durch das Fenster warf. Er nahm sich nicht die Zeit, alle restlichen Glassplitter zu entfernen, bevor er durch die enge Öffnung kroch. Er spürte nichts von dem Wind oder den Glassplittern, die sich in seine Schenkel bohrten, als er sich, Kopf und Arme voran, an der sich neigenden Wand herabtastete. Er bekam eine Halterung zu fassen, und es gelang ihm, sich umzudrehen, bevor er losließ und sich an der Wand hinunterrutschen ließ. Er war auf den Stoß vorbereitet, als er auf dem Deck landete. Er bemerkte ihn fast nicht. Das Deck neigte sich genauso wie die Wand, als er auf dem gezackten Rost landete und sich die Rettungsweste überzog. Er duckte sich gegen den Wind und hastete auf die nächste Rettungsbootstation zu. Er wußte nicht, daß kein Boot mehr an Bord war und nur zwei der Boote die Plattform unbeschadet verlassen hatten. Ratlos sah er auf die aufgewühlten Wassermassen hinab, während die Stahlseile von den leeren Davits herunterhingen. Abgesehen von den Leichen, die dort unten trieben, wirkte alles menschenleer. Waren wirklich alle fort? Und er? Die einzige Chance, die er hatte, war ein Sprung, aber von wo? Es war nicht gerade verlockend, von der Rettungsstation aus zu springen. Genauso lebensgefährlich war es, sich an einem der Stahlseile hinabzuhangeln. Dabei würde er nur an eine der Verstrebungen schlagen. Es blieb ihm nicht mehr viel Zeit. Zwei der Pontons waren bereits in den Wellen zu sehen, als sich Sjur Willy entschloß, an dem einen Plattformbein hinunterzuklettern. Er hatte keine Ahnung, daß Bullshit noch immer an Bord war. Bullshit wirkte vollkommen paralysiert. Der unterste Teil des Helikopterdecks lag bereits unter

Wasser. Bald würden auch die früheren Bohrmodule in den Wassermassen verschwinden. Das Wasser würde durch Türen und zerborstene Fenster eindringen. Für Bullshit war das in Ordnung, es war ja nur ein schlechter Traum. Je schneller die Rigg sank, desto schneller würde dieser Traum zu Ende gehen! Das einzige, was er mit schlechten Träumen machen konnte, war, sie ihren Gang gehen zu lassen. Egal was er tat, die Alpträume gingen weiter, bis er erwachte. Das würde nicht mehr lange dauern. Wenn das Wasser ihn erreichte, würde er erwachen, und wenn er erwachte, dann war es vorbei! Sjur Willy mußte ihn mehrmals ohrfeigen, bevor er reagierte.

»Wir müssen zu dem einen Bein hinüber!«

Bullshit schüttelte den Kopf. Das war nur ein Traum, man brauchte sich nicht darum zu kümmern. Träume müßten einfach weitergehen, bis sie zu Ende seien. Träume seien wie Filme, die seien erst am Schluß zu Ende! Wenn die Rigg kenterte, dann wäre sicher Schluß. Sie würden davon nicht sterben, nur lebende Menschen könnten sterben. Bullshit sei kein lebender Mensch. Er sei nur ein Bild in einem lebenden Bullshit, der schlief und träumte, daß er sich auf einer sinkenden Plattform befinde. Das sei aber nicht wahr. Im Traum sehe man sich wie in einem Film, und sobald der, der träumte, aufhörte zu träumen, könne er sich mit einer Tasse Kaffee in den Aufenthaltsraum setzen und über alles lachen. Auch Sjur Willy werde dann lachen. Es sei dann ja auch nicht das erste Mal, daß er über Bullshits Alpträume lache, und wenn er sich nicht totlache, dann werde es wohl auch nicht das letzte Mal sein. Sjur Willy trat ihn, er schob ihn vor sich her über den alten Brückenarm hinüber zur Ankerwinde.

»Los, du mußt nach oben!«

Sie hielten sich auf beiden Seiten am Geländer fest, bis sie die Ankerwinde erreichten. Dort mußten sie durch eine Reling klettern, um auf das Plattformbein hinüberzukommen. Sjur

Willy ging hinter ihm und trieb ihn an, sie hätten nur noch wenige Sekunden! Sie bräuchten auch nicht lange dafür, gleich stünden sie schon auf einem der Pontons. Vom Plattformbein aus müßten sie nur dem Ankerkabel nach unten folgen, und dann könnten sie ohne Risiko ins Meer springen. Das sei ihre letzte Chance, aber wenn Bullshit sich jetzt nicht beeile, werde sie die Rigg aber mit sich in die Tiefe reißen. Bullshit klammerte sich verzweifelt an den Handlauf.

»Wir hätten sie nicht mit an Bord nehmen dürfen!«

»Was?«

Es dauerte ein paar Sekunden, bis Sjur Willy begriff, wovon Bullshit redete. Er habe es Bullshit doch so oft erklärt, Melody sei eine Hure! Sie heiße nicht einmal Melody, den Namen habe sie sich nur gegeben, weil sie eine Hure sei! Sie sei freiwillig mitgekommen, sie hätten sie zu nichts gezwungen, ja sie noch nicht einmal im unklaren gelassen! Wenn sie das nicht gemacht hätten, dann hätte jemand anders sie geholt, und wenn sie die Erlaubnis gehabt hätte, wäre sie sogar mit der Rigg hinausgegangen! Davon lebte sie doch, und außerdem sei das doch viele Jahre her!

»Das ist die Strafe!«

»Jetzt komm endlich hoch!«

Sjur Willy packte seine Beine und schob ihn zwischen den Stangen der Reling durch. Eilig kletterte er hinterher. Er duckte sich, als sie das Plattformbein erreichten, und brachte auch Bullshit dazu, sich zusammenzukauern. Als sie endlich die straffe Ankerkette erreichten, krochen sie auf allen vieren.

Die zwei Rigger der Phoenix Alpha hatten keine Ahnung, wieviele aus den Wohncontainern der Sea Countess herausgekommen waren und sich von der kenternden Rigg hatten retten können. Sie kannten auch die Zahl der Toten nicht. Über ihren Köpfen liefen ihre Kameraden die Reling entlang und warfen alles, was sie an Rettungsmaterial auftreiben konnten, ins Meer. Die Kisten mit Rettungswesten wurden geleert. Das nützte doch jedoch nichts, die flatternden Rettungswesten wurden vom Wind ergriffen und schossen über die Meeresoberfläche davon. Eine Strickleiter und zwei Klettertaue mit dicken Knoten wurden hinuntergelassen. Aber auch sie hatten wenig Nutzen. Bei ruhigem Wetter reichten sie bis zur Meeresoberfläche, jetzt taumelten sie nur lose in der Luft. Ähnliches geschah mit den Rettungsinseln, die sich automatisch aufbliesen.

»Kapp die Taue, Mensch, kapp die Taue!«

Die gekappten Flöße glichen kleinen Raumkapseln, als sie davonstoben und über die Wellen tanzten, bis sie kopfüber zwischen der Produktionsplattform und dem sinkenden Flotel liegenblieben. Alles wirkte menschenleer und verlassen, als zwei der Pontons in den Wellentälern sichtbar wurden. Als hätte das Meer langsam genug, als hätte es sich endlich entschlossen, dieses schwimmende Pferd loszuwerden. Die mächtigen Wellen rollten wieder und wieder schwer gegen die kraftlosen Vorderbeine und schlugen von dort gegen die Flanken des völlig erschöpften Tieres. Aber nicht nur das Meer schien sich entschlossen zu haben, die heranrollenden Wassermassen schienen eine unüberwindliche Allianz mit dem Wind eingegangen zu sein, der an dem schiefen Aufbau riß und zerrte, während der Abendhimmel wie eine gnadenlose Faust über der sinkenden Rigg drohte. Noch hatte sie nicht aufgegeben. Noch kämpfte sie. Noch warfen die Notlampen ihr bleiches Licht über die regennassen Decks. Als habe sich diese riesige Stahlkonstruktion hingekniet und flehe, die Anker im Meeresboden festgekrallt, um ihr Leben. Sie zerrte an den Ankerketten, um wieder auf die Beine zu kommen. Einen Augenblick lang sah es so aus, als könne ihr das gelingen, ein großer Teil des Helikopterdecks war mit einem Mal wieder sichtbar, als plötzlich zwei Männer oben an einer der Ankerwinden auftauchten und auf das Bein hinauskrochen. Sie klammerten sich an die Ankerkette und ließen sich auf den Ponton hinab. Es blieb ihnen jedoch kaum Zeit zu registrieren, was geschah, als dieser wilde Ritt plötzlich zu Ende war und sich die Pontons aus den Wellen erhoben. Die Wohnplattform Sea Countess focht hilflos mit ihren Kränen, als die Ankerketten rissen und eine von ihnen die zwei Männer wie ein Peitschenhieb traf. Dann ging alles sehr schnell. Die umgerüstete Bohrrigg kenterte nur Sekunden nachdem die beiden Männer ins Meer geschleudert und von den aufgewühlten Wassermassen verschlungen worden waren. Die Mannschaft der Phoenix Alpha starrte wie gelähmt auf die Stelle, an der das Flotel gelegen hatte: Es war verschwunden! Nur noch die Pontons waren in den schwarzen Wellen zu sehen.

Zehntes Kapitel

Der Retter

Sjur Willy war ein Idiot, er hätte nicht springen dürfen! Unsichtbare Hände packten ihn und wirbelten ihn herum, als er durch die eiskalten Wassermassen schnitt. Er krümmte sich und hielt die Hände über den Kopf, doch die wütenden Wassermassen prügelten auf ihn ein. Warum trieb er nicht wieder nach oben? Er hatte damit gerechnet, wie nach einem Sprung vom Zehnmeterbrett gleich wieder hochzukommen. Statt dessen zog es ihn weiter in die Tiefe. Hing er an etwas fest? Es fühlte sich an, als hinge sein Fuß in einer Schlinge. Er zog die Oberschenkel an seine Brust, um mit der Hand herunterzukommen. Es fühlte sich an, als wolle seine Brust in dem kalten Wasser zerplatzen. Er war nicht nur ein Idiot, er war ein unverbesserlicher Idiot, er war der größte Idiot, den es jemals gegeben hatte, immer mußte er imponieren! Er hätte das gut seinlassen können. Er glaubte, sie hätten es vergessen. Tengs hatte es auf jeden Fall vergessen, aber Barka? Auch Laugen und Lydersen erinnerten sich daran. Sie hatten gewartet, bis das Produktionsrohr und das Testmaterial am richtigen Ort waren. Auch da sagte niemand etwas. Alle waren gespannt und unsicher. Die Ventile waren noch geschlossen. Würde der Brunnen eine Menge Wasser und Dreck mit hochbringen? Würde es ihnen gelingen, das, was kommen würde, anzuzünden? Würde der Druck anhalten? Nach einem Tag gab es keinen Zweifel mehr, daß der Druck anhalten würde. Die Testflamme loderte als dröhnende Fackel an der Außenseite des Wasserschirms. Sie hatten mit geschwellter Brust dagestanden und die ihnen entgegenschlagende Wärme genossen. Auch Murphy stand dort, während die Flammen aus dem Brenner zischten. Er hatte das schon oft erlebt, trotzdem erfüllte es ihn mit dem gleichen Stolz wie sie. Er hatte vollkommen geisteskrank ausgesehen.

»We did it, motherfuckers, we did it!«

In dem Moment hatte Barka es gesagt, er hatte sich unter dem Eindruck des ohrenbetäubenden Rauschens der Flamme nicht länger zurückhalten können. Es gab ja auch keinen, aber auch gar keinen Zweifel mehr, daß der Fund, den sie gemacht hatten, lohnend war.

»Ja, ja, dann gilt es jetzt nur noch zu springen!«

»Hä?«

»Hast du nicht gesagt, du springst, wenn wir Öl finden?«

Sjur Willy hatte versucht, es mit dem Argument abzutun, daß es ja fast nur Gas sei.

»Aha, machst du jetzt 'nen Rückzieher?«

Sjur Willy hatte mit dem Kopf geschüttelt. Niemals würde er einen Rückzieher machen, wenn es darum ging, zu zeigen, was für ein Kerl er sei. Er ging zum Kranführer hinüber und bat ihn, das Netz klarzumachen.

»Was willst du denn mit dem Netz?«

»Wieder an Bord kommen«, erwiderte ihm Sjur Willy.

Bruin und Bullshit hatten versucht, es ihm auszureden. Thompson verbot es. Er habe nichts davon, wenn jemand seine Rigg als Sprungturm benütze.

»Wenn ich gesagt habe, ich springe, dann springe ich auch.«

Thompson versuchte es mit Besonnenheit, schließlich sei er der Bohrchef. Es seien ja wohl nicht die Roughnecks, die bestimmten, wer wann von der Rigg sprang.

»Eine Wette ist eine Wette«, sagte Sjur Willy.

»Wenn du ertrinkst, wirst du gefeuert!«

»Ich ertrinke nicht«, sagte Sjur Willy.

Er rang nach Luft und sah sich verwirrt um, als er den Kopf wieder über die Wasseroberfläche bekam. Wo war das Netz? Der Kranführer hatte es doch hinabgelassen, bevor er gesprungen war, und er wollte doch so lange im Kran bleiben, bis er wieder an Bord war. Und wo war die Testflamme? War sie ausgegangen? Sjur Willy starrte in den schwarzen Himmel hoch, hatte er lange im Meer gelegen? Es war doch Sonne und ruhiges Meer, als er gesprungen war. Und die Rigg, wo war die denn geblieben? Was war geschehen, warum war das Meer plötzlich voller Wrackteile? War die Ocean Star explodiert, nachdem er gesprungen war? War er vielleicht viele hundert Meter fortgeschleudert worden? Und was war mit Madsen? War der denn völlig bescheuert? Warum war der denn auch gesprungen? Madsen hatte doch Höhenangst! Und was war mit seinem Kopf? Sjur Willy ruderte mit den Armen, um zu Madsen hinüber zu kommen, als er einen Schlag in den Rücken bekam und in die Tiefe gezogen wurde. Es wurde ihm schwarz vor Augen, als die eiskalten Wirbel erneut von ihm Besitz ergriffen. Alles wurde schwarz, bis auf die Bilder von Melody. Der mißhandelte Körper glänzte weiß in der nassen Dunkelheit. Sie lag leblos an Deck, als Madsen mit ihr fertig war. Tengs und Sjur Willy hatten einander entsetzt angesehen. War sie tot? Hatten sie sie umgebracht? Sie erbrach sich, als das Bohrteam das Deck verließ. Sie hatte sich auf Arme und Beine gestützt, als Peck mit einer Fettpresse auftauchte und Tengs und Sjur Willy wegschickte. Roustabouts hätten nichts auf dem Deck verloren! Aber seinetwegen könnten sie auch dableiben, dann könne er ihnen zeigen, wofür Fettpressen zu gebrauchen seien.

»Laß sie in Ruhe, sie hat genug!«

»Solche Huren kriegen nie genug!«

Ihr Kopf hing herab, als Peck den Schmiernippel von hinten in sie hinein schob und den Handgriff auf und ab bewegte. Sie sah mit glasigem Blick zu ihnen herüber, als er sie um die Hüften faßte. Jetzt würde er es ihr zeigen! Jetzt würde er es ihr machen, daß sie platzte! Sie leistete keinen Widerstand und versuchte nicht einmal wegzukommen. Als er begann, in sie zu stoßen, erbrach sie sich erneut.

»Siehst du denn nicht, daß es ihr dreckig geht?«

Peck schiß darauf. So schlecht gehe es ihr doch nicht. Es laufe doch wie geschmiert!

Sie biß sich auf die Lippen und schnitt Grimassen. Die Tränen standen ihr in den Augen, als Tengs den erregten Toolpusher aufforderte, jetzt endlich aufzuhören.

»Du bringst sie um!«

Der keuchende Rohling bohrte sich weiter in sie hinein.

»Wer Öl finden will, muß mit Verlusten rechnen!«

Sie blutete, als hätte er ein Messer in sie getrieben, als er endlich fertig war. Er forderte sie auf, die blutende Nutte ins Meer zu werfen. Sjur Willy spürte es, als er wieder zu sich kam: Dieses Mal würde ihn das Meer nicht freiwillig loslassen, dieses Mal würde es ihn in seiner kalten Umarmung festhalten, bis er aufhörte, Widerstand zu leisten. Er öffnete die Augen. Um ihn herum war es genauso schwarz wie in seinem Innern. Nur eine der Notlampen brannte noch, er wollte nicht ertrinken, er wollte nicht sterben! Die kalten Arme scherten sich nicht darum, was er wollte. Sjur Willy hing wie ein geschundener Säugling im kalten Sog, während die Arme weiter auf ihn einprügelten. War das das Ende, war sein Leben vorbei? Er wollte das nicht glauben. Wie oft war er schon verprügelt worden! Sein ganzes Leben war er verprügelt worden, und immer hatte er es überlebt! Auch Melody hatte das überstanden, sie hatte die Taschen voller Geld, als Bullshit sie an Land brachte. Sjur Willy mußte auch wieder an Land kommen, er wollte doch mit Tove und den Zwillingen nach Spanien ziehen und Hand in Hand am Mittelmeer spazierengehen! Er hatte es ihr nur noch nicht erzählen können! Wenn er wieder an Land käme, würde er es ihr erzählen, er müßte nur wieder an die Oberfläche kommen! Er mußte das schaffen, er hatte es ja auch geschafft, Driller zu werden. Wenn er jetzt den Atem anhielt, dann würde er es auch wieder schaffen, nach oben zu kommen! Aber wie sollte er das machen, er wußte ja nicht einmal mehr, wo oben und wo unten war! Er wollte um Hilfe rufen. Er konnte nicht rufen, öffnete er den Mund, war er erledigt. Bewegte er die Lippen, würden sich seine Lungen mit Wasser füllen. Er konnte sie einfach nicht mehr zusammenpressen. Seine Brust und seine Ohren brannten, sein ganzer Körper schmerzte. Sjur Willy war noch immer zusammengekrümmt, als es um ihn herum ruhiger wurde. Sein Kopf wurde klarer. Er mußte einen Schlag erhalten haben, vielleicht auch mehr als einen? Er glaubte, es sei die Ocean Star, von der er gesprungen war. Es war aber viel Zeit seit diesem Sprung vergangen. Es war alles glattgegangen, der Kranführer hatte ihn sofort wieder an Bord geholt. Es mußte dieses Mal auch gutgehen, die kalten Arme ließen ihn los, und als er sich ausstreckte, zog ihn die Rettungsweste an den Schultern nach oben. Er trat mit den Beinen, um schneller zu werden. Er hustete, als sein Kopf die Wasseroberfläche durchbrach. Er hatte Wasser geschluckt. Aber das war jetzt egal, er hustete und er rang nach Atem, und er sah sich um.

Jetzt wußte er, wo er war und was geschehen war! Die Sea Countess war gekentert und trieb kieloben! Er begriff nicht, wie das hatte geschehen können, aber auch das war egal. Die havarierte Rigg war nicht gesunken, sie trieb falsch herum mit den Pontons zuoberst. Auch Madsen war nicht gesunken. Er trieb mit zertrümmertem Hinterkopf, das Gesicht im Wasser, an der Oberfläche. Sjur Willy war unverletzt, er fror und seine

Zähne klapperten, aber er war unverletzt. Er lebte noch! Plötzlich fiel ihm ein, daß Bullshit zusammen mit ihm auf dem Plattformbein gestanden hatte. Wenn Bullshit nicht gewesen wäre, hätte er unten auf dem Ponton gestanden, bevor die Ankerkette riß. Sjur Willy sah sich um. Schäumende Wellenberge ringsum. Schwarze Brecher hingen über ihm. Das einzige, was er sah, waren der Himmel und die Lichter der Phoenix Alpha. Er sah den gelben Kranausleger und das Netz, das herabgelassen wurde. Er sah wie sie Seile und Rettungsinseln herunterwarfen. Wie weit war es bis dort? Egal, da mußte er hin! Da mußte er hin! Das war die Rettung, vielleicht hatte es Bullshit ja schon geschafft? Eine eiskalte Welle schlug ihm ins Gesicht, als er begann, auf die Lichter der Phoenix Alpha zuzuschwimmen. Die frottierte Trainingshose war heruntergerutscht und hatte sich wie eine Schlinge um seine Beine gewickelt. Er zögerte, bevor er sie auszog. Was hatte Karl Nossel damals gesagt? Man würde nicht ertrinken, man würde erfrieren? Er hatte das Hypothermie genannt. Karl Nossel hatte eine lange Pause gemacht und in großen Buchstaben HYPOTHERMIE an die Tafel geschrieben. Sie täten gut daran, sich das aufzuschreiben und zu merken! Sjur Willy hatte es aufgeschrieben, es war das einzige Wort, das er in diesem Kurs aufgeschrieben hatte, HYPOTHERMIE. Es hörte sich gut an, genauso gut wie Backup oder Bypass, Sjur Willy hatte sogar einen Rahmen um das Wort gemacht, während er den Rest des Zettels vollgekritzelt hatte. Vielleicht erinnerte er sich deshalb so gut daran. Nicht das Wasser töte die Menschen, sondern die Kälte – wenn es einem gelang, warm zu bleiben, blieb man am Leben! Früher oder später würde man ihn aus dem Meer ziehen. Sjur Willy wußte nicht, was Karl Nossel getan hätte, vielleicht hätte er die durchnäßte Hose wieder hochgezogen, um die Wärme zu halten. Sjur Willy war jedoch klar: Behielt er die Hose an, würde er niemals zur Phoenix Alpha hinüberkommen, und wenn ihm das nicht gelang, dann würde er längst erfroren sein, bis man ihn aus dem Wasser zöge! Was war denn mit Barka los? Hatte der die Schnüre der Rettungsweste nicht verknotet? Er lag auf dem Rücken und wühlte mit einer Hand in dem unruhigen Wasser. Mit der anderen hielt er die Weste am Bauch fest.

»Die ist gerissen...«

Es gelang Barka nicht, zu erzählen, daß er sich an etwas verhakt hatte und die Schnüre hatte durchschneiden müssen, um aus dem Rettungsboot zu springen. Er blutete aus einer Wunde auf der Stirn und hatte genug damit zu tun, den Kopf so hoch zu halten, daß er atmen konnte. Sjur Willy wollte ihn beruhigen, er würde sich um die Schnüre kümmern. Und dann würden sie zusammen zur Phoenix Alpha schwimmen. Er zog an den Schnüren, um sie zu verknoten. Es gelang ihm nicht, er konnte seine tauben Finger kaum mehr bewegen. Vielleicht hätte er es geschafft, wenn sich nicht Barka an ihm festgeklammert und ihn in die Tiefe gerissen hätte. Sjur Willy schluckte Wasser und ruderte mit den Armen, er trat und schlug, um loszukommen. Als er wieder an die Oberfläche kam, war Barka verschwunden. Sjur Willy spieh Salzwasser und sah sich in den Wellen um. Er konnte ihn nirgends ausmachen, nur die leere Rettungsweste trieb neben ihm. Sjur Willy zog sie unter sich und wartete darauf, daß Barka wieder auftauchte. Er tauchte nicht wieder auf. Helge Barka hatte zum letzten Mal getaucht, und Sjur Willy dachte nicht darüber nach, was das bedeutete. Er konnte kaum mehr einen Gedanken fassen. Hätte er so gedacht wie damals, als Lydersen ins Auge getroffen worden war, hätte er an den frei gewordenen Toolpusherjob denken müssen, den Barka zurückließ. Daran war jetzt nicht zu denken. Viele Jobs würde es jetzt geben, vielleicht auch den eines Drillers? Sjur Willy glaubte an gar nichts mehr. Die Entfernung zur Phoenix Alpha hatte so kurz gewirkt. Jetzt, als er die Hälfte hinter sich hatte, wirkte sie unendlich. Wenn der Wind aus einer anderen Richtung gekommen wäre, wäre er längst dagewesen. Der Wind kam aber nicht aus der anderen Richtung, er blies ihm entgegen. Immer wieder schlugen Wellen über ihm zusammen und warfen ihn mit jedem neuen Armzug ein Stück zurück. Als hätten sie sich entschlossen, ihn von der Phoenix Alpha fernzuhalten, bis er nicht mehr konnte. Sollten sie doch zum Teufel gehen! Die salzigen Zungen taten, was in ihrer Macht stand, um ihn abzukühlen. Die heranrollenden Wassermassen versuchten, ihm alle seine Kräfte zu rauben. Seinen Willen aber konnten sie nicht schwächen, seine Wut nicht zügeln. Sjur Willy war genauso wütend wie das Meer selbst. Er würde es diesen Scheißwellen zeigen, diesem Scheißmeer, er würde auf es herabspucken, wenn er im Netz säße, das hatte er schon früher getan, und das würde er auch jetzt wieder tun! Das Meer konnte ihn nicht aufhalten, nicht, wenn er so nah dran war! Würde es gefrieren, dann könnte er mit Schlittschuhen in wenigen Sekunden das Netz erreichen. Aber das Meer gefror nie. Es fühlte sich nur so an. Das Meer war nichts für Schlittschuhläufer, das war für Schwimmer. Sjur Willy war kein Schwimmer, aber bis zu diesem Netz würde er es schaffen! Er hatte es doch geschafft, aus der Kabine zu kommen und weg von diesem havarierten Flotel. Es mußte ihm doch auch gelingen, zu diesem Stahlnetz zu kommen und an Bord gehievt zu werden! Es ging nicht schnell. Er schwamm nicht schneller als eine Qualle. Er würde sich die Zeit nehmen, die er brauchte, und durchhalten, so lange das nötig war. Rief da jemand? Sjur Willy spuckte aus und sah sich um. Er kannte die Stimme nicht. Er sah nur rudernde Arme und ein entsetztes Gesicht. Er mußte näher heran, um zu wissen, wer es war. Es war Nur Sorgen, den Kopf kaum noch über Wasser. Es war nicht mehr viel von dem Großmaul übriggeblieben, das an Bord der Ocean Star versucht hatte, sie alle auszustechen! Wenn er jetzt zu schreien begänne, würde sein großes Maul mit Salzwasser vollaufen. Angst stand in seinen Augen.

»Hilfe!«

Planschte der da wirklich rum und schrie um Hilfe? Glaubte der wirklich, daß Sjur Willy ihm das Leben retten würde? Tengs und er waren sich sicher gewesen, daß Nur Sorgen so ziemlich kuriert war, nachdem sie ihn mit ihrem Streik an Land gesetzt hatten. Sjur Willy hatte es kaum glauben können, als er erfuhr, daß dieser Typ an der Produktionsbohrung auf der Phoenix Alpha beteiligt sein würde. Dieser Scheißbücherwurm hatte es schließlich doch noch geschafft, sie rechts zu überholen. Bei Phoenix Oil Norge hatte man ihm den Job von Howard Goose gegeben, und damit stand er plötzlich über ihnen allen. Selbst der Bohrchef mußte sich dem Repräsentanten der Operator-Company beugen, egal wie bescheuert der war. Sollte Tove doch sagen, was sie wollte, wenn sie sich das nächste Mal wiedersahen, Sjur Willy hatte ein für allemal genug von der Pedanterie und der Kompliziertheit solcher Leichtgewichte wie Nur Sorgen oder Aksel Bruin. Es war das erste und letzte Mal, daß er von einer festen Installation aus bohrte. Ab jetzt würde er den Riggs nachreisen. Das standen die Hierarchien ein für allemal fest. Da konnten ihnen nicht irgendwelche dahergelaufenen Einfaltspinsel mit papierenen Paragraphen kommen. Paßten sie sich nicht an, war es vorbei mit ihnen. Nur Sorgen hatte sie mit Papieren und Examen ausgestochen, aber jetzt sah er, was seine Papiere wert waren! Er würde sie mit in die Tiefe nehmen, er hatte ja nicht einmal seine Rettungsweste am Hals zusammengebunden!

»Ich kann nicht mehr!«

Ach was, Sjur Willy konnte auch nicht mehr richtig. Er sah

eine umgestürzte Rettungsinsel, die auf sie zu trieb, er sah ein Rettungsboot mit zerschlagenem Aufbau und die Menschen, die sich an das Seil entlang des Rumpfes klammerten. Wenn Nur Sorgen seine Qualen verlängern wollte, konnte er sich da ja auch noch mit dranhängen. Sjur Willy kämpfte sich weiter Richtung Phoenix Alpha. Er wußte nicht, warum er plötzlich zurückschwamm. Warum sollte er einen Clown wie Nur Sorgen retten? Wenn es nach dem Willen dieses Technokraten ginge, wären ja bald keine Menschen mehr auf den Decks! Sjur Willy wurde wild, als Nur Sorgen die Arme um seinen Hals schlang. Er hieb ihm mit der Faust in den Magen, als er versuchte, sich auf ihm abzustützen.

»Dreh dich auf den Rücken!«

Sjur Willy brauchte lange, bis er ihn auf dem Rücken hatte. Er hielt ihn unter den Armen, während er mit den Beinen schlug. Es ging nicht gerade schnell, der Kerl half ja auch überhaupt nicht mit! Er lag da wie eine Übungspuppe, während sich das Wasser über ihnen brach. Hätte er nicht gewürgt und gehustet, hätte Sjur Willy geglaubt, er sei tot. Das wäre auch vollkommen in Ordnung gewesen. Wenn Nur Sorgen ertrank, hatten wenigstens die Makrelen ein bißchen Freude. Manchmal war Sjur Willy kurz davor, loszulassen. Warum tat er es nicht? Warum vergeudete er seine Kräfte, um diesen Wurm zu retten, vielleicht reichten seine Kräfte ja nicht einmal für ihn selbst? Sie waren nur noch zwanzig bis dreißig Meter vom Netz entfernt, als Sjur Willy losließ. Es blieb ihm keine andere Wahl mehr. Sein ganzer Körper war taub, und er kam nicht mehr vorwärts. Seine Beine gehorchten ihm nicht mehr. Er hatte fast kein Gefühl mehr in ihnen. Er glaubte, daß Nur Sorgen wie ein Stein sinken würde, und begriff nichts, als dessen Kopf plötzlich in einem Wellental ein paar Meter neben ihm auftauchte. Nur Sorgen trieb da nicht einfach in den Wellen, er schwamm! Sjur Willy fühlte sich völlig leer. Seine Beine hingen wie wassergefüllte Baumstämme hinab und zogen an ihm. Fast hatte er es aufgegeben, das Netz noch zu erreichen. Statt dessen hatte er überlegt, sich auf die Reste einer treibenden Palette zu ziehen, doch der Anblick von Nur Sorgen ließ ihn die Palette vergessen. Wo, zum Teufel, hatte dieses Arschloch plötzlich die Kräfte her? Wenn Nur Sorgen sich ins Netz retten konnte, dann sollte ihm das doch wohl auch möglich sein! Und wenn es nur dafür wäre, diesem Arsch zu erzählen, was er von ihm hielt! Wenn Sjur Willy nicht zu ihm zurückgeschwommen wäre, dann wäre er längst am Netz angekommen! Wie rasend ruderte er mit den Armen, und als das Stahlnetz erneut herabgelassen wurde, hatte er ihn beinahe eingeholt. Eine Gruppe von zehn bis zwölf Mann kämpften darum, in das Netz zu kommen, als es sich in den Wellen auffaltete. Einer hatte aufgehört zu kämpfen, er trieb leblos an Sjur Willy vorbei, als dieser versuchte, sich zwischen zwei Männern hindurchzuschieben. Er riß einen von ihnen weg, bevor er die Netzmaschen zu packen bekam und sich festkrallte. Er benutzte die Ellenbogen und schlug mit den Armen, um hochzukommen. Als jemand versuchte, sein Bein zu packen, um ihn wieder herauszuziehen, trat er nach dessen Kopf. Er gehörte zu den fünf oder sechs Siegern, die sich einen Platz im Netz erkämpft hatten, als der Kampf vorüber war. Er krümmte seine kraftlosen Finger um eines der Stahlseile und starrte zum Kranführer hoch. Begriff der denn nicht, daß sie soweit waren? Sjur Willy sah die heranrollende Welle nicht, er spürte nur, wie er mehrere Meter emporgehoben und wieder aus dem Netz gespült wurde. Nur eine Person hing im Netz, als der Kranführer es aus dem Wasser zog. Zwei weitere schafften es noch, sich an den untersten Netzmaschen festzukrallen, als das Netz hochgezogen wurde. Der eine von ihnen verlor den Halt, Sekunden nachdem er aus dem Wasser gezogen worden war. Ein durchdringender Schrei schnitt sich durch den Sturm, bis er in den Wellen verschwand. Nur Sorgen blieb hängen. Er hing steif wie ein Stock, als das Netz nach oben rasselte. Diejenigen, die noch im Wasser waren, versuchten zur Seite zu kommen. Sie waren sich sicher, daß auch er den Halt verlieren würde. Nur Sorgen verlor den Halt nicht. Er hing noch immer daran, als die Mannschaft der Phoenix Alpha das Netz über die Reling zog. Nicht einmal jetzt ließ er los, er begriff kaum mehr, wo er war oder was sie zu ihm sagten, während sie versuchten, ihn loszumachen. Die blaugefrorenen Finger hatten sich um das dünne Stahlseil verkrallt. Nur Sorgen öffnete seine Augen nicht eher, bis die Mannschaft begann, die Finger seiner Hand aufzubiegen, einen nach dem anderen.

»Der, der mich gerettet hat, ist noch unten!«

»Wir holen ihn jetzt.«

Sie wußten nicht, daß Sjur Willy alle seine Kräfte dafür aufgebraucht hatte, beim ersten Versuch mitzukommen. Er hielt sich heraus, als das Netz wieder heruntergelassen wurde. Auch dieses Mal kämpften wieder mindestens so viele Personen um die Plätze im Netz. Sjur Willy spürte, daß er keine Kraft mehr für weitere Kämpfe hatte. Er war sich nicht einmal sicher, ob er Kraft genug hatte, zu warten. Wenn er mitkommen wollte, ohne um einen Platz kämpfen zu müssen, mußte er warten, bis das Netz zwei weitere Male hochgezogen worden war. Niemand verstand, was er vorhatte, als er auf die festgeschweißte Leiter an der Außenseite der Wellenbrecherwand zuschwamm. Bei gutem Wetter war es möglich, dort mit einem kleinen Boot festzumachen und an der sieben Meter hohen Mauer hochzuklettern. Von dort gab es Treppen zu den Decks hinauf. Bei dem jetzigen Seegang kam es einem Todesurteil gleich, wenn man der perforierten Betonwand zu nahe kam, sogar von der Leeseite aus war es unmöglich. Jemand rief ihm von oben zu, er solle umkehren. Er schien die

Rufe nicht zu hören. Und wenn er sie hörte, verstand er nicht, was sie sagten oder daß es ihm galt. Er stieg und sank mit den Wellen und näherte sich der rostigen Leiter. Er hielt direkt auf die Leiter zu, und es gelang ihm, mit einer Hand eine Sprosse zu fassen, bevor sich die Welle unter ihm senkte. Er hing dort ein paar Sekunden und trat mit den Beinen, bis er von der nächsten Welle weggerissen wurde. Er lag auf dem Rücken und versuchte, sich mit den Händen vorzukämpfen, als er zum zweiten Mal gegen die Betonwand geschleudert wurde. Beim dritten Mal rührte er sich nicht mehr. Er lag reglos im Wasser, als ihn eine Welle schließlich zu einem der Löcher emporhob und ihn in das brodelnde Wasser auf der Innenseite der Wellenbrecherwand warf.

Nur Sorgen schüttelte sich vor Kälte, als sie ihn unter die Dusche schoben. Ohne etwas zu sagen, blieb er unter dem dampfenden Wasserstrom sitzen. Er wußte nicht, wie lange er dort schon saß, und er reagierte nicht eher, bis sie kamen, das Wasser abdrehten und ihm aufhalfen. Er versuchte ein wenig mitzuhelfen, als sie ihm einen ausgewaschenen Overall überstreiften und ihm eine Decke über die Schultern legten. Wie in Trance ließ er sich in den überfüllten Warteraum führen, wo man ihm einen Becher Bouillon gab. Es gelang ihm weder, den Becher ruhig zu halten, noch, ihn auf den Tisch zu stellen, er sah einfach zu, wie die dampfende Bouillon über seine Finger rann. Er verbrannte sich nicht. Jedenfalls fühlte es sich nicht so an. Ratlos schaute er zum Plattformchef hoch, als dieser ihn fragte, ob er die Listen mitgebracht habe.

»Was für Listen?«

»Die Mannschaftslisten, hast du die Mannschaftslisten retten können?«

Nur Sorgen schüttelte den Kopf, er habe keine Mannschaftsliste, was sollte er denn damit? Er hatte überhaupt nichts retten können, und er starrte dumpf in den dampfenden Bouillonbecher. Er war mehr daran interessiert, aus was dieser Becher bestand, als an den Mannschaftslisten.

»Weißt du, was man über Styropor sagt, manche glauben, das sei krebserzeugend, glaubst du, das ist krebserzeugend?«

Der Plattformchef ließ ihn sitzen. Er hatte andere Sorgen als Styropor und suchte in dem überfüllten Warteraum nach Informationen über das havarierte Flotel. Der Funker, hatte jemand den Funker gesehen, oder den Skipper? Der Chef der Brücke, war der hier? Der Plattformchef sah sich vergeblich um. Er brauchte Informationen, er brauchte Erklärungen, das Telefon stand nicht mehr still! Von allen Seiten wollten sie etwas von ihm, die Rettungszentrale, das Hauptbüro, andere Plattformen. Der Pressesprecher von Phoenix Oil gab keine Ruhe: Was war geschehen? War die Rigg explodiert? War sie von einem U-Boot gerammt worden? Trieb sie noch an der Oberfläche? Wie viele hatten sich an Bord der Rigg befunden, als das Unglück geschah? Wie viele waren gerettet worden? Wie viele wurden vermißt? Wie viele waren tot? Die Leute aus der Pressestelle wollten Namen, sie wollten Zahlen! Der Plattformchef hatte weder Namen noch Zahlen. Er wußte kaum mehr als die, die anriefen. Die Personalregistrierung war manuell durchgeführt worden. Hätten die Idioten an Land auf ihn gehört und die Leute mit elektronischen Identitätskarten ausgestattet, als die Heuer begann, wäre alles gut dokumentiert. Wären sie seinen Vorschlägen gefolgt und hätten sie auf der Gangbrücke elektronische Lesegeräte installiert statt dieser Idioten, die Kreuzworträtsel lösten oder Karten spielten, dann hätten sie jetzt von allen die Namen und Adressen samt aller Angaben über nächste Angehörige! Dann bräuchten sie nicht einmal anzurufen, ein Tastendruck auf einem Rechner an Land würde reichen, eine aktualisierte Liste zu erhalten, wer sich auf dem Flotel und wer sich in Sicherheit befand, als das Unglück geschah. Hätten sie auf den Plattformchef gehört, hätten sie jetzt die Übersicht. So wußten sie gar nichts. Die Mannschaftsliste war mitsamt der Rigg gesunken, und das war, zum Teufel noch mal, nicht seine Schuld. Der Pressesprecher gab keine Ruhe, er wollte Journalisten und Fotografen auf die Plattform bringen lassen. Wieviele könne er akzeptieren? Niemanden? Das gehe nicht, die Presse habe ein Recht, informiert zu werden, die Angehörigen müßten wissen, was geschehen sei! Der Plattformchef knallte den Hörer auf die Gabel. Er hatte einen Warteraum voll verletzter, unterkühlter Menschen, er hatte zweihundert Mann an Bord, für die er kein Quartier hatte, um die Plattform herum wimmelte es von Leichen und Wrackteilen, und zu all der Scheiße sollte er auch noch Journalisten und Fotografen aufnehmen und auf idiotische Fragen antworten!

Die Evakuierung der Verletzten begann gegen Mitternacht! Die überzählige Mannschaft wurde im Laufe der Nacht weggebracht. Im Morgengrauen landete der erste Hubschrauber mit Toten an Bord. Sjur Willy wurde im vierten weggebracht. Die Taucher konnten die Leichen aus dem unruhigen Brackwasser hinter den Wellenbrecherwänden nicht eher bergen, bis sich der Wind und das Meer beruhigt hatten. Sjur Willy trieb einen halben Meter tief unter der Oberfläche des hellgrünen Wassers, als sie zu ihm gelangten und ihn in den Stahlkorb schoben. Das Meer hatte sich beruhigt, als sie ihn an der Außenseite des Tauchermoduls heraufzogen. Das Wasser sickerte träge durch die untersten Löcher des Betonunterbaus, als das Bergungsteam die Trage die Treppen zum Kellerdeck hinauftrug und sie dort auf eine Laderampe stellte. Sie drehte sich still im Kreis, als der Kranführer den Ausleger über das Meer schwenkte und sie zum Helikopterdeck hinaufzog. Dort wurde er in einem Hangar aufgebahrt, während die Suche nach Toten und Überlebenden mit Schiffen und Helikoptern unvermindert weiterging.

Die meisten, die gefunden wurden, waren tot. Oddvar Laugen lebte noch. Gemeinsam mit Carlos Pereira aus Portugal, der nur in Unterhose ins Meer gesprungen war, war es ihm gelungen, eine aufgeblasene Rettungsinsel umzudrehen. Sie hatten bis zum Bauchnabel im Wasser gesessen, während die Insel von den Wellen umhergeschleudert worden war und der Wind ihnen durch die undichte Zeltplane ins Gesicht peitschte. Sie hatten versucht, das Wasser mit den Händen hinauszuschöpfen. Nach wenigen Minuten hatten sie das jedoch wieder aufgegeben, die Wellen, die über ihnen schäumten, füllten die Insel schneller, als sie das Wasser hinausschöpfen konnten. Der steifgefrorene Portugiese hatte sich eine ganze Weile lang nicht bewegt, als Laugen seinen Survivaloverall ausgezogen hatte. Pereira hatte sich geweigert, ihn anzuziehen. Er brauche ihn nicht, er wisse, daß er sterben müsse, und ohne Overall würde auch Laugen sterben. Er hatte den blau angelaufenen Portugiesen einfach in den Overall gestopft und den Reißverschluß zugezogen. Er selbst hatte sich dann zwei Plastiksäcke genommen und in einen davon seine Beine gesteckt. In den anderen hatte er ein Loch gemacht und ihn sich dann über den Kopf gezogen. Sie saßen lange mit eng aneinandergepreßten Beinen in der kalten, schwappenden Dunkelheit, als Pereira wieder auflebte. Der Wind hatte etwas abgeflaut und die Wellen brachen nicht mehr über ihnen, als er sich hinkniete und wieder begann, das Wasser aus der Rettungsinsel zu schöpfen. Es war fast kein Wasser mehr in der Insel, als der Morgen graute und sie direkt über sich das Knattern von Rotorblättern vernahmen. Während der ganzen Nacht hatten sie Helikoptergeräusche gehört, aber alle waren an ihnen vorbeigeflogen. Laugen war steifgefroren und taub vor Kälte, als er in den Rettungshubschrauber hineingezogen wurde. Trotzdem spürte er eine merkwürdige Wärme, als Carlos Pereira neben ihm in Tränen ausbrach und versuchte, ihm etwas auf Portugiesisch zu sagen. Laugen verstand kein einziges Wort. Das war auch nicht notwendig. Beide wußten sie, daß Carlos Pereira keine einzige Träne mehr hätte weinen können und nie wieder ein Wort Portugiesisch über seine Lippen gekommen wäre, wenn er in seiner Unterhose da sitzengeblieben wäre.

»It's all right! It's all right!«

Auch Birger Strai wurde lebend geborgen. Er saß verletzt in dem Rettungsboot, das Jan Madsen ins Wasser gefiert hatte und aus dem Helge Barka herausgesprungen war. Gemeinsam mit denen, denen es gelungen war, das Boot wieder zu drehen, und mit all denen, die sie dann noch aus dem Meer gefischt hatten, hatte er zwölf Stunden gesessen, bis das Wetter sich so weit beruhigt hatte, daß der Schlepper Mobby Song sie an Bord nehmen konnte. Sie alle waren nach dem Zusammenstoß mit dem Plattformbein und dem anschließenden Kentern mehr oder weniger übel zugerichtet. Einige waren verletzt. Alle froren. Niemandem war es gelungen, den Motor zu starten. Keiner war in der Lage gewesen, das Leck in der Treibstoffleitung abzudichten. Zu Beginn war der Gestank nach Diesel und Erbrochenem unerträglich gewesen. Birger Strai hatte noch nie zuvor in seinem Leben so kotzen müssen. Auch hatte er noch nie im Laufe einer Nacht so viele Limericks und Finnenwitze erzählt. Kaum daß er einmal eine Pause machte, hatte man ihn gebeten, weiterzumachen. Es war gleichgültig, ob er die gleichen Witze oder Limericks noch einmal erzählte, Hauptsache, er sagte etwas. Sobald es still wurde, war es unerträglich in diesem eiskalten, stinkenden Boot. Die Stimmung schwankte in der rollenden Dunkelheit zwischen Benommenheit und Angst, während die Minuten nur langsam und klebrig verrannen. Solange Birger Strai durchhielt, ging es irgendwie. Es gelang ihm, durchzuhalten, bis es dämmerte und das Meer sich langsam beruhigte. Die Stimmung in Rettungsboot 4 war recht gut, als der Schlepper es aufbrachte und eine Strickleiter herabließ. Nur einer der neunzehn an Bord starb. Seit sie ihn aus dem Meer gezogen hatten, hatte er nicht ein Wort gesagt. Er hatte einfach nur dagesessen und vor sich hin gestarrt. Er sagte immer noch nichts, als er mit einem Fuß auf dem Bootsrand stand und darauf wartete, daß die nächste Welle ihn zur Strickleiter emporhob. Seine Bewegungen waren steif, als er die Arme ausstreckte und die Leiter ergriff. Sein Fuß erreichte die Sprosse, aber es gelang ihm nicht, nachzugreifen. Nicht ein Laut kam über seine Lippen, als er zwischen Rettungsboot und Schlepper ins Meer fiel. Bevor er abtreiben konnte, warf ihm die Mannschaft ein Seil zu. Er griff es und hing einen Augenblick daran, während sie versuchten, ihn wieder zur Leiter zu ziehen. Aber er erreichte sie nicht mehr. Sein Griff wurde schwächer und schwächer. Schließlich entglitt das Seil seinen Händen ganz, und er verschwand in den Wellen.

Die Suche nach Überlebenden ging noch zwei Tage weiter. Die Suche nach den Toten wurde auf unbestimmte Zeit fortgesetzt. Über zwanzig fanden Taucher in der Nähe des Wracks. Zwölf befanden sich in einem gesunkenen Rettungsboot, und ebenso viele lagen an verschiedenen Orten auf dem Meeresboden. Viele von ihnen trugen Rettungswesten. Ihr Auftrieb schien ab einer gewissen Tiefe nicht mehr zu wirken. Jostein Alsvik, oder Bullshit, wie ihn die meisten genannt hatten, war nicht unter denen, die gefunden wurden. Er gehörte zu den sechzig, die noch immer als vermißt galten, als die Taucher den Befehl erhielten, die Suche einzustellen. Die Taucher der

Phoenix Alpha oder des gecharterten Tauchfahrzeuges hätten ihn finden können, wenn die Fortsetzung der Suche möglich gewesen wäre. Aber es war unmöglich weiterzusuchen. Das Wasser im Umkreis der Phoenix Alpha färbte sich grau vom Bohrschlamm, als die Bohrungen wieder aufgenommen wurden. Es war wie ein Tauchen in Milch. Einige der Taucher wollten trotzdem weitermachen. Ihnen wurde mitgeteilt, daß es keinen Sinn habe. Nach einer Woche Suche deute alles darauf hin, daß es denjenigen, die jetzt noch vermißt wurden, nicht gelungen war, herauszukommen. Wer weiter nach Toten suchen wolle, müsse mit der havarierten Rigg an Land und dort weitermachen. Jetzt gehe es darum, sich mit dem Geschehenen abzufinden und das Unglück zu vergessen. Draußen auf der Plattform ging das gut, nach drei Tagen wurde die gekenterte Wohnplattform weggeschleppt, so daß alle Spuren der Havarie beseitigt waren. Nach einer Woche sah es so aus, als wäre das Unglück niemals geschehen. Das gecharterte Tauchfahrzeug war in den britischen Sektor zurückgekehrt. Ein neues, modernes Flotel lag bereit. Alle Zeugen der Havarie und der anschließenden Rettungsaktion waren durch neue Arbeiter ersetzt worden, die die Sea Countess nur aus den Zeitungen kannten oder im Fernsehen Bilder der Pontons gesehen hatten.

Birger Strai mußte mit anderen Bildern fertigwerden. Jedesmal, wenn Madsen der Eisenträger an den Kopf krachte und das Rettungsboot kenterte, schrie er im Schlaf. Verwirrt suchte er auf seinem Kopfkissen nach Erbrochenem, wenn er wieder einmal im Rettungsboot hatte kotzen müssen. Er erwachte, die Hände auf dem Boden, als er sich aus dem Bett geworfen hatte, um den steifgefrorenen armen Kerl zu retten, der zwischen Rettungsboot und Schiffsflanke unterzugehen drohte. Wie schnell er auch war, jedesmal kam er zu spät. Birger Strai hatte die Havarie und die angsterfüllten Stunden danach überlebt. Aber auch die Angst hatte überlebt.

Für Jorun Alsvik, die erfahren mußte, daß ihr jüngster Sohn an Bord geblieben war, weil er glaubte, daß die Rigg nicht sinken könne, war es immerhin ein Trost zu wissen, wo er war. Sobald sich eine Gelegenheit bot, setzte sie sich ins Auto und fuhr die dreißig Kilometer über die Landzunge zum Nachbarfjord, in dem das Wrack der Sea Countess verankert worden war. Dort blieb sie sitzen und starrte auf die Pontons, wobei sie teils mit sich selbst, teils mit ihrem Sohn sprach, der nie von zu Hause ausgezogen war. Es war nicht gut, dort zu sitzen, aber es war besser, als zu Hause zu sitzen. Das einzig Gute war, daß sie wußte, wo er war. Sie versuchte zu verstehen, warum Jostein an Bord geblieben war und daß er niemals mehr nach Hause zurückkommen würde. Sie versuchte zu verstehen, warum er sich geweigert hatte, in ein Rettungsboot zu steigen, obwohl doch mehr als einer versucht hatte, ihn zum Mitkommen zu bewegen. Jorun Alsvik verstand es nicht, Jostein war doch sonst immer so gefügig.

Tove Moland Vaage hatte sich um die Zwillinge zu kümmern, und sie hatte ein Grab, zu dem sie gehen konnte. Abgesehen davon ging es ihr kaum besser als Jorun Alsvik. Sie saß da mit einem Kredit, den sie nicht zurückzahlen, und einem Haus, von dem sie nicht wußte, wie sie es wieder loswerden konnte. Unter all das Mitleid, das ihr entgegenschwappte, mischte sich eine Wut, mit der sie nicht umzugehen wußte. Warum hatte er ihr nichts erzählt? Warum hatte er den Kaufvertrag unterschrieben, ohne mit ihr zu reden? Warum machte sie ihm Vorwürfe, er war doch nicht mehr da? Sie wußte, daß es nicht recht war, doch trotzdem spürte sie diese Wut jedesmal, wenn sie auf dem Friedhof stand, diese Lust, ihn anzuschreien, obwohl er sie nicht hören konnte, diesen Drang, die Erde auf seinem Grab aufzuwühlen oder mit etwas danach zu werfen, wie sie früher, als er noch lebte, Teller und Blumenvasen auf den Boden geworfen hatte. Wären es nur die Folgen seiner Eigensinnigkeit gewesen, die ihr zu schaffen machten, dann hätte sie damit leben können. Doch die Vorwürfe, die sie Sjur Willy machte, waren nichts im Vergleich zu den Selbstanklagen, die in ihr wüteten und zerrten. Wäre sie nicht gewesen, würde er noch leben. Wenn sie ihn hätte gehen lassen, würde er jetzt auf einer Rigg vor Indonesien arbeiten. Wäre sie nicht so heimatverbunden und ängstlich gewesen, hätten sie ein paar Jahre in Djakarta oder Südamerika zubringen können. Auf jeden Fall hätte sie sich dann darauf freuen können, daß er bald nach Hause kommen würde, mit sechs Wochen Zeit für sie.

Am leichtesten gelang es Aksel Bruin, etwas Positives aus der Havarie der Rigg zu ziehen. Für ihn wurde die Tragödie der Sea Countess nicht zu einem traumatischen Erlebnis. Er hatte niemanden verloren, der ihm nahestand, und er war, als die Sea Countess kenterte, auf Rhodos gewesen. Natürlich war es auch für ihn ein Schock, als er die lange Liste der Toten und Vermißten durchging. Doch schon bald verbarg sich darin für ihn eine andere Bedeutung als für diejenigen, die Angehörige verloren hatten. Für ihn war die senkrechte Reihe der Kreuze vor den Namen nicht nur ein Ausdruck innerlichster Trauer. Endlich war etwas geschehen, das die Grundfesten der Ölindustrie erschüttert und die Menschen wachgerüttelt hatte, endlich war dieses Hasardspiel mit Menschenleben so offensichtlich geworden, daß es niemand mehr übersehen konnte! Die Repräsentanten der Ölgesellschaften waren in den folgenden Wochen und Monaten auffallend still, und Aksel Bruin würde dafür sorgen, daß das auch so blieb. Das Jahr, mit dem viele andere Trauer und Entbehrungen verbanden, wurde für Aksel Bruin ein Jahr des Fortschritts. Noch bevor die Produktionsarbeiter der Phoenix Alpha ihn zum Vertrauensmann wählten, hatte er sich einen Aktenkoffer besorgt und begonnen, ihn mit Kopien und Ausschnitten all der großen Worte und Versprechungen zu füllen, die die Ölgesellschaften unmittelbar nach der Havarie von sich gegeben hatten. Gleichzeitig hatte er sich einer Sache verschrieben: Diese Papiere sollten nicht eher aus seinem Koffer verschwinden, bevor die Versprechungen erfüllt waren! Die Liste der Toten und Vermißten steckte er in ein eigenes Fach. Falls jemand plötzlich an Gedächtnisschwund leiden sollte, würde er nicht damit zögern, ihm in Erinnerung zu bringen, wie viele Leben er bereits auf dem Gewissen hatte. Begännen sie, sich anzustellen, würde er ihnen auch gerne die ganze Liste laut vorlesen. Er glaubte nicht, daß das oft nötig sein würde. Es war genug, sie daran zu erinnern, für wie viele Millionen sie Tag für Tag produzierten und wie einfach es sei, diese Produktion zu stoppen. Und damit brauchte er nicht immer wieder zu kommen. Aksel Bruin hatte das ein für allemal gesagt, und er hatte das Gefühl gehabt, daß es verstanden worden war. Wollte die Leitung von Phoenix Oil Norge eine hohe und gleichmäßige Produktion, dann hatte sie dafür nur sicherzustellen, daß es den Produktionsarbeitern auf Phoenix Alpha gutging.

Aksel Bruin lächelte vor sich hin, als er im Taxi zum Flughafen saß. Kaum noch jemand in der Topetage von Phoenix Oil wagte es nach diesen Geschehnissen, sich über ihn lustig zu machen. Auch riskierte niemand mehr eine dicke Lippe und nannte ihn Mao oder Korporal Bruin. Das ehemalige Bohrteam war nicht mehr da, manche befanden sich auf Wartelisten, anderen war gekündigt worden, und wieder andere befanden sich auf anderen Riggs. Bruin war es egal, wo sich diese Großkotze befanden. Glücklicherweise mußte er sie jedenfalls nicht mehr an Bord der Phoenix Alpha ertragen. Alle

Brunnen waren abgeschlossen. Überall wurde gefördert. Die Produktion lief auf vollen Touren. Es würde ein gutes Jahr für Phoenix Oil werden und ein noch besseres für Aksel Bruin und die Mannschaft der Phoenix Alpha. Er freute sich wirklich darauf, mit ihr Weihnachten zu verbringen und sie in seine Lohnerhöhungspläne einzuweihen. Und es waren keine Kleinigkeiten, die ihnen winkten! Das erste Weihnachten auf der Phoenix Alpha würde sicher keine Wiederholung des Alptraums werden, den Bruin auf der Ocean Star erlebt hatte, nachdem die Kaffeemaschine über Bord gegangen war. Die Produktionsarbeiter hatten eine ganz andere Einstellung als die Rohlinge auf den Riggs. Die rannten nicht herum und spielten Weltmeister, um ihre Chefs zu beeindrucken. Menschen, die innerhalb einer Stunde Öl und Gas für mehrere Millionen Dollar produzierten, brauchten nicht zu beweisen, was sie taugten oder was sie wert waren. Das verstand sich von selbst. Wenn die Produktion schließlich weiterentwickelt würde und die Ventile aus einem Kontrollraum ferngesteuert werden könnten, bräuchten sie sich auch nicht mehr die Beine auszureißen. Das Entscheidende war dann, vor Ort zu sein und einzugreifen, wenn etwas geschah. Das würde eine ganz andere Ruhe in die Arbeit bringen. Der Arbeitsrhythmus würde werden, wie er sein mußte, fast vergleichbar mit dem der Eisenbahn. Der einzige Unterschied war, daß die Mannschaft auf der Phoenix Alpha die ganze Zeit über Geld verdiente, richtig viel Geld. Und das war kein kleiner Unterschied.

Bruin hatte es schon oft gesagt, und er würde es noch einmal sagen, wenn es ihnen dieses Mal nicht gelang, eine Lohnerhöhung zu erreichen, dann würde es ihnen niemals gelingen! Das Wrack der Sea Countess lag nach dem ersten mißlungenen Versuch, es zu drehen, noch immer wie eine schmerzende Wunde im Bewußtsein der Menschen. Sie hatten alle Sympathien, die nötig waren. Zum ersten Mal haftete dem Ölarbeiter so etwas wie Ehre an. Noch immer wurde auf ganzen Zeitungsseiten beschrieben, wie gefährlich und strapaziös ihr Alltag war. Das war gut so. Je länger das Wrack seine Pontons in den Himmel reckte, und je mehr darüber geschrieben wurde, desto besser! Natürlich war das traurig für all die, die direkt von dem Unglück betroffen waren, aber was hatte Bruin damit zu tun? Er hatte die Havarie ja nicht verursacht! Das einzige, für das Bruin sorgen konnte, war, daß diejenigen, die für die Arbeitsunfälle in der Ölindustrie verantwortlich waren, endlich ihre Rechnungen beglichen und sicherstellten, daß so etwas nicht wieder geschah. Die Ölindustrie hatte auf genug Fragen zu antworten. Bruin hatte sie notiert, und sie lagen sicher verwahrt in seinem Aktenkoffer. Blow-outs und Brände, Helikopterabstürze und Tauchunglücke. Die Ölarbeiter hielten mittlerweile so viele Trümpfe in den Händen, daß die Gegenseite sinnvollerweise klein beigab, bevor sie richtig wütend wurden und ihre Ansprüche noch weiter hochschraubten. Die Buchhaltung von Phoenix Oil sollte bloß nicht kommen und behaupten, sie hätten nicht genug Geld! Die wußten doch ebenso gut wie Bruin, daß die Wahnsinnigen am Persischen Golf nicht so schnell zur Ruhe kommen würden. Die würden doch weitermachen, bis sie keine Munition mehr hätten. Und vielleicht würde sie nicht einmal das stoppen. Auf jeden Fall würden der Schlachter in Bagdad und der Hohepriester in Teheran erst einmal eine ganze Weile brauchen, bis sie ihre Anlagen wieder in Schuß hatten. Der Ölpreis würde noch viele Jahre lang in luftigen Höhen schweben.

Sprach da jemand von Maßlosigkeit und Zynismus? Bruin wußte, daß sie es geschmacklos finden würden, tragische Unglücksfälle für ihren Kampf um höhere Löhne und bessere Arbeitsbedingungen auszunutzen. Er wußte, daß viele sich schlecht fühlten, wenn sie ihre toten Arbeitskollegen als Brechstangen im Kampf mit ihren Arbeitgebern einsetzten. Bruin war das nicht weniger zuwider als ihnen. Er forderte diejenigen, die Skrupel hatten, auf, an der Außenseite der Wellenbrecherwand hinunterzusteigen und ihren großen Zeh ins Meer zu stecken. In was für einer Welt lebten sie denn? Die sah ja wohl kaum aus wie das Schlaraffenland, wo einem gebratene Tauben in den Mund flogen! Mit was für Menschen hätten sie es denn zu tun? Wer hatte ihnen denn den Arsch aufgerissen, seit die erste Rigg ihr Steigrohr in den norwegischen Sockel gebohrt habe? Wer hatte denn die Sicherheitskontrollen und die Wartung der Sea Countess vernachlässigt? Wer hatte denn die billigste Rigg, die zu haben war, herbeigeschleppt und Menschen wie Kröten in das Kanakenhaus gestopft? Und was würde geschehen, wenn sie jetzt wieder wie Duckmäuser nur die Daumen drehten, statt sich einmal richtig zu bedienen? Wer würde dann den Profit einstreichen? Jetzt hatten sie die Chance, etwas zu erreichen, Risikozulage, Arbeitszeit, Sicherheit, Pensionsalter und Lohn, und das alles mit einem einzigen Streich! Es könne ein Jahrzehnt vergehen, bis die Ölgesellschaften wieder so angeschlagen seien wie jetzt. Vielleicht biete sich aber auch gar keine Chance mehr, bevor die Lagerstätten erschöpft seien, und dann sei es ja zu spät, etwas zu verlangen! Aksel Bruin klappte seinen Aktenkoffer zu und fingerte an dem Zahlenschloß herum, als das Taxi den Helikopterflugplatz erreichte. So wie er es sah, gab es nur eins zu tun: Sie mußten hart bleiben und die Havarie und die anderen Unglücksfälle in ihrer ganzen Tragik ausnutzen. Er zweifelte nicht daran, daß ihm die Opfer den Rücken stärken würden. Abgesehen von ähnlich hoffnungslosen Fällen wie Sjur Willy Vaage und Helge Barka würden sie sich wie ein Mann hinter ihn stellen. Es war kein Hohn angesichts der Toten, jetzt, da die Ölgesellschaften zitterten, so viel wie möglich aus ihnen herauszuquetschen – es war die einzige Möglichkeit, der Toten zu gedenken! Gelang es Bruin dieses Mal, seine Karten richtig auszuspielen, konnte er es in ihre Grabsteine meißeln und es wie einen letzten Gruß an die Verschollenen über das Meer rufen: daß keiner, daß keiner von ihnen umsonst gestorben war.

Inhalt